马星辉 著

海峡出版发行集团
海峡文艺出版社

图书在版编目(CIP)数据

东关尘/马星辉著. 一福州:海峡文艺出版社,2024.3
ISBN 978-7-5550-3539-8

Ⅰ.①东… Ⅱ.①马… Ⅲ.①长篇小说一中国一当代
Ⅳ.①I247.5

中国国家版本馆 CIP 数据核字(2023)第 220199 号

东关尘

马星辉 著

出 版 人	林 滨
责任编辑	何 莉
出版发行	海峡文艺出版社
经 销	福建新华发行(集团)有限责任公司
社 址	福州市东水路 76 号 14 层
发 行 部	0591－87536797
印 刷	福建东南彩色印刷有限公司
厂 址	福州市金山浦上工业区冠浦路 144 号
开 本	720 毫米×1010 毫米 1/16
字 数	520 千字
印 张	32.25
版 次	2024 年 3 月第 1 版
印 次	2024 年 3 月第 1 次印刷
书 号	ISBN 978-7-5550-3539-8
定 价	86.00 元

如发现印装质量问题,请寄承印厂调换

内容简介

邵武东关是一个繁华之地、包容之地、善恶之地、传奇之地。它时尚与落后、富足与贫穷并存，真善美与假恶丑同行。各种势力在此龙争虎斗、刀光剑影。国内革命战争时期，东关是中共闽赣省委地下联络站所在地，亦是国民党特务的一个重要据点，国共两党秘密战线在这里进行着惊心动魄的较量。

抗日战争时期，邵武东关与建瓯西大洲机场同为后方重要物资基地。一支武装精良的日军特遣队进行毁灭性行动，国共两党以中华民族大节为重，团结东关民众、码头帮派、江湖义士等同仇敌忾，与共同的敌人展开了浴血较量，表现出中国人民义薄云天的浩然之气。

神秘叨叨的东关充满了形形色色的人生故事，在无情的岁月流逝中，东关虽然繁华不再、传奇不再，但东关的民众在岁月中继续负重前行，无怨无悔。他们的一切成功与失败，都与国家民族的命运息息相关。

《东关尘》原生态地记录了东关众多真实的平凡人物。本书虽然没有一个贯穿始终的主人公与核心事件，但通过对往事的叙述回忆，把碎片化的镜头连成了一段芸芸众生锅碗瓢盆、柴米油盐的人间烟火以及难以忘怀的悲欢离合、爱恨情仇的东关岁月。

本书弘扬中华民族优秀传统文化，着力提倡人与人之间和睦相处、与大自然生态和谐相融，展现了当地民俗风情、独特的大自然风光美景。书中众多的俗世故事，不仅为当地的文化增辉添色，也在追溯岁月的根源中，勾画了邵武东关礼乐文化的兴起、传承、发展脉络，再现了当时历史和社会政治状况，具有很强的时代意义。

序

◎蔡忠明

每个人心中都有一座城，一城一味，一山一水，一花一树，一唱一和。往事如烟，物是人非。煮一壶茶，听一个故事，翻一本书，每一座城，都有它的过去。人有时候就喜欢活在记忆里，记忆里的那些美丽场景，记忆里的那些美好往事，总会让你在生活不易的岁月里，忘却暂时的烦恼而愉悦起来。

东关与任何地方一样，有着数不尽的日升月落与留声过往。但东关却摇曳着与众不同的灯火与炊烟，变迁中的一串串回忆，充满了人间的爱恨情仇、悲欢离合，如梦如幻，如云如烟。见证东关千年繁华的是一条厚重而沧桑的老街，它长3000多米、宽10多米，鹅卵石铺成的路面散发着浓浓的历史包浆。当年，古街两边商业店铺相连，比肩林立，布庄、当铺、杂货店、京果店、粮油米面店，琳琅满目、应有尽有。在东关的街巷，则散布着福州会馆、江西会馆、基督教堂，美国人创办的幼稚园、医院、奶牛场，抗战时期从福州迁移到此的福建协和大学、格致中学以及银行、保险公司等均在此伫立。农耕文化、中原文化、海洋文化、朱子理学、孔孟之道、传统儒学，在这里相互会见、碰撞、交融、传承、包容……

新中国成立前的东关充满了江湖险境、爱恨情仇、酸甜苦辣，很多面孔、很多事在沉沉浮浮、尘埃落定之后，自有评论。在是是与非非之间，在蛮横与落后的同时，小有人觉得它是一个让人钟情不舍的地方。

东关虽然破旧，但有着极具风味的黑瓦土墙，曾经袅袅的炊烟，潺潺的流水，那清静得只剩鸡鸣犬吠的夜晚，还有那水牛蹄叩响中山街青石板发出的清脆声音。1892年，一位来自美国的医生爱德华·布里斯漂洋过海，他用了3年的时间，跟随小河船完成闽江航行，最后在邵武停下脚步，开始创办学校、诊所。他待了整整 40 年，对东关有着很深的感情。他的儿子小爱德华在回忆录中写道：

因为战乱，我们不得不离开了邵武东关。在码头登上鸟雀船，回首眺望东关，那密集的房屋、庙宇、城楼，一切都是那样的熟悉，绵绵阴雨下的黑瓦屋顶构成一幅抑郁忧伤的图画。正在溪边饮水的水牛，听见了远处的枪炮声，愤怒地扬起了头。邵武，不知道什么样的命运在等着它……

同样，80 多年前一位为逃日寇从福州来到邵武，而在东关生活了一辈子的老人说：

邵武东关人阳光血性、耿直大方，而且热情好客、为人善良，这里是我此生不愿意再离开的地方，我要停留直至老去。我要行走在东关包容四方的大街小巷里，在这里找到内心的平静和此生的归宿……

东关这块土地，若血能开成英雄花，那该是所有人的血，不唯是英雄所盛。这块土地的岁月往事，需要慢慢咀嚼品味。你便会发现，一切都是芸芸众生里你、我、他的纷纷且开且落。每个人都像烟花一样，都会有自己最绚烂的时刻。平凡的人，也会有自己的高光时刻；朴素的心，也会有自己的绚烂。谁也无法阻止时光的脚步，这是自然规律。该来的总会来，该走的总会走。三千繁华，弹指刹那间；多年之后，一捧黄沙。人的一生，说到底就是与自己相处的过程。天地悠悠，过客匆匆。其实我们来到人间都是"暂坐"的过客而已，我们终将在岁月中老去，但是我们内心依然跳动着生命的火焰，永不熄灭！人的一辈子其实很简单，三言两语可以概括一生；世间事很复杂，千言万语也说不完此生际遇。我们总是在感动中看人生境遇，在烟火气中感受生活百味。那些人、那个时代，仿佛离我们远去，但又恍惚近在咫尺。

《东关尘》中的芸芸众生，在人性的长河中或许是那么微不足道，唯有信仰在尘世中才超凡脱俗，彰显出温暖诗意的光芒。他们的命运有相同之处，也有所不同，但在特定的年代下，他们逃脱不掉时代的印痕。

邵武东关堪怜、堪悲、堪笑；但亦可歌、可泣、可颂。

2023 年 7 月

（蔡忠明，时任福建省邵武市政协主席、党组书记）

落定又扬起的东关尘埃

◎石华鹏

东关的尘埃落定了吗？也许。不过，每一粒尘埃总在落定—扬起—扬起—落定的命运轨迹中循环往复。一个地方、一个人、一段历史，其命运如尘，又何尝不是如此呢。

东关尘，这个名字好啊！首先，它指示了一种宇宙观、人生观。天地间万事万物，风雨雷电，人间冷暖，莫不仞于尘也高于尘，终究归于尘。其次，它铺展了一幅东关的历史长卷和人文图景，如清明上河图般，历历在目。百年东关，历史滚滚如烟尘，人世苍茫如烟尘，你方唱罢我登场，热闹与落寂，豪气与悲情，崇高与微小，交相映照于这方水土，形成独特的东关人和东关文化。

东关的烟火气与东关的英雄气，是天长地久的日常，也是惊天泣地的传奇。这一切，都在马星辉的长篇小说《东关尘》中得以呈现。

东关何所谓也？东关是千年古城邵武的一片街区，毗邻邵武母亲河富屯溪，有码头可登岸，以一条3000米长、10米宽的中山路古街为中心，向四面辐射，各种巷、街纵横相连，形成一片屋脊起伏、黑瓦连绵的千年古旧街区。邵武东关一度成为邵武的代名词，是因为东关的丰富和重要。

东关曾是一片繁华之地。商铺相连——布庄、当铺、杂货店、京果店、粮油米面，应有尽有，整日人头攒动；机构林立——东关街巷四处，散布着福州会馆、江西会馆、基督教堂，美国人创办的幼稚园、医院、奶牛场、银行、保险公司等，还有抗战时期从福州迁移到此的福建协和大学、格致中学等，小社会，大江湖，一代一代，热闹无比。

东关曾是一片风云之地。国内革命战争时期，东关是中共闽赣省委地下联络站所在地，亦是国民党特务的一个重要据点，国共两党秘密战线在这里进行着惊心动魄的较量。抗日战争时期，邵武东关与建瓯西大洲机场同为后方重要物资基地，东关民众、码头帮派、江湖义士等组成队伍与企图破坏物资基地的日军特遣队进行浴血较量，东关人的民族大节与英雄气概直冲云天。

东关也是历史文化的忧伤之地。曾经的繁华和风云流逝之后，今日的东关平静下来，与世无争，成为一个见证历史的古旧例证。马星辉动情地写道：多少年过去了，东关依然如故，依然是新中国成立前的旧貌，低矮单薄、简陋腐朽的木板房群中掺杂着一些不甚起眼的砖瓦房，电线乱如蛛网，地面坑洼不平，甚至墙皮斑驳掉落，与不远处新城区的高楼大厦相比，显得很是无奈与破败。它蹲伏在一个被遗忘的角落，只能默默地回忆着曾经有过的传奇与辉煌。不过，东关也在 21 世纪以来的保护、开发、怀旧之间留住了记忆与往昔滋味。

很显然，这是一部关于东关的烟火、繁华、筋骨以及忧伤的记忆之书。书中的人物宋大龙说："坦坦荡荡，不虚伪；本本分分，不圆滑；简简单单，不复杂；真心实意，不算计。咱们东关人脾气暴躁，但认做人！讲道理，宁可吃亏上当，也不把人伤，宁可受伤受骗，也不把人害。"

书中的大医师何逸夫站在东关城楼上微微一笑地说："这行春门城头上啊，凝气为精，聚能以场，缩浓而质，积微显量。我不仅是在看天气的阴晴变化，同时是在感受东关城墙堡上的灵气，这是一股气韵浑厚的英雄灵气。"

书中一位在东关生活了四十年的外国传教士说："邵武东关人阳光血性、耿直大方，而且为人朴实善良。这是我此生不愿意再离开的地方，我要停留在这里直至老去，人生要行走在东关包容四方的大街小巷里……"

这是马星辉所展示出来的东关的筋骨和气质——坦荡、本分、灵气、血性，正是这筋骨和气质塑造了百年东关的人民和历史。

马星辉写《东关尘》，实质上是在为东关以及邵武作传。

马星辉生长于东关，对于东关，自然情浓于血水。写《东关尘》时，他无数次走进东关的小巷，与东关的一草一木、一砖一瓦、一景一物相遇中，生发出扼腕的感慨和无穷的回味。这种情感在《东关尘》的字里行间毫无保留地游走着。正是因为有了这种情感，这部地域传记有了别样的动人力量。

近几年，作家为城市作传成为时髦，邱华栋的《北京传》、叶兆言的《南京传》、何况的《厦门传》等，我想马星辉的《东关尘》不是赶时髦之作，而是"起于情发乎心"之作，是一个文士自发地对故土的回馈之作。与那些结构规整、叙事风格一致的城市传不同的是，《东关尘》更野、更随性、更自在、甚至更散漫。它是一个"大杂烩"，内容上和叙述手法上的"大杂烩"，这也构成了这部书的妙处之一。

内容上的杂烩。《东关尘》既写了东关的贩夫走卒、市井人物，也写了贤人雅士、英雄豪杰；既写了大历史——红军在邵武、浴血抗日，也写了小生活——家长里短、七情六欲；既写了典籍志书里的一本正经的东关历史，也写了道听途说的各类传奇各类奇技淫巧；既写了洋人的东关往事，也写了传说人物的魔幻故事；既写了东关的衣食住行，也写了东关的娱教医养……东关的一切似乎都写了，该写的不该写的，也都写了。

叙述手法上的杂烩。《东关尘》有小说的笔法，对话、场景、悬念，一应俱全，一丝不苟地塑造人物，推进故事，一个个人物被演绎出来，鲜活无比，比如写豆腐王、朱半仙、橹子裁缝等。有散文随笔的笔法，细致地平铺地写来，如绣花般耐心和细心，比如写东关的泥鳅钻豆腐，写东关的布匹等系列民俗文化，用散文随笔笔法，写得活色生香。有通俗故事的演义写法，比如写张三丰，写传教士福益华，大事不虚，小事真假难辨，很有吸引力。写法上真实、严谨，力求叙述的来源可靠。《东关尘》的叙述时间非线性，根据人物和故事的需要相互交叉，顺叙、倒叙、插叙随时应用，群像式地写了二十多个人物交织的命运。书中人物的命运在时代大潮中激荡出一串浪花，作者没有把重心全部放在跌宕起伏的情节、错综复杂的人物关系上，而是重点展示人与人之间的较量以及大时代背景下人物的命运。

对于这种随性、自在的文体"杂烩"和内容"杂烩"的写法，马星辉似乎有些心虚，他在"创作手记"中为自己辩解，他说："我只是在记录生活的原生态。或许有人以为这是平平淡淡的鸡毛琐碎，没有文学内涵、没有深邃的思想。但现实中芸芸众生就过得如此平平庸庸，没有轰轰烈烈、惊天动地。""作家既要能写纵横捭阖，还要能写日常生活，既有大胸怀和大视角，作家也要有写高度生活化的日常细节的写作能力。"这种解释是没错的，一些忠实于现实和自然的作家，就不主张过分地规整和提炼，而是采用这种随性、自在的"杂烩体"来写作，尽可能地在文字中保留生活和记忆的原生态——因为现实生活和记忆生活本来就是混沌、彼此交替的。无疑，《东关尘》在这方面做了有效探索。

我是怎么与星辉老师认识的，具体情形已不记得，不外乎文学活动或文人饭局上的邂逅。星辉老师是文学前辈，他平常对我多有赞誉，弄得我不好意思，交往久了便有了忘年之谊。他是福州人，随父辈入邵武，在那里成长，生根开花；他到福州是回家，我们便有了常往的机会。我也多次到邵武，因为邵武有星辉老师和一帮更年轻的文学兄弟，每次去都异常开心和亲切。他笔下的东关我也是多次去行走，一个留有过去记忆的古街区，岁月不惊，时光不扰，宁静祥和，砖木的铺子和屋宇都已经老去，纵横交错的街巷保存完整，在这个火热发展的时代，它似乎在等待着什么。这一次读《东关尘》，等于在纸上重走一遍东关，在时间的深处重新了解和理解东关和东关人。

马星辉在《东关尘》中写了那么多性格突出、性情丰富的东关人，其实他自己就是典型的东关人——仗义、侠气、勤奋、体恤。郁达夫说："文学作品都是作者的自传。"莫不是马星辉用情、用心写的那么多东关人其实就是写的他自己？

我甚至想，要是三五十年后有人写一部《邵武传》，马星辉一定得成为其中大书特书的文学人物之一，就像他现在写的关东的那么多人物一样。他是邵武文坛的传奇，写他身上的文气——已出版文学专著16部，提携了邵武文学诸多的后备军；写他身上的侠气——做人做事不藏着，不掖着，对朋友厚道，侠义，尽管有时显出霸道的言行；还要写他身上的仙气——文友时常提到他"两腿细细身怀绝技"的身形上的纤细以及他长期浸润和写作张三丰所形成的那种仙风道骨……

（石华鹏，中国作协文学理论与批评委员会委员，福建省文艺评论家协会副主席，福建文学杂志社常务副主编）

目　　录

第一章

东关民谣：

铁城郊外猴子山，草莽英雄出东关。
一岁吱呀学鸟语，两岁扶墙沿街走。
三岁偷谷爆米花，四岁台上学小丑。
五岁乡下摘田瓜，六岁溪中摸鱼虾。
七岁拾柴给爷烧，八岁上山采野花。
九岁砍竹搭房子，讨个马娘生孩子。

01 东关拂晓

　　乾坤有序，宇宙无疆；星辰密布，斗柄指航。地处闽浙赣三省边际的邵武东关是一个繁华的江湖码头，三教九流，鱼龙混杂；江湖剑客，聚集一地；昼白夜黑，日明月亮，夜生活自然也是五光十色，笙歌不辍。当的是：爆火猛烈龙虎会，娇娘美女夜夜欢。十八新娘八十郎，苍苍白发对红装。故，有不少到了半夜才上床睡觉的夜猫子，这一点也不亚于都市的居民。但水暖水寒鱼自知，花开花谢春不管。东关的平民百姓还是居多，他们发上等愿，结中等缘，享下等福。奉行着老祖宗的教诲：衣不过暖，食不过饱，住不过宽，劳不过累，逸不过懒，怒不过度，名不过求，利不过贪。他们勤劳忙碌，操劳生计，每日里都要早睡早起。

　　豆腐王在公鸡啼鸣的第一声便会准时醒过来。忠厚老实、勤快本分的豆腐王长得敦敦实实，由于长年磨豆浆出大力的缘故，上半身肌肉发达，碗口粗的胳膊很有些蛮力气。只是他眼睛长得像绿豆那么点大，脸型则像一柄瘦瘦的弯刀镰，让人觉得不怎么待见。

床头大衣柜下有一只鬼鬼祟祟的秃毛老鼠，它听见豆腐王的起床声响，立马竖起了两只后脚爪，十分警觉地竖耳细听而去，然后"嗖"地一下便窜进黑暗中。豆腐王两眼惺忪坐起了身子，熟练地摸出了枕头边上的火柴，窸窸窣窣地点亮了一盏带有玻璃罩的煤油灯。黑魅魅的夜中有了晃动的光亮，把豆腐王的身影拉得很长很长……

闽北山城邵武东关，是一个历史悠久的千年老街区。诸子百家、孔孟老庄、帮派宗教、三教九流其中，鱼龙混杂码头，江湖深不可测。亦是一个有着扁鹊灵医、鲁班巧匠故事的地方。罗盘硝药，针灸疗伤，蝌蚪摆尾，蛤蟆鼓囊，显得神秘叨叨。街头巷尾、屋里厝外都充满了鬼神精灵的传说、人间的爱恨情仇。

东关基督教堂的美国教士福西华说："上帝创造了两种伟大的光，较强的光统治白天，较弱的光统治黑夜。光与暗，日与夜，相互分离，循环往复，永无休止。"

一日有夜12时，子丑寅卯，辰巳午未，申酉戌亥，夜半为子。

此时天交五更，月亮隐入了厚厚的云层中，浓墨汁般黑的夜，似鬼魅般地在四处晃悠。极静的四周，尽是喧嚣付出的代价。露熬了一夜，挤出小小一滴晶莹剔透的感恩。星宿整个晚上都在揉眼，因为视界里有太多的看不懂。小树林此刻已在翘望叽叽啾啾的鸟鸣。东关古渡的河面上升起的云雾在悄然无声地漫延，先淡薄，后渐浓、渐浓……使得夜空中的晨星若隐若现，眨闪着不舍离去的眼睛，看着混沌的人世间慢慢地苏醒了过来。黎明前最黑暗的这个时辰，东关人把它叫作"天蒙蒙光"，而之前的五更之时，则称为"漆里骨黑"。有道是：太阳不知道黑夜的情况，月亮不了解白昼的景象，太阳与月亮都有光亮可以照明，却不能兼知黑夜与白昼的情景。在漆里骨黑的夜里到底发生了多少见不得光的事，只有天知地知你知，局外的人谁也不知道。

在昏暗微弱的灯光下，豆腐王的老婆翠玉丰腴白嫩的双臂搂着一床肮脏的被子，睡得死沉死沉，响着轻微的呼噜声。

邵武人管老婆叫"马娘"，传说宋末战争频繁，元军一路风驰剑舞，电闪雷鸣，攻打至邵武东关，血光四处。忠于朝廷的南宋儿郎纷纷应征入伍，参与抗元的战争中。东关人忠义爱国，同仇敌忾，与元军殊死作战，击退了元军一次又一次的攻击，双方伤亡惨重。邵武城破后，恼怒的元军尽管没有屠城，但杀害了被俘的守城宋军和参与防御作战的百姓；征用大量民间男丁编入军队，作为先头部队冲锋陷阵而被杀，能幸存一命的屈指可数。

战争结束后，有一些退伍官兵不愿回原籍，就留在了邵武东关。由于战争致使男女比例失调，当地官员为解决老百姓有女难嫁的问题，将到了婚嫁年龄的女孩集中起来，盖上红盖头，让退伍官兵蒙上眼睛，骑在马上抓选新娘。这样既解决了百姓有女难嫁的问题，又解决了退伍官兵娶妻成家的问题。有一个退伍士兵长相平平，心想只要能有一个与他相差无几的老婆就知足了。没想到这新郎手气尤好，掀开红盖头，竟娶到了百里挑一的美貌女子。这下子可高兴得不得了，骑在高头大马上洋洋得意，心里美滋滋的他触景生情，称自己的娇妻为"马娘"。其他的退伍官兵觉得这称呼不错，也都以此称之。从此管老婆叫"马娘"的习俗就在邵武流传开了。

豆腐王体贴女人，他生恐吵醒了老婆，轻手轻脚掩上了房门，打掌着煤油灯向屋后的豆腐坊间走去。豆腐王有艳福，是穷汉养娇娘，人穷女不穷，可着劲儿养老婆。常言道："男要吃，女要睡。"豆腐王老婆又会吃又会睡，自然保养得嫩鲜白胖，一身风骚。

东关人有这么个说法："嫩生（鲜嫩）的女人是个宝，尤其是略胖的女人，还会旺老公。"对于这个说法，豆腐王打心眼里是一百个赞同。不说别的，在寒冷的冬天有胖乎乎的老婆暖被窝、贴身子，那可人的热乎劲让人骨头都会懒洋了。豆腐王每天睁开双眼，只要看到身边女人一身的肥嫩肤肉，就像有了满屋子的春意。所以心情好的他，豆腐也做得水嫩，把老婆养得比豆腐还水嫩。

街坊邻居说："豆腐王你家的生意好，那是货软人硬。靠的是啥？全靠你老婆长得水嫩，靠你的这副弯刀脸想都别想。"

豆腐王听到这些话从不生气，不仅因为他结巴，说话费劲，还因为他在心中窃窃自喜，自古都说孬汉娶娇妻，这是天注定，众人只有羡妒他的份。所以他对自家的女人愈加体贴入微、关怀备至。他对老婆说:"不摸锅底手不黑,不拿油瓶手不腻。这些粗活不用你劳心。你呢,与我安定睡觉。先睡心,后睡人,睡觉睡出一个大美人。"

今天东关基督教的教友们搞礼拜聚餐,多订了30板(每板10斤)豆腐。翠玉本要早起一同帮忙的,但豆腐王舍不得叫醒她。豆腐王历来相信,这人要身体好,睡比吃还重要。要不怎会说一天吃头猪,不如床上打呼噜。

做豆腐的营生很是辛苦,起早摸黑,赚钱不多。但豆腐王不怨不气,他认定做人要感恩,能有今天已经不容易。人家骑马我骑驴,后面看看还有推车人。人不得全,瓜不得圆,知足最重要。所以豆腐王很是知足不怨,心甘情愿。因为东关人都爱吃他做的豆腐,每天的货是供不应求,这让他很是开心欣慰。自从20多年前他从乡下和平镇来到东关上河巷做豆腐,若没有东关人的仗义与关照,就没有他和老婆现今比上不足、比下有余的日子。他说天下事不如人意者十之八九,人要学会知足。想不开、放不下,只是自己难为自己。别贪求事事十全十美,万事只要半称心,就是快乐。其实不仅是豆腐王一个人知足常乐,整个东关人都是这种心态:发上等愿,结中等缘,享下等福。

豆腐王的豆腐品质与众不同,是独一无二的和平游浆豆腐,祖传下来的手艺。他的豆腐不用石膏,不用盐卤,而是用老酵点豆腐,制作秘籍是用陈浆作为酵母来制作豆腐。酵母盛放在一个大缸中,古法手工制作游浆豆腐用了多少酵母水,当天就要适量添加进去,以保证天天使用、天天不减。制作过程中最重要也最费时的一道工序就是游浆,一整套流程下来要经历十几道工序,耗费四五个小时。如此做出来的豆腐不仅原汁原味,而且口感极是嫩滑清香。不仅他的豆腐质好量足,而且更重要的是他做生意极为诚信,一旦有变质的豆腐,他便自行收起,不肯卖与人家。有句话说得一语中的,卖伞的喜欢下雨,卖药的喜欢人病。但豆腐王绝不会有这种念头。有一次天下大雨,前来买豆腐的人因暴雨而耽误,待到下午雨停再前来购买时,却由于天气闷热,豆腐略有一点不新鲜。豆腐王便把积压的豆腐全收起来作猪食,一块也不肯售人。前来买豆腐的人闻了闻说,只是略有一丁点的不新鲜罢了,尚可食之,不至于拿去作猪食,要不就减点价卖了。豆腐王道:"那、那不行,不、不能坏了自、自家的规、规矩哩。"

东关人穷富一处，相殊甚大，富的人吃香喝辣，放屁都会油了裤裆。而穷人马瘦毛长，除了筋便是骨。豆腐王当然算是穷人一类，但他穷归穷，却有着东关人的厚道。这厚道不是愚笨，不是傻气，而是老实本分。真诚待人，踏实处事，说到做到，绝不占人便宜！厚道的人是真心对人，心思简单，踏实可靠，不动歪心思。为人耿直，不玩虚假，不要心机，与这样的人交往内心舒坦，让人心安。厚道于东关人来说，是问心无愧的活法。

由于豆腐王的豆腐质好劲道，可以做出一桌有近20道花样的豆腐宴。比如"泥鳅钻豆腐"便是一绝，做这一道菜可是有讲究，须慢工出细活，才能其味无穷。首先是豆腐要比平常多压制一个小时，更显得结实；泥鳅的个头则挑选 般均匀大小，先放在活水中养上两二天，待其吐尽腹中泥沙后，再用当地家酿米酒浸过一遍，除去腥膜和泥巴味。尔后，再用鸡蛋清喂养一天以上，烹饪时放入冷水锅中，以温火将水慢慢烧热至一定的温度。待泥鳅遇热在锅中乱钻时，放入切成四方形的白豆腐，泥鳅在锅中正热得不行，见了冷豆腐便纷纷立即钻入其中。此时突然加大火力，用猛火烧一会儿，若火候掌握得恰到好处，泥鳅的头、尾皆露在豆腐外，身子则在豆腐内。这时再配以葱白、姜末、胡椒粉、食盐、红酒佐料，就是一道味道鲜美、细嫩爽滑的"泥鳅钻豆腐"。

今天由于基督教堂教友们会餐，要做的豆腐量比平时多了一倍。豆腐王足足忙乎了两个多钟头，才把成形的豆腐脑盛入特制的方形木格中。尔后压上石块滤干水分，等待着豆腐的自然成形，这算是完成了当天的绝大部分活儿。豆腐王抹了抹汗水，长舒了一口气后，打开自家院落的门房，坐在木门槛上，点燃了手中的竹管旱烟，惬意地深吸了一大口……

此时天已露了白，中山街的路灯刚刚熄灭，四周陆陆续续响起了街坊邻居们早起忙活的声响，东关人新的一天又开始循环起来了。

说来东关这个地方不简单，全中国多少的县城都没用上电灯这洋玩意，哪怕省城福州也是重要区域才有电灯，但在闽北大山的邵武东关却有了电力。东关人早先用的是盘碗状的油灯，后来用上了煤油灯。说起这煤油灯还有故事，某年从上海来了一个蓝眼珠、高鼻子的美国人，他给东关的民众挨家挨户地送了300个煤油灯，每盏煤油灯里都装满了煤油，一分钱都不要，白送。嘿，还别说这带玻璃罩的煤油灯还真好用，不仅不怕风吹灭，而且有个拧头可以调节光亮的大小。可是待这一油盏用完了，才发现洋人有道道，把煤油灯丢了？不可能！那太可惜。其实这美国人已在东关开了一家卖煤油的店等着呢，自然而然大家都要买这美国人的煤油续上了。众人不得不佩服这个洋人实在会做生意，所以把这煤油灯也叫"洋油灯"。

1920年，东关的大户人家姚尚文、姚尚武兄弟俩创办了邵武第一家独资经营的青精房电灯厂。厂址在中山路进贤坊盐仓，福州会馆的南边。两兄弟投资了2000块银圆，装机容量虽然只有5千瓦，但电灯厂的发电设备为美国进口产品，通过福州亚美洋行到上海购买，经过海运至福州，尔后再经大溪河由福州运到邵武。

这台5千瓦的发电机利用煤油机通过转动齿轮带动，所发电能先充到30对蓄电池中储存。一般在白天发电充电，夜晚再将蓄电池以110伏直流电对外供电，故灯光不算明亮辉煌，但通常可供电至深夜12点，遇上重要节日则通宵供电。青精房电灯厂有公益心做好事，免费提供中山路沿街中间地段的12盏路灯，方便东关夜间的过往行人。

在第一次发电亮灯的那个夜晚，整个东关区域漆黑一片。在火把的照射下，西装革履的姚尚文神采奕奕地出现在福州会馆大门前。亮灯的仪式很是隆重。姚尚文如同战场的指挥官一般，他向手下发出号令，将总开关一合闸，顿时东关的夜出现一片耀眼的光亮，像神话一样奇妙。百姓们齐齐探头伸脑，推窗开户，见证这史无前例的时刻，人们欢呼呐喊，无不惊奇雀跃。

青精房厂于1921年正月建成发电后，可装灯200盏，每盏5至25支光，月收费3角大洋。供电范围从东门城门口至东关孤老巷这片商业闹市区，供电对象主要是做木材、香菇、笋干生意的店铺以及一些有钱的人家使用，用途自然是以照明为主。

因为有了电灯这玩意，姚尚文、姚尚武兄弟俩还让邵武人开了一次洋荤。他们特意从上海大明星公司调来卓别林主演的一部无声电影，在东关城门口的宽敞地放映。邵武的老百姓哪里见过电影，稀罕地把东关城门口都挤爆了。直到过了很久，人们还在津津有味地谈论这件事。大家怎么都搞不懂，那生龙活虎的人怎么就跑到大白布上去了？

1922年6月，邵武发生了一场几十年不遇的特大洪水，洪水淹没了青精房电灯厂的发电机组，设备损坏严重。因电灯厂资本不多，收费困难，开销过大，要再耗资修复损坏的机组，得不偿失。于是青精房电灯厂宣告关闭，该厂的部分发电设备被亚美洋行低价收回。

1923年4月，住在东关的冯金奇先生又兴办了第二个电灯厂，名字叫作"合则美电灯厂"。该厂装机容量比先前的大了一倍，达到了8千瓦。发电机组也是从福州亚美洋行购买并派员安装，仍用煤油机带动，使用60对蓄电池，以110伏直流电供电。

该厂于当年底建成发电，共装灯300余盏，每盏5至40支光，每支电灯月收费3角大洋，主要供应城内民商照明使用，供电时间一般为晚6至12时，节日通宵达旦。

东关百姓惊奇这"电"的厉害，所以将这电灯叫作"串灯"，也有的人将电灯管叫"鬼灯"。有些外关人跑到东关发电机房看稀奇，边看边摸，到处乱动，十分危险。厂方怕出事加以严呵制止，由此双方起了冲突，从口角上升到肢体相斗。其中有一些爱闹事的外关人，嫉妒东关人有这么好的东西享受，而他们却没有，竟然纠集一些人进厂打砸设备，剪断电线搞破坏，自然遭到了东关人的痛斥与反击。相斗中致使刚建成的发电机组损坏停用，经过福州亚美洋行派员修复后方继续发电。但闹事的外关人也领教了东关人的强悍，以致后来到了东关办事都小心翼翼、老老实实，犹如狗不敢吠虎、老鼠不敢叫猫一般，绝对不敢在东关一带惹是生非，自讨苦吃。

这年的11月，兵祸四起，北洋兵南下进驻邵武。冯金奇先生的合则美商行被抢，电灯厂也遭殃，发电机组被砸，煤油来源中断，合则美电灯厂被迫关闭。后来损坏的发电设备被顺昌洋口电灯公司买去，修复后安装在顺昌洋口镇基督教堂附近。

1925年夏，美国基督教传教士林查理雄心勃勃，准备在东关兴建一座较大的福山窠水力发电站，供邵武整个城区的照明用电。但是，适逢邵武汉美中学掀起反对洋人侵略的学潮，加之兴建水力发电站的资金亦不足，福山窠水力发电站计划最终落空。

1937年夏，另一个东关大户人家陈作舟集资12万银圆，在中山路福州会馆的下隔壁，筹建了樵光电气公司，购置安装12千瓦煤气发电机组一台，110伏直流电供电，该发电机组于1940年建成发电，主要供应东关城门口到城外 400 至 500 米的民商照明，月收费标准为每盏灯 4 角大洋。

随着东关电力的问世，东关便有了几家靠电力作业的小工厂。首先是与老百姓休戚相关的碾米厂，1931 年，城区开办了 3 家小型机器碾米厂，其中荣丰碾米厂拥有 10 匹木炭煤机、发电机，20 寸砻谷机、2 号米机各一台，每天可加工稻谷 3 到 4 吨；二是平民织物工厂，在小东门创办了生产毛巾、线布的织物工厂；三是在东门外的鼎厂，也叫"万陞铁锅厂"，产品是各种口径的铁锅，面世后很是畅销；四是染坊厂，染坊全部都分布在东关城区，一般都是前店后厂，也有个别专营染坊业的，但都开在偏僻的巷子中，经营者全是江西人。在东门外吊桥下遵道街还有一家"茂发厚"布匹店，兼营染坊，主营的土布批发生意做得很大，零售每日营业额在 200 银圆左右，资金最盛时达 2 万银圆。毫无疑问，东关的繁荣让所有邵武人甚至闽北其他各县都十分羡慕不已。

东关人也以此自豪，茶余饭后，电灯照明这件事在人前人后成为夸耀的话题。唯有甘草爷却意味深长地道："别相信灿烂的灯光，看不见的事还隐藏在它的后面，黑暗最终会笼罩着我们世人。"

众人思索了半天有些莫名其妙，听不懂甘草爷的话是什么意思。

只有东关四杰之首何逸夫听了，微微颔首赞同，在一旁言道："甘草爷是一个有智慧的人，能一眼看到过去，一眼看到未来。"何逸夫的这番话，众人依然也不理解是什么意思。

题外话打住不言，却说此时豆腐王慢悠悠地抽着烟，深吸缓吐地很是享受。他听荣丰碾米厂的丁老板说，做豆腐也可以装电力哩。他仰望着街边的路灯在心中想道，真能如此就好了，那磨豆浆是最累的活计了，如果想办法装上电力磨豆浆，定然省时省力，自己每天可搂着马娘多睡一会。但是装电定然很贵，以自己这样小本经营的豆腐坊是装不起……

此时，东关大街小巷在依稀中逐渐明朗了起来，虽然街坊邻居的门户大都还紧闭着，但东关已然苏醒。随着三声雄鸡啼鸣，在由浓变稀的迷雾中，天空中的淡灰色逐渐变成了清晰的鱼肚白。据说当年明太祖朱元璋年幼时从安徽凤阳随父母逃荒至邵武，曾在报恩寺当小和尚，与忘年交的邵武人氏张三丰在山中寺庙外深夜相遇，二人交谈甚久，不知不觉中天边已是泛出了晨亮来，从东关街巷中传来了一声雄鸡鸣啼的声音，随之黎明立时大放，东方一片如血红霞，一轮骄日冉冉升起，大地呈现出生机无限。朱元璋见此景象，神情兴奋异常，起身来舒展龙体，豪情满怀，以鸡为题作打油诗：

鸡叫一声撅一撅，鸡叫两声撅二撅。

三声唤出扶桑来，扫退残星与晓月。

东关土秀才赵子星了解这个历史典故，亦以鸡为题作打油诗一首：

雄鸡叫唧唧，鹰嘴朝天啼。两更不作声，半夜黑漆漆。

三更驱鬼怪，五更啼晨曦。一轮红日现，众生忙生机。

黎明的大地充满了生机，展现给人世间的是生命的召唤，所有一切都回到了现实之中。那躲在黑暗中的污垢、所有见不得光明的丑陋，都悄然隐身而退。每个醒过来的人，日复一日地开始了新的一天。虽然这个世界泥泞不堪，生活很艰辛很无奈，但淳朴的东关人依然心怀感恩，眷恋着这个不能随心所欲的人间烟火，他们每个人就如何逸夫说的那样，虽然不能做自己想做的事，但都在做着命中注定应该做的事，而且只做一件事，为了生计，不会去朝三暮四。老话说得好：般般皆会，件件不精。一个人的精力有限，如果什么都要学，最终的结果，就是什么都学不好。东关人需求不高，储水万担，用水一瓢；广厦千间，夜卧六尺；家财万贯，日食三餐。

也就在这黎明时分，东关回族居住的小巷马祥兴的家中，几个人在晨雾的掩护下出门悄然离去。这可是一个生死攸关的大秘密，昨天晚上他们聚集在一起，商讨了一个晚上，举行了"鸡血酒"会。他们喝下了鸡血酒，商定了一系列地下斗争的计划。参加鸡血酒会的有谢细崽、兰小妹等九人，通过新的党员与团员，成立了邵武第一个共产党小组，谢细仔任邵武党团小组组长，兰晓妹为副组长。

02　草民众生

春天的清晨。东关行春门。

从第一声鸟鸣开始，行春门边上的小树林逐渐地热闹了起来，各种鸟雀儿们叽叽喳喳地嘈杂着，相互传递着悦耳的鸟语，随后张开翅膀"扑棱"作响，飞向四处觅食。

春雨细细，柳丝长长，河开雁归。没有什么比春天更好的了，它清新、自由、丰盈，饱含着无限的希望与憧憬。所有的枯寂，仿佛都能在春天得到新生。四月春浓，树叶开始渐多而翠绿，早开的清明花已萌结出白色花蕊。东关城墙上还有一种叫不出学名的花，长得细而白，东关人管叫它"棉絮花"。它在蕊落时有絮绽出，质轻如棉，色白如雪，随风飞舞，散落在各处，增添了东关的魅力。

有一位江湖高人曰："酒色财气四堵墙，世人都在里面藏。鱼龙混杂的地方才叫码头社会。"此言不差，东关人的码头文化味很浓厚，有着传统的行事习俗与规矩。他们崇拜江湖侠义，敬佩英雄人物，不管三竿子打得着打不着，也要尽量往自己身上靠。这不，城边巷开瓷器的迟花花的姓与卖的货都与"慈"字谐音，便理所当然地称自己是"瓷喜太后"；城门口补车轮胎的刘二麻子便叫自己"拿破轮修理店"；在兴化巷口糖果店的唐九丘便把店名叫作"糖太宗京果园"；中山路 613 号开布庄的吕小波是子承父业的年轻老板，人又长得英气，当仁不让地叫自己为"吕布"；而那精瘦干巴、卖碗糕的高老五，有鼻子有眼地说自己是"汉糕祖"投胎……

众人听了都嘲笑嗤鼻，说他们是歪瓜裂枣，鸡屁股插羽毛——算是什么鸟？这些人回应说："歪瓜裂枣，正梨烂桃，才是有味道。"当然，这些个自我吹嘘，没人去认真当一回事。吹牛的也知自己与名人是八竿子打不着，只是说笑而已。这就是东关人的一种生存状态，常言道："乌鸡生白蛋，老子挑葱儿卖蒜。"他们知道自己几斤几两，自嘲说，尿泡虽大无斤两，秤砣虽小压千斤。他们乐观洒脱，凡事想得开，一切随缘，苦中作乐罢了。只有像何逸夫、甘草爷、敖东拉、宋大龙这样的人，才是真正有本事，让他们真正心底佩服的人。有高人说，东关是一个藏龙卧虎的地方，但毕竟太小，河宽水浅难养龙，庙小容不下大佛，或许只有走出东关的人才能成龙。

何逸夫与甘草爷欧阳云峰、水鬼敖东拉、鱼鹰王宋大龙等四人被东关民众尊为"东关四杰"，他们是声震江湖响当当的英雄汉子，他们的所作所为可圈可点，东关民众没有哪个不服、谁人不敬的。在东关四杰身上，体现出他们各自不同的人缘情场，这是长年累月积攒下来的"气场"。他们呈现给民众的是积极向上、与人为善的气质。他们是更容易让别人愿意亲近的人，在他们身上显然有一股道德的力量。这四个人都是气度大的人，能够包容别人，不会锱铢必较，更不会咄咄逼人，有着"仰天大笑出门去，我辈岂是蓬蒿人"的洒脱，无论做人还是做事，始终秉持着正直豪迈的气节。所以连邵武的县太爷都说："东关四杰是一个很硬的名词，像铁城一样铁骨铮铮。"

何逸夫的住宅宽敞有派，在东关很有名气。它坐落在中山路大中里的后半段，是清末时建的一所三进三厅的老宅，冬暖夏凉，极是宜居。何逸夫每天比豆腐王虽然起得略迟些，但总是与早起的鸟儿们一块儿醒来，开始他一天有规律的忙碌。30多岁的他有派有款，精力充沛，长得相貌堂堂，英俊丰逸，一米七六的身高，体型高大，骨骼健朗，是标准的一副衣服架子。有人形容他走路脊梁挺拔、步伐稳健，犹如泰山不动、山河不摇，就像一只大象的行走，一步一个脚印，正如他为人处世一般，光明磊落，顶天立地。

何逸夫闲来无事时，总喜登上行春门城头堡。这行春门是邵武城墙四门之一，宋太平兴国四年（979）置邵武军，筑城十里有奇。最早辟有七门：东曰"行春"，南曰"武德"，西曰"朝天"，北曰"小北"，东北曰"小东"，西北曰"车阑"，西南曰"樵岚"。南宋绍兴五年（1135），改为四门，东门仍曰为"行春"，西门曰"镇安"，南门曰"武宁"，北门曰"樵溪"。百姓亦称之为东南西北四关。明洪武年间，河南侯筑闽诸城。邵武之城，因元旧加修，周一千三百三十八丈八尺，崇二丈八尺，女墙崇四分之一。明崇祯十四年（1641），东关城楼毁于一场莫名其妙的大火。由官府与民众出资合力重建，并增高垛口三尺，由此东关城楼逾显坚固悠久。

何逸夫上得城门，便在一块偌大的直径有80多厘米的黄蜡石上坐定，聚精会神、不动声色，朝天空中观雾测云，遥望远山微微吐气纳精，一坐就是半个时辰左右。有人好奇地问他："何大医师在看什么？看天气？"

何逸夫微微一笑："这行春门城头上啊，凝气为精，聚能以场，缩浓而质，积微显量。我不仅是在看天气的阴晴变化，同时是在感受东关城墙堡上的灵气，这是一股气韵浑厚的英雄灵气。"

此话并非信口开河、空穴来风。想当年一代太极宗师张三丰从武当山回邵武老家探亲，夜宿东关。他信步走上城墙堡，在观察天云星象时，突见有妖星显现东南方向，甚为耀眼刺目，呈凶狠犯主之景象。张三丰当下心中不由一惊，便掐指算去，知是日本倭寇欲要起兵侵扰东南沿海。张三丰恐朝廷疏失，连夜进京面见皇帝朱元璋，言明日寇蠢蠢欲动、欲侵中华，有大动兵戈之像。朱元璋历来信服祖师爷张三丰的话，对这次预警深信不疑，及早制定出了对付日本倭寇的方策，幸免了东南沿海的一场浩劫。

何逸夫虽然比不上先人的神测天算，但他站在这东关城墙堡上，亦能从云雾的形状、薄厚、颜色及其微妙的变化中，识别当地3天之内的阴晴风雨、风云变幻，且屡有灵验。这功夫有如桃花酿酒、春水煎茶，是一种不显山不露水的内功。在东关城门上看风雨雷电、云山雾罩，何逸夫总是感到自得其乐、荣辱不惊。他在观赏云雾景致，想象云雾幻化的同时，心灵亦随着飘逸的云雾，有着一种历经沧桑的云淡风轻。他觉得云雾与人世间的芸芸众生相连，与大千世界的变化无穷十分相似。

在何逸夫察云观雾的时候，阳光渐渐照亮了东关的街头巷尾，附近一些爱活动筋骨的人，都陆陆续续地登了上行春门城头，开始晨练养生。街坊邻居们相互间一边打着招呼："天公（早晨）早！天公好！"一边散定四周，随着何逸夫练功。大家做完了规定动作后，便将屁股齐齐一转向，朝着早晨的太阳晒起了自己的后背来。何逸夫把这个动作叫作"背部受阳"。为何要拿背部受阳？何逸夫对此亦有说法，他说："天之大宝，只此一丸红日，人之大宝，只此一息真阳。阳气是天上的太阳散发给世间的恩赐，对于人来说，就好像是地球上没有了太阳，万物便不能息息生存。故而，早晨拿背晒太阳，如同是在吃不花钱的补药。"

欧阳云峰亦言："背部见太阳，老病不来烦；经常晒背心，老来成寿星。背部为人身上的阳中之阳，人体内的脏腑功能全靠阳气来支撑，阳气若充盈，对抗疾病的能力就会提高。暖背通阳可起到补充人体阳气的作用，并且能驱除脾胃寒气，有助改善消化功能，缓解呼吸系统的毛病。"

何逸夫与欧阳云峰二人都是声誉八闽、精通玄奥的名医大家，对于他们的这个见解说法，众人自然是深信不疑。

在古老的东关行春门城墙头上，大伙儿聊得最多的也是最古老的话题，无非就是些家长里短、柴米油盐的人间烟火事，包括那些有关男人女人的事儿。当然，昨天夜里发生的一些有荤味的、有说头的男女之间的事，则是众人最感兴趣的新鲜话题。东关有顺口溜道："最好听是火烧竹，最好吃是蒜炒肉，最好玩是肚对肚。"

当然，这"肚对肚"的意思莫说是大人，在东关连小孩子都懂。行春门墙根的理发匠赵二仔个子长得小不拉叽的，平时是一个爱"嘴操屁"（爱讲闲话）的人。他一边拍打着腿脚、伸展着胳膊，一边歪着头问杀猪的屠户王大胆："嘿兄弟，我说昨晚半夜时分你又去偷人了？好像李寡妇家那边的动静不小哩，那只大黑狗吠个不停，莫不是你又摸进她屋里了……"

王大胆的老婆在东关也是一个长相俊俏的女人，但赵二仔说的这个李寡妇也很有姿色。无论从年龄还是长相来说，王大胆的老婆应该都比李寡妇更胜一筹。只是这王大胆贪色，吃着碗里，看着锅里，与李寡妇有骚包故事，这在东关谁都知道。男人的本性就是如此，一点也不奇怪。皇帝都有三宫六院七十二妃，三千粉黛都顾不上，可还恨不得天下美女供他欢乐之片刻。

李寡妇30多岁，丈夫短命，前年得大病走了。李寡妇年纪也还算年轻，人确实长得漂亮，但却没几个人敢去惹她。据东关的婆娘们说她是一个"虎刺梅"女子，轻易碰不得。民间有言："好男不娶虎刺梅。"所谓的"虎刺梅"是一种蔓生灌木植物，又被称为"铁海棠""麒麟花"，花朵颜色姹紫嫣红，呈红、黄、粉、白四色，是一种比较引人注目的植物。但是花梗却和玫瑰花一样布满了扎人的刺，一不小心就容易被刺伤。用"虎刺梅"比喻女子，就是说她虽然长得很漂亮，但性格、脾气、秉性却很容易伤人，更何况常言道："寡妇门前是非多。"一般东关汉子都不会去沾惹李寡妇这样的女子。但王大胆毕竟是王大胆，一点儿也不忌讳这些说法，他就喜欢李寡妇这种有刺的女人，觉得十分刺激过瘾。王大胆悄悄告诉哥儿们赵二仔："李寡妇这人有着天生的奇趣，一经男人挨身，便觉遍体筋骨瘫软，如棉花一样。"

此时王大胆听了赵二仔的揭短话，"嘿嘿"地笑了笑，有些不无自得地道："你放屁！昨天晚上她家的那只大黑狗是叫个不停，我看是你小子去惹骚引起的哩？"

赵二仔一口呸道："你小子才惹！你吃了粽子，还把粽叶粘在别人后背上？你就是一个搅屎浑的家伙。"

王大胆嬉笑道："变戏法的不瞒敲锣的。我是明骚包，你却是暗骚包。臭蛋抱不出鸡仔，搞女人这事，你粘上毛比猴子还精哩。"

城门摆青菜摊的杨扁豆听见荤腥话，立马来了兴趣，从不远处凑了过来，故作神秘道："哎！你们说太阳都一竿子高了，李二炮怎还不见来？肯定还搂着媳妇在打晨炮哩……"

杨扁豆说的李二炮名字叫李飞雄，也是东关的一个杀猪户，长得人高马大，身体壮实得像一匹布，硬邦邦的肌肉像铁块一般。众人说他每天吃猪筒骨的骨髓，所以体格健壮、性欲极强，他也不否认，所以人们戏称他是"李二炮"。对这个绰号，李飞雄乐呵呵受之。

甘草爷是个仁德心善之人，对李二炮半是认真半教训地说："你可别太贪口！爽口物多终作病，快心事过必为殃。可口的东西不能吃得过量，高兴起来不能兴奋过度，快活事不一定都有益处，过了头就会走向反面。"

李二炮赔着笑言道："甘草爷你别听那些人嚼舌根，老话说得好，三寸舌为诛命剑，一张口为葬身坑。谣言会害死人的。"

土秀才刘子星说："甘草爷你劝他是白去唾沫哩，他自以为是，执迷不悟哩。他是春风不入驴耳，愚人不听人劝。"

还真让杨扁豆真说准了，此时李二炮正是在打二炮哩，不过不是和自家的媳妇，而是和住在隔壁家的女人刘玉花。

刘玉花是东关上河巷的一个家庭妇女，今年刚满 30 岁。丈夫是一个做笋干生意的小商人，常年在外跑单帮。两人无儿无女，丈夫不在家，刘玉花难免有些寂寞，忍不住沾腥偷嘴。她长相一般般，不漂亮也不差，但有吸引人的地方。平时她与李二炮明来暗往地有一腿。刘玉花像李寡妇一样，也有一点天生的不好，那就是颧骨长得有些高。按照东关老一辈人的说法，大凡颧骨高的女人，往往都是"刑夫克子"之相。颧骨高的女人要么终生未嫁，要么就会命苦贫穷。因此在东关人的心目中，不能娶颧骨高的女人。刘玉花的丈夫偏又是一个迷信之人，后来知道了有这个说法，便打起了冷战，有意经常在外不回家。

刘玉花的丈夫不喜欢她，但自然有其他的男人喜欢。"宁在花下死，做鬼也风流"的人有的是，李二炮勾女人有一套，他告诉一样德性的朋友说："对女人啊，要先钉桩子后系驴，先撒窝子后钓鱼。想要系住驴子，一定要先打好桩子。想要钓到鱼，一定要事先撒好鱼饵。"果然，凭这方式方法，李二炮只一个回合就把刘玉花搞得服服帖帖。

一大早清晨，刘玉花在家中后院晒谷子，上半身穿了个无袖的白汗衫，下身着一条短花裤衩，露出了大半身的白皮肤，在早晨的雾水中显得十分水嫩，惹得人看了不免有些燥热。

李二炮揉着惺忪的睡眼从家中出来，正准备要上行春门城墙头晨练，一眼看见邻家刘玉花那白晃晃的一身鲜肉。他嘿嘿了一下，朝四下里瞄了瞄，身子往下一蹲一窜，动作十分麻利地便翻过了半人高的土墙头，轻手轻脚地蹿到刘玉花后面，一把搂住了就啃……

刘玉花被吓了一大跳，回头见是相好的李二炮，顿时心里也生出欢喜来，口里娇嗔地骂道："你个讨债鬼，小心让人看见！"

李二炮嬉笑着说："想你想得一夜受罪哩。"

刘玉花说："少来这一套，你是嘴上抹蜜，甜的是你自己。真是西瓜皮擦屁股。"

李二炮不解什么意思："你说啥？"

刘玉花笑道："说你是西瓜皮擦屁股，没完没了！"

李二炮猴急，朝天上看了看，道："天有鱼鳞斑，晒谷不用翻。你忙个啥？"当下不由分说，只管把刘玉花一头按在晒谷场边上的长条木凳上，立马就行起事来……

这时从后院外面跑进来一群鸡偷吃谷子，其中有一只体格硕壮、没阉割过的公鸡却是奇怪，它见李大炮与刘玉花二人滚作一团的模样，不去啄谷子吃，却"咯咯咯"地叫个不停，先是拿一对鸡眼歪瞪着，上下左右地瞄个不停，一会儿似乎是在看茫然的天空，一会儿又看看木凳上的两个肉团团。继而，它"咯咯"两声调了个头，鸡屁股朝着两人的方向，用一只大鸡爪使命地朝身后扒拉着谷粒，溅起的谷粒纷纷溅到了李二炮与刘玉花身上。

　　刘玉花被壮实的李二炮包裹着重重地压在凳子上，屁股被硌得有些生疼，便喘着气说："看你猴急猴急的样，还是到屋里去吧……"

　　李二炮喘着粗气道："别！又不碍什么事。昨天晚上我就想去你屋了。"李二炮此时哪里还听得进去刘玉花的话？

　　刘玉花无法动弹，眼珠子却灵活得很，她看见一大群鸡在吃自家的谷子，心疼道："鸡在吃谷子了，你没看到？"

　　李二炮呵斥说："我知道！你就不会专心些？"但嘴上这么说，一边干着事儿，一边还是分出一只右脚来，不着边际地赶那些吃谷的鸡……

　　此情此景，正好被上河巷做小吃的王胖大婶路过瞧见了，心想大清早便看到这两个骚包男女干这骚包事，小声骂道："真是狗母不摆尾，狗公不上欠。"心想真是晦气得很，自己是火烧了厝来捡钉子，晦气！便"呸呸呸"地往地上吐口水，一边脚下赶紧走人。

　　此刻王胖大婶听了杨扁豆的这话，想到李二炮刚才的情景，又气又好笑，忍不住"扑哧"一声，她朝干瘦的杨扁豆嗤笑道："你说啥！打晨炮？那也是人家李二炮吃铁拉钢，身体雄霸才行哩。哪里像你杨扁豆干巴蛋一个，你只会打手铳！"

　　杨扁豆听了很是不服气，反讥讽道："东关就你这个胖女人泼骚！你可是水汪汪得像口深井，但你老公昨晚上一夜干熬，此时在菜场卖茄子，说不定成了茄子干了……"

　　王胖大婶呸道："你们这些臭男人，没听甘草爷说，女人安分守己，就能创造历史。咱们东关为啥出名？就是好媳妇、好女儿、好女人一大把，个个都是安分守己的女人。"

　　赵二仔听了这话，神情很是认真地道："哎！你们别说，早晨如果打个二炮，那才爽歪歪呢。整天都精神抖擞、一身轻松。"

　　王胖大婶听了骂道："放屁！你是个没用的家伙，有本事你一天放两次试试？包你不出半个月成了瘦肉干。"

　　杨扁豆听了也言道："对着哩！要省着点用才是。"说着他朝欧阳云峰那边看了看，言道，"甘草爷不是说过，贪色纵欲是人最容易犯错的、最难改正的耗命举动。精气于人，如油养灯。最后身体被掏空了，立马油尽灯灭。"

永隆巷开杂货店的老板毛六仔听了赞同道："这话没错，是要细水长流，那东西要攒着用、省着点用。否则当你用完了，就会冒出一颗上面写着'完了'的油珠子。"

杨扁豆历来瞧不起毛六仔，嫌他平时是一个小气巴拉的齐啬鬼，便讥笑他道："你个自以为是的接憋货，知道啥，你不过就是一个眼毛未长、先长卵毛的家伙。"

众人正说着时，李二炮肩搭着上衣，叼着根烟卷，慢悠悠地上得城墙上来。王胖大婶心里还在窝着那口衰气，见了他忍不住骂道："你这挨千刀的还是来了！大家说你在放晨炮，都什么时候了才来？马上都要放午炮了。"

杨扁豆则说："对呀！这几天怎不见县政府大院放午炮了？弄得连时辰都搞不准了……"

03　铁城午炮

杨扁豆所说的"午炮"和李二炮的"晨炮"是不搭扣的两码事。

一个地方有一个地方的特色事，邵武城区还真有一个放午炮的习惯。1913年新成立的邵武县政府，没有去使用位于小北门原清朝时的旧县衙，也没有去使用邵武府的旧府衙作为县政府的办公场地，而是选用城西大街原明、清两朝时所开办的府学大院当县衙，所以西大街被改称为"县前街"。除了东关一带，县前街是邵武的第二个繁华之地。

在中国但凡官府衙门所在地，总是居于城池中央，一座城往往都是以衙门为中心，安排功能，进行布局。这也表明权力在社会发挥重大的作用。县衙的大门前总有个小广场，接连城里的主干道。紧邻着官署的主干道两旁分布着吃"衙门饭"的一系列行业，如旅店、茶馆、酒肆、药铺等行业，故而县衙所在地相对是最热闹最繁杂的地方。县衙搬到西大街后，对旧府学院内外做了一番改动。县衙的大门墙被砌建成"八"字形，寓有"衙门八字开"之意。另在大门右侧门墙内旁，搭建了看守的门卫房。大院内西侧的院墙下建盖了一长排的单间平房，来作为关押犯人的班房。

百姓们天亮而作，天黑则歇，习惯于按天色的变化计算时辰，没有准确的时间观念。反正是天蒙蒙光就起床，尔后下地干活，等太阳升到一定的高度，便停手回家吃早饭。到了半下午的傍晚时分，见天色将黑，他们就停下手中的活，收拾好东西回家去，对时间的掌握心中大致有个数。但时常因天气的原因，他们对时间也没有百分之百准确的把握，办事难免成了雨后的伞、马后的炮，尤其是必须按钟点上学的学生们以及在县政府衙门做事上班的公职人员就有些拿不准确。为此，县政府为了给放学与下班的人提供方便，也为了让那些家中有座钟、时钟与怀表的人，有较标准的时间可核对，就在县政府大门内的大樟树脚下的泥堆上，安放了一门旧土炮。炮口高昂向天，炮管内只放入黑火药，不加石头和任何坚硬的东西，以避免伤人。在每日的正午时分，专职人员就会朝上空放上一响空炮。由于县政府建在地势较高的位置，又处在城内的中心地点上，再加之城内都是老民房，几乎没有超过两层以上的高楼，所以当午时分放响的这一声炮，响亮远传。

县府第一次放午炮时，猛不防地把城内、城外的不少民众给吓得不轻，还以为是有外地的土匪队伍来攻打县城。待明白事由之后，民众拍手道好，渐渐喜欢上了听这响当午的炮声。这表明已是中午了，到了做午饭、吃午饭的时候。而那些有权势、家境富裕的大户人家亦是喜欢，因为家里的钟表常常要校正，原来都是靠在家中点香来计时辰，对钟表进行调对时针。现今有了县政府的当午炮，便可按炮声来核对钟表上的时间，再也不需用点着香来计时晨了。县政府的当午炮，比起点香这传统的土办法计时，要准确得多，省事又便利。

邵武的午炮口径大、火药足，一炮能响六里远。城乡四周都是山，山连着山，峰连着峰，就如同一只盆儿将县城给关栏在盆儿底上。所以当午这一声鸣耳的炮声，波浪般地向城外四周扩传出去，传到四周的山体时，炮声又被挡了一些回来，回响很好，向南可以传到下南寮、三里亭；向西可以传到登高山的山顶上，包括水尾、下樵岚的半路上；向北可以传到整个水北街和故县街；向东则能传到猴子山下的老渡口上。不论是在农田间忙农活，还是在山腰砍毛莲柴的人，一听到午炮声，就知道已到中午吃饭的时间，就会收拾东西打道回归。县政府的人将它称为"邵武号炮"，但民众们将它称之为"邵武午炮"。

王胖大婶撇着厚嘴唇说："什么晨炮、午炮的？我看你们这些男人见了女人就没了正经，就像熊瞎子掰玉米，掰一个丢一个，到头来把好东西都给炮丢了。"

众人听了晨炮与午炮的话题，都嘻嘻哈哈开心地大笑了起来，说李二炮的晨炮与县政府的午炮相比，只能算是一个不会响的"嘘嘘炮"（哑炮）而已。

城墙上众人的这些油荤的骚话，都飘进了一旁何逸夫的耳中，但他听了只是嘴角露出微微的些许笑意，不声不响也不搭言，只当充耳不闻，任由大家开心地乐巴去。街坊们每日为柴米油盐操心，日子过得不轻松，能开怀一笑是件好事，经常笑一笑，能保持一种好心境，有利于身体健康。

不过别看东关民众爱说骚话，没个正型，但也只是图个嘴上痛快，真正行起事来却是十分地传统正型。说归说，做归做，绝不会不守礼节规矩。恪守奉行父母爹娘，没齿难忘；兄弟姐妹，危困助帮；姑姨叔舅，亲戚互访；夫妻相敬，不忘糟糠；左邻右舍，遇事谦谅等等中国人的道德规范。

在众人的说话间，太阳升起了一竿子高，东关城墙上的光线铺得四处满满当当。太阳暖暖地晒着，风儿缓缓地吹着，街坊邻里们在无拘无束的快意说笑中，尽情地享用着家长里短、柴米油盐的人生。这清晨阳光一晒，足足要有半个时辰后，众人这才三三两两地陆续离开回归，都作了鸟兽散……

第二章

01　风水宝地

泱泱中华，县域三千；九州大地，姿态万千。

古人有言："乾坤既辟，清浊肇分，融为江河，结为山岳，或上配辰宿，或下藏洞天。或瑶池翠泉，注于四隅；或珠树琼林，疏于其上。"邵武便是这么一个含藏风雨、蕴蓄云雷、为天地之关枢的地方，它位于武夷山脉之南麓，雄踞八闽要道，北邻江西，南瞰八闽，东朝大海，西接圣地，自古有"一滩高一丈，邵武在天上"之说。盖因其地势险峻，居高临下，易守难攻，乃兵家必争之地。宋时曾为军制，邵武亦称之为"铁城"。

邵武历史上叫过县，称过府，更多时候唤为军。为何邵武不名花，也不说树，却号之为"铁城"？俗话说："柴看纹理人看直，山看风水人看脉。"盖其原因，大致有二：一是地理形势。古人称地势高下为形，地形险阻为势。邵武为闽西郡，自古就以山川而著名，所在之地虎踞龙盘，气势不凡。左卫福山，右旋寿屿，前踵重岗，三峰峙其南，后拥金汤，万峰耸其北。翻开老县志，文人骚客几乎穷尽语词状写邵武山川壮美：诸如"中峰耸峙，群峰攒抱""峥嵘崚峤，如鹤冲天""群峰层叠，环拱如莲"等脍炙人口的词句。邵武全境"水随山屈折回肥，为涧为壑"。千涧会归，注入大溪之中，流经顺昌，会同建溪河水，汇入闽江，奔向东海。

邵武最早的名称是"昭武"，就其字面上的含义之一便是展示武力。三国吴永安三年，置建安郡，立昭武镇，寻升为县；晋惠帝元康元年，改昭武为邵武，以建安属江州；明帝太宁元年，又改邵武为邵阳（一作武阳）；武帝永初元年，复改邵阳为邵武。宋太平兴国四年，以建州邵武县置邵武军。元明清因之。因此，邵武别称有"昭武""邵阳""樵川""樵阳""武阳"。

邵武与军事武力密切相关，它雄踞两省三界，西北门户，"左剑右旴，控汀带建"，屏藩全闽，为古今战事必争之地。"自古赣边有警，必先扼守"。古时入闽三道，建州通浙为险道，漳州通海为间道，邵武则为隘道。邵武城"其地势险要，有高屋建瓴之势"，元代后城池垒石为基，砌砖为壁，北面又有一条大溪相隔，不能说固若金汤，也是闽北诸城之冠。当年太平天国石达开率军攻打邵武，损兵折将，久攻不下，不由仰天叹道："真是一座铁城也。"

二是民众性格。铁城反映了邵武阳刚的一面，但它还有柔美之处。这里天人互动、山水交融，富屯溪、古山溪穿城而过，形成山孕瑰秀，水抱中和的格局，景色绝佳，培育出与众不同的山城风情。铁城不仅文化人众多，更还有铮铮铁骨的铁人。首推就是出将入相，南渡第一名臣的李纲。宋宣和七年（1125）宋徽宗起用他出任太常少卿。时，金兵大举南侵，李纲与主和派势不两立，坚决主战。他利刃刺臂，挥写血书，建议大宋皇帝宋徽宗禅让给太子钦宗。他誓死犯上，几要株连九族，但忠心耿耿，死不足惜。次年，金人兵临城下。李纲临危受命，主持京城防务，身先士卒，率领军民奋勇抗敌，终于击退金兵，大获全胜，史称"东京保卫战"。但是他遇到的宋朝几任皇帝尽是昏庸腐败的主，致使文武双全报国无时，满腔热血却换来仰天长叹，一生都在贬而复用，用而复贬中沉浮，直至闻听朝廷与金国签订屈辱的"绍兴和议"消息时，拍桌痛哭，义愤成疾而亡。朱子称他为"一世伟人"。林则徐在福州为其建李公祠，并亲自题联："进退一身关社稷，英灵千古镇湖山。"

李纲之外，还有神龙见首不见尾的一代太极宗师张三丰；刚正廉洁、善断疑案的宋朝正奉大夫上官凝；朱子之师，官至兵部尚书兼侍读却一意去官归田的黄中；不惧秦桧淫威，为忠臣中冤而被削职的理学家何兑；继承乃父遗风，为人正直、为官"宽仁"，被朱子引以为志同道合的何镐；抗过金、战过元，令敌军闻风丧胆的将军杜杲；被梁启超赞赏的"以一身之言动、进退、生死，关系国家之安危、民族之隆替者"的袁崇焕等铁面人物。

宋太平兴国四年（979），知军事张度首创军治城池，筑土城于紫云溪南，西跨登高、西塔二山，北面沿溪。周十里有奇，辟门有七。城北有樵溪和富屯溪乃天堑，城西则以登高山为自然屏障。东、南城外则各掘壕沟宽达三丈，深一丈五尺，作为护城河，俗称"围城河"。在东、南两个城门的河上都有吊桥，民间又叫"河桥"，遇有事情，可以关门防备各种危险。相对来说，城里有安全保障，商贸市场，更繁荣，因此城里城外有一定的差别。邵武为军事要地，自是有城墙坚固，邵武城墙于明代时所建，门池多有焚毁倒塌损坏，各朝各代亦有修复重建加固。元至正二十四年（1364）朝廷重修城垣，累石为基，砌砖为墙。明清时期数度修葺，至今城墙上尚可见明"洪武五年""弘治十八年"和清"康熙七年"等纪年铭文城砖。

邵武上通浙赣，下达闽南、广东，是重要的交通枢纽。在漫长的历史过程中，邵武与各地的经济文化交流频繁，四面八方的名儒显宦、文人墨客、宗教商贸人士都把邵武作为盘桓之地，所以也是移民之乡。明朝以来，有大量移民来到邵武。凡来邵武谋生发展的外地人大都看中东关，包括东关外这个地方。初时因为东关有码头，而且地幅宽阔、价格便宜，成为商贾的首选之地。后逐渐发展繁华，先后建有广东会馆、江西会馆、福州会馆、兴化会馆、汀州会馆等。以此作为处理各地家乡民众在邵武的各种事项，包括各种的民俗戏曲文化活动。像端午节赛龙舟活动也多在东门外的河道上举行。清朝基督教在东关建设教堂、学校、诊所，举行传教布道及教学、医疗等活动也都在东关一带举行。

东关是邵武县城里太阳最早升起的地方。

清晨，随着金鸡三啼，一轮红日冉冉升起，大地万里无云，碧空如洗。天刚蒙蒙亮的时候，勤快的东关菜农们就从菜地里采集了各种时令菜蔬，挑着沉甸甸的菜担子向东关菜市场云集。这时大多的商店还未开门，但东关街上已是人声鼎沸、热气腾腾。早市集上，已是人头攒动，来来往往、四处的叫卖声、吆喝声彼起此伏，一声高过一声，卖汤丸鱼丸的、卖糯米糍粑的，挑着食品担子四处游动，手上调羹敲得瓷碗叮叮当当响，嘴里喊着"卖馄饨啰""卖考粘糍哟"，此起彼伏，不绝于耳。

东关范围虽广虽阔，四通八达，但只有一条主街，原来叫"进贤街"，辛亥革命胜利后改称"中山路"。老百姓大多数人都叫它"中山街"或"东门街"。

支撑起中山路的是横七竖八的众多小巷，像胜利巷、码头巷、复兴巷、登云街、紫云街、兴化里、孤老巷等。这些小巷蜿蜒曲折，且大都能相通。每当起雾的早晨，白雾薄薄地敷在深褐色的木砖房上，湿漉漉的鹅卵石面上闪着浅浅的亮光，朦朦胧胧。墙上青苔斑驳，墙头或长出一丛杂草，或伸出一簇野花，夹杂着浓浓的柴烟味和人生味。中山路长达1000余米，是邵武县城的主街，是四关中最繁华的一个街市，凡是外地人到了东关都惊讶不已，称中山街是邵武的"上海滩"。

从东门往东而行至城郊，是进出邵武的一个重要关口，最早是条独轮车才能行走的石板与鹅卵石掺杂的路，是从顺昌方向进邵武城的必经之路。沿路上有10多个贞节牌坊鳞次栉比，文化底蕴深厚，颇有故事。进入邵武东门外，可看到与大溪河流平行的中山路有几十个小巷口皆通向溪边，可谓是巷陌如网，曲径通幽。

东门街云腾致雨，虹霓霞辉，热闹繁华。大街两边商业店铺相连，比肩林立，布庄、当铺、杂货店、京果店、粮油店、米面店，布匹、糖、酒、烟、油、盐、酱、醋、南北京果以及日用杂货等琳琅满目，应有尽有。这些商品由水陆两路进货，陆路由运货大汽车直接开到大溪边北岸码头，乘专用汽车的轮渡船，船上有4到6人的船工，用长竹竿将汽车撑到东门城区码头，尔后开进东门街卸货；水路则由大溪的乌篷小船将海产品（干货）、盐巴等物从福州水上启程，一路逆流而上运到东关码头。

常言道：一方水土养一方人。事同此理，一方水土亦产出一方的特色产品。邵武有顺口溜曰：

  金坑的红菇，拿口的姜；

  水尾的西瓜，台上的香；

  桂林的笋干，赤口的鱼；

  朱坊的稻米，茅岗的茶……

丰厚的地方特色产品亦为招引四方的商贾增辉添色，锦上添花。东关除了客商云集，邵武城区的菜农大都谋生在东关，所以东关菜市场的菜品种极是丰富，一年四季都有时令的蔬菜供应。一走进东关，便让人感到这里有雨露、有泥土、有芬芳,最是人间生活味。每到四月春意浓时,东关菜市场里溢满了翠绿。人来人往,熙熙攘攘,春的气息扑面而来。那嫩绿的绿叶菜、黄绿的小白菜、翠绿的莜麦菜、墨绿的茼蒿,还有鲜嫩的春笋在菜市场铺散开来,展现着原生态的自然天成。夏天,东关菜市场里流动着田野间的清凉与收获。摊子上的果蔬整齐漂亮地摆放在阳光下,消除了炎炎夏日的暑气,那抹令人垂涎欲滴的翠绿娇滴滴的,还带着晶莹的水珠,一切尽显鲜嫩爽脆。就拿东关菜农种的水空心菜来说,也是大有特色。它不同于其他地方的空心菜,它是大管型的,叶大梗粗、极脆极嫩;炒时加点红辣椒干,在油锅里大火快炒上几下,又香又辣,咬着咔滋咔滋脆。每到秋天,东关菜市场的各种硕果便轮番上市,从秋茄到柿子,从红薯到花生,从柚子到萝卜,应有尽有,丰富丰厚。到了冬渐深时,菜市场里的绿色虽然少了些,但却是另外一种丰富,是一种熏香四溢、肉味十足的丰盛。因为抵御寒冬的需要,肉自然是必不可少的,其中腊味是最佳拍档。菜市场里的腊香肠、腊肉、腊排骨、腊鸭胗……油滋滋的表面,黑黄黑黄的,远远就能闻到浓厚的烟熏味。

东关菜市场还有一种土特产四方闻名,最受南来北往的客人们垂青,那就是香菇。邵武乡村山深林密,以阔叶树为多,是一个盛产香菇的地方。浙江龙泉、庆元、云和的菇农,早在600多年前就携妻带子,翻山越岭来到这里培植香菇。据明嘉靖年间《邵武府志》载,明洪武二十四年(1391)杂赋科目,就有香菇课税的记载,足以说明那时邵武香菇的生产有一定的规模。邵武境内各乡村都有生产香菇,其中以洋坑、张厝两乡产量较多,其次是沿山、和平、三都、四都、铁罗、朱坊等乡,常年产量三四万斤,好年份达5万余斤。香菇形成子实体后姿态各异,有的细长挺拔,亭亭玉立;有的粗壮均匀,体态健壮;有的矮矮平平,扁头扁脑。香菇到自然老熟,它里面酱色的孢子面是土法止血的良药。冬天是香菇的成熟季节,天越冷,香菇越好看也越香。而香菇中又分花菇、厚菇、大薄、统薄等4个品级,最好的则是花菇,不仅口味佳且营养价值极高。

邵武香菇除内销上海、南昌、汉口、广州等大都市外,还远销中国香港及东南亚、欧美各国。采购商多是上海、汉口的客商来邵武采购。本地的菇行由于资金有限,所以直接远销的很少。香菇外销主要从3个渠道出口：从福州用船运往上海，从江西河口（即铅山县）运往南昌，从黎川运到武汉等地转运远销海外。无论从哪一个渠道出口，首先第一站都得从邵武东关码头走。

每年的农历正月十五，有数百名菇农们云集在邵武菇行，评级论等，商定菇价。在东关经营香菇的店有 20 多家，其中林鸣鹏的恒丰行、刘家邦的邦记行、吴长辉的隆兴行以及余吉隆、余志厚、毛仁奠、梅春华、吴仁茂等 8 家香菇店比较有名。除林鸣鹏是云和人之外，其余各家老板都是浙江庆元人。他们拥有一定资金，主要业务是放款给菇农进行生产，香菇收后收回贷款及利息，办理经售、代购、代销业务，抽收佣金。名义上说是协商论价，实际上是菇行老板操纵一切，由少数人议定价格。菇农大都是贫穷人，平日的各种费用都靠菇行贷款，所产的香菇要受菇行的控制，不得自由买卖。用东关话说："颈子再长，也高不过脑壳。"菇农们一切都听菇行老板的，任其压价，只能哑巴吃黄连，说不出口地吃亏。

老话说：风是雨的头，礼是事的由。为拉拢人心，每年的元宵节中午，菇行老板虚情假意，亦会摆设上一二桌酒席，宴请菇商与菇农，协商当年收购与销售的价格。以菇行摆酒多少桌，可以判定菇行的生意情况，桌数少了，说明产量少了，价格自然高点。民国初期的香菇价格，以银圆计算，平均每斤 5 角左右。不管怎么说，东关菜市场也因为有销往全国各地的香菇，名气很响，已经远不是一个菜市场的定义了。

东关的中山路是一条东西朝向的街区，故而，早晨时分向东关走去时，温馨可人的阳光就洒在了你的脸上，让人感到了浓浓的生活气息，周身有了人世间柴米油盐的味道。

城门口（行春门）是东关的地段标识，这是一个建有基座 2 米、墙高 4 米、厚 10 余米的古城郭。每块古旧的大基石都有几百上千斤重，沉积着浓浓的历史沧桑。厚厚的城墙砖里，可以看到古时烧制城墙砖工匠的姓氏，这是先人匠心独具、做事一丝不苟的见证。正因如此，历经了千百年的风吹雨打、岁月侵蚀，东关古城墙至今，虽有残缺而不倒，但依然显现着雄厚壮观、龙盘虎踞之威。一般城门是东南西北，而邵武城门因早先有七门。故还有一个门叫"小东门"。正儿八经的门在东门，也叫行春门。

从五行上解释，因木居东方而主春气。行春之意也取官吏春日出巡之意。官吏出行劝课农桑，引领立春活动包括鞭春、送春、赏春等活动。

长长的中山路串联起了东关的千年岁月，这条鹅卵石与石板相间的街面算不上很宽阔，仅容纳两辆马车交行。若从小东门算起一直到东关外的三公桥，它长有近2000米，路面散现着浓浓的时间包浆。难得的是，民国时期的当局也会装门面，重视中山路的清洁卫生，雇了两名清道夫专门负责清扫大街。清道夫属政府所雇，还有一件类似制服的马甲穿着扫地。

这一天晴空荡荡，阳光普照。东关民众听说是国民党福建省最大的行政长官，省政府主席陈仪要来视察邵武东关一带，所以在头天晚上，县政府派人搞大扫除，整条中山街整治得更是干干净净，让人感到很是舒适养眼。

豆腐王早早卖完了豆腐，约李二炮等街坊邻居去欢迎省主席，看大人物瞧热闹。李二炮不想去，说："省主席也跟我一样，又没有三只眼。他主席不关我小百姓的事。要去你去！"其他人听了觉得也是，都说家中忙得很不去。东关人就这性格，尽管他们没什么文化，但不爱巴高，仰人鼻息。但也不与官府为难，更不会去和官府争什么，官府说什么就是什么。官府有官府的大道理，小百姓有小百姓的小道理。官府是主人，小百姓就是下人。主人就是主人，下人就是下人。这叫走路的不和坐轿子的争，争也争不过，官府是握刀把子的，百姓是握刀刃的，若一使劲，百姓肯定要被割的皮开肉绽、鲜血淋漓。百姓靠的是凭力气去挣钱养家，知命认命听话，别无所求。他们是流水不争先，争的是长流不绝。千百年都是如此过来的。

快到中午时分，国民党福建省政府主席陈仪在县长张灿等一大帮政府官员的簇拥下来到东关视察。看到中山路的街面繁华，整洁干净，陈仪很是高兴地赞赏说："不错！这条街名为中山路，名副其实，很有浓郁的民国风情味。"但细心的他觉得有些美中不足，为啥？天晴还好说，但是只要风雨一来，行人却无处躲避。这让他想到厦门的中山路，两旁都是骑楼建筑。这种建筑可以挡避风雨侵袭，挡避炎阳照射，凉爽不晒人，很是适合商贸与来往的行人。

陈仪对邵武县县长张灿建议道："你们的东关中山路应该像厦门的中山路一样，改造成类似骑楼的铺廊，可为行人遮阳挡雨才是。而且我注意到东关的明清建筑几乎都没有，大都是低矮的砖木结构，改造起来也比较容易，造价不高。"

张灿听了很是赞同，连连点头称是，汇报说要把这事列入今年的大事来落实。但是后来因为资金的问题，此事终是没有办成。

东关只是邵武东、西、南、北四关的一关，按理说是占邵武城区四分之一的地盘。但东关的区域很大，可以说占据了邵武城区的半壁江山。从邵武人的观念与习惯来划分，老百姓认为从小东门的十字路口算起，到东关城门口，再一直延伸到东关外的三公桥附近，都可称为是东关范围。

在东关最末端的是三公桥，它名气不小，颇有来历，因坐落在邵武城东行春门外，又称"行春桥""绣衣桥"。桥长约 70 米、宽 7 米、高 9 米。桥为石墩木梁，砖石铺面，上起桥屋，飞檐长廊、宏伟壮观。这座桥乃宋咸淳间，漕使黄万石、尚书冯梦得、知军廖邦杰三人协力同建，因而得名为"三公桥"。明宣德间，知府刘复等重修；清乾隆间，知府高翼又重修；道光年间被百年不遇的洪水冲毁。1837 年，有县人朱元庆等募款重建。1862 年，水冲桥尾石墩，桥屋欹斜，知县孙毓芳等捐资大修。1882 年，知府刘锡金等再修。

说到三公桥，就必定要说到水象。自盘古开天地，人类便择水而居，傍水而栖，是因了水的润泽万物、滋养生灵，孕育了人类与繁荣。百地因水而兴，千城因水而盛。但凡一个地方有了清河流水的相伴，定然是物华天宝、人杰地灵。东关之所以风水聚义，天地灵气，盖因有一条秀美灵慧的河流依偎在它身旁。此河名大溪（后叫"富屯溪"）。它为浩浩闽江源头之一，源于邵武桂林乡巫山，在邵武境内与大乾河、古山溪等支流汇合，由西北直贯东南，出水口寨入顺昌，邵武境内溪流长有百余公里。大溪最初从桂林大山走出时，只是一条涓涓细流，每遇到了人时，便悄无声息地从你脚下流过，没有一点喧哗，更无一点儿波浪。山高水长、行程坎坷，一路上许多艰难曲折伴随着她，时有棘刺丛生，时有高地拦截，时有低洼刁横，还伴有消磨意志的诱惑。它在深山丛林中九转十八弯后，汇集了来自金山溪的山泉之水，于是两水合二为一结伴壮行。也就在这突然之间，小山溪长大了，变成了一条身材丰满、引人注目的大溪。

大溪从城区穿流而过，经东关地段时，立显出它的与众不同，一座宝塔在北岸巍然屹立，南岸则是一个古老的石码渡口。清晨时分，河面上青烟云雾渺渺，灵气袅袅升至。尤其是流经东关码头的这片河段，婀娜多姿，河水清澈；两岸大树飒飒，碧波淙淙，天蓝地绿人其中，着实为东关增色添辉不少。更为重要的是，流经邵武的大溪西接江西腹地，东连闽江入东海，自古以来就是一条黄金水道。可以说谁控制了水道，谁就掌握了邵武的经济命脉。只是东关的芸芸众生们为了生计，背着重重的行囊，一路都在喘息前行，不曾在意身边的玄机与风水。这就如高明者所言："但看三五日，相见不如初。熟悉的人眼中没有伟人，熟悉的地方没有风景。"这也叫作身在此山中，不识此山真面目，乃当局者迷也。

有一位名叫杨玄真的江西风水大师曾到过东关勘察地理风水，他细看慢察之后，暗暗点头称奇。他想不到于闽北大山的僻壤边城，竟隐藏着这么一个地势如龙、起伏有致、尽显奇妙之势的风水宝地。他一双风水地理的火眼金睛，还察看出东关的众多小巷布局独具一格，曲径通幽，机关重重。在街与巷之中、巷与巷之间，有着互为倚重、缺一不可的相互作用。星罗棋布的小巷前后左右，照应有加，短巷只有几十米，长的则数百米，但长短辐圆内摆线都有讲究。众多的巷子，在他目之所及看来，无论是屋舍、水井，还是基石、石板都藏满了中国的风水玄机。在光线的衬托下有着某种神秘的故事。一个转身或一个回眸，会让人跌入巷子里某段遥远的记忆，可以读取出东关百姓们蛰居巷子里谋求安身立命的符号密码。虽然如此，东关的巷子里没有浮华，没有趾高气扬，是一片低调无语，是一种恬然的市井烟火。每当夜幕降临时，东关的小巷就显得十分宁静安详，脱离了滚滚红尘，只留下人们走在鹅卵石上的脚步声和不时响起的吱吱呀呀的木门声。外地人寻觅在小巷里转来转去时，会感到东关的巷子巷陌深深，柳暗花明，有着不为人知的存世之道。东关巷子是安静的、淳朴的，也是恬淡的。就像铺在路面上的石头，它们喧嚣、张扬、浮夸，总是默默地从巷头走向巷尾，任凭行人脚踏风欺，绝无半句怨言。至于那一人多高、用砖石垒砌起来的石墙，则日夜静立在巷子两侧，守护着巷中人家。

东关的名医何逸夫最喜欢选择在这个时候，赤脚走在鹅卵石铺就的巷子里，他说："这是一种自然的清凉和宜人的静谧，被脚底贪婪地吮吸着，而后浸入肌肤，通达遍体。无法言传的惬意，瞬间在每根脚趾头上尽情地绽放。圆润的石面透着温凉，贴着性感的肉掌，一路发出了肉与石相吻时的清响。合着心跳，醉舞的树影、垂涎的露珠、艳羡的鸟语，也一寸一寸地融进每一根血管，楔入每一个细胞。"

夏季傍晚的饭后，随着河风送来凉爽，暑气悄悄退去，小巷里开始变得热闹了起来。孩子们在相互追逐嬉戏，大呼小叫引得犬声四起。累了一天的大老爷们也在巷中摆出椅凳，或坐或躺，有一搭没一搭地摇着蒲扇，用故土乡音拉着琐碎的家常，讲着如小巷一样曲折的故事。言谈中，既有历尽沧桑后的宁静，也有远离烟火时的淡远。参透人生，仿如哲人。夜，在邻里闲聊的慢时光中不知不觉变深了。蟋蟀的叫声仍然不知疲倦地从各个石缝里传出来，和着院子里、菜园里蝈蝈的鸣噪，自然组合成一支独具特色的东关小夜曲。在这幽婉的夜曲声中，叔伯婶嫂们一个个打着哈欠，陆续回家。而后是"吱嘎""哐啷"的关门声、犬吠声，接着是呼噜声和不远处传来东关码头边潺潺的流水声。

杨玄真大师言："东关是一个风水之地，背后有靠，左右有抱，前面有水，水里有泡。也就是说，它背后依山，两侧屏障有隔，最重要的则是前面有淙淙流动的活水。"但是杨玄真大师亦言："东关有美中不足的地方，要注意水火，一是地势较低，易水灾；二是柴太盛，易火灾。"

此话一言中矢，东关天不怕、地不怕，就有怕水灾与火灾。因为东门街是城区最低之地，一旦大溪暴雨涨水，便水漫金山，黄泥污冲进街巷，冲进房屋，把一切冲得乱七八糟。洪峰退却后，得清理好几天。二怕火灾，东关的房子大都是木板房，一栋连接着一栋，一旦失火，便控制不住，往往就是一片火海。民国政府根本没有消防设施与消防设备，任其熊熊大火直冲云天。民众只能用脸盆、木桶打水灭火，杯水车薪，只能在尚未烧到处提前拆毁房屋，断其火路。

02　阳刚血性

闽北大山的豪放与仁义，在培育了东关人的民风淳朴、忠厚老实的同时，又造就了他们耿直豪爽、敢做敢当的刚毅性格。尤其是当年北方的黄巢农民起义军到邵武时在东关留下了一些受伤后不愿离开的士兵，这给东关带来了侠义豪迈的燕赵之风，东关人耳闻目睹，深受中原大气之感染。于是，淳朴之中更有了血气方刚，见义勇为。那一句"把头给你做菜墩"的口头禅，语虽通俗霸气，却是掷地有声，唾地成钉，讲的便是东关人的底气。若是与情投意合的人相识结交，只要是真心实意的好，你敬我一尺，我则敬你一丈，遇到讲义气的可以拿命维护，遇到要心眼的则不屑一顾。你若施我一寸布，我便还你一条裤。甚至可以将脑袋做成切菜的案板，任凭兄弟你怎么处置都行。星溪人可谓是：有情有义、肝胆相照，江湖侠骨丝毫不逊于任何一个地方人。

风水大师杨玄真既然称东关为玄妙之地，并非空穴来风，当是有玄妙之处。屈指算去，东关英杰辈出，自豪满满。当年东关是南宋抗金名相李纲少年时最为喜欢的常往之地，同时也是那神龙见首不见尾的一代太极宗师张三丰显现神迹仙踪的地方。为遣乡愁的张三丰经常从武当山悄然回到家乡邵武，一身襄衣一鱼竿，一柄宝剑一壶酒，在东关大溪边微酌垂钓，悠然自得，洒脱飘逸，当是一种斜风细雨不须归的大侠做派。

还有文武双全的大诗论家严羽，他曾3次离乡，持剑游江湖，期望能遇到明主，为驱逐蒙古军队，保家卫国一展才华，在沙场浴血奋战。然而遗憾的是国已无力回天，一腔热血未能如愿以偿。回到家乡邵武后，他大暑天身着羊裘，于东关溪边垂钓，以表示对时事的不满。南宋末年，文天祥镇守南平，严羽又以其年迈之躯离家投军。抗元彻底失败后，他不肯投降元朝，避隐民间，不知所终。但留下了一部闻名中外的《沧浪诗话》，东关的诗话楼是为他而建。

明天启二年（1622）正月，在京城任都察院守院御史的江日彩回泰宁探亲，经过邵武时作短暂停留，认识了时任邵武县令的袁崇焕。两人见面后互为倾心敬慕，惺惺相惜，相见恨晚。那日正长谈时，忽报东关城门口发熊熊大火，烧毁了不少店面民房。袁崇焕闻讯大惊，即刻率员赶往救火。他飞身跃上城墙，于烈火之中来回穿梭，勇不可当。东关百姓亲眼所见，皆感动不已，佩服之至。群星灿烂之中，还有朱熹、杨时、上官等一大批理学家在邵武开馆讲学，在东关大溪河畔吟诗咏月、饮酒高歌、流连忘返。文化名人的传奇故事始终在东关绵绵演绎。

历史上中原文化有 3 次大量进入邵武：第一次是东汉末至两晋；第二次是唐及五代年间；第三次则是在两宋年间，以"靖康之难"及宋末元初两波为盛。历朝历代入邵的移民，以避乱为主，他们当中有名门望族、士大夫，也有地主、农民、手工业者，这些人保留了大量中原的文化习俗、生产方式。这些都极大地促进了闽文化与汉文化的融合，所以多元性与包容性是东关文化一个鲜明的特点。邵武方圆数百千米，从邵南、邵北到邵东、邵西，一个县之间的方言民俗、文化习俗都各自迥异，差异鲜明。邵武话是客赣方言的重要组成部分，由于是山区，每个地方、每个区域内部，又能细分出众多不同的特点，之所以，在邵武一个县境内相互的语言都听不懂。

东关这个地方在邵武是特殊中的特殊，邵武民众不仅个性十足，而且有阳刚血性。俗话说得好："理正打得爷，心正避得邪。"东关人有大山里的仁厚老实，亦有通达三江五湖的豪爽之风。细究起来，这里面有闽越遗风的影响，又有中原文化的潜移默化，还有宗教文化的和风细雨，包括西方宗教文化的不断冲击。在各个历史时期，东关这个地方都能独领风骚，百家争鸣。值得一提的是，在东关谁也取代不了它根深蒂固的中华传统文化。东关有大大小小的关帝庙十几座，因为东关人最崇拜的是关公。无论是普通民众还是商贾富人，包括码头诸多的帮派都对关公顶礼膜拜。在东关人眼中，关公因德乃刚乃正乃忠乃义，由将而侯而王而帝圣。一生忠义仁勇，诚信名冠天下。尤其是东关以商人为多，更是看中关公这尊神。因为商人认为关公生前十分善于理财，长于会计业务，曾设笔记法，发明日清簿，这种计算方法设有原、收、出、存四项，非常详明清楚，所以被奉为商业神。商人谈生意做买卖，最重义气和信用，关公信义俱全，故尊奉之。同时东关又是一个码头所在地，江湖上的哥老会、青红帮特别敬祀关帝，江湖上结义弟兄，必于关帝前顶礼膜拜，焚表立誓，以守信义。而对东关民众而言，凝聚在关公身上而为万世共仰的忠、义、信、智、仁、勇，蕴涵着中国传统文化的伦理、道德、理想，渗透着儒学的春秋精义，实质上就是彪炳日月、大气浩然的华夏魂。百姓受颠沛流离之苦和内忧外患之辱，更祈求于忠勇信义的关公保护。向关帝求雨、求药，求他驱灾阵魔、求他正直决断，皇室求关公保国安民，地方求关公除暴安良。

说到东关民众的阳刚血性，亦有渊源。邵武古有"八闽屏障"和"铁城"之称，地势险固，可屯兵，能防御，有效阻隔了从中原蔓延到东南的战乱之火，因此政治环境较安定。据《邵武志》记载，从唐（618）至清（1636）的1018年期间，较大的战事只有3次，第一次是唐乾符五年（878），黄巢起义军由浙、赣入闽经邵武，陷福州；第二次是南宋绍兴二年（1132）正月，韩世忠陷福州，分兵攻陷邵武；第三次是明洪武二年（1369），山西大同籍兵马指挥使杨赍兴率回军1000多人进驻邵武。

黄巢起义军在撤离时有不少伤病员留在了邵武不走，其中以留在东关一带为多。他们在东关就此生活，成家立业。也因此东关一些人的后代有了中原关中汉子的血液，当地人也受此影响，性格中有了大山的粗犷与中原的豪迈。随后的明洪武二年（1369）杨赍兴率回军1000多人进驻邵武不走，在此繁衍生息，大部分都住在邵武东关。始有回族，随后有苗、彝、布衣、满、水、僮、侗、土家、高山等人数不多的少数民族迁入。从唐末五代始，由于中原汉人陆续迁入，原本人口稀少的邵武居民逐增。南宋建炎三年（1129）人口35760人，明洪武二十四年（1391）人口近11万人，清嘉庆元年（1796）人口达28万人多。

邵武位于闽浙赣交界处，上通浙赣，下达闽南、广东等地，是一个重要的交通枢纽，所以在漫长的历史过程中，邵武与外地的经济文化交流日趋频繁，四方的名儒显宦、文人墨客和佛道、商人都把邵武作为盘桓之地，经商、讲学、办学、传教等经济文化活动十分活跃，并逐步形成规模，形成体系。由此，商会、同乡会、教会、书院等民间社团也就应运而生。在邵武的近代史上，曾有过江西、广东、浙江、福州、兴化等许多外乡人在邵武设置的会馆。与此同时，由于宗教的渗入，道、佛、伊斯兰、基督、天主等教遍布邵武城乡，教堂、寺庵、庙宇、宫观多如牛毛，一个县城屈指数去，就有百处之多。还有便是教育也使邵武兴盛起来，宋代理学家杨时、名儒朱熹曾在邵武办学、讲学，给邵武地方的教育推波助澜。

一时邵武兴学成风，由邵武及外地人兴办的乡学、县学、府学等如雨后春笋般冒出，吸引了当地和周边地区不少学子云集邵武。

这些因素使然，邵武这块肥沃的土地更加人丁兴旺起来。据史料记载，西汉元封元年（前110）闽越居民被迫迁移江淮一带。当时人烟稀少，自东晋以后才逐渐增加。西晋永嘉二年（308）中原板荡，衣冠始入邵武，大的有张、林、黄、陈、詹、邱、何、胡八族。

据历史记载，清代是邵武的一个鼎盛时期。从这一点上不难看出，那时的邵武已是一块歌舞升平、兴盛繁华之地。优越的地理环境，造就邵武地阜物丰、资源丰富、农耕牧畜条件好。境内重峦叠嶂，蜿蜒起伏，河谷地带断续分布，形成狭长小平原及串珠状的河谷盆地，温暖湿润，日照充足，雨量充沛，寒冬期短，春夏较长。境内溪流密布，大小溪河有26条，水利资源较丰富。闽江上游富屯溪穿境而过，水上航运可辗转南平、福州、三明等地，这一切都形成了邵武与众不同的特点。

03　镇邪

春天。东关中山路。

大地春回，细雨如酥，水润万物中唤起了大地的新生。沉寂了一个严冬的生命，在春雨的滋润下蓬勃地生长起来：种子冒起了绿芽，柳儿生出了嫩黄小叶。东关的草儿也绿了，花儿开始红了。

这天是东关十天一次的圩集日子。太阳一竿子高的时候，街市上人头攒动，摩肩接踵，交易的农产品、手工艺品、禽畜牧等货物摆放越来越多，由行春门墙根下开始，沿中山路两边一直往东延伸到东门外的尽头。

长期以来，东关圩市有着默契的民间约定俗成，货物摆放一直都是依照这样的顺序：从初始段的小东门开始，是当地农民家自种的新鲜出炉各类瓜果蔬菜，连接果蔬摊的是一笼笼的鸡、鸭、鹅、兔等家禽，尔后便是小猪、小狗、小猫等这些大一点的牲畜。圩市的中下段以各种干货为主，既有从福州来的紫菜、海带、虾米等海鲜干货，也有本地人自家的肉类腌制品以及萝卜干、腌菜干、霉豆腐、香菇干等土特产。紧接干货区的是让人眼花缭乱的各类生活日用品，其间穿插着当地人自制品，如扫把、土箕、畚斗、鸡笼等，应有尽有，让人眼花缭乱、目不暇接。

圩市上空的太阳升起有一竿子高的时候，有十几个打扮光鲜、流里流气的青年出现在中山路的街面上，他们在集市上左顾右盼、东张西望，行起路来有意歪歪扭扭、碰来碰去，专门往年轻女人群里钻，引起女人的惊吓声。人们见了横目相向欲怒，但见他们人多，又不敢招惹麻烦。

这些人是谁？乃是建宁与泰宁两县有名的流氓团伙——青蛇帮。领头的是一个绰号叫"竹叶青"的人，年龄比其他人都大些，有 30 岁左右，黑脸横眉，皮肤粗糙。他长得头似芋头、鼻似蒜头，嘴像大鲶鱼的嘴，一双牛眼如环，满腮的胡子好似尖针，看上去就不是一个善茬。路人看了生畏，都避之不及。"竹叶青"这家伙是一个头顶生疮、脚底流脓——坏透的家伙，建泰两地闻名的恶魔。他早有耳闻邻县邵武东关不仅繁华热闹，而且漂亮的女子特别多，于是早就想来一看究竟。临行前手下一个泼皮说："听说邵武东关人不好惹，不少人会拳脚功夫，上一次我要与一个女子亲热时被他们教训了一顿。"

竹叶青骂道："屁话！一家人不说两家话，一床不睡三姓人。女人的事谁都小气。你没有金刚钻，就别去揽瓷器活。你还好意思说？"

竹叶青的功夫有些底子，他 16 岁时，曾拜江湖中一名武林高手为师，习武十几年，练得一身不简单的功夫，后来因行恶事被师傅发现，怒斥后逐出师门。于是他在泰宁开武馆收门徒，后来门徒扩展到了建宁。常言道："鱼找鱼，虾找虾，乌龟找王八。"拜他门下的自然也都不是好东西，这些人聚在一起势力扩大，便欺行霸市、横行无忌。这时竹叶青听了手下的一番述说，反而来了兴趣，他倒要见识一下邵武东关的情形。但他嘴巴上说归说，心中还是有些许忌惮。强龙不压地头蛇，在别人的地盘上，还得小心为是。所以他今天特意带着十几个都是练过拳脚功夫且生性胆大的泼皮无赖前往。但不料想，金风未动蝉先噪，暗送无常死不知。竹叶青想自己功夫了得，又人多势众，却被东关人打了个屁滚尿流。

无论是邵武的男人，还是外地的男人都爱往邵武东关跑，其中自有缘由。东关是一个繁华之地，三教九流、五湖四海，这种地方自然人才也相对出众，不仅有男杰，更有美女云集。尤其一到夏天，漂亮的女人又都爱往东关跑。为啥？盖因这女人天生就爱美，爱穿戴打扮。而邵武的布庄都集中在东关一带，买好布自然要去东关。

邵武的夏布可是大有名气，不仅在国内畅销，而且远渡重洋，销往日本、朝鲜、南洋等地。邵武夏布花色品种多，有本色、蓝色、印花、漂白等。本色夏布用于缝制衣服和制作蚊帐，蓝色夏布用作被里、缝制衣服和制作蚊帐。邵武冬季挂蚊帐多用蓝色夏布蚊帐，条纹图案夏布多用作被里，方格图案夏布多用作被里和蚊帐，蓝底白花夏布则基本上仅用于作被里或被面。

邵武所产的夏布一是挺括，不易起皱，制成衣服穿着舒适，穿在身上不粘肉，极其凉爽，一点也不亚于丝绸；二是布质坚实细密、极其牢固，一件夏布衣服可穿 10 多年，一顶夏布蚊帐可传用几代人。不少人家里使用的夏布蚊帐都是未经染印的本色夏布，愈洗愈白，愈洗愈轻柔。此外，人们还将夏布绷于建筑物的柱子面或家具面板上，再施上油漆，柱子、家具不仅不裂缝，延长使用寿命，而且油漆的光洁度高。由于夏布有这诸多的优点，深受民众欢迎。

夏布多为家庭妇女手工搓捻，以木机土法织就，既有粗细之分，还有染与漂之分。尤以漂白为最佳，轻软、细嫩、凉爽，是制作衣服的绝好布料，是邵武夏布中的高级品。在东关大石前，常能看到浣女们在河水清澈见底的河床漂洗，蓝天白云之下，阳光照在水面上，万点碎金闪烁，漂布工匠们从河里捞起一匹匹夏布，摊晒在岸边的大石前礁石上，不时从河里舀来一瓢一瓢的清水往布上泼洒，泼洒的水被太阳照得五彩缤纷，如同在金水和白云上面迸射出道道绚丽彩虹。

漂白夏布既细嫩且轻软，一匹夏布长四丈五尺，却不到半斤重。夏布白里还透着蓝花，花样千姿百态，这花色不是人工织就，也不为人工所印，天然而成。外来客商见了这花，无不赞口叫绝，视其布为宝，率先预约或抢购。东关是夏布的经营所在地，品种繁多，所以邵武的女子们，包括邻县的女子们都爱往东关购买夏布。自然而然地，夏布吸引了女人，女人引来了男人。邵武的男人，包括外地的男人自然而然也都爱往邵武东关跑。美女爱去东关是为了夏布，男人爱往东关跑，自然是为了美女。

却说竹叶青带着手下一帮泼皮流氓到了东关，见这里人头攒动，热闹繁华，不仅商品丰富，琳琅满目，而且人也大方洋气，尤其是女人长得漂亮，绝对没话说。就在他看得眼花缭乱、心猿意马之时，却听得手下的一个泼皮在不远处与人争吵了起来……

原来这个泼皮看见一个年轻女子面容姣好、皮肤细嫩，早就按捺不住了。他寻机会一直往这女子身上靠，意图吃口嫩豆腐。不料想这女子却不好惹，当场怒颜以对，大声骂他耍流氓。说："我与你无亲无故又无往来，凑什么亲近？"旁边一个矮个的汉子见了这情景，当场上前帮这年轻女子。他猛推了泼皮一把，要泼皮赔礼道歉。这个泼皮仗着自己有些拳脚功夫，此行又来了许多人结伴，便有恃无恐，根本不把这眼前的矮汉放在眼里，当下便与这矮个汉子打了起来。这名矮汉子不是别人，正是东关的豆腐王，他个不高大，但身上力气却不差，打架也有些经验。见对方向他挥拳而来，便身子一矮让对方扑了空。按照一般人等，肯定要摔在地上嘴啃泥了。这泼皮到底也是有功夫之人，立马一个下蹲，稳住了身体，紧接着一个虎口掏心，在豆腐王胸口上用暗力猛挫了一下，一边骂道："看你只有南瓜般大，却与你爷逞什么能？"

豆腐王没料到对方这么有力道，有些吃劲不住，当场一个后仰跌倒在地，痛得直吸冷气。这个泼皮扬起脚还想上前猛踢豆腐王，没想到正好李二炮等几个东关汉子也在集市里，看到这情形，当场围了上来帮豆腐王。而这时竹叶青等人也闻声而来，周围赶集市的外地人纷纷退到了圈外看热闹。东关人与竹叶青双方立时摆出了鲜明的阵势，但明显是竹叶青这边人多势强。

周围的人有些担心李二炮吃亏，李二炮一点也不怯阵，怒颜正色道："人怕没理，狗怕夹尾；咱们东关汉子见恶不怕，遇弱不欺，有理还怕他怎的？"

竹叶青在建泰两县打群架出了名，是见过大阵势的老手，更仗着自己一身功夫，武艺不凡。他冷笑一声一挥手，手下的十几个泼皮打手顿时"嗷嗷"地叫着围了上来，摆开了一场大战的阵势。东关这边人少不怯阵，也卷袖摆阵应战。正在这时，东关鱼鹰队的宋大龙与几个渔民正好拎着几串鱼经过，一见这情景立马加入了阵势。

宋大龙举手制止住了东关这边的人，不让他们轻举妄动。对竹叶青喝声道："看你们样子是外地人吧？来到我们东关就是客人，我们以礼相待，但若胡来可不行！"

竹叶青嘿嘿冷笑道："谁家的裤裆破了露出你这玩意来。"

宋大龙亦冷冷道："牛无力拖横耙，人无理说横话。老子下河打鱼认得鳖，知道你是泰宁的土鳖，东关的菩萨是有嘴不说话，在忍让着你，而你个外地的破锣却在此闹喳喳？"

竹叶青见宋大龙口中了得，说不过他，便又是"嘿嘿"一笑，也不吭声，却突然间一个飞步，把站在近身不远处的一个看事的女子搂在了怀里，言道："人人都说东关的女人漂亮，我这是喜欢她们，怎么叫胡来呢？"被竹叶青一把抓住的女人正是刘玉花，她没料到竹叶青突如其来的一个举动，当即气得满脸通红，挣扎着破口大骂不止。但无奈竹叶青人高马大，刘玉花根本就动弹不得。

竹叶青的这个举动可是犯下了大忌，惹来了弥天大祸。李二炮一见怒不可遏，额头上青筋直暴，当即就要冲向竹叶青相搏。宋大龙见之也火了，当即把手上的两串鱼往地下一扔，大声喝道："宁可正而不足，不可邪而有余。东关人不惹事，更不怕事。看来今天是要开打了！"

李二炮嗷嗷叫道："打得一拳开，免得百拳来。今天让他们见识一下东关人不是好惹的！"

一旁的东关民众也都发火了，嚷道："打死这些狗东西……"

竹叶青见东关民怒，有些不妙，他竟然毫无惧色。他一把推开怀里的刘玉花，恶狠狠地高声喊道："兄弟们，齐齐上阵，与老子开打！"随着他的话音刚落，众泼皮便一哄而上，展开拳脚，大打出手，首先目标朝宋大龙和李二炮迎了上去。

李二炮乃莽猛之人，块头也不小，何惧之有，当即第一个迎向竹叶青开打。竹叶青一个侧身，随即一拳出手，李二炮胸膛便挨了一记重拳。宋大龙见李二炮不是竹叶青的对手，怕他吃亏，连忙出手迎了上去。他知竹叶青不简单，从刚才竹叶青出手的招式中看出他有一身的硬功夫，所以亦不敢掉以轻心，打起了十二分的精神应战。他毕竟有实战经验，不轻易先出手，只在等着对方来攻。双方对峙一阵子后，竹叶青也看出宋大龙是有武功之人，但不知练到什么程度，便小心谨慎从事。他悄悄从腰间抽出了带有4个铜环的手指圈戴上，一声呼哨，身边立时聚拢了几个帮手，一起向宋大龙围攻而来。宋大龙见状心中有数，看来对手是一伙训练有素、打架很有经验的人，而且持有暗器在身，看来要先下手为强了。当下他出其不意猛地从街边摊上抓起一张长木板凳，以迅雷不及掩耳之势向对方扫去。随着一阵风过处，只听得"哎哟"一声，已击中一个首当其冲、身材高大的泼皮，疼得他立马丢下了手中的木棍，蹲在地上护着痛处龇牙咧嘴，一时立不起腰来。这些泼皮当中有几个是不要命的恶人，见自己这边的兄弟吃了大亏，知眼前这宋大龙不好对付，便相互使了个眼色，齐齐向宋大龙发起了攻击。顿时间，你来我往一片喊声，打得难解难分，看得众人眼花缭乱、惊心动魄。交战了有十几个回合下来，宋大龙手中的长板凳神出鬼没，着实厉害，先后又击中了几个泼皮，打得他们鬼哭狼嚎、心惊胆战。竹叶青见了大怒，一个飞身打倒了两个纠缠住他的东关汉子，不顾一切地向宋大龙扑了过来，但未能等竹叶青施展开功夫，有几个东关汉子又赶到，纷纷举起手中的农活家什围了上来……

有道是："水寒鱼不跃，林茂鸟频栖。"邵武人口不足20万，但会武者有几千之众，尤其是以东关一带会武的人为多，有数百人之多。盖因东关是一个码头所在地，五湖四海，藏龙卧虎。民间习武成风，武学门类众多，无论是单鞭、罗汉拳、伏虎拳、六桩根，还是八卦棍、鹿形棒等皆虎虎生威，不可小觑。平时不起眼的生产、生活工具皆演化为了锄头功、板凳功、扁担功等武功，各显神通。

此时，竹叶青见东关人一个个武艺高强，十分强悍，手中的扁担、绳索等普通物件皆是夺命的武器。他在惊愕之中，才意识到今天是遇上了冤家对头，吓得心惊胆战，连忙逃命不迭。但已太迟，东关加入战斗的人越来越多，打得建、泰两县的泼皮们伤筋断骨，皮开肉绽，俱躺在地上，痛得"哇哇"大叫，求饶不止。

竹叶青在混战中左膀被重击了一下，他摸着痛处，恨恨地对宋大龙服输道："我竹叶青有眼不识泰山，请大侠手下留情，放我们一马，感恩不尽！"

李二炮指手骂道："你今天知道倒灶了吧？告诉你们，东关人可不是那么好惹的！"

这时东关一个菜农挑着一担猪粪上菜地施肥，正好目睹了这一场大战。他不解气地道："饶了你们可以，我们东关人从来是黑白分明，朋友来了有酒三杯，像你等这种坏人来了，自有猪粪招待，你们每人喝一口便放你们走。"众人听了纷纷叫好，说："对！咱正人用邪法，邪法也正。"便要竹叶青等人吃猪粪。

正在这时，甘草爷出现在众人面前，他言道："算了吧？看来他们今天也受到了教训，该饶人处且饶人。"说着转脸对竹叶青言道，"但你们回去要记住，不要自恃有些功夫便目中无人，山外有山，人外有人。更不要行恶干坏事，要知天理昭昭，惩罚不差有些时候，东关人选择忍让是一种大度，可有些时候却不能忍让。坏人是不能纵容的，在有辱尊严的事情上，绝对不能退让。"

竹叶青听了甘草爷的言语，心里知道眼前这位鹤发童颜的老者是权威之人，他能说饶过，定然是饶过了。当下暗暗嘘了一口气，对甘草爷抱拳道："谢谢老人家的宽容之心！当记你的教诲，以后再也不敢了！"当下招呼手下赶紧走人。可是有好几个在打斗中手脚骨折了，痛得根本就走不动。竹叶青对甘草爷求助道："摆渡摆到江边，造塔造到塔尖。你老人家行侠仗义，好事做到底，帮个忙。"

甘草爷见之皱了皱眉，言道："这样吧，我的骨科店就在前面不远，你们把这几个伤了筋骨的扶到我店里给他们治伤。"竹叶青等人闻言面露喜色，连声说谢谢。

甘草爷讽刺道：谢谢就不要了，今后别横行霸道，卸别人的胳膊就行了。李二炮等人觉得甘草爷过于仁心，太便宜了这些坏蛋。刘玉花恨恨地朝竹叶青啐了一口道："真是坏瓜多籽、坏人多事。今天你们丢人现眼到家了，活该！还不跪地谢过我们甘草爷的宽宏大量！"

竹叶青闻言脸上失色，当即双腿跪地，朝甘草爷叩头道："你就是大名鼎鼎的甘草爷？果然名不虚传于江湖，今天我们服了！"

甘草爷摆了摆手，意味深长回了一句话："天下的弓都是弯的，世上的理都是直的。江湖不是打打杀杀，江湖也是一个人情世故。"

第三章

01　东关名医

东关有一个显著的特色亮点，有众多祖传的名医聚集在此。他们有精湛的医术在身，妙手回春，各显神通。在邵武、闽北乃至福建都首屈一指、声名远播。为何东关名医众多？自有历史文化渊源一脉传承。

早在700多年前，东关行春门下，常有一个老中医在此义诊，专看疑难杂疾、不治之症。这老中医云游四方，忽隐忽现，行无定踪。他出现时往往是身着一套简朴旧青衣，脚穿一双破云履鞋，满面胡子拉碴，显得有些不修边幅。但他鹤发童颜、慈眉善目，看诊时神情淡定、沉郁从容。他一现身便有不少的病人围着他询问药理病由，老中医总是不厌其烦地在逐个耐心解答。时间久了，东关的百姓都熟悉如邻，与他相交似友。盖因他持有"七针"治人疮疾，多有神奇效果，人遂以"七针先生"称之。

其实众人不知，这"七针"乃邵武一代宗师张三丰是也。他以"三丰"二字横顺分观，共有七画，盖如针有七根，故以七针为寓意。张三丰是反元助明的大功臣，定江山后不愿在朝为官，告辞明太祖朱元璋，归隐山林。他于武当山修炼九年后，又悄然遁回邵武老家，在武阳峰练武，留仙峰修道，翠云峰静坐。其间他常下得三峰来，扮身为一名游方的老中医，在东关行春门下为邵武百姓诊疾看病，凡穷苦人家不但分文不取，还附送上自采的中草药。

一日，张三丰带了一筐武阳峰的绿茶来到镇上，像往常一样把茶叶散发送与平民们品尝。突然见一群人在前方不远处围观什么事，声音嘈杂，大呼小叫的。张三丰便上前探个究竟。只见一个年轻妇人哭喊个不止，原来是她六岁的小儿把一枚铜钱放在口中玩耍，不小心吞了下去，孩儿双手捧腹疼痛不堪，脸色苍白，妇人见了手足无措，一个劲地大呼喊叫。那一枚铜钱卡在六龄童喉咙中，下又下不去，吐又吐不出，两眼翻白，性命危在旦夕……

张三丰问明情况后，从随身所带的袋中撮出一小撮茶叶，先放在自己口中咀嚼了几下，待茶叶有些湿软后，置入于孩子口中，又叫人拿来一杯温水徐徐灌入。那茶叶随水缓缓进入喉管，大约有一杯茶的工夫，只听得这孩童腹中内"咕咕"直作响。不一会儿，只听见那孩子"哇"的一声哭啼，当即回过阳来，睁开眼睛直喊着肚子疼痛。

张三丰叫小孩子他娘快快扶他去排便，小孩蹲在地上使了一会儿劲，即排出了便物来。细细看之，绿色茶叶渣中包裹着十几块大大小小的碎铜片。孩童排除便后如释重负，完好如初，没有一丁点事儿。众人见之十分惊讶，都道张三丰是天降神医，那妇人拉过孩子双双跪下，朝张三丰叩谢不已。

当即有人醒过神来，知道这茶是个好东西，便抢着要买张三丰的神茶。张三丰笑道："大家莫急，莫急！每个人只可有一两，有钱随意给，没钱当白送。此茶见者有份，只是我今日带的不多也。"

众人听了这话，更是争相着来要，张三丰的一筐茶叶尽被分光。得到者自是兴高采烈，如获至宝。再看那七针先生早已不见了踪影。直到很久以后大家才知道，七针先生就是乡人张三丰是也。

在中国，医生自古就广受人们的尊敬，如华佗、扁鹊、张仲景、孙思邈、李时珍……哪一个不令人缅怀敬畏，而被人们称之"苍生大医"。所以得此渊源，东关名医之所以多，后来形成了一个优秀杰出的医生群体，这自有历史文化渊源的一脉传承，因有源头活水来是也。东关继承着医生以治病救人为己任的伟大传统，这与张三丰有着一定的渊源其中。

时至如今，屈指数去，东关不仅有欧阳云峰、福西华、何逸大这些凤毛麟角的中西医名家，还有洪金奇、李丽妆、沈少沧、沙祥炳、李理官等众多的祖传医术高手。他们广施医德，受到民众的好评如潮。

沈少沧医师，又名沈逢源，1926年从谢坊迁居邵武东关。他幼年丧父，承母亲教育，发奋学习，少年考中秀才。不久，应举落第，就无心仕途，27 岁开始立志习医。他在福建名医朱和靖门下受业，得精心教授，学业长进，自此专心为群众治病。他精通伤寒论、金匮经方，又长于妇科。他医术精湛，享有盛名，为邵武近代名中医。不仅精医，沈少沧还多才多艺，曾应聘到邵武汉美书院、乐德女子书院教授国文，得到同行和学生家长的好评。邵武成立中医师公会后，在他的主持下，由中医师公会组织会员开展中医理论研究，对发展中医学和推广临床经验取得较好成果。沈少沧的一生亦医亦儒，为发展邵武中医和教育事业做出一定贡献，中医方面还有《伤寒辨别》《易经辨错》《医案医话》等著作传世。

洪金奇医师，字仲泉，是东关一个传奇似的人物。

他在东关创办了邵武第一家西医医院（初为诊所），这与美国传教士兼医生福西华有很大关系。福西华来邵武传教施医时，洪金奇还是一个名不见经传的穷小子，一次因脚踝骨受伤溃烂（俗称"烂鳝鱼管"），就医于福西华医生。该病在当时的医疗条件下是非常难治愈的，但经福西华医生一年多时间的精心治疗，终于痊愈。

洪金奇因家贫无钱缴纳医疗费用，就在治病的同时为福西华医生管理花卉苗圃，做一些杂工活来相抵。由于洪金奇聪慧善良且吃苦耐劳，福西华医生看中了他，便收他为徒，尽心传授他西医学知识。经过福西华医生多年的精心传授与培养，洪金奇后来学有所就，成为一名著名的西医。福西华医生对洪金奇格外关心，还介绍张笏卿牧师的女儿张友凤与他为妻。1924 年，在福西华医生的鼎力资助支持下，洪金奇以自己的字"仲泉"命名，创办了邵武第一家本地人创办的西医诊所，坐落于东门外遵道坊中山路的 1149 号。

仲泉医院主要是以门诊为主，也设十几张住院床位，收治病情较重的病人。在 20 世纪初的几十年间，邵武连续发生了 3 次范围广泛的霍乱和鼠疫，仲泉医院全力以赴，以西药见效快的特点救治病人，其中有不少人患鼠疫被洪金奇用西药医好。时有穷人没钱看病，仲泉医院都免费为他们诊治，医生们经常半夜出诊，随叫随到，受到东关百姓们的好评。

1922 年，粤军第二军军长许崇智率兵 3 万由江西经建宁到邵武，因士兵们水土不服，各种疾病在军中流行。仲泉诊所以救治命人为宗旨，治愈士兵无数，立下大功。许崇智大为赞赏，破格任命洪金奇为一等军医，并资助诊所扩大为仲泉医院。仲泉医院成立后在邵武乃至附近县有良好的口碑，洪金奇医生也深受邵武群众的尊敬。洪金奇不仅自己立志救死扶伤，更把此作为传家之业，送其长子洪玉珊、次子洪玉珩进大学学医，后洪玉珊成为一名西医全科医生，洪玉珩学成后成为一名牙科医生，两个儿子学成后均子承父业。

令人惋惜的是，1927 年，洪金奇乘小火轮到福州采办医院所用的医疗器械与药品，因船在南平触礁而不幸遇难。洪金奇去世后，仲泉医院由长子洪玉珊继续经营。

李理官医师，字春城，乳名叫"吓万"，邵武东关人。

李理官出身于书香门第，儒林后裔，自幼诗礼熏陶，学业有成。曾执教于邵武熙春小学、省立邵武六中（即邵武一中前身）以及抗战时从福州内迁邵武的格致中学。他目睹政府对人民疾病不关心，不重视医药，于是发奋学医，受业于族叔李梦花名医门下。学成后，恰逢邵武地方医务界老前辈和乐善好施人士联合本地有名中医创设施医局，在杨榕等人的召集下，李理官偕同邓讲堂、沈少沧、杨品堂、沙焕平等名流积极参加施医局，行救贫济困之义务医疗，深受广大人民群众赞扬。

后来他弃教而专业执医。他的医术精湛，医德高尚，对一些疑难杂症刻苦钻研，孜孜以求，可谓是一个精通医术的儒家。他以其渊深的古文基础，精研岐黄，对医学研究尤深。每遇危重患者，查找资料，参考有关医籍，然后处方。到古稀之年，仍手不释卷，孜孜以求。善于把理论和实践相结合，临床获效者众，学验俱丰，求治者接踵。他对内科、妇科、儿科尤为擅长，每以张仲景学说为临床论治依据，其方简而用药纯，化钱少而疗效高。他常谓人曰："医不可以贫富而分。"对患病者不分贵贱，一视同仁。

张福祚医师，邵武东关人。张福祚乃祖传十几代的名医，专门救治小儿麻疹急重危症，救人无数，治疗内外妇儿疑难杂症效果显著，每日门庭若市，病者接踵而至，中午需要家人送饭到诊所。其子张荣光乃十二代传人，幼承家传，弱冠后随父行医。抗日战争胜利后，在邵武城关行医，学验俱丰。以其技术精，服务好，深得病患者信任，时锦旗表扬挂满诊室。

李丽妆医师，邵武东关人。

李丽妆医师有句口头语："东关人做事，永远不能让人戳脊梁骨。"她从小受家庭熏陶，在邵武文山女子中学就读，立志医林，业余之时随父习岐黄业，方脉针灸等无不览及，数年后逐渐为人医病。学成后行医足迹遍及邵武城乡。时，中医界女性有名望的医师极少，但由于李丽妆自幼天资聪颖，学习勤奋，在其父亲李杜医师的指点下，悉心钻研中医针灸理论，针灸时对经络穴位十分娴熟，运用极为准确。每遇危急或疑难病例，她翻阅书本，查阅大量有关医著，以图正确诊断，对症治疗。光泽有位 15 岁的孤女，名叫李芳爱，因双目失明流落邵武街头行乞。李丽妆见到后，详细询问了病情，察看患者的双目，将小女孩收留在家治疗。经常弯腰屈背为其针灸，并采用补泻迎随手法，每一穴下针均要捻转上二三百遍，每灸一穴都在五至七壮以上，有时治疗一次要花上两个多小时。在施行针灸的同时，配合服中药，敷草药等综合治疗，三个多月后患者双目逐渐复明。因悯该女孩无家可归，李丽妆收她为养女。

常言道："庭栽栖凤竹，池养化龙鱼。"值得一提的还有在邵武东关定居的杨、范、沙、马、米、苏等六姓回民，邵武有回民 2000 多人之众，是福建省回民的主要聚居地之一。相对而言，邵武回民不仅有清净的卫生习惯，还有独特的医疗方法，代代皆有出色的回民医药学家，在东关有着较大的影响。

邵武东关回民属迁移而来，历史悠久。据史料载，明朝朝廷调遣部队到邵武镇守。洪武二年（1369），山西大同府杨赍兴授任福建邵武府右营指挥使，率军携属杨姓 700 多人，及马、沙、范、苏、王、麻、米等 10 余姓千余户 3000 多人驻守邵武，之后皆定居在邵武。洪武七年（1374），山西大同府大同县南乡鲁沟村的米开庵归附明朝，次年调任邵武卫。其家族也在邵武落籍，有米家巷、遁园等大型园林家产，以后又陆续从山西、山东、河南、河北、陕西等地迁来部分回民。在邵武的穆斯林逐渐增多，高峰时期达 1500 多户 5000 多人。故，邵武民间有"回回半边邵武城"的说法。

明末清初，山西大同县马家庄人马达霓授任邵武带刀兵马指挥使。明清之际，范姓从山西太原来到邵武任职，辞官后亦在当地落户定居。康熙十九年（1680），山西大同狮子巷的沙国顺携眷来邵任官，据其族谱记载是四品官员。这些人届满后，恋邵武是一个好地方，眷属都在邵武定居不走。

由于邵武回民多，元世祖至元十三年（1276），在邵武东关建清真寺，俗称"回回堂"，占地有 2.75 亩。后因一次失火焚毁。明洪武七年（1374），回回堂重建于迎风街和平巷，面积 1983 平方米；清同治八年（1869）翻建，占地约 3000 平方米，建筑面积近 2000 平方米，建筑规模宏大，气势壮观。清真寺大门、围墙均为石构，伊斯兰教式圆形尖顶拱门，寺门内为约 20 米的石甬道，甬道尽头耸立　座木构宣礼塔，塔上为三檐楼阁式望月楼，八角攒尖顶。主体建筑的庭院布局为四合院式，礼拜殿坐西朝东，殿前为天井，两侧有廊房。大殿木构，卷棚顶，两侧山墙开有圆洞窗和圆拱窗。殿内板壁绘画花卉，书写伊斯兰教经文。该寺建筑既有伊斯兰教风格，又融合了邵武地方建筑特色和明清建筑的时代风格。

回民由于先前长期征战，外屯戍边，外科技术精熟。他们灵活地把外科技术变通地用于内伤杂病，又虚心地学习当地中医的经验，钻研历代中医典籍，还利用清真礼拜，传播医药卫生知识。在回民中，除专业医家精习中医诊疗技术外，还有一些独特的医疗秘方。

如沙祥炳，系山西大同狮子巷沙氏来邵第九代传人，世居邵武城区东门内。他自幼读书，弱冠时即为府附生。辛亥革命后，他以医为业，博览群书，尤精仲景学说，选方用药俱有心得。曾用理中加石膏汤治疗霍乱吐泻，救人甚多。

1933 年的夏天，国民党周至群部队驻防邵武，第三团团长胡廷扬患疟疾久治不愈。沙祥炳先生用何人饮三剂治痊，周至群以大洋百元与"仲景遗风"牌匾敬赠。因其医术高明，1931 年前后，沙祥炳应邀在邵武中医公会施医局义诊。沙祥炳先生还参与编修民国《邵武县志》。抗日战争时期，日寇在浙江、江西等地施放细菌战，1941 年 9 月邵武爆发鼠疫，沙祥炳先生应诊，不幸染疫病故，卒于 1942 年。

在东关回民中有一个人值得一提，他名叫沙征杰，字子豪。小时候他是一个勤奋好学、讲礼义廉耻、十分孝道的孩子。他读过几年书，但由于家中生活所迫，十几岁开始在邵武公成斋广货店当学徒，每天要早起打扫店里的卫生，给老板吴锦祥家做杂务。

一天早上，沙征杰在店里扫地，他发现地上有一枚小钱，便捡了起来。等老板吴锦祥来了，沙征杰把钱交给了他，说是在店里捡到的。吴锦祥老板见是一枚小钱，不置可否地没什么表情，也没有吭声。过了几天，沙征杰又在柜子边的地上捡到几块钱，他同样把钱交给了老板。

吴锦祥说："钱是你捡到的，就是你的钱，干什么不留着自己用？"

沙征杰诧异地说："老板这话不对！在店里捡到的钱应该就是店里钱，不是我的钱，拿去不就等于偷呀？"

吴锦祥老板面露微笑，拍了拍沙征杰的肩膀说："孩子，你说得好、做得对，君子爱财，要取之有道。"

从此，老板吴锦祥十分信任沙征杰，把他当成自己人使用。实际上这地上的钱，先后两次都是老板故意丢在那里的，他是有意考验沙征杰人品，只是沙征杰不知道而已。

沙征杰满师后留在公成斋店中，他感恩吴锦祥老板对他的信任与关照，几次要离开店里另图发展，施展自己才华，但不好意思开口，当了十几年的伙计，尽心尽力帮着老板打理生意。直到一次大火灾，公成斋广货店倒闭了，老板去了其他地方谋求发展，沙征杰才不得已离开。他从亲戚、朋友那东借西凑借了些钱做成本，到东门城门口摆地摊卖小百货。由于为人诚信，童叟无欺，生意由小做大，不久就在原地租了间店面，自己当老板开了个小百货店，生意很是不错。

可是好景不长，随着日本侵华战争的影响，邵武也处在兵荒马乱之中，老百姓叫苦不迭。一天，惯匪罗洪标带领土匪打进邵武城，抢劫到东关，沙征杰店里的东西被洗劫一空，经营了三年多的店倒闭了。沙征杰只得另谋生活出路，他卖掉了一些平时积攒的东西，凑足了本钱与人结伴去泰宁买牛。但祸不单行，屋漏偏逢连夜雨，他路上不幸又遇到土匪，不仅钱被土匪抢走，还被剥光衣服绑在树上。幸亏被一个好心的过路人发现，把沙征杰从树上解救下来。饥寒交迫的沙征杰惊魂未定，一路行乞回到家。

沙征杰回到邵武后，家中已是家徒四壁，生活无计可求。所幸经人介绍，沙征杰才找到一份帮县财政下乡收官租的差事。当时采用包干的形式，不管收多收少，还是收到没收到，政府的那部分是一分都不能少，要少只能少自己的那一份。沙征杰是个软心肠的人，凡看到佃户家有困难，都可缓交，或减免。所以沙征杰下乡没有一个佃户会躲的，都热情地把沙征杰请到家中。乡亲们都说："沙先生是个大好人。"每逢年节，乡亲还会送些土特产来表示感谢。沙征杰总是把他们当成朋友留在家里款待。

沙征杰在街坊邻居们眼里是一个大好人、大孝子。有一年，沙征杰的母亲生了一场大病。他父亲本身就是一个中医，亲自开了很多帖药，奶奶吃了不见效，又换了好几个大夫来看，也不见好转。病急乱投医，沙征杰跑到街上找了一个算命先生给母亲算命求医。算命先生开了一个偏方，但需要用亲人的肉做药引。沙征杰深信不疑，悄悄跑到清真寺，祷告了一番后，用剪刀在自己左臂上毅然剪下一块肉。不知是算命先生这贴药有独特的药力，还是沙征杰虔诚的孝心感动了真主，母亲吃了这药病奇迹般地好了。而且沙征杰左臂上剐肉的地方也没溃烂，只是留下那块孝心标记的伤疤。

1943年，淮河发大水，邵武来了一批从安徽来的难民，沙征杰收留了一家难民住在家中的下厅里。一天，沙征杰见有个难民发高烧病得很重，跑去找父亲说是你媳妇爱玉生了病，请他赶快去看看。沙征杰父亲拿起药箱就往家赶。到了家，沙征杰才说是给难民看病。他父亲不解地问儿子："你为什么要骗我说爱玉生病？就说给难民看病我也会来！"语气间有些气恼。

沙征杰知道自己错了，嬉皮笑脸地向父亲道歉："因为病情危急，我怕不这么说，你不会及时赶来。"

经过及时抢救和护理，难民脱离了生命危险。这家难民感恩戴德地说："沙先生真是大好人，好人一定会有好报。你的孩子叫什么名字，今后有机会一定要报答你，报答你的孩子。"

沙征杰的表兄杨仰先，也就是他母亲的侄儿，是省里的官员。他每次从福州回来都有人去巴结他，不少地方官员，包括亲戚、朋友争先恐后宴请他。可是沙征杰从来没宴请过他一次。沙征杰教育家人说："做人不要锦上添花，要雪中送炭。我们平民百姓不要去凑那个热闹，他在省城当那么大的官，山珍海味什么没吃过。我们拿最好的东西请他，他也不会在乎，可我们却去了一层皮。"

毫无疑问，东关的名医们荟萃一堂，为本就是繁荣之地的东关增辉添色不少。

02　红色何逸夫

何逸夫最为不凡，是东关名医中的佼佼者，人中之凤、深渊之龙。朱半仙说，一个人气神的清浊是可以从面相上看出的。此话不虚，何逸夫精力充沛，形体端庄，面目清秀，眼睛明亮清澈，神态安详，举止大方。他坐下来时稳稳当当，没有一点声响，潇洒有度自信有余。站着则气宇轩昂，大度伟岸。他平时话语不多，不随便说话，性子很稳，不急不躁。神气内敛，显得很稳重，给人一种敬畏信服的感觉。

何逸夫家在东关是一个大户人家，在青少年时代，何逸夫原本是学商的，他深感到黑暗的旧中国积贫积弱，便决心从事医疗事业，强壮劳苦大众的体魄。他先是在东关基督教福西华的教会医院学习，成为一名职业医师，随后来到素有江西四大名镇之一的赣东北河口镇（今属上饶市），私人开办重生医院。取名"重生"，就是要重新给病患者一次生命。他在上饶与一位貌美的女子结了婚，生育了一男两女3个孩子，有了一个生活优裕、幸福美满的家庭。1926年春天，何逸夫回到了老家邵武，在东关开了一家私人诊所。由于他的医术高超，很受人们欢迎。

何逸夫在诊所坐堂正中的上方写有一首诗句：

我愿天地炉，多衔扁鹊身。

遍行君臣药，先从冻馁均。

门前罗雀列，药柜生灰尘。

自然六合内，少闻贫病人。

这是何逸夫的愿望与心声，他常对人说："其他人其他生意开店，最好是热热闹闹、生意红火，但我这店最好是生意冷清、门可罗雀才好。"

众人听了不解，问："这是为何？"

何逸夫微笑道："有句话不是这么说吗，但愿天下人不病，何妨药柜生粉尘。我生意冷清，不就证明大家身体安康了吗？"

何逸夫白天为四处求医的病人看病，忙得不可开交。他奉行"读书而不临证，不可以为医；临证而不读书，亦不可以为医"的真谛，一边读中医经典，牢记中医治学之根底；一边做临床，将所学知识运用到实践中。之所以他医术精湛，能法于阴阳，和于术数，形与神俱，成为闽赣两省的名医。

1929 年夏天的一个晚上，夜已很深了，何逸夫家有一个神秘的人前来敲门。何逸夫以为又是前来急诊的病人，开门后却大吃一惊，来人是他在江西河口镇时相识的一个身份特殊的神秘老朋友。何逸夫警觉地朝四下里察看了一下，赶紧把来人让进一间屋里，关上了大门。

两人进屋坐卜后，神秘人开门见山，说明来意："不瞒你说，我此次来乃是奉方志之命，请你这位妙手名家出山的！"

何逸夫不解："为甚请我出山？"

老朋友道："近水知鱼性，近山识鸟音。你在河口镇行医几年，名声籍甚，无论是为人与医道都让人敬佩。方志礼聘你来苏区一展身手。但不知你意下如何？"

原来，1927 年底前后，方志领导与河口镇毗邻的弋阳、横峰两县农民举行武装暴动，初创了赣东北革命根据地，包括一个连的武装力量。红军部队在后来的战火中，由一个连壮大为一个团。其间，国民党军队对革命根据地连续发动反革命"围剿"。在反"围剿"的战火中，红军指战员难免有伤亡。一时间，救治伤病员、增强战斗力，成为刻不容缓的难题。革命根据地往往都地处在穷乡僻壤，缺医少药，医疗条件极差。虽然说方志于 1928 年 9 月创办了红军调养所，请了一位名叫杜振方的人在部队权当医师。杜振方是江西高安籍的一个江湖武士，懂得治疗跌打损伤，但不会看病，凭他和几个徒弟，难以适应革命战争的需要。在此情景之下，方志决定要创办一所红军医院。为此，他派人前来说服动员何逸夫前去担任红军医院的院长。

这个情况有些突然，让何逸夫听了举棋不定，一时难下决心。

老朋友道："方志说了，只要你答应入伍，有什么要求和条件，他一定尽力满足你。我知道你下这个决心不容易，一时很难定夺！这样吧，我还有其他事要办去一下顺昌，3 天后我回转邵武再听你的答复。去与不去，一切由你决定，绝不敢勉强于你。但他真心诚意盼你能够助红军一臂之力。"

送走了老朋友，何逸夫陷入深思之中。当时的中国是震荡中的中国，烽烟四起，风雨雷电，乌云压顶。谁主沉浮？难以言说。但以他的了解与眼力，他相信中国共产党，信任方志。经过一夜之间思索，他还是下了决心。深明大义的他，懂得革命救国的道理，便毅然别离妻儿，放弃优裕的生活，于1929年7月带几名医务人员和弥足珍贵的医疗器械及西医药品，投奔了方志的红军调养所。

何逸夫的到来，让方志十分高兴，他与何逸夫商量，决定把红军调养所改为红军医院，任命何逸夫为第一任院长。

1930年，红军独立团壮大为红十军，红军医院也随着革命战争规模的扩大而扩建为红军总医院，由毕业于日本千叶医科大学的医学博士邹思孟任总院院长，何逸夫任外科主任。1931年11月，赣东北省苏维埃政府成立，在红色省会葛源开办了工农医院，方志任命何逸夫为赣东北省工农医院院长。此时的何逸夫，不仅要负责全院的工作，给苏区普通群众看病，又要到红军总医院给红军伤员做外科手术，日夜操劳，尽心尽责，无怨无悔。他的医德、医风、医术，在红军指战员和广大苏区群众中留下了良好的口碑。

不幸的是，1934年冬天，何逸夫牺牲在赣东北苏区，他的忠魂与青山为伴。

03 古渡码头

天上众水，悠悠人间，凡流经大地的涓涓之水，能聚流成河者定然是灵气十分，都有河魂存活于其身。这河魂由三者合成：一者为天，二者为地，三者为人。三者之间，自然和谐，相辅相成。河魂虽为无形无身，但却极富有情感，它不仅善解人意，宽容大度，亦会悲伤愁苦，会快乐欢愉，有喜怒哀乐。它与人类同呼吸、共命运，相亲相爱、和谐相处。魂在人在，河在魂在。若人类忘记了此道，伤害了它，河便会黯然失色，通体发暗。若伤到它深时，河魂便游离支碎，病体违和，河魂便如尽去，河体则消亡不存。人利于水，水利于人，这是大自然的和谐相处之道。

东关有河，且有码头。在东关的诸多景物之中，最有名气的当是这个古渡码头。这古渡码头临水而建，岸边杨柳絮，随处可见。春初发叶，旋开黄花；及春末之时，绿叶渐多，花中结实，细而黑。蕊落后有絮绽出，质轻如棉，色白如雪，随风飞舞，散于各处。

有着上千年历史，散发着岁月包浆的东关码头，宽30米，长近300米，呈30度的斜坡由岸上渐入水中，全部用几十斤乃至几百斤重的大鹅卵石铺就，枯水季节可看到码头石块料面层延伸至河床有好几米，十分地坚固结实，稳稳当当，发再大的洪水也无济于它。

东关码头的河面上有一座很有特色的木头浮桥，它是用两根巨人的铁链串联起十几个船形的木头浮墩。各从南北两岸边算起，东关人称第一个浮墩叫"　孔"，数到第十个浮墩叫"十孔"，也就是到了河中心的位置了。此处水最深最碧绿，有4米多深。

这座木头浮桥在宽阔的水面上连接了南北两岸的通行往来，在河中心水深处的第十孔浮墩之间，还设计了一块可以吊起来的活动桥板，以便上下游的船只过往。桥上面铺就了两寸多厚的杉木板，稳重踏实，行走在上面很是舒适洁净。

别看这座只是木头做的浮桥，它来之不易。

1934年邵武公路通车时，汽车站原设在大溪北岸的邵武水北街上。抗日战争爆发后，邵武成为闽、赣、浙三省的大后方。从福州、杭州等处迁来的学校与单位很多，如福州的福建协和大学、格致中学、文山女子中学，杭州的之江大学以及国民党部队第十六临时教养院、国民党军荣誉大队等，此外尚有不少由浙江、福州等地疏散来的居民眷属。为此，邵武城区人口明显激增，旅客来往频繁不断，更加之东门中山路一带，商店林立，人来人往，是邵武最为繁荣的地方。为适应这一情况，汽车站便由水北街迁移到与东门一水相隔的四板桥。但是从车站到城里，中间横着一条大溪，需要乘坐渡船进东关。每次班车到了邵武，往往因客多船少，耽误了不少时间。有时汽车在途中发生故障晚点，以致夜半才到站，而渡船在夜间又不摆渡，旅客则只好坐在车站旁边的小茶馆过夜，行旅仍然感到不便。于是各方人士吁请政府建造一座浮桥通行，但因县政府和公路局均无这笔资金，此议被长期搁置。

不久，陈仪率抗敌话剧团，第二次来边城邵武视察，慰问国民党军的伤病员。陈仪到县城可是非同一般，到车站欢迎的人自然很多。下车后大家从东关乘渡船入城。但船小人多，水流湍急，行驶至河中间，船身便摇摆动荡，让乘船者胆战心惊，生恐落入水中。

看到这种情况，陈仪亦有同感，自要表现出关心民情的姿态来，他当即面嘱县长张灿说："事关民生，邵武县政府应尽快谋划桥梁之事。"

张灿满脸苦相："此事卑职早有考虑，但建桥耗资巨大，邵武财政根本无力承担。"

陈仪沉思道："莫若设法在东关码头建造一座相对造价便宜的浮桥，以便民众行旅往来安全。"

县长张灿唯诺应允的同时，乘机向陈仪提出："浮桥自是比水泥石墩桥造价低了许多，但是邵武地方财力困难，无法筹集这笔款项，是否请省府拨款补助一些？"

陈仪听了沉吟略久，表示歉意地言道："眼下省财政亦十分困难，捉襟见肘。我是按下葫芦浮起瓢，要用钱的地方顾不过来，主要还得靠你们当地本县就地设法筹款。不过我尽量考虑，会给予一点适当的补助吧。"

省主席发了话，张灿自然要有所作为。当时预计建造这座浮桥的一切费用需8000块大洋左右，县里财政还没有这么多钱造桥。经多次考虑，张灿认为这笔巨款要就地筹措，只有在粮食出口方面着手，于是决定向运粮出口商人劝募。

东关的江西贵溪船帮赵帮主知道县里财源紧张，向张灿建议道："张县长，隔壁将乐县原有一座铁链浮桥，因已建成水泥大桥，现在铁链抛弃在河边不用，我们何不把铁链拿来利用，可以省下不少钱哩。"

张灿县长一听言之有理，但恐将乐县县长是一个有名的小气人，可能不会那么爽快赠送，当下吩咐手下文书道："你马上写份呈阅件上报省政府，请省里发文给将乐县，将浮桥铁链拨交邵武县所用。"

省政府接文后同意邵武的建议，当即行文将乐县，将浮桥铁链无偿送给邵武使用。但建造浮桥款项从何处募款，当然还是由邵武自己解决，也就如张灿所说的办法，向运粮出口商人劝募筹集。

适逢闽清船帮帮主黄一飞前来办理粮食放行证，县里一看暗自高兴不已。这可是一个大头生意。这次黄一飞在邵武采购了白米几万担，数量可观，分装麻雀船整整有 200 余只，都停泊在东关码头，只等县里粮食放行证一下就开航。张灿得此消息后，当即通知邵武县商会："这批粮船，没有得到县政府放行证，不得开行。"并暗暗着令县保安大队看守船队，没有粮食放行证不准放行。

闽清船帮帮主黄一飞可不是一般人，他不仅财力雄厚，而且与政界关系密切，还是一名省参议员。他闻讯粮食放行证办不下来，不知何因，立马气急败坏地来到县府衙门，当面向张灿询问："何因不让粮食通行？"

张灿不疾不徐，微笑着将陈仪面谕建造浮桥，就地筹募经费的情况告知，请他们向粮商船帮劝募 5000 元，分文不得少欠，克日缴交省银行收存，手续办妥后，才发放粮食通行证。他无可奈何地表示，此事乃省政府督办的民生大事，没有一点商量余地。

黄一飞听了作声不得，心知还不是你张灿这个县长的鬼主意，欲要发火又忍住不说。常言道：强龙不压地头蛇，商人更不能与官府抗衡。黄一飞心里虽然不服，但也别无他法，只得忍痛照办。

造桥款既筹足，浮桥设计方案也经确定，即由县建设科招商投标承造。开标结果，由县工会主席万启仁中标承造。张灿限他在 3 个月内架桥完毕，开工时为 1939 年端午节后，中秋节前必需建成。同时派县政府人员前往将乐县提取浮桥铁链，却又遇将乐县地方绅士百般阻遏，死活不肯放行。

张灿亲自出面与将乐县政府商量，将乐县政府表面上答应力行，但事一拖再拖，毫无结果。张灿无奈，只得又电告陈仪，请他出面帮忙协调。陈仪知之后严令："着将乐县县长向地方士绅开导，顾全大局，将铁链交邵武县应用。"

阻碍浮桥铁链移交，其实是将乐县政府的主意，本意是要邵武放点血才行，现在见陈仪发火了，才不得不放行。

然而，铁链运到邵武后，却发现因为将乐河面窄小，邵武东关河面宽阔，两根铁链只能当一根使用。又经许多周折，向各处搜罗，他们才将另一条浮桥铁链凑齐。5 个月后东关木头浮桥完工，南北两岸开始通行，来往旅客行人方便了许多，邵武县政府算是做了一件大好事。

但是闽清船帮主黄一飞却耿耿于怀，伺机报复。在一次福州粮食供应不足的专题会议上，他说动了几位省参议员，联名在省参议会上兴风作浪、危言耸听，说造成福州粮荒严重，主要原因是张灿官僚主义，对运粮商人不仅不支持，反而百般刁难，使粮食商人视为畏途等等言论，请省政府将该县长撤换，以利全省粮运。福建省政府知道这是言过其实，有碍公正，但为了敷衍省参议会，给他们一点面子，只好将张灿调任长乐县长，另派刘澄清为邵武县长。

为了建造一座小小的木头浮桥，费尽周折，掀风播浪，数次惊动省政府，可见邵武这座东关浮桥来之不易。但连接南北两岸的木头浮桥，不但方便了大溪南来北往的民众，亦给古老的东关码头增添了一道靓丽的景致，也算是幸事一桩。

每当清晨薄雾缭绕时分，大溪南岸的林树上，鸟儿叽叽喳喳，清脆悦耳。桥南溪边一座名为"大石前"的群礁上充满了欢声笑语。这里的清晨是东关女人的一片天地，朝阳升起东山，破云而出时，东关行春门一带的女人们便三三两两，提着大筐小篮来到大石前，各自寻个地方蹲下，在溪石上捶衣搓裤、洗菜洁具。木棒的敲打声、女人的嬉笑声，与缓缓的流水声、水浪声交织成独有的东关晨曲。

妇女们在捶衣洗涤的同时，拉呱着各自的家长里短，闲言闲语；河里的小鱼儿优哉地游弋在四周，水质清面可鉴。众人最是佩服东关米酒坊的老板娘李翠菊，她是一个极会精打细算、持家有方的女子。每次到大石前洗衣，她都会带上一只竹编的小箩筐沉入水中。那箩筐用一层纱布扎住，当中留下一个酒杯大小的孔透着，里面放了些新鲜的酒糟，那鱼儿闻到香喷喷的酒糟味便往里面钻，没想到一落入圈套便出不来了。

李翠菊每次洗完衣服回家，捞起小箩筐，总有几条两指宽的小鱼在里面，多的时候有近十条。回家用油一煎，放些辣妹酱油一炒，早餐便有了下饭的好菜。其他洗衣妇见了羡慕不已，也学李翠菊的样，偶有成功的，但不像李翠菊那样次次不落空。

每在这个时候，一缕缕烧柴火的乳白或淡黑的炊烟，摇摆着黑与白的简单，便从南岸边砖瓦木板房的烟囱中袅袅升起，似云若雾，飘飘袅袅。没风的时候，那炊烟笔直得往上直竖，像一条条烟柱；有风的时候，那炊烟又齐刷刷地朝着一个方向摇曳摆动，有若飘逸的腰带。在东关人眼里，老百姓们把炊烟看得格外重要。有烟即是福，如果没有炊烟升起，也就意味着一家大小没有一日三餐的温饱了。

东关人厨房里的灶一般都是大型的柴火灶，当地人亦称之为"老虎灶"。盖因其烧柴量特别大，就像一个老虎口，非常费柴。它一般都设在厨房的一个角落，一侧紧靠墙边，正面距墙两步左右，靠墙码着一排柴火，方便取用。灶台呈扇形或长方形，灶台的形状取决于铁锅的数量，两口大铁锅的灶台一般呈扇形，三口锅的则呈长方形。在外侧两口大锅的连接处，往往镶嵌着一口小锅。别看一台弯灶有 3 或 4 口锅，可一点也不多余。东关的老百姓有很大一部分人为种菜的菜农，每家每户都会养上三两头猪，而靠墙那口锅一般专用来烧猪泔。外面两口锅则作为日常使用，中间的用来蒸饭，外面的用来炒菜，或轮着用。那口小锅一般用来烧水，是人们用于洗脸的热水和烧开水之用。那口小锅无须单独烧火，它与相邻两口大锅的底部是相通的，不管哪口大锅在烧火，都能为这口小锅提供热源。一顿饭做下来，这口小锅里的水也就开了。在灶台的外围，向内嵌着两个 20 厘米宽、30 厘米高、15 厘米深左右的凹槽，那是人们用来烘烤鞋子的地方。下雨天，把湿鞋子放在那里，一顿饭的工夫，鞋子就干了。灶台前沿，砌了一排 10 厘米高的挡墙，既有导烟的功效，又能防止烟尘掉进锅里。灶膛前面地上，也砌了一面 30 厘米高左右的围墙，或者用几块石板围起来，用来放吹火筒、火铲和火钳之类的工具，同时可以堆放从灶膛里铲出来的灶灰，积少成多，当种菜的农家肥用。

烧火是有技巧与经验的，灶膛里的柴火不能密集地摆在一起，要留有空间缝隙，好让空气流通无阻，火才容易烧旺。在灶台的旁边，一般还会放上一些松光柴（松树的枝、根长满油脂的部分，肉质为红色，极易燃烧）。灶门前还会有一瓦坛用来装木炭，平时灶膛里的木炭太多时，就要用火铲把火红的木炭铲出，装进瓦坛，再盖上一块砖块或是厚木板隔绝空气，阻止燃烧。不一会儿瓦坛里的木炭就熄灭了。

灶台前还立着 4 根木桩，再横向搭两根湿硬木棍，有的人家也用大铁棍，那是人们用来烘烤湿柴火的烤架。勤劳的东关人在冬天会砍上足够多的湿柴火，把它们砍成一般长短，整整齐齐地码在房子周围晾干。平时，人们在灶膛前的烤架上摆上一摞柴火，利用灶膛的火气把柴火烘得更干。哪怕是湿柴，用不了两天，就会变成干柴。总之林林总总，看起来是无关紧要，不经意间的小细节，但这些都是百姓人间烟火过日子的聪明智慧。

孩子们最爱帮助大人们烧火，坐在灶膛前，能看见院子里的大母鸡正在啄米，或者它正侧着脑袋看着人。灶台，是平素日子里最具烟火气的地方。灶台前有三件宝，火钳、柴刀、吹火筒。它们是做饭用的炊具，也是小孩子最爱玩的玩具。铁制的火钳是用来夹柴草往灶膛里送的；柴刀则是把粗硬的木头截断，以便长短适宜，能够放进灶膛里；而吹火筒只有一个功能，那就是吹风助燃，即在点火引燃柴草的过程中，火力不旺或是火要熄灭时，将竹筒的一端紧贴嘴唇，另一端对着火星使劲吹气，以使"星火燎原"。

灶台是随和、接地气的，无论是秋风乍起落下的枯叶，还是收获农作物时剩下的秸秆，抑或是树林更新出的朽木，皆可入灶。把木材放进灶膛，塞入些许柴草，就燃起了星星火苗。灶台烧火还是有讲究的。灶台的火膛很大，可以放很多木柴，但不能密密实实地堆放，而要像"井"字般搭起来，底下留出空隙，先塞点儿干枯的叶子再点上火，这样容易点燃木柴，火也烧得旺，烧得久。不同的木柴能烧出不同的感觉。普通的木头烧起来，会发出"呼呼"的声音，火红火红的；刚砍下不久的木柴则比较难烧着，会冒出淡淡的白烟，一边烧着一边会在另一头"滋滋"冒水汽；最有趣的是竹子，烧到中空处，便会"啪"的一声，发出鞭炮一样的炸响，吓人一跳。灶膛里也能烹饪美食。孩子们最爱的是灶膛烤红薯，敞口的大铁锅稳扎扎地嵌在锅腔里，灶口空着大嘴巴等着填进柴草尽情燃烧。烟囱沐浴着房顶金灿灿的阳光，安静地等着冒出第一缕炊烟。往灶膛内埋几个大小不一的红薯，柴草热烈燃烧尽后，如梦幻般的柴火灰若明若暗。红薯焦香的味道，弥漫出来，蹿进鼻中，勾起阵阵食欲。迫不及待拿出一小个，滚烫的红薯在手里跳跃着，灰尘掸去得差不多时，用手轻轻掰开，里面冒着热气，一股清甜的香味扑鼻而来。迫不及待地塞进嘴里，烫得舌头打哆嗦，残留的烟灰也把嘴唇沾得黑乎乎的。

水与火都是值得人类亲近的大自然物种，它们给了人类不少的恩惠。在河边的大石前溪水边，李翠菊为了多引一些鱼入笋筐，总是看到家中厨房不冒烟了，才最后一个离去。妇女们都心里有数，炊烟升起，标志着家里已生火做饭；炊烟渐熄，说明饭已做好。在地里干活的男人和在外面玩耍的孩子，总爱望着自己家屋顶上的炊烟，确定回家吃饭的时间。其实也不用算时间，在家做饭的母亲们、老奶奶们做好了饭，同样会出现在自家门口，呼儿唤女地嚷嚷着，大声招呼家人们该回家吃早饭。

这时的东关四处已漫出了大米稀饭的浓浓香味，民间有句话说，深夜的烈酒，不如清晨的一碗粥。人间最袅绕缤纷、最至繁至简的，就是这大米稀饭掺和着的烟火气；人间最深入人心、最难舍难分的，也就是这柴米油盐酱醋的琐碎。东关民众的早饭很简单，大多是稀饭就萝卜干、咸菜，少有馒头、包子之类的糕点相佐。只有家境好点的不但有馒头、包子，还有油条、油饼配白稀饭。那油饼东关人又叫"灯粘糕"，很有当地的风味特色，是用一种特制的圆形长把薄铁皮勺，将现磨的大米浆浇在铁皮勺上，只是那么薄薄的一层皮，然后在米浆皮上用萝卜丝、芋头丝、茄子丝、辣椒干以及一点点的肉丝等物作馅，尔后再浇上一层薄薄的浓米浆，严严实实地包裹住馅后，随着铁皮勺置入油锅烹炸。火不能太大，要使中等火炸，待油饼炸成金黄色后再捞起。一口咬下去又酥又软、又香又辣，那种难以描绘的味道，诱得让人口水直流。后来东关来了福州人，他们让邵武油饼变成了一个亲山吻海的食物。他们在油饼加入了虾米、紫菜、目鱼干、海蛎干等海鲜干货，味道比起原先来就更妙了。

东关人不论穷家富户，不论早饭是好是差，有没有油饼、馒头、包子相佐，一俟早饭过后，大家都要开始营生干活了，东关的中山街，尤其是码头上便人来人往，很快地忙碌了起来。

东关民众在中午一般是不歇息的，只有在三伏天的夏日午后，实在是太热了，会寻一个大树底下，或有穿堂风的地方歇上一个多钟头。小孩子们最喜欢趴在小门边的青石板上，被烈日炙烤得滚烫的小身板，贴上清清凉凉的青石板，不时有一阵阵穿堂风拂过。即便艳阳高挂的午后，吹来的小风也依然带着丝丝清凉。午后的穿堂风，最是轻柔，最是让人喜欢偏爱，有时是短促的一阵风，吹了就停；有时又会连续吹上好久，极是凉爽可人。

傍晚，暑气尚未完全散去，会有一阵时间的酷热余威。劳作的人们开始陆续回家，后面紧随着一群在大溪中嬉戏了一个下午的孩子们。只有等到天黑了，凉风开始从大溪河面徐徐吹来，暑热才会慢慢地消退而去。这时溪边的风吹在身上，也就有了明显的感觉。连蚊虫在风的吹过下，也大都消失得所剩无几。

到了华灯时分，紧接着而来的是大溪旁有蛙鸣声开始响起，初期是寥寥数声，尔后逐渐响成了此起彼伏。大人们洗完吃完，他们手擎一把蒲扇，时不时地拍打身上，驱赶偶尔一两只的蚊虫，开始三三两两在溪南边、在浮桥上坐下乘凉。夜热依然午热同，时有微凉不是风。民众们懒摇一把大蒲扇，常常追风纳凉于大溪的南边。东关街巷里虽然比城里不会那么燥热，但绝不如溪边来的凉爽惬意，盖因溪边是河床湿地，河面通透无阻，一阵阵晚风吹拂而过，立马消散了白天的逼仄暑气。

甘草爷身边总是人气旺，老人家一把茶壶、一把大蒲扇、一把小毛竹椅，不显山不露水。但他坐下只不过一会儿，大人小孩都围拢在了他的身边，一边乘凉，一边听他讲古。他先讲隋唐后讲汉，故事特别多。而且开场白很独特，他总是说："你们听到的全是过去，好日子都在远路上，一天天朝这里走来。我们只有在时光中等候着好日子，没有别的办法。"

有孩子问甘草爷："东关的大溪是什么时候就有的，它改变过模样吗？"

甘草爷说："爷爷也不知道什么时候就有了？但爷爷知道河流不会老，是因为它的寿命很长很长，它的一百年只相当于人的寿命一年，有句话说'江山依旧，人面全非'，便是这个道理。人短短的一辈子怎么看得出江河一年之中会有什么变化呢。"

待夜深了，到了最后几个贪凉的人也回家睡觉时，东关另一种人的夜生活才刚刚开始。从码头巷的怡红院里传出吟风弄月声：

世态炎凉如做戏，

眉高眼低，且不自提。

朋友中来来往往，尽是些虚意。

哪里有济困扶危成豪气?
雪中送炭古来就稀,
尽都是你害的锦上添花相凑趣。
看将起,付之一笑由他去……

第四章

01 东关水路

有诗句道："蜀道之难，难于上青天！"李白的一首《蜀道难》，让世人都知道从中原进入四川的不易。其实，在华夏大地上，行道难的不只是蜀地。进入福建的闽道之险峻，比之蜀道，只有过之而无不及。倘若诗仙李白当年要是到过福建闽北大山，他定然会发出闽道之难比蜀道更甚的扼腕之叹。

闽北多山，境内有武夷山、杉岭、仙霞岭、鹫峰山四大山脉，组成福建省北部第一大山带。境内千米以上山峰绵亘不断，1300 米以上山峰就有 209 座，其中浦城 65 座、武夷山 41 座、政和 36 座、建瓯 22 座、光泽 17 座、邵武 16 座、建阳 7 座、南平 2 座、顺昌 2 座、松溪 1 座。武夷山脉位于闽赣边界，北接仙霞岭，向西南延伸，其主峰黄岗山海拔 2160 米，不仅是全省最高峰，也是中国大陆东南部的最高峰。杉岭系武夷山脉的支脉，从武夷山北向的桐木关向西南展布，至背岗、诸母岗折向南延伸至延平。武夷山和杉岭组成南平市第一大山带。仙霞岭处于南平市的西北部，其山脉呈南北走向，沿闽浙边界延伸。鹫峰山处于南平市东南部，山脉呈北走向，沿政和、建瓯与闽东交界处展布。

闽赣交界之处绵延 500 多千米的武夷山脉，像一个天然的屏障，将福建与中原地区隔开。从中原地区进入福建需要穿越武夷山脉中的许多关隘，这些古关隘大多位于武夷山脉中海拔 1000 多米以上的峰峦隘口中，道路崎岖险峻。闽北境内从东北向西南沿线就有岭阳关、焦岭关、寮竹关、温林关、谷口关、观音关、分水关、桐子关、桐木关等九大关隘，关隘数量之多居福建首位。

路难行，道艰险。山高水深，棘多林密。闽北鹅峰邃谷，险阻坎坷举目皆是。但，山高自有客行路，有隘便有古道存。自古以来世间本就没有路，全凭人们在同自然界的斗争中，为生存，讨生活，为糊口，过险峻，上山围猎，采集野果，铁杵成针，水滴穿石，遇山开路，见水开道，渐渐形成许多不规则的山路。

在很长的一段时期，邵武由于陆路不通走水路，码头成为入闽出省的重要交通枢纽，水运造就了东关的千载繁华。从中原来的货物，到了邵武搬上船只，从这里运往闽江下游的繁华之地；而从闽江下游运来的货物，则从邵武盘上小船，翻越杉关，源源不断地进入中原腹地。在20世纪20年代初期，邵武就有造船工业，当时的造船工匠，多为江西贵溪人与临川人，但未形成规模，仅属个体分散经营的手工作坊。

据《邵武府志》载：明弘治十五年（1502），邵武大小船只就达291艘。清初鼎盛时期，日有大小船只1800多艘，往返于光、邵、榕之间。民国时期，船民没有组织，船老板自己找货源，有多少，运多少，客货兼运。1919至1925年，延、建、邵销岸配盐平均每年有23万多担，以船每艘载盐200担计，每年需1000多艘次船贩运。江西鸡公船帮和闽清麻雀船帮为了争夺航道和停靠站码头，常有争斗，其篙桨是争斗时的上乘武器，有争必赢。江西鸡公船帮曾长期控制溪河航道，直至民国初年，才被闽清船帮所取代。这种长途运输船帮，与其说是工帮，不如说其是商帮。

邵武下运货物多属大米、茶叶、香菇、笋干、连纸、夏布等，直运福州仅粮食一项年运量达16万余担（每担80千克），返航时则捎回海味、食盐、糖果、布匹、百货之类，但为数不多。若空船返回，既费力费时，经济效率反而贬低。故当时有部分船主，卸货后，将船卖去，回来再置。闽北为木材产地，工价低廉，有利可图，运费利润双收，这是闽江上游航运的一大特色。

从事水上运输生产者，纯属个体户，但有船主、船民、船工之分。

船主又叫船老板，包揽货源，雇工撑船，牟取高利，拥有一定生产资金和生产工具，他们拥有船只3—4艘或5—8艘不等。

船民有自己的破旧小船，自找货源，自己撑船。人力单薄，常受船主的排挤压榨，又得应承政府的差遣，稍有不慎，便会遭到扣船、封船的厄运。船工是水上运输生产者地位最低的，他们没有生产工具，完全处于被雇用地位，终年为船主卖命，仅堪糊口，生活十分清苦。

邵武沿溪上溯可达光泽，航程 40 千米左右。但邵武籍的船很少到光泽，因为上运的货源不多，虽有些小货，仅用光泽船运去即可。境内专程往返的船只也不多，除农村自备的小船以外，一般专搞运输的在籍船只因航程短，装卸费时，收益不高。南平到福州航道，早已通了轮船，故从邵武去福州的旅客，多在南平转乘轮船。但货物则直载福州，不转运。

邵武的造船种类分麻雀船和鸡公船两种。麻雀船有 3 种型号：一叫"四仓九"，载重 4 吨；一叫"小五仓"，载重 5 吨；一叫"大五仓"，载重 6 吨。麻雀船首尾双尖微翘，圆底，吃水深，小巧灵活。平均每造一只船需 40 工日，造价 100 银圆。鸡公船的船首昂起，平底，吃水浅，宽 3 米、长 12 米，大号高 2.8 尺，载重 6 吨；二号高 2.2 尺，载重 5 吨，航行较稳。每只造价 200 银圆，需 70 多工日。

无论是麻雀船还是鸡公船，造船均用松、杉、樟木料，松木做船底，杉木做船壁，樟木做骨架及甲板，船篷用竹篾、竹箬，手工编造。

邵武本地的大宗商品粮食、笋干、茶叶等土特产以及山药材基本上是从城区的东关码头、北门码头以及乡镇的拿口、水口寨码头外运。量大的有邵武生产的连史纸，色泽光润，价格便宜，用途广泛，可书写、描红、刊印、糊墙壁，畅销东南数省及京、津、沪、杭等大城市。

粮食在 20 世纪 20 年代年产达 4 万余担，价值银圆 48 万余元。邵武稻米年总产量达 40 万石，出口约 10 万石；邵武工夫茶，年产 30 多万斤，大部分出口；明笋、沙笋年运销外地 5 万余斤；邵武产的夏布每年外销 6 万余匹；邵武的杉木每年也大量外运，每年有几十万根。此外，竹器、纸伞等手工业品，香菇、红菇、使君子（药材）等土特产也都畅销各地。

东关水路同时进口大量的生产生活物资，如食盐、食糖、海味、桂圆、荔枝等干鲜果品，棉、麻、布匹、日用百货等数量也很大。陆上的肩挑背扛成本极高，1933 年修建的到建阳的公路雨天无法通行，境内的富屯溪上，日有 1800 多艘大小船只。

邵武到福州的水路有近 400 千米，顺流而下，一般要 5 至 7 天。船只回程捎回海味、食盐、糖果、布匹、百货等。从福州到邵武由于是逆水而上，要靠人工拉纤，行程要半个月左右，成本费用比较高，船只所赚不多。

其实，除了船只以外，邵武东关的竹筏也起到很大的作用。竹筏也叫"竹排"，是将生长 4 年的粗大老毛竹削去表皮（目的是减轻重量、增加浮力，但靠底部一面必须留青，方可耐磨），尾部经火烤弯曲上翘 10—20 度（作为排头），头、尾、中间横向穿孔，贯穿便打进直木，使之联结成筏。用 5—7 根毛竹联成的为小筏，俗名"鸬排"，轻便灵活，可穿行窄滩浅滩，也可漂于洪流波涛之间，多作捕鱼使用，有时可乘之捞取漂木。用 16—18 根毛竹联成的为大筏，上罩木架，可载人或装货，每筏可载重 500 千克，下水可增至 1000 千克，是水上轻便的运输工具。大溪境内段上自和顺，下至水口寨，无论枯水、吐水季节，都可行驶。大溪、上源金溪及支流古山溪、同青河等，都为竹筏的用武之地，在未通公路以前，农村粮食及副食品，山区的柴炭、山货，都用竹筏运进城销售，捎回盐、糖等日用品。

邵武能通行木帆船的航道只有大溪干流，上溯光泽，下驶福州，全程420 千米。邵武境内段从和顺至水口寨航程 90 千米，邵武至福州航程 360千米，顺流而下 5 天可达，逆水则视水位的高低而定，少则 10 天，多则20 天甚至一个月不等。

邵武古代陆路交通闭塞，竹、木外运多采用溪河流放形式，一般分两段作业：第一阶段，竹、木从山上砍伐后，集运到小河边，顺水漂下。有时河窄水浅，还得沿线筑坝拦水，逐段漂送，俗称"赶羊"，又名"散筒流放"。富屯溪上源金溪以及一些支流如古山溪、故县河、同青河，在涨水季节均可流放。

第二阶段，为排运，即散筒流放入富屯溪，然后在东关三官堂至财神庙码头（现中山码头至东关大桥河段）扎成竹排或木排航运，称为"捎排"或"放排"。将原木按 2 米宽排好为排，以 3 根 2 米长的硬直木棍为纬，用竹钉、竹篾捆扎串联而组成木排，再把 6 段木排联在一起，两端装上头捎和尾捎，就成为"一联"，两联合并叫"一合"，联宽 2 米，合宽 4 米，长度则均为 24—30 米，河道狭窄处联放，平宽处合放。由于放排时间长，每两合木捎搭一窝棚，内设灶床，供人吃住。富屯溪常年均可放排，不受季节限制，最多是七八月，木头年运输量在 2000 立方米左右。

邵武是木材和毛竹的基地，可外运大宗物资。木头在砍伐地剥皮后待自然风干，来年春夏季节水量丰富时，将一根根木头在崇山峻岭的小溪流里"放羊"。就是沿着水边由上至下把木头或毛竹放到山下后，再让木头一根根随流而下，靠水力自然送到小溪流与大溪的交汇处。

由于顺流而下的木头对沿岸的河堤破坏较大，"放羊"的形式渐渐被"赶羊"所替代。"赶羊"是在河边将木头钉上竹钉，用竹篾或藤条捆扎，数十根一排，三四排连在一起，放排工三五人一起，"放羊"逐流。每遇到村庄或险滩的时候，排工们往往十分兴奋，会赤裸着上身，昂首高亢船工号子。而水击木排，浪花四溅，甚为刺激。这情景让人兴奋，引得岸边妇女儿童不断发出尖叫惊叹。放排前，有一道重要的仪式要举行。放排人在码头，点香、蜡烛，倒 3 杯酒洒在河滩上，祭河神，口里念念有词，说吉祥话，祝放竹排一路顺风。

这个仪式很古老，而且十分虔诚敬畏。唯独东关有个叫陈结实的老大不信这个说法，他省去了这个仪式的时间和花费。因为他不仅胆子大，重要的是他放了几十年的排，对邵武到福州的河道情况了如指掌。放竹排时，陈老大在排头控制排梢掌舵，负责把握整个竹排的方向。竹排慢了，竹篙往前插，撑两下。水流急了，竹排有些快了，他就稍稍再用撑杆控制一下，确保竹排在河中心行驶。陈老大说："撑竹篙、摇排梢，要往前插，要随波逐流，跟着波浪走，不要跟浪花走，有浪花说明河水底有礁石。"但经验丰富的陈老大还是翻了排，死在了水中。有人说这是他不信水仪式，冒犯了河神的结果。

庞大的竹排犹如一叶扁舟，漂浮在细长的河流中。掌舵人要眼观四方，特别是河面的前方，要看水面是否有恶浪、险滩、暗礁，要看河床水位的高低来把握。如遇到险滩、恶浪、暗礁，陈老大蹲马步，双手摇着往前插的排梢竹头把手，把好排梢的方向，偏离暗礁，否则竹排打烂，损失惨重。

放排是很艰辛的事，很苦很累，而且有危险。但也有快乐的事，放排工们一身晒得黑不溜秋，眸子精亮，身体健康，无病无灾。大溪这条河鱼的种类很多，如红眼睛、石斑鱼、鲤鱼、雄鱼，甚至还有河鳗、甲鱼等。在河里常看到竹排前面有水花，就知道有大鱼。放排工吃住都在水上，一路"放羊"至省城福州，可以放松几天。放排工大都为闽清人，属福州体系，所以他们爱泡澡，最喜到福州汤池（澡堂）泡澡。众人对白雾氤氲、袅袅热气的汤池情有独钟。福州的温泉资源丰富，得天独厚，自古有"闽中温泉甲天下"的美誉。福州温泉不仅温度高、水量大、水质纯净，还富含偏硅酸、氟、氡等具有理疗作用的元素。在涤荡人体疲劳的同时，还滋润养颜、愉悦身心。

早在1800年前的晋武帝太康三年（282），严高为首任福州太守。有一回，他在晋安河巡视的时候，发现一股股强劲浩大的热流从地下汩汩冒出，满溢河堤，雾气腾腾。其水质不仅清冽，而且温润清爽。严高见之心中不由为之一喜，便立马叫人就地建造水池，引入沸热的温泉水，让工匠们尽情地洗浴其中。

福州人将泡温泉称为"泡汤"，也叫"洗金汤"，泥垢洗去身适肤爽，洁水涤来心旷神。尤其是冬天风干物燥之时，阴冷寒冻，人缩成了一团，畏畏缩缩，没有了生气与活力。然而，汤池热气腾腾，温度又足够高。人们初下汤池一俟接触到热水时，烫得龇牙咧嘴，滋滋直吸气。先是用水不断地拍打着胸脯，反复地往身上浇着热水，待适应热水的温度后，再小心翼翼地浸身到池水中，尔后端坐在热池中一动也不动，闭上双眼，静静地泡上几分钟出水后，整个身体就如同刚刚出笼的馒头直冒热气，浑身的经脉畅通，血液流速加快，有一种说不出的惬意。

大家在水蒙蒙、雾朦胧的热水中泡上那么一阵子后，洗去了全身的疲劳与尘垢。原本干皴的皮肤有了喜人的弹性和光洁，红光满面，气色鲜亮，人立时风采了许多。

放排工们难得两个月左右一次到福州，所以特别享受这难得的机会，泡澡常常一泡就是一个下午，泡完澡往那竹躺椅上一躺，品尝着自个儿带来的茶叶糕点，优哉游哉，要多惬意有多惬意。来泡澡的大都是互相熟悉的常客，大家谈天说地，趣闻逸事，把澡堂当作人生中一个快活的好去处，热气腾腾的澡堂充满了人间烟火的味道。

省城人讲究，在大澡堂中泡澡，有一条印有澡堂堂号的小浴巾、一块小肥皂发给你，小浴巾与小肥皂属于你的，可以带走；还有一双木屐，但不能带走。木屐和温泉融为一体的，据文献记载，中国人穿木屐的历史有4000多年。在春秋后期，吴越争霸，吴王夫差曾建"响屐廊"，在走廊底埋陶缸，欣赏西施等妃嫔跺着木屐，钗光鬓影走过，发出悦耳的共鸣声。

后来东关人也喜欢上了这一板一眼的木屐，开始流行起来。不过福州人的木屐是用橄榄木做的，木质疏松，轻重适宜，又能吸水。而东关人的木屐是用松木与杉木做的。东关人民风以俭为德，木屐制造十分简单，成本低，锯两片厚约2厘米合脚的木柴片，剪两段适脚的三角带，一钉就成。木屐卫生、方便，四面通风良好，不易得脚气，夏天拖着木屐，走在东关外的石街上，发出有节奏的屐响，成为一道独特的风景。

02　鱼龙混杂

初夏。福州会馆。

东关码头不仅有当地富商巨贾聚居于此，大量的外地客商亦在此集结。福州帮、广东帮、江西帮、山东帮、兴化帮等十几个帮派，他们在东关开有众多的各种有特色商号，仅米市粮商就有百家之多。

在这些帮派之中，最早到邵武开埠的是江西帮。但福州帮后来居上，形成了最有实力的一个帮派。福州人开的京果店和"三把刀"（理发刀、裁缝刀、厨刀）等福州老行当也在东关生根发芽，自成体系。福州人家乡情结重，难以割舍福州的一切生活习惯，像前面所说的锅边糊、海蛎油饼，还有鱼丸、海鲜面、捞化、肉燕等福州特色小吃，使得省城才有的"虾油味"在东关四处弥漫、飘香浓郁，使得偏远的山城散发着浓郁的福州味道。

却说旧历四月初二这天，福州会馆张灯结彩，热闹非凡。原来是福州帮帮主游东哥母亲的60岁生日。去年她实在是思念儿子情切，千里迢迢来到邵武陪伴儿子，一住就是一年。今天母亲大寿，儿子游东哥自然要大为庆祝一番。提前准备了好几天，邵武的头头脑脑以及东关的场面人物全部到场，还请来了福州的闽剧团前来贺寿，热热闹闹，排场十分大。老太太也自然是高兴欣慰，但总感好像缺了点什么。

游东哥看到母亲有些不尽兴，不知为啥，再三问之。老太太才对儿子说："也没什么，只是这两天胃胀，没食欲。"

福州人的口味偏淡，大多数都是汤汤水水。就算炒菜，端上来也常让许多重口味的爱好者直呼"口中淡出鸟来"。福州人爱与汤打交道。早餐往往是锅边糊，吃个拌面总要配个扁肉汤或者肉燕。可以这么说，福州的汤，是闽菜的灵魂。福州菜的汤既有原汁原味，也有变幻无穷。很多汤外观看清澈透明、平平淡淡，口感却是鲜美无比。福州菜里的汤最擅长调和，将看似不相干的食材完美地组合在一起，所谓一汤十变。

游东哥的管家能说会道，赔着笑脸道："您老人家想吃什么，只管吩咐一声便是。东关的瓜果蔬菜，葱蒜韭姜，茴椒芹葵，皮芥辣酱；芸苔芋笋，葫芦瓠瓟，番茄蘑菇，乳蛋醇酿；碘盐食醋，脆卜甜糖；桃李杏柿，汁鲜味爽，椰柚橙橘，菠萝柑橘，梨枣苹楂，荔栗榴棠。样样俱全，件件可口，但不知道您老人要哪一种开胃？我立马叫人就给您送来。"

老太太笑道："你可真会说，一套套的像说福州评话，好听的很。只是过生日若有福州老家的一碗线面就好了。"说着叹了一口气又道，"我想东哥这生意做得风风火火，但山高水冷，不知你过得习惯吗？真是委屈你了。都说金窝银窝不如自家的窝，说到底还是福州好。"

游东哥听了母亲的话，知道她这是想福州老家了。笑了笑言道："母亲大人，这个儿子早想到了。在邵武东关想吃福州线面太容易了。"说着吩咐手下管家："还不去把老夫人的生日线面端上来。"

管家应声而去，过了10分钟左右时间，开在不远处东关的"老福州依土伯线面店"就送来了一碗番鸭汤荷包蛋线面。一打开碗盖，那香味扑鼻的家乡味道扑鼻而来。老太太惊喜不已，一边吃一边禁不住潮湿了双眼，不由感慨万千，说没想到邵武东关还能煮出这么地道的福州线面来。

福州人对线面是情有独钟，感情深深，它代表了福州人的乡情。宋代诗人黄庭坚曾有诗句曰"汤饼一杯银丝乱，牵丝如缕玉簪横"，说的就是福州人对线面的情感。至于线面有多好吃？那是有各种各样的吃法，也各有所爱。但福州线面有着与众不同的地方与特色，做福州的线面很讲究，手工制作时间长达9个小时，经和面、揉条、松条、串面、拉面等7道工序，具有煮时不糊、柔韧滑润、嚼不粘齿、牵丝缕缕的特点。在福州的美食文化中，线面的重要程度远超其他任何一种食品。新生儿满月，亲朋好友间要送鸡蛋线面，包含着希冀新生儿一生平安幸福的愿望。男女青年订婚，男方也会向女方家送线面，意喻着喜结良缘、婚姻美满。过生日时，家里的寿星也会吃鸭蛋线面，意味着长命百岁、平平安安。悠悠线面情，一线一箸思华年! 悠悠细长的线面，是一代又一代手艺人的坚守，漫长的时光里静静沉淀、悄悄绽放，成为众多游子魂牵梦萦的乡愁。所以能在偏僻的邵武东关吃到福州依土伯线面店地道的福州特色点心，老太太怎又不会喜欢上东关这个地方呢?

众多的外地人喜欢东关，原因是多方面的，不仅仅在吃的方面。其中还有一个重要的原因，就是东关这个地方官话（即普通话）说得好。东关一般的老百姓都听得懂而且会讲普通话，没有一点儿语言交流上的障碍。

说来邵武话是让人听得很吃力的，它属闽北语系，因受毗邻浙赣的区位影响，邵武话融合了浙赣等语系的特色和韵味。由于邵武位连贯南北之地，有史以来与外界不乏往来，所以邵武人在日常生活中除讲邵武话外，也善于讲普通话，并且也讲得比较标准。尤其是在东关一带，哪怕是七老八十的人，当你用普通话与其交谈时，他不但能听懂你的话，而且还能字正腔圆地答你几句普通话。所以邵武话在音、调、韵及措辞上，不但与浙赣语言融会贯通，也与普通话兼容并蓄，呈现了与其他方言截然有别、丰富多彩的内涵。初来乍到听邵武人讲方言，就如听到外语一般，一窍不通，许多词发音稍有差异，意思却相去万里。不过，邵武话的难学并不影响外地人与邵武人的交流。因定居邵武人善讲普通话，所以，一旦对话卡壳时，邵武人会改用普通话来救急。在方圆仅 2000 多平方千米的邵武境内，邵武话中又分成了几个不同区域的小语系，在邵武，从山里到山外，从乡下到城里，邵武方言又各各不一，形成了邵武东部的而城区为老邵武话。这些小语系虽然都源于邵武话，一脉相承，话语相通，但语音高低不同，语气跌宕有别，表现了各自不同的区域特性。

从先秦到唐初，福建的文化教育虽然落后，但在书院的发展上，邵武却保持了与全国同步发展甚至略为领先的水平。这个优势一直保持到明朝中叶。邵武书院源远流长，历史上有樵溪书院，南宋时就建在东门行春外，元迁至樵溪五曲，明朝改为府学。还有和平书院、福山书院、矩墨书院、白渚书院、崇贤书院、养正书院等。清朝乾隆年间在亨太坊府学后办了樵川书院。明嘉靖年间，新盖邵阳精舍、凤鸣书舍、九曲书院。上述书院、精舍均用本地方言教授。它有一个共同的缺陷，就是没有正规使用普通话教学。

普通话，古代称"正音"，又叫"官话"。他们可以听懂绝大多数汉方言，唯独闽粤二省官员乡音最重，几乎听不懂，于是雍正皇帝第一个发出"雅言正语"式的修正命令，要在福建、广东推广普通话。雍正六年（1728），皇帝亲自发布圣谕，邵武府是全省最早下令设立正音学校，并规定学期为8年。如秀才不会讲普通话，就不能参加乡试；举人不会讲普通话，不能参加全国会考。雍正年间，邵武奉旨在北门宝严坊建止音书院，用的是北京的方言教授，也就是现在说的普通话。

1902年，美国传教士和约瑟与他的女儿妹丽因邵武教育之缺乏，教徒中子弟读书困难，开办了一所教会子弟学校，地址在东关进贤坊，取名"汉美小学堂"，但只收男生，学制为6年。之后，教会在邵武地界的基督教徒中发起募捐，筹得1500银圆，在东关外购地70亩，又得美国女信徒夏立士夫人独捐5000银圆兴建校舍，创办了汉美书院，兴建3层西式楼房一幢，招收学生百余人。后在宝严寺隔壁（现在武装部）创办乐德女子中学。

汉美书院改汉美中学后，美国教会派多察理传教士来担任校长。多察理1904年起在邵武传教，是福西华医生的伙伴之一。多察理是邵武汉美中学的首任校长。学校课程设置方面主要为英文、数理化及西方科学知识等学科，还有宗教教育，如对教义和《圣经》的学习。学生毕业后成绩优异者可以被输送到福州格致、英华等中学继续深造。福建省参议会议长丁超五、福建协和大学教育系主任朱柏、南京中央大学教授张国辉等都是从汉美中学走出去的邵武历史名人。1873年，基督教和约瑟在邵武东门传教，和约瑟是神学博士，写得一手漂亮的汉字，还能够翻译诗歌，熟悉孔子的说教，如同熟悉基督教的教义。

除了语言沟通没障碍，外地人还喜欢东关的风情风貌、民俗风情，骨子里保持着中国人的传统文化，明辨"善恶"两个字。东关一带的人若提起善来，人人喜欢；若提起恶来，个个厌嫌。东关人都是知恶知善的，他们朴素地认为：天地间只有一个理，凡行的事是顺理的就叫"善"，反之背理的就叫作"恶"。并不是反叛大逆、响马强盗、杀人放火、奸淫妇女才叫作"恶"，但凡丧心无行、利己损人、越理犯规的事也都是恶。不须官府衙门安民告示与下令，东关民众自发地在行春门挂着一个木制大牌子，把以下种种行为属为恶之例：

嫁祸无辜、打街骂巷、教唆词讼、欺孤凌寡、

斗殴逞勇、调戏良家、捏造谣言、诽谤他人、

说人是非、扰乱曲直、混淆黑白、攻人之私、

破人婚姻、离人骨肉、助人为非、夺人所好、

坑蒙资本、诱人钱财、忘恩负义、过河拆桥、

口是心非、落井下石、上吊拉脚、入斗小尺、

短斤少两、上欺下瞒、弄虚作假、好逸恶劳……

如此一切不公不法、不仁不义、不忠不孝的事都叫作"恶"，东关民众把这些内容上墙上榜，共同警示遵行，常记常醒。甘草爷是一个有着中国传统文化的有心人，他经常在讲古的时候，会把"善恶"二字加到故事里面来教育大家。他说："恶行为是时时刻刻、方方面面，无所不在、无时不在的。至于为恶的病根，不外乎两个字，便是'名利'二字。世间多少作恶的事都是这名利惹出来的祸，它害得多少人迷迷糊糊，恶从心起，昧了良心，做出恶事，铸下大错，后悔莫及。故而世人的你我他，都要常存戒心，抑恶扬善，牢记祖宗明训；勿以善小而不为，勿以恶小而为之，莫错以为人善被人欺、马善被人骑之说，而应明白，人恶人怕天不怕，人善人欺天不欺，善恶到头终有报，只是来早与来迟是也。"

外地人更喜欢东关人的豪爽义气。东关人有个传统的风俗习惯，每年的正月十五后的3天举行义食活动，免费提供饭菜；而在每年的七月要举行"修路节"活动，修整道路，开挖沟渠，铺设便桥。东关人崇尚做善事好事，亦善解人意有同情心。

豆腐王说话有些口吃，说话很慢、很吃力。有次路上遇到一个人外地人向他问路，不巧的是这个问路人也有口吃的毛病，豆腐王听了只是一言不发地看着他。问路人不禁有些窝火，急赤白脸的模样。幸好杨扁豆在一旁看到，赶紧上前指路解了围。杨扁豆责怪说："你怎么不给人家指路，

让人家以为咱们东关人古怪？"

豆腐王结巴道："你、你又不是不知道，我也、也有口、口吃，但人家也有口、口吃，我要回、回答了，那人会以为我是在模仿、戏、戏弄他哩。"

杨扁豆见说想想也是，点头道："你说得也是，那这不能怪你。"

常言道："人间三千事，淡然一笑间。人生无常，人心善变，何必为那些是非恩怨纠结？看淡了，是是非非也就无所谓了。"但是东关人心善，有时却认死理不拐弯，性刚直而且牛脾气。像卖碗糕的高老五虽然精瘦干巴，但性刚不肯让人，连他的儿子也是如此，有什么样的爹就有什么样的儿。

有一日高老五的朋友来家，高老五留客人吃饭，遣儿子到东关菜市场买些肉款待客人。儿子兴冲冲地取肉回来，双手还拎了不少的东西。将出城边巷时，正巧碰到一个人对面而来，巷子小须双方侧身才能通过，但对方不行右边，而且不侧身让过，双方争执后各不相让，两人遂挺立相持良久。

高老五许久不见儿子回转，不知啥情况，心中有些恼火，寻至城边巷却见儿子与人相持不下，问明原委后，便对这行人道："大路朝天，各走半边。你当靠右行走才是，而且你两手空空，为何不让负重之人？"

对方听了却不买账，冷冷说道："大路朝天，各走半边。但没说一定要走哪半边？"

高老五见对方不讲理，当即火了！对儿子言道："有理三扁担，无理扁担三。你持肉先回家陪客人吃饭，待我与其对立在此。"

对方见东关人如此脾气大，只得弃守而去，一边走一边摇头自语道："东关人牛脾气，简直是不可理喻。"

甘草爷知之后哈哈大笑，忍俊不禁。批评高老五有失大量，让人感到东关人脾气大。但又赞道："话又说回来，脾气大的人心最软，不记仇，脾气大的人诚实，做人不虚伪，耿直。"

有一年，东关大流行"打摆子"（疟疾），东关基督教堂的福西华医生弄来了一批疟疾药，由于病人多药少，大家排起长龙队。这时有一位刚从福州迁移到邵武的老依姆出现在众人面前，她颤巍巍地走到队伍最前面的王胖大婶身边，一边弯腰鞠躬，一边询问王胖大婶能否让自己先领药？说自家的孙子在家发冷十分严重，而家里的其他大人又都在外地。

王胖大婶听了缘由后，二话不说，让这位老依姆排到自己前面。后面有人欲言又止，想说什么，王胖大婶瞪了一眼道："你别说！我知道怎么做好人。"一边说着，一边转身向队尾走去。但紧接着，排在王胖大婶后面的其他人见了，紧跟其后，像接龙似的依次都排在队尾。就这样，长长的队伍转了一圈，最初让老依姆插队的王胖大婶，又重新回到队伍最前面，每个人仍在原来的位置。对此大家都笑微微地都没吭气，仿佛什么也没有发生。

这自然而然的一切，让作为传教士与医生的福西华目睹后感叹不已。他觉得东关的民风了不起，真是我为人人，人人为我。他在给美国的家人写信时道：

邵武东关人阳光血性、耿直大方，而且为人朴实善良。这是我此生不愿意再离开的一个地方，我要停留在这里直至老去，人生要行走在东关包容四方的大街小巷里……

福西华深感到，在这里找到了内心平静的归宿。东关人就是这样的性格，你若是不尊，他会卷袖干架。你若讲理，他立马敬你；你若讲哥们义气，他肝胆相照；你给他一寸布，他还你一条裤；你给他一车沙，他可以给你半个家；你若生死相许，他可以把头给你当板凳坐。

福西华认为这不仅仅因为性格，更重要的是因为东关人传承了中国的优秀传统文化。他很是欣赏土秀才刘子星编的那些民谣，诸如："不食看家狗，不杀耕地牛；不弃结发妻，不忘父母恩。"这些朗朗上口的警言在民众中有很大的潜移默化的作用。所以他这个外国人有时饶有兴趣地加入孩子们的队伍，有板有眼地跟着唱道：

天护人，地养民，天地之恩不能忘。

养儿女，呕心血，父母之恩不能忘。

同林鸟，相体贴，夫妻之恩不能忘。

手足情，骨肉亲，兄弟之恩不能忘。

朋友谊，贵相帮，知己之恩不能忘。

中国优秀的传统文化深深地感动了福西华，他作为一个外国牧师，破例地把这些道理糅合进了他的教会讲义之中。

03 欧阳云峰

春天。东关码头巷1号。

太阳升起有一竿子高，欧阳云峰的骨科店门口，行人不多，一群孩子有板有眼在唱甘草爷教的养生歌：

指梳头，干洗脸，远离感冒和花眼。

牙常叩，舌常转，生津开胃齿固坚。

大步走，小步跑，一天千步比较好。

七月苦瓜十月茄，常吃饿死郎中爷。

从立春交节当日一直到立夏前这段时间，都被称为春天。民谚说："立春雨水到，早起晚睡觉。"提醒人们寒冬快结束了，应该早起干活了。但春天潮湿路滑，东关中山路是河卵石铺就的路面，常有人一不小心便闪了腰，崴了脚。所幸东关有甘草爷欧阳云峰他老人家在，三下五除二，不费吹灰之力便给治好了。在欧阳云峰骨科诊所的厅堂正中，写着一副与春有关的诗句："养活一团春意思，撑起两根穷骨头。"

读过两年私塾，粗知文墨的杨扁豆自认为自己文化不差，说："你老人家真是一个骨科医生不假！三句话不离本行，做对联句也说到骨头。但上门看病的也不全是穷骨头呀，那些个富骨头们断了筋骨也要请你接不是？"

杨扁豆的话牛头不对马嘴，有点南辕北辙不着边际。欧阳云峰听了只是笑笑，也不多作解释。但亦有不少人见了店铺墙上的这两句话，觉得写得很有意思，大凡第一次看到这句联的人，都要好奇地问主人一个所以然。

欧阳云峰说："不过是自我安慰罢了，同时示弱而已。"

有人说："不对呀？都言马善被人骑，人善被人欺。示什么弱？"

欧阳云峰哈哈一笑："你说的这句话也没错，但我不全是这个意思。如果处处示弱，处处退让，到底也是不对！会让心无善念的人得寸进尺，步步紧逼。一个人必须外柔内刚，内心有分寸，不能一味退让，所以要撑起两根穷骨头。"

众人听了拊掌，说到底是东关四杰，说出来的话有劲道。其实，在东关只有何逸夫一个人知道，欧阳云峰的身份十分特殊，他家庭是"种民"成分，属于道教范畴。何谓"种民"？鲜为人知。从字面意思看，"种民"应当是民的一种分类，属于民的一种称呼。《太平经》关于"民"的说法有很多，如人民、万民、兆民、生民、国民、凡民等，这些关于民的称呼有一个共同的特点，就是他们都属于被统治者，处在社会的低层，是普通的民众阶层。

而"种民"却与一般的民众不同，它不是特指人的社会身份和阶层，而是指具有道家特色的人们追求的一种人生境界，种民是一个泛化的概念，它使用了"民"字，表明其具有广泛性，并且与民众有关系。"圣"是种民的品格，也是追求的目标。在纷繁复杂的世道中，只有积善者才能成为种民。可以说种民就是善民，善是种民的基本属性，无善则不能称其为种民。《太平经》希望人人都能成为种民，提倡人们要"长为种民""永为种民"。总之，道教中的种民是追求积善行善，做有益于社会的人。

欧阳云峰自小是学道医出身的，与一般的中医有所不同。道医是中医的起源，传统中医学的母体便是道医，中国古代的大医学家如医圣张仲景、药王孙思邈、神医扁鹊、药圣李时珍、抱朴子葛洪等，人们都熟知他们的医生身份，但是很少有人知他们另外的身份，他们都是道士。

中医治病，一般立足于形而下的器质。如经脉、血气、脏腑等，是可以看得见摸得着的物质存在。道医学是真正意义上的人体医学、生命医学。它对生命本质、疾病本质的认识远比西医学更深刻、更全面、更完整、更接近真实。治病必求于本。道医治病不但方法简单，而且会抓住疾病的本质，从其根、从其本去解决问题。治病救人，讲究的是药到病除。但有些人不知道医的精奥，还把它视为迷信之类。

欧阳云峰的骨科店，有40多平方米，隔成了左右两个区间。右边靠墙的是一大排布满了长方形抽屉格的柜墙，里面装满了各种各样的中草药，抽屉格层叠起来足足有3米多高。在左边药柜墙下方是主人坐诊的一张硬木桌子，后面则置了张竹制的简易病床，当作病人看诊接骨时用，拉了块蓝色的大布帘隔眼。一切布置得十分简洁干净，让人走进来一看就感到很舒适温馨。

欧阳云峰精神饱满，身板结实，话语不多，行事稳健。他每每总是耐心地先听你说完后，才不疾不徐地言语，发话虽然不震不慑，但却是气正腔圆，音从胸腔发，声从丹田出，嗓音丰沛辽阔，远近一样响亮。

作为"东关四杰"之一的欧阳云峰，有口皆碑。医术精湛的他从不端架子摆谱，为人谦逊有礼，随和善良，故而，人们都乐意找他看病。但凡遇到贫穷拮据的病人，他不但分文不取，有时还资助一点，钱虽不多，但暖人心房，病人连病都好得快。

欧阳云峰的看诊案几上也显得与众不同，摆着 3 只猴子的物件，用上好的黄铜制作，敲上去叮叮作响。那猴子都呈半蹲的姿势，模样憨态可掬，第一只用手捂着耳朵，第二只用手捂住嘴巴，第三只则用手蒙着眼睛。有人看了不解，又请教这几只猴有何讲究。

欧阳云峰笑言："这叫'三不猴'是也。"

众人仍不解："何为'三不猴'？"

欧阳云峰言："你细看，这 3 只猴子分别代表'不说'，不说他人之事；'不看'，不看世间繁杂；'不听'，不听嚼舌之音。这也正是古人所说的非礼勿视，非礼勿言，非礼勿听。对于让人厌恶的行为，选择不看；对于闲言闲语，选择不听；对于伤人伤己的话，选择不说也。这 3 只猴子所代表的'三不'之道，就是不该听的不听、不该说的不说，不该看的不看。如此才能够免招是非，免惹争端。"

众人听了点头细悟不语，点头称是。

欧阳云峰是一个有学问、有教养的人，就如同玉石一样温润，不刺眼，不炫耀，谦和守下，从来不会恃才咄咄逼人。像他这样的人走在哪里都自带光环，这是一个人长期教养的积累。确实如此，像欧阳云峰这样的人无须过多的言语，来彰显自己的存在，他站在那里怡然自得，自成一道风景，自然会有人崇拜他、喜欢他、敬重他。盖因谦逊之人往往有敬畏之心，尊重他人，做事低调，有种正能量吸引人，自然而然地向他靠拢。

对此，朱半仙对众人道："人可以分为吸你能量的人和给予你能量的人两种。有的人走近你，还没说话，你的身体就已经开始感觉不舒服了，不知道为什么就是觉得哪儿不对劲。跟这人聊天后，感觉身心特别疲惫，好像被掏空的感觉，这个人可能是吸你能量的人。你会感到不舒服不自在，总觉得身体里哪儿有什么东西堵着似的，疲劳体乏，非常想休息。"

有人不解，还有这种说法？

朱半仙说："譬如一个抱怨愤怒很多的人，他看什么都不顺眼，会很挑剔，看事物容易停留在事物的负面，而忽略正面。这种人往往会因为一点点小事情就以带有进攻性的行动释放出来，摔东西、吵架、大声嚷嚷甚至动手打架等。我们要远离他才是，他谈论的话题中心全是他自己，无论他谈的是什么，总要让你关注的焦点在他这个人或他谈的事情上。这类人也就是吸你能量的人。还有一种人，是隐性地吸你能量的人，这种人辨别起来有一定难度。比如，他话不多，看上去也不是在语言上抱怨很多的人，谈话时他也关注你的感受，并没有主导谈论的话题，也并不强势。而且他的内在好像有些弱，让你产生同情、怜悯，想去帮助他。但这种人往往城府甚深，都是行上吊拉脚、落井下石、过河拆桥的主，也是吸你能量的人。"

众人听了有些发呆，但觉得朱半仙说得有些道理。

朱半仙又道："不过也有很多能量给予者，这种人本身处在高能量状态，内心往往很平静，有很多的爱，跟他们在一起，你会感觉很舒服，跟他们交谈你会学到很多智慧，甚至感到心灵得到滋养。每次你跟他们接触，你会感觉生活是如此美好，自己的内在平静了很多，生活阳光了很多。这些人是充满正能量的人。而欧阳云峰、甘草爷就是这样的人。所以要多去和这样的人接触，而要远离那些无论是或明显或隐性地吸你能量的人。"

街坊邻居很少叫欧阳云峰的名字，也少有称呼他为医生、大夫，而是称他为"甘草爷"。这个称呼还是邵武前任一个姓魏的县太爷给取的。为何称他为"甘草爷"却有来由。那一次，平时走路很稳的魏县太爷不小心跌了一跤，摔坏了屁股大骨，痛得他嘴都咧歪了。手下人对东关的医界情况知根知底，赶快屁颠着把他送到欧阳云峰这里治疗。

欧阳云峰见了不说话，目光炯炯地巡查了一遍后，当即施展起手上的功夫，只不过3分钟左右推拿揉接，只听到两声"叭叭"的轻微骨响，魏县太爷的屁股回归了正位，再贴上一副黑狗皮膏药，没几天伤痛就好了。

魏县太爷从心里称服，东关的医生果然是名不虚传。他见欧阳云峰不仅医术高明，而且为人不拿架子，性格缓和，谦厚有礼，见识广博，非同于一般之人，故十分尊敬他，但凡有空闲顺便时，都会到他里这坐 坐、聊一聊天。有一天，魏县太爷对欧阳云峰闲说道："最近我经常做噩梦，梦境十分怪诞恐怖。而且常觉得事事不如意、烦恼多多，感到有些忧郁胸闷，这是否有碍养生之道？"

欧阳云峰听了，不经意地看了看魏县太爷，不紧不慢地言道："这与养生之道无关，只不过与心情有关。你最近的情绪有些波动，过几天就自然消失了。说到养生，其实你自己就是最好的医生。俗话说得好，无病一身轻，人就是要无病无灾，健康地活着才是道理。"

魏县太爷道："话是这么说，道理我也懂，但总是有些诀窍的。"

欧阳云峰说："诀窍就是道理，对你县太爷而言，凡记好以下这个简单的道理，可让你一生不生病，安享后半生。"

魏县太爷道："什么简单的道理？"

欧阳云峰道："心宽一寸，病退一丈，宽恕才是最好的药方。内心没有郁结的人，才能活得通透。"

魏县太爷觉得欧阳云峰话有所指，便问："何为通透？"

欧阳云峰解析说："通透，是一个人身体和心理的最健康状态。健康最忌讳的是'思虑'两个字。先有解不开的思虑，才有治不好的病。思虑过多会意志消沉、郁郁寡欢、抑郁、敏感。俗话说百事从心起，一笑解千愁。人这一辈子，谁都会经历一些难熬的日子，谁都会一段难以言说的往事。世上没有不带伤的人，哪怕你是县太爷，也有许多烦心事。真正能治愈自己的，唯有你自己。吃亏的时候，坦然一笑；无奈的时候，欣然一笑。人有百病，不过于心，天下事大，比不过'健康'二字。所以说你自己就是最好的医生。"

魏县太爷听了欧阳云峰的一番话，点头称是。这几天自己正被上峰批评邵武的税收不足而苦恼，略懂些中药知识的他由此联想，欧阳云峰与各种各样的人打交道，都相处得十分融洽，就像中药的甘草一样，性格平和，在百药之中具有调和诸药的本领，便半认真半开玩笑地说："你整天与中草药打交道，我看你自己就像一味中草药。"

欧阳云峰说："是吗？你说我像一味什么样的中草药？"

魏县太爷说："像一味甘草，有着不一般的作用，无论尊卑，它都能与之相处得平和自然。"

欧阳云峰谦道："那是县太爷你抬看了。"

也由此以后，人们也就叫开了这个称呼，先是叫"甘草大哥"，后来随着岁月的增长，又称他为"甘草大叔"，这些年来又都尊称他为"甘草爷"，倒是都忘了他的真名欧阳云峰。

第五章

01　众星捧月

　　甘草爷孤身落单，进门与自己的影子相随，无儿无女又无妻，没有家眷没有亲人，是一人吃饱全家不饿。

　　40多年前，他还是一个英俊潇洒、年轻力壮的小伙子，靠替人接骨疗伤一路行医，从千里之外的山东来到邵武东关。他原打算住几天就继续前行，见这儿的风好、水好、人好，便在东关租了间临街的房屋开了个诊所，住下不走了。

　　甘草爷诊所开在城门口的码头巷口子上，既连街又通巷，是一处眼观六路、耳听八方的方便处。但他住宿的地方却落在较远的东关外猴子山下。那是一个独门独户、不连邻里人家的地方，一个院子带三间竹木结构的房子，前后左右都是花草，深藏在一片郁郁葱葱的林木之中。猴子山下有一眼清泉，叫作"凤尾泉"，水质极好，都说养颜养生。甘草爷说人离不开水，与水相生相伴，生命能得滋润与长寿。他爱水的同时也爱树木花草，房前屋后种了不少花卉草木，真个是绿菌翠竹、芳草如毡。在院中的葡萄架下，摆着几张竹椅木凳，闲来品茶看景，方便自在，是一个宜居养生的好地方。

　　东关有不少的街坊邻居们都来过甘草爷的住处，众人总是觉得甘草爷的行为举止有些怪异，他是很合群的人，为何选了这么一个孤零零的冷清地方住？王胖大嫂对他言道："甘草爷，东关内有的是空地方搭房，你却孤独一人住在东关外猴子山这么一个巢穴地？何不住到东关里面去，不仅热闹有伴，有什么事情大家互相也有个照应。"

　　甘草爷微笑道："闹里有钱，静外安身。巢居知风寒，穴处识阳雨。

这猴子山有灵气，凤尾泉有好水，滋润得很哩。你说这里孤独，其实一点也不孤独。"他指着院落旁那块四季常绿的菜园说，"东关内地皮金贵，哪有这么大的地方？你看，我这种满了茄子、辣椒、韭菜、豆角这些应季的适时青菜，随时摘采随时有。你们街坊邻近来看我，不亦乐乎。大鱼大肉没有，但青菜米饭，举手之劳，简单方便。这里悠闲自在、恬静安然，简屋简茅、蓬门不关。"

何逸夫到底眼界与众不同，他对甘草爷的住处却是大加赞赏，说："甘草爷是何等洒脱，他这是饥来食，困则眠，热取凉，寒向火。在这里日日是好日，时时是好时。这叫作凡事以平常心看待，无事有如小神仙哩。"

甘草爷说："人生在世，孤独无处不在，无时不有。从古至今，孤独的情绪是共通的，有时候人群越拥挤，内心越孤独。"

是的，甘草爷的秘密别人不知，只有他自己知道，他清楚自己是谁，从哪里来，到哪里去。自己注定是一个孤独的人。他的孤独也只有他自己知道，是一种无奈、是不愿屈服的表现。故而，即使困守一隅，孤独无依，他还是选择了独处。在甘草爷看来，众生皆苦，谁不是在人生漫漫长路上，不动声色地咬牙前行？当你遭受困境时，要想着每个人都不容易，却都在拼命地努力，而自己也不能轻易认输。生活再苦、再累、再难，也要坚持熬过去。甘草爷曾对自己知根知底的何逸夫说："那树上的蝉，只不过是一只昆虫，但它要在暗无天日的地底下生活3年，仅仅依靠树木的汁液为生。它要忍受非凡的孤独和寂寞，还有1000多个日夜寒暑地气的磨炼。然后在一个夏天的晚上，悄悄爬上树枝，蜕变成知了。在太阳升起的那一刻，它就可以振动双翅，飞向天空。所以孤独是人生的常态。"

为此，何逸夫对人赞道："芝兰扎根生长在树木深处，但是它并不因为没人观赏就不散发自己迷人的芬芳。芝兰的香味芬芳四溢，沁人心脾，用它比喻甘草爷最是恰当。他不以无人而不香，无人问津也好，无人知晓、无人赞赏也好，失意境也好，都同样保持着令人敬畏的人格。"

甘草爷很爱洁净，家里家外，院中院外扫除得干干净净、光亮堂堂。他说："清扫房间，除去灰尘，是极为重要的一件事。一个人的家里，藏着人生的处世之道。人这一辈子，进一扇门，睡一张床，在一个屋顶下御寒和纳凉。居家环境整洁干净，日子也会过得舒心快乐。人有净气，风度自来。房间也是一样，家有净气，快乐常在。相反，一个积满灰尘的屋子，会计人情绪低落，沉浸在烦躁的心情里，状态越来越差，日子越来越糟。住在什么样的家里，就是什么样的人，怎样度过一天，就会怎样度过一生。"

甘草爷还说："比如这卫生大扫除，把屋子里的垃圾扔出去的同时，心里的痛苦也会随之消散，无形之中人也就轻松了。换句话说，就是利用收拾家里的杂物来整理内心，让人生转而开心的方法。扫除脏物垃圾，就是扔掉负累。让屋子充满光亮，尘间纷纷扰扰，有个干净温馨的家可回，就无忧愁可言。"

众人说，不过只是们清理卫生的事，还有这么深奥的道理在里面，看来咱们也要勤整理家中卫生才是。

杨扁豆指着甘草爷家的一片葡萄说："都说葡萄架下爱惹鬼，莫若种上几棵杨柳树，夏可遮阳生荫，秋观随风起舞，冬来可挡风寒，春来绿色如翠。"

李二炮说："你酸什么醋？好像很有文化一样，真是洋油箱（卖弄）的很。"

甘草爷言道："不尽然也！应当说葡萄架下惹的是风流鬼才是。那写鬼狐的蒲松龄老先生你们知道吗？他在院落中种了许多的葡萄，就是稀罕在葡萄架下能遇到鬼哩。倒是古人说，前不栽桑，后不栽柳，院中不栽鬼拍手（杨树）有道理。"

其实众人哪里知道，甘草爷之所以选中这个地方，自有他不能言明的缘由。他不在院中种树，真正的原因是怕刮起风来时，那树叶子哗哗作响，易为不速之客遮音隐身。为何如此？这是甘草爷一个藏在心底的秘密。

不管怎么说，反正东关的老少爷们、大姐大嫂们都喜欢与甘草爷相处。他见多识广、学识渊博，肚子里似乎有讲不完的稀罕事。街坊们无所事事空闲时都聚在一起，听甘草爷侃天南海北、讲江湖传奇。甘草爷的故事好听有料，有板有眼，而且他的故事之中藏有人生的明言至理、有处世的警句，使人听了大开眼界，有所启迪，有所领悟，从中能学到不少做人的学问。常言说得好:"水积而鱼聚,木茂而鸟集。"积水成渊,鱼才会聚拢;树茂林密,鸟才会集栖。做人汇聚积累自己的德性,自会积累口碑人气。甘草爷为人做事有道义之根,自会广结良枝善果,所以他的人缘自然就好。

这天是星期天,王胖大嫂与东关行春门的几家街坊邻居们商议好,上猴子山甘草爷家中热闹,晚上会餐。一吃过中午饭,王胖大嫂与豆腐王马娘翠玉就早早到了甘草爷住处,摘菜摘瓜、洗碗洗盘,先自忙碌了起来。午饭过后,参加晚餐的街坊邻居们前后来至,有的拎了两斤猪肉,有的两斤蛋,有的抓了一只鸡,有的提了一只鸭,鱼鹰王宋大龙则是一大早就打了好几斤活蹦乱跳的大鲫鱼。至于新鲜时令青菜,甘草爷的菜园随手可摘,晚上的菜肴十分丰足,更主要的是大家分享热闹,图的是街坊邻居间的友情。尤其是今天东关的四杰都会来,他们几位是好不容易有时间聚在一起。原本只计划开一桌酒席的,可没想到知道了聚会的消息,增加了不少人,要开两桌半才行。豆腐王马娘翠玉是嫁到东关的外地人,不懂东关的风俗习惯,想另外搞半桌坐6个人。

王胖大婶阻止道:"不能这么摆! 6个人是乌龟席哩?"

翠玉听了一脸茫然,不知所以。

王胖大婶道:"排席这是有讲究的,咱们东关人说席不成六,酒席桌上一般是八仙过海,也就是坐8个人,而不能坐6个人,是为了避免宾客们坐成'乌龟席'。所谓'乌龟席'是指一张桌子的两侧分别坐两人,上下分别坐一人,俯瞰像是一只乌龟,别称'王八席'。咱们这半桌要么摆七个人,要么摆五个人。"

翠玉不服道:"还有这说法?乌龟是长寿的,没有什么不好。"

宋大龙听了这话,对王胖大婶与翠玉言道:"也没那么讲究,几个人都行!不过这是咱东关的约定俗成,是有乌龟席的说法。不仅有'席不成六',还有'菜不摆三''筷不成五'的规矩。"

翠玉好奇道:"这'菜不摆三''筷不成五'又有什么说法?"

宋大龙说:"意思就是在宴请宾客时,哪怕只有一两个人,也不能上3个菜。原因有3个,中国人聚餐或者吃饭讲究一个团团圆圆、好事成双,双数在中国人眼中就是成双成对圆圆满满的意思。3 为单数，听起来不是很吉利。其次，三的谐音为'散'，寓意解散。例如看望病人不能送梨，意味'离'。所以同理，3 这一数字不是一个好的寓意。在祭祀时，常摆设 3 盘贡品或者菜品，如此招待宾客，客人可能会心生芥蒂。所谓'筷不成五'，是指的筷子的长短，分给每个人的筷子必须长短统一，不能长长短短的，因为这样会有三长两短的意思，很不吉利。"

甘草爷在一旁听了，言道："不过是一种说法而已，信则忌讳，不信也无所谓。"

宋大龙说："咱们干脆把桌子摆到屋外露天里吧，宽敞透气，甘草爷今天可是把藏了 5 年的桂林米酒都拿出来，要今晚大家一醉方休才是。"

大家听了纷纷拍掌说好，谁都知道东关人在邵武是一个最喜热闹、最喜寻欢作乐的群体。东关人尊老，从来认为老马识路数，老人通世故。老人不讲古，后生会失谱。所以觉得老人言有听头，尤其是像甘草爷这样的老人，凡事都听他的，都齐齐嚷道今晚一定要喝个尽兴。

太阳快落山时，众人开席饮酒。甘草爷举起酒碗言道："谢谢诸位街坊邻居光临寒舍！常言道，猫鼠不同眠，虎鹿不同行。志同为朋，道合为友。不是每个人都能成为朋友，相处舒服的人才值得相处下去。我老头子平生朋友没有太多，但有你们这些街坊好邻居就足够了。咱们可以说是相逢好似初相识，到老终无怨恨心。"

宋大龙说："对！坦坦荡荡，不虚伪；本本分分，不圆滑；简简单单，不复杂；真心实意，不算计。咱们东关人脾气暴躁，但认做人讲本分、讲道理！宁可吃亏上当，也不把人伤，宁可受伤受骗，也不把人害。"

王胖大嫂："对！东关人经得起考验，抵得过诱惑，不会为了金钱财富泯灭良心，不会因为权势利益伤天害理。"

这天晚上，众人大块肉、大碗酒，无话不谈，荤的素的腥话儿一起上，不亦乐乎。东关人喝酒有个习惯，以酒量分群，大酒量的人与大酒量的共饮，大家用的是碗；酒量小的人与酒量差的同群，用的是杯。但共同特点是，无论是用杯还是用碗，都要干脆，不要赖皮，干杯后一定要把杯碗翻过来照底，一滴不剩。

众人从夕阳落山喝到月上柳梢头，又从月上柳梢头喝到月上远山头。

一个个尽兴快活，把甘草爷那瓮 50 斤的桂林米酒喝了个底朝天，一个个都来了情绪。土秀才刘子星不仅会编词且会唱，他嗓门大，音色好，众人都爱听。这时他酒兴浓浓，扯开嗓门大声唱道：

东关汉子像头牛，生活缠绕算个球。

别问谁富与谁穷？别说谁与谁不同？

张三李四王麻子，漫天喝酒向山吼。

喝出个日月乾坤，风雨同舟醉不愁……

众人听了不由得豪气吞云，一个个嗷嗷直叫说过瘾！甘草爷大声道："众乡邻们！今天晚上咱们可要尽兴而归，醉了就睡在我这猴子山下。"

大家纷纷道好。让众人感到奇怪的是，平日里言语不多，也不怎么喝酒的何逸夫到了后来话也多了起来，酒也喝了不老少。众人敬他酒时，突然冒了一句千里搭长棚，没有个不散的筵席的话来。这有些不合时宜，与平日里说话严谨的他有些不般配。如若当时有心细的人，就会注意到何逸夫情不自禁地流露出一种留恋的神情，甚至悄悄地抹去漫出了眼角的泪水。

细心的甘草爷察觉到了这个细节，而且他知道何逸夫为何会如此。何逸夫是一个非常沉稳的人，亦是一个重感情的人，他是酒后不小心说漏了嘴？但这是一个天大的秘密，还是要慎重从事。想到这，他起身特意去泡了一杯浓茶给何逸夫，悄悄在他耳边说了一句话。何逸夫闻言不由得愣了愣，猛然从中警醒了过来，悄悄点首不语。何逸夫心中有何神秘事，除了甘草爷，哪个也不知晓。

02　身世之谜

清晨。邵武大山深处的林中古道。

山高林密，悬崖峭壁。晨雾蒙蒙的山道朦朦胧胧，能见度只有 30 米左右，草丛中弥漫着一种神秘莫测。山道上一前一后匆匆行来两个人，前面的是一位身材匀称、眉目清秀的中年人。他步履扎实、行走稳健，一双鹰隼般的眼睛警惕着周边的动静。

正行走间，他突然听到树丛间似乎有一阵窸窣声，右手立时本能地摸向腰间，待看清情况后停下了掏枪动作。跟在后面的年轻人反应也十分敏捷，已快步奔至身旁。中年人朝他摆了摆手。笑了笑说："是一只好肥的大野兔，可惜让它给跑了。"

深山密林中的这两个人可不是一般人等，他们是中共地下党新任的闽赣特委书记李冰和他的贴身警卫员小赵。李冰是一位杰出的共产党人，早年加入共产党，22 岁时就是共产党闽赣省委宣传部部长。

豪门雄风，代有英杰。李冰的大哥李英、大嫂赵媛都是当地最早的共产党员。在兄嫂的影响下，李冰积极参加了农民运动，在村里站岗放哨、递送情报、抄写文件等。1927 年 4 月，他加入了中国共产主义青年团。大革命失败后，李英的共产党员身份暴露，敌人对他发出通缉令。在党组织的安排下，他撤退到泰国隐居。李冰则留在国内担负起大哥留下的革命重任，由于他的活动影响日益扩大，引起了敌人的注意，发现他是共产党重要人物李英的胞弟，立即对他下了通缉令。李冰被迫转移到泰国曼谷大哥处，与其他从海南岛和广州起义失败后撤出来的同志成立了党、团支部。为了掩护革命行动，他们筹建了一所华侨学校，并在学校成立了中共特委。年轻的李冰担任学校团支部书记兼学生会宣传股长，以学校为基地，进行革命活动。

1929 年初的一天，泰国警察局突然搜查李冰所在的中学，查出壁报中一篇言辞激烈的反帝文章是李冰写的，遂下令对他进行拘押审讯。李冰沉着冷静，承认文章是他写的，但对学校中有党团组织一事茫然不知。泰国警方百般审问，但找不到更有力的证据，关押了几天后只好把李冰释放，立即驱逐出境。李冰一人又回到了中国，很快又投入了对敌斗争之中。由于他的出色表现与才干，成为中共闽北的领导人之一。1933 年 10 月，闽北苏区和中央苏区的联系被国民党切断，李冰进入闽北苏区开展革命斗争。

天昏昏，地暗黑，刀光剑影，风雨雷电。

中央红军被迫长征后，李冰率领闽北红军转入了艰苦卓绝的 3 年游击斗争。闽北分区委将闽北各路红军整编为闽北独立师，共 2000 余人，不久后李冰兼任独立师政委，和师长一起率领独立师，在战斗中寻找机会打击敌人。他们牵着敌人十一师从建瓯、松溪、政和等地区，转到将乐、顺昌、泰宁，再转到资溪、贵溪、邵武、光泽，行程数千里，最后在邵武二都大山打了一仗前所未有的浴血激战，把国民党十一师打得七零八落，稳住了红军在闽北的阵脚。

此时已是闽赣特委书记的李冰从武夷山来，因为闽赣省委有一件极其重要的事，要托他在东关的老朋友甘草爷出面帮忙，便特意拐到东关与他一见。说来甘草爷还不是中共地下党员，但经过多年的交往与考察，尤其是在几次重大经历考验后，李冰对甘草爷的信任，甚至超过了党内的同志。

前不久，国民党探知中共闽赣省委在邵武大山之中活动，但只能望山兴叹，因为没有足够的兵力"围剿"，无法在漫天的大山之中消灭闽赣省委与红军部队。便绞尽脑汁使尽各种手段，在山外布置下重兵设伏，千方百计诱骗闽浙赣特委下山进城，然后妄图一举消灭。李冰洞悉其奸，针锋相对，明确提出独立自主靠山札，宁住山头不住城的策略，他把特委机关迁回老根据地坑口乡洞源村进行隐蔽活动，与敌人玩起了捉迷藏。有一次在敌人"围剿"时，李冰与主力队伍失散，在闽北山沟里一个石洞中躲了7天，后在一个暴风雨夜里摸出山沟进入江西，在江西的地下党掩护帮助下，重回到闽北根据地。

这天中午时分，李冰一身山里农夫打扮，化装进了邵武城东关行春门，悄然来到甘草爷的骨科店。但没料到甘草爷却不在家，原来他是被人请到建宁县看病去了，而且一两天内回不来。李冰十分失望，但事不等人，只好又悄然离去。

两天后甘草爷回来，得知李冰亲自来东关找过自己，可惜未遇而别。不由暗暗顿足不已，轻叹了一声，望天不语。他知道李冰如若没有重大的事，是不会轻易出面亲自来找自己。也因为这次两人未能谋面，造成了后来一件终身的遗憾之事，在此暂且不言。

甘草爷的身世从来就是一个谜团，知道内情的人没有几个，李冰是其中的一个。甘草爷是山东蒲城县人，是城郊镇的一个富商人家。家中生意做得很大，不仅在镇上开有粮店、染房等好几家店铺，在县里还开了一家粮店。没想到好景不长，那一年天下大旱，天下大乱，匪患四起，天灾人祸接踵而至。像甘草爷家这样的大户人家，哪有悍匪不惦记的道理？他的家里先后被抢了 3 次。到了 1928 年时，家里已经过上了借债、躲债、寅吃卯粮的日子。这一年甘草爷才 14 岁，中学还没有毕业，为了减轻学里的负担，他决计停读外出谋生。由于他在学校里经常接触一位中共党员，在他少年的心灵中，种下了救国救民的革命思想，凭着改变命运的梦想和勇气，他终于踏出了坚定的步伐，投入了中国共产党领导的学运活动。后来因为一件男女私情，他被一个国民党师长追杀逃到了福建，落脚在邵武东关隐姓埋名。故事曲折离奇，在此暂且不言。

甘草爷的身世自己不说，东关的街坊邻里们也从不去细问，追根究底。东关人虽然没什么文化，但爹教娘讲，传统文化根深蒂固，老祖宗的话记得牢。懂得尊重他人，凡事有分寸，不会去为难人。而且甘草爷生活在东关也有十几年了，有麝自然香，不用大风扬。时间早证明了一切，甘草爷的所言所行，天地可鉴。用魏县太爷的话说，甘草爷是一个乾坤容我静、名利任人忙的正人君子。他从不刻意求得别人重视，也不在乎被别人忽视，他在用一颗平常心静静地活着，用自己的言行举止影响着他人。

今年夏天的那一次，住在中山路兴化巷尾，年过八旬的刘家婆婆突发急病昏倒在地上，而家中人又都不在身边。碰巧甘草爷路过兴化巷知道了，及时施手医治后无事。甘草爷见刘家婆婆脸色蜡黄，营养不良，更知她家一贫如洗，甘草爷不仅不收医药费，还将口袋里的 2 元钱塞在刘家婆婆枕头边，一番叮嘱后才走人。

刘家的儿子外出回到家，听说甘草爷不仅替母亲治病，还送了 2 元钱助贫济困，心中很是感激。但稍后又觉纳闷奇怪，他记得昨天傍晚，自家嫁出去的姐姐来看母亲，当时给了 10 元钱，放在母亲的枕头下面，此时却不见了。他想了半天，又是摇头又是点头，找遍了墙角也不见钱。最后认定是甘草爷这边假惺惺送钱，那边又顺手牵羊拿走了 10 元钱。他想想心生焦急郁闷，在心疼钱的同时，实在忍不下这口气，于是追到甘草爷骨科店上，当着许多人的面，涨红了脸嗫嚅着问道："你拿走了 10 元钱当诊银，也吱一声呀？"

刘家儿子这一句闷头闷脑的问话，让甘草爷听了有些愕然，不明白怎么回事，竟一时答不上话来。

平日里对甘草爷爷一向尊重有加的刘家儿子见之，当下不由得有些蔑视地道："平日里真是错看了，亏你还是东关一杰？"

待甘草爷回过神来，心里明白了是怎么回事，人有相像，事有冤枉，这是黄泥巴落到裤裆里，不是屎也是屎。他略想了想，微笑着赔礼道："是我一时糊涂，拿了老太太10元诊钱，觉得收贵了，便又退回了2元。"说着，从桌子抽屉里拿出10元钱递还给刘家儿子。

刘家儿子没想到还真有这回事，脸色显得十分难看，他一把接过10元钱，扔下先前甘草爷给的2元钱，当下扭头走人。在心里暗暗骂甘草爷是一个假惺惺的伪君子，还笑得那么自然坦然，平常看不出他竟是这样的做派。

刘家儿子闹的这一出，让街坊邻居们不明就里，都听懵了！虽然绝大多数人根本不相信有这回事，但看到甘爷自己都承认了，而且完全是一副理亏的样子，在心里禁不住想，还真是知人知面不知心。

但宋大龙知道了冷笑不已，对一边交头窃窃私语的街坊们言道："矮人看戏何曾见，都是随人说长短。只听别人的只言片语，便盲目跟风，随声附和，不明事情真相，不要随波逐流、人云亦云。"宋大龙怎么也不相信有这一回事，私下里他对甘草爷言道："看你这副样子，其中定有隐情？"

甘草爷依然笑了笑，并不回他问话，拉他坐下喝茶。

在宋大龙的再三追问下，甘草爷只是笑了笑，却说起了另一个话题：人不得全、瓜不得圆，瓜没有纯圆的，人也没有十全十美的。从前乡里有一个未婚女孩，却发现有了身孕，父母情急败坏，逼问女儿孩子的父亲是谁。女儿先是不语，最后被逼无奈，说孩子父亲是附近庙里的一位颇有名气的僧人。孩子出世后，这家人抱着孩子找到了僧人算账。僧人明白来意后，只淡淡地说了一句："这样子啊！"便默默地接下孩子。此后，这位僧人每天抱着孩子挨家挨户讨奶喝。乡里炸开了锅，说什么的都有。对僧人指指点点，甚至辱骂。一年后，女孩受不住内心的煎熬，承认孩子的父亲是另一个人，其实与这位僧人无关。女孩及家人惭愧地找到僧人认错。看到僧人很是憔悴，但孩子白白胖胖，女孩满心愧疚，无以脸面相对。僧人又只是淡淡地回了一句："是这样子啊！"便把小孩还给了少女。僧人被冤枉名声扫地，却始终不辩解，为什么呢？僧人说出家人视功名利禄为身外之物，被人误解于我毫无关系，我能解少女之困，能拯救一个小生命就是善事。

宋大龙听了甘草爷的故事，哑巴着直点头不再追问，竖起一个大拇指说："佩服你了！"

甘草爷笑道："你不用夸我。当一个人被误解时，往往会花很多的时间去辩白，但这没有用。没人会听，没人愿意听。人们按自己的所闻与理解做出判别。他若理解你，一开始就会理解你，从始至终地理解你，而不是听你一次辩白而理解。与其努力试图扭转别人的判别，不如默默承受，给别人多一点时间和空间，省下辩解的工夫。渡人如渡己，渡己，亦是渡人。"

有道是：人到事中迷，就怕没人提。事情果如宋大龙所预料的那样，过了几天，刘家儿子见到姐姐又来家看望母亲，便不无气愤地说起这事。姐姐听了跌足不已，拍腿惊声道："哎哟唷！错了，错了！忘了告诉你一声，母亲枕头下的钱我怕现眼招惹是非，又收起来放在箱柜子的垫纸下面了。不告诉你自然找不到的。"说着，连忙打开箱柜掀开垫纸一看，那10元钱安然无恙。

刘家儿子顿时涨红了脸，愣了好半晌，举手重重地打了自己一个五指山，急忙赶到甘草爷店里赔礼道歉。他不解地问甘草爷："哎呀真是！甘草爷你没拿我家的钱，为什么还要承认呢？"他这时把先前的"偷"改为了"拿"。

甘草爷微微一笑："你母亲病重，不能动气。如果找不到钱，她一急之下会有生命危险的。我只好承认钱是我拿的，但我相信这件事早晚会水落石出的。要知道天上无云不下雨，世间无理事不成。天下的弓都是弯的，世上的理都是直的。"

刘家儿子愧疚道："我这是有眼不识金包玉，狗眼看人低，真是不识好人心！你老人家千万别与我一般见识才是。"

甘草爷摆摆手，递上他退回的2元钱，说道："不知者不怪，那这2元钱你还退与我吗？"

街坊邻居见了，都嘲笑刘家儿子："他真是狗眼看人低，真是不识好人心哩！甘草爷大人有大量，也该打他两个五指山才是，还给他什么钱？"

刘家儿子神情狼狈，嗫嚅道："适才我已经给了自己一个五指山，要么我再来一下？"说着举掌要打自己。

甘草爷一把拦住，笑哈哈地道："别！给予即快乐，人与人之间，可以近，也可以远；情与情之间，可以浓，也可以淡；事与事之间，可以繁，也可以简。古人言，皮鞭伤肉，恶语伤心，良言三冬暖，恶语六月寒。咱们街坊邻居当是和睦为是。"

众人听了点头佩服，刘家儿子理亏损面，更是无话可说，接过2元钱恭敬道："那你老人家是肯原谅我了？"

甘草爷道："我怎可会计较认真？但人生气的时候，往往会失去理智和控制。生气时也最能看出一个人的自制力。你我都要记住，即使生气了，也不能只顾宣泄自己的情绪。不管生不生气，都能保有基本做人的道理。更不能一生气一发火，就猴急地脏话连篇、恶语相向。"

刘家儿子知道甘草爷在教育他，只管勾着脸点头称是。有人说甘草爷你也太过迁就，该如何给他点教训长记性。

甘草爷道："水落现石头，日久见人心。不管做什么事，都要讲究个方法，讲究个时机。有的人，往往总是习惯去证明自己对、对方错。结果如何呢？即使证明了错在对方，也并没有多大的意义与价值，反而让双方的关系产生隔阂。有的时候无须是非分明，不是所有事情都要分清楚。事事计较有时候堵得人寸步难行，人生总有尴尬的时刻，我们要懂得给人留一份面子才是。"

有人不以为然道："甘草爷你当时解释一下也好，弄得大家不明真相，心里还乱评判你的为人呢？"

甘草爷微笑了笑说："我当时解释也没用，没必要去费力解释。别太在乎别人的评价，懂你的，不用解释；不懂你的，不需要解释。智者不惑，仁者不忧，人生在世，总有毁誉傍身。众口难调，若是太在意别人的看法，岂非寸步难行？只要立定脚跟，踏踏实实地去做。很多时候，事情不用说得太清，理不必说得太明。糊涂一点，反而对谁都好。当你被人误解的时候，不妨学会沉默。有句话说，谁终将声震人间，必长久深自缄默。在被人误解时，选择静心与沉默。就是将自己还给自己，将别人还给别人。不争不辩，不言不语，做好自己，一切交给时间来证明。"

刘家儿子说："草遮不住鹰眼，水遮不住鱼眼。甘草爷您是高人，今天我牢牢记住了您的话，一定要改一改自己的臭毛病。"

甘草爷脸色和缓地道："恩欲报，怨欲忘。抱怨短，报恩长。做人，要懂得知恩图报，和别人结怨的想法要及时打消。但行好事，莫问前程。今后遇事莫急莫毛糙，人这一生无非三件事：说话、做事和做人。话要软着说，事要硬着做。这叫着言语暖人心，关系不用愁。"

东关的土秀才刘子星有感而发，写了一首打油诗《东关人》，他摇头晃脑地唱道：

> 你是啼着生，我是哭着来。
> 不要说我对，不说你有错。
> 人生多坎坷，大家都很累。
> 东关有仁义，相逢都是缘。
> 雨中我送伞，天寒你送暖。
> 你送一寸布，我回一条裤。
> 流水不争先，开心是大道。
> 敬你三杯酒，人间情长久。

这件事传开后，大家当作饭后茶余的一件美谈。邵武县太爷知道了此事，也不由佩服地感叹道："甘草爷有智慧，大气。他装傻是善良，有时候不必明说，不必挑破，给别人留一份体面。这种善良虽然无言，却胜过万语千言。古人说看破世事难睁眼，阅尽人情暗点头。一个人活得越通透，就越懂得装糊涂。很多时候，睁一只眼闭一只眼对大家都好，何乐而不为呢？甘草爷的装傻不是真傻，而是一种守拙善良的智慧。芝兰生于深林，不以无人而不芳。芝兰扎根生长在树木深处，但是它并不因为没人观赏就不散发自己迷人的芬芳。它的香味芬芳四溢，沁人心脾，用它比喻甘露醇草爷的美德，是最恰当的了。"

从那以后，刘家儿子常往甘草爷家跑，替老人做些劈柴挑水的体力活。东关人就是这种德性脾气，虽然说有些毛躁性急，容不下一点见不得亮光的事，但绝对讲是非，有错就改，畅快洒脱。不会为那些是非恩怨纠结，而是对着岁月感恩，且活成了自己的模样。

第五章

91

03　鬼门十三针

　　甘草爷做人一等，接骨疗伤的本事更属一流。但凡有伤筋断骨者上门，来时都是咧嘴龇牙、痛楚万分的模样。甘草爷从来是不急不慢，稳稳当当。只见他像往常一样目光炯炯，双眼有神，不动声色地观察一会儿后，暗中吸一口中气，收腹定神，气沉丹田，尔后伸出中食二指，暗中发力。那二指实在厉害，如钢似铁，隔皮戳肉，麻利如风，疾如闪电，几戳几发力，只听得"咔咔"两声响后，断骨已经在瞬间接上。伤者在不知不觉之中已解除痛楚，完好如初。

　　其实，甘草爷最显本事的还不仅是接骨疗伤，他的绝尘本领"鬼门十三针"才是真正厉害。说起这"鬼门十三针"，世人鲜知，它是中医里最神奇、最博大精深的一种针灸手法。但是鬼门十三针有些邪，之所以说它邪，主要是因为它专门用于惩治邪病。也就是人们常说的"撞邪""附体"这类病症。鬼门十三针源于道教，是一种以针交的形式治病的技法。鬼门十三针源手道教，是一种以针灸的形式治病的技法。一般的针灸术都是用来治人，而这一种是用来治鬼的。在古代，鬼门十三针属于禁针，因为鬼神附体一般都是有因果的，患者的症状必有原因的，一定是曾谋过附体者的性命或存在其他对不住该无形众生的事实。况且十三针对鬼邪尤为霸道凶狠，每针扎在人体，但刺进鬼穴，封其修为，毁其修为，扎到十三针时，鬼邪烟消云散、灰飞烟灭。因针法太过凶狠，所以医者首先要采取劝说的方法，比如要先问："是哪方的神仙？哪位屈死的冤鬼？有什么要求你跟我说。我都能办到，你或要吃或要喝。是要猪头还是要烧鸡要是缺钱花，可以给你焚化纸钱，总之我可以满足你的一切要求。"如果再三劝说对方却不理不睬，那就要动硬的了，拿出银针来恐吓它。如果恐吓还不服，那就要采取针刺的方法惩治它。十三针除了扎十三个穴位，还有相应的十三道符，一般不超过三针就能解决问题。如果十三针还没制佳，则施术者被反制。鬼门十三针对邪病奇效连连，所以该针法传承尤为严苛，传承之时尤为看重心术。心术不正，没有慈悲之心之人不传。传人必须记不可妄杀，所以施术之时，大多是控制鬼邪之后，好言规劝，以治病为目的，不到万不得已不能痛下杀手，万万不能将其置于死地。盖因上天有好生之德，得饶人处且饶人，凡事不可做绝！

甘草爷的鬼门针法乃祖上家传，它精通厌镇法术，对癫狂这一类疾病百治百效，从无失手。大凡得这种病的人有诸多不便，都是悄悄请医生来到家中治疗，不让外人所知。甘草爷每次到这种病人家应诊的时候，先是察言观色，细看了一番情形，尔后聚神而立，怒目而视、义正词严，指着病人的鼻子高声叫骂一通。说也奇怪，本来胡言乱语、狂躁不安的病人立刻被他骂得低头不语，老老实实。此时，甘草爷便不紧不慢地拿出银针，按照"鬼门十三针"依序扎下去，需要扎多少针，就扎多少针，轻易不肯多扎一针。完针后，病人昏睡上半日，起床的时候就好了。

邻县光泽城关有一位富户人家的年轻女病人，只有20岁左右，皮肤白净、面容姣美。不知在什么时候、在什么邪祟的地方惹上了癫狂这邪门的东西，狂躁起来非常恐怖，有时犯起病来她竟爬到房屋顶上跪夜空、拜月亮，手足无措，口中念念有词。下来后行为更是怪异骇人，或是生撕活鸡吃，或是一丝不挂地往门外跑，一点儿也不知羞耻。而且发病时她力大无穷，要三四个壮汉才能制服住她。这家人为了此事羞于启齿，着急上火，也找过不少高人做法，但是毫无一点用处。

这家人听说邵武东关的老中医、人称"甘草爷"的欧阳云峰医术高明，有"鬼门十三针"的独门真本事，连忙雇了一抬轿子，走了几十里路来请甘草爷前去家中医治。寻到了东关码头巷1号，进了诊所店，见了甘草爷跪地便拜。甘草爷问明缘由后，当即前往光泽这户人家中。进了院子，医术高超还懂得风水的甘草爷见这家人的门首，东有一井，西有一荡，当即心中明白，家有相撞之物，难怪会有癫狂之人。

待一进厅堂，只见一个身材丰满、面容姣好的年轻女子披头散发地正在发疯。她见了甘草爷进来，先是愕了愕嘿嘿不语，尔后立马怒目而视，对着甘草爷与众人狂跳个不停，胸前露出了一大片颤抖不停。甘草爷见了心中暗道："这女子年轻漂亮、丰韵十足，也难怪邪祟要缠住了她。"

按照平时治病的惯例，甘草爷见了这类邪祟严重的病人，右手举起半尺多长的银针，先是要一通大骂，看藏在病人体内的邪祟是如何反应。但这个女病人见了他却毫不理会，并不害怕怯阵，后来竟然和他对骂了起来……

甘草爷见状，不禁皱了皱眉，看来这附身的邪祟十分厉害，不能小看了它。只得让这家人上来几个身体健壮的男女，把病人强行按压住，然后他开始强行针刺。每刺进一针，女病人都要撕心裂肺地高声喊叫，横倒竖歪，然后又挣扎而起大声笑骂，可着劲儿羞辱甘草爷一番。

甘草爷并不理睬她，沉着劲只管出针不停。待一直出到了第十三门"鬼封穴"的时候，这才听到女病人体内的那个东西终于熬不住，发出一个粗糙的男声来，阴森森的很是瘆人，只听得附身的邪祟在体内高声喊道："看来你今天非要置我于死地不可？坏我的百年道行，我绝不会放过你！我诅咒以后你的子孙中，每代必出一个痴呆疯癫之人……"

甘草爷听了冷笑了笑，口中大喝一个"去"字！朝着病人的舌头穴位一针猛刺下去，便把那个东西的本事了断了，缠结的怪物负痛离去。当即，这个女病人浑身抖擞、大汗淋漓，倒在床上。一个多时辰后，她恢复了体内的元气，病愈如初，只是懵懵懂懂，不知道先前在自己身上所发生的一切事。

这家人在一旁看得目瞪口呆，惊异不已，一个个跪在地上，对甘草爷叩头如捣蒜，感激不尽，欲大摆酒席请甘草爷上座。但甘草爷再三谢绝走人。这家人次日专程备了一份厚礼，置了面大锦旗到邵武东关拜谢！甘草爷"鬼门十三针"的名气更是大增，传遍闽北各县。

这"鬼门十三针"疗法，听起来似乎有些迷信，但并非空穴来风、无中生有地乱唬人。它是一种秘传的中医传统疗法，因为精神疾患往往由邪气作祟所致，所以治疗穴位冠以"鬼"字为名，又以其数为十三针，故称"十三鬼穴"，专治百邪癫狂的病症。从医学上讲，精神分裂症、失眠症、抑郁症、躁狂症、恐怖症、强迫症等精神类疾病，可运用该针法治疗，而且很有疗效。只是能够掌握这种本事的人极少，一是要祖传，二是要秘传有医德的人。

甘草爷心善仁慈，对鬼灵常常网开一面。他在施治的过程中，按照先人古法相传的原则，会给邪祟留一条生路，在舌底、会阴、人中这三个关键穴位能不用，便尽量不用。因为用这三个当中的任何一个穴位，都能把邪祟立时封住，治它于万劫不复，永世不得超生的境地。甘草爷说这亦是上天有好生之德的本意，轻易不要动用这三个穴位，当是放它一马为善。

但有略知此术来龙去脉的人，对此不以为然，问甘草爷："那邪佞作祟可恶，你为何还放它一马？"

甘草爷沉声正色言道："人世间所有发生的事，都是因为有了因为，所以才会所以，何必一定要何必。万物的存在，都有它存在的原因。既然作祟的邪气已经被你制服，它并且心虚害怕走了，人又何苦要把它赶尽杀绝？"

俗话说："摆渡摆到江边，造塔造到塔尖。"甘草爷是一个尽心尽力，凡事考虑得十分周全的人。每每治完这种邪病之后，都要特意交代病人的家属再三，他悄声言道："鬼灵亦有难处，哪怕它缠过你的家人，对它也要以礼相待为善。完事后你仍要烧香还愿，或焚化些纸钱为妥，一是感恩上苍护佑众生，二是送那邪祟回归天之正道……"

第六章

01　福西华

秋天。邵武东关。

秋到了人间，气温不骄不躁。入目所见，桂子飘香，枫叶渐红，天高云淡的卷云，逐渐泛黄的梧桐叶，显得清简明朗。徐徐的北风为人们赶走燠热，也给人们带来丝丝凉意。

东关的民众如秋一般，不慌不忙，不急不躁，从从容容过着自己的日子。风不冷不燥，雨不疾不徐，如同柴米油盐，平平淡淡，人生就蕴藏在三餐四季之中。面对生活中的悲欢离合，东关百姓们有诸多的无奈与沟沟坎坎，但是有多少坎不是走着走着就过去了呢？在他们看来最好的日子，就是安于柴米油盐，平平安安。谁也不知道明天和意外哪一个先来，生活中不确定的事情太多，人生多舛，必须要平常心对待。

秋天在豪放的东关人眼中看来，不完全是肃杀的季节。他们认为老天既然安排有春、夏、秋、冬四季，自然是天道循环有节有序。该冷就冷，该热就热，刮风下雨都是有它的道理。东关的老人教育后辈人说："风雨雷电、生老病死都由神灵掌握，人间凡人不可逾越更改，所谓人要胜天，那是隔着锅台上床的事，万万做不得。"

在行春门口不远处的附近，有几棵千年的银杏树与几十年的柿子树，相配在一起煞是好看。虽然说秋天时令到，百花便凋零，引得池水皱，风乍起，让人觉得秋的枯萎。那几棵银千年杏树便肩负起了艳丽的使命，吹得整个行春门人家房前金色遍地。而在霜降过后，繁华落尽之时，柿子便又红透了枝头，嶙峋的枝条上挂满一簇簇、一丛丛火红的柿子。与此同时，在东关基督教堂的花园里菊花开始盛开，清香四溢；其瓣如丝如爪，其色或黄或白或赭或红，种类繁多。所以东关人从不悲秋，说什么夏热情，冬太冷，春多雨，秋无情，那都是闲得无聊的文人们的说辞。东关的百姓们觉得四季各有各的道理，各有各的精彩。更重要的是秋天是收获的季节，山中的果实把树枝都压弯了，山中的野鸟时不时来栖息其上。石榴高高地挂在枝头，红彤彤的辣椒，水灵灵的瓜果，带来秋天的喜悦。总之秋天是辛勤耕耘回报的季节，大自然的一切都是和谐匹配的，就像人身上的五官以及各个器官都是严谨合理的。

东关唯一不大谐调的是建筑物，它与东关的历史底蕴不相称。东关虽然繁华，但除却几个会馆建得气派外，没有什么值得可圈可点的古建筑。明清时期的建筑更是极少，更不用说唐宋时期了，大都是清末民国初期的木砖房子，黑不溜秋的不耐看。

满眼观去，东关基督教堂算得上一个有年代的建筑了。那还是在1875年的秋天，百德温牧师和握丝谷医生来邵武传教传医取得的结果。满头白发的百德温牧师有着慈善的面孔，说得一口漂亮的福州话，赢得了邵武百姓的好感，于是才得以在1879年买下孤老巷的几间房间，作为建堂地址，但遭到当地财主的极力阻挠，甚至集合了40人去见邵武知府请求干预。知府是一个知明人，以传教士与卖方签约并付款成交为由，劝财主们不要再管这件事，财主们只得罢手，建教堂的地址总算落实。

筹建工作由16个成员组成的建堂管理小组负责，两位传教士则担负大部分监督和指导任务，爱德华传教士担任建堂督导，他自己绘图设计。他遇到的第一个难题是建筑风格，按照西方教堂的建筑风格，都是哥特式的建筑。担任东关堂建筑的佳顿能传教士，他知道在邵武建哥特式建筑，会遭到当地百姓的反对，因为他们相信风水，教堂钟楼这样高的建筑物必会对众邻居造成损害。宁波就有过这种先例，当时宁波传教士建堂，大楼拔高，超过所有其他建筑物时，群众中的恐惧感增加，而最后当风信标安装在尖顶上时，当地百姓简直吓坏了，因他们非常迷信风水之说，在当时钟楼是最高建筑物，位于一条叫"蜈蚣街"的末端，钟楼代表昂起的蜈蚣头，而人人皆知公鸡是蜈蚣的天敌，会吃蜈蚣。宁波百姓要求外国传教士移建这只大公鸡，这个要求未受到理睬，不久之后，钟楼毁于一场大火。

担任设计东关堂的传教士接受这一教训，没有采用哥特式建筑，不搞尖顶，而采用雅致美观的中西式混合式的屋顶，四角是中国式的卷曲线条，只有拱形大门和窗户保留哥特风格，同时减少大堂中央的支柱。按照中国建筑设计建造一间宽度达到9米多以上的无支柱的房间是不可能的，牧师亲自做示范给当地工人看，怎样把屋顶架放在西式的梁架上而减少支柱。当发现桁条在瓦片重压下会弯陷，他们就去买质地更坚的橡木、栎木。为了百年大计的质量，他们舍得花本钱。

建堂资金美教总会只拨一小部分资金，大部分都是各个传教士到美国自己原先所在的教会筹集，如有的得到康奈提克州沃特伯理的第一公理会和第二公理会的一些教堂寄来的美金，但资金仍然短缺，只好把建圣教医院的工作暂停，把资金集中到东关堂。他们高兴的是，在挖掘地基时意外地发现，在不到1米深的地下，就是几百年前的一道墙基，再挖几尺就碰到了更古老的建筑物现成的地基，从而节省了地基石料的开支。

这样从1879年开始兴建，历时3年，经历各种艰难困苦，一座可供300人崇拜使用的东关基督教堂终于在1882年落成。这座没有尖顶的教堂是东西方风格的结合，房顶的四角是典型的中国味道，向上高高卷起，但教堂的拱形大门和窗户则是不折不扣的哥特式艺术。每当太阳冉冉升起的时候，从教堂里传来基督教信众们在清晨中祈祷：

昔在、今在、永在的主啊，你的恩惠遍及万千。亲近你的，你必亲近他；爱你的，你必爱他。忧伤、困苦人更是你所爱的，因你的爱超过人世间一切的爱……

东关基督教堂现任的执教堂主叫爱德华·里德斯顿·布里斯，为人很有礼貌，彬彬有礼。但东关民众嫌他名字太长太难记，啰里啰唆地一大串很是麻烦。对他说："你在中国人的土地上，就得按中国的风土民情来。"众人便都称他为福西华，或者叫他福先生。

福西华出生在美国麻省北部海岸新伯利港，一个虔诚的基督徒家庭，毕业于美国耶鲁大学医科，留校成为一名医学教师。但他对教学生涯激发不起兴趣，不知道是为什么，他只想做一名传教士，无论要走多远都愿意。福西华终于如愿以偿，他等到了这一天。1892年秋，27岁的福西华接受总部设在波士顿的基督教派遣，乘坐"中国号"海轮离开旧金山前往中国上海，再从上海乘海轮抵达福建省会福州。

基督教在中国传教轨迹极具地域代表性，从早期的广东、福建的沿海城市到内陆的延伸，向华北、山西等地推进。在交通不发达的年代，重峦叠嶂的群山限制了陆路交通的发展，闽江流域大部分属于山地，陆路交通多为小路，以步行、肩挑、乘轿、畜驮等为主要的运输方式。最早来到邵武传教的美教会传教士和约瑟对闽北道路交通这样描述道：

福建省（北部），几乎是一个由连绵延亘的山脉组成的王国，有着十分迷人的风景，但旅途却是单调乏味的。进邵武唯一的道路是人行小道，唯一的交通工具是两人抬的轿子……

可见，基督教欲进入闽江流域一带传教，如果采取陆路是不可取的。必取水道而上，沿着闽江各支流水系渗透。美教会选取邵武作为他们在闽江流域内陆的传教中心站后，为数不少的传教士们闻风而动，几乎同时开始乘船沿着河流到周围县乡传教。从地理位置来看，邵武东面建宁府的建阳、建瓯一带水流多，水上交通发达，是一个理想的选择场所，但由于所遭遇的困难，他们没有向那里扩展，而是取向了邵武。

福西华在福州待了一个多月之后，邵武开创传教站的约瑟夫·沃尔克博士亲自前来接他。由于陆路不通，他带着福西华乘坐鸟雀船沿闽江，经水口、南平、顺昌、大溪（富屯溪），昼行夜宿，整整逆行了将近20天，终于来到了边城古渡邵武东关码头。

前面有人传来消息，说此时天色至迟，东关城门已关。福西华与同行的人决定在这里上岸，独自步行进入上帝引导他前往的地方。南岸的山路只是一条小径，路面上残留着不知哪个朝代留下的青石板。一路上，他没有遇见任何行人，在山路上独行，仿佛就在梦中一般。当经过一排石牌坊的时候，他停了下来，尽情地打量琢磨了一番。这些古老的牌坊上刻满了奇特的汉字，那种古老和奇异让福西华感到一种震撼。邵武城竟然曾经在蒙古成吉思汗的大军面前坚守多日，英勇不屈，顽强抵抗。福西华在敬畏的同时感到有些惶惶无主，他没有把握自己在这块土地上能做些什么，又能够做到何种地步，他确实心里没有数。隔江北望，山上矗立着一座守护邵武的镇邪宝塔，宝塔下的山坡上草木丛生，看不到路径，没有围墙，没有庙宇，也没有农人的身影，只有庄严的七层宝塔独立山顶之上。在冬日的天空下，宝塔显得格外挺拔。福西华加快了脚步，绕过江湾，他终于第一次见到了邵武，河对面城中千家万户鳞次栉比的黑屋顶上正飘起缕缕炊烟。他在日记中写道：

在夜晚，我们蜷缩在洞穴中，邵武就在 1600 米之外，晚饭的炊烟笼罩着城墙内外连成一片的瓦屋顶。附近一家农户里飘出燃烧木柴的气味，让我想到仲夏之夜的新伯利。除此，一切都是陌生的。我们要等着船队赶上来，我自己不知道怎样才能进入城门……

次日早晨，当福西华跨下鸟雀船，进入了邵武东关行春门，看到城堡石头缝中杂花生树，飞英蘸波，纷披掩映，如列金铺绣一般。再踩着晾晒在地上的渔网，沿着湿漉漉的石板路，街边有一个掉光牙齿的老人伏在地上，手里却抚弄着一条蛇在行乞。所见到的景象立时让福西华感到有些一种震撼的感觉。福西华在日记中描绘道：

这简直就是一个翻版的中世纪城市的景象，东关这条不到 25 码宽的街道，就是邵武县城的主要干道了。鱼铺、当铺、米铺，各种店铺都拥挤在街道的两旁。到处都是喧嚷的交谈声，狭窄的街道收容了这些嘈杂的声音，让它们在店铺之间不断反射，再从光滑平展的石板路上回荡到我的耳膜……

福西华目视着柴夫们背着大捆的木柴，吃力地负重行走在街上叫卖着，看起来几乎要压断了脊背，还有用竹筐挑菜的菜农、小木轮车运米的苦力在他的身边走过。东关的一切，都被嘈杂的声音和浓浓的气味所包围，那种恶臭无法用语言描述，这里没有下水道，挑粪夫用木桶将人的粪便挑到地里，再存放到沤烂为止。其他污水就随意倾倒在街上，而街上也没有人行便道。福西华为免于踩上猪粪便，只好踮起脚尖在街上择路而行。福西华一边走一边心里想道：自己能否在这里待得下去？

在东关基督教传教站安顿下来后的不几天，福西华便转变了自己的看法，他很快地就适应了这里的环境。原本是夜猫子的他每天都要到半夜才睡，现在晚上不到 10 点便上床，而且都能心静如水，默默地安然入睡。清晨他睁开双眼，首先看到一窗格可爱的清新阳光，听到附近小树林边传来的鸟鸣声，这些不一样的生活情趣，让他心中发出了舒心的微笑。他觉得来到这古老的、有着特别风情韵味的边城东关，让他有了一种归属感。

虽然身在远在万里之外的东方之地，但他似乎能听见从太平洋彼岸传来家人的祝福。他想，这是上帝给予的使命与生命所赐，是生活给予他前行的动力。

同伴伽德纳替他高兴地道："布里斯，你的中国名字里有个'福'字，我看十分合适，它的意思是幸福，这正是你布里斯中国名字的意思。你的名字就是你的事业。"

福西华点头赞同道："我从此后要一直使用这个名字，并使之名副其实。我从来没有想过改名字，它提醒我，我为什么在中国。"

有一次，他禁不住问伽德纳道："如果那些所谓的基督教国家在帮助中国人民脱离贫困上做得多一些事，史多一些实实在在的事，是否共产主义就不会占据中国了？"他在邵武写给家人的第一封信充满了激情，他说他不能预见未来，但他肯定不会逃离东关这个地方。这个想法在邵武的第一个夜晚便开始有了，他进入梦乡之前，听到远处寺院传来的钟声，这是一种令人感到格外恬然的声音。他知道，这里正是他一生中一定要来的地方，在他的漫长旅途中，上帝会保佑他。

万事开头难，刚到邵武时，基督教在邵武东关没有诊所，更没有医院。福西华经常是骑着一只小毛驴去出诊，很是辛苦与不便。但他觉得眼下很艰辛与落后算不了什么。既然上帝如此安排，总有一些困难、一些痛苦，需要他去经受与承担。

就在他来到邵武不几天的一个夜里，人们在县城外的田里发现一只寻食的狗熊，农民们用梭镖捕杀了这只狗熊。破晓时分，两名带着血淋淋伤口的人来到传教士住所的门口，要见新来的外国医生。其中一人受伤不重，只是肩膀上的肌肉被熊掌抓烂，福西华连忙向裸露的伤口上倒上碘酊，然后用绷带包扎好伤口。另一个人则伤得很严重，整个脸都被狗熊撕破，左边一块脸皮被撕得很深，甚至露出了牙床。所幸伤口很平滑，那人的脸颊被福西华整齐地缝合起来。福西华非常高兴有了他的第一批病人，让自己的技术得到展示，所以他根本没有想到向他们要收一分钱医药费。

在邵武的第一年，福西华感到艰巨的任务是对付当地的中医。来中国之前，他早已经听说是中国人发现了碘酊，而且比欧洲人早几百年就使用接种预防天花。中医有许多过人之处，起了非常重要的作用。但他同时发现中国的土医生将金和银的针扎在病人的皮肤上治疗癌症，他们的处方中有用熊的胆汁来治疗眼疾，用生梨治疗疟疾导致的发热，用蛇肉治疗风湿病，而人参则被用来治疗几乎所有的疾病。这些做法是不应该的，没有科学依据支持的。福西华诊治的一位女病人，为了治疗耳朵脓肿，本来很快就能治愈，但这女病人家中又同时请神驱邪，加上一些昆虫翅膀做成的药粉，与福西华的西药共同使用，导致病情反复，3个月了还不见好。

冬至是数九的开始，意味着寒冬将临。从冬至这天开始，天气一天冷过一天。而在冬至这天，东关别是一种热闹，各家各户磨糯米，制米浆。用糖、肉、菜等各种食物做馅，包成甜的或咸的冬至团。这天不仅冷，而且下起了一阵阵的毛毛雨。

经过不懈的努力，福西华的卫生诊所终于在东关开张了。当时这个消息传遍了邵武以及附近的几个县城，缺医少药的闽北山区人风闻有外国的高手医生行医问诊，可是不得了，有些人居然走了五六天的路来看病。这些病人走山道小路，翻过大山，从建宁、朱口、黎川和光泽一带的乡村步行而来。在那些日子里，卫生诊所里挤满了病人，福西华每天要诊治近百名病人。许多来看病的人病情十分严重，本来应该住院治疗的，但是这里没有医院，他们只能在拿到药之后，或滞留在邵武的亲戚朋友家中，没有亲戚朋友的只能在街边搭个遮棚住下。看到这种情景，福西华心里说不清是什么滋味。他与同事约瑟夫商议后决定，在修建新教堂的同时要建造一所医院。

在取得基督教美国波士顿总会和设在福州闽中协会的同意，有了经费支持后，邵武教堂与医院的两项工程齐头并进。1898年1月，教堂与医院前后相继完工。这让福西华很是欣慰与兴奋，他写信给美国的家人说："这只是一个好的开始，我现在有了很多有用的经验，知道下一次应该做什么了。"

其实，福西华不算是最早到邵武东关的传教士，在更早的清同治十二年（1873），基督教美国波士顿总会设在福州的闽中协会为扩大传教区域，就派遣美籍传教士和约瑟、吴西面、力腓力与医生惠亨通、柯伟良等人来到邵武东关。他们在传教的同时，传授文化、农业、医学等各个方面的知识。从 1873 到 1883 年这 10 年间，和约瑟等人到邵武后，在东门探花坊高宅赁屋，后迁至岳庙巷、万寿宫等处讲道并施医。但是由于邵武偏僻，风气闭塞，传教工作极难开展。传道 4 年，他们在邵武仅得信徒姚三妹、李臭尾、高培香等 3 人。至 1883 年，基督教才在邵武东关成立了传教总堂和医疗馆。在东门福音堂对面建成西式砖木结构楼房一幢，共有 5000 多平方米，作为医院院址。开始收取药费，招收学生。医院开始分设挂号候诊室、诊病室、手术室、药库、病房等，开始改变了以往免费施医送药的局面，成立了初具规模的西式医院。

02　洪金奇

福西华在东关传教施医时，遇到了一个叫洪金奇的年轻病人，他因脚踝骨受伤溃烂（俗称"烂鳝鱼管"）前来求治就医。这种病在当时的医疗条件下是非常难以治愈的，这个年轻人的一条腿肿成正常人的两倍，一大片创口腐烂流脓，腥臭难闻。福西华怀疑已经产生了坏疽，考虑是否要截肢。但福西华经过反复考虑后，决定保守治疗，尝试挽救洪金奇的这条腿。经过福西华近一年时间的精心治疗，最后治疗成功了，伤口终于得到全部痊愈。洪金奇自是感恩不尽，但因家贫无钱缴纳医疗费用，就在治病的同时为福西华管理花卉、做杂工。他本来是福西华的病人，后来成了他的学生。福西华很喜欢这个聪明能干的中国小伙子，不仅人长得英俊出众，有着高高的额头和一头不驯服的黑头发。而且极其聪明，脸上始终布满了微笑，十分讨人喜欢。福西华将他当作自己的孩子看待，毫无保留地向洪金奇授课传授技术，还让他成为自己的一名助理。在福西华的学生中，无论是美国人还是中国人，他认为没有人能比得上洪金奇。在福西华眼里，他简直就是一个天生的医生。

洪金奇亦是懂得感恩的人，而且很善解人意，懂得如何做人。福西华在给家中亲人写信时，洪金奇恳求把他写给福西华母亲的信也捎带上，他在信中写道：

致恩师母亲大人，承蒙上帝慈悲，吾命本早当休矣，何能仍苟延残喘于世？这一切都感恩上帝，以及您的儿子福西华医生！

洪金奇在信中恳求福西华的母亲在祈祷时提起他，表示他对上帝心存感激，并记得他将是一个对福西华唯命是从的学生。对此，很让福西华感动，谦虚的福西华告诉母亲说："我配不上他的称赞，我相信是上帝假我之手挽救了他的性命。"

洪金奇头脑聪明，吃苦耐劳肯钻研。经过福西华医生的精心传授与培养，进步很快，学有所就，成为一名合格的西医。福西华欣慰之下，当起了热心红娘，把同事张筦卿牧师的女儿张友凤介绍给他为妻。后来又在福西华的鼎力资助下，洪金奇以自己的字"仲全"命名，创办了一家仲全诊所，尔后改为"仲全医院"，坐落于东门外遵道坊的中山路1149号。仲全医院主要是以门诊为主，也设有十几张住院床位，收治一些较重的病人。由于是以西药治疗，所以见效快，救治了许多病人。老百姓对西医非常信赖，许多人在病愈后，为感谢仲全医院的医生和医术，都给医院送了"起死回生""妙手回春"等牌匾。在邵武有良好的口碑，洪金奇也深受邵武百姓的尊敬。

1921年，粤军第二军军长许崇智率兵七万由江西经建宁到邵武，因士兵水土不服，各种疾病流行，仲全诊所全力以赴，治愈士兵无数，许崇智大为高兴，送给洪金奇格外的荣誉，聘任他为军队有头衔的一等军医。

后来洪金奇的长子洪玉山、次子洪玉定亦在名牌大学里学西医，学成后均子承父业。

福西华不仅善医善教，且很有经济头脑，雄心勃勃的他开始创办实业，在白渚桥一带由实业技师林查理创办农林试验场，并组织实业内利公司蓄植森林，以谋教会经费得到自足自立。

福西华从美国本土购买了一对黑白花色的奶牛喂养，这可是一桩新鲜事。这福西华有钱烧包，中国有的是牛，为何还要从万里之外的大洋彼岸买牛来喂养？光运费就不得了。

邵武东关民众只喂养过黄牛和水牛，别说从没有喂养过奶牛，这还是第一次看到奶牛长的样子。见这头从美国来的奶牛长得与中国的牛大不一样，体高庞然、个大壮实。牛的头部轮廓清晰，颈薄有褶皱，皮薄毛细短，皮下脂肪少，全身结构匀称，细致紧凑；后躯比前躯发达许多。

福西华笑眯眯地对围观的东关民众道："奶牛可是繁育成功的重点，

母牛好好一窝，公牛好好一坡。这种黑白花牛体型高大、产奶量高，每天可以挤 20 公斤的牛奶，而且性情温和、易于喂养，唯一的缺点就是它不耐热。"

福西华不远万里花重金买奶牛是有原因的，一者他在美国时的饮食习惯需要牛奶制品，他来到邵武后就吃不到了；二者在行医的过程中，他对邵武高得可怕的婴儿死亡率感到不安，他发现在大多数情况下，死亡的原因仅仅就是营养不良。母亲们自己已经是营养不良和贫血，奶水经常是清如米汤，而市面上根本没有牛奶这样的产品供应。大人常常是用嘴把食物咬烂，再送进婴儿的口中，这种原始的、不卫生的喂养，导致一半以上的婴儿因为消化不良在 1 岁左右就夭折了。

福西华为美国运来的奶牛专门盖了一座舒适的奶牛舍，地面是混凝土铺就的，四周装了木栅栏围坐，奶牛在里面只能面朝一个方向。尔后，他在当地牛市上买了 16 头本地母牛配种。接着福西华又在南门外买下了一片撂荒的稻田，种上了苜蓿（俗称"金花菜"，一种牧草）。他在心里喜滋滋地盘算着，不久的 10 年内，将会有成千上万的奶牛出现，不仅自己可以喝上香喷喷的牛奶，到时全东关的孩子、全邵武的孩子甚至全闽北的孩子们都可以喝上牛奶。

然而，天有不测风云，在购进奶牛的第三年，邵武突然发生了牛瘟，所造成的损失是相当惨重的。福西华的 36 头本地牛的牛群，只有 5 头母牛、2 头小母牛和 4 只牛犊活了下来。好在美国小母牛存活了下来。但同事警告他："风是雨的头，在中国养奶牛风险太大，小心血本无归。"

福西华觉得不可掉以轻心，他不惜花重金从美国请来奶牛专家，在防疫的同时采取了一系列改良措施，促进了牛群的繁殖，也促使养牛范围不断地扩大。牛栏区从邵武东市向南郊及城西发展。在东门三公桥附近办置奶牛场，养殖的奶牛达到 200 多头，雇佣人员达 20 余人，日产牛奶 600 多千克。福西华还根据文献记载，从瘟牛身上提取胆汁，用 1 比 1 的甘油稀释，给健康的牛注射，再注射少量瘟牛的血液，取得了很好的避瘟效果。到 1920 年，邵武饲养奶牛数量大大增加，由原来每户只饲养三五头，发展到每户饲养二三十头。如东关养牛户武水生、张威武等人养奶牛都达到 60 余头。

03　敖冬拉

传奇人物敖冬拉是"东关四杰"之一，由于他有一身不同寻常的水上硬功夫，在水下可以屏住呼吸潜水三分钟，而在深水中双脚踩水，上半身可以跃出水面达到肚脐眼的部位，如此高的技术水平，让所有人包括鱼鹰队长宋大龙都望尘莫及，所以东关人称他为"水神"。

敖冬拉的童年充满了无奈与辛酸，他2周岁还没满，父亲便撒手人寰。家中失去了顶梁柱与主心骨，敖冬拉和母亲还有3位姐姐孤苦无助，在寒风中飘摇挣扎。没过一年，母亲因思夫劳心，日久成疾，也离开了人世。无父无母的敖冬拉与3位姐姐从此便与孤苦、贫困、饥寒相伴。

生活再苦也得继续，懂事的大姐挑起了生活的重担，百般无奈的她只得带着年幼的弟弟，嫁到了穷乡僻壤、土地贫瘠的洋坑村。丈夫家在农村，也是一个穷苦人，原本就捉襟见肘的家中平添了一张吃饭的嘴巴，这让婆家的人一直没有好脸色给姐姐看，动不动就言道："毛毛雨，打湿衣裳；杯杯酒，吃垮家当。"指东瓜骂西瓜说姐姐带来一个累赘。小冬拉年纪虽小，但听得懂，也知道姐姐的难处，挨了打骂从来不吭一声。

敖冬拉9岁那年，他实在受不了姐夫家人的冷脸恶语，趁大姐下田干活时，偷偷从洋坑村跑出，沿着马路回到曾经生活过的地方东关，每天流浪于街头。饥寒交迫的他偶尔也有想回到大姐身边，但一想到姐夫经常瞪大眼珠子骂他："养你还不如养一条狗，养狗还懂得摇尾巴。"好言一句三冬暖，恶语伤人六月寒。口舌无刃，却丝毫不逊于利剑。百般辱骂比什么都难受，于是小冬拉便打消了这个念头。他宁愿在街头四处流浪乞讨，也不再踏进洋坑那个家门一步。衣衫褴褛、瘦骨嶙峋的小冬拉在东关乞讨时，遇到一个善心的李家人收留了他。懂事的小冬来想到在姐夫家受到的那种侮辱，便说："我不会白吃你的饭，我会干活。"

李家人觉得这孩子懂事难得，便笑着说："那好啊，我们家正好需要一个放牛帮手，你行吗？"

从此后小冬拉成为一个放牛娃，每天与牛为伴为友，自由自在，笑容慢慢回到了他脸上。他当然也没有想到自己将来能成为一个养牛能手，并且会拥有自己的一个牧牛场。

由于长期营养不良，敖冬拉长得又矮又瘦，是一个不起眼的小盐粒，但却也是一个人小胆大的主。放牛时他常遇到公牛打架，头对头、角对角地扭打在一起，场面十分吓人。所有的放牛娃们一看到牛打架，都躲得远远的，生怕被暴怒的公牛给踩踏伤害，但敖冬拉却是有一套办法，每遇到这种情况他便快速跑到附近菜地里，从蓄水池里拎上半桶水，顺道扯上一些地瓜藤之类的草藜。他一边在嘴里"吁吁吁"地吆喝着牛，一边把水朝发了疯似的牛头上浇了下去。说来这还十分管用，似乎是冷水这么一浇，牛便冷静了下来，尾巴一甩便分开了。小冬拉再顺势把地瓜藤塞进牛的嘴里，然后拽着其中的一头公牛的牛角，轻抚它们的额头，往有水的地方牵去。没想到那公牛还真听小冬拉的话，乖乖地跟着他往水边走去。

其实敖冬拉是人小用心，平时放牛时他发现牛采食是用舌将草卷入口中，以齿钳住，甩头用力扯断。因为没有上门齿，喜欢吃一些长草，低于5厘米的草地是很难吃饱，还会因"跑青"而过分消耗体力。玉米秆、番薯叶是它们最喜欢的。因此，他放牛时都是选择有干净自由水源附近的草地。茂密的草地能让牛儿们一口气吃饱，还经常给牛儿准备爱吃的稻草、玉米秸、芝麻秆、甘蔗秆和番薯藤等。久而久之，通人性的牛儿们都喜欢跟着小冬拉，跟他也特别亲近。小冬拉不仅让牛儿们吃饱吃好，还把牛棚里的牛粪清理得干干净净。每到夏天，他还会采很多艾草晒干为牛儿们做纯天然的蚊香。人们发现，小冬拉放的牛不仅毛发发亮、精神抖擞，还不容易生病。别看敖冬拉年纪小，但放牛很有一套，大家都争着请他帮忙去放牛。

有一次，一头健壮的公牛在村头的田间吃草，突然间发疯似的见牛就冲，见人就撞，拦也拦不住。附近有不少老人小孩在聊天闲玩，任其下去，很可能会发生人命危险。敖冬拉一见吃惊不小，他迅速找来一盒洋火（火柴），把附近的一个干草垛点燃，再找一块红布扔向没人的地方。那只公牛一见，便朝那块红布狂奔而去，避免了一场有可能发生的流血伤人事件。乡邻们夸奖敖冬拉来说："粒米煮不成粥，粒盐打得成汤。你就是小盐粒一颗，作用大着哩！"

牛是雇主的宝贝，是命根子，自然看得很重。放牛娃是一点儿马虎不得。稍微一餐喂不饱，主人都不会答应。农忙时节，白天牛都要下地干活，放牛只能利用天亮前或天黑后的这段时间。而偏偏牛在夜间9点至翌日4点是不进食的，所以必须在夜间9点前让牛儿吃饱。每天天还没亮，四周一片漆黑，睡眼蒙眬的敖冬拉就要独自一人赶着一群牛，深一脚浅一脚地踩在泥泞的田埂上去放牛。野外山边的墓地里有蓝莹莹的火球时大时小、时远时近地飘来飘去，像鬼火一般吓人。常言道：走夜道吹口哨——给自己壮胆。小冬拉也想吹哨给自己壮胆，但放牛是不能吹口哨的，会惊了牛。敖冬拉只能是紧紧牵着牛绳，贴着牛身壮胆，拉着牛儿往前赶。

最苦的是寒冬腊月，刺骨的寒风像利剑似的割着敖冬拉的脸，一双赤脚冻得发紫，踩在冰冷的草地和碎石上根本就没有什么知觉，走起路来深一脚浅一脚，根本就没有了知觉。只有牛儿们拉出热乎乎的牛粪时，敖冬拉连忙趁热把双脚踩入牛粪中暖暖脚。

冬天难过，夏天亦难熬。白天太阳炙烤不说，太阳落山之时凉爽了些，但傍晚田间的蚊虫便发疯似的，比骄阳还要恶毒上千倍。草地上或山坡上的花蚊子、小黑虫会堆集一米多高，成群地向牛和人攻击而来，走到哪里蚊虫就跟到哪里，一片嗡嗡作响，全身发痒的他只好在草地上打滚蹭痒，或跳进河里躲避蚊虫的攻击。由于从小就在河里的缘故，敖冬拉的水性极好，毫不夸张地说敢比鱼鹰队宋大龙，所以说他踩水时可以踩到肚脐眼露出水面，一点也不是夸张。在每年雨讯时，常有人不小心落入水中，屈指算去，敖冬拉在大溪河里救过有近10个人。

17岁那年，敖冬拉遇到了东关基督教牧师福西华，从此人生开始转运。当时福西华从美国购买了很多头阿尔夏奶牛，需要人手帮忙放牛与挤牛奶。他一下子就看中了敖冬拉放牛的本领，更看中他侠肝义胆、见义勇为的人品，便让他帮自己养牛。这不仅解决了敖冬拉的吃住问题，还能领上一份不错的工资。每个月有一块大洋，比当地雇主的工钱多了许多。

敖冬拉跟着福西华不仅学会怎样给奶牛合理搭配营养饲料，还学会如何给奶牛看病。3年后，他用攒下的工资买了4头奶牛，在父亲曾经在上河街附近开垦1亩多的空地上盖起了属于自己的牛圈，并在父亲留下的3亩田产里种下牛儿爱吃的玉米和甘蔗。他是一个有心人，用福西华那套养牛技术养奶牛、卖牛奶，还从福州买进优质公牛改良奶牛品种，提高牛群生育质量与产奶的数量。牛奶在当时可是稀罕的好东西，既能充饥，还能给许多营养不良的人治病。敖冬拉的勤奋与聪明才智有了收获，生活慢慢地有了起色。上河街一个小康人家的主人慧眼识人，他看勤劳的敖冬拉既能吃苦，又很有头脑，便主动提出把女儿黄凤娣嫁给他。这让敖冬拉听了惊喜不已，谁都知道黄凤娣可是东关的美人儿，长得漂亮可人，不少人家上门求婚都没答应，没想到看上了自己。他不由喜出望外地说："我上无片瓦，下无寸地，还外有欠债。目前唯独有这几头牛，我是拿不出聘礼来迎娶你的女儿。"

黄凤娣的父亲哈哈大笑道："我不需要你的聘礼，你的勤劳、本分与聪慧，就是你最好的聘金。"

结婚后在妻子的齐心合力下，敖冬拉的牛越养越好，头数也越来越多。他把养牛经验传授给两个小舅子和周边的邻居。他告诉大家："牛的采食三分之二在白天，三分之一在夜间。苜蓿草地不能放牧太长时间，否则会出现胃膨胀。奶牛进食后 2 小时需要饮干净的自由水源等喂养奶牛的本事。"在敖冬拉的帮助下，两个小舅子和周边的邻居们养的奶牛膘肥体壮，产奶量提升到每天达 15 千克。

有一次，敖冬拉到光泽查看大舅子的养牛情况，他发现有几头奶牛的口腔、鼻镜、蹄部及乳房处皮肤有水疱，有些奶牛还跛行、卧地、大量流涎水。他告诉大舅子把这些病牛得了口蹄疫，要把这些病牛进行隔离，病死的牛尸体要焚烧或无害化处理，对牛舍、用具、场地立马进行彻底消毒，14 天后不再出现新的病牛才可以解除封锁。在敖冬拉的指导下，大舅子的牛场才避免了一场浩劫。

周边邻居家的奶牛如果出现红鼻病、难产、无乳症、漏奶或发烧、流鼻涕、呼吸困难等，敖冬拉都会热心地帮助大家，教大家用黄芩、柴胡、甘草等中草药喂食奶牛，帮助邻居们治愈病牛。

1936 年，福西华发善心做好事，送了一些奶牛给顺昌基督教教会。可是顺昌基督教教会的人养牛技术不过关，送去的奶牛陆陆续续死去。敖冬拉得知后，赶紧筹了一大笔钱赶到顺昌把剩下存活的牛买下自己喂养。后来，邵武饲养的杂交奶牛，不仅发展到本县的乡区，还推广到建宁、顺昌、光泽以及江西的黎川等地。如建宁的游洪元、光泽的黄中华、洋口的官金土、黎川的李象汤等人，都分别从邵武购买杂交奶牛回去饲养山，开创了当地奶牛业发展的历史。

邵武自然条件独特，一方面耕地稀少，粮食生产相对有限；另一方面山林资源丰富，却未经开垦的荒山多。东关基督教认为发展山区林业的潜力大。所以，开创了一个基督教农林试验场，也以此协进了他们传教事业的发展。在农林试验场的基础上，组织实业内利公司，发动教友投资，得500股，计1000银圆。教会方面投资1500元，共计2500元，购建水摊3座，租水田70余亩；同时，以800元工程费在福山巢下建拦河水坝，用于灌溉、发电、照明、碾米、锯木、制粮等。一年多后，工程告竣时，不料一场大雨，山洪暴发，仅3小时便将新建的拦河坝冲毁，内利公司因资金告罄而垮台。但不管怎么说，福西华对邵武的贡献还是有史可证，为当时落后贫瘠的山区做出了一定的贡献与付出。之所以，东关人把爱德华·里德斯顿·布里斯称为"福西华"或者"福先生"，不仅仅是为了好叫好记，还有一份认可与感恩之心在其中。

夏天，赤日炎炎，酷热难耐。

福西华从邵武来到福州鼓岭避暑，遇见了身材娇小、一头秀发的梅·波兹小姐。她明眸皓齿、眉眼细长，是典型的西方美人。福西华对她一见钟情，难以忘怀。开始他不知道应该如何才能赢取波兹小姐的芳心，后来知道波兹小姐喜欢打网球，于是福西华租用了在波兹小姐别墅附近的一个山坡25年，将山坡整成了一块平地当网球场，这样他就可以天天来找波兹小姐打球，以便更好地培养两人之间的感情。

不久两人终于产生了相慕之情，1902年9月22日，福西华与波兹小姐的婚礼在福州鼓岭举行，证婚牧师是福西华在邵武东关教堂共事的好朋友加德纳的父亲。加德纳的母亲玛丽则用风琴为他们弹奏婚礼进行曲，并准备了自助式的婚宴。婚后两年，也就是1904年11月21日，福西华的女儿茹丝在邵武东关出生，以后相继又有了二女儿贝丝以及儿子小爱德华。福西华回到邵武东关教堂后，把自己的感受说与同事约瑟、多察理等几位传教士知晓，邀上他们又一次前往乌石村考察。大家看到乌石村的地理地形、大自然环境后，都喜不自胜，如同发现一个新大陆，便共同决定把乌石村选定为夏日避暑、休闲、传教的场所，将来成为像福州鼓岭一样的避暑胜地。

从 1907 年开始，福西华与其他几位传教士共同出资，在乌石村先后修建了 9 幢具有西式风格的别墅，其中还建有近 200 平方米的礼拜堂以及篮球场、牛奶场等众多的生活附属设施，周边种了许多葡萄藤、桃树、梨树等水果植物。每到夏天酷暑季节，福西华等传教士们都会带着家人来到这深山老林的乌石村避暑度夏，有时一住就是好几个月。他们对这里所有的一切都充满了热爱与敬畏。他们喜欢乌石村的大自然环境，喜爱闽北大山的安宁与美好。

福西华平时都在东关居住，但凡一有空闲时间，他总喜欢到邵武的山村乡野四处走动。热爱生活、热爱中国的福西华在日记中写道："在中国的邵武，青山无处不在，绿树无处不在。你有意抑或无意，前后左右都会邂逅青山、邂逅森林。我愿在此快乐度世，度过与世无争的一世。"

民国初期，邵武的山林植被还是呈原始状态，阔叶树保护得很好，尤其是县城内到处是高大的樟树。站在东关的城墙上，可以看到北山、南郊原始的林木。这得益于延续千年的本地风俗：但凡每一个村落，对临近村落的山地都要栽树，并严加保护。在公共林地乱砍树，被认为是破坏风水，要罚请戏班演戏数日，以安山神，若不依，必引起全村公愤。在私人林地偷砍，多是主人先祖的栖息地，更易发生争斗。每年的砍伐时间只有一次，一般在清明扫墓前后。在路上将枯树和小树枝砍倒，捡回当柴薪，所以处处林木茂盛。盖房、娶妻、看病、上学等大事用钱要砍树，也是间伐为主、砍针叶林为主。在邵武民间，父辈在孩子出生时，必上山植阔叶树百株，到孩子成年用于嫁娶之礼聘。阔叶林树木一多，吐出的氧气量就大，所以邵武城乡的空气十分清新。一次偶然的相遇，福西华喜欢上了一个叫"乌石村"的地方。在他看来，邵武的乌石村简直就是福州鼓岭的一个缩小版。

04　小鼓岭

福西华把邵武的乌石村称为福州的"小鼓岭"，此话有一定的道理。乌石村离邵武城区算不上十分偏远，只有20多千米，坐落在邵武第一高山（撒网山）谷地附近。站立在乌石村口的一块大岩石上，环视群山，远眺高峰，大有"山高人为峰，一望三万九千烟"之感。在此可见到邵武境内的3座最高大山——撒网山、莲花山、道峰山以及附近几十座千米以上的群山。遍观细览而去，雄峰耸立，白云悠悠。群山之间，小山仰大山，山山连斗柄；大峰连小峰，峰峰呈奇峻；前岭接后岭，岭岭有迂回；座座山峰巍峨俊秀、挺拔多姿，形态或似龙似虎，或像豹像猴，皆有鬼斧神工、栩栩如生之造化。这些大山属武夷山脉丹霞地貌，它们北邻江西，南瞰八闽，东朝大海，西接圣地，呈现一派风烟俱净、山水共色的大自然景象。山峰、树木、岩石、泉水……组成了闽北山区一个曲折多姿、梦幻绮丽的独特风情。

隐藏在青山绿水间的乌石村，由几个自然小村落环抱组成，主村乌石村所在的自然村叫"幸家磜"。紧贴着幸家磜村落的后山有数百米之高，从山下仰面向上望去，山壁陡峭，高耸入云。整个村庄则是傍山依形，借势而修建，看上去简直就是牢牢地吸附在悬崖峭壁之上的共同体。细心的福西华发现，整个村庄坐落在一个藏风聚气的山坳中，有着一种大隐之态。雄峻崇山的村头有几棵百年大树直透青云，一片郁郁葱葱、生机勃勃。

福西华走进乌石村，便感受到安静祥和一种亲切感。村口有一条健壮的、虎虎生威的大黑狗不动声色地蹲着，见了福西华这个陌生的高鼻梁洋人，它不吠影也不吠声，只是冷峻地目视着来者，从胸腔中发出闷雷般低沉的吼声，让人感到它有着豹子般的威严。

与闽北普遍的村庄相比，乌石村别是一种风格特貌。几十幢老式民房皆是顺着陡峻山势，坐北朝南，鳞次栉比，相互簇拥，呈阶层式的建盖，显得层次分明、错落有致。房屋建筑大都以木料砖土相结合的楼房为主，光线明亮，通风透气，颇有一些湘西大山楼阁的味道，但是显得更为坚固稳重。村庄正中铺有一条上下贯通的石板阶梯，宽一米多，石面光滑平整。这条石阶把村庄分成左右两部分，在有坡有低、井井有条的视觉中，让福西华感到别有一种回到美国家乡的亲切。气质优雅、风情万种的乌石村，一步有一步的风景，一程有一程的惊艳。它不仅仅是灵山秀水的典范，给人带来了身心愉悦的享受，而且把中西文化糅合在独特的韵致之中。身临其境，置身其中，你能充分体验到了时尚与传统的并存，繁华与宁静的共有。

乌石村虽然偏僻，人口却不少，百来户人家有近千人，但别无他姓，只有一个熊姓。喜欢中国人文地理文化的福西华兴趣浓厚，他不知村庄起名为"幸家磜"，问当地乡人也不得而知。他们说只晓得经过熊氏人家几代人的精心布局、积年累月，辛辛苦苦建成了幸家磜现在这个样子。幸家磜这个村庄虽小，但体现了中国古建筑风水的玄妙与独特，浓郁着天地自然、天人合一的精华，让人置身其中觉得有一种玄秘之感。福西华停留在村中，久久不舍离去。他对同伴赞叹道：这里是一处深藏在邵武的群山之中，不可多得的一种挂壁式民居。如此建筑古村落，定然藏有神奇的中国文化密码于其中。

福西华掩不住内心的好奇，独自一人爬上幸家磜村的后山，从高处往下细细察看，果然发现这个村庄前后左右，地势如龙，起伏有致，尽显奇、妙、佳之貌。包括附近拱卫着幸家磜的几个自然村，都布局得十分奇妙独特，它们互为倚重，曲径通幽，前后左右，虎踞龙盘，照应有加，有着令人不可思议的玄妙。

让福西华更为惊喜的是，草木茂盛、清凉宜人的乌石村，竟与福州鼓岭的海拔、气候、地貌、环境十分相像。鼓岭是位于福州宦溪镇的一个避暑胜地，1886 年由西方传教士开辟，距福州市中心约 13 千米，山高 800多米，夏日最高气温不超过 30℃。不少外国人为避暑，在鼓岭筑起由小方形石块盖的小洋房，每逢炎夏，他们乘坐由一前一后两人抬的竹轿椅沿着古石道登上 3000 余米路程来鼓岭避暑。

每当乌石村的夜晚来临之前，便充满了朦朦胧胧的诗意与神秘感，虽然没有电灯，但山中的美景让福西华们津津乐道、念念不忘。天上的浮云比山峰还要矮，山峦在层层云雾中显得迷离。而到了拂晓时分，那轮弯弯的月亮则躲到了千年大树后，还有曾觉得遥不可及的银河，向西边看去，似乎隔着几座山到了。福西华给美国的朋友写信说：

到邵一走，总能遇见不一样的风景。这里的每个角落都默默绽放着自然武的乡村走生态的色彩，这里的一切都是属于大自然生态的味道，这里的四季，是生态的四季、自然的四季。趁着年轻，你们到中国来，一起去乌石山村走一走，让山风吹散你的忧愁，让山色快乐你的人生……

美国的麻州新伯利港、中国的福州鼓岭、闽北的邵武东关，是福西华此生都难以忘怀的地方。后来，美国基督教波士顿总会还派遣了多察理、柏恒丽等十数人先后到邵武东关传教，开设了圣教医院、汉美中学、乐德女子中学及小学、幼稚园、农林试验场、奶牛场等。到 1925 年，已开设中学 2 所、完备高级小学 5 所、初级小学 15 所、幼稚园 2 所、神学院 1 所、妇女圣经学校 1 所，以及 10 余处医诊室。

在中国的岁月中，福西华的认知观发生了很多变化。他学会了谦虚，学会了理解。在他的家信中，对中国人他不再使用"异教徒"这样的字眼，他已经形成了对中国人的尊重，他首先必要将他们作为个人予以尊重。他为他们看病，为她们接生，有时也为他们送终，他的同情心一直在中国人民一边。在写给家人的信中，他说他对中国的关切超过对美国的关切。不是他没有爱国精神，而是因为他在中国生活和工作，他在那里看到了更多需要关切的问题。他希望中国的权利得到尊重，而不是西方人的权利，所以在第一次世界大战之后，他抗议将中国出卖给日本。在上海去南京的火车上，当他看见一个明显是受过教育的中国人被一个白人打耳光的时候恐惧了，他是为了羞耻而恐惧，为了播种的仇恨和预见到的仇恨而恐惧。他看见西方人的贪婪，完全背弃了基督的精神。既是传教士，又是医学博士的福西华后来在他的家乡麻州新伯利港安息，享年 95 岁。他弥留之际的最后一句话是："我热爱中国人民，热爱邵武东关与乌石村的民众们。"

第七章

01　隐秘的小溪村

墨汁般的夜。猴子山附近的小溪村。

小溪村离猴子山约3里地，东有扁岭峰，西有祥云峰，南有鹅岭峰，北有猴子峰。小溪村夏凉冬暖，花开四季。山上树木郁郁葱葱，风景优美。春时：山顶云雾缭绕，犹如仙境，若遇上好天气，可见壮观的山峰云海之景；夏时，山顶习习凉风，令人神清气爽，实在是一个难寻的避暑胜地，尤其是在瀑布林，树荫水涓，让人感到凉爽通体、一身的舒适惬意；秋时，星星点点的红叶，犹如一幅美丽的画卷；冬天来临，小溪村顶别有一番景象，满山的雾凇，泉边的冰凌，飞舞的雪花，言不尽的山野风光。

小溪村有一个地下党秘密交通站，是中共闽北特委所建。负责人关士华是邵武东关本地人，他高高瘦瘦的个子，长相普通很大众化，说话带一口浓重的邵武腔，是那种只看一眼不容易记住的人。其实不然，关士华貌不惊人，看似老土，但实际上是精明强干、外粗内秀。他不仅有一双敏锐的眼睛，观察事物细致准确，而且很有灵感，判断力极强。这天晚上，夜黑之时，明月将出，虫声四起，时高时低，时近时远，其声不一。关士华趁着暮色赶回村中，神不知鬼不觉。

小溪村是一个小村庄，十几户人家，老老少少总共只有30多人。村庄虽小，却是不显山不露水，所处的位置十分重要。村子面临大溪南岸，村后有一条杂草丛生的山路连接猴子山，翻过山便可直达闽北特委革命根据地。通过水路则可上溯光泽，下接顺昌、南平等地，村庄四周竹子丛生，有一大片的柑橘林，地形与交通都十分便利地下党活动。遇上紧急情况易于应急转移，是建立交通站的一个理想地点。偏僻之地，且山高林密、草深无径，极少有人到此。一行人在深山密林中前行，到处是荆棘丛生，根本摸不着方向。如若不是当地人，定然是寸步难行。毛竹林中有几间木屋，但见木房木窗木栏竹筒瓦，一丛丛青藤绕屋遮窗，甚是别致小巧恬静。

由于处在敌人的眼皮下，只要十几分钟，县城里的国民党顽军就可以越过旧桥赶到。所以在这里建站是一把双刃剑，有利有弊，艰危异常。闽北特委经过多次考虑后，把这一重担交给了关士华。他不仅对敌斗争经验丰富，而且对那一带的渔民、农民十分熟悉，有劳靠的人缘关系。关士华出生在东关外一个打鱼人家，很小的时候父亲因贫病交加去世，留下母亲孤身一人带着他，生活十分钟艰辛。16岁时关士华不得不离家到福州打工谋生。他是一个有抱负的小青年，不甘贫困潦倒，为了增加自己的学识，关士华白天劳作，夜里和工友一起到一所中学办的夜校读书。这所夜校是一所进步学校，经常有革命者和进步人士来讲演。关士华在这里受到了教育，接受了革命理论。1936年，关士华参加了进步的工会组织，后来又秘密加入了共产党。

去年初冬的一天正午，五六个国民党便衣不期而来，突然闯进了小溪村。他们似乎觉察到这里有什么地下活动，进村来搜索盘查可疑人。此时，村民们正为一位老人送葬，有吹唢呐的，有抬棺的，有放鞭炮的，一行人簇拥着往后山走去。关士华也不知是何情况。本来今天是与闽北特委约定好接头送情报的日子，他要留在村里等候特委情报员的。此时突见情况有些不对，出于慎重考虑，他立刻加入了送葬的队伍。村里的一位村民见之立刻配合，递上一支唢呐给他。恰好他穿一身黑衣，正是为老人抬棺的穿着打扮，很容易地躲过了便衣的盘查。从中可以看出，小溪村的村民们心照不宣地时时刻刻在保护关士华。

不久小溪村成立了党支部，从此，秘密交通站成为地下党的一个重要据点，传送秘密情报，执行闽北特委下达的敌后斗争工作。小溪村人特意在猴子山深处盖起了好些座草寮，专门供过往的游击队员和地下人员夜宿隐蔽和休息。

关士华是一个非常有能力的人，他在完成秘密交通站工作的同时，通过关系派人打入国民党基层组织，利用他们在国民党基层组织的合法身份，为过往的干部和地下工作人员办理"旅外证"和路条等。闽北特委机关派出的外出活动的不少干部，都是通过小溪村秘密交通站，利用敌人开具的证明条到白区去开展地下工作。

闽北独立师枪弹缺乏来源，大都是上造的枪械，其中以广东人埔造的质量较好，而且价格较便宜。组织上问关士华能否想办法弄一点武器来？关士华感到难度很大，虽然没有明确表态保证一定能搞得到，但随后还是立马行动了起来。他派人牵了自己的一头水牛和一头黄牛卖了，秘密买回了5支驳壳枪、6支曲九枪和420发子弹。过了两个月，他又通过同样的途径，购得曲九枪5支和400发子弹。这些枪弹、药品和军需物资，均由关士华一手策划转送，为保险起见，分水路与陆路分开运送。水路采用交通船秘密运输，陆路则由秘密交通员化装成小贩，以肩挑贩运为掩护，把物资秘密送到根据地。就这样，小溪村秘密交通站担负着敌后开展敌后斗争的军需供应，军事情报、物资枪弹和白区报刊等等，源源不断地从小溪村秘密交通站送至敌后开展武装斗争的根据地。

驻扎在邵武的国民党八十师中有几位和关士华相识的人，如营长王波、连长叶木青、上士班长许清和等。关士华便利用这些关系进行活动，和他们攀朋结友，关系十分密切。为此，关士华如鱼得水，可以随便进出八十师驻地和参谋部的人会友，经常和他们一起吃喝聊天，天南地北，无所不谈。国民党下级官兵是很穷的，有一个上士班长蔡尚文冬天没棉鞋穿，邵武山区很冷，关士华给他10元钱买鞋，他感激万分，什么话都对关士华讲。通过和这些人来往，可以听到许多内部消息和重要情报。如敌人要围攻二都桥，要攻打黄坑，要去光泽，关士华都能事先获得情报及时向闽北特委汇报，使闽北特委包括省委和游击队火速转移，敌人经常扑空。今年春节过后的一天，上士班长蔡尚文得知某日要去樟树源抓省委书记李冰，他把情报有意透露给关士华。关士华闻之色变，当即报告了省委，省委迅速转移到大池、敬上村一带。省委转移第二天，敌军便包围了樟树源，烧了房子，地下党员冯日全因为行动缓慢被杀。

有一次，敌营长王波告诉关士华，敌八十师要去黄坑"围剿"左丰美的部队，关士华当即把情报通过交通员转告了左丰美。结果敌军气势汹汹而去，垂头丧气而回。在出发前，敌军曾把行动计划通报了伪保长，要他配合行动。但是这名伪保长不听敌军指挥，敷衍塞责，敌军扑空后以为是他走漏风声，便杀了伪保长出气。

关士华还结识了不少敌八十师的汽车驾驶员，并与他们成了肝胆相照的兄弟。胆大心细的关士华经常通过他们运送地下党员、干部的南来北往以及省委领导到各地巡视工作等。有一次邵武地下党负责人张翼从江西带来5万元的经费，是省委活动急需要用的钱。怎么把钱交到省委手中去呢？张翼十分焦急，他别无办法，想来想去只有去找关士华。两人在秘密地点见了面，张翼对关士华说："省委急需钱用，可是，我怎么送去呢？我拎这么一大包的钱太危险了，很容易暴露。一旦出问题，人财两空。"

关士华胸有成竹地说："你不用着急，这任务我来完成。"

张翼听了缓了一口气，但还是有些不放心。关士华说到做到，他找到一个信得过的汽车驾驶员欧天理，请他带张翼去延平，欧天理二话不说便满口应承。为了感谢他，出发时张翼给他70元钱，以表谢意，他坚决不收。因为他实际上知道关士华、张翼是干什么的，他并不因为关士华是共产党而害怕，而是积极地支持他们的工作。有了国民党运输兵的掩护，张翼顺利地到达了延平，把钱安全地转移到省委手中。

天空乌云压顶、尘嚣滚滚而来。

国民党反动派下决心要摧毁闽北根据地，大动干戈，重新调集了10万重兵，从四面八方围向闽北革命根据地。其中，邵武被敌人视为重点地区，邵光独立团被列为务必全面剿灭名单。在此之下，邵武面临严峻的境地，革命形势日趋紧张。随即，各苏区相继被敌军占领，苏区人民遭受了一场空前的浩劫。面对敌人占据了绝对优势的兵力，邵光独立团转入艰苦的山地游击战争。

月上柳梢头，东关四周寂静，偶尔传来几声狗叫声。在地下党的秘密据点基督教堂附近的民房，中共邵武、光泽两县地下党联合召开了一次重要会议。参加会议的有邵武、光泽两县各区乡的负责人，还有邵光独立团连以上的指挥员。

在黯淡的灯光下，县苏维埃政府主席朱祥辉面色严峻地道："同志们，结合邵武眼下的情况，县委作出以下决定。第一，区、乡、村已公开了身份的干部，全部转入邵光独立团与邵武游击队，以免遭到敌人的迫害；身份尚未暴露的干部就地实行隐蔽斗争，乡村支部也转入秘密斗争状态，实行坚壁清野政策。第二，为了加强战斗力，打击敌人的有生力量，邵武县成立游击司令部，由县苏维埃主席兼任司令，县委书记兼任政委。各个区成立游击队，区苏维埃主席兼任队长，区委书记任政委，全部转入山地开展游击战争。"

闽北独立师师长黄立贵此时正好路过邵武，他列席了这次会议。他对与会的同志分析道：眼下的形势十分严峻，中央红军长征后，国民党第七十六师四五五团驻守在你们邵武，同时在邵武设立了福建省第九行政督察区和保安司令部。在此重兵压境之下，对整个闽北地区的革命斗争压力很大，尤其是对你们邵武压力更大。我希望大家要做好一切艰苦浴血的斗争准备，配合整个闽北的反"围剿"行动。

如所预计的那样，国民党对苏区采取点、线、围、堵相结合的堡垒政策，每隔三五里筑一碉堡，每隔10里到20里设一封锁线，把邵武革命根据地分割成无数小块，每一块都置于严密的封锁下，同时实行烧、杀、抢的"三光"政策，到处出现恐怖凄凉景象。国民党大肆搜捕共产党员和苏维埃干部。许多群众以共产党分子的家属或怀疑对象被捕，被施以拷打、绑吊、坐老虎凳等酷刑。共产党员全部被杀害。村庄变成了"抬头见碉堡，无村不戴孝"的恐怖乡村。国民党军队将三五户的小村庄群众全部驱赶到他们划定的封锁线内，以10人为一甲，实行保甲制度，粮、油、盐等生活必需品由地方反动政府按最低限度配给。如果超出规定的数量，就会被认为"通匪"遭到严刑拷打、坐牢、处死，实行"一人通匪，十户杀光"的联环保，同时在所有乡村要道设置关卡，盘查行人，采取搜剿、驻剿、堵剿等手段，妄图困死、饿死闽北独立师与邵光独立团。

琴对瑟，剑对刀，地迥对天高。在这险恶的局势面前，闽北独立师以及邵武的共产党组织、红军游击队转入深山开展艰苦的游击战争。1935年2月的一天，邵武红军游击队10多名战士在开展游击活动，被敌四五五团五连撞上。敌人紧追不放，红军游击队险些遇难。5天后，红军游击队

200 余人在水北乡高阳村的一个山头上，被国民党四五五团一营发现后，双方激战 6 小时，红军游击队死伤数十名，至关重要的是，在战斗中邵武苏维埃政府主席朱祥辉身负重伤被捕。

朱祥辉是邵武城郊乡付家墩人。在 1932 年 10 月，罗炳辉率中国工农红军第二十二军攻占邵武城，并成立邵光县革命委员会。朱祥辉平时就是一个坚定的革命拥护者，他毅然加入了革命队伍。1933 年初，在组建中共邵武县委、邵武县苏维埃政府时，他加入了中国共产党。不久，由于朱祥辉的杰出表现以及优秀的领导才能，他担任了县苏维埃政府主席，与县委、县苏维埃政府的其他同志一起，在邵、光、建、崇等边境深入发动群众，带领农民打土豪、分粮物，在二都、高岭等村进行土地改革，组建赤卫队、丝爆队、独立营以及儿童团、妇女宣传队、交通队等革命武装和群众组织，先后组织成立了 6 个区苏维埃政府，扩大红色区域。

1935 年 1 月间，李良荣的国民党第十三特训处与驻扎在建阳的冯克明、冯克昌带领的联甲兵几百人围剿邵武二都。朱祥辉携通讯员骆和尚、妻子邹雪清和不足 3 岁的女儿以及干部、战士撤离，隐蔽到附近的一个庵上过夜。第二天天还没亮，大部分人已陆续转移，可是朱祥辉在压后时被敌人包围，大腿中枪难以逃脱，随即被当地恶绅密告，致使全家 3 人都被捕。当天上午他们被押解下山，朱祥辉夫妻被分别关押在两间牢房里，当夜夫妻两人被提审受刑。但敌人的酷刑无法让朱祥辉开口，审讯一无所获。次日，朱祥辉作为共产党的重要人物被押解到建阳县监狱受审，国民党军警软硬兼施，妄图从朱祥辉身上得到重要线索，结果一次次都失败了。特训处头目熊田曜气急败坏，威胁道："再不交代便杀全家。"

朱祥辉毫不犹豫地回答："你们能杀我一家，却杀不了共产党人，人民总有一天要向你们讨还血债的！"

熊田曜恼羞成怒，命令手下在朱祥辉大腿伤口上洒盐水、辣椒，朱祥辉仍不肯屈服，怒睁双目，破口大骂。敌人便用破棉絮裹住朱祥辉全身，浇上煤油，点火焚烧，朱祥辉在熊熊烈火中英勇就义。

朱祥辉的牺牲，是邵武党组织的重大损失，也使得邵武游击斗争形势更加严峻，红军、游击队处在十分险恶的环境中。此时敌人又采取了"抽干塘水捉大鱼"的"三死"政策（困死红军、淡死红军、饿死红军），大搞"移民并村""计口售盐""联保切结"等一系列"围剿"措施，造成了人民群众同红军游击队的联系越来越困难。红军游击队的生活进入了难以想象的困境，既要对付敌人的重兵"围剿"，又要同饥饿、缺盐、寒冷和疫病做斗争。

面对山里革命同志严重的困境，邵武城内的地下党得知后，冒着生命危险想方设法为红军游击队送粮送盐。同时，红军游击队也化装成老百姓，深夜下山，偷渡敌人的封锁线，找基本群众购买粮食与食盐。但由于敌人守备太严，他们很难接近群众，时常空手而归，因而经常断粮，只能以野菜、野果充饥，苦叶菜、蕨粉、杜鹃花、水苋菜、生笋等都是经常食用的充饥品。不但如此，红军游击队白天不能冒烟生火，晚上不能生火见光，野菜充饥只能生吃。饥饿和疾病夺走了一些红军游击队战士的生命。而敌人的封锁没有一点放松的苗头，反而从江西增调国民党正规军一个整团的兵力，要坚决消灭闽北独立师以及邵光独立团。

绝境危崖，生命垂危。被困在大山的红军伤员不仅没有药品，战士们已经十几天没吃到一粒食盐了。黄立贵忧心忡忡，他对接任的邵武县委书记王文波说："无论如何，一定要想办法弄到一些药品与食盐，否则红军游击队的处境十分危险。"

王文波自是了解红军眼下的困境，作为当地的负责人，责任最大。他一时没回话，想了许久后，突然眼睛一亮，说道："看来在这种情况下，能解决问题完成这个任务的只有靠他们了。"

黄立贵一听，立问道："他们是谁？"

王文波目光灼灼，一字一板地道："东关鱼鹰队！"

02　鱼鹰队

东关猴子山下。张公庙石侧鱼鹰队队部。

邵武有民谚曰："十万旱天雷，风云起东关。"这句话说的是唐代一个忠烈人士张公。东关民众把张公庙叫作"忠烈祠"或"瘟王庙"。庙门口有两副对联，一副是："万丈风云变色，孤忠天地知心。"另一副对联是：

"忍心吸妻拒寇张巡明大义，沥胆捐躯守城叛逆尽瘟贼。"

庙里塑的张巡将军面色炭黑，两眼圆瞪，似驱鬼辟疫祛邪之神，赤发青面，吻出四牙，状其狞恶，但却有一股英武不屈的威严透出，让人肃然起敬。不知张公庙来历者，看了对联和张巡的形象很是不解，既然是正面人物，为何要塑得如此恐怖？这自然是有原因的。

张巡在唐开元末年（741）考中进士第三名，初任太子通事舍人，因不肯依附宰相杨国忠，被贬为知县，于天宝年间相继任清河、真源县令，为官清廉，境安邑宁，政绩卓著。天宝十四年（755）冬，安禄山、史思明兴兵作乱，攻城夺地，烧杀抢掠，民不聊生。而朝廷中奸臣当道，无能之辈把权，对安禄山叛乱束手无策，唐朝江山危在旦夕。至德二年（757）初，太守杨万石叛逆举郡投降，张巡愤气填膺，召集千余人誓师讨伐叛军。他与守城将领一道，抗击兵力数十倍于己的叛军，牵制住了十几万叛军，阻止叛军攻击东、南方向的企图。

至当年七月初，安禄山之子安庆绪命尹子奇率兵13万围攻睢阳（今河南商丘）。张巡转而驰援守睢阳。与贼兵进行殊死拼杀，死守睢阳。但由于兵力悬殊，寡不敌众，粮食吃光了，捕雀掘鼠，凡能吃的东西都吃尽了。守城军民一个个饿得面黄肌瘦，浑身无力。但援兵迟迟不来。张巡妻子李氏见守城军民没有吃的，与丫鬟一起拔剑刎颈而死，留下遗嘱，要丈夫将她的肉煮熟给军民充饥……

张巡悲痛之余，遵照遗言，瞒着众人将妻子与丫鬟身上的肉割下来，煮熟分发众人食之。众将士不知真情，靠人肉食后又坚守了数日。但援兵还是未至，最后剩张巡与睢阳太守许远等36人被捕，全部被叛军杀害。

叛乱平定后，唐肃宗皇帝封张巡为扬州大都督，后人建祠立庙敬奉张巡。时任江西饶州刺史的颜真卿，将张巡忠烈事迹传颂到江西，在鄱阳县建靖忠王庙，祭祀张巡，宣扬张巡英勇事迹。当时，邵武与江西同属江南东道，故不久张巡事迹也传到邵武，在城东建了一座忠烈祠纪念张巡。庙刚建好，正遇上泛大水，从上游漂流下的一棵合抱之木，长数丈，老百姓将木头锯裁成3段，请了能工巧匠雕了3尊菩萨，供在庙里。正中一尊是张巡，面色炭黑；左边一尊是睢阳太守许远；右边一尊是张巡之妻李氏。不久，有人请来秀才书写了上述两副对联，刻在庙门口和庙柱上。

东关民间都以张巡将军至死坚守，尽忠报国，义薄云天，堪称千古忠烈，对他敬仰有加，所以东关鱼鹰队的队部便设在张公庙。渔民们说："俺们这些渔人整天被太阳晒得唇里骨黑，风吹雨打水中泡，长得就像这张巡将军，不好看。但咱们也要像张将军一样，做人讲义气，为事守天道，忠肝义胆，义薄云天。"

张公庙平时少有人来，但甚为奇异的是，有很多不知道哪里聚来的猫，成群结队于此，庙里庙外到处是猫。有人说张公庙中张公的脸像猫，也有人说张公是天上的猫神，所以说张公庙的猫特别多。但是猫属阴，大多数人都不喜欢甚至十分忌讳。然而鱼鹰队都是些胆大之人，而且与整天与水打交道，盖因水与猫一样都属阴，他们根本就无所忌讳。

说来人们对于猫的看法是十分复杂矛盾的，比如说，有人认为"玄猫"（黑色的猫）如果养在家中，属朱雀位有阳气，是可以趋避邪物的。但也有人认为，猫阴气过重，有碍男人的气场。为此，猫到底属阴物还是阳物？有两种截然不同的观点。一派观点认为猫五行属于木，属阴物，拥有驱鬼的本领；而另一派认为，猫应当与老虎一样，属于阳物，五行属金，通过自身强大的煞气镇压鬼物。但无论是哪一派的观点，有一点是大家确认的，那就是家猫镇宅。

东关从来就是一个信奉神道仙家的地方，自古以来有许多得道成仙的故事流传于民间。关于猫的修行，东关民间传说是以 9 年为一周期，共 9 周期，即九九八十一年后成为得道的九尾猫，说每 9 年猫便会长出一条全新的尾巴。但另一种说法是以 20 年为周期，说猫每 20 年才能修出一条新尾巴，180 年才能修行得道。而当这只猫成了九尾猫后，它就达到了最高的修行水平。

朱半仙说："180 年不算长，比起九尾狐 900 年的修行周期，从年数上看，猫的修行之路比狐容易得多。但其实又并不是这么简单。大部分猫走上修行之路后，最终都停留在了八尾猫的状态，也就是大约 160 年的岁数。正常家猫的寿命一般是 14 年，八尾猫已经是正常猫 10 余倍的寿命了，160 岁的猫在猫族中，绝对算是非同凡响的存在了。人的寿命最长不过百年，根本就没人见过 160 多年的猫，而九尾猫就更没人见过。但是传说中猫第九条尾巴的修炼，可能是 200 年甚至 2000 年。反正谁也证明不了。"

朱半仙的说法依据是什么？书上没有记载。但有一点是肯定的，猫一生中能够记住的人，永远是第一个主人。在某种程度上说，猫的忠诚性并不比狗差，只是猫不善于表达情感罢了。而且大家都知道，岁数极大的老猫，最终都不会死在家里。家猫最终死在家里被视为不吉，所以猫在自己快过世的时候会主动离开家庭，去野外找到辞世的地方。一些老人会告诉你，真正聪明的猫是绝不会允许自己死在主人家里的，这并非是猫跑出去找过世的地方，而是它走出去踏上了修行的道路。所以说，如果有一天你自己家的老猫（超过 10 岁大约就可以算老猫了）忽然消失不见了，其实你不用太过伤心，因为很可能它是去修行了。

传说中九尾猫与天地同寿，被尊之为"祖猫"。比九尾狐的数量还少得多。为什么会如此稀少呢？有一个很古老的说法，传说八尾猫去向原本主人家后代报恩时，必须通过自己的法力满足主人家后代的一个愿望。而当愿望达成时，会长出一条新尾巴，不过这个愿望实现的代价之一，是这只猫还会自动消失一条尾巴。这或许才是猫为何难以完成最终修行的原因，因为天道法则给猫族制定了一个几乎不可能完成的规则。

朱半仙煞有其事地说："只有猫去找原本主人后代询问其愿望时，如果这个人说我的愿望是你能够成为九尾猫，或者说我的愿望就是你心中的愿望时，这只猫在这种福佑和祝福下，就会真正成为一只九尾猫。人不会放弃这种给自己许愿的机会，所以八尾猫们只能一次又一次去满足这些愿望，然后继续修行。"

朱半仙说得有板有眼，真像是那么一回事，让人听了直起鸡皮疙瘩，众人听了又敬又有些不信。朱半仙说："你们别不信！有时候你和你家的猫目光对视时，可能会看到某种说不清的情绪？因为这是猫在思考主人会不会有一天帮助自己实现修为呢？如果一只猫最终获得了九尾的正果，那这只猫与你灵魂之间的联系也不会终结。有可能某一天，它会出现在某一世你的身边，那可能是某个下午阳光下的一块草地边，有一只猫静静地走了过来，它在你身上蹭了蹭，然后盯着你看了一会，便默默地走开。"

众人听了又去请教甘草爷，甘草爷笑了笑说："朱半仙说的是一个美好的猫故事，猫的修为最终是必须得到人的祝福的，而人因为自己的私欲，往往第一时间想到的是自己。于是，有的猫等待了 200 年，而有的猫等待了上千年，只为了得到那一句祝福。而许多八尾猫最终都实在受不了等待的痛苦，主动放弃的修行，进入了轮回之道。"

闲话打住，回归正题。

常言道：一个葫芦两个瓢，百只河蚌两百壳。因为有了鱼鹰队的人强马壮，阳气冲斗牛，原本野猪敢窜到东关与家猪配种，如今霸气阳气浓郁，别说野猪不敢来，连大刀会进城也不敢到东关来骚扰。为啥？鱼鹰队都是典型的东关人性格，人雄血旺，一个人顶俩，两个顶四，肝胆相照，义薄云天。你中有我，我中有他。鱼鹰队百米条汉子，个个都是铮铮汉子。而鱼鹰队的首领便是大名鼎鼎的宋大龙，他是排在何逸夫、甘草爷之后的东关第三位英雄豪杰。谁也都敬他三分，不敢无事生非。

宋大龙能被众人拥戴为鱼鹰队的队长，当然是因为他的为人。肝胆义气的他豪爽耿直，敢爱敢恨，路见不平第一个站出来拔刀相助的定然是他。除却他人气威望等诸多优点之外，作为一个水中讨营生的人，水性自然也是极好，他能在水里一口气潜上 3 分钟，与东关的敖冬拉不差上下，所以人们称敖冬拉为"水神"，称他为"水鬼"。

宋大龙近四十岁了，至今也没成家。不是没女人喜欢他，他长得五官端正，剑眉豹眼，体形绝对地一流，上身的腰板旱倒三角形，肌肉发达，一使劲那腱子肉就像小兔子般蹦蹦跳跳，怎么说让女人看了都喜爱在心。但是，每有人好心替他物色女子时，都被他以各种理由一口拒绝。时间久了，众人明白宋大龙在心里还恋着那个叫小梅的女子。

小梅是宋大龙的未婚妻，长得秀美丽容，身材苗条、眼儿清纯，她是东关鱼鹰队赵叔的独生女。十五岁那一年，邵武发百年未遇的大水，赵叔为救人不幸被山洪冲进旋涡，在大水中送了性命。小梅的母亲与父亲感情笃厚，夫妻恩爱。赵叔走后，小梅的母亲整日以泪洗面，若不是因为小梅，也想投水追随丈夫而去，继而病体违和，形如槁木。一个月后小梅的母亲让女儿把宋大龙请来，同时还请来甘草爷。小梅的母亲流泪对宋大龙泣道："我知道你与小梅两小无猜，你是一个行得正的年轻人，家中也无大人，所以特意请来甘草爷作个见证。我看来是要去找小梅爹了，今后小梅就托付给你了。将来到了婚娶之时，你可不要嫌弃于她……"

宋大龙一听，连忙阻止道："婶子可别这么说，你会好起来的！就是你瘫在床上，小梅有我们鱼鹰队就不会让她受一点委屈。"

甘草爷有阅历经验，知道小梅的母亲已在交代后事了，但还是宽慰道："妹子你就安心养病吧，别想太多了。"

小梅的母亲泣道："谢谢甘草爷今天做见证人，大龙好像今年是二十六岁吧？小梅今年十五岁，大十一岁不算多。三年过后请长辈做个证婚人。我与她爹在九泉之下也就安心了。"见甘草爷轻轻地点了点头。小梅的母亲嘴角边露出了一丝微笑。

听到了母亲的言语，小梅哭道："父亲走了，你也要不管女儿啊……"

略久，甘草爷在旁叹了一口气道："莫悲了，你母亲心事已了，她已走了！"

小梅大惊，抹着泪上前一看，母亲果然已没了气息。不由号啕大哭起来……

第二年，甘草爷准备在冬至把小梅与宋大龙两个人的婚事给操办了，也了却自己答应小梅母亲的事，但没想到因为预料不到的事给彻底地搅黄了。这叫作祸起萧墙，一场飞来的横祸打散了一般对有情人。

邵武西门有个姓丁的大户人家，富足十县，家财万贯，家中只有一个十一岁的儿子。有一次闲来无事，他见一个外来的算命先生路过，便请他来家测算。管家说："老爷何必骑着马找马？东关的朱半仙灵的很，要算找他算便可。"

丁财主说："正是因为如此，我就要找另一个算一算。俗话说，山外有山，人外有人，高人在人间。"

谁知道那算命先生一见丁财主，上下把他打量了一番后，当即脸色大变，言语不得，死活不肯算命就要走人。丁财主也是一个见过世面的人，见此心中大惊，连忙叫人拿出 30 块大洋奉上，求道："君子问祸不问福，我有什么不测但请言之，我决不会怪你半个字。"

算命先生见了一堆白花花的大洋，不由心动，言道："你先屏退一应人等。"待人走后才言道："不是你有什么不测，而是你府上的公子有不测。"

丁财主惊恐失色，问言："我家儿子有何不测？"

算命先生道："你儿子在百日之内有刀光之灾！"

丁财主听了有些发火道："此言差矣，我儿子今年还是孩童之年，更从不与人相斗动狠，怎会有刀光之灾？"

算命先生神色异常道："非我胡言乱语，这是运数所说。"

丁财主是一个极信迷信之人，便问有何避灾之法？见算命先生支支吾吾不肯说，便叫人又送进 30 块大洋，言道："这作为泄漏天机之补偿，先生怜悯我儿性命则个为是，常言道救人一命，胜造七级浮屠。我上天也不会怪罪于你。"

算命先生道："罢了！我也顾不上许多了。"说着让丁财主附耳过来，悄声言道："你可寻一处离府宅足有三里远的旧房，悄悄把你家公子安置在内，等过 30 天后方可回家。"

丁财主送走了算命先生，心绪在信与不信之间。踌躇不决之下，他便去拜访了东关的朱半仙，想听听他的意见。因为与算命的是同道中人，初时朱半仙不肯参与其中，但经不起丁财主的再三请求才答应下来。朱半仙听完了他的陈述后，再细察看丁财主的面相，不由心中大惊，脸色铁青地只说了一句话："宁信其有，不信其无。"

丁财主这才心慌不止，他与鱼鹰队的宋大龙有过结交，知道宋大龙为人肝胆过人讲义气。于是求他帮忙避灾，酬劳优厚。宋大龙答应下来，找了东关外一个久无人住的二层楼木板房。把丁财主儿子藏在阁楼上，每日里宋大龙形影不离地守着，不让他外出一步。转眼间一个月已经过去了 29 天，宋大龙舒了一口气，明天便可结束交差。

闷热的中午，乌云压城，昼如夜黑。惊雷"轰隆隆"地炸响，震得人有些心惊，少顷，瓢泼大雨倾泻而下。夏雨挟雷带闪、携风起势、滂沱而下，噼噼啪啪、哗哗作响，让人感到是一种发作，是一种发怒。时值盛夏秋老虎节气，见天热难挨，雨停后宋大龙上街买了一个大西瓜解暑。这位公子说楼上太热，"蹬蹬蹬"下了楼，说到楼下吃凉爽些。宋大龙想想也是，便抱了大西瓜又下楼梯，谁料那西瓜圆滑，下楼梯时滑了一下，他连忙抱紧，却又万万没有想到手上的刀脱落丢了下来，不偏不倚正好落到了公子的头上。那刀正是一把锋利的杀猪刀，利刃插在了公子头顶的软门上，当场血溅四处，一命呜呼！宋大龙见之大惊失色，魂飞魄散，一句话也说不出来。

事发后，丁财主亦是如雷击顶，他万万没有想到是这样一个结局？送儿子上西天的竟然是自己派去保护他的人？从某种意义上说是自己杀了他，当即恼羞成怒，吩咐手下把宋大龙给捆了要送官严办。杀人偿命他要宋大龙给儿子陪葬，才能出这口恶气！

小梅闻讯宋大龙失手杀人，惹下了弥天大祸，当下惊恐失色，胆破心惊，上丁财主家求情，泣道："事出有因，祸起萧墙。恳请手下留情，我愿意给丁家做牛做马当丫鬟。"

却说这丁财主是一个色鬼，早对小梅的美色有所垂涎，但也知她是宋大龙的未婚妻，不敢造次。此时听了她的话心中有了想法，作出无动于衷的样子言道："我家丫鬟多得是，我要的是给儿子一个公道，杀人偿命，天经地义。"

小梅跪地百般求饶，丁财主就是不肯。临到小梅失望而去时，丁财主说了一句："莫若你嫁入丁家为妾，替我生个儿子传宗接代，我便向官府求情饶了宋大龙，不打这场官司。"

小梅闻言浑身一颤，止步停了下来，略久，回过头来言道："你此话当真？"

丁财主知道有戏，心中一阵狂喜，起身拍案道："我丁某人一言九鼎，绝不食言！但你可应允？"

小梅神情决然道："只要你放了宋大龙，我便嫁入丁家为妾，绝无些许的怨言。"

丁财主道："你什么时候嫁？我什么时候放人。"

小梅道："我今天就不走人，嫁给你家！"

丁财主大喜："好！！择日不如撞日，我红白喜事一起办！"

这天晚上，丁家的热闹欢庆声突然变成了惊恐声，准备闹洞房的人发现小梅一条白绫布上梁，在新房内自尽而亡。在案头上有小梅留下的一封短信，是给宋大龙的。信中道："大龙，我已替你还命！小梅我生是宋家的人，死是宋家的鬼。"

再说宋大龙回到东关家中，心情沉重，人感到昏昏晕晕的，倒头便睡。醒来后他得知了一切，半晌说不出话，许久，他感到嘴里腥味一涌，吐出了几大口猩红的血。他拿上一把尖刃的杀猪刀，要找丁财主拼命，但被甘草爷、朱半仙死死拦住不让，并让人形影不离地守在他身边。宋大龙挣脱不得，冷静下来后只得仰天长叹一声作罢。次日，他上丁家把小梅接了回来，埋在了她娘身边，也埋在自己的心灵深处。宋大龙在心中暗誓：从此以后，他终身不娶。

宋大龙生来胆子大，天不怕地不怕，上山敢擒虎，下水敢斗龙。从来不信世间有什么鬼神之说，但自从有了那次刻骨铭心的亲身经历后，他开始相信天地之间有神灵，冥冥之中有命运，万事都有因果渊源。就像朱半仙所说说的那样："因为有了因为，所以才会所以。"

都说东关神秘莫测，总会有一些稀奇古怪的事，而且让人无法解释的事发生。其实在宋大龙身上发生的奇怪事还不止一件。

宋大龙家中置有一个半人高、直径一米的大瓦鱼缸，每抓到稀罕或好看的鱼他便舍不得卖，要在水缸里养着。一个晚上，正睡着了的宋大龙听到外屋有动静，他便打着煤油灯去看个究竟。不看犹可，一看吓了一大跳，只见有一只毛茸茸近两尺多长的动物在水缸中挣扎。那动物不是狗也不是猫。宋大龙胆大心细，见怪不怪。他掌灯近前认真一看，原来是一只前来偷吃鱼的小野狐不小心掉进了缸里，怎么爬也爬不上来了。宋大龙心想，难怪鱼缸里不明就里地少了几条鱼，原来是这野狐给偷吃了。他想着不禁有些恼火，就想弄死这只狐狸。正欲动手时，灯光下他忽然看到狐狸的眼里满是惊恐，似乎还有眼泪水溢出。尤其是它发出"呱呱"的哀鸣声，让他听了浑身直起鸡皮疙瘩。他顿时心软了下了，最终他还是放了这只小野狐。

在半个月后的一天凌晨，连续下了一夜的大暴雨终于也停了下来。正在熟睡中的他迷迷糊糊，突然被门外一种急促的抓挠声和"呱呱"的叫声吵醒。他竖耳听去，似乎是先前他放走的那只小狐狸的声音，这声音太让他刻骨铭心了，就起身下床打开房门，一看果然是那只小野狐。此时它正焦躁不安地仰脸望着他，并一次次地就地朝他兜圈子，其神情就像一个有急事又说不出话的哑巴。他心想可能是这小狐狸在大雨中没找到猎物，饿急了前来向他求援。可是，就在他想转身去取吃的东西给它时，那只小狐狸忽然上前咬住了他的裤腿，尔后拼命地往外扒拉。他觉得奇怪，便随着小狐狸的拉扯来到院子里，就在这时，紧靠着房子的后山瞬间震塌，房子全部被深埋在了泥石流之中。

宋大龙见状大惊，愣在了原地许久说不出话来。那只小狐狸眨巴着眼睛，又围着他转了3圈，"呱呱"地叫了几声后一溜烟跑了。宋大龙恍然大悟，原来这只被他放生的小狐狸是前来救他的命哩。宋大龙想想后怕不已，当下朝小狐狸消失的方向连拜了三拜。

东关百姓历来多相信狐神狐仙一说，有谚曰："无狐魅，不成村。"还说化为人的狐一般有四姓，姓白、康、胡、黄，按修炼年数不同来改变姓氏，其中以"白"姓等级最高。狐仙可幻化为美男美女，颠倒众生，据说每条尾巴都有不一样的法力。《吕氏春秋》曾记载治水的大禹到涂山时，遇见一只九尾白狐，后来化身为女孩，名叫女娇，并嫁给大禹。夏舜时代的妹喜相传是九尾狐化身的，商纣王时的妲己传说也是九尾狐的化身。

后来宋大龙把这个故事说与众人听，有人信，有人不信。信的人说动物报恩的事并不稀罕，历来有之。不信的人说哪有这回事，不过是宋大龙编故事罢了。也有人半信半疑，说你家后山塌了是有这么回事，至于有没有什么小野狐却不知道。但以宋大龙这么一个为人做事十分严谨的实诚汉子而言，绝大多数人都相信是真有此事，而且东关临河傍溪，按照老人的说法，稀奇古怪的事必然也就多。

大溪丰富无私，慷慨地养育着沿溪两岸的人们。河里的鱼种类很多，从鲫鱼、鳜鱼、白鳡鱼、龙桂、鳗鱼等以及十几斤重的鲶鱼都有。东关的渔民有百余户人家，他们从祖辈起就靠捕鱼为生计。东关人土话把捕鱼称为"打鱼"，他们也都是土生土长的东关人。他们为人处世讲义气，肝胆相照，很是团结一心。早在清末民国初期，东关的渔民们就组成了鱼鹰队，分为鱼鹰捕鱼与撒网捕鱼两支队伍。其中一大部分人以鱼鹰捕鱼为主，一小部分以撒网捕鱼为主。一年四季他们亦耕亦渔，春秋夏三季打鱼，每一年冬至后便封鱼打猎种地，只留一些撒网捕鱼的人。

前一段时间，邵武地下党组织群众冒着生命危险，千方百计支援红军游击队。他们将按口计给非常有限的粮食和食盐一点一滴节省下来，支援红军游击队，将这些粮食、食盐包在布里，乘夜深人静时放到据点外的联络点，让红军、游击队战士去取；有的趁出工外出时，把粮食、食盐装在竹筒里当扁担，骗过敌人的岗哨，送给了红军游击队。在此期间，也有一些许多群众为游击队送粮送盐，被敌人发现被捕，惨遭毒打，甚至壮烈牺牲。风声鹤唳，寸步难行，大山里的红军队伍断粮缺药，陷入极度的困境之中。

乌云压顶，大山灰蒙。

在横风斜雨的一天黑夜，中共邵武地下党县委书记王文波带着一名警卫员悄然进城，来到东关的宋大龙家。向他说明了山中红军游击队的绝境困难，要他想尽办法，无论多大的危险，也要救红军走出生死这一关。宋大龙听了心惊情急，当即表示："没想到红军队伍遭到如此困难的境地？不过你放心！鱼鹰队哪怕上刀山下火海，也要拼死一救。"

第二天正是农历四月十八，是北极紫微大帝的生日。东关民众极为尊崇紫微大帝，他是执掌天经地纬，以率日月星辰和山川诸神及四时节气等自然现象，能呼风唤雨，役使雷电鬼神。北极即北极星，如那高悬的明灯一般，为众神和众生指引着方向。每到这一天，东关民众都会举行隆重的庆生活动，东关的鱼鹰队要沿河投放小鱼苗，这已形成了众所周知的惯例了。

在前一天晚上，宋大龙就联系了甘草爷、敖冬拉等人秘密议事，决定利用这一天运送进山物品，随后众人分头联系了基督教堂、福州会馆、广东会馆、闽清会馆、兴化会馆等各帮派中的正义人士，筹集药品、盐巴、粮食等物资，准备与鱼鹰队一起联合行动，尽一切可能把红军所需的物品送进山。由鱼鹰队派出精锐人员，将物资用大芭蕉叶包装好附在竹排底下，运到水口寨后秘密输送上山。在昏暗的灯光下，县委书记王文波与众人商定后，稍为松了一口气。令他尤其高兴欣慰的是，福州帮主游东哥与东关基督教堂所属的教会医院送来了阿司匹林、奎宁等稀缺宝贵的药品，这些药品将挽救多少红军伤员的生命。

让王文波感动不已还有一个人，他叫张庆祥，是东关颇有经济实力的百货商店老板。他不仅捐助了药品和盐巴，还把珍藏了多年足足有五斤重的东北人参捐献给红军。他要王文波转告红军伤员，不要舍不得吃，人最重要！吃了他的人参能很快地恢复元气。

这张庆祥原先是一个极贫人家出身，小时候家中家徒四壁，吃了上顿没下顿。他在四五岁就跟着人称张货郎的父亲屁股后面做生意。他五岁时就会打算盘，十分聪明能干，街坊们都说这孩子将来大有出息。1917 年的冬天，每天早出晚归的张货郎因长年劳累病逝。年仅 7 岁的张庆祥与勤俭善良的母亲共同担起艰辛的生活。一有时间，小不点的他便摇着父亲留下的拨浪鼓，带上一些糖果、针线布头到街头换鸡鸭毛和其他皮革铜铁，小小年纪便成为东关的一个能干的小生意郎，让人看了又爱又心生怜悯，实在是一个让人心疼的好孩子。在小张庆祥的眼中什么都可以做成生意，肥皂、布鞋、布头等小物件都是换取柴米油盐的宝贝，虽然都是些蝇头小利，但给家中解决了吃饭的大困难。邻居们见了常会对自己的孩子教育道："你们要是有上河巷的小庆祥一半半，我们就欣慰了。"

小庆祥不仅勤劳，而且很懂得为人处世的道理。他把父亲生前说的一些生意规矩，字字句句牢记于心上。比如："秤平斗满不亏人，做人做生意要比别人多看半步。多行善、和生祥、脚踏实地，忠厚方能长远。"这些警句名言。甚至包括货担不要放在别人家的大门口，要放在侧门；不在别人家窗口和人群中吆喝。

一晃七年过去了，小庆祥不仅维持了家中的生计，解决了一家人的温饱问题，而且攒下了一点生意小本钱。14 岁那年，他开始独立经营起一个小百货商铺。他以心换心，人缘极好，顾客赊账，他从不拒绝。他深信人情能累积财富，人聚财聚，人散财散。小商铺在他的精心经营下日渐兴旺。如此数年后，小商铺扩展为一家颇有实力的商家，少年庆祥已经成了一个东关人人皆知的商界青年俊材。

张庆祥是一个有心人，他一有时间便会到热闹的东关码头四处走动，与船夫、搬运工们聊天。在闲聊中他详细记下码头每天装卸的货物数量、品种等事项。从中他发现东关码头可谓上商机处处，满眼都是市场。他果断地把商铺搬到了码头路口，果然如他预测的一样，充沛丰富的人流物流，包括来来往往的商业消息，让他店铺的生意越来越红火。几年下来，财富累积越来越多，经营的品种也越来越多，商品货物也销售得越来越远。大米、笋干、香菇、红菇、木头、木炭等源源不断配送到福州、外省，包括香港等地。而从福州、香港采购各种款式新颖的日用百货、洋布源源不断运到邵武东关码头。常常是货一到，就被光泽、泰宁、黎川等地的进货商抢购一空。年纪轻轻的张庆祥，逐渐把自己的百货商铺经营成为邵武周边县的日用商品中转站。

有一位在福州经商的新加坡黎老板到邵武采购棉麻夏布，一眼便相中睿智从容、善良俭朴张庆祥。经过悄悄地观察考验，相信自己不会看错人，他把才貌兼备的女儿黎三妹嫁给了张庆祥。张庆祥有了岳父和妻子的鼎力相助，强强联合，如虎添翼，生意如日中天，愈加兴旺发达，还购买了不少田产与商铺。

张庆祥的生意经与众不同，他有一套出六进四的思维：挣来的钱要拿出6份投资，其中2份要投资在顾客和生意伙伴上，人心的回馈要舍得投资。剩下的4份留作备用金。一些商户和居民生活窘迫，不仅免收了他们的借款，还经常资助他们。东关民众赞他对自己节俭、对别人慷慨，对朋友讲义气。还有一件事足可见张庆祥的人品，东关下河街有一位姓薛的货郎，快三十岁了还是一个单身汉。有一次下乡卖货遭了劫，本就是做小本生意的人，全部的家当都一挑子上。货郎当不成，他只好帮人打零工，但有一天没一天的，日子过得极狼狈。薛货郎人窘迫，但下得一手好象棋，没工打的时候便在巷子口上摆地摊擂台。他也不定赌注多少大小，若他输了给对方打一天工，不取分文；若他赢了由对方随意给，不计较多少。这薛货郎人固穷，但不食嗟来之食。而且他的棋风很好，行云流水、电闪雷鸣，落子无悔，干脆利落。

张庆祥也是东关一个下象棋的好手，他时不时有空也与薛货郎对弈。他们二人若论棋艺的话，毫无疑问张庆祥要高出薛货郎一筹。但奇怪的是张庆祥总是输多赢少，几乎是薛货郎的手下败将。虽然下棋前二人没定赌注多少？但每一次张庆祥输了都很大方，一出手就是一到两块大洋。日久以后，张庆祥的好友问："你的棋艺一点不输那薛货郎，可以说还高他一分，何以会十赌九输？"

张庆祥笑了笑说："输赢乃兵家常事，我输多赢少，乃是临场发挥不好。"

好友说："我看你是有意的吧？既如此，你明施舍一点助他，也让他感恩于你。"

张庆祥说："既被你看破，不妨实话实说，那薛货郎心高气傲，不肯白受人恩典，只能采取这种方式。再说助人为乐又岂要人感恩？"

张庆祥的行事风格受到东关民众的心底暗赞，他的后辈们耳闻目睹，也继承了他的风格。后来在建国初期，战火方熄，百废待兴。他率先把自己努力一生的积蓄以及布匹，店面，再加 3600 大洋全部投资到公私合营企业。而他从东关最大的布匹销售商屈身为百货公司的一名营业员。他在普通的岗位上继续勤行、勤勉、勤奋、勤俭、勤恳，任劳任怨干到退休，1980 年因病离世，享年 70 岁。张庆祥的长孙张辉在惊叹祖父的智慧与勤奋的同时，常常用祖父创业的艰辛来教育子女。他也继承了祖父的吃苦耐劳、善良用心、注意细节、审时度势，捕捉大手笔；善于从细节中发现商机，认定商机迅速出手，颇有当年张庆祥的遗风。此乃后话，在此不言。

却说此时王文波起身向众人深深地鞠了一躬，抱拳施礼道："大难当前，感谢诸位前来赴会，你们是肝胆相照的朋友，红军将士永远记得朋友的雪中送炭、患难之交。有待来日，一定回报。"

闽北独立师、邵光独立团得到鱼鹰队送来的药品与盐巴等物资，渡过难关，坚持在深山老林里，很快地恢复了战斗力。一个月后以深山密林为根据地，他们先后主动向驻守在高阳、龙斗、漠口等地的敌人出击。消灭了敌人 600 余人，缴获了大量的武器弹药，不仅狠狠地打击了敌人的气焰，同时还扩充了队伍，战斗力大为加强。

3 个月后，在风雨齐猛、暴雨如骤的一天晚上，黄立贵率领的闽北独立师悄然无声地来到邵武猴子山下，打击了邵武反动势力的嚣张气焰。敌人得知独立师出山攻打邵武，立即派国民党七十六师四五五团前来阻击增援。双方在猴子山附近展开激战战斗，独立师与邵光独立团消灭了国民党四五五团 700 多人以及地方民团 500 多人，又一次缴获了大量武器弹药，敌人大溃而逃。此后，敌人原本以为闽北独立师奄奄一息，没料到竟然如此壮大、所向披靡，先后击溃了邵武国民党军队的多次进攻，消灭了他们的有生力量，并且在东关猴子山一带驻扎了下来。

闽北独立师驻扎猴子山后，队伍扩充到 4000 余人，弹药充足、人强马壮。黄立贵师长深思熟虑后采取了新的策略，即武装打击，政治瓦解，打土豪改为筹款。为了教育和争取可以争取的力量，对大刀会、九仙会既往不咎，对会徒的家属一视同仁。红军的宽大政策，使这一带的大刀会、九仙会大多数会众不再与红军为敌，反而与红军结为暗中的盟友，有的还给红军站岗放哨、通风报信，甚至有的会众还积极配合红军作战。邵武的斗争形势迅速好转。

这时在二都大山休整的邵光独立团的近千名战士，也回到猴子山与闽北独立师再次会合。两支队伍会合后，力量更为强大。黄立贵师长决定：配上一支有战斗力的机动武装，利用邵武、顺昌、建阳三县交界复杂的地理环境，采取机动灵活的战略战术，将这片地区开辟成敌后根据地，与老根据地成掎角之势，对抗国民党对苏区的"清剿"力量。

随后，闽北特委与独立师在猴子山成立中共邵顺建中心县委，由刘新友任书记，统一领导这一地区的斗争，巩固已经取得的成果。同时发动群众，打击反动民团、大刀会，开辟新游击区。红军队伍所到之处，坚决打击消灭反动民团，争取和瓦解大刀会、九仙会，很快打开了局面，从而取得了游击战争的主动权。而邵武东关外的猴子山由于是闽北特委、闽北独立师的所在地，所有的指挥作战命令都在这里发出。

03 徐莲娇

随着中共闽赣省委的建立，分设的 4 个分区委和军分区相继建立，二分区委（即闽中分区委，亦称"邵武特委"）于同年 8 月在邵武成立。受福建省委派遣，年轻能干的徐莲娇任邵武特委妇女和青年部长。

徐莲娇是一个女知识分子，才 25 岁，但参加革命已经有 6 年了。她长相清秀，身材苗条，不知道的人以为她是城市来的大户人家的闺秀，其实她是本地土生土长的姑娘，父亲是东关一家布店的老板。徐莲娇 13 岁就到省城福州叔叔家寄读，从中学一直到大学毕业，很少回家在邵武露面，所以大家都以为她是外地人。徐莲娇上大学时接触了中共地下党，并加入了党组织。在一次学运中她暴露了身份，被省委派到闽北工作，离开了福州。这次她奉黄道、李冰扩军之命，与独立师三营营长李福汉率两个排从邵武东关外出发，到下王塘、沙溪桥、界首一带开展扩军工作，不幸被国民党重兵包围。在敌众我寡又腹背受敌的不利形势下，三营两个排和游击队加上新扩的战士不足百人，尽管英勇顽强奋力抵抗，仍然损失巨大，20多人受伤被俘，其余全部壮烈牺牲。徐莲娇、李福汉等20余位被捕的红军指战员被关进了邵武监狱。

敌人对监狱管控得很严，伤病员得不到应有的治疗，来往信件要检查，不让看报，伙食太差。地下党与监狱的秘密党组织决定在监狱中开展斗争，首先绝食为狱中斗争拉开了序幕。斗争是由一个叫蔡金楷的红军团长领导下进行的。绝食两天后，监狱当局有些慌了，怕饿死了人对上面无法交代，只好妥协。虽然答应给予伤病员治疗以及改善伙食，每餐供应一菜一汤的要求，但是看报通信绝不允许。监狱的地下党见条件未能满足，坚持斗争继续下去。到了第四天，敌人终于害怕了，才答应通信订报，但只限于商业报，监狱里地下党才恢复了进食。这次斗争取得了胜利，从商业报上多少能看出一些外面的情况，更重要的是提高了难友们斗争的信心和勇气。

时值西安事变得到和平解决。从当时的形势表面上看，国民党已承认共产党的合法地位，确定了同共产党再次合作的原则，讨论了国共两党谈判的条件。但是国民党反共的立场并没有放弃，国共合作在地方并没有得到真正的实施。邵武的国民党当局对共产党在押政治犯不但不予释放，而且准备对他们下毒手，首先要除掉李福汉营长，因为他总是一个难以驯服的刺头。

这天一早，邵武监狱一反常态，警戒森严，杀气腾腾。李福汉、徐莲娇、江友良、小刘、小马五人被从号子里提出，押送至国民党的旅部所在地。出狱时看守对他们莫名其妙地道："恭喜你们了。"

这句话意味着什么？释放？不像！因为同志们注意到门口两侧的军警看守不停一点没放松，反而增了岗哨，一副如临大敌的样子。小马冷冷地说了一句："哼！来烧香的不一定是敬神。恭喜？今天有些大不一样了。"

小刘接上话题道："是枪毙？还是送我们上南京高等法院？"

他俩毕竟年幼，一个15岁，一个14岁，从没见过这场面。李营长以为他们害怕了，便故意开玩笑地说："你这孩子说这话是怕死呀，那就赶紧写个悔过书不就没事了？"

小刘立马说道："我才不怕死呢，怕死就不革命了。"

到了国民党旅部，小马朝一个军警道："喂，狗头！要送我们上路也不能当饿死鬼呀？你爷爷还没吃早饭呢！"

小马这一叫，敌人还真的给每人送来一碗馄饨。李营长也只21岁，但毕竟年龄稍大一些，知道这不是好兆头，便特意对战友交代后事说："今天枪毙人是肯定的了，但依我看可能不会统统枪毙，只要是谁出去了，就给我母亲说一句，她只生了我这一个儿子，我不能侍奉母亲了，要她自己多加保重。"

大家虽然心里有所准备，但听了这话还是很不好受。吃完了馄饨，敌人把他们五花大绑，后面都插上牌子，一路押至邵武东门三公桥边。

国民党监斩官仍不放过最后的机会，限他们在5分钟内说出东关谁是共产党员，黄道、黄立贵在哪里，可以免死。他们五人不但谁也没讲，李福汉营长还领着大家高呼口号。监斩官见此、恼羞成怒，下令开枪射击，罪恶的子弹夺走了李福汉营长年轻的生命。

李福汉英勇牺牲，其他同志果然不出所料是"陪斩"，其余四人重新被押回牢笼。敌人以恐吓迫使妥协泄密的阴谋又失败了，迫于监狱外的压力，不得不将徐莲娇改死刑为无期，江友良、小刘、小马各判5年，其他人为2年刑期。中共邵武地下党组织得知情况后，由地下党危吕安的妻子刘香仍出面，请律师写诉状，上法庭鸣冤。几经回合的法庭答辩，最后让一个叫杜水明的土豪当了替死鬼，因为邵武地下党已经掌握杜水明曾向敌人告密红军游击队的情报，这次要一箭双雕，除去此人。便举报说杜水明早在1931年就私通红军，收藏有黄立贵当时打土豪所得的银圆，并把掌握的证据呈给法官。而敌人不明真相，但宁可错判，也不可放走一个地下党。就这样将杜水明以"自己通匪反告别人通匪"的名义被逮捕，判处15年徒刑；危吕安判入狱，后被释放。

随着全面抗战爆发，抗日民族统一战线的形成，邵武国共两党谈判达成了停止内战的协议。可在监狱里则不一样，大家听到的则是红军投降了蒋介石，这让狱中的同志们吃惊不小，但感到红军绝不可能向敌人投降。几天后，黄道派邵武中心县委组织部部长聂显书通过关系，来到监狱告诉同志们：向敌人屈服投降是谣言，你们不要相信。也不要急，国共双方在和谈，党中央已向蒋介石提出释放政治犯的问题，很快就会放你们。

果然没过几天，国民党按名册点人，共释放了 200 多人，但唯独不放徐莲娇，说徐莲娇是国军师部寄押的要犯，县里无权放人。狱中党组织坚持要求：你们如果不放徐莲娇，那我们都不走！通过几番反复的斗争交涉，最后迫使国民党把徐莲娇也释放了。

1937 年 1 月，国民党重新集结部队进攻南方游击区，调集国民党六十三师、四十一师以及原驻邵武、光泽、黎川、资溪的三师、八师、十六师、七十五师、七十六师与地方保安团，采取"移民并村"和"军事政治双管齐下"的反动策略"围剿"根据地，并扬言要在 3 个月内消灭红军游击队。其中敌整编七十六师扑向邵武根据地，敌人为了摧毁邵顺建游击根据地，消灭红军游击队，采取碉堡战略，二里设一堡，三里设一碉。当时驻扎邵武的国民党第七十六师，再次向邵东游击根据地进行疯狂"围剿"。敌人在下源、中村等 30 多个红军住过的村庄实行"三光"政策，老百姓的财产被抢劫一空，房屋被烧成一片废墟，被抓捕的革命群众不计其数。

最令人心痛的是，在一次阻击战中，黄立贵率领 30 余名战士冲过敌人在邵武的封锁线，在离邵武城不远的渡头村附近涉水过河，被一个叫杨玉发的伪甲长发觉后进城报告，引来敌七十六师所属第六连和敌保安中队追击黄立贵所部。将近中午时分，在洒溪桥北梧桐祭香菇厂里休息的黄立贵等红军指战员被敌人发现而包围。除突围出来几个人之外，黄立贵与徐莲娇等 20 余人终因寡不敌众，全部壮烈牺牲。闽北独立师黄立贵师长光荣牺牲，年仅 32 岁，他的牺牲使闽北游击根据地再次遭受重大损失。

04　郑晓天

福州宫巷，郑家府宅。

郑晓天家在福州是名门望族，府宅坐落在福州三坊七巷的宫巷，坐北朝南，三进厅的庭院结构。从门面的外表上看不显什么大气派，但府内建筑却很是十分讲究。府宅院门的正厅，建在一块较高的基座上，房前是条形石头精修的石阶。正房是整个建筑中最宽敞的，也是郑家主人前会客、后居住的地方。正房的两边建有东西厢房 10 余间，是晚辈们居住的地方。在正房和厢房之间建有一条硬木铺就的走廊，可以自由穿行，同时有遮风避雨的功能。宅邸院子的典型特征呈中线对称，大院套小院，院院相连，院子有大门、二门，关起门来自成一个天地，完全封闭，环境显得幽静雅致，具有很强的私密性。

郑家的主人叫郑胜书，人中之龙、本事不凡，是清末时期的一位秀才，同时还是一名武官，无论是文才与身手都十分了得。府宅的少主人郑晓天长相不凡，高人英气，相貌俊朗，近一米八的身材，玉树临风、风度翩翩。熟悉他的女性们说最是欣赏他笔挺的高鼻梁以及左脸颊上的那个酒窝，让人看得着实喜欢。一般人的酒窝长在嘴边，他的酒窝却长在鼻子底端人中的水平线上，酒窝很深，还带了个俏皮的尾巴，就像一个高傲的逗号，这给他英俊的脸庞增加了一种与众不同的迷人特性。他是福州一家粮食贸易公司的老板，主经营粮食批发并兼顾其他副食品。外人都以为这不过是郑家众多商号其中之一，但这家粮食贸易公司的大股东实际上是共产党福州市委，是为党筹措工作经费的一个秘密组织。

郑晓天是独生子，上面有两个姐姐都已出嫁。郑家从祖上开始便以经营米粮为业，生意一直做得风调雨顺、得心应手，在省城开有十几家米粮商号。到了郑晓天的父亲郑胜书这一代家境已十分富有，在福州大粮商里排在前三的位置。

郑家作为书香门第，府中自有八斗五车的丰富藏书，这使得郑晓天从小便生活在浓厚的文化氛围之中。他像父亲一样，喜读书也爱习武，尤其是读书的痴迷让人不可理会，他要么看着看着，突然间或击掌大笑，或怒形于色，或悄然叹气；要么看到半截，眼珠翻向天花板，半响一动不动。阅读到了痴迷的地步。因为郑家是一个虔诚的基督教家庭，所以从幼稚园开始，郑晓天都在教会所办的学校读书。学习成绩十分优良，一直到福建协和大学中文系毕业。郑晓天有经商的头脑，但他的理想却是当记者或小说家。

父亲郑胜书对此有不同看法，他认为儿子天生是一个经商的才俊，如若经商大有前途。他对夫人说："我看咱们的晓天有经商头脑，是一个做大生意的材料，你看他年纪轻轻，但稳稳当当，不疾不徐，走起路来都与众不同，你看像不像龟行之步？"

夫人听了却大不高兴，嗔怪道："老爷的比喻有些欠妥，实为不雅之喻。说什么龟行之步，我可不爱听。"

郑胜书笑道："哎！这你就不懂了。走路姿势像龟行，说的是为人处世很稳当，是气定神闲的那种富态之人。我请教过大师，此类人极其容易富贵，大师说走路如龟行之步，如果经商，必定不同一般。"

夫人这才转怪为喜说："经商不经商，还得看晓天他自己愿意不愿意？"

有一次，父亲郑胜书突然问儿子："一碗米价值有多大？"

郑晓天一下子摸不着头脑，随即明白了父亲的意图。思考了一下回答道："要是一个家庭主妇，蒸出一碗米饭来，也就值一元钱，这是最原始的价值；要是一个商人，做成几个粽子，大概能卖到两三元钱；要是一个酒厂老板，一碗米经过发酵，能酿成一瓶酒，那就值一二十元。人生就像一碗米，每个人都有自己的价值所在，关键是如何去寻找、开发、提升和放大。"

父亲听了儿子这番说道，点头不止，更加打定主意要游晓天子承父业，他绝对是经商的好料，有一副经商的好头脑。

大学毕业的那天，父亲问："毕业了，你有何打算？"

郑晓天思忖道："但听父亲的主意为是！不过孩儿学识不够，想去欧洲深造学习。只是不知父亲意下如何？"

郑胜书直截了当地道："我年纪已大了，想让你接手家里生意如何？"

郑晓天听了一时没有回答。

郑胜书道："我知你有从政或从文的理想抱负，想干一番大事业。但我看实业报国同样是一番大作为。"

郑晓天不同意道："辛亥革命之后的中国，外有强敌虎视眈眈，内有军阀割据混战，百姓水深火热。国家已到了危急存亡之际，想要实业救国，谈何容易？"有着进步思想的郑晓天明白，国家当下最需要的不是实业人才，而是一些能够结束内忧外患的青年人。

郑胜书见儿子是如此想法，与自己的希望大相径庭。沉思道："一个人抱着自己十几斤重的孩子，不觉得会累，是因为你喜欢；抱着丨几斤重的石头，你坚持不了多久。一个人不喜欢做自己喜欢的事，就算他才华横溢，也无法发挥。我不勉强你，让你考虑一下，三天后再答复我。"

郑晓天虽然不喜欢商场，但他从小受传统文化的熏陶，品行端正，是一个听命于父亲的大孝子。父亲要他子承父业，经营商场，他不能违命。最终他还是听从了家中的安排，大学毕业后放弃了出国深造的念头，开始在自家的粮行中实习生意场上的营生。

郑晓天虽然听话，凡事一切都顺从父意，但他毕竟是大学生，是一个遇事有自己主见的人，和平常唯唯诺诺地听话又有所不同。有一次父亲有事远出，让郑晓天掌管买卖，他行事的方式方法出乎所有人的意料。

有人前来买米，郑晓天吩咐手下拿出升斗让他自己量，不论米价贵贱，每斗只赚两文之利，比平时少了许多利润。但十几天下来，钱并没有比平时少赚。郑胜书回家知道后，觉得儿子降低利润没有必要，便问他缘由。郑晓天便将自己经营买卖的实情说了。

郑胜书听了先是摇摇头，随即又点点头道："我们同行中没有不用量出量入两套升斗的，出的升斗轻，入的却重，借此增厚利润。我早就觉得它不对，所以只有一套升斗，量出、量入都用它，自己从来认为没有偏颇不公。而你现在更让买主自己量米，我的行为又及不上你了。但这样做收入仍然丰裕，看来还是你比我精明。"

郑晓天谦道："父亲谬奖儿子了！这可不是儿子比你精明，都是你平时教我的一个起码的常理，薄利多销，从量上取利而已。"

郑胜书听了点头道："做人最高的境界是厚道，精明与厚道从来都不是对立的关系，厚道才是精明的最高境界。过于精明的人，一味算计，最终只会因为小利输掉大局；而厚道的人，待人真诚，做事正直，看似吃了亏，实则是一种超越常人的远见。你的做法的确是平常人很难做到的，所以积的阴功是别人及不上的。对此，为父很是慰藉。"

郑胜书父子二人正说着时，女佣人说舒家小姐来见。随着音落，一位长相精致、皮肤白皙、身材高挑、体态轻盈的年轻女子兴冲冲地进得屋来，正是郑晓天的大学同学舒玉婷。由于郑、舒两家相交甚熟，平常都常有往来，故无生疏之感。此时郑胜书见了，便停下话由，对舒玉婷微笑道："是玉婷来了，你们谈吧，我还有事要办，今天中午叫厨房炒几个你喜欢的菜，你也不要回家了。"

舒玉婷听了高兴，连忙应声谢谢伯父。舒家亦是福州的一个名门望族，父亲是一位颇有名望的珠宝商人，手底下有着多家银楼，被商界称为"福州银楼第一家"。舒玉婷作为富家千金，生活优裕、心情舒畅，自然出落得亭亭玉立、冰肌玉骨。同郑晓天一样，她也是协和大学毕业生，与郑晓天在大学一年级时就相互认识了。在他的影响下，舒玉婷在学校接触到了进步思想，在求学期间积极参加各种学生运动。

舒玉婷与郑晓天，一个姣美大方，一个英俊倜傥，彼此都留下了良好的印象。郑晓天喜欢舒玉婷的高雅端庄，长得面容姣丽、亭亭玉立。舒玉婷觉得郑晓天见闻广博，鹤立鸡群，是一个很有气质的青年人。

舒玉婷没有世家小姐的那种骄纵之气，倒是有一种不输男儿的见识，一举一动透出胆大与聪慧。她从不浓妆艳抹，但散发出来的气息很有女人味，是一种清水出芙蓉的气质，这永远是女人超越美貌的本钱。舒玉婷的气质是内在的，是有一定的文化和品位，散发出的是自然不做作的气质。这与她平日酷爱读书有关，在修养之中有了一种娴静之气；宛如水中望月，云边探竹，让人看了会心生怜爱，不能不动心怀。

郑晓天玉树临风，出类拔萃，自然不缺美女追逐。但他被舒玉婷的气质完全被迷住了，自相识一开始，就开始主动地追求她。但都说女人心海底针，女生的心思最难猜。每次会面舒玉婷虽然说都热情周到，是一种善解人意的小鸟依人，让人舒适温馨，如闻淡淡兰香，如睹春日花开，但也是那种落落大方的随和，从没有任何与众不同的表示。郑晓天觉得舒玉婷是一个自带灵魂香气的女子，即便不刻意修饰，也难以掩藏她的柔美。她不仅有着干净的外表，更有着女人优雅从容的姿态。

时间久了，郑晓天见舒玉婷对他没有明显的表示，说白了，是那种若即若离的态度。郑晓天百思不得要领，想问又不敢问，不知道如何才能得到舒玉婷的芳心。

第八章

01　崔文波

郑晓天有个好友崔文波，其人长得风度翩翩、唇红齿白、一表人才，平时一身名牌西装，梳着漂亮的油头，整个人看起来清秀又标致。

两人是无话不谈，无事不说。一天下午崔文波前来拜访，两人交谈甚洽时，不觉到了晚饭时间，郑晓天便留崔文波在家中吃饭。饭间父亲郑胜书寡言，只是一直静静地听他们聊天。崔文波走后，父亲对儿子突然言道："你这个朋友，不可深交。"

郑晓天听了有些吃惊，父亲阅人无数，看人往往很准。此时听了父亲之言有些愕然道："崔文波这个朋友与我认识多年了，为人还很不错的。父亲何以判断说他靠不住？"

郑胜书沉思说："草遮不住鹰眼，水遮不住鱼眼。我仅从吃相上看，基本就可以估摸出他是个怎样的人。"

郑晓天笑道："父亲这是怎么说？"

郑胜书说："你是没注意到，他夹菜有个习惯性动作，总是用筷子把盘子底部的菜翻上来，划拉几下才夹起菜，对喜欢吃的菜，更是反反复复地翻炒，就好比把筷子当成锅铲，把一盘菜在盘子里重新炒了一次。"

郑晓天不以为然道："这怎么与做人有什么关系？每个人习惯不同，有的人喜欢细嚼慢咽，有的人喜欢大快朵颐，不可苛求。而且这与可不可深交？完全是不搭的两码事。"

郑胜书摆了摆手道："不！是蛇一身冷，是狼一身腥，这与做人有很大的关系。如果说一个生活困窘的人面对一盘盘美味佳肴，吃相不雅可以理解。可你这位朋友是一个富家子弟，物质生活并不困苦，如此吃相，只能说明他是个自私、狭隘之人。面对一盘菜，他丝毫不顾及别人的感受，用筷子在盘子里翻来覆去地炒，如果面对的是利益的诱惑，他一定会不择手段占为己有。"末了，父亲意味深长地说："不要小瞧一双筷子，一个小小的细节可以看出拿筷子者的修为和人品。想真正辨识一个人，都是一件不太容易的事。孔子说'视其所以，观其所由，察其所安，人焉廋哉？人焉廋哉？'在利益面前，很多人都会扯下伪装。这个时候，通常是识人、辨人的最佳时刻。君子，心中存有道义和良心的坚守，所以不会为了利损害德义；小人，都是以'利'为标尺来做权衡，利，就是一块试金石。如果一个人为了自己的利益，可以不顾良心，可以不要亲情，可以抛弃道义，这样的人还是趁早远离的好。"

郑晓天说："父亲世事洞明，料事不差，我从来佩服。但仅凭这一个细节推断一般个人的品行，儿子以为片面武断了些。"

郑胜书说："当然，任何事不能一概而论。或许也不尽如此？但不知道为什么，我对你这个朋友预感很不好。一个人的一生，诱惑何其多，要时刻对欲望加以节制，好的东西，更不能占为己有。你是一个重感情的人，也容易感动，一句简单的问候、一个温暖的拥抱，就能让你牢牢记在心里。可是，重感情的人，往往也是被伤得最深的。"

郑晓天说："儿子知道人心难测，水不试，不知深浅；人不交，不知好坏。我与他相交多年了，还是了解深浅的。"

郑胜书道："这就好！只是有些人城府很深，善于伪装，即便是熟识多年的至交好友，也未必能看清对方真实面孔。如果你和一个人相处，他让你感到舒服，要么是他的情商远高于你，要么是他的城府很深。一个城府很深的人给人的感觉是没有城府，但是一旦涉及自己的切身利益，便会出尔反尔。颠倒黑白的本事让人瞠目结舌。因为对方一旦和你撕破脸皮，会不择手段置你于死地。古人言，识透人情惊破胆，看穿世间心胆寒。假仁假义之人，表面一套，背后另一套。"

郑晓天知道父亲向他说这些为人处世的经验，一切都是怕儿子涉世不深，识人太浅，将来会吃亏上当，于是也不与他辩论，只是点头称是。

郑胜书确实很是看不惯崔文波的做派，喜欢高谈阔论，对别人的做法指手画脚。一个有能力的人往往做事低调，为人谦卑，而半瓶子晃荡者，却显得自视甚高、狂妄自大。尤其是喜欢说表里不一的损话之人，往往暗藏心机。他不能在儿子面前乱猜测，只是婉转地对儿子言道："天下攘攘皆为利往，天下熙熙皆为利去。关乎利益的事，便是血亲都会打个头破血流，更何况是非亲非故的人，所以做人一定要保持清醒，不要迷信于朋友的情谊。靠人人会跑，靠山山要倒。人生在世，唯一靠得住就是自己。遇见笑里藏刀之人，最好不要与其发生争执，尽量避免相交为是。"

对此，郑晓天只是认真地听父亲教诲，不做一点反驳。他的心思不在这，这些天他为了舒玉婷的事，心中正纠结不知如何是好，想到崔文波在这方面很有经验，于是便把这些日子来与舒玉婷交往的情况一五一十地告诉崔文波。末了，他请教说："都说你是情场上的高手，可否教徒弟一手？"

崔文波听完笑道："我可不敢当你帅傅！不过常言道，男追女，隔座山；女追男，隔层纱。舒玉婷虽然没有主动告诉她看上了你，但会有很多的小暗示主动表示。说不定你没察觉到，这是当局者迷，旁观者清。我就注意到了，舒玉婷总是喜欢坐在你的旁边，故意挨着你，而且和你挨得很近，身体都碰到了你的身体。以舒玉婷这种含蕴的女性而言，能如此紧贴着你而坐，很明显她是看上你了，不介意和你有肢体接触。依我看她是在给你机会，希望你能有行动。"

郑晓天听了努力回忆这个情节，不由得兴奋道："哦，这些我怎就没感觉到？但你这么一说，想想确实有这种情况。"

崔文波不无自信地道："女人比较含蓄，但不代表她没有心理活动，不代表她没有感情波动，当一个女人爱上一个男人的时候，她总会给男人各种各样的小暗示，我先考你一个问题，你答答看。"

郑晓天笑道："说你行！真就立马当起老师了！"

崔文波有声有色地道："酒吧里，一美丽大方的美女在独自饮酒，有3个男士同时看上了她。A男士很优秀，但不懂追女生的套路；B男士条件中等，但非常刻苦努力，很得女性的欣赏；C男士条件最差，但追女生的技巧有一套。他们3个都想娶她，你说这美女最后会看上了谁？"

郑晓天听了有些晕，但肯定地道："当然是选择优秀的那一个，这合乎人之常情、逻辑规律。"

崔文波道："错！这个美女首先选择了 B，最后选中了 C，就是不会选其中最配得上她的 A 男士。为什么呢？往往是不择手段的人更容易成功。他会千方百计地突破原则和底线，这时更容易抢住先机，跟目标直接建立链接。"

郑晓天不以为然道："这只是个例罢了。"

崔文波道："不，这真是普遍规律。面对美女，优秀的 A 男生往往比较淡定，他太优秀了，不喜欢主动出击。大凡女生更喜欢有一个巧妙相识的开端，才觉得浪漫。但是 C 男生早就扑上去了，根本没等 A 男生回过神来，已经把美女给约走了，美女往往容易被这套路感动。"

郑晓天听了觉得他说得不无道理，笑道："你还真有一套说法，但那不一定都好使。"

崔文波道："坑多萝卜少，这时就看哪个萝卜先行动了，谁抓到了先机，谁就能占到好坑。最好的坑也可能被最坏的萝卜给占了。所以我们经常说好白菜都被猪给拱了，最好的资源不是给最会使用的人，而是给那些胆子最大、最不择手段、最会玩套路的人。"

郑晓天与崔文波都是聪明人，郑晓天的属相是蛇，属蛇的人最大的特点就是智慧，而且这种智慧还会被属蛇的人巧妙地伪装起来，让他们看上去老实无害，其实则是腹中锦绣，因此在所有生肖里面，属蛇的人是最聪明的。但崔文波属鼠，这种属相的人聪明善钻营，总是能够一眼就洞悉事情发展的常理和客观规律，又能够世事先发制人。因此属鼠的人其实是聪明人里面的聪明人，只是有些阴险的味道在里面。此时郑晓天听了崔文波的话，说："难怪说你是属鼠的，真有些阴，你这是什么歪道理？再说舒玉婷是一个什么样的女性？"

崔文波："其实想了解舒玉婷心里想的什么，也没那么难，有什么问题可以直接问她，她对你不会有任何的拒绝，说明你们的关系已经近了一步了。"

郑晓天："何以见得？"

崔文波："从你们二人交往的情景来看，首先她和你近距离接触，始终不会觉得不舒服；其次，她也没有拒绝和你频繁地联系；第三，不拒绝和你单独出去。从这三点来看，你们的关系至少已经发展到好朋友了。她对你已经有了极高的信任感，愿意和你单独出去的肯定是对的人品各方面比较有信心。当她愿意和你分享心事时，说明她已经把你当好朋友了。"

郑晓天点了点头，又摆了摆手道："你说得是有些道理，但说了半天还只是一种好朋友关系罢了。"

崔文波表情神秘地道："依我看那，她对你是情有独钟，不信你看过不了多久，当她把你介绍给她的家人时，那你便算是成功了。"

郑晓天道："但愿我能有这个机会，一定请你到海味酒家吃佛跳墙。"

崔文波预测得很准，没过多久这个机会终于来了。学校大学生运动会结束的那天，舒玉婷留了一张纸条约郑晓天晚上到家里见面。郑晓天欣喜若狂，准备了礼品上舒玉婷家。

两人见面后，舒玉婷见到他神秘地笑了笑，问："你也不问我为什么约你到家里来？"

郑晓天故意装不懂："不问为什么，你叫我就肯定来。"他对舒玉婷布置别具一格的房间特别感到好奇与新鲜，打量个不停。

舒玉婷说："你看什么稀罕？是喝茶还是咖啡？"

郑晓天心不在焉，却对几张男性临摹画感兴趣，他觉得自己好像就是画中的模特。便问："这些都是你画的？"

舒玉婷矜持地笑了笑："这些画都没给任何人看。"

郑晓天："为什么？"

"这个房间从没外人来过，你可是第一个。"

"那我很荣幸！"

"你今天为什么会来？"

"和你请我来的原因一样。"

"我不知道为什么叫你来？"

"我觉得你心里很清楚，"

"看来你很自信啊！"

"不！这是我的缺点才是。"

一番对话以后，两人的谈话明确比以往随便了许多，不像以前那么文质彬彬。舒玉婷红着脸，鼓起勇气道："你要做大事业，我帮你完成。为了你我可以献出一切，你能做到吗？"

郑晓天受宠若惊，说话都有点结结巴巴："我怕对不起你。"

舒玉婷说："在你面前我是一个最笨的女人。"她终于忍不住，走到郑晓天身边，一双双眼深情地望着郑晓天……

郑晓天此时此刻才觉得舒玉婷不是那种傲气的公主，而是一个温柔的女人。对于男人而言，温柔是最具杀伤力的武器。再坚硬的百炼钢的人，也会心甘情愿地败给绕指柔。在接下来的日子里，郑晓天发现舒玉婷不仅温柔可人，她更是一个乐观的女人，与她相处使人快乐。郑晓天说："你浑身都充斥着一种积极向上的能量，能够让身边人同样感受到幸福和快乐。"

舒玉婷莞尔一笑："那我就做一个乐观、积极、爱笑的女人，不去抱怨，不去吵闹，每天每刻都将快乐传递给你。但我也是一个小鸟依人的女人，要让你心疼，让你欣赏。每天笑意盈盈，不羡慕谁，不嘲笑谁，也不依赖谁。只是悄悄地努力，活出你最想要的模样。"

三个月后，舒玉婷和郑晓天在福州举办了隆重的婚礼。郑晓天与舒玉婷都喜欢福州西湖，它清新灵动、波光潋滟，更兼霞晖水色、浑然一体，在西湖边漫步，会令人禁不住的神思飞越。一年四季，西湖都是一幅灵秀、澹美的绢画。尤其是在雨后，洗出黛色的山峦，在远方浮动着；湿漉的翠绿柳条，向湖面低垂着，聆听着细波的絮语。西湖，是千百年来历史对福州的眷顾，是时光侉怱里愈见英姿风发的旷世佳人。舒玉婷和郑晓天婚后住在西湖的一幢独门独户的别墅里，两人自然是如胶似漆，一刻也舍不得分离。但是舒玉婷是一个有完美洁癖的女人，新婚的丈夫不能整天陪着她，要去打理他的公司，而且她心里有数，丈夫除了正常的工作外，还有另一个任务在身。对此，郑晓天不说，她也不去刨根问底，她只是担心而已。

确实如此，作为中共地下党员的郑晓天除了处理公司的重大事情，他还要周旋于国民党上层的社交圈，为地下党获取了很多重要情报，完成了很多一般特工做不到的事。所幸因为家庭背景的原因，无论是搜集情报，还是传递情报，郑晓天进行都很顺利。

郑晓天接到省委的紧急秘密指令："红军枪支弹药严重短缺，给部队造成重大损失。福州地下党务必想方设法尽快解决这个问题。"

郑晓天接到命令后立即行动，但所需的枪支弹药数量太大，他感到有些棘手。一是所需经费数目庞大，二者国民党历来对武器管理得十分严密，这么多数量的枪支弹药不知从何下手。但他心里很清楚党组织下的这个命令，不是轻易做出的决定，而是经过慎重考虑。据他所知，红军部队因为武器弹药的问题，处于十分被动的局面。所以说事情迫在眉睫，他必须尽快从速行动。

郑晓天通过几天的侦察，发现国民党内部管理混乱，有可乘之机。有不少高级别的国民党军官为了私利，暗中参与了军火走私。当时国民党大权独揽，已经开始腐败起来，奢侈和豪华已成为国民党官员特有的生活方式。因此国民党政府各级官员以及军队系统的贪污现象已很普遍了。《大公报》曾刊义尖锐批评国民政府，认为其当务之急不是剿共，而是在全国范围内惩治一万名贪污的文武官员。可见这一时期的国民党政权，腐败已成为其肌体上的大毒瘤。曾有一个例子，范文澜任北平女子文理学院院长时，因散布过一些进步言论而遭国民党宪兵第三团的逮捕，押往南京。

国立北平大学校长徐诵明向南京国民党政府为范文澜说情，说范文澜是一个生活俭朴的人，平时连人力车都舍不得坐，常常步行到学校上班，并且把每月工资的一部分捐给北平女子文理学院图书馆买书。时任国民党中央组织部部长的陈立夫听了之后说："这不正好证明范文澜是共产党吗？不然哪有这样的傻子啊？"

说来很好笑，国民党特务组织清查暗藏国民党军队中共谍报人员，识别的依据很简单：不贪污的人有可能是共产党。国民党中统头目毛人凤对手下说："你们如何甄别共产党员呢？一定要时刻盯住那些不嫖娼、不贪污、不受贿、不送礼、不搞大吃大喝、不欺压百姓的人，他们有可能就是共产党员。"

之所以有这样的观点，国民党军中的腐败程度自然是令人瞠目。军队需要补充武器弹药时，必须向上级官员和兵站行贿才能得到补充，尤其是国民党的杂牌部队，若不向上行贿，就一点也得不到武器装备的补充。即使蒋介石嫡系部队得到批准补充一批械弹，兵站仓库官员也要勒索贿赂。若没有看到贿赂孝敬，兵站就以库存已尽来搪塞。因此，有些部队长官只能千方百计贿赂兵站甚至侍从室官员，以获得武器弹药，保存自己的实力。如获准得新枪 1000 支，就卖掉 200 支，以所得款贿赂兵站仓库官员。不贿赂就一支枪也领不到。所以当时国民党的腐败是自上而下的全体腐败。

蒋介石听到手下汇报的腐败现象后大为光火，在戡乱建国干部训练班开学典礼上痛心疾首地说："老实说，古今中外，任何革命党都没有我们今天这样颓唐和腐败，也没有像我们今天这样的没有精神、没有纪律，更没有是非标准的政党。"

郑晓天了解到，能够在武器装备上腐败的军官级别都比较高，一般人是很难打进他们的内部。但国民党的腐败，给了郑晓天一个可乘之机。他通过平日里与敌人建立的关系，打通了军火走私的秘密组织，这次联系到了一批数量可观的枪支弹药，其中竟然有 10 挺德国最新型的机关枪。这让郑晓天兴奋不已，这批军火若能拿下来，对红军来说，那可是如虎添翼，作用太大了。但是又让郑晓天为难的是，购买军火的经费不是一笔小数目，资金缺口太大了，一时难以凑足这么多钱。

这些天来，舒玉婷见郑晓天着急上火的情景，问丈夫何事如此？郑晓天说没什么大不了的事，只是要大量进货，资金流转困难。舒玉婷言道："你也不用瞒我，这种事又不是第一次了。"

郑晓天张了张嘴，欲言又止。舒玉婷阻止道："你不用言明，我们一起想办法便是。"舒玉婷本想向福州的父亲开口，但前不久郑晓天为红军筹集一笔数目不菲的经费，她已经向父亲要了 3000 元大洋，时间隔得太密，不能再开口要了，否则父亲追问起来于事不利。考虑良久后，她对郑晓天言道："能否与对方商量一下，先付一部分款，所缺部分容我们以后再补上？"

郑晓天摆手道："这不可能！国民党军队中这种交易从来是一次性货款两清，因为风险很大。而且想要货的买家大有人在。我们不下手，就立马有东家插进来。"

舒玉婷沉思道："要不我再向父亲开口借？"

郑晓天坚决不同意："那不行！咱们刚要过不久，没有理由再借。而且据我所知，这两年他的经济情况复杂，开支不小，只出不进。你父亲年事已高，你若开口他再难也会给，但我们不忍心让他老人家为难。"

按理说这么一大批武器弹药，向组织上开口要些经费也是可以的，但组织上不说，肯定也是经费十分拮据。所以郑晓天考虑再三，理解组织上的难处，亦开不了这个口。

夫妻俩沉默低思了许久，仍然想不出什么好办法来。舒玉婷下决心道："我知你要办的这事十万火急，如若筹不到款，过了这个村，恐怕是就没这个店了。这样吧？我看一是把结婚时家里陪嫁的金银珠宝变卖了，二是这栋西湖小别墅拿去抵押贷款如何？"

听了妻子的话，郑晓天喜出望外，他不好意思地赔着笑脸言道："其实我也正有此意，看来我们想到一块了，不过这太委屈你了。"

"咳！那还迟疑什么？我们赶快分头进行。"

"好吧，那你去三山当铺，我去银行办理房抵手续。"

舒玉婷心细，特意交代道："你去银行抵押时要想个合情合理的事由，别让人知道咱们这种家境的人有想法，会起疑心什么的。"

"你尽管放心吧！"郑晓天一边走，一边回答道，"对了，你提醒得好！你也别去三山当铺兑换现金，那儿离家太近，很容易碰到熟人。我看还是到远一点的台江吧。"

经过马不停蹄地运作，郑晓天凑足了 10 根金条和 2 万元大洋，用这些金条、大洋购得了这一批为数不少的枪支弹药。郑晓天又与邵武的福州帮主取得联系，利用邵武船帮的力量将武器输送到了根据地红军手上，解决了红军枪支弹药短缺的重大问题。

不久，国民党军统派驻军队的特务组织发现了军火失窃的情况。经过调查，军火的丢失数量远远超出了国民党的想象，军队高层十分震怒，当即组成调查军火失窃的小组，并下严令："一查到底，务必要抓住盗窃军火的人！"

在国民党军统特务的严查之下，郑晓天参与走私军火的事情险些被敌军怀疑上，好在他凭借自己在军队中的强硬关系，巧妙地摆平了这次危险。调查军火失窃的情报人员发现，涉及军火走私案的人当中有好几位国民党高级将官，这也是在他们预料之中的事。只是使尽了浑身解数，没有

第八章

151

查到是否有共产党参与的任何蛛丝马迹。一段时间过后，这个军火案也就成了一桩不了了之的悬案。

02　筹建地下联络站

天空低沉，矮了云端，高了大树。

一阵惊雷，一道锋芒。天气异常地闷热，午饭过后，天边一堆乌云压云逐渐近了，迅速聚拢翻滚着，颜色逐渐由蓝变黑，慢慢地笼罩了附近的街巷房屋。黑云犹如怪兽般面目狰狞，张牙舞爪地想把整个三坊七巷吞噬。随即天逐渐变暗，而且暗得如墨汁一般。轰隆隆的雷声在人们的头顶上噼啪震响，闪电拖着长长的一道电弧，耀眼的白光如一道闪亮的利剑，似乎要把整个街巷劈裂。不一会儿，空中响起几声震耳欲聋的雷鸣声，随即下起了瓢泼大雨。豆粒大的雨点洒在福州古老的小巷里，洒在古朴的青色厚瓦上，如同响起阵阵的鼓点声。风则毫不掩饰地疯狂怒吼着。

好一阵的大雨冲刷，赶走了城市中的热尘，雨中的空气变得清新起来。郑晓天沉寂在一片雨的世界中，斜靠着坐在后院花园的六角亭中，微闭着眼睛在想着什么。他天生喜欢雨水，此时他在花园的亭中倚栏而立，缓缓地点燃了一支香烟，思绪亦像这雨一样不停地弥漫。他忘却了外面的世界、尘世的喧哗，静静地听着雨声，雨中的景物有些迷茫、有些朦胧。今天的这阵雨急匆匆的，气势猛烈，疾风骤雨地倾泻而下，是那么毫无顾忌、痛快淋漓。它绝不同于春雨时的缠绵和细柔，它挟雷带闪、夹风起势、倾盆瓢泼、滂沱作浪、噼噼啪啪、哗哗作响，这大雨虽然让人猝不及防，来势凶猛，但它却让人感到痛快，感到过瘾……

夏天的雨来得快，去得也快，在疯狂发泄近半小时之后，慢慢地小了许多。天又渐渐地明亮了起来，这场雨驱散了暑天的炎热，把原本燥热如蒸笼的街巷前前后后上上下下浇了个透，雨后的空气很是沁人心脾。

再过几天，郑晓天就要离开省城，去一个陌生的闽北边城了，那里的一切都是未知数，充满了荆棘与危险。这使得郑晓天在有些不舍的同时，又有一种兴奋感与使命感。就在大前天，他与省委地下党负责人老高在福州台江一家咖啡馆见面，这是福州地下党的一个秘密联络点。前几天他刚和组织上汇报过情况，按原先的规定，是半个月见一次面的。郑晓天心想组织上定然有紧急任务交代，果然不出所料，老高已先他来到，不动声色地在咖啡店的一角看着报纸，正在等着他。

郑晓天在他桌子对面悄然坐下，沉稳的老高不经意地用眼角余光巡看了四周一遍，压低了嗓音道："根据形势需要，省委经过慎重考虑，你近期内做好公司的善后工作，前往闽北邵武开辟新据点。"

郑晓天觉得组织上这个决定有些突然，他一点也没想到要去山城工作。问道："是临时任务？去多久？"

老高道："去多久难说，但至少在短期内回不来。主要任务是为党筹措经费，同时搜集国民党在闽北的军事情报。"

郑晓天愣了愣，问道："不知组织上考虑新据点以什么形式建立？"

老高言道："这还没有最后定下来，想听听你的意见再说。组织上初步考虑开一家粮行为妥，你知道邵武的溪米比较出名，在福州很受欢迎，销售邵武的大溪米最为上乘。"

郑晓天是粮食行家，平时很注意了解各地的大米行情，知道邵武的大米比较出名，其中"黄尖""干山米""黏润""口白米"等，米质尤佳。因为邵武的土质水源较好，加上稻的生长期、收获加工等因素，米粒满如梭，精白细腻，柔软爽口，故在福州很有口碑，有"邵武溪米有不用菜肴，下饭三碗"之说。听了老高手的建议，郑晓天点头道："据我平时了解的情况，邵武每年外销的粮谷达 20 万担之多，有'闽北粮仓'之誉。邵武东关一带开有专门的米谷粮行，不仅为调剂余缺之设，也是米粮商人牟利的角逐地，大小粮商米贩多达 80 余家。在这些粮商中，既有京果百货兼营，也有单一专营的。他们将采购来的米谷运销到福州粮行。由于资本多寡与经营方式不同，有坐商、行商、米贩之别。城区粮商集中在东门外街市，尤其是靠近东门码头的粮行，船运十分方便，每日从乡镇肩挑进城的稻谷有几百担，多时达上千担，都在东关市场交易销售。大粮商号有隆丰、阜丰、新记、协和、信源、信和等。这些米商资金殷厚，将收购的稻谷由水碓直接加工大米脱手转售。"

老高言道："你果然是行家，对邵武的粮米情况了如指掌。正如你所说着，邵武是一个产粮之地，大小粮商米贩有百余家，光东关就有几十家，组织上经分析考虑，你有这方面的经验与优势，认为你在邵武东关开一家规模较大的米粮行比较顺理成章，易于掩护隐蔽。同时生意做好了，也能替组织上争取一些经费。"

郑晓天思索了一下，点头表示同意。老高当下掏出一张大额银票，说："那就这么定了，这是1000大洋的银票，作为粮行一应的开张开支，不够的话你想办法凑足。"

郑晓天言："银票你留下，组织上需要用经费的地方太多，开粮行的资金由我想办法便是。"

老高点了点头，收起银票道："那我替组织上向你表示敬意！但有什么困难一定告诉我。"

老高走后，郑晓天随后也离开了咖啡馆。回到家中他陷入了沉思，虽然平时有些思想准备，地下党工作千变万化，随时随地会有想不到的事，但他对这次的调派还是感到有些突然。闽北是僻壤山区，自己一直生活在省城福州，不知能否适应，心中没有一点底，尤其是妻子舒玉婷她能适应山区吗？但组织上的命令不容他有任何的想法，只有无条件服从。第二天，郑晓天有些难为地告诉父亲，他与舒玉婷受一个大学时好友的邀请，准备去江西一带投资。

父亲听了感到有些突然，盯着儿子看了许久，沉默不语。最后他轻叹了一口气，什么也没说。

十几天后，没有家人与朋友们的送行，郑晓天与舒玉婷悄然告别福州，坐上了一只闽清帮的乌篷船，前往闽北山城邵武。夫妻两人结伴同行，并不感到寂寞，倒有一种说不上来的新鲜感。两人都有同样的体会，人生一路，一步有一步的风景，一程有一程的使命。

顺着大溪河道逆流北上，最后才到达邵武东关码头。郑晓天还来不及细看这里的风景民情，便在地下党的安排下，前往东关郊外的一个叫"下王塘"的小村庄安置了下来。户主是一对敦厚朴实的老年夫妇，老汉姓孙，老妇叫刘婆婆，家里没有年轻人和小孩，但有两只健壮的大黄狗，虎视眈眈地盯着陌生人。

郑晓天夫妇到达邵武这天正是元宵节，过年的气氛依然浓郁。东关民众非常看重一个"闹"字，他们从农历正月初一到初五都不干活，到了初六则上山砍毛竹，破篾扎龙灯，讲究的是六六顺。初九，龙灯扎成，他们熬油制龙灯用的特制麻绳油条；初十，训练龙灯舞龙手。元宵这天，东关一带张灯结彩，春联、春谜，春的气息洋溢。妇女们早几天就到初春的稻田里采摘野生水菊，晒干，双手将其搓揉成绒，与米磨浆，做成包糍，用洗净的新鲜马尾松针垫底，大火蒸出的包糍便有一种特殊的清新香味，是宴客的上等佳品。

当夜幕降临时，孩子们个个手提"玉兔""走马""孔雀"各色小灯笼，蹦蹦跳跳，欢天喜地走街串巷嬉戏。晚8点开始，鱼鹰队三根铸铁冲天铳点火朝天放三铳，"嘭、嘭、嘭"，响声冲霄汉，一队长长的龙灯，闪着亮光，紧紧追着那滚动的绣球，龙灯在"咚咚喤咚咚喤"热烈锣鼓声中，在噼噼啪啪鞭炮浓浓的硝烟与闪烁的焰火中翻滚舞动，犹如一条真龙在天空云雾中翻腾。龙灯进入民居时，户户庭院内的人们以火烛相迎，欣喜欢腾。都说龙灯来，龙气到，年景好。当天晚上，郑晓天夫妇住在东关一户地下党的家中，感受到这里与省城福州不一样的元宵节。

03 红米酒醉人

邵武东关郊外下王塘村。

三天后，郑晓天夫妇随着邵武地下党联络员前往下王塘村。乡间农庄，村道弯弯。夕阳西下，村庄中几缕炊烟袅袅升起，四周显得十分幽静安详。下王塘村庄住有几十户人家，散落在各处，各家的房屋几乎一模一样，都显得很朴实、很简单，看不出有任何不同之处。郑晓天夫妇所住的农家院子不大但宽敞，有五间小屋盖成一个直角转弯形。在屋檐下堆满了粗细不同、但长短一致，被码得整整齐齐的硬木柴；院子里种满了各色瓜果蔬菜，墙头上爬满了密集的瓜藤，浓绿浓绿的，很有生气。

细心的郑晓天注意到在村子周围都是纵横交错的小路，有的延伸到山里，有的进入毛竹林，还有的穿过村子，经过小河，走进田野。这一条条小路，把整个村子和周围事物都联系在一起，似乎交织成一张网。

这个村庄虽然不大，却是邵武地下党和游击队一个放心的交通站与落脚点。郑晓天在心里暗暗佩服，看来这个村庄是经过组织上精心挑选，因为这种地形非常适合开展地下党的活动。其中，孙老汉家便是地下党一个可靠的接头户。而他的邻近村民也是地下党的堡垒户，时常有游击队员奉命转移到村庄隐蔽时，孙老汉就会将他们的武器藏匿在牛栏中、猪舍里，把游击队员扮成香菇客、伐木人安置在自己家中。孙老汉与村庄的农户们除了务农外，平时锯竹筒、绑扫帚、做些毛竹制品出售，维持生计，增加收入。他们的生活本来就拮据，还要支持游击队的生活费和医疗费。但是，他们对共产党和游击队有种特殊的感情，再苦再累都难不倒他们，尽自己最大努力给游击队筹粮、筹款。这个村庄已经记不清，有多少地下党与游击队住过他们这里，又有多少伤病员经细心护理后恢复健康，重返革命队伍。

孙老汉夫妇是交通站的秘密联络员，过往情报员都是通过暗号和事先约定的联络方式进行情报交换。孙老汉夫妇在长期的斗争中积累了许多经验，想出了许多巧妙的送信方法，有时把密信折好后绑在脚底下，再穿上草鞋；有时把密信塞到斗笠夹缝里，或缝到衣服的补丁里；有时把密信塞进竹竿，手执竹竿盘山过岭，既可当拐杖也可防身，如果遇到敌人把竹竿一扔了事；有时把密信用树叶卷上捆好，中间塞个小石子捏到手掌中，如遇危险就将它顺手丢到路旁草丛里，不易被敌人发觉。白天送密信，有时将密信装在夹层木桶中，雨天就夹塞到棕衣边上。冬天跑短途就夹塞到火笼底下，既能借火取暖又看不出是个赶远路的，如果碰到敌人，可以把信件捻入炭火中自然烧毁。

天黑时，邵武地下党中心县委书记王文波赶到住处，他40多岁，外表看上去和当地的农民没有两样，不显山不露水，但目光犀利，而且说话风趣，十分随和，很容易让人产生亲切感。他对郑晓天夫妻道歉说："一路风尘仆仆，真是辛苦你们了！今晚请你们吃一顿邵武风味小吃'八大干'，这是孙大爷夫妇特意准备的，但是不知对不对你们福州人的胃口。"

山里的农户家的厨房盖得松散透气，飘出了青蒜炒猪肉的浓浓香味，王文波见舒玉婷到厨房帮忙去了，便笑着对郑晓天说："这里人有个顺口溜，最好听是火烧竹，最好吃是蒜炒肉，最好玩是肚对肚。我小时候只知道火烧竹子的噼啪声胜过大年的鞭炮声。青蒜炒肉更不用说，乡间是老虎口的柴火灶，用的是大铁锅，烧的是硬木柴，火旺、锅热，加上快炒快熟，菜就是特别得香。但那最好玩的'肚对肚'，当时觉得难以理解，现在当然知道了是什么意思，而且觉得这句话真正是通俗易懂、直接明了、朗朗上口。别看山里人没什么义化墨水，说出来的言语却让人咂出好味道来。"

郑晓天听了回味半天后，也禁不住哈哈大笑起来。一下子与王文波没有了生分感。

舒玉婷这时被厨房的烟熏得受不了，"咳咳"地跑了出来，闻声又跑了回来。她对什么都感到新鲜，好奇问道："今晚肯定有好吃的，'八大干'是什么菜？这有什么说法来历吗？"

王文波说："这'八大干'呀，是我们邵南一带的土特产，有鸭肉干、咸肉干、豆腐干、辣椒干、萝卜干、鲤鱼干、梅菜干、黄豆干这八种特制的干菜。"

舒玉婷平日就爱研究菜肴，说："离开饭时间还早，你详细介绍一下嘛。"

王文波微笑道："我只知'八大干'好吃，但却说得不周全，要不请孙大爷给你说说？"

孙大爷听了，点点头介绍道："鸭肉干以地方鸭为原料，腌制风干，干品剁成块，可蒸可炒；咸肉干以土猪肉为原料，腌制风干，干品黄白相间，可蒸可炒；豆腐干以游浆豆腐为原料，用炭焙烘干，制作精细、风味独特、味美可口；辣椒干以本地红辣椒为原料，采取自然方法风干或烘干，干品色泽鲜红、透明、皮薄、味香、油质多、辣味适中；萝卜干以当地萝卜为原料，采取自然方法风干，干品色泽金黄，皮嫩肉脆，甘香味美，可腌、可炒、可蒸；鲤鱼干以金秋时节和平稻花鱼为原料，放盐、八角、大蒜、生姜、红酒腌制，再烘干，鱼身呈黄褐色，有炭烤味又不失鱼鲜；梅菜干以当地当季芥菜为原料，采取自然方法风干，再用蒸笼热蒸，晒干后，干品颜色乌黑油亮，味道香酸甜美；黄豆干以和平黄豆（田埂豆）为原料，温水泡，然后沥干，再油炸，捞出后放椒盐、辣椒，即可使用，味道香酥。"

郑晓天与舒玉婷在省城什么样的大菜没吃过，但今天这样的地方菜，让他们惊艳不止。郑晓天啜着嘴直说好吃,赞不绝口,尤其是那碗辣椒干吃得他大汗直冒的同时又直叫过瘾。

王文波道:"东关人的菜又咸又辣重口味,这菜的口味也像东关人性格一样,开朗热情重义气,咸咸辣辣见真章。"

这一切让原本心存担忧的舒玉婷忘记了生疏与不适,她十分高兴,话也多了起来。郑晓天颇有酒量,只是平时从不过量,常记"饮酒不酒最为高"的古训。尤其是从事地下党工作以后,他十分谨慎从事,酒至多只喝到三分,便推脱说酒量只是如此。但今天在王文波一再的宽心下,他放开来喝,他觉得邵武的红米酒特别好喝,问孙大爷这红酒是自家酿的,还是其他地方买来的?

孙大爷笑道:"自然是自己酿的酒。邵武盛产上好的糯米,自古就有家酿红酒的风俗。"

说到邵武的红酒,自有一番与众不同的特点。酿红酒的季节,一般选择在立冬天气转冷过后,一直到来年立春之前。在这个时间段酿制的红酒质量不仅好,且易于保藏。每年立冬时节,家家户户就开始着手酿制红酒。酿制红酒要慎重,首先要选取上等糯米,好材质才能酿好酒;二要选日子,不能在阴雨绵绵、气温过低的日子做酒;三是糯米浸泡时间要掌握适当,过长过短会影响糯米饭的软硬度。尔后将舂好的糯米浸泡沥干,倒入饭甑;生起了柴火灶蒸米,灶火红彤彤,蒸锅气腾腾,炊烟袅袅升。半个时辰左右,便有一股浓浓的米饭香味飘逸而出。蒸糯米时火候要大,一般要选取硬杂木烧,保证糯米蒸熟蒸透。紧接着把糯团摊开,掰入酒缸,用大米水曲配之,搅和均匀后盖缸成酒。其间要发酵上七天左右,每日一搅,散发酒香,这时的酒称作"酒娘",有经验的老人说:"一月新酒,数月出缸。新酒盛坛,越陈越香。"

王文波说邵武人家家都会酿红酒,人人都爱喝红酒。酒氛围非常浓郁。当年著名理学家朱熹曾以"酒市"为题形容邵武红酒的繁荣:

闻说邵武地,家家秫米春。

楼头邀上客,花底觅南郊。

邵武人对红酒情有独钟,津津乐道,视其为与食盐一般不可或缺。逢年过节、红白喜事,或来了宾客必上晶红透绿、浑然醇厚、余味绵长的红糯酒。

孙大爷对舒玉婷言道："红酒有助增进食欲、消除疲劳、活血暖身之外，更对你们女人有美容养颜、调经止痛、补气养身的功效。但凡妇女分娩，都要大量饮用自制红酒，善饮者一坛酒百八十斤在月子内还不够，要酿制两缸酒。人们以酒代水炖鸡，俗称'鸡酒'。炖鸡酒时，那扑鼻的香味，四邻八舍都闻得到。"

屋外的月亮这时升到了树梢上，大家喝得十分尽兴。今天晚饭丰富实在，货真价实，全是地道的农村菜：除了"八大干"，还有青蒜炒肉、土辣椒炒鸡蛋、腌菜炒笋干，再加上自酿的米酒，真是菜香酒醇。郑晓天与王文波喝了不少酒，又谈了好一阵话。这时才晚上8点多，下王塘村便如同城里的大深夜，四处光景都黑透了。孙大爷起身说，你们继续喝，菜不够的话，叫老婆子再去厨房添加。说着拎着旱烟管，自个到外面望风把哨去了。

天上亮，地上黑，仿佛寒气把光也阻隔了似的。大山里的乡村夜晚，狗不叫人不闹，一切归于静寂无声。山里人千百年来的习惯，吃过晚饭后无事可干，便早早上床躲进被窝睡觉，哪怕夫妻间做事也就那么扑腾几下就草草了事。整个村庄便沉睡在了梦乡之中。

郑晓天也难得地醉了一回……

初春。邵武东关城区。

惊蛰雷声萌动，绵绵春雨渐来，空气中夹着些许丝丝的乍暖乍寒的味道，三月的烟雨浸润了整个东关城区。雨从瓦片沿边滴落到石板路上，也滴落在人们的伞顶上，响起了"沙沙"声一片。春雨浸洗过的暖阳让大地的草木苏醒，抽出了一个个嫩嫩的苞芽，迎来了一丛丛、一束束五颜六色的小野花，它们开始在街边小巷的角落里伸展腰姿，迎风绽放。东关十字路口边上几棵粗大的槐树，亦开出了洁白的槐花，春风吹过轻轻一碰，槐花轻晃，香气悠悠地流淌而出，飘逸来一阵阵芬芳。东关小学操场中的几棵柿子树虽从不争春、不争艳，但紧跟春天的步伐，也默默长出嫩绿的叶子。

到邵武两个月后，在地下党的精心策划下，郑晓天夫妇在邵武东关一个可靠的地方住了下来。这是东关基督教爱德华教士的住宅，欧式建筑风格，房子与周围的民房相比，显得大不一样，有近 20 间房间。爱德华让出了一小半给郑晓天夫妇使用。

这些天来，郑晓天出入各种社交场面，在外奔走了好一些日子，终于把在东关开粮食商号的事敲定下来。虽然在这里才住了几天，但他们感到就像在福州西湖别墅家中一样。郑晓天一回到家，妻子舒玉婷拧了把热毛巾递上，然后拢了拢秀发，依偎着他坐在沙发上，把头轻轻地靠在他的膝盖上。妻子的头发很长很密，散发出淡淡的清香。自从省城福州来到山城邵武，或许是陌生的危险环境所至，或许是要做的事太多，郑晓天与舒玉婷似乎没有了卿卿我我的念想，哪怕有也是一闪而过。舒玉婷是一个识大体、顾大局的女子，总能善解人意。郑晓天觉得有些愧对妻子，轻轻地搂住了她比在福州时削瘦的身体……

邵武设立的这个秘密地下联络站，不仅是闽赣省委与中央苏区的联络站外，还是中央与闽赣省委主要领导的落脚点。省委原本是给郑晓天安排另一位女地下党参与这次任务，两人假扮为夫妻，后来考虑到舒玉婷是一个高情商女人，言行举止都十分自然得体、落落大方、不卑不亢，她出身名门，这个身份可以让她很容易打入国民党高层而不会引起怀疑。其二，舒玉婷从事地下工作已经 4 年，有着丰富的地下工作经验。为此舒玉婷身上的这种特质，最终让她成为这个任务最合适的执行者之一。

第九章

01 游东哥

立冬。邵武东关中山路。

有民谚曰：寒风入城悄无声，秋韵尚存已是冬。早晨起来，家家户户的黑瓦上洒落了一层薄薄的白霜，天气带着一抹秋远去了后的些许残暖，冬天的第一个节气到了。东关码头呈现出云剑长空、水澄远浦的景象，早起的人们在家中吃了一碗热乎乎的汤圆，便开始忙碌了起来。

坐落在中山路 613 号裕丰商号，是一家主营粮油食品店与海味干货的店，老板叫游家榕，福州人，来东关中山路开店也有 30 多年了，也算是一家老字号了。游家榕为人善良和气，生意买卖，公道诚信，在东关民众中很有口碑，与大家关系相处得很不错。他把店经营的风生水起，生意兴隆，赚钱不少，很是让人羡慕。

裕丰商号每天都比其他店要早半个时辰开张，伙计们卸载门板的声音此起彼伏，带头打开了东关人间烟火的又一个清晨。今日是立冬节气，一打开店门不久，隔壁邻居的菜农孙大娘就送来一大篮子的萝卜和大白菜。正巧碰到游家榕出来散步，孙大娘笑容可掬地迎了前去，问好道："游老板早哩！今天是立冬的日子，都说'立冬要补冬，补个嘴空'。你家不缺鸡呀鸭的这些好东西，咱穷人家只能送青菜表表心意。这两天刚打了霜扣（下霜），青菜可甜了。你家东哥最爱吃，我刚从菜地里摘了些回来。"

游家榕忙说："青菜好、青菜好！润肺止咳、清热去烦，又能调理胃肠，我也喜欢青菜。"

孙大娘高兴道："你不嫌弃就好。"

游东哥正好出来，朝着孙大娘离去的背影对父亲道："看来我们家在这里与邻居们相处得不错呀。"

游家榕点头道："人心换人心。这东关人真不错，只要你对他们好，他们对你也诚心诚意，肝胆相照。时间长了你便能体会得到。"

前半个月，游东哥从省城福州来邵武东关看望父亲。游家榕身体不大好，尤其是一到冬天，便受不了闽北边城的湿气与干冷。他考虑自己年事已高，打算叫儿子接手这里的生意，自己回福州度晚年，但一直没有开口。这时他对儿子言道："邵武人说立冬这天若是阴雨天，必定是一个暖冬；若是晴天出太阳，那这个冬天就非常寒冷。邵武这个地方其他什么都好，就是冬天太湿冷，让人有些受不了。"说到这，游家榕看了儿子一眼言道："说来你前年高中毕业，考大学落榜，一直待在家中也无所事事。为父年纪大了，而且怕这里的山区寒冷，想回福州陪你母亲生活，计划把两家店盘给人家，但这邵武的生意做得很不错，放弃了很可惜。再说我对东关也有了感情，若你在这里做事业，将来我还可以来走走，念念旧。你莫若来东关，在这里打点生意如何？"

游东哥听了一时没吭声，邵武地处偏偏之城，虽然说东关码头这一带繁华热闹，但怎么能跟福州比？再说自己的朋友都在福州，有点舍不得离开。但是游东哥不喜读书，准确地说他是不喜被动地读书，读死书。他头脑聪明睿智，读书学习不会输于他人，平时也读书不少，尤其是名人传、为人处世、警世名言这类的书。但他生性好动，放荡不羁，所以他不想上大学受诸多的约束。他看过很多伟人名人传，所取得的成功不是靠会读书得来的。会读书不能证明智商和情商高。古人说，世事洞明皆学问，人情练达即文章。每个人的路不同，你有宝剑利，我有笔如刀。不过说心里话，他来到东关的这些日子里，倒是有点喜欢上了这个地方，尤其是东关码头一带繁荣景象让他有些心动，东关码头也不差于福州的台江码头，若真留下来，应该能施展手脚，有一番作为的。

游家榕见儿子不吭声，便言道："别急着回答，你是一个聪明有主见的孩子，想好了再做决定。"

游东哥在东关考察后，经过深思熟虑，答应父亲留在邵武继承生意。父亲闻之高兴道："你确定了？"

游东哥说："我考虑好了！父亲你不是常说少年经不得顺境，中年经

162

不得闲境，晚年经不得逆境。福州的日子当然好过，但不是长久之计。成人不自在，自在不成人。这个道理儿子还是知道的。"

游家榕点头赞许："对！吃得苦中苦，方为人上人。"

游东哥这几天都在想，自己高中毕业后无所事事，终究于前程无利，要想干一番事业就必须改变现状。人生在变，命途崎岖，自己的人生应该何去何从，又以什么取舍？他有些拿不定主意。但智者言："大人虎变，小人革面，君子豹变。"没有人从一生下来就是王者，谁都是从寂寂无闻走出来的。豹子生下来时是一团湿漉，丑陋不堪。但是随着时间推移，小豹子长成大豹子，由羸弱的小兽长成森林霸主，这样的蜕变，是由内而发的力量。君子豹变，万变在其中，万变不离其宗，在变中生出的光芒才是最值得炫耀的人生。游东哥觉得邵武东关就是他"豹变"的地方。

游家榕很是为儿子的这个决定感到高兴，但他又担心儿子太年轻，毕竟才20岁的人，阅历不深，经验太少，而商场如战场，尔虞我诈很正常。尤其东关是一个古码头，江湖之中藏龙卧虎，鱼龙混杂，你争我夺，十分险峻。游东哥见父亲欲言又止的样子，心中明白他的担心，便笑了笑，安慰道："父亲尽可放心便是，儿子凡事小心谨慎，不会有大差错的。"

游家榕道："我儿能懂事知世，为父也就不多说了。只告诉你一句话，东关这个地方的民众厚道，真诚待人，绝不虚与委蛇，绝不暗藏心机；说到做到，绝不占人便宜。他们都是很有个性的人，民风淳朴的同时血性刚烈。你与他们要做朋友相处，要以心换心，肝胆相照，你善待他们，自然他们也会善待与你。厚道，是问心无愧的活法！做一个厚道的人，靠得住，才有人愿意同行；揣一颗真诚的心，人品好，才有人长期结交。对了，若遇到什么为难的事，可向父亲所尊重的好友甘草爷请教。"

02　东关会馆

东关码头一带，各地方会馆。

东关可谓是风起云涌，群雄逐鹿，各路帮派人马齐聚一地，龙争虎斗，平分秋色。会馆是他们施展江湖本事的大本营。追本穷源，会馆是从明代开始出现的。会馆的功能与职责就是为往来的同乡人士提供歇脚住宿的便利，定期组织各种联谊活动，促进同乡的感情，宣扬乡土文化，同时也参与一些当地的社会民生福利活动，如修路、赈灾等。东关的会馆众多，有福州会馆、江西会馆、闽清会馆、兴安会馆、广东会馆、汀州会馆等。各有千秋，不一而论。

兴安会馆：是莆田人的会馆，于清代中晚期所建，临中山路大街，坐南朝北，单进殿，殿后辟花园。门额上有两方青石匾，上方为直匾，额镌"天后宫"，下方为横匾，额镌"兴安会馆"。两边侧门亦有青石门额，左镌"海晏"，右镌"河清"。门楼内建戏台，两廊建酒楼。正殿为五开间，殿中设神龛供奉妈祖和"千里眼""顺风耳"塑像。

1929年拓宽街道，兴安会馆原门楼和石栅栏以及门内戏台、两廊等建筑均被拆除，大门内缩。早在晚清年间建在东门外泰山庙旁边。兴安会馆建筑外貌似庙宇形式，大门临街砌青石栅栏，兴安会馆不仅在建筑上与福州会馆有些相似，而且每年活动情况也基本雷同。如农历正月十五元宵节，兴化帮同乡相聚一堂，大摆宴席，举行各种庆祝活动。农历三月二十三日是妈祖娘娘诞辰和农历九月初九妈祖忌辰，也都延请道士诵经做普度，祈求神灵降福，庇佑合帮平安，并请戏班唱戏助兴，热闹非凡。兴安会馆的董事主要由方金奇、姚金钟、方锦懋、黄寿仁、庄约瑟等人担任，每年活动经费由兴化帮商店捐募。

莆田商人吃苦耐劳，善于做买卖，不少人都是从小生意做起，在东关的莆田商人主要从事百货业经营，经销的物品主要是苏杭布匹绸缎及沪广两地的百货，在上海、福州等地都设有采办庄，进货十分便利。这在东关算得是独家生意，无竞争对手，故而利润颇丰。莆田人方金奇初来邵武时，只是一个挑货郎担，有人称之为"花担郎"。他先是挑货到乡下沿村零售，后来开始在街上摆货摊，积累到一定资金后，就在东关开设店铺。后来他迁到福州开行，和外商做起了交易，获利甚厚，成为一名巨商。但他不忘根本，从来都说自己是邵武东关走出来的商人。

又如莆田人黄寿仁原在建阳长坪村开小店，生意一般。后来迁到邵武东关开设了茂春百货店，批零兼营，生意做得风生水起，十分兴隆，在闽北十县中名气不小。兴化帮在邵武商场竞争中，经济地位仅次于福州帮，名列第二。所以兴化帮在邵武商会中也占有重要的一席之地。像莆田人黄寿仁、庄约瑟分别担任过第十二届和第十六届商会会长，另一个莆田人方锦懋是历届商会常务委员。

1929 年，东门大街拓宽路面，兴安会馆大门往里面拆退一米多，原来搭建的戏台、酒楼不得已全部拆毁，使会馆面积缩减，各项活动都无法正常举行。后来抗日战争爆发后，兴化会馆成为东市消防队和商团义勇警察队的队部。

江西会馆：建在东门外紫云桥旁边，会馆又名为"万寿宫"，占地面积几十亩，为邵武会馆之冠。会馆坐北朝南，呈宫殿式架构，大门威严壮观。门楣石刻"江西会馆"4 个大字，额顶竖立"万寿宫"3 个大字，字体雄厚、气势威严。门外有石雕雄雌狮子成对，四周都筑有围墙。客堂内宽敞明亮，座椅、茶几齐备；餐厅十分广阔，可以容纳上千人进食；内有戏台楼阁，华檐下是客房及货场仓库。同乡会置有租田，每年收谷达 300 多石，还有东门店面房屋 3 栋出租。所以，凡是在邵武经商的江西人会客，去万寿宫吃住均为免费，不愁经费支出，因为江西会馆置有租田，每年可收租谷 300 余石，还有东门的店屋 3 间。不足开支时，临时向各帮摊派。江西会馆除县城建筑的一座外，另在下王塘、拿口、卫闽分建 3 座，都称为"万寿宫"，但规模比县城的小了许多。

江西人在东关的历史比较悠久，而且人口众多。清朝末年，福州开放口岸后，江西的土特产要出口各地，东门古渡码头是一个便利的中转地。所以，江西人纷纷来邵武开商铺，在邵武东关的江西人有南昌、丰城、抚州、进贤、南丰、广昌、贵溪、乐安人等，对外总称为"江西帮"。他们勤俭朴素、刻苦耐劳。尤其是江西的工匠们心灵手巧，大到盖房建屋、造船龙舟，小至家具雕刻、瓷器竹器，甚至堪舆算命、雕刻寿板、布衣漂染都是聪明会干的江西人所能，还有医疗药材、牛羊销售、瓜果蜜橘、苎麻种植等，亦是江西人在邵武首开先河。江西人在东关经营的项目很广，除了上面所说的业界，还有京果、布匹、客栈、木工、泥工、园木、裁缝、印染坊等等，可以说是控制了当时邵武经济的很大份额。其中最大的一项生意便是水运，早在清光绪年间时，江西帮贵溪人的鸡公船几乎总揽了邵武至福州的航运业务。

鸡公船很有特色，是行走在大溪里的一种特制小船，因形如公鸡而得名。它首尾上翘，船身小，船底平，船中有篷面，船头有桅帆，船尾有大舵，配有竹篙、桨掌握前行。根据鸡公船大小，载重量有 4—10 吨不等。鸡公船转弯虽然不是很灵活，但由于吃水浅，十分适应于滩行。

鼎盛时邵武有千余艘鸡公船，在邵武东关是一支不可小觑的帮派力量。

闽清会馆：邵武东关的闽清人有大几千号，主要是以船工为主，聚居点在小东门以及中山路下河街等处。有不少人是在日陷时期来到邵武讨生活，并定居下来。闽清人善水运，通过一段时期的经营竞争，最终形成了闽清人掌握的邵武到福州的航线。最兴旺时，邵武河段有近 2000 艘船，大部分是闽清人所掌控，一小部分是闽侯人。

闽清帮的"帮头哥"是一个叫黄子文的人，他最早是不起眼的穷人，经过几十年的打拼，拥有了自己的二十几艘船。闽清帮的船上分工很细，收入也不同。艄公老大多由船主自己当。其次是称之为"大运"的船工，走一趟福州工钱 500 斤大米，外加 2 块银圆。其三是叫"大腰"的船工，走福州每趟工钱 450 斤大米，外加 2 块银圆。其四是"中腰"船工，走福州每趟工钱 280 斤大米，外加 1 块银圆。最后就是"小腰"船工，通称"船尾仔"，没有工钱，只是换三餐吃而已。

常言道："千年的大道走成河，多年的媳妇熬成婆。"船尾仔随着时间的推移，也有出人头地的日子。如一个船工领袖名叫高永兰，他生于 1894 年，9 岁丧父，其母守寡养育，还送他读私塾一年。后因生活所迫，他 14 岁当了一名船尾仔，先是撑鼠船跑短途，后撑米船走福州，历经磨难，终于练就一身过硬的撑船技术。他为人豪爽忠诚，做事敢于担当，深得船工们和行家的信任。光泽有一家闽清人开的恒丰米行，只认高永兰做铺家，专门托运该行的大米。就这样，高永兰成了闽江航线上一位闻名的"帮头哥"。一般的"帮头哥"只能带七八艘米船，可高永兰能带三四十艘，许多船工都爱加入他的船帮。帮大生威，连沿河的土匪都得让其几分。

邵武东关的航运竞争十分激烈，充满了争锋箭阵、你死我活的相斗，实际上是闽清帮与江西贵溪帮两大帮派的对决。当时闽清人的船只船体比贵溪人的鸡公船小，称之为"麻雀船"。其优势是行驶灵活，速度很快，形如麻雀，头尾尖且微翘，中间宽，船帮呈微弧形，状如梭子，船底尖带圆，上有船篷，船头有桅帆，船尾有舵，亦配有竹篙、双桨。麻雀船依舱数分3舱，小型麻雀船载重2.5—8吨，大的可达15吨。下行多载米谷，称"米船"；又因多漂流而下，与货一起出售，又称"漂船"，在竞争中逐渐取代鸡公船而占优，从而帮助了闽清帮在邵武经济实力的发展。闽清人的麻雀船最多时达到了3000余艘。

贵溪船帮和闽清船帮在民国初年发生过一次规模很大的武斗，造成双方互有伤亡。后来，经县知事张祖汉弹压调解，划定北门码头给贵溪船停泊，东门码头给闽清船停泊，此事才告平息。从此邵武的经济由原来江西帮一家独揽变成江西、福州、闽清三帮共同主宰的局面。

但闽清、江西两帮的争斗始终没有间断，从水中斗到了岸上。江西人开的邵武商业老字号公盛京果店于民国初年就开设于东门大街的一间合资股东店，为江西帮中规模最大，也开设得最久的商店，主要经营闽浙海味、南北京果，兼营粮食、食盐等，生意十分兴隆，在福州设有宜记行栈连锁店。邵武店的负责人是黄喜生，经理则先后由邓侍同、饶尉夫担任。公盛京果店除了经营商品外，还有另一个任务，就是在邵武采购粮食运销福州，再由福州采购货物来邵武，批零兼营，同时还兼做船帮的汇兑业务。因为船家老板除替客商装运货物外，自己也搭做点生意，因而常向公盛京果店借款，到福州卖了粮食再把借款归还。利率是在邵武借90元，约30天后到福州还100元，有时资金紧张时，汇水还要提高些。

闽清帮的麻雀船逐渐取替了江西帮的鸡公船，形成了定局。但在这个竞争的过程中，闽清帮并不怎么光明正大。有时暗中叫船家故意把公盛京果店的货船在中途沉没，或借款后故意逃走，让京果店造成严重损失，致使公盛京果店的处境非常艰难。但黄喜生这个人有头脑，没有采取极端做法，而是运用他丰富的经验，谨慎从事，在极端困难的情况下，坚持把商店经营下去。这点不得不让人对他另眼相看。

广东会馆：建造时间在民国初年，地址在东门外的紫云桥畔，与原江西会馆毗邻。会馆为寺庙形式建筑，大门上方有青石横匾"广东会馆"4字，左右两边为侧门，正殿宽敞，殿中未设神座和神像。会馆门前蹲着两只高达 2 米的大石狮，形态庄严。里面的戏台规模较大，其台面离地面 2.5 米，台宽 10 米，深约 6 米，台基用大石头雕琢砌成，台后有上场门，后台建有大戏房。

由于邵武地处武夷山南麓，得天独厚，山清水秀，是茶叶生产重要地区，早在宋朝邵武就有御茶园，以专门焙制贡茶而闻名国内海外。而广东是饮茶大省，民众习惯啜饮早茶，需要大量茶叶消费。因此很早就有广东茶客商家来到邵武，从事茶叶收购定制等商贸事项，自然就形成在邵武组织同乡会。他们在东门外行春桥附近，河桥上以及城内等处有 10 多家茶庄，生意兴隆。为了满足商贸需要，维护同乡利益，所以集资建造会馆。

第一次世界大战爆发后，西欧国家忙于应付战争，停止来华采购，加上中国的邻邦印度大量发展茶业，争夺国际市场，致使我国茶叶外销锐减。广东客的茶庄被迫相继停业，返回原籍，只有少数人散居邵武乡村务农。城区仅剩一个名叫钟平炎的人不舍离去，一家人居住在东门吊桥下种菜为业，并兼管广东会馆房产。1924 年冬，北洋军阀孙传芳部队驻防邵武，会馆驻兵，受严重损坏，后来又成了驻军的马房。

汀州会馆：清朝末年所建，会馆地址筑建在进贤街，与广东会馆相邻。坐西向东，四面围墙，共二进。入大门有天井，第一进厅堂面阔三间，进深两间，穿斗式木结构。双坡屋顶，厅中插屏隔前后厅，从后天井进入石框门为第二进，面阔三间，进深两间。主堂为重檐歇山顶，抬梁穿斗式木构建筑。他们主要为客家民众服务，从水路进出，因此也敬祀妈祖娘娘。历史上汀州民众很早就在邵武从事商业贸易，他们通过水路、陆路，源源不断地把木材、陶瓷、土纸、靛青、烟草、中药材、笋干、香菇、红菇、豆腐干、棕衣等商品输送到邵武中转，或者互相交流。汀州会馆最早只是长汀、上杭两县经营纸靛的商人组织的"纸靛纲"，后发展壮大才变为汀州会馆。汀州会馆是汀州同乡集会办事的民间驻邵武东关办事处，兼顾联谊、娱乐、客栈、仓储、洽谈等用途。东关商旅云集，因此在邵武筑建汀州会馆是理所当然。由于汀州会馆的人员、商品、业务在邵武和诸会馆比较稍小稍少，保留时间也是较短，大概在 1941 年就淡出行业，馆址破败，因此被人们忽视。故而，外地人谈到邵武东关的会馆时，只以为四大会馆，而淡忘了汀州会馆。但不管怎么说，东关的这些会馆都能彼此尊重，有事相互关照帮忙，很是难得。

　　其实说到会馆，邵武在外地亦有会馆，而且名气也很大。由于邵武物产丰富，纸、茶、笋干都是大宗商品，商人自古就有外出行商传统，邵武人经商诚实守信，严于律己，广受欢迎。乾隆二十二年（1757）乾隆皇帝二下江南，曾御赐苏州邵武会馆对联一副："广著神庥，锦浪平时开素练。长昭福佑，彩云飞处展灵旗。"

　　天子御赐牌匾，那真是皇恩浩荡深如海，声价奚论十倍增。邵武会馆在苏州红极一时。邵武还是福建在京城最早拥有土地建会馆的县城。据京师《邵武会馆志》载，邵武会馆建于明万历丙午年（1606）由乡贤黄可让先生诸君出资而建，其首事计费1500缗（音民）。会馆坐落在正阳门外东草场二条胡同，前临官路与南北院之门并列，横计地址拾有一丈。后达头条胡同，围墙限之，横计地址九丈余邵武会馆有产业，在兴隆街，名德顺篷铺。会馆义园在西城宣南桥火道口斜街（今宣武区下斜街），计地三亩有余，前临官路，左与畿辅先哲祠为邻，右与山西义园为界。自清乾隆五十一年购地后，相安无事，到清光绪三十四年间，南皮张相国构筑畿辅先哲祠，邵武无人在京，墙也倾塌，被暗侵失地四丈有余，虽经双方交涉，而祠楼已成，乃以调停息事。义园内有古墓27座，有碑志可考。还有天津的邵武会馆，天津地处南北水陆运输要冲，吸引了南方各省商人北上天津经商，有关史料记载，天津最早的会馆是建于清乾隆四年（1739）的闽粤会馆，俗称"洋蛮"会馆，此后建立了江西会馆、山西会馆、广东会馆、邵武会馆等，邵武会馆位于天津市的估衣街，而延邵会馆则位于南运河北的大王庙，延邵会馆牌匾由光绪二年的状元王仁堪书。至1911年，由于社会动荡，各会馆日渐萧条，不久多数会馆便销声匿迹了。

　　还有就是福州的邵武会馆。清代，邵武的纸、木、茶、笋皆为大宗外销商品，当时在福州经营纸业的称为纸帮，经营茶叶的称为茶帮，综合又称为邵武商帮。各帮所销产品，经由福州南台口转运至天津等地生意日隆。因未寻到合适的会馆地址，清光绪三年（1877），邵武纸帮傅济川、曾玉轩等合捐3000银圆加入建宁的绥安会馆。根据《新附绥安会馆碑记》的记录，"邵武为建之同郡"。会馆的"同乡"概念较为广泛，其中"同郡异邑"即同府不同县之人加入会馆的情况最值得关注。邵武县与建宁县在行政区划上同属于邵武府，具有地域认同，较易为建宁商帮所接受。

邵武商帮经营的商品，以纸、木、茶、笋等土特产为大宗，属于典型的闽北山区产品。邵武所产之纸，在制作工艺上是福建各县中的"上选"，而且规模庞大。据调查，邵武全县有超过一百个村落从事纸业生产。连史、毛边等纸，每年出口量"在六千担以上，利息甚厚"，由此邵武当地形成了一批纸商家族。邵武商帮在福州南台也有活动的记录。到了光绪初年，邵武帮又以地域认同和天后信仰为由，加入本府建宁县商人的绥安会馆。邵武商帮形成之后，在很长一段时间没有自己独立的会馆，而是依附于其他商帮的会馆之内，直到民国时期才单独设置了邵武会馆。

03 鹤立鸡群

在东关几家会馆中，最有威望、名气最大的是福州会馆，生意做得最大也最有章法。福州帮在邵武主要经营京果盐米、茶叶纸张等生意，从邵武采购大米、茶叶、纸张、木材运往福州供应市民，又从福州贩运海产、食盐、糖果、食杂来到邵武销售。由于生意做得灵活，资金周转得快，获利甚厚，兼之有小弟之称的闽清帮麻雀船兴起，与福州帮认了同乡人，大大加强了商业竞争力。福州帮凭借这些有利条件，米粮商号生意做得风生水起，八方兴隆，在激烈的市场竞争中飞速发展，位居在邵武各帮派经济之首。为谋求同乡的团结和共同利益，由该帮大商号老板游东哥、游振宁、陈一舟、陈青松、陈永惠等人倡议筹建会馆。得到同乡及小弟闽清船帮的大力支持，筹集了一笔雄厚资金，在较短时间内就完成会馆建设工程。

福州会馆地址选在东门外中山路大街，背临富屯溪闽清帮麻雀船的停泊码头。俗话说：门有"三"不对。一是门前不对分岔路，坚定朝着一个方向走，日子才会越过越好。二是门前不对垂杨柳，柳树在古时代表着分别与离开。三是门前不对苦水潭水代表财。门前一潭死水，则意味着"财运"不通。所以游东哥在建福州会馆时特别注意了这三点。

福州会馆不仅配套有百余间客房，还有大戏台和豪华酒楼，颇有上海滩的韵味。会馆大门亦是十分气派，用青石雕花栅栏门面，门上两边耸立青石直匾，门额亦是青石横匾，上刻"福州会馆"4字，系萨镇冰手书。

侧门左边刻"腾蛟"2字，右边石刻"起凤"2字。进门是一个足有60平方米的大戏台，两侧设有酒楼包间。正殿中央为神座，神龛中供奉天妃圣母塑像，两旁为千里眼、顺风耳两个小神雕像。会馆落成之日，延请大法师建水陆道场，同时举行了隆重的新建戏台开台活动。早在几天前，就从福州请来著名戏班演唱闽剧。开了这个头，此后每年农历正月十五，这里都张灯结彩，大摆宴席，都要聘请福州的演员演讲福州评话，请闽剧名角来唱闽剧，包括一些其他有浓郁色彩的闽都文化活动。

由此，福州会馆与福州帮的名气越来越大，势力也越来越强。东关人都说，不管你是黑道还是白道，无论你犯了多大的事，只要你的脚一踏进福州会馆，就没有人敢动你。因为福州会馆在东关最有势力，而福州会馆的大老板是游东哥，谁人不敬，哪个不尊？不仅是邵武的县衙门要尊重福州帮游东哥，就是邵武最厉害、最有势力的青帮，也都要让游东哥三分。

说来青帮在全国都很有势力，青帮起源于明代的罗教，它将佛门中传说有精湛武功的达摩奉为始祖，秘密发展组织，被当时朝廷视为有异谋而严加取缔过。明灭亡后，为了笼络人心，它又从反明转而提出"反清复明"的口号。但到了清雍正四年（1726），他们当中的3个大头目翁一雍、钱天坚、潘津浩替清政府承办漕运，为了更好地驾驭船民，便在原基础上建立起更为严密的帮规和相应的组织形式，以"元明心理、大通觉悟、万象更新"等字句顺序排列，作为辈分标志。这时候的青帮不仅不再反清了，而是向清王朝频送秋波，表示顺从。有些地方干脆自称"安清帮"，半公开地在船民中和码头上广收门徒，借此保持在漕运中封建行帮的独霸地位。青帮之所以有江淮泗、嘉白、嘉海卫以及杭三、杭四等分支，就是因为这些原先都是漕运中的船号。后来，海运取代了漕运，加之南北铁路干线先后建成，交通运输的格局出现很大变化。他们失去了往日固定的生活出路，逐渐流入上海、天津和长江下游各通商口岸，和当地一些青皮流氓沆瀣一气，成为一个给社会治安带来巨大隐患的黑社会组织。辛亥革命后，他们在上海成立过中华共进会，被袁世凯利用来刺杀宋教仁。1927年又被蒋介石利用参加"四一二"大屠杀。黄金荣、张啸林就是其中有名的人物。其实，它无任何宗旨，因而除了收徒时开香堂外，也没有定期集会之类的活动。一些人之所以加入青帮，不过是想靠这个组织来保护自己。

而为非作歹之徒则利用它作靠山，以期一旦出事，可以有个能立即出面营救的团伙。

邵武的青帮是在 20 世纪 30 年代后期才发展起来的，重要的基地码头也设在东关。它的人员来源有一部分是从江西等地传入的，据说最早是金坑乡一个叫黄新寿的人，因不务正业，在家乡站不住脚，流浪到江西广丰后，就在那里加入了青帮。大约也在这个时候，在江西任职的和平人李坚也在他的任所加入了这一组织。他们回邵后广收门徒，都利用青帮扩大自己地方的势力。后来，光泽的蔡绒三、麻沙王世杰也都来邵武收过徒。在闹派系时他们成了最为卖力的打手。另一支是来自抗日期间驻扎在邵武的国民党伤兵。他们 3 个最大的头目是王烂柯、邱懋堂和张子衡。王烂柯原系十三补训处军需，是个烟鬼和赌棍。邱懋堂当过营长，是十六临教院的伤官。张子衡也在二十军做过军械官，离开部队后，还藏有不少枪支弹药私自出售，其德性可想而知。他们和伤兵的交往也甚为密切。他们都通过自己的关系，在伤兵和地方群众中大收门徒，扩大自己的势力。华严寺有个当家和尚清泰，是王烂柯在邵武收下的头一个门徒。一些菜农受伤兵残害后向他诉苦，他故意沉吟半天才说："如果你们也在帮，他们就绝不敢动你半根毫毛！"不少善良的平民百姓，虽然没有什么邪恶的目的，但在那群魔竞舞的罪恶环境下，为了求生存，只好东挪西借，准备好红包，也拜到清泰门下了。他们虽然入了帮，但和一贯为非作歹的青帮分子，在本质上有所区别。

青帮头目的尊卑固然按辈分算，但实力则主要看其门徒的多寡。如果门徒众多，一声号令，可使几千甚至上万的徒众呼应，其声势是十分可怕的。因此，许多青帮头目都像这个清泰一样，不遗余力广收门徒。到后来，在人们心目中伤兵和青帮，或姚、宁二派中的骨干和青帮几乎成了同义语，因为他们不在帮的已经很少了。仅金坑的黄新寿，就收有门徒 5000 余人，他的势力除和平、金坑外，还遍布江西的广丰、南丰、广昌、南城、黎川以及福建的建宁、将乐等地，包括后来到邵武的国民党伤兵则绝大部分都加入了青帮。也之所以，青帮的势力大而且无所不在。为此国民党军统特务组织设在东关，不仅仅在于这里情况繁杂，还在于东关是青帮的所在地，有眼线帮忙。后来中共省委 101 地下联络站被敌特侦破，就与青帮有很大的关系。

在东关多方的势力中，常有争执摩擦，但无论哪一方，谁都要给游东哥面子。但凡游东哥出面，没有摆不平的事情。游东哥见多识广、阅历丰富，而且为人相当讲义气，慷慨大方，常在他人有难处时，见义勇为，出手相助。尤其是他不看重黄白之物，很是舍得花钱，所以黑白两道对他都敬重有加。

游东哥有一句口头语，他说："天下人都为钱来，都为利往。但是别人存钱，我求的是存交情。"此话众人佩服首肯，游东哥绝对是说话算话，吐口唾沫便是钉。1932年夏天，邵武遭遇百年大涝。东关由于地处低处，受损更是惨重。水灾过后，他在福州会馆大门口召集街坊邻居们前来，吩咐家人取出一个小箱子打开，小箱子里面装的是什么呢？全是东关街坊们的借钱借米的欠条。游东哥吩咐手下当众全部将欠条烧毁。这个举措让所有人动容动色，这绝对是真金白银不掺一点儿假，不论是有欠条没欠条的人都佩服之至。

游东哥坦诚地对大家说："人生要吃好三碗面，体面、场面、情面。人生这三碗面，端起来是做人，放下去就是世故。"

但谁也想不到，游东哥这么一个好汉，后来遇到一件事，使得他无可奈何，不得已离开了东关。

这是一件让游东哥感到十分奇怪和心悚的事情。

那是一天清晨，游东哥正在东关外的溪边散步晨练，突然，从不远处飞来一只老鹰，似乎奔着游东哥飞了过来。游东哥在不经意间捡了一个圆不溜秋的小鹅卵石向它扔去，没想到老鹰飞走后又突然飞了回来，向游东哥俯冲下来。游东哥的头顿时被这只鹰的利爪抓破，游东哥吓得一头钻进了溪边茅草棚里。东关两个打鱼的人一见是游东哥遭袭，赶忙拼命帮助赶鹰，但老鹰围着茅草棚盘旋就是不走，三番五次地向秸茅草棚俯冲，并且不停地用利爪抓挠茅草。两位渔民一边呼喊，一边挥舞鱼叉吓唬老鹰离去，老鹰就在头顶转悠，也不啄别人，就冲游东哥使劲。只见老鹰在天空一会悬停，一会俯冲，仍旧要找游东哥决斗。后来闻声又来了几个鱼鹰队的渔民，他们赶到现场后，老鹰才飞走了。

　　游东哥正在里茅草棚藏着，听到有人喊他才心有余悸地出来。只见游东哥额头被鹰划了一道长口子，后脖颈子还被老鹰叼了块肉，痛得他直咧嘴。更让人吃惊奇怪的是，过了十几天，游东哥在溪边又一次遭到了老鹰的攻击。那天他在散步间，忽然就看一个黑影冲过来，他本能地用胳膊一挡，老鹰就抓到胳膊了，接着就奔游东哥的头部而来，用它尖锐的嘴直啄游东哥的头，之后噼里扑棱连抓带啄。所幸还是鱼鹰队的几个渔民赶到，鹰才飞到高空，在附近盘旋了几圈飞走了。此时游东哥满脸是血，疼痛难忍。脑袋就像炸开了似的，有点揭盖的感觉，疼得游东哥连眼睛都睁不开。那一次被老鹰攻击后，游东哥受伤的头部被缝合了十几针。

　　事后游东哥百思不得其解，对好朋友宋大龙说："不知道为什么这只鹰与我过不去？莫非我前世与它有仇？"

　　宋大龙听了后思虑说："鹰雕是有灵性的。你摊上这事，还真别说，我寻思这就是鹰雕记仇了。"

　　游东哥听了浑身起寒毛，说你别吓唬人！他说着突然想起了什么，因为他有偏头痛的毛病，前一个多月在市场上买了两只小雕烩药。看来这是把小雕给祸害了，老雕来报仇了。从来胆大的游东哥想到这不禁心悸，他不知道鹰雕的下一次复仇会发生在什么时候。

　　其实游东哥还不知道，那个抓小鹰雕的是故县的村民，叫李强，他也遭到了鹰雕疯狂的报复。在不到一年里，鹰雕三次对李强发起过攻击，一次比一次凶狠。当李强搬走不见了踪迹以后，金雕不知为何，又发起了对游东哥的攻击。

　　朱半仙知道了这事对游东哥说："此事并不奇怪，你虽无心，但有孽债其中。世间万事一饮一啄，报应不差也！人有三六九等，动物亦然有灵异，绝不可等闲视之。如蛇、乌龟、甲鱼、狐狸、黄鼠狼、鳝鱼、刺猬等都是十分有灵性之物。尤其是蛇与鹰，灵性和法力最强。伤害它们的罪过极大，而它们的报复之心也极强，有时甚至追杀肇事者几代。灵性动物十分注重恩德回报还有些法力高强的精灵，它们除了报复心理外也有报恩心理。它们对于人的恩德也十分注重，用义气回报。这些动物很有灵气，人莫打、莫杀、莫吃，应救之、喂之、放之。不要捉弄、招惹它们，要不然很可能都不知咋死的！"

游东哥听了后怕，亦懊悔不已。在朱半仙一再劝说下，他思量着要不要回福州。正巧这时他的母亲又生病了，这些天她从早到晚一直睡觉，没精力起床，平时不做梦的人，却会持续出现梦魇的情况，睡觉一直做梦不清醒，而且在睡梦中胡言乱语，或者乱抓乱打。游东哥是有名的孝子，他感到有些惊慌，请了甘草爷前来看诊，自己整天陪在旁边，握住母亲的双手，跟她说一些温馨宽心的话，让母亲的精神放松下来，不再紧张害怕。但母亲的病仍不见起色，有时呼吸困难冒冷汗，精神会恍惚，神情呆滞。甘草爷轻叹了口气摇摇头，对游东哥意味深长地道："看来你还是陪母亲回福州吧！"

游东哥听明白了甘草爷的话，只好回福州避仇去了。临走时他依依不舍，说过一两年或许事情平息了，他一定还要回来的。但一直到他去世，再也没有回到过邵武东关这块土地。

从这件老鹰事件发生后，原本就对鹰怀有敬畏的东关人痛定思痛，谈鹰色变，敬鹰十分，再也不会去伤害任何一只老鹰，更没有人敢吃老鹰肉了。甘草爷警醒道："鸟雀属飞禽，蛇属鱼龙，它们被救后会知恩图报；如残害它们，其报复也是自然的。我们无法解释人与动物灵性之间的关系，可是在生活中令人深思的事情却时有发生。千万不要贪图美味无故伤害一个动物，一切众生皆有灵性，要珍惜它们的生命，保护它们。就是保护我们自己。"

東关坐

第十章

01　东关百井

东关城门口，聚仙阁茶馆。

俗话说，药农进山见草药，猎人进山见禽兽，商人眼里见商机。尚安志就是这么一个有见识的人。距离东关城门口 100 多米的上河巷，开有一家装修得很有特色的聚仙阁茶馆。它是清末时期的一座古民宅，主人是姓尚的有钱大户，前年全家都搬到上海儿子家去住了，只留下一个同宗的管家尚安志留守古宅。这位尚管家很有经济头脑，善于理财生钱。他见这么个古宅闲置着浪费可惜，而且房屋一旦没人住就极容易破旧。东关来来往往的客人川流不息，无论是歇歇脚，还是谈生意，都要有个雅静的地方。于是他去信上海征得主人的同意后，将古宅稍微装修了一下开起了茶馆。

这座建于清时期的古宅坐西朝东，造型独特，由门厅、正厅、后厅、厢房、后屋组成，内部厅堂回转，后厅围绕天井分东西南北四个厅，被称为"十字厅"，建筑风格十分罕见，整栋房屋柱基屋檐门窗花雕精美，纹饰考究，显现清时工匠的高超技艺。东关一带的房子大都简陋，但都讲究房屋加门槛，民间有言："门槛，门槛，过去了就是门，没过去就成了槛。"其实这是两码事，借用的一个比喻句而已，门槛的真正作用不在此。门槛是属于门口的一个很重要的关栏，可将地气拦截于屋内，不让其泄去。如果门外见到低下去的楼梯，门槛就要加高，否则地气就会外泄。从家居风水来说，这属于不聚财。所以人们都很注重门槛的安装，一是将住宅与外界分隔开来，既可挡风防尘，又可把各类爬虫拒之门外，实用价值很高。其次，门口横上一道门槛儿，象征着竖立一道墙，将一切不好的东西挡门外，特别是要把那些鬼怪拒之门外，以保一家人的平安。同时门槛儿能够藏风聚气，防止财气外漏，养一家之财，对住宅风水也颇具重要性。因此，在东关一带住户的建筑中，稍有点讲究的人家，在住宅正门都建造有高高的门槛。在东关祖祖辈辈流传的习俗里，老一辈总会告诉小孩子不要踩门槛，一方面可以防止木制门槛被踩破；另一方面也符合规矩和传统，透着对先人的敬重。所以老人们不让年轻人乱踏门槛，告诫说：门槛只能一步跨过去，如果踩了是非常不吉利的，尤其是踩别人家门槛更是对宅主的不尊敬的行为。

还有一种说法认为：门槛是家中长辈或一户之主的象征，是当家人的头颈，所以有忌讳踩门槛、忌坐斗，既挡财气又挡命的说道。在东关说一个人不顺利时就说："你遇着槛了。"

传说门槛在风水上的作用是很重要的。一是聚气。因为大门和地面上会有一条缝隙，而正是因为这条缝隙的存在，会影响整个住宅的气场，让气场从这条缝隙流出。如果安置一个门槛则就能挡住这条缝隙，会聚集住宅的气场。二是聚财。门槛可以防止财运从门缝中流失。三是挡阴气。门槛不但可以保障里面的财、气不外流，同样也可以阻止外面的阴风进来，有辟邪的作用。设置门槛就可以堵住家里的缝隙，这样阴风就不会从大门底下进来了。有钱人家设计门槛时会连带设计台阶 3 级以上，因为传说孤魂野鬼不会像人一样走路，它们是用双脚蹦着走，所以对 3 级以上的台阶不能直接上去。

聚仙阁的主人是有钱的大户人家，台阶自然是 3 级以上。进入聚仙阁前楼，大门正前方的一堵青砖墙上，镌刻着"聚仙"二字，主人寓意为紫气、祥瑞，象征着吉祥。大门用青砖砌成，单从大门的构造来看，并不显得十分华贵，但梁柱粗高，张显气派。天井及天井四周由花岗石板砌成，错落有致，古朴大方。由上厅左侧廊道进入，便进入聚仙楼的后厅，装修成东西南北 4 间茶雅贵宾室。有一个天井在 4 个厅的中间，呈十字形，四周由花岗石板砌成，中央由鹅卵石砌成。天井中央有 4 个八角造型的花岗石板，让人一坐下来就感到舒适大气。东关一带的房子大都是民国时期盖的，且绝大部分都是砖木结构，所以聚仙阁这座古宅就显得特别稀罕珍贵。

尚管家自己不善做具体的生意，便雇了东关一家茶庄的老吕当经理。

老吕是一个老东关，人缘好朋友多，加之聚仙阁十分雅致安静，是一个喝茶的好去处。在他的精心打理下，茶楼的生意风生水起，很是兴旺。

邵武地处武夷山南麓，大山为多，山中有四方云气聚集缭绕，似有仙气蒸腾，峰峦云雾中有精气所致，方圆数百米内的万物均受到灵气涵养，其间的茶树也异于它处。这里露水充沛，陡坡阴湿，茶树植株呈中叶类灌木型，分枝部位低，稀疏不齐。椭圆形的长叶片上叶脉明显，叶缘锯齿细而密，叶色暗绿，芽叶肥壮，持嫩性强。相传在明洪武年间，太极一代宗师张三丰在邵武禾坪的武阳峰中潜心修炼。每当练到太阳初升之时，四周的云雾渐渐凝聚成一股巨大的气场，半空中风起云涌，群峰之间隐约呈现出八卦太极于云雾之中，一袋烟的时间之后，太极云图逐渐散去，散落在群峰的森林草丛之间。大概由于这太极气场所致，武阳峰、留仙峰、翠云峰这三座山峰之间，方圆数十里的树木长得特别苍劲粗壮。笔直的树干，伞状的叶盖，一棵棵雄立在群山之中。而低矮些的茶叶林受此灵气涵养，滋生出一种独特的灵效，焙烤出的茶叶泡茶，汤色翠绿明亮，津生喉润，清香可口，而且此茶具有清心明目、排毒养颜之功效。

有意思的是，邵武民间历来将药称作"茶"，请医生处方叫"开茶"，服药称为"吃茶"，衍生了多种防病治病的"茶"，并且有确切的疗效。东关下河巷 1122 号的叶青山是茶叶店老板，他出身中医世家，通过家传秘方制作了一些专治时令流行病的茶，效果显著，很受民众的欢迎。

风气茶。用竹叶、蝉衣、钩藤、荆芥、防风、桑叶、连翘、甘草等配置而成，治疗婴幼儿感冒发热、夜惊烦哭、口疮便秘等症，既简单方便，又效果显著。

寒气茶。这里所说的寒气，是指风寒暑湿引起的畏冷发热、全身疼痛、胸闷胃胀等病症。在端午节期间，采集野生青草药洗净，切断晒干储藏。患病时根据病症，分别选用不同的药物煎服。一般有艾叶、田基黄、牡荆、鱼腥草、淡竹叶、紫苏、土牛膝、九节茶、凤尾草、鸡爪草、穿山蜈蚣、青木香、马蓼、金撮斗、青蒿、土柴胡、薄荷等。

藤茶。在清明谷雨时节采集茶叶嫩藤茎叶，去除杂草，清洗杀青，手工搓捻，制成茶蕾(叶)、藤茶饼晒干，也可煎煮，捞去渣滓，沉淀后搓成棒状或球形茶膏晒干。用时以冷开水磨汁呷服，口味先苦后甜，用于治疗咽喉肿痛、口腔溃疡、牙痛口臭、痤疮疖肿、心烦失眠、头痛目赤、大便秘结、小便涩痛等病证，效果显著。

擂茶。因四季不同，选料各异，春季多选用鲜茶叶、鱼腥草、淡竹叶、藤茶、土茵陈、陈皮、生姜，秋冬则用干茶叶、肉桂、枸杞、花生、芝麻、陈皮、吴茱萸等。将它们放入专门的擂钵，泉水浸泡后，用油茶树干做成的杵棒擂烂，煮沸分盏温服。由东家邀请数十人聚集合饮，同时聊天交流，还产生了一些民谣，如："隔壁公邻居妈，大家过来吃擂茶。擂茶苦，擂茶香，散寒吴茱萸拌老姜；暖胃砂仁和蔻仁，补血当归加川芎，益肾枸杞和熟地，祛暑薄荷臭荞麦，化湿茵陈精神爽。擂茶喷喷香，大家吃了都健康。"

五防茶。采用茶叶、藤茶、鱼腥草、薄荷、金银花、大青叶、淡竹叶、土茵陈、仙鹤草、野麻草等青草药，后来推广应用于各种建设工地、农田改造等集体劳动，能防暑降温，预防感冒、流感、痢疾肠炎、乙脑等疾病，具有很好的效果。

神曲茶。这是防治胃肠消化系统病症的茶型药物，主要采用谷芽、麦芽、藿香、苏叶、山楂、陈皮、半夏等中草药，捣烂，天然发酵后，压制成块，晒干而成。每次一块，加生姜三片煎服，治疗胃肠型感冒、肠炎、消化不良等病症，如畏冷发热、头痛身疼、腹痛腹胀、恶心呕吐、腹泻纳差，嗳腐吞酸等症状。

午时茶。这是治疗中暑发热、腹痛腹泻、肠炎呕吐等病症。一般多选用马蓼、藿香、苏叶、牡荆和茶叶等，搓揉后，用笋壳叶包裹发酵晒干，用时以开水泡服，效果显著。

说来邵武茶与邻县崇安茶地域相近，品种相同，工艺师承，质量相差无几。但由于崇安县有大红袍带动，名气就大不一样，邵武茶的销量远不如崇安。其实，邵武还有一种叫"邵武工夫"的红茶很有名气。

邵武和武夷山的茶政管理同属邵武路茶政。1853年后，武夷红茶由福州港出口。1880年福州港出口茶叶达到74万担，其中武夷红茶和邵武工夫红茶共出口63万担，这是武夷红茶、邵武工夫红茶外贸的鼎盛时期。民国初邵武年产茶叶40余万斤，内有茶行30多家，福州、广州的洋行都坐

第十章

179

地邵武东关一带开店收购。这一时期邵武茶输出赢得最高赞誉的是白毫，白毫是大叶茶品种，清明前摘的一芽一叶茶为原料制作。茶叶嫩芽背面生长的一层细绒毛，干燥后呈现白色，如果保持其不脱落，茶叶显现白色，为白茶，浸泡后，白毫仍然附着在茶叶上。白毫银针，白如云，绿如梦，洁如雪，香如兰。白毫银针冲泡时，始浮于水面，继被水浸润，少许，芽慢慢舒展，足水后，矜持触下杯底，娇碧可爱，在静水中上下晃动，叶尖不时冲出水面，沐一米阳光，此景恰似"池塘生春草"。美国传教士卢公明在1872年出版的《英华萃林韵府》中写道："最好的白毫来自邵武，种茶人四季耕耘劳作，顺应自然，生态种茶，辛勤采茶，精心制茶，奉行着一条属于自己的茶道。"

邵武的茶，是上天的馈赠，是茶与茶人辛勤完美的结合，是天然的交融，是云水禅心的人间草本。你还未细细品味，已觉身微醺、心微醉。有诗人赞叹道：

香杯茶盏烹云液，能解红颜入醉乡。

一壶煮尽千秋事，半盏茶香荡古今。

茶之于邵武，不只是一种特产，还是一个文化符号。从一片嫩绿的叶芽，到杯中的一缕清香，这个过程中渗透着中华传统文化的精华。"寒夜客来茶当酒，竹炉汤沸火初红。"在东关人看来，以茶待客不仅是日常礼仪，更是源远流长的文化传统。东关人喝茶的方式方法原本很简单随意，像北方人一样喝大碗茶，茶在他们看来，是"人"在"草木"间的东西罢了，也是面对世间万物的一种认识态度。但码头把丰富多彩的外来文化带进东关后，东关人喝茶也逐渐讲究了起来。首先是有钱人在东关开了很多家专营的街坊茶馆，可以品购两便。这种茶馆大致有两类：一类以喝茶为主、展示为辅。门店比较讲究，装饰优雅，窗明几净，器皿清亮，书画壁挂，盆景点缀，常以接待喝茶嗜好者，其中以文人雅士居多。另一类是以经营为主、喝茶为辅的商铺，经营茶叶、茶具、烟酒、根艺、书画、刺绣等商品。客人一边喝一边聊生意。东关的不少商号都会辟有一间或一角为茶室，装修虽不是很奢华，但恬静幽雅。无论亲疏往来、聚合交往、商贸交易等，无不以茶为媒、以茶交友。但更多的东关普通民众以为，茶是轻轻松松之下，习惯怎么泡就怎么泡，想怎么喝就怎么喝的事。只要淳朴自然，有一个"真"字就行。形式上简洁，心境和情趣就舒服。

甘草爷亦是爱茶之人，如何喝茶有着自己的见解。他说："不论是牛饮喝茶，还是小口品茗，实在是没必要过分地讲究。简单就是茶道，不应有那许多的繁文缛节。大道至简，人生亦简。简单的茶道最能让人感受到真实。简单、随性、舒服地喝茶，便是人生一大快事！"他的这个认知亦是东关民众的喝茶之道。

常言道："好茶还需好水配。"而东关水源丰富，有"百口鱼塘，千家水井"之说。甲骨文"井"字始见于商代，像一个方口的井，本义为水井。从"黄帝穿井"到"伯益作井"等神话传说中，反映出古人为了更好生活，便发明了水井。水井的出现，是远古农耕时代生产力进步的一大标志。东关水井的布局及其密度，体现了城圈的大小与人丁的兴疏。《邵武县志》载："邵武有井近百口，尤以东关为多，且所说皆为名井，若将星散开来的全揽进，自然更多，如三官井、诗话井、进贤井、清宁井、张家井、四眼井、关帝井、沉香井等。这些井大都垒石筑台、雕沿护栏，涌出的泉水清澈而丰沛。井道浑圆深邃，井水满满当当、碧碧幽幽，随舀随取，从未枯竭。源源不断的甘泉从井底涌出，在井壁合围里汇聚，在井壁合围里自成一统。涌出的泉水像条白龙，跃跃然过后，尽显安适惬意。井道深邃，幽幽冥冥，仿佛能听到喷涌四流之泉的声音。"

水之于茶历来有"水为茶之母"的说法。茶性必发于水。"八分茶遇十分之水，茶亦十分佳；八分之水试十分之茶，茶只八分。"茶与水的结合体中，水的作用往往超过了茶。古者穿地取水，以瓶引汲，谓之为井。而东关一带井多水甜，是泡茶的绝佳好水。

东关的地下水有清洌、水活、水甘、水寒这几个特征。清洌，天然纯净，无沉淀物，无色透明，用于泡茶，可充分展示茶之本色。水活，水不问江井，要以活为贵，流水不腐便是这个理。东关为山溪性河流，河道水体流速快、更新快，经过自然净化，活水泡出的茶汤特别鲜爽。水甘，口感清凉，回味无穷，用来泡茶，可催发茶香，提升茶汤品质。水寒，泉不难于清而难于寒。东关地处丰富的植被、狭长的山谷，易于形成寒冷气候，泉水透过清寒幽深的过滤层，从地表深处沁出，杂质下沉，水尤为清冽，泡出的茶汤滋味更加纯正。

东关的地下水源十分丰富，地势也比较低，有的地方只要打一米多深，就有泉水汩汩而涌。所以邵武东关的水井也多，不仅在街口巷陌中有井圈的公众水井，还有众多的民间私家小水井，形成了东关的水井特色。这些井形状各异，星罗棋布，布满了大街小巷之中。这些古井大都是圆月形井口，花岗岩铺面，弧圆形围墙。造型简素，没有更多的雕琢，摒弃世相浮华，古朴悠然。古井清泉，夏凉冬热。春天，古井的温泉氤氲，驱走了冬天的阴沉寒冷。夏日炎热，打上一桶冰凉的井水，用来浸泡西瓜极是可口。每到太阳下山的傍晚时分，井边特别热闹，男人们光赤着上身用井水冲凉，消去劳作后的疲乏。用东关人的话形容说："咱们东关穷人铜钱越使越少，只有井水越吊越多，越洗越快乐。"

东关民众喜欢井水，自然而然地大人小孩会挑水。有人说挑水这么简单的活谁不会？不，挑水看上去简单，但还是有功夫的，尽管两桶水的平面，但新手总是因为前进的摇摆，出现的上下波动，与水的波动不一致，而产生一种外溢的现象，费力不讨好，不断地将水荡出桶外，泼天洒地，好不容易到家，已只有半桶水了。东关不论大人小孩挑水都有门道，一挑水重压在肩，行走的频率与扁担闪动水桶升降的节奏一致，保证水不因振荡而溢出桶外。而大人们一挑水压在一边肩上，还会不停地换肩，左肩换右肩，前桶变后桶，或者再转换过来，仿佛在表演杂技。

东关幽幽而沧桑的小巷中藏有众多的古井，其中最有名气的有三宫井，位于东关码头巷内东侧巷道中，因水井傍邻三宫堂寺庙而得名。三宫井的井口比一般的井大了许多，为城区所有水井中之最。井旁的小弄儿纵横交错，四处相连通。

还有三公桥外的泉水池井，位于三公桥头至猴儿颈之间古驿道中间拐弯处南侧道旁下方。这是一口极大又深的长方形泉水池井，为邵武城出东门城外前往省城古驿道上的第一口泉水井。这口池井面积达好几平方米，池井四周以长石条板铺成三级台阶，池底多达四五个泉眼，分秒不停地向外冒出串串水泡，并发出"咕咕"的响声。水泡在池中翻滚着向上窜，且越来越大，到达池水面时才破裂，而下方的小气泡日夜不歇停地相继跟上。千百年来，但凡每位行走在这处古驿道上的人，都曾停步走到石板台阶上，蹲下身来捧饮泉水池井内那甘甜爽口的泉水。

东关兴化巷中的一口圆形筒井也有名，它直径有 2 米，深度达到 30 米。当时看井地的一位高人说："这地方是方吉地，适宜凿井。"于是动工挖掘，及至深处，有泉水涌出。井壁用石垒，圆形的井沿用一方巨石雕琢而成。井口用一块厚实的杉木板覆盖，取水时打开，不用时盖上。出水恰到好处，既不枯竭，也从不滥溢，够周遭百来户人家取用。水质特好，清洌如冰，甘甜似蜜，泡出的茶汤滋味纯正，真正做到井水与茶共美。

甘草爷看事物总是与众不同有见地，将茶喻人生。他说："茶这东西很怪，一泡苦涩，二泡甘香，三泡浓沉，四泡清洌，五泡清淡。六泡以后，再好的茶叶索然无味。诚似人生五味，年少青涩，青春芳醇，中年浓重，壮年回甘，老年无味。人活一世，不管走到哪个阶段，都要做好自己，才能真正感受到人生的味道。"

却说在这天半上午时分，中共地下党人郑晓天一身外地茶商模样装扮，慢悠悠地进得聚仙阁茶馆里，悠闲地在一张茶桌旁坐下。这时茶馆已有好几个客人了，吕经理见了亲自迎了上去。他暗暗颔首使了个眼神，热情地高声招呼道："郑老板要品什么茶？是红茶还是岩茶？"

郑晓天说这两天自己上火了，要降火的绿茶。吕经理让手下送上了一壶刚焙干出来的高山绿茶，这是一种叫作"碎铜茶"的本地茶。

吕经理说："这种绿茶最清凉降火，三杯下去，定然让客人你的口中生津，通体降火去毒。"

郑晓天说："那就来一壶碎铜茶。"

两人正说话间，有两个戴着太阳墨镜、身着黑绸衫的男子进店，黑色镜片后的目光尖锐地朝四周查看。

吕经理的余光已看到这两人，但装着没看到，提高音量对郑晓天介绍道："我们邵武的这种碎铜茶呀，不仅养生健体、排毒养颜，它还具有解暑消食、凉血养肝、止渴生津之功效。外地来做生意的商人们来到邵武，都要带一些碎铜茶回去。"

郑晓天笑道："我喝过这碎铜茶，它的功效自不用你介绍了。"

02　紧急捐款

冬天。东关 101 地下联络站。

夜幕重重下的东关，有道是：风雨齐猛，水火无情。这次送达抗日先遣队的大笔资金丢失，中共福建省委在痛心疾首的同时感到责任重大，有负中共中央、中央军革委的信任与重托。省委领导与闽北独立师师长黄立贵行色匆匆，亲自赶到 101 地下联络站。

深夜时分，中山路上的行人稀少。在联络站外面的几个隐暗处，几个便衣警卫员四散在隐秘处守卫，警惕地注意着四周的动静。省委联络站内的一间小屋，在昏暗的灯光下，只见李冰脸色铁青，十分沉重地道："这次我们损失惨重，捐款资金的秘密消息被敌人侦知，虽然说责任不在福建方面，但是总归是在我们福建的地盘上丢失的，怎么说我们都有着不可推卸的责任。消息如何被泄露的？这件事香港方面正在严查。眼下最重要的是如何采取补救措施？如何想办法重新筹集一笔资金？尽快送到抗日先遣队手中。"

黄立贵亦是面色难看，痛心疾首道："是的，这笔经费不是小数目，关系到抗日先遣队 6000 多名将士的生存。"

邵武县委书记王文波一声不吭，眼眉拧成了麻花状。他沉吟了许久后，腾地起身言道："不管怎么说，归根结底捐款是在邵武被敌人缴获的，邵武方有着不可推卸的责任！在哪里丢掉的，我们在哪里夺回来！"

黄立贵挥了挥手，口气不无批评地道："夺？难道从敌人手里夺回这笔资金？这种可能性不大。据可靠情报得知，詹斌为了邀功，已经派人把这笔款押解到江西南昌国民党行辕去了。"

王文波解释道："不是的首长！我知道想要夺回这笔款是不可能了，我是想在邵武东关发起一场募捐活动。"

李冰道："只在东关？这么大的一笔数目，短时间内有把握完成吗？"

王文波道："在全县发动募捐怕时间来不及，东关虽然说是一个弹丸之地，但却是一个商业集中区与富商聚居区。邵武的商业老字号主要分布在中山路一带，实力还是雄厚的，更主要的是东关的商界人士有抗日救亡的热情与信心。"

黄立贵担忧道："只是数目太大，恐怕难以达到目的。"

李冰思考了一会儿言道："我看目前也只能采取这个办法了，能筹集多少算多少？这样吧，筹款之事就由文波同志负责尽快运行，我回去后看看省委机关财务还有多少款项，也全部拿出来应急。"

黄立贵道："你们省委也是捉襟见肘，总要留下一点起码的资金。我们独立师也挤一挤，尽力凑一些吧。"

李冰紧锁的眉头稍为松弛了一些，言道："那就这么定了，咱们立即分头行动，无论如何不能让中央领导焦虑失望，更不能让北上的抗日先遣队途中受困，影响抗日救亡的大计。对了，凡是有捐款的，由邵武县委开具收条，到时候我们兑现还款给人家。"

通过邵武县委的奔走发动，结果令人兴奋。不到一个星期的时间，筹到的捐款出乎大家的意料之外。东关的几大名望家族听说了款项被国民党特务组织缴获的事，知道是为共产党北上的抗日先遣队筹款，二话不说，纷纷表示支持。在东关经商的众多老板们亦是慷慨解囊，数目不小，让筹款的同志们感动不已。当邵武县委的同志在打收条时，他们有的当场就给撕了说道："打日本鬼子是每一个中国人的事，是我们自己的事，还打什么收条？"

在筹款的过程中，有一些原本不在计划之中的小商家，他们得到了消息后主动前来捐款，有多有少，但其情其景让人感动与振奋。

此次捐款活动还有一个人起到了很大的作用，他叫刘启先，是东关基督教堂的牧师。刘启先出生在一个基督徒家庭，小时候进入私塾受教，故精于古文与国学。家中的基督教信仰在他的幼年时就刻下了深深的烙印。刘启先有多重身份，公开的身份是基督教的一个副理传道，暗地里是国民党军统特务头目詹斌在邵武发展的一个外围线人，但实际上他真正的身份是中共地下党人。

那是几年前一偶然的机会，刘启先与中共地下党刘佐岸相识。通过频繁的接触，两人成了一对无话不谈的好朋友，后来又进一步结拜为结义兄弟。刘佐岸大他6岁为兄，他为义弟。在交往中，众多的事情感动了林启先。他很是敬重佩服刘佐岸的为人正直，所作所为皆让他刮目相看。为此他加入了邵武地下党组织。

刘启先情商很高，人际关系很好。他很好地隐藏了自己的真实身份，平日里工作非常努力，詹斌非常重视这个有才华的情报员，这让刘启先有机会接触到不少的机密信息。敌人没有想到，刘启先是中共情报人员，一直在泄露他们的机密。由于刘启先的关系，这次募捐资金活动基本上都在东关基督教教堂，所捐的款也都集中在刘启先手上保管。

十天后，东关基督教教堂内的一间小密屋里，王文波兴奋不已，他高兴地言道："东关人了不起，爱国之举可钦可敬！一个个纷纷解囊资助，集得不少钱款。其中有的人辛苦了一辈子，将自己苦心经营的收入全部都捐献出来。这种驱除鞑虏之志、热血之举令人难忘。"

王亚海始终默默地不吭一声，他听到筹款的数目还超过了原本的数字时，几乎不敢相信小小的东关竟然超过了香港。他眼睛有些潮湿，起身也不说话，只是深深地朝大家鞠了3个躬。这时，王文波让刘启先打开壁墙上的一个机关，从柜内取出3件沉甸甸的夹衣，掀起夹衣内层，只见缝满了密密的金片，在灯光的映照射下，闪闪发亮。

王文波道："这些资金来之不易，为保险起见，刘启先同志叫人连夜赶制这3件金缕衣。这一片片闪烁的黄金衣，就像许许多多东关人，当然也包括这次香港同胞在内，是为中华捐献出的一颗颗闪亮的、黄金般的赤子之心。"王文波说着，转向王亚海、范伟强以及赵太山三人，将这三件黄金衣交到他们手中贴身穿上。言道："李冰另有要事，不能分身前来相送，托我转告，一切都拜托你们了，这次千万不能有一点闪失！"

03 叛徒

乱石穿空，惊涛拍岸。

令人痛惜的是，在这次筹款后的20多天，由于叛徒告密，刘启先不幸被敌人逮捕入狱。刘启先落入敌手，并非是他自己行事不周密被暴露，而是邵武地下党的一个叫余文强的突然叛变所致。为了在敌人面前显示自己的价值，余文强出卖了刘启先。余文强原先是光泽县一个文化人，字与画都有一些名声。6年前他与一个有钱人的姨太太相好，被这个有钱人知道后，把他狠狠地毒打了一顿。余文强身败名裂，自知在光泽是待不下去了，便跑到了邵武混日子。在一次东关文化人的聚会上，他结识了刘启先，这余文强表现得很激进，而且能说会道，口才很好，得到了刘启先的赏识，把他发展为邵武地下党外围人员，正准备培养他入党。余文强是一个投机取巧的人，他看到地下党没有自己所想象的那么有利可图，不但艰辛而且十分危险，弄不好还要掉脑袋，所以起了反水的念头。其实在此之前，有一个了解余文强的知情人告诉过刘启先："知人知面难知心，余文强就像披着羊皮的狼，表面上人畜无害，实际上是一个害人的狼。为了自己的荣华富贵，别看他上头一脸笑，脚下会使绊子害人的。"

刘启先听了不以为然，但还是存了一个小心，推迟了对余文强的重用。就在刘启先有所防备的情况下，余文强还是将利刃刺进同志们的后背。

刘启先在一天夜里被敌人抓被捕，左腿被敌人的子弹打成骨折，碎骨头散乱在肉里，敌人百般折磨刘启先，把所有残忍的酷刑都用上了，对刘启先进行了20多天不间断的严刑拷打。刘启先是一个意志坚强之人，但实在忍受不了敌人的折磨，想一死了之。一天夜里提审时，他趁敌人防范松懈之时，挣扎着从楼房上跳下。不幸的是他只是腿部跌成重伤，左脸摔烂了半边，再次落入敌人手中。

刘启先被抬到监狱大堂，敌人恼羞成怒，用鞭子的把柄插入刘启先手腕上的枪伤伤口，一点一点往里拧，痛得刘启先忍不住大声喊叫起来，但是他还是坚持住了，没有透露党的半分机密。

这天，刘启先被五花大绑押赴西门城外沙滩的一棵大柳树上的十字架上。刘启先的四肢被敌人用钢钉钉在树上，鲜血如泉涌。两名长相凶狠的刽子手拔出匕首、锥子在刘启先身上乱戳，把他脸颊、手臂、大腿、胸部的肌肉一块一块割下来，惨状目不忍睹……可怜的英雄满口鲜血直淌，竟发不出一点声来。纷纷黄叶坠，霜蹄千里骏。刘启先壮烈牺牲！

1935年初。严寒隆冬，风火烈焰。

敌人从余文强的口中得知，邵武东关是红军部队的一个重要物资地。但是余文强也只是听说，未能获知真正信息，不知道共产党地下组织把物资放在什么地方，便派出了不少眼线，整天游荡在小东门到东关外的猴子山一带，想破获这个秘密物资地。

当时邵武是国民党军第五次"围剿"的一个外围重点区域，国民党大动干戈，疯狂对闽北革命根据地进行反扑。集中了国民党第七十六师、十二师、二十一师、五十六师、新编十一师、独立第四旅、"剿匪军"第二纵队以及闽赣两省的保安团等10余万人封锁了整个闽北山区。对根据地的红色基点村采取了移民并村政策，强化保甲制度，实行"一户通匪，十户连坐"的"连环切结法"，把老百姓所有的粮食、食盐收缴上去，严格登记，限时配发，妄图切断红军与群众的联系。这给刚刚脱离根据地的红军造成了极大的困难。这里是远离村庄和交通线的大山深处，除派人到敌占区寻粮之外，只能草根野菜当干粮。无油无盐的野菜吃得人面黄肌瘦、四肢无力。

1935年2月中旬的一天，省委领导黄道与闽北军分区司令员李德胜在东关一户地下党的堡垒户家中见面。黄道欣喜地告诉李德胜："刚刚收到党中央的电报，遵义会议在前不久召开，已经清算了王明、博古、李德等人的'左'倾军事路线。在此之下省委决定，闽北分区委改变组织方式和斗争方式。准备重建闽北红军独立师，下辖4个团，采用山地游击战的方式打击敌人。"

李德胜听了，不由暗暗吃了一惊，殊不知，对革命已失去了信心的李德胜正在蓄谋叛变。前几日他已与敌人派遣的特务有了联系，准备在近期投降国民党。党中央和省委的这个指示，无疑会破坏他的计划。他想了想，装着兴奋的样子对黄道说："那太好了！我看为了消灭敌人的有生力量，立即将分散在游击地的独立师4个团全部拉出来，集中优势，看准机会打一次胜战，以鼓士气。"

黄道丝毫也没料到李德胜存有叛变之心，便点头同意，充满信心地道："我看可以，撕开眼下厚厚的云层黑幕只有靠闪电打破，沉闷死寂唯有靠雷鸣来呐喊。你是司令员，仗如何打，由你这个军事指挥员策划定夺。"

阴险的李德胜随即下命令，把部队拉到了敌人重兵驻守的江西沿山一带集结。在分区委党政机关向江西沿山的途中，李德胜突然叛逃投敌，尔后带领数万敌军"围剿"红军独立师。这料想不到的致命性打击，致使红军独立师和闽北区委猝不及防，在交战中敌众我寡，独立师遭到了敌人的重创，牺牲了不少红军战士。丧心病狂的李德胜带领敌军包围了红军医院，将红军伤病员悉数烧死，随后破坏了红军的兵工厂和银行。红军在撤退中失去了唯一的一部电台，红军独立师和闽北分区委再次与党中央失去了联络。

风云突变，形势严峻。在此生死存亡的情况下，闽北红军游击队并没有气馁，全部撤退到大山之中。经过重创后吸取教训，立即改变原来李德胜所熟悉的打法，在闽北方圆数百公里地域开辟新游击区，采取分散作战的形式，打一枪换一个地方，尽量避免与敌人大部队进行正面作战。国民党军见此也调整计划展开围剿，但兵力不得不分散于众多山区作战，失去了战斗主动权。倒被游击队牵着鼻子在深山峡谷中转悠，东扑一阵，西扑一阵，有如老虎吃天，疲于奔命。

1936 年春，闽北红军独立师师长黄立贵出其不意，突然率部长途奔袭猛进，一直插到了闽东北，与叶飞领导的闽东红军游击队会师。这个战略战术打通了闽北与闽东两块根据地的联系。不久，黄道等领导在政和与周宁交界的洞宫山举行会议，并成立了中共闽赣省委，黄道任省委书记，叶飞代表省委领导闽东游击战争。此举形成了省委对闽北和闽东的统一领导，加强了革命武装的战斗力。

第十一章

01 福建协和大学进东关

1938年初夏。邵武东关码头。

绿水碧波，浩然之气的大溪缓缓向东，川流不息。从福州逆流而上的100多只鸟雀船、鸡公船组成浩浩荡荡的大船队，依次缓缓地驶向东关码头。船上站满了身着学生装的学生们，场面十分热闹壮观。船近时，从大溪河面上传来了雄壮的福建协和大学校歌："协和大学闽江东，世界潮流此汇通；高山苍苍，流水泱泱，灵境产英雄；萃文化，作明星，明星照四方……"

歌声嘹亮，音律悦耳，一股都市的气氛扑面而来。在东关码头石阶上欢迎的队伍摆动彩色小旗，锣鼓喧天，鞭炮震响，号角齐鸣。大溪南岸沿河几十米内人头攒动。民众们打着"欢迎福建协和大学师生"的横幅标语，在风中扑扑作响。孩子们在人群缝中钻来钻去，四周一片喜气洋洋，十分热闹。

乌篷船队依次驶来，几百名大学生与教职员工们纷纷伫立船头，带着惊喜兴奋的目光，看着闽北山城邵武的模样。码头上早有许多拉双轮车的工人以及手持扁担、绳索的脚夫们齐齐聚集等候着装货。此时见船靠岸，不少人纷纷拉住船身，帮忙乌篷船靠稳停住，继而往岸上卸载行李货物与成箱的书籍与物品。边城从来没有见过这么多的大学生，这让东关民众感到十分的高兴和惊奇。

千里行舟，一路风尘一路险滩，终于安全到达邵武了。一身学究气的福建协和大学校长林景润如释重负，他站在码头上举目四望，不由深深地舒了一口气。从福州到邵武逆流而上，整整用了近 21 天，所幸没有出现什么意外，学生们一路平安。

林景润校长年逾花甲，慈眉善目，他在中国教育界名声显著，不仅是大学校长，还是美国哈佛大学的名誉博士。站在他身边的是教务长郑作新教授，同样是知名人士，也是一名科学博士、海内外闻名的生物学家。

抗日战争爆发后，林景润就考虑到福州地处沿海，随时随地会遭到日寇的占领，于是他便开始考虑学校的搬迁问题。这是一个让人两难的选择，留下，是不再安全的学校与家园；离开，是难以预料的混乱、困难重重，是一种陌生的未来。林景润斟酌再三后认为：抗日战争爆发后致使东南半壁多遭沦陷，四处都充满了危险与未知数，只有福建内地山区较为安定。林景润校长与众人反复商讨后，决计不管路途多艰险、有多少困难，还是把学校迁往相对稳定的闽北邵武。

屈指算来，当时福建省在国内享有名气的大学只有两所，一是厦门大学，二是福建协和大学。福建协和大学是创建于 1915 年的一所教会大学，清朝宣统三年（1911），由世界基督教大会推举的高等教育委员会会长高绰博士来福州，与福建基督教六公会联议创办的一所大学。1915 年成立董事会，以教会俾益知为主席，推选庄才伟为首任校长，校名定为"福建协和大学"。1916 年春，学校于福州仓前山租下旧俄商茶行，正式开课。学校将福州的英华、格致、三一中学以及闽南的英华、寻源五书院的高年级学生合并为一年级学生。1922 年学校择定福州魁岐乡为校址，于鼓山之麓、闽江之滨建筑起新校舍，大小有数十座饶有东方古典风味的精致建筑峙立江东，背倚鼓山，面俯闽江之流，远山凝翠，是一个绝佳的读书之地。

值得一提的是，早在 20 世纪 30 年代初，福建协和大学就有共产党组织的读书会，进行革命活动，并培养了一批进步青年加入中国共产党。当时的协和大学作为青年学生聚集的高等学府，进步老师和学生经常发表一些被当局认为不合时宜的言行，可以说福建协和大学不仅是一所治学严谨、学风优良的高等学府，蜚声海内外，且也具有光荣的革命传统，输送了一批年轻有为的志士加入革命队伍，被誉为大学的民主堡垒。

1931 年起，福建协和大学党组织得到加强发展，有了郑维新、卢懋渠、叶光明等一批优秀共产党员。他们在校内吸收进步学生参加互济会、反帝大同盟，以学生自治会名义创办《协大学生》月刊，因此引起国民党极大的不安。郑维新被国民党警察局长丘兆琛下令开枪杀死，壮烈牺牲，年仅 23 岁。

1938 年，福建协和大学迁校邵武东关。当时在校的主要有两位共产党员，林辰教授和生物系学生肖玉英，他们都由福建省委地下组织直接领导，与当地组织相互间少有联系。林辰教授担负外联工作，主要是闽江工委建松政特委的交通联络。肖玉英则负责在校联系群众，与当局进行有理有节的斗争。她创建了协大笔会，促进协大剧团大量演出，如《家》《雷雨》《北京人》《原野》等进步剧本。当时另一名地下党员林天斗是剧团的导演、笔会主持人。协大农学院教授刘子松也是中共地下党员，他组织时事研究会，在校内宣扬共产党抗日救国主张。这次协和大学迁移邵武，是有一定的基础条件。

福建协和大学迁到邵武后，大学本部安置在东关的基督教堂。

基督教堂周边清新雅静，很是适合教学环境。林景润住下后十分满意，尤其对附近那十几棵粗大的古樟树十分欣赏。古樟树有一种独特的香气，有驱虫、净气功效。东关老人向他介绍说，这些古樟为唐天宝年间邵武名人阮鹏所植，现如今大的树高有 18 米，主径周长近 6 米，树冠覆地可达近百平方米。枝叶稠密，四季常青，犹如一把巨大的绿伞，荫庇着过往行人。

协和大学内亦有好几棵大樟树，矗立在操场与教学楼之间。它们造型优美，枝繁叶茂，枝干匀称、自由地向四周舒展，冠幅至少也有几十平方米。这几棵大樟树都有千年以上的树龄，这从枝干的粗壮以及裸露在地表的树根，就可以大致判断出来。虽然它历经千年风雨，世事沧桑，但苍老而弥坚，树的表皮非常有弹性和光滑，树叶细密青翠，枝枝叶叶都充满了勃勃生机。

邵武民众历来十分喜欢樟树，自有历史记载，樟树就在邵武开始广繁盛种。樟树冬不枯萎，四季常绿，树冠舒展，枝叶繁茂，浓荫覆地。樟树的叶片呈椭圆形状，不仅秀丽明亮，而且有一种香气徐徐不断地溢出。在邵武城乡以及众多的路口处，都可以看到生长数百年甚至千年的大樟树。东关的百姓们对樟树情有独钟，把它作为风水树、纳凉树，广而种之。南宋舒岳祥有《樟树》一诗赞道：

樛枝平地虬龙走，高干半空风雨寒。

春来片片流红叶，谁与题诗放下滩。

福建协和大学迁移到邵武东关，亦是做了比较长久的打算，所以投入了不少资金建造楼房，除借用汉美及乐德两所中学旧址的10余座楼房外，校舍有楼房30余座，大半是借用原有房屋，一部分系新建。紧接着，新建了"才伟楼"和"高智楼"这两座大楼，作为男生宿舍和图书馆使用。协和大学的邵武校舍分为东、北门两部，除了理学院设在北门外，文学院、农科院以及总办公厅等都设在东门。

在这次迁校中，最难得的是福建协和大学一些重要的图书几乎完好无损地运到了东关。在战时能够储备这样完整丰足的图书，的确是十分可贵的。了解的人都知道协和大学读书风气很是浓厚，不管是通学还是寄宿的学生们晚上都集中到学校自修。每当晚自修的钟声响起时，图书大楼和各教室灯光辉煌，鸦雀无声。这让东关的民众们看了都赞不绝口。

福建协和大学除了理学院、文学院很有名气外，生物系（又称医预系）亦是了不得。该系的学生只要在协和大学读完两年，便可直进入北平协和医学院升学深造，不必再经入学考试。北平协和医学院当时是远东著名的医科大学，修业要8年，非同一般。协大的化学系也很闻名，抗战中福建省运输公司的汽车，因海岸被敌封锁汽油进不了口，只得用代用品替代，但效果不是很好。协和大学林一教授是个有心人，他见邵武有人量松树，灵感一动，从松香树脂配合烧碱萃取材料，发明了一种汽油代用品。他的这一发明，使福建省汽车运输量如虎添翼，一时凌驾于其他省之上。

福建协和大学的农学院分设农艺系、园艺系、农经系。农学院在东关基督教所属的农林试验场办设立了一个农事试验场，进行农作物新品种和新耕作制度的试验。后来协和大学还在东关的李家园办了一个苗圃基地，种了不少花卉，光是菊花就有50余个品种，还培育了不少果树和花卉种苗供应当地人栽种。第二年，协和大学农学院筹建了附属高级农业职业学校。它属中等农业职校，首任校长张天福是著名的茶叶专家。

高级农业职业学校开始只设两个班，100多名学生，只收男生。学生大多来自邵武以及附近县的初中学生，少部分来自古田、福州。该校毕业生除小部分学生进升协大外，一般都回去原籍工作。学生所习课程除高中文化课外，还有农艺与园艺科学。实习农场主要是下南寮农场。学生每天都有一定时间进行田间作业。所属的农林试验场占地 1000 余亩，遍植马尾松。农场 150 亩，附设仓库加工场、水碓及制茶试验所。园艺场 135 亩，繁殖各种果树苗木，达 20 余万株，还有花卉 2000 余盆。1937 年，有东关商人陈作舟很时尚，他在东门福州会馆隔壁筹建了樵光电气公司，购置安装了 12 千瓦煤气发电机组一台，用 110 伏直流供电，但该发电机组后来到 1940 年才建成发电，所以当时东关基本是煤油灯和蜡烛照明。协和大学来了以后就大不一样了，他们在福州就有先进的发电设备，迁校时这些发电设备一同迁到了邵武。每天夜晚，但见协和大学的楼房灯火通明，有如在大城市之隔，协和大学校园内生气勃勃、光明如昼。

协和大学自 1938 年夏从福州迁来邵武，虽然没有正式成立党组织，但共产党员和进步学生一直在党的领导下进行活动，坚持抗战、反对投降，坚持团结、反对分裂的爱国行动蓬勃发展。期间，共产党员曾焕乾曾秘密组织马列主义小组，林白曾组织学生上山打游击。

青年学生肖玉英在读高中时即加入中国共产党，1940 年高中毕业后已考取协和大学。由于她思想进步，工作积极，暑假期间被选送省委武夷干校第三期学习。结业时，李冰对她说："你不要去念大学了，还是回去搞地下工作吧！"1941 年 8 月下旬，她来到邵武协和大学学习，即与省委特派员庄征、孟起接上关系。从此，她在党的领导下积极开展活动，运用壁报和演戏，宣传反对腐败、坚持团结、反对分裂、一致抗日等内容……

1941 年 10 月的一天傍晚，肖玉英买蜡烛回校时，在东关街上，迎面走来协大教务长郑作新和同学黄惠珍，后面跟着几个特务，肖玉英见情况不妙，想走已来不及了。肖玉英、郑作新、黄惠珍被特务一同被押去三元监狱，一个月后转到梅列集中营（又叫"东南训导团"），一直到 1942 年才获释，回到协大读书。这时庄征跟她联系，告诉她："只能以白的身份出现，利用合法组织进行有理、有节、有利的斗争，广交朋友，团结进步同学，扩大党的影响，为今后建立党组织做准备。"

黄惠珍积极组建剧团，多演进步戏剧，如《家》《雷雨》《原野》《北京人》《结婚进行曲》等，引导同学关心时事，要求民主，要求抗日反对投降，坚持进步……肖玉英、潘维玲、郑能端、郭可和、施兰卿、马玉銮、林天斗、胡纪云、严桥等组织笔会油印壁报，发表文章揭露社会和学校黑暗面，积极引导同学关心政治，爱国爱民。肖玉英写的《论花瓶》，刊登在《笔会》上，第二天被三青团撕掉，肖玉英和笔会成员到三青团和训导处说理，斗争有理有利有节，决不放松。后经训导处叶明勋和学生自治会会长林文澄等人调解，终于获得胜利，校方承认笔会是协大合法组织之一，允许学生参加这个组织，于是笔会在协大堂而皇之地存在并扩大影响力。同时，利用笔会与其他组织交换刊物，互相传播先进思想。肖玉英在建瓯读书时认识了同一个党支部的郑炳中，他去了重庆国民党一个极为反动的机关中工作，肖玉英利用这个机会，请他把《新华日报》《群众》《野菜》《展望》《观察》《铁托之帅》等进步刊物和书籍，外层用报纸包起来，盖上他单位印章寄到协和大学，特务一般都不会检查。肖玉英接到后传给同学看，极大地鼓舞了他们爱国主义思想，对斗争十分有利。

1944 年 10 月，福州第二次沦陷。福建协和大学地下党员、农经系教授刘子松为核心，组织了时事研究会，随后又秘密建立读书会。

协和大学女生宿舍有个会客厅，这个会客厅是进步学生聚会、研究、商议工作的活动场所，被学校女生指导员方琼珍察觉，要把会客厅改为宿舍，因而遭到同学的激烈反对。开始，学生派代表跟她商量，要求恢复会客厅，但校方不让步。地下党员曾焕乾等发动学生进行罢课斗争，向校方请愿。学校当局见众怒难平，被迫接受了学生的要求，恢复了会客厅，连训导主任都引咎辞职了，学生获得胜利。这场斗争，实际上是以党领导的争取民主争取人权的进步力量与反动力量的较量。

1944 年夏，一架飞机坠毁在邵武芹田。协大学生中有恶霸之子姚慈明、姚慈和两兄弟，他们仗着县参议长姚慈良之势，带着一些人去抢夺飞机零件，引起冲突。进步学生借此机会，发动同学与姚家进行斗争，以党员何有礼、黄猷以及进步学生苏必义等组成五人委员会，领导学生烧毁了姚家房屋和一些家具。姚家仗着姚派势力和武器进行顽抗，纠集一些人烧毁进步学生居住的翰明楼，又激起学生愤怒，进步学生更加紧密地团结起来进行斗争。最终，因政府和校方派兵制止才停止搏斗。

1944 年上学期，刘静贞带着庄征的亲笔信来找肖玉英，要她重抄一份，并找她要一笔钱。当时肖玉英觉得很奇怪，但是地下工作的纪律是严格的，不要你知道的事不能问，只好服从，照抄一封。不过关于要钱倒有些困难，因为肖玉英的父亲平时只按月寄生活费，钱不多。既然组织上需要，肖玉英只好把母亲给的一个较重的金镯子剪了一半给了刘静贞。刘静贞把金镯放在信内转给了庄征，庄征把金镯和肖玉英抄的信一并交给监禁他的特务谭队长，骗他说："省委已来信，决定在邵武开会，还寄来金镯作会费，省委要我上山去汇报会议筹备情况。"谭队长信以为真，认为抓李冰有着落了，他立功心切，当即放庄征上山了。正是那封信和半只金镯，在帮助庄征逃脱起到了关键作用。

1945年1月，美国国务院访华团葛德石访华，到邵武演讲，提出中国地大而物不博，只能成为一个农业国，宣扬"工业美国，农业中国"的谬论，夸奖美国对华"援助"，鼓吹中国只能依赖美国，蔑视中国人民的抗日斗争和我国人民的创造力等。这在学生中引起强烈的反响和警醒，促使同学们进一步考虑中国往何处去的问题。地下党员和进步学生纷纷投笔揭露葛德石帝国主义代言人的嘴脸，《笔会》发表了潘维瑜的文章，批判葛德石的言论，并组织学生进行讨论"中国往何处去"有力地提高了同学对当时局势的认识，进一步团结起来，增强了爱国主义观念，积极投入对反动势力的斗争中。

1945年春，邵武宪兵以协和大学校内私自宰猪为借口，闯进学校进行搜查，共产党员曾焕乾及进步学生多人聚集起来与之论理，在查不到实据情况下，被学生轰了出去。宪兵队队长闻讯赶来，见狼狈状况恼羞成怒，立即纠集所部宪兵据守协大对面江西会馆，向协大开枪射击。当时，学生只好采取应急措施，封门固守。学校当局急电省军政首脑求救。这种野蛮行为引起全省哗然，纷纷谴责宪兵违法无理。结果，省府被迫将宪兵队队长撤职，并调离肇事宪兵。这一斗争胜利，令全县人民拍手称快。

1945年9月，闽江工委派何友于来邵武协和大学联系，准备筹建党组织，但因各方面条件不成熟未果。直到1946年春，协大迁回福州后，成立了福州学委，曾焕乾为书记；同时成立了协大党支部，陈世明任书记，党组织才正式建成。

协和大学于1938年5月内迁邵武东关，抗战胜利后的1946年迁回。协大在邵武东关整整8年，对邵武的经济、文化的影响是深远的。

02 半条街的文化人

夏天。东关中山路。

烽烟四起，风雨雷电，日寇的铁蹄肆虐着中国的土地，震荡中的中国乌云压顶。所幸邵武边城得益于大山深处，道路崎岖，鬼子不敢贸然进犯。山城有了暂时的安宁。风雨雷电、江河湖海之中可见证一个边城的气势。信步在东关的大街小巷，穿梭在旧宅古院之中，于一个个零落成泥的遗址和留存里，可以品味到明清时期的兴盛。你轻叩一扇古门，千年的烟云便迎面而来……在郊区可看到绿树绕村庄，清水满陂塘。映入眼帘是桃花红，李花白，菜花黄，大自然尽显五彩斑斓，明艳清丽。呼吸着林间清新芳香的空气，让人顿生盎然与惬意。夜晚，东关古城墙在月亮光的照射下斑斑驳驳，光影倒映在水中，呈现出一幅难得的夜景。但是因为战乱，福西华还是离开邵武回到美国，他写道：

因为战乱，我们不得不离开了邵武东关。在码头登上乌雀船，回首眺望东关，那密集的房屋，庙宇、城楼，一切都是那样的熟悉，绵绵阴雨下的黑瓦屋顶构成一幅抑郁忧伤的图画。正在溪边饮水的水牛，似乎听见了即将来到的枪炮声，不由愤怒地扬起了头。邵武，不知道什么样的命运在等着它……

福西华走了，因为他不知道日本人的枪炮声什么时候会在邵武响起。但更多的人却来了，因为来的人认为邵武还是相对安全的。福建协和大学迁到邵武后没多久，福州的格致中学、文山女中以及一些政府机关、银行、金融保险也先后迁到了邵武，有2万多名的教职员工和学生随同而来。这一切为落后的封闭的邵武山城带来了现代的医学、教育、农业生产等方面的繁荣，更带来了先进时尚的文化理念。

福州文山女子中学和格致中学，都是历史悠久、由基督教创办的学校，和邵武基督教有着十分密切的关系，两校毕业生多升学于协大学习。

格致中学于1941年夏内迁到邵武，校长薛廷模是美国华盛顿大学硕士，教务主任倪耿光从美国阿伯林大学毕业，总务主任郑德富则从协大毕业。其时，许多教会房舍都已经被协和大学使用了，其他公共房屋又为东关的国民党驻军所占住，只有文庙和小学几所破烂不堪的房子尚空着。格致中学各班学生多自福州、永泰、长乐、连江等处流亡而来，生活十分清苦。因处于抗战时期，教师们的物质生活极度紧张，老师不得已种菜以节省开支，但教学上仍是一丝不苟，诲人不倦。学校对学生每日出、缺席考查甚严，视缺课情况分别以扣分、记过、留级，甚至勒令停学。

格致中学的校长薛廷模与一些典型的知识分子不同，他心性豁达、风度翩翩，是一个热爱生活、兴趣广泛之人，哪怕在战争年代也是如此。他尤其重视文艺，对培养学生的文艺才华很重视。他聘请了诸多留美、留英和国内名牌大学毕业生当教员，其中还聘请了美国著名的钢琴演奏家、指挥家阿尔伯特·福路先生任音乐教员，同时花巨资筹建了一支格致铜乐队，所用乐器价格不菲，都是向美国有名的乐器公司购买的。学生们利用课余时间在福路先生指导下勤学苦练。这项独具特色的课外活动，不仅在当时福建省内的中学里是独一无二的，在全国范围内也为罕见。每逢节日、庆典大会，格致铜乐队的队员身穿专门制服上台演奏。福州市的一些重大喜庆活动也都会邀请格致中学铜乐队参加演出。上街游行时，格致中学铜乐队总是排在队伍前列沿途吹奏乐曲，铜乐队服装整齐，乐器新巧，精神抖擞，演奏精妙；领队先行，观者动容，啧啧称赞，给福州广大群众留下了深刻印象。

如此现代气息与高档次的铜乐队在大城市都少见，而格致中学迁到了邵武东关，自然让东关民众大开眼界的同时，也给东关带来了浓郁的文艺氛围。说到格致中学，必须说到东关的一位杰出人物，他叫张国辉，字传新，祖籍邵武东关人。他生于清光绪十九年（1893），父亲张筠卿为清代秀才、基督教牧师。张国辉青年时期就才华出众，能通晓7国语言，是邵武的第一个留学生。

光绪二十七年（1901），张国辉进入基督教会办的汉美书院读书，宣统二年（1910）升学到福州格致书院。当时教育部开始考选留美学生，他以优异成绩于次年春考取，赴北京清华学堂（现清华大学）留美预备班学习，于1913年秋国家公费保送赴美留学。他先后在哥伦比亚大学、耶鲁大学、芝加哥大学法学研究院学习7年，获文学硕士、法学硕士、法学博士学位。学成后，1920年秋至1932年，他先后在外交、法律和教育界工作，曾任北洋政府驻美国公使馆顾维钧公使的随员，北京国民政府、武汉革命政府外交部秘书处秘书，南京国民党中央特种刑事临时法庭审判员、司法机构参事等职，还应聘担任北京中国大学英语系教授、南京中央大学教授达7年之久。

1933年冬，张国辉应外交部陈友仁之邀，在上海担任国际宣传工作。后来他经香港到达越南堤岸，多年侨居在岳父家中，创办强华学校，自任校长，同时应邀担任中华学校国文、英文教员。1940年春，他返回上海开办律师业务。汪精卫伪政府慕其才华，以公使一职相邀，他坚决拒绝接受，不当汉奸卖国贼。汪精卫伪政府恼羞成怒，数次派特务暗算。他不得不再次避居前往越南。1946年冬，张国辉回国途经香港时由民盟中委刘王立民和周新民介绍，加入民盟组织，次年应聘到广州岭南大学担任历史系教授，并参加爱国民主运动。

文山女中1939年7月由永泰迁到邵武东关，校长王秀贞是非常优秀的女性，她在美留学后归国执教。文山女中的教务主任是陈光蛟，而训导主任则刚好是邵武东关人陈锦娥。文山女中有学生近400人，以初中班人数为多。学生们原籍多在福州及附近县的有钱人家。学校迁到邵武后，浙江、江西省临近的诸县民众仰慕文山女中的名声，有不少青年女子前来投学。文山女中办学严格，其声誉与格致中学等同，部分教师由格致中学老师兼任，协和大学老师也有在此兼课。文山女中与格致中学一样，因美籍教师居多，不独教师间用英语会话，学生与外籍教师也用英语对答，包括两校的理化、世界史地等课也常用英文。文山女子学校迁到邵武时，正值物价飞涨时期，校长王秀贞把学校的现金兑换成金条，存储在一个秘密地方，让学校的基金不至于贬值。她在战乱的环境中，克服各种困难，购存大米，让后勤工作正常运转。不久又因邵武鼠疫流行，文山女中又迁回永泰。

迁到邵武东关的另一所大学是之江大学，它是基督教美北长老会和美南长老会在中国杭州联合创办的一所教会大学，是中国的13所基督教大学之一，有学生1000余人。

太平洋战争爆发后，之江大学原计划迁往金华，后金华告急，又改迁福建邵武。之江大学与沪江大学于1942年同期迁到邵武（沪江大学后来另迁往重庆）。之江大学迁到邵武后，因楼房紧张，受条件限制，第一学年借用协和大学的校舍开学，设有文、工、商3个学院7个系，校长是著名的经济学家李培恩博士，教务长是哲学家顾琢人博士。学生只有200人左右，来自江苏、浙江、安徽、江西及福建等省，其中以福州籍学生居多。由于老师偏少，图书馆便成了学生的第二课堂。好在当时协和大学图书馆的藏书质量是全国高等学校保存图书最完整、最多、最好的，给学生的学习创造了得天独厚的条件。晚自修的钟声未响，馆门前的学生已黑压压的一片在等候着。

1943年9月，之江大学在东关外大溪对面的新校舍建成使用。新校舍有办公楼，男女生宿舍楼（二楼兼作教学）、膳厅各一栋以及操场、生物试验场各一块。由于学校坐落在东门外对河的山谷中，面向大溪，背靠万峰山，环境十分清雅幽静，树木成荫，空气清新。每在清晨与黄昏这两个时间段，学生们三五成群散步在溪边、绿茵山麓之中。教师人数虽然不多，但教学异常认真。课程有经济学、金融学、国际贸易学、银行管理学、会计学，统计学、英语和生物学。课本基本采用英文原版。

由于是教会学校，有着与一般学校不同的特点，学生除了课堂学习、课外活动之外，还有晨祷会、周末礼拜。学校在东关还购置了一只渡船，雇专人管理，附近百姓也可乘坐。

协和大学、之江大学、格致中学、文山女子中学等迁到邵武，高级农业职业学校在邵武的创办，极大地促进了邵武的教育发展，给闽北各县的青年学子提供了就近升学的机会，为闽北山区的中等教育事业输送了不少人才，做出了很大的贡献。

这些大量的人员和物资，包括后来美籍传教士詹雨时、潘德惠夫妇、医师林恩华、怀兰夫妇等人带来的大批西药和医疗器械，均通过水路由福州运抵邵武东关。在这条传递物资与文化的河流上，大溪把闽都的优秀文化源源不断地带到了边城。当时群山环抱中的邵武东关，可谓是学生如云，东关民众为此高兴而自豪地言道："咱们东关中山路半条街都是读书人。"邵武东关已然成为抗战时期的一个文化中心。

基督教对邵武的教育影响也很大，从1873年开始基督教在邵武传教，开始是为了传教的需要，教会从庚子赔款中拿出部分款项用于办学校、医院等民生事业，有着教会的目的所在，以期获取基层民众的好感，吸收更多的人加入基督教。

1902 年，美国传教士和约瑟与女儿珠丽因为邵武教育之缺乏，教会中的子弟读书困难，开办了一所教会子弟学校，地址在东关进贤坊附近，取名为"汉美小学堂"，只收男生，即男校，学制为 6 年。之后，教会在邵武地界的基督教徒中发起募捐，筹得 1500 银圆，在东关外购地 70 亩，又得美国女信徒夏立士夫人独捐 5000 银圆兴建校舍，兴建了一幢三层西式楼房。

1905 年汉美书院（汉美中学）开学，招收学生百余人。教会后又在宝严寺隔壁创办乐德女子中学。

汉美书院改汉美中学后，美国教会派多察理传教士来担任首任校长。多察理是一个"邵武通"，会讲邵武本地话。1904 年起他就在邵武传教，是福西华医生的伙伴之一。

汉美中学的课程设置方面主要为英文、数理化及西方科学知识等学科，还有宗教教育，如对教义和《圣经》的学习。学生毕业后成绩优异者可以被输送到福州格致、英华等中学继续深造。后来成为国民党省参议会议长的丁超五、协和大学教育系主任朱柏、南京中央大学教授张国辉等都是从汉美走出去的邵武历史名人。

后来，受所谓的收回教育主权运动的影响，汉美中学停办，其校址和乐德中学的旧址在抗战时期被协和大学占用。校内除了一座汉美大楼和一座礼堂之外，还有几座小楼房。汉美大楼上层为男生宿舍，中层为教室、图书馆、医药室及教员休息室，底层为男生的厨房与膳厅。右侧的二号、三号楼为男生宿舍；四号楼为总办公处，内分校长室、秘书处、注册课、事务处、会计处等。左侧第五号楼为种学馆，上层为农艺及生物实验室，下层为化学及物理实验室；第六号楼房为礼堂。学制原定 6 年，后改为 4 年。小学的创办对资金、师资等要求较低，相对容易，且多随传教工作开展而进行。而中学的创办就比较困难，所以教会在闽北创办的中学，只有邵武的汉美中学和乐德女中两所。

学校动员学生信奉耶稣，还规定学生每天早晚必须祈祷，餐前做祷告。校长多察理考查学生操行成绩的标准，主要根据学生是否积极参加宗教活动，其他则不大在意。有一次评到学生王德藩时，监学黄许认为王德藩行为不正派，操行成绩应给丙等。多察理则表示王德藩热心宗教，应给甲等。结果自然是校长意见占上风。对家境贫寒的学生，照顾免交学费，有的还能得到伙食津贴费，美其名为教会的仁慈。其实这种仁慈的施予并非无条件的。校方规定，凡属接受免费或津贴待遇者，每天下午完课后，必须义务劳动，到外国人的住所去打扫卫生、擦洗地板、浇花种菜等，一句话，为洋人做杂役。若有学生犯了校规，重则施行体罚，罚跪、打手掌、站立，情节轻的也要做祷告认错。每逢星期日，本校师生必须做礼拜，受聘的中国教员皆需受其约束不得例外。即使星期日遇到有政治活动事项，亦须先做礼拜后方可去参加。

教会在创建汉美中学同时，还开办了神学校。20世纪初于邵武东门外王墓墩开设男神学校，专门培养传道人才、乐益文教士，黄铎牧师相继任校长。教会早期创办的学校，多附设于福音教堂基础之上。1882年东门福音堂建立，汉美小学就是利用其旧的布道场所改造的，主要为寄宿学校，为基督徒和中国事工子女开办。早期办学条件艰苦，邵武东关基督教档案有这样的记载："学校位于一个大楼阁之上，楼下就是几个中国家庭的住所。小孩的哭声、鸡飞狗跳的嘈杂声，熏人的烟气从厨房冒上来……"

其实，邵武人历来重教，办学之风自唐开初以来就从未有过停滞，民众自发地纷纷集资办学，一直延续至今，蔚然成风。1932年，回教在清真寺设本小学，兼收回、汉子女就读，后因经济支绌而停办。同年，基督教会在东门设模范初级小学。

03　情变

窗外起风了，似乎是有人在呜咽。灯光有些飘忽不定，那只宠物猫"花花"眯着眼，一声不吭地依偎在舒玉婷身旁。最近一段时间，舒玉婷闷闷不乐，因为郑晓天整日不归家，回到家中没说几句话倒头便睡。舒玉婷知道他在外面太忙，看着丈夫疲惫不堪、奔波劳累的样子，心疼得不得了。但日日如此，时间一长，舒玉婷便有了怨艾。之前他哪怕再累，回到家中也会关心问候她，可现在连一句温馨体贴的话都没有，这让她从失望到生气。难道丈夫对自己有所厌倦？难道说他在外面真的是忙于事业？这一点也不像原来的他了。

郑晓天根本没察觉妻子的心思，舒玉婷实在是太在乎丈夫对她的关注了，哪怕是细微的一言一行，都会引起舒玉婷的胡思乱想。舒玉婷天生感性思维、内心敏感，对感情开始患得患失，缺乏自信，没有了安全感。这一段时间里，舒玉婷总得不到郑晓天对她的关心与在乎，这些天又听到一些风言风语，说者无意、听者有心，这让舒玉婷心中想七想八，甚至往极端处乱猜瞎疑。说到底，舒玉婷是感情完美主义的追求者，她以为自己与郑晓天的遇见结合，是冥冥之中的定数，是情缘所致。舒玉婷觉得婚姻不仅仅代表着幸福和神圣，而且是两个人一生一世的誓言。所以两个人相爱，所有的感情就必须圆满，达到自己所想象与要求的那种状态。在茫茫人海里，她前世欠下郑晓天的情债；大千世界中，郑晓天就是今生要找的伴。独自一个人的时候，舒玉婷又想，她与郑晓天的相遇是天意，自己应该珍惜这份遇见，不该心生怨言、胡思乱想。古人说：是非终日有，不听自然无。各种是非每天都在发生，不去理会那些话，自然而然就不存在了。有缘自会一路并肩相爱，缘来就要珍惜。自己选择了郑晓天，就要无怨无悔地陪他终老。

然而，树欲静而风不止，有一个人破坏了舒玉婷的美好前景。东关民间有句话说："养老鼠咬麻袋。"这个人就是郑晓天的知心好友崔文波，一个他注定的冤家。那一天，舒玉婷闲来无事，想去买一些邵武的夏布寄给福州的朋友，走到东关一家布店门口时，迎面走来一个英俊时尚的男子。她不经意地瞅了一眼，顿时愣住了。对方也惊奇不已，两人不约而同地喊了起来，舒玉婷怎么也想不到在邵武东关这个地方会遇到崔文波。

崔文波亦惊喜道："天哪！你怎么会在这里？晓天呢？"

舒玉婷高兴道："你什么时候到邵武的？来干什么了？"

崔文波道："说来话长，咱们找个喝茶的地方聊聊。"

舒玉婷说："还找什么茶馆？到我家里去便是。"

崔文波点点头，问道："你和晓天不是在江西谋大事业吗？怎么在邵武这里会有家？"

舒玉婷笑道："你问号太多，我一下子讲不完，总之别在这里说，到家里说去。"虽然说郑晓天平时特意交代过舒玉婷,为避免节外生枝的事发生,不能轻易往家里带人,但舒玉婷此时喜出望外,高兴都来不及,哪还记得住丈夫的话。而且崔文波是谁?是晓天知根知底的好朋友。当下,崔文波跟随舒玉婷到了家中,两人坐下后把各自的情况诉说了一番。

原来,崔文波被分配到了省教育厅,工作一帆风顺,可谓是春风得意马蹄疾,很受上峰的赏识。上个月派他到邵武教育局督导诸事,同时协调从福州迁到邵武东关的几所大中学校的安置工作。

舒玉婷听了高兴道:"这太好了!我到这邵武东关都快两年了,人生地不熟,没有一个能说话的人,都快闷死了。哦!你说晓天呀?他一天到晚忙得不可开交,哪有时间陪我。对了,这个时候他也应该快回来了。你在这坐一下,我去厨房准备几个菜,今天你俩喝点酒,大家好好叙一叙旧才是。"

正说时,门外有了响声,果然是郑晓天回来了。他见家里来了客人,正在诧异间,一见是崔文波也愣住了。惊喜道:"天啊!是你老兄。是什么风把你吹来的?你怎么又知道寻找到我的住处?"

崔文波一脸神秘道:"我是谁呀?能掐会算,你又不是不知道。"

舒玉婷笑道:"你也别吹了!你们两个好朋友坐下聊,我下厨炒几个菜。"

这天晚上,郑晓天与崔文波二人是他乡遇故知,亲热得不得了,话题多多。聊来聊去一直聊到了深夜,直到东关的打更人敲响了12点的梆声,崔文波才告辞回去。

古人有言:"宁可正而不足,不可邪而有余。"崔文波长得一表人才,为人却不怎么地道。自从他认识了舒玉婷后,便发现自己也喜欢上了她。在他眼中,集艳丽容貌、富有家世、出众才情于一身的舒玉婷,让他一见钟情,神魂颠倒,几乎不能自已,到了后来竟认为舒玉婷是他错过的恋人。但毕竟舒玉婷是郑晓天的恋人,他不敢放肆造次,只能把这个念头藏在心底深处而已。不过他总是希望见到舒玉婷,一见到她就有一种莫名的冲动。舒玉婷还常出现在他梦里,二人亲密无间,是那么的真实,但醒来后才发现是那么的无奈。他感到舒玉婷是一个令他魂牵梦萦的女人,只遗憾她是郑晓天的妻子，自己与她没有缘分。虽然没有缘分，但遗憾与欲望却一直围绕在心里，对舒玉婷的暗恋从未停止过。崔文波也告诫自己不要胡思乱想，但他在白天压抑住了自己，却无法躲过每天夜里的梦。他是一个有常理知识人，知道梦是一个人生理和心理上的正常现象。梦里发生的事情，往往是自己在日常生活中思虑的延伸。正所谓日有所思，夜有所梦。梦是他内心的诉求而已，这使他在很长的一段时间里倍受折磨，他忍不住在日记中写道："喜欢上你，一见钟情，你一笑，我的心就化了。见不到你的时候总会牵挂着你，总会想起你。可惜你无法知道我的孤独与相思……"

而作为崔文波的好友郑晓天当然也想不到，他这个知心好友悄悄爱上了舒玉婷，而且是他爱情婚姻的掘墓人。在人际交往中，最可怕的就是抛出橄榄枝蛊惑人心的笑面虎。他们表面上是脸上有笑，心里却藏着一把算计你的刀。这种虚情假意的笑面虎，大多戴着友善的面具；他们往往口蜜腹剑，在你毫无防备时，会将利刃刺进你的心窝。郑晓天虽然有阅世读人的丰富经验，可惜又是一个性情中人，对朋友以诚相待，肝胆相照。他对崔文波毫无警觉之心，始终把他当作好友。老话说：人不宜好，狗不宜饱，适度才是好。人不能对他太好了，否则他就不知好歹，得寸进尺；狗不能喂得太饱了，喂饱了反而不看家。所以，要想日子过得好，凡事都要有个度。人生有限，做人有尺。即使是与最亲近的人，也要保持一定的距离感。

崔文波伶牙俐齿，却难逃离间行为的本性。原先在福州的时候，崔文波时常找郑晓天聊天，到了频繁过甚的地步。这看上去似乎没什么，其实不然，崔文波是为了见到舒玉婷才上的心。可惜的是正人君子郑晓天对此没有一点的怀疑。

崔文波在邵武东关意外遇见舒玉婷，他在惊喜的同时升起一个自以为是的念头。他认为冥冥之中有定数，人与人相遇一定有缘分，这或许是上天的有意安排他与舒玉婷见面，或许是自己与她有缘。他发现舒玉婷比在福州时憔悴了，以他对女性的经验，她可能过得不是很幸福，他甚至一下子就想到是不是舒玉婷与郑晓天有了感情问题。崔文波的眼睛确实很毒，猜测得也没错。俗话说："男怕不语声声哀，女怕不食手托腮。"心思最折磨人，舒玉婷憔悴是有原因的。舒玉婷觉得丈夫这段时间对自己无视，说明他不在意自己，甚至到了视若无睹的程度。她突然想到书上是谁这么说过的一句话："心中有花，长开不败的爱是一句骗人的话。不是所有的真心都不会辜负，不是所有的感情都花好月圆。"郑晓天对自己的一举一动都不怎么过问，这多半说明了他不够爱自己。因为只有不够爱你的人，才会对你事事放心，不闻不问。自己高估了在郑晓天心里面的位置，为此，她感到了心酸，有些心力交瘁。

郑晓天再忙再粗心，还是察觉到了妻子有些不对劲。问她有哪里不舒服，想叫东关的名医来调理一下。

舒玉婷却答非所问地说："都是我做得不好，连累你了。"

郑晓天再问，她又说："我是一个没用的人，我做得不够完美。"

郑晓天听了莫名其妙，担心道："你这是怎么了？"

舒玉婷盯着他摇摇头，自言自语地道："过得好没意思。"

郑晓天感到明显不对，他是一个有医学常识的人，见舒玉婷这个模样，心里吃惊不小，妻子怎么突然之间变成了这个样子？当下不敢掉以轻心，连忙请了甘草爷前来家中看治。

甘草爷细细观察后对郑晓天说："你夫人看起来确实心火过盛，你要多陪陪她，对缓解心病有好处。"说完开了几帖缓解心虑安神的中药，言道："你按方抓药，过两天我再来看看。"

然而，舒玉婷的病时而好，时而坏，时而低声哭泣，愈发严重起来。甘草爷看后对郑晓天说："看起来你夫人的心病很重，我们东关名医虽然有不少，可惜没有看心病这方面的专家。我看你尽快把她送回省城治疗吧，那里有专门的医生，再者换个环境对她来说会有用的。"

郑晓天没想到妻子的病如此严重，第二天便雇了只小船，陪妻子回福州看了专门医生。几天后因邵武事情多，便让家里人关照，自己先回了邵武。

过了几个月，郑晓天又回了趟省城，父亲郑胜书说舒玉婷病是好了许多，这些天她回娘家去了，说着问道："你们之间到底发生了什么事？"

郑晓天说没发生什么事，他连忙赶到丈人家看妻子。丈母娘对他很冷淡，想说什么，又停了口。他与舒玉婷见了面，妻子的神情正常了许多，气色也好看了些，这让郑晓天暗暗舒了一口气。舒玉婷见了郑晓天，眼中充满了一种哀怨之情，但嘴上却淡淡地说："你知道吗？这世界上有千万种爱，却唯独没有一种爱可以重来。一个破掉的镜子，不管如何修复，都不可能回到以前的样子了。"

郑晓天听了如堕五里雾中，不知道妻子为何会说出这样的话来，急赤着脸问道："这是怎么回事？你说的我听不明白？"

舒玉婷苦笑了笑说："一切都会随风而去，成为往事。"

郑晓天急道："我可从来没伤害过你……"

舒玉婷阻止他的话语言道："没有别的什么能真正伤害我，唯一能伤害的就是我自己。"

郑晓天明白妻子肯定是有什么事，或是在什么地方误解了自己，不然不会这样。这突然之间的情变，让郑晓天猝不及防，更是百思不得其解。他不知道实际上是在有一天，舒玉婷上街路过明星咖啡屋时，不经意地朝玻璃窗一瞥，发现郑晓天在里面，再悄悄往窗帘缝中观察，看到了她有些不敢相信的一幕。那是一个很漂亮、很洋气的女孩，她深情款款地在与郑晓天喝咖啡……

实际上郑晓天那天是在和一个协和大学的女地下党接头。回到家中，舒玉婷故意说，你今天好是浪漫。郑晓天不知妻子看到了他，回答说今天事多，在公司忙了一整天，还浪漫个啥。郑晓天的回答让舒玉婷几乎要掉下泪来，但她没有说什么，一句话也没吭声便上床睡去了。

说到底这场情变郑晓天与舒玉婷都有责任，郑晓天是粗心大意了，而舒玉婷则是不信任丈夫有了猜忌。而婚姻中最大的忌讳，就是猜忌。有道是：一切诸果，皆从因起。感情的起源，是一场缘分；婚姻的长久，是一次因果轮回。所谓："十年修得同船渡，百年修得共枕眠。"两人相遇相识有天意，相知相守靠人为。彼此信任和坦诚，是一段婚姻能持久的基本前提。长相知，才能不相疑，不相疑，才能长相守。愿得一人心，白首不相离。真正能让两个人走到最后的，少不了彼此的信任，和心底的感恩。爱情止于背叛，夫妻缘来都是极相爱的人，才有勇气决定共度一生。即便是再恩爱的夫妻，如果没有正确的经营方式，缘分也会被消磨到尽头。郑晓天想起一句话："走得最急的是最美的风景，伤得最深的是最真的感情。"

第十二章

01 李永英之死

1941 年秋天。邵武东关码头。

清冷萧瑟的初秋，落叶飘零，万物始静。但东关码头南岸边的大樟树
依然枝繁叶茂、树影婆娑。码头边从小船下来一位身着蓝色长布衫的中年
人，身材修长的他，脸盘瘦削，神情有些憔悴，但不失一个学者的翩翩风
度。他叫李永英，邵武东关人。河边一阵秋风贴面吹过，掀动了他长布衫
的同时，也把他花白相间的头发吹得有些凌乱。他站在这千年的水运码头
上放眼四望，双眼不禁有些潮湿。还是回来了，终于回到了魂牵梦萦的家
乡。此情此景使他心中不由涌起古人的一首诗来：

曾伴浮云归晚翠，犹陪落日泛秋声。

世间无限丹青手，一片伤心画不成。

家乡的秋天是迷人的，天高云淡，远山的枫叶似火，红过了春天。但
他此时此地的心境却是一种秋悲寂寥的情却，感到家乡的秋天有些清冷陌
生。这让他有些失神呆立，不知所以起来。20 年前，风云雷电。浊世动荡
的 1922 年夏天，他与好友李景珏、黄远农 3 位年轻气高的伙伴，乘坐一
条鸟雀船离开邵武。他伫立在船头，久视着溪水沉默不语。如同脚下流淌
的富屯溪水，心潮起伏，难以平静。当小船慢慢驶离码头时，他最后回头
望了望东关一片乌黑的屋顶，悄然摆手作别。他们 3 人一起奔赴广东求学
的同时，更怀着寻求真理、报效祖国的一番凌云壮志。当时的广东省是国
民党的大本营，全国各地投身革命的进步人士都涌向那里云集。

3 年后，李景珏跟黄远农二人在广东顺利地读完了大学，并且在广州
寻到了一份体面的职位，而李永英在学习的半途中却转到了上海大夏大

学。1925 年他大学毕业后，先是在一所师范学校当教员，由于他表现优异、才干杰出，很快地受到上级的赏识与重用，被任命为一所中学的校长。但令人费解的是，他在突然间又辞职离校，一下子销声匿迹，不知了去向，所有的人都不知道他去了哪里。

实际上他们不知，李永英在广东读书时的第二年，就秘密加入了中国共产党。根据党组织的长远计划安排，他独自前往上海就学的同时进行地下工作。李永英年轻但沉稳干练、胆大心细，是党内一个难得的智勇双全的人物。他接到上海中共地下党的命令，辞去中学校长一职，将关系转到福建省委。不久他又受福建省委的秘密派遣，独身前往闽南创建共产党地下组织。他是闽南地下党的早期创始人之一，其间还担任过安溪县县长，后来又被秘密派往东北沈阳，在东北从事过短暂的地下党工作。1929 年，他奉命回到福州开展地下党工作，才开始重新出现在亲戚朋友们的视野中。他的公开身份是福建省教育厅督学兼福建省第六中学校长。

李永英的妻子王洁葵亦不简单，她出生在福州一个书香门第，长相清秀、聪慧敏智，是一个众口一词的女才子。中学毕业后，王洁葵北上求学，于北京女高师毕业后回到福州工作。她虽然比李永英年轻 3 岁，但她的资历比李永英还深，在十六岁时就加入了中国国民党，是福建省最早的女国民党员之一，后来在丈夫李永英的影响下秘密加入了中国共产党。

1927 年李永英担任福建省教育厅督学兼福建省第六中学校长时，一次与王洁葵有缘初见，尔后才子佳人相识相爱，并结成连理。夫妻俩恩爱情深，使人羡慕。李永英为王洁葵特意在福州西门路 1 号建造了一座两层的小洋楼，并且取妻子的名字为念，名"葵园"见证。李永英是一个小有名气的文人，家里收藏有不少名人字画，最多的是大夏大学教授李石岑先生的字，还有国民党元老、撰写过兴中会成立宣言的马君武先生以及程时煃先生、马公愚先生等众多知名大画家的画。

李永英特意请李石岑先生写了"葵园"两个字，镶在福州西门新住宅楼的大门上，字体气势有度、落落大方。福建省教育厅厅长程时煃先生亦是个书法大家，他得知葵园落成，也挥洒笔墨写了横幅祝贺。程时煃先生还特意注释道："这个'葵'并非'葵'字，它的下方不是'天'字，而是'

央'字。它由'英'和'天'合成了的'央'字，嵌在葵的下面组成了这个'葵'字，象征着李永英夫妻俩的琴瑟和鸣、爱情永驻。"

不久后，蒋介石背道而驰，革命变味。李永英因为参加了反蒋的"闽变"而丢了官，赋闲在家。也在这个时候，他与地下党组织失去了联络。他不敢轻举妄动，等待地下党派人前来恢复联系，平时就以侍弄花草为乐，掩人耳目。他专门去江西景德镇烧制了一批有着"葵园"二字的花盆种花。他喜欢大自然生态，花了许多工夫经营葵园，种了很多的花草树木，还有一些不知名的花树。

在李永英众多的名人朋友中，他最敬重赵元任先生。赵元任可不是一般人物，他与王国维、梁启超、陈寅恪并称为清华国学研究院四大教授。赵元任不修边幅，衣服很少烫，皮鞋也很少擦，但他极富语言天赋，会33种全国各地的汉语方言。他每到了一个新地方，在很短的时间内，就可以说一口流利的当地话，被当地人误认为是老乡。他还精通英、德、法语，并用英语书写了很多著作。赵元任一生无意于做官，他与夫人杨步伟结婚时，只对她提出一个要求：别逼他做官。之所以，清华大学求贤若渴，让赵元任担任清华大学校长，这是多少人高山仰止的职位，但却被赵元任一口断然拒绝。教育部部长朱家骅亦是敬重赵元任才高八斗，万人莫及，连发了5次电报，催促赵元任尽快回国，出任中央大学校长。赵元任却依然故我，回电5个字："干不了。谢谢！"

李永英的葵园落成之时，赵元任亲自写了一首《葵园》的歌曲，送给李永英夫妻以示祝贺，手稿是用颜色很浓的蓝黑墨水写在五线谱纸上的。李永英得到了赵元任手稿很是高兴，专门到上海唱片公司为那首歌曲录了音，正面是李永英自己用母语所唱，反面录的是用邵武方言所唱。李永英热爱音乐，有音乐天赋，所以他的孩子秉承了他的基因，都爱唱歌会乐器，李家的3个儿子都拉的一手好二胡。当他们还在牙牙学语的时候，李永英就教他们唱歌识谱，最早学的则是北伐时期的《救，救，救中国》以及赵元任教授写的《教我如何不想他》。

1941年4月，日寇占领了福州，闻知李永英的才干与声望，要他去当日本人操控下维持会的教育局局长，被他断然拒绝。为此，来他家充当说客和谋职的人常常挤满了客厅，但这些人都一一被拒，均失望而归。日本占领军不死心，一名大佐亲自上门来请。这大佐有意用英语与李永英交谈，一者是显示自己是文儒，二则以期博得李永英的好感。这位大佐誓言许诺，只要李永英肯出面为他们干事，福建省教育厅厅长一职非他莫属。

出于一种礼节与周旋，刚开始李永英态度不卑不亢、言行不动声色，但一听到要他替日本人做事，他便脸色难看起来，毫不留情地拒绝了。到了后来谈不下去，这位日本大佐忍不住原形毕露，恶语相向，语出威胁。李永英见之冷笑，毫不示弱，铁骨铮铮，亦大声呵斥回应对方。日本大佐最后恼羞成怒，气冲冲地不辞而去。

日本人还未就此死心，一计未成，又出一计，派人在李永英家门口贴了一张用日文写的告示：不允许任何日本人前来打扰李家人。

李永英心里明白，这告示表面上是假惺惺地在关照他，实际上是在警告他，一切都在日本人的掌控之中。李永英感到奇耻大辱，这等同于把汉奸的屎帽子扣在自己的头上，当即气得跑进屋内，把红药水涂在日本旗上，那种愤怒与痛苦简直不可名状。妻子从未见过丈夫气得如此，只好劝他："贴了也好，省得坏人来捣乱。"

他听了怒道："宁肯让自己人来捣乱，也不要日本鬼子的保护。"

有一次日本人跑进李家，在院子里蹀来蹀去，日本人买了几斤橙子送给李永英的小儿子，以图取得李家人的好感。王贞葵为了不惹事，便让孩接了过来。李永英回来后知道了此事，非常生气，让夫人王贞葵把橙子立刻从家里扔了出去。

日本占领军最高当局还不死心，又派了日本军官上门，递上一份十分考究的烫金请帖，请李永英到福州最有名气的河上酒家赴宴。李永英不买账，严词呵斥了这个日本军官。随后双方针锋相对，各不相让，大声地吵了起来。李永英面红耳赤，义愤填膺，把这名日本军官怒斥出门。他的举动把家里人都吓坏了。

李永英事后并不后悔与后怕，他教育孩子们道：宁可饿死也不能吃日本人的嗟来之食，更不能当汉奸、帮日本人做事。饿死事小，失节事大，要像竹子一样中空有"节"。他找出苏武牧羊的画，告诉孩子们苏武是怎样的人、"节"是什么，就是要有中国人的骨气与傲气，哪怕就是死，也绝不向日本侵略者低头。

李永英从 1933 年起到 1945 年去世，一直赋闲在家，没有了经济来源，全家生活靠妻子在税务局当会计的一点微薄工资维持。全家三餐只能吃粥，没有钱买肉、买什么好一点的东西，更没有钱医病。但他宁肯受困受穷，也不肯替敌人做事或者接受敌人的一点周济。

常言道："屋漏偏逢连夜雨。"糟糕的是李永英又染上了肺结核，连声带都坏了，说话发不出声音。身体彻底垮了以后，他骨瘦如柴，整天卧床。他心里最焦虑的是，不知道什么原因至今组织上还没有派人与他联系。他心里明白，自己是与组织失联了。李永英心里很清楚，狼最终是要吃人的，日本人轻易不会放过自己，接下来肯定会撕破脸，露出他们的狰狞面目。在此情况之下，他不能在福州再待下去了。思虑再三后，他决计携妻子王洁葵，带着几个年幼的孩子回老家邵武。在一个月黑风高的夜里，李永英携带家人悄悄离开福州的家。

离开福州，李永英有众多的不舍，其中最难舍的还是葵园。家中字画虽多，但李永英是一幅也舍不得卖。但逃离的路上总要有一点钱维持生计，在没有积蓄现金的无奈之下，李永英悄悄将葵园卖给了一个熟悉的曹姓人家。房子卖得很便宜，几乎是市场价的三分之一不到。其中一个原因便是因为李永英夫妻俩对葵园情感很深，他们与曹姓人家说好，将来还要赎回这葵园的。但遗憾的是，李永英从搬走后，再也没有回到葵园。

李永英用卖房的钱还了这两年向朋友借的款，剩下不多的作路费。李永英在卖房回家的路上，遇到一个行乞的男孩向他求助。这个男孩叫陈依康，他说他的父母刚死，无亲无故，无处安身立命，听人说李永英极肯助人，故特意来求他帮忙。李永英正是落难之时，自顾不暇，哪还有能力去帮人家？但历来富有同情心的李永英，见这叫陈依康的小孩求上门来，难以拒绝，于是带着陈依康返回头，央求葵园的买主曹姓人家，请他收留下陈依康。

半个多月后，李永英乘船回到邵武，回到了久别的东关老家。但东关的老屋早已经易主，无处可安生，幸好得到他青年时的一个朋友姚乐园的帮助，借住在邵武自强路天主堂办的阅览室楼上栖居。

1941 年 12 月，日军偷袭珍珠港，美国、英国、中国正式对日宣战，第二次世界大战爆发了。李永英兴奋异常，马上吩咐二儿子李耿磨墨，他自己裁纸，写了十几条标语贴在天主堂阅览室的墙上。哪里知道，他写的"打倒日本帝国主义""人民必胜，法西斯必败"等标语，得罪了天主堂的德国神父，他勒令李永英立即撕掉标语，否则在 24 小时内搬出自强路 49 号。

李永英是何等样人，自是不肯屈于淫威撕下标语，他二话不说，立即带着家人拿着有限的一点衣物，在邵武和平路回回堂杀牛的亭子里栖息，他自己出去找房子。两天后，他找到和平路 18 号谢宝善家的空房子，一家人才中止了街头的露宿生活。

由于没有了经济来源，手头卖房子剩下的钱又不多了，坐吃山空，一家人很快就陷入困境。后来通过李永英一位朋友的介绍，王洁葵在国民党邵武税务局当了一名会计。但是由于单位的人风闻李永英的一些情况，致使工作出色的王洁葵一再被降级，最后只当了邵武税务局的留用雇员。税务局每换一任局长，她就要面临被裁员的危险。

1945 年 9 月 3 日，日本军国主义者投降，全世界都在这天庆祝胜利。中午 12 点时分，邵武全城敲锣打鼓放炮，所有寺庙和教堂敲钟，汽车、船只鸣笛庆祝反法西斯战争胜利。李永英兴奋不已，由于声带坏了喊不出声，而且身体已经非常虚弱了，他躺在病床上拼命摇晃着唤人的铜铃，用铃声开示他内心的喜悦。

令人惋惜的是李永英的病情一日比一日严重起来，他知道自己的病已难以好转，留在人间的日子不多了。一天傍晚，他把着妻子的手，潮湿了双眼道："都说夫妻本是同林鸟，大难来时各自飞。我此生与你相识，是我此生的幸福！只是我拖累你了，看来我的病是好不了，不如你带着孩子们到广东投奔你妹妹去吧，或许能得到他们的关照。"

李永英所说的王洁葵的妹妹在广东，她的丈夫，也就是王洁葵的妹夫黄铁中可不是一般人，他是国民党的一名中将，关照姐姐一家不成问题。但王洁葵闻言流泪道："你我夫妻一场是缘分，不离不弃是我的本分。无论如何受穷受累，我们一家人都要在一起。"

孩子们此时都守在门外，听到父母亲的对话都忍不住低声哭泣起来。他们很想进屋，但他们知道父亲坚决不肯，怕肺结核的病菌传染了孩子们。

1945 年 9 月 14 日，李永英去世，享年 49 岁。

李永英与东门外的名门望族，如李乐园、苏光、敖冬拉、孙治鑫等家庭常有来往，关系十分密切。孙治鑫还只是营长的时候，就跟李永英结交，成为莫逆之交。李永英去世的时候，孙治鑫刚被提升为中校。李永英的去世让大家嗟叹不已。丧事由孙治鑫主持操办，没有请吹鼓手，但由军乐队开道。李家当时家徒四壁，连做墓的钱都没有，孙治鑫则购买了一块大墓碑，哀叹道："李永英这么一个人中豪杰，想不到连墓碑都买不起，这真是让人悲哀。"

李乐园是李景珏的父亲。李景钰正是当年跟李永英一起去广州读大学的伙伴，此时已是国民党的一名参政员，名气很大。李乐园过生日时，蒋介石还送了亲笔写的贺词给他家，这事在东关轰动一时。但李永英交代过妻子，不要去麻烦他，更不可接受人家的施舍。

李永英死后，妻子王洁葵不得不将大女儿李甘交给了妹妹王洁灼收养，三女儿李主送给了国民党红十字会战地医疗队刘培医生做女儿，老三李圭送进天主堂修道院当小修士，最小的女儿送进了育婴堂。身边只留下老二李东跟二女儿李祖两个人。

漫漫秋夜，孤衾独宿。王洁葵处置完一家人的命运归属之后，万物俱静。王洁葵独自长坐，不禁悲从中来，眼前不停地浮现出一家人在葵园欢乐的情景，现实景况让她难以承受，夜久无眠。看着屋外梧桐缝的月影，斑驳地洒在床席上，从此今夜一家人各奔东西，谁都无法给谁送去温暖。这情景令她凉从心生。古人一首诗有如自己眼下的境况："失群寒雁声可怜，夜半单飞在月边。无奈人心复有忆，今暝将渠俱不眠。"在这悲凉的秋夜里，她似乎听到儿女们可怜的哀鸣，似乎看到 3 个被送走的儿女各自孤单无助的身影，不正如这诗中失群的寒雁一般，不能飞回自己身边。痛定思痛，其中凄楚，唯有自己知道罢了。月亮的清辉从天上照射下来，一切都在清冷之中。这时外面下起了雨来，夜幕中远处的山黛，虽然还有着残夏的影子，披着颓败的绿，今后这一场场秋雨淋下，将带来一场场寒冷的侵袭，她不知道自己能否扛得住？这正是：秋风清，秋月明。落叶聚还散，寒鸦栖复惊。相思相见知何日，此时此夜难为情。

02 夭折的交通站

1941 年秋。邵武东关。

风瑟瑟，叶萧萧。经过了夏天的燥热，一季落花终于飘进了东关。秋在不经意间寒了蝉鸣，登上了行春城门楼，看到一片片落叶点缀了秋色，秋风过处飘来了五谷成熟的味道。但是清露渲染了秋凉，到这一时节，人们开始体会万物渐渐归于沉寂。它有一丝冷静，有一丝淡然，但更有了一丝淡淡的惆怅。

由于地势、水运、交通、码头、人员等种种原因，邵武东关其实不只设有中共福建省委的 101 地下联络站，后来还有一个闽北特委的地下联络站存在。只是由于一次意外，这个地下联络站建立不到几个月便夭折了。当时驻扎在邵武的国民党八十师是一支战斗力很强的正规军，师长李良荣正在发起对闽北独立师和邵武游击队的第二次"围剿"。说起这李良荣，可不是一般的国民党军官，他是抗日战场上的一员猛将，曾与日寇有过多次交锋。在不久前的 5 月 25 日拂晓，中国守军在李良荣指挥下，装备团 1000 多人发起了"大湖战役"。全团向大湖敌军发起猛攻，战斗在后塘村、大湖店、大湖村等处同时激烈进行。双方拼杀到当日下午，日军兵力处劣势，尤力顽抗，残部逃窜回福州。这次战役历时 3 天，歼敌 300 多人，缴获大批枪支弹药及其他军用物资。这是日寇入侵华南以来最惨重的失败，极大地鼓舞了福建人民的抗日斗志，李良荣也名声大振。但遗憾的是，李良荣同时也是反共高手。

根据形势发展的需要，中共闽北特委决定：为了让省委的 101 地下联络站更加隐秘独立，在一般的情况下不再动用这个联络点，因而必须在东关再建立一个地下交通站。这个任务交给了闽北独立师的刘加榕负责，同时派了一个叫陈松林的同志协助工作。闽北特委书记韩义清亲自召开了地下交通站建立一事，闽北特委的丁鹏、刘加榕、陈松林参加了会议。韩义清对刘加榕言道："这次把你从闽北独立师特意抽调出来，组织上是经过再三考虑。一者你是东关人，二者有经商的经验，便于尽快地把工作开展起来。地下交通站今后主要负责城乡联络，及时把城里情况报告省委，同时负责来往人员的接待工作。"

韩义清接着道："组建这个据点，组织上考虑还是开一个店铺为掩护比较方便，准备给你物色一位女同志当你的妻子，成立一个家庭。闽北特委的丁鹏是你们负责人，协和大学物理学的教师林光辰、东关小学教师何光义是联络站的联络人。散会后，你先回大山闽北独立师移交账务事宜，陈松林负责先囤积商品货物，同时寻找一个合适的店面，在三个月内开张。"

刘加榕回到山里处理好工作移交后，在一个夜黑风高的夜里回到城里。考虑到保密事宜他没有回家，而在一个东关朋友陈立家住下。他准备先找一个能掩护自己的工作。前段时间由于在山上活动了很长时间，刘加榕的头发长长后，不敢去理发店理发，便自己用剪刀剪一下。陈立替刘加榕配备了一套衣服，从裤子、皮鞋、帽子都全部换过，让刘加榕好生地打扮了一番。果然是马靠鞍、人靠装，刘加榕立马精神了起来。第二天，陈立备了一份厚礼，领着刘加榕去见粮运处王主任，请求给刘加榕安排工作。这王主任平日里与陈立交情很不错，又收下了厚礼，二话没说便给刘加榕安排了一个课员的职务。

刘加榕没想到事情办得这么顺利，心里很是高兴，对王主任说："我缺少经验，历来都是做一些布料小生意，没搞过经营过粮食工作，还请王主任多多栽培指教。"

到了粮运处之后，刘加榕惊喜地发现，地下党还有一位同志也在粮运处工作，他公开的名字叫邓云鹏。刘加榕不禁喜出望外，这样工作起来有了相互的关照。但出于组织纪律与保密工作，大家互相都装着不认识。粮运处的人知道刘加榕家里在东关盛义开布庄，对他都很尊重。但又有些奇怪，他为何不在自己家做小老板，却到这里当别人下手。刘加榕说自己与父亲历来性格不合，凡事意见相左，有不少矛盾，所以这两年他才跑到浙江杭州去做自己的生意。但日本人占领了杭州后，生意难做，所以他就回来了。大家听了深信不疑。刘加榕为人热情大方，很肯助人为乐，粮运处上上下下的人都愿意和他交往。刘加榕在粮运处当上课员后，为了更好地开展工作，便于掩护自己，他利用课员的便利，积极拉社会关系，交了不少朋友，其中有当地土豪劣绅姚慈良、丁超五的外甥、伪乡长陈德章等一些人。

　　不久，闽北地下党给刘加榕找的假老婆缪珩来了。但两人见了面后，刘加榕立马感到不妥，给闽北特委提了意见，说："缪珩当老婆不像，她是农村的，讲闽东话，我是邵武人，我家这么有钱的人怎么会找一个农村妇女？而且她年龄比我还大，这怎么行呢？请特委考虑取消这个安排。"

　　闽北特委觉得此话不无道理，便接受了刘加榕的意见，但一时没有找到合适的人选，这事就耽搁了下来。不久后，闽北特委让刘家榕接待嫂嫂，这个嫂嫂就是中共福建省委委员、宣传部部长、新四军驻福州留守处主任王助的爱人宋梅英。因为她快要生小孩了，上级给刘加榕的任务是要保证她安全分娩，保证大人小孩的安全。

　　刘加榕没想到"老婆"没来，却来了个要生孩子的"嫂嫂"。而且店面还没找到，安排到哪里去住呢。但这是地下交通站的工作，很正常。刘加榕找东关的好朋友陈强商量，说："我那个堂哥出远门经商一直没回来，堂嫂又与我父亲家没交情，便找到我这儿来了，我没法安排她。可是在这战乱时期又不得不接待，请代为排难解忧，给个房子先住几天，等我店面找到了就搬走。"陈强为人诚实热情，很快让出一间房子，把宋梅英安顿在下来了。但后来刘加榕想想不妥，又把宋梅英转移到了东门外的陈师傅家。陈师傅是陈强的叔叔，在三公桥的溪边开了个舂米场。这个地方虽然人来人往，但都是一些熟悉的农户，为人老实巴交，相对来说把宋梅英安置在陈师傅家比陈强处更安全。

　　刘加榕从粮运处粮食调运中掌握到敌军调动情况，同样他和国民党上层人士关系也搞得顺风顺水，亦从中了解到不少情报，都及时上报了省委，给领导运筹帷幄提供了有利信息。1942 年 5 月的一天，刘加榕的直接上级领导何敏强说去光泽接洽一个地下党员，去时跟刘加榕约定好了回来的时间，但何敏强却没有按时回来，而且超过了两天的时间。这个情况让刘加榕和宋梅英非常紧张，一切情况不明，又不好撤退，只有提高警惕，静观动态，并准备了逃离的准备。

　　何敏强确实出现了情况，而且非常严重。原来，何敏强瞒骗刘加榕去光泽接关系是假话，他是去找他在上饶认识的曾有过暧昧关系的女子汪媛芳，她也曾是地下党员。但是，想重述旧情的何敏强却不知汪媛芳已被捕叛变，因为当时敌人搞的是秘密自首，所以比较保密。何敏强到了那里，汪媛芳就把他留下来了。没多久，特务就把何敏强抓起来了。开始何敏强坚决不承认，但汪媛芳出来作证，对他说："只要自首，我就给你做妻子。"

这下何敏强无言以对，承认了自己是地下党。不久，何敏强被两个特务和汪媛芳押到邵武来了。正巧，刘加榕在街上碰到了他们，何敏强立即跟他打了个手势暗号，那是事先约定好出事的招呼。刘加榕心中大惊，很快溜走了，所幸没有惊动敌人。回到粮运处后，他们当夜就紧急撤退，东关的粮运处交通站就此夭折。

03　神算朱半仙

夏天。中山路朱半仙家。

东关雄立，白云悠悠，一座神秘玄幻的古宅深藏在东关古街间。闽北十县最有名气的算命先生，人称"朱半仙"的家，就坐落在东关行春门下，是一栋清末的老房子，门口的空地上有一棵800余年的大樟树，华盖如伞，树干耸峙，荫蔽一方。

朱姓在东关是大姓，据传是朱熹第三个儿子朱在的第二十七代来到东关，在明末清初，在东关经营粮食生意，到清中末，生意越做越大，在东关置办了的商铺不少，故有"朱半街"之称。

这天中午时分，烈日当空，骄阳似火，大地一片炎炎。天气酷热如蒸、闷热潮湿，苍蝇纷飞于门前四处，这是要下暴雨的前兆。在朱半仙冬暖夏凉的古宅家中，浓浓的湿气逼出了原本藏在水缸边的一只千年龟，它慢悠悠地爬到了客厅。朱半仙家中喂养了好几样不同的宠物，第一是这只近百年的老龟，据说是朱半仙爷爷留下的龟。这种龟是一种福禄深厚的灵物，饲之可借其灵气镇宅运财，功效极大，但是唯一不足的是不能挡灾破煞。

都言大龟有玄，但小龟有灵气，这很有讲究说道。朱半仙说："当年我爷爷买来这只龟时它还刚出壳不久，他把这只小龟小心翼翼地捧在手中，用心神凝视着它。这只小龟很是奇怪，会扭过头来与他对视许久，不惊不惧不眨眼，让人喜爱不止。尔后把小龟放在地上，它不会匆匆爬走离去，只在跟前转圆圈。"朱半仙的爷爷认为此龟必与他有极深的缘法，小龟养足了两年以后，它便能识人、跟人、黏人，实为家中一宝。爷爷对朱半仙说："这只其灵力虽运财不如百岁老龟，但有此灵气的小龟在室，家宅平安！但缺点也和百年老龟一样，就是不能挡煞驱邪。"

朱半仙家的第二只宠物是只花雄鸡。朱半仙说："雄鸡对应朱雀，这种动物打生来就是与阴邪恶鬼相克制的，但也必须从小公鸡仔就开始养起，最好是挑那种花公鸡。平时多喂些毒虫和红辣椒给它吃，而且要放在见得到太阳的院子里喂养。不要让公鸡配种，保证它是童子鸡之身。要经常对它说话，它如果啄你，你就要揍它！公鸡跟乌龟不同，它是记打不记吃的货，你比它狠，它才服你，才会认你当主人。越是凶狠的公鸡，阳气越强，辟鬼就越厉害。如果你家中有猛鬼为患，或是要在什么不干净的地方长住，大可以养一只威猛的大公鸡为贴身保镖。不足之处是雄鸡只克阴灵，不能克妖物，也招不了财，安不了宅，聚不了运。"

第三只宠物是一只养了 20 多年的大鲤鱼，朱半仙说："鲤鱼对应青龙，是一种灵力最大、最强悍的宠物，但同时也是最难养的宠物。用鲤鱼护宅，放至大煞位或关口处，它能吞吐元阴、积福聚财、镇宅化煞，这便是中国玄学中最为称道的风水鱼，也叫'化龙灵鱼'。灵鲤必须要从一年龄养起，养足上 10 年，天天亲自喂食、换水，这样的鲤鱼才能通灵，并且一次只能养一条。"

朱半仙家的第四只宠物是一只叫"黑豹"的威猛大黑狗。朱半仙最喜欢这只黑豹，他说："狗和人的关系最亲密，狗是死忠不悔的动物，它一旦认了主，一腔心思就全在主人身上了。狗这种动物对鬼魅的杀伤力是可大可小的，关键要看怎么养。所有的狗都能看得见鬼煞，而且预警能力极强。狗的神魂都和主人是连着的，带着很重的人阳。"所以朱半仙非常反对人们吃狗肉，他对最爱吃狗肉的王大胆不知劝说了多少回，骂他道："你为什么长疗长疮？活该！因为吃狗肉最燥，这跟吃人肉一个道理。你吃的是人阳，不燥才怪。"这四样宠物除了那只百年老龟是朱半仙爷爷留下的，其他三样都是朱半仙自己喂养的。

民间有俗话道："驼背好驮米，拐子好撑船，独眼好打铳，盲人好算命。"朱半仙的名字叫朱宝厚，是一个半盲人，左眼什么也看不见，右眼勉强看到一些东西，只是比较模糊。他的眼睛不行，但算命却出奇的准，可以说是八九不离十。来算命的人往往听得一愣一愣的，在暗中都竖起了大拇指，佩服得五体投地，说他是神仙。但朱半仙自己却自嘲说，那可是不敢当，说半仙都抬高了他，所以东关一带的人都叫朱宝厚为"朱半仙"。

朱半仙与何逸夫、甘草爷、宋大龙一样很有名气，在东关四杰中排行第四。他是东关的一个宝，不仅东关与邵武的人服他，闽北十县乃至外省的人对他都称服不已。朱半仙只上过小学三年级，识字不算多。常言道："读有字书，识没字理。"朱半仙榜上无名，脚下有路。用他自己的话说："胸中有城府，测算有灵气。"确实，他灵算灵测的事不胜枚举，非常传奇。有一次他行至城南一户人家时，断其去年有小儿落水而亡。询之，果然不差。人惊异之下，问他何因而言？

朱半仙说："盖因他家门首中心有一人池塘之故也。"

西门有一善良之家，但家中弟兄不睦、姑嫂相争。家中老人很是烦恼郁闷，求问朱半仙有何解？朱半仙便上他家细察，他一进门，耳中便听得有金鼓之声，声中隐藏杀伐之象。尔后又见他家院内墙门前种一孤树，生有双枝冲天，树根透露土外。朱半仙说："难怪你家中手足不和，日常吵闹，丁口啾唧。当砍去此树。"此孤树伐去后，家中果然和谐不争，相安无事。

朱半仙有一次从一家路过，断言其家中人有犯心痛之病。他走后，有好事者便问其家有否情形？回答果有之。这家人奇异，知道原委后赶忙寻到朱半仙求教，亟问其故？朱半仙说："因为你家有一块大石当门之故。"

这家人将信将疑，回家后连忙搬去这块大石，家人的心痛之疾则除。诸如此类事甚多甚灵，故东关人都把朱半仙当成东关一宝。

朱半仙与人算命看相与一般的算命先生不同，有诸多讲究忌讳，他有五不看：一是自己饮酒后不看，他说因为酒气入眼，吉凶难分；二是前来算命看相者色欲过度的不看，因为气色青暗吉凶难分；三是前来算命看相者暴怒者不看，因为青蓝满面、阴阳难分；四是人多不看，这是因为精力难集中，容易分神；五是自己有事不看，因为心不在焉，算而不准。朱半仙除五不看外还有三不说：一是无运者不可说明，恐他寻死而误自己阴德；二是凶暴者不可说，恐他忌我看破，而反遭其害；三是命将尽者不可直说，恐他心慌，而其家人悲伤，于自己无益，有损阴德。

朱半仙说："其实一个人的相貌，便是他的人。相由心生。外在的容貌，不只是单纯的五官形态，还包括从内而外散发出的气质、神韵，是综合素质的体现，一颗阴暗的心托不起一张灿烂的脸。一个人如果脸上眉头紧锁、神情严肃，难免给人一种难以靠近的印象；而面容看起来和善温厚的人，脸上常驻微笑，往往从内而外散发出一种光芒，有亲和力，与之交往如沐春风。人之长相，分体貌和心灵。心有境界行则正，腹有诗书气自华。精神长相，是一种看不到的能力，这个能力决定了一个人的精神力量，所以说以貌取人真的很公平。"

对此，朱半仙举例说："很久以前，有一个手艺人，手艺娴熟，他喜好雕塑妖魔鬼怪。有一天，他照镜子时忽然发现自己的相貌变得很丑，不是五官发生了改变，而是整个面相变得凶恶、丑陋、古怪。后来他问一个方丈为何会这样，方丈说从现在开始你必须雕刻100尊慈祥观音。于是，手艺人就开始不断研究观音的神情，德性和表情，甚至到了忘我而代入的境界。当他把善良、慈悲、宽容的观音雕塑出来后，他发现自己的相貌也已经变得正气、端庄了。"

有人喜欢看相之道，买了礼物前去请教朱半仙，说这世上面相千千万万，你如何就看得过来，看得准？是否有何诀窍？

朱半仙详解道："人的面确实没有一个是相同的，但还是有规律性的。人的面相不外乎分为富相、贵相、寿相、贫贱相这几大类。福相的特征是面部丰肥，三亭匀称，耳朵厚长，眉比目长，眼睛明澈，黑白分明。贵相的脸部呈长方形，双目炯炯有神，最大的特征是额宽，整个脸部均匀。寿相的特征为面部轮廓细长，脸形不胖也不瘦，眉比目长，眉角弯下，眉间开阔，鼻梁挺直，但非极挺，鼻下容易生胡须且浓密，嘴唇红润，五官端正。贫贱相的面部轮廓较小，皮肤无光泽，而且头小、额窄、脸部皱纹很多，走路时常快步疾走，踉跄不定。吃东西时动作迅速，一副很忙碌的样子。"

朱半仙注释说："总而言之，去恶存善，所谓面随心转、相由心生，即便命不能改变，运也会随心境而改。面相体现着人的性情脾气等等。比如对于脸上没有肉的人，不可以有过多交往。两腮上不长肉的人，大部分都是有心机的人。两腮无肉、颧骨高、鹰钩鼻的人处事圆滑，甚至有些心狠手辣，跟这样的人交往很容易吃亏，一定要多加小心，不可不防。也要小心那些满脸横肉的人，这种人一般都比较凶。"

来人听了有些不以为然，说："朱神仙呐，你这么认为是失之偏颇，咱们的老祖宗不是说，人不可貌相，海水不可斗量吗？"

朱半仙笑了笑言："这可是两说了，不能混为一谈。面相彰显处世态度，心境决定面相。如若你的生活简简单单，没有钩心斗角，没有烦心琐事，脸上便常挂着微笑，那么你的面相会和你的人一样，一团和气。经常发火、凡事斤斤计较的人，面部定然会刻板狰狞，让人难以亲近。美丑，并不是无缘无故的。一个人的脸，彰显着一个人的心，心是什么样，脸就是什么样。面相是由心相决定的。心宽容，面相委婉；心计较，面露刻薄；心善良，面相随和；心恶毒，面相尖酸。相由心生，一个人的面相，来自一个人的内心。能容事的人心宽，脸上永远风轻云淡；总记仇的人心窄，脸色总会显得悲苦。"

来人听了朱半仙的这一番解说，才点头表示认同。

朱半仙靠算命吃饭是有故事的，他在 15 岁时得到一个高人的真传。那是有一天，他爹朱有财看见从院外进来了一位不相识的道长，头戴逍遥巾，身披蓝道袍，脚踏云履鞋，手持一柄仙人帚，长得可是鹤发童颜、仙风道骨，目如晨星精光闪，气势如虹坐如山，行如轻风拂柳，端的是一位有道行的高人。朱有财见了心中起敬，连忙施礼相见，请教大名，并请他到厅内喝茶叙谈。道长笑了笑，摆手道："贫道姓李，但有要事在身，在此不宜多作久留，只是与你有缘，有一件造化送与你朱家后便走。"

朱有财谢道："不敢当！无功不受禄，况且我家有经营诸项，不愁衣食生计，但还是要多谢李道长的关照。"

李道长摆了摆手，言道："这是两码事，你虽有经营聚财生利的本事，但儿孙之事却少有妥善考虑。"

李道长的话让朱有财愣了一下，笑了笑说："为子孙虑，人人如此。我怎么不会为子孙考虑？在下每日里起早贪黑，辛辛苦苦，就为了多留点财富于后代，为他们多挣点家产，以防将来渡世之艰难。"

李道长："这是人之常理，人同此心，心同此理。这没错！但你可曾想过，儿孙自有儿孙福，莫与儿孙作马牛。如若你的儿孙比你能干，他自会勤奋创业致富，要你留许多钱财作甚？你挣得来一，他也挣得来二。如若子孙是个无能之辈、好吃懒做之人，那你就是留下金山银山，也要被他们吃光败光。"

朱有财点头认同道："李道长说得是，说得是！对了！你刚才说有一件造化送与我朱家，不知有何指教？"

李道长微笑道："贫道看你的儿子与我有些缘分，我打算收他做个徒弟，不知你意下如何？"

一旁的朱宝厚听李道长这么一说，也不等父亲表态，便立马插嘴答应道："师父，徒弟愿意。"说着便跪了下来，对道长连叩了3个响头。儿子的这个举动把朱有财都看傻了，他略有些窝火，但一时又不知说什么好。

李道长并不理会朱有财的神情，只是叫朱宝厚起身，对他言道："你略做收拾，明日随我到猴子山下，师父为你讲授算命玄学，但只授一年为限，绝不多有一时半刻所留。至于你能否把本事尽学在手，当是你的缘分造化使然。"

李道长转身对朱有财言道："善有善报，上天公正无私。今天我上门收你儿为徒，乃是缘分使然，不可宣扬才是。"

朱有财直到此刻还未回过神来，李道长对他善意地笑了笑，点拨道："难道你把儿子修桥铺路之事忘了吗？"

朱有财听了这话，才如梦初醒，心中明白是什么原因了。原来在儿子朱宝厚10岁时，因为东关外有一条小溪流，往来路人需搭木板涉水而过，特别是上了年纪的老人十分不便，每当春夏河床涨水时更是难以通行。朱有财与几个热心人商议干义工，搭建一座小石桥于过往行人。小朱宝厚也投入捡石、采石、修桥的行动中。乡邻请来了工匠，开始建造石桥。不料想，小朱宝厚却在一次凿石头中崩伤了双眼。左眼全瞎，右眼半瞎。人们见状都痛惜叹之，怪老天爷有所不公，这么好一个孩子，为大家做好事，却招来这样的报应。可是朱宝厚这孩子们却毫无怨言，不去怪罪他人，眼伤还没全好，每天半摸索着在桥边上干着一些力所能及的活。在大家齐心合力下桥终于修成了。朱宝厚虽然什么也看不清楚，但脸上露出了开心的笑容。

想到这，历来相信因果报应的朱有财心中明白过来，这或许是上天在关照他朱家哩，于是唯诺应允儿子学徒一事。次日一大早，李道长来接朱宝厚，前往不远处的猴子山下学本事去了。

朱宝厚在李道长身边学了快半年了，平日里总是干一些杂物活，也没学到什么本领。一日，朱宝厚在山下听得有人议论，说这几天东关来有了一个相面很厉害的人，通过观察人的相貌，便能看出人的吉凶祸福，很多人来找他看相算命。回到山上，朱宝厚便对师父说起这个相面的人，说话间一脸的羡慕之情。李道长心中明白徒弟朱宝厚的心思，他微微一笑，拿了 10 文钱给朱宝厚，说："既然这个人相面这么厉害，明天你去请他上山来，给师父相相面。"

朱宝厚闻言，心生欢喜。第二天，朱宝厚把那个相面的先生请到了山上。李道长只是微闭双目，盘坐在床上。相面先生看了看坐在床上的李道长，他一句话没说，转身就走。

朱宝厚追上问："你看我师父面相怎样？"

相面先生环顾四周，压低声音说："你师父气色不对，面如死灰，活不了多久了，大概也就是十来八天的事，你替他准备后事吧。"

朱宝厚一听，吓得目瞪口呆，他哭丧着脸，抹着眼泪，不敢有所隐瞒，结结巴巴地把相面先生的话告诉了师父。

李道长听了，却笑着说："呵呵呵，你不要怕，刚才我给他看的是土一般的脸色，乃是师父心境寂静，止而不动，所以他看到是我闭塞的生机。这样吧，明天你再花 10 文钱把他请来，看看我到底能活多久。"

朱宝厚第二天又把那个相面先生请上山来。

李道长依然坐在床上，低眉顺眼地不吭一声。相面先生看了一会儿走人，悄悄有些得意地对朱宝厚说："庆幸有加啊，你师父幸亏遇到我，有救了。你不必担心，他闭塞的生机开始通畅好转了。"

朱宝厚把这些话告诉了师父，问这是怎么一回事。

李道长哈哈笑道："徒儿啊！刚才我给他看的是天地间的生机之气，我排除一切私心杂念，一线生机便从脚后跟升起，直达头顶，他刚才看到的就是这一线生机。"

朱宝厚对师父的话似懂非懂，一脸茫然。李道长又给了朱宝厚10文钱，说："过些天，你再请他过来，看他怎样说？"

过了几天，朱宝厚又把那相面人请来。李道长还是端坐在床上，不吭一声，身子儿一动也不动。相面先生仔细看了看，一脸困惑地问朱宝厚："你师父前几天刚刚有了一线生机，怎么今天又突然精神恍惚，气若游丝了？我实在无法给他看相了。"言罢，告辞而去。

朱宝厚觉得那相面先生不过如此，看来还是师父有道行。李道长意味深长地对朱宝厚说："人的命，不在于相，而在于道，在于德。一个没有道德的人，即使有较好的面相，但心术不正、品行不端，又哪来的好命？"

朱宝厚听罢若有所思，不再有什么半点的怨言。从这天起，李道长开始教朱宝厚掌握玄算的真本事。每日三更至五更，朱宝厚勤勉发奋只遵诲谕，至诚习炼秘诀不停。一年后，终是通晓了掐指算命的神通。一天，师父细细地告诉朱宝厚说："你近来大有长进，但算命看相其实说来还有简单的推算，通过对方的面相五官就可以判断一二了。首先看鼻子，鼻子长得歪的人，人品心思方面也不太端正；鼻头尖的人气量小，心念比较狠毒；若是鹰钩鼻，鼻头往下弯曲，这类人擅长算计，但很会做生意，是奸商的典型面相。二是看嘴巴，两个嘴角是向下拉的，叫苦瓜脸，即使面无表情，看起来也很丧气，这类面相的人自身运势不佳，而且喜欢说人闲话。上嘴唇薄的人薄情寡义，嘴唇外翻，讲话看见牙龈的人，本身心思不坏，但就是守不住秘密，无意间容易说漏风声。门牙有缝的人，也是守不住秘密的面相，而且容易克父母，对婚姻也比较不利，容易出现意外破财等情况。第三是看眼睛，眼睛以明亮有神为佳，如果眼睛是三角眼、三白眼的人，脾性都比较暴躁，容易招来一些不好的意外。与人讲话时眼睛四处乱瞟，或者看向其他地方的人，这种面相要注意，常怀小人心思。四是看耳朵，耳以圆润有肉为福相，如果耳朵上面是尖锐突出的感觉，或者是耳朵外翻的人，说明此人不易相处，野心与欲望比较强，擅于报复。总之相由心生，命由己造。面相来自一个人的人品，心胸宽广的人，他的面相一定和颜悦色；刚正不阿的人，他的面相一定不容亵渎；体谅他人的人，他的面相是一团和气。有些人满腹心机，阴谋诡计不断，他的面相一定心虚，不敢和人对视。面相好的人，慈眉善目，心胸大度，待人和气。当然，话说回来，若是仅用相貌判断人的品质，很容易上当。俗话说，知人面易，识人心难。人一上百，形形色色。人心最可畏，也最不可知。人心隔着一层肚皮，你只能看得见外貌，却看不见内心。所以，看人万不能仅看其面，若是以相貌选人，只能徒留遗憾。唯有听其言，观其行，察其意，全面考察衡量，方能把一个人看清看透。"

朱宝厚听了李道长的一番解说，言道："师父，徒儿眼睛不好使，又如何能把人看得透彻？"

李道长告诉朱宝厚："这你不用担心，精通掐算术才是算命者的真本事。比如你掐算时若手指若发热，有一股暖流涌上心头，或有一种清凉爽朗的感觉时，这多为吉庆之事；而手指有阴冷、发凉感、发麻，或有打寒战的现象，则多为不顺预兆，有阻碍、凶险之事发生。"

朱宝厚到底是有凤根玄基在身，悟性天成，3 年后已掌握算命玄学，且演练甚熟，这掐指神通也灵慧了起来。不久后，李道长与朱宝厚作别，不知去往了哪里，临走时从口袋里拿出一张纸条上写《面相口诀》，但见上面写道：

青头麻面不可交，难斗不过水蛇腰。
最毒不过一只眼，矮子身藏三把刀。
两腮无肉奸无比，未语先笑奸诈人。
鹰钩鼻子斜视眼，眼神不定是奸人。
面上横纹恶人相，日月角起是官人。
黄眼赤眼最毒人，虎眼牛眼皆凶相。
鼠眼狗眼是贼人，鸡眼永远是心虚。
鼻头尖小贫贱人，男人颧高主英豪。
下颌短小晚年孤，天庭饱满贵人来。
……

朱宝厚如获至宝，跪地受之。尔后别了师父回到东关家中，开始与人相面看命，逐渐有了点名气，找他算命的人也多了起来。这灵验的事多了，便一传十、十传百，扬得各处都知名。找他算命的人也多了起来，有的人甚至动不动就找他算命，而且称他为朱神仙。对此，朱宝厚不肯接受过誉之名，他说自己连个半仙也都谈不上，怎么敢称神仙？于是有人又称他为"朱半仙"。朱宝厚知道东关人称"半仙"有一些调侃之意在其中，便也就不再多言，由此"朱半仙"便叫开了。朱半仙虽然掌握了算命玄学，且演练甚熟，但牢牢记住师父李道长与他分手时的话："天机不可泄露，有些事是点到为止，算命不可百分之百地准，有个百分之六十的准就行了。"

后来有知根知底的人信誓旦旦地透露说，其实朱半仙不仅右眼能看见东西，而且还是一只碧眼呢。人们听了惊讶不止，半信半疑，怀疑朱半仙是否有碧眼？但信的人居多，因为朱半仙算得准，或许就是碧眼在助他哩。在东关坊间有"碧眼见鬼"一说，碧眼属于特异功能。传说眼若碧色，能见鬼物。人间的街头巷尾到处都有鬼，只是一般人看不到而已，从时间上看，上午鬼不大出来，下午以后就纷纷出来逛街了。除了这类有特殊功能的人能看见鬼，不少的小孩子也能看到鬼。有些小孩甚至能预见一些自然灾害。清雍正八年（1730），北京西郊发生了6.5级地震。据《夜谭随录》记载：在地震前一天，有个西域人带着孩子去茶馆，刚到门口，孩子抱着父亲脖子不肯进。父亲以为他嫌人多，又走到另一家茶馆，孩子还是不肯进。父亲问："你平常不是很喜欢到茶馆吃蜜饯吗，今天怎么回事？"

孩子说："今天很奇怪，茶馆里的人，脖子上都戴着铁链，看着很吓人，所以不敢进去，而且今天街上很多来来往往的人都戴着铁链。"

父亲以为小孩子胡说八道，路上遇到熟人，还当笑话讲给对方听。熟人走后，孩子对父亲说："那人还笑话我，他自己脖子上就有一条铁链。"

第二天大地震，人居倾毁无数，死伤不计其数，前一天路遇的熟人也没能幸免。显然，那孩子看到戴着铁链的人，都是劫数难逃的。在东关民众看来，能看见鬼是很炫很让人敬畏的一件事，所以有碧眼一说，更让朱半仙身上增添了一道神秘的光环。

第十三章

01　狼犬大黄

农历七月。东关朱半仙家。

东关民众忙于生计，每天的劳作都到很迟，往往晚饭过后，月亮已经爬上猴子山顶。这时候，城门口的街坊邻居们都爱聚集到朱半仙家门口，长条凳、小板凳、小竹凳摆满了周围四处，听朱半仙侃天说地讲传奇。他家门口很宽敞，大樟树底下一块平地可以散坐三十几号人也不显得挤。东关人不只是爱樟树，其他品种的树也喜欢，家中凡只要有院子都喜种上一些阔叶子的树。这不仅赏心悦目，而且空气清新、显得生机勃勃。不过种什么树却有说法，树的品种有讲究。东关人有句话说："五树进阳宅，人穷家也败。"喜欢树可以，但不能随便乱种，树若是种错了不仅遭人笑话，还会徒增烦恼惹麻烦。所以你到东关人家中，有5种树是看不到的。这5种树指的是松树、柏树、梨树、桑树与槐树。之所以不能种松树和柏树，因为这两种大多出现在阴宅也就是坟地旁，种在家里自然让人心有芥蒂。梨树不能种在家里，是因为"梨"同"离"谐音，不吉利。至于槐树，或许有的地方不介意，反之还有些招人喜欢，因为民间还有一句俗语叫"门前有槐，升官发财"。而东关人不喜欢，是因为槐树经常会有小虫子掉下来，人们将这些虫子称为"吊死鬼儿"，这句话任谁都是不愿意听见的。桑树则很容易理解了，"桑"与"丧"谐音，听着就让人皱眉头，不种正是因为这"丧"字而起。

时至农历七月，按民间的说法是鬼月，有关鬼神的话也多了起来。东关人的迷信色彩很浓，禁忌也比其他地方多。每到七月，家里的老人们会特别地交代："七月初一鬼门开，七月十四鬼乱窜。夜晚野外阴气重，不可以到处乱走。"尤其是农历七月十四的晚上更要注意，据说每年从农历七月初一起阎王就下令打开地狱之门，让那些终年禁锢在地狱的冤魂厉鬼走出地狱，获得短期的自由游荡，一直到农历七月廿九才关上鬼门。所以人们认为这个月是不吉利的月份，既不嫁娶，也不搬家。

东关民众迷信在鬼月不能穿带自己名字的衣服，不要去拍别人的肩膀，不吹口哨，避免带红绳、铃铛、风铃等招鬼之物，还有晚上不要晒衣服、不要轻易喊人家的名字，甚至夜晚不要乱看、走路不要靠墙、轻易地回头等等。若遇到鬼缠身、鬼打墙等灵异事件，千万不要惊慌失措，必须集中一切注意力，睁大双眼，目不斜视。当走在荒郊野外或人烟稀少的地方时，觉得好像有人叫你，不要轻易回头，尤其是小孩、老人、体弱者夜晚不要外出。

朱半仙告诉大家："有些动物天生是可以看到和感应到鬼魂的存在，譬如牛是一种通灵的动物，灵性强的耕牛甚至可以看到自己的死，会在自己死前流下眼泪。猫也是动物里面通灵的一种，它们不仅可以看到鬼，还分得出鬼的好坏。什么时候你的家猫突然炸毛了，你就得小心见鬼的事情了。所以人们最忌讳晚上看到的就是黑猫。鸽子的敏感性要比大部分动物都强，鸽子感受鬼之后就会惊巢乱飞。锦鲤也是对灵魂的感知力非常强的一个种类，若是大恶之人，甚至一个重病之人来喂锦鲤，锦鲤立马会快速游开。所以要是家里连锦鲤都养不活，就要考虑家中风水是否存在问题了。"

朱半仙的话，绝大多数人相信不疑，但也有些胆子大的不相信，说他唬人，说鲤鱼还有这等本事？

朱半仙认真道："你别不信，锦鲤中有灵性的寿命比人还长。而这种锦鲤是驱鬼的，就算是怨气大的鬼，遇到这种锦鲤也是要躲避的。"

说这话时，四下里有些黑魅魅的，一些胆小的人被朱半仙说得身上有些发毛，外围的人都禁不住悄悄地把凳子往里面靠，旁边伏着的一只狗被谁的凳子碰了一下，立起身来吠了几声，又把人吓得警觉了起来。

朱半仙见了笑了笑，转而说道："为什么咱们东关人都喜欢狗，选择狗作为伙伴呢？因为狗不怕鬼，而且是绝对的肝胆忠义，不会嫌贫爱富。养狗不仅仅是为了防范小偷和狩猎，也是为了防范被鬼邪侵害。一只威风凛凛的黑狗，绝对是可以吓跑有怨气的鬼。"

东关有句老话说："鸡不过六，犬不过八。"一只鸡的正常寿命不会超过 6 年，而狗的寿命通常不会超过 8 年，年龄已达到 8 岁的狗，相当于人的 60 到 70 岁。狗的寿命一旦超过 8 年就是异象，或者说是一种反常的现象。

杨扁豆说："甘草爷的大黄何止 8 岁了，难道也成了狗妖吗？"

朱半仙说："没错。据我所知，甘草爷的大黄狗算来都有 20 多岁了。它与甘草爷不离不弃，相依为命。但你们知道吗？准确地说那条大黄狗实际上是狼出身，是一条熬出来的狼狗。"

确实，甘草爷的大黄狗与众不同，是一条忠实的狼犬，它体形健硕、反应灵敏，全身黄金似的毛色，匀称的身段，长长的腿，威风凛凛。在它的眼里，除了甘草爷之外的任何面孔，都必须是陌生的、危险的。它如今是有些老了，每日慢吞吞地这里望望，那里瞧瞧，一副漫不经心的样子。但一旦发现什么情况，它还是像年轻时那样勇猛，奔跑起来快疾如风。

20 多年前的一天，甘草爷只身一人进二都深山打猎，那天运气不好，过了傍晚也没见到一只出来觅食的动物。当甘草爷正准备回家的时候，突然间草丛里有响声，只见从山林里蹿出一只老狼来，它躲在一棵大树背后，距离得很近。甘草爷定睛仔细看去，这是一只瘦得皮包骨头的母狼，肚子瘪得几乎只隔着一层皮，身上的肋骨历历可数，乳头皱巴巴地朝下吊着，已经皲裂不堪。凭甘草爷的经验，他一眼看出这是一只哺乳期的母狼，大概它已经很长时间没有吞食食物了，这种饿狼是极为可怕的。甘草爷以极快的动作向老狼开了一枪，子弹擦边划破了它的皮肤，渗出了血迹，但它只是负了轻微的伤。甘草爷正准备开第二枪时，却惊愕地停下了。那母狼并没有逃命，却朝他前脚一弯跪了下去，接着朝天空哀号了 3 声，一动不动。尔后，它起身向树林深处慢慢行去……

甘草爷惊异不已，想了想便跟着它的脚印与血迹前行，不一会儿来到一个隐秘的洞穴处，听到了那只母狼的哀号声。但见母狼朝他望了望，转过身进洞，把一只幼崽叼到了洞穴口，竭力地向甘草爷哀声啼号。看得出这只母狼既没有与甘草爷决一死战的意思，也没有弃洞而逃的想法。只见它腹部的伤口撕裂程度在加剧，鲜血像水一样汩汩流淌。最后母狼体力不支，身体逐渐缩成一团，瘫倒在了洞口。但它的双眼一直望着甘草爷，似乎在最后的哀求之中。

甘草爷被母狼悲哀的神情震惊住了，他在心里想道，这是一只通灵气又充满了母爱的狼。他不由自主地放下手中的猎枪，正要离开时，突然听到了母狼一声嗥叫，它使出全身力气，毫不犹豫地一头撞向了洞口那突兀的石头尖上，脑浆和着鲜血染红了洞口的岩石……

甘草爷看到这个景象震惊了，终于明白了母狼的心思，他呆立了好一会儿，在洞口刨了个坑埋葬了母狼，把那只幼狼崽抱了起来转身回家。这只奄奄一息的狼崽已瘦成了一层皮，连叫唤的力气都没有了。这狼崽实在是很小很瘦弱，它瑟瑟缩缩地蜷缩在灶边，琥珀色的小圆眼睛望着甘草爷，神情怯怯地，模样可怜兮兮。甘草爷觉得它似乎要开口说话，这哪是一只刚出生不久的小狼崽，分明像是个走失的小孩子。甘草爷走近身边抚摸着它的小额头。摸着，摸着，它竟显出很委屈的样子，呜呜地低声鸣着。甘草爷端来一碗米汤喂它，小狼崽嗅了嗅，立时吃了起来，边吃边不停地朝甘草爷感激地望了望。

从此后这只小狼崽与甘草爷相依为命，共同做伴。甘草爷给它取名为"阿黄"，后来叫它为"大黄"。不论是叫"阿黄"还是"大黄"，只要甘草爷一声呼唤，它立马像箭一般地奔到身边。阿黄总是如影随形般地跟着甘草爷。烧火时它在灶前，吃饭时它在桌下，在诊所时它也是乖乖地伏在甘草爷的桌案下，一刻也不离开。在甘草爷的精心喂养下，阿黄很快长大，成了壮实的大黄。每次甘草爷进山采草药时，是大黄最快活的时刻。迢迢山路，趣味横生，它东嗅嗅，西跑跑，前看看，后刨刨，一蹦半尺多高。有时跑着跑着，甘草爷不见了大黄，正要大声呼唤时，它冷不丁就窜到甘草爷的脚边。

每一次甘草爷大黄进到村庄时，村口总有那些狗们远远地见到大黄，都会朝它充满敌意地吠叫起来。大黄便会站住不动，从喉咙口发出一种低沉的声音，歪着沾有草屑芒刺的脑袋打量这些狗们。大黄的这声音、这种架势立时吓退了所有的狗儿们。

朱半仙说完大黄的来历后，又说："如果家里养了狗，特别是体型较大的狗，如果听到它半夜叫个不停，记得对它好一点，不要打它。半夜丑、寅时（1到5点），正是大家沉睡之时，也是一天之中天地阴气最浓的时候，鬼属阴，也正是出来游荡的时候。看家护院的狗属阳，对阴气聚形之物特别敏感，加之狗对主人极度忠诚，就会本能地狂吠吓跑前来的鬼。"

李二炮生来胆子大，在晚上夜浓之时翻墙到玉花家鬼混，常有狗会叫不停，便言道："夜里狗看到人也是会叫的。"

朱半仙说："不！夜深人静时狗叫声有所不同，短时间的几声狗吠，可以不用搭理它，继续睡你的觉。如果叫了有一刻钟以上，那你们就得小心注意了，这时千万别骂自家的狗，虽然它扰了你的好梦，但这狗是正在保护你哩。一般来说把灯点上，狗就不再急促地叫了，最多是示威似的断断续续叫几声，渐渐停下来，那是有无形的怪东西离开远去了。如果狗还继续狂吠，而且处于一种极度恐惧状态，身体发抖，后腿撑地，尾巴夹着，你应立马直奔米缸边，狂撒米粒，顺便把灯全点亮起来。只要灯能亮着不灭，就没事。"说到这，朱半仙正色道："当然邪历来怕正，你平时不做亏心事，就不怕半夜鬼敲门。即使在鬼月之时，众鬼游荡也是如此。心中有正气，身体血气旺，自然众鬼不敢近前。"

李二炮听了难免有些心虚，说道："我明天也去牵一条狗来养，平时没事时摸摸狗头，一年到头不用害怕不用愁。"

说到甘草爷那只通灵气的大黄狗，人们自然是不知道它的心思，它这一辈子就像梦一样飘忽，没人知道它是带着什么使命来到人世的。但大黄狗知道自己的使命，只要甘草爷一睡着，它就默不作声地守在门口的一个角落。它与黑夜融为了一体，它是黑夜的一部分。一旦有丁点的不对劲，它便立马起身，竖起两耳，警惕地在黑暗中巡视。如果还不放心，它便起身在四处来回地走动。

但大多数时间它喜欢伏在东窗下不动，这是有原因的。因为在东窗下还有甘草爷同样养了20多年的一只灵龟。它是朱半仙送给甘草爷的，他对甘草爷说："每个人家里都有一个龙穴，是家中风水最旺的地方，你只要把有灵性的动物放在家里，让它随便活动。如果它总喜欢在某处待着，就说明那里能量比较强大、比较纯净，阴阳之气比较平衡，它待在那里身体很舒服。"对此说法，甘草爷自己是深信不疑。

02　陈嘉庚在东关

初冬。东关，协和大学。

雨下了一整夜，快天亮时才歇住，早饭后天空便露出了笑脸。雨后初晴，日暖生烟。

这一天，著名爱国华侨、时任南侨总会主席陈嘉庚先生来到邵武东关，前往协和大学看望师生们。这个消息传开，师生们与东关民众都诚心欢迎。陈嘉庚的善名义举如雷贯耳，哪个不晓，谁人不知？尤其是他为抗日捐款捐物，做出了很大的贡献，这是东关百姓们最是敬佩他的地方。

在此之前的几天，陈嘉庚先生由新加坡仰光飞抵重庆，代表南洋 1000 多万华侨回国慰劳抗战将士和实地考察。这个时期，南洋华侨已经有 3000 名机工在国内服务。抗战 3 年来，南洋华侨汇款到国内的资金达到了 7 亿多元。

抗日战争需要有强大的经济实力做后盾，华侨从经济上对祖国抗战的有力援助，为抗日战争取得的胜利发挥重大作用。广大华侨在陈嘉庚先生的带领下，通过捐款、购买救国公债、侨汇、投资和捐献物资等多种方式从经济上支援祖国抗战。其中"常月捐"是一种最常见且最见成效的捐款形式，方法是一般店员和其他职工，捐出薪俸的 10%，厂主、店东酌其财力，分为 10 个等级捐献，从 10 元到 1000 元等不限。华侨们对"常月捐"活动相当踊跃。在 1938 年 10 月 10 日，东南亚华侨代表 164 人代表 45 个救亡组织，聚集在新加坡南洋华侨中学，成立南洋华侨筹赈祖国难民总会，作为南洋救亡斗争的最高领导机关，选举陈嘉庚为主席，庄西言、李清泉为副主席。大会号召海外侨胞增筹赈款，推销公债以救济中国之难，各尽所能，各竭所有，自策自鞭，自励自勉，贡献于国家。

陈嘉庚在会上大声疾呼："使国家得籍吾人血汗，一洗百年之奇耻。"在南侨总会与陈嘉庚的倡议下，华侨们节衣缩食，以常月捐、特别捐、娱乐捐、航空救国捐、购公债、义演、义卖，献金、献机等多种形式，踊跃为祖国捐款捐物，创造了惊人的成绩。从 1937 年至 1940 年不到 4 年内，南侨总会共发动募集支援祖国抗战的义捐约 5 亿元、寒衣 50 万件和价值 250 万元的药品，为全世界各地华侨月捐之冠。

陈嘉庚先生这次慰问与考察，离开重庆后，一路过成都、兰州，入青海，到西安、延安，经山西、河南回重庆，再亲临滇缅公路，过昆明、贵阳、桂林、长沙，从广东至江西赣州，在浙江实地考察后，由龙泉入闽到铁城邵武。福建省政府主席陈仪派集美学校校董、省参议员陈村牧和省参议会科长陈延进等一路陪同。国民党原四十六师师长、第十三补训处处长李良荣也赶到龙泉迎接。陈延进、李良荣两人均是同安人，相谈甚洽。省政府主席陈仪十分重视，又从永安赶到邵武与陈嘉庚先生见面。但陈嘉庚表现出很冷淡的神情，陈仪为此有些难堪，就推说另有要事，便匆匆离去。

陈嘉庚先生抵达邵武后，下榻在协和大学校长林景润家中。次日前往东关协和大学看望学生，并到协和大学各个学院参观。陪同的李良荣再三请陈嘉庚到国民党十三补训处考察讲话，但因为陈嘉庚这次回国先在闽南各地参观访问，听到了不少社会贤达对国民党当局治理社会的严厉抨击，加上沿途亲眼看到民生凋敝、怨声四起，他对陈仪主闽的政绩十分不满，准备在重庆的国民参议会上进行抨击。心有不快，就有意没有前往国民党十三补训处视察。张灿知陈嘉庚是一个大忙人，这次跋山涉水远道而来，机会十分难得，便邀请陈嘉庚前往邵武名胜古迹参观，意让陈嘉庚欣赏邵武悠久深厚的历史文化。没想到事与愿违，陈嘉庚到了李忠定公祠，看了宋徽宗和宋高宗的题画时，目睹公祠破烂不堪，多有倒塌。陈嘉庚十分不满，不由心生感慨，对张灿言道："我们是校友，说话也就不客气了。你身为一个忠定名邦的县长，但李忠定公祠如此破损不堪，你却是熟视无睹。亏你还是邵武人，实在对不起先贤！你呀，对李忠定公祠应加以重视，拨款修缮才是，不能任其破损甚至倒塌而不管。目前国难当头，更应对力主抗金的民族英雄李纲加以颂扬，以启迪民众抗敌情绪以及青少年的爱国思想。此事刻不容缓，修缮费用若有困难你尽管开口，我一定全力支持。"

陈嘉庚的一番话说得张灿脸上红一阵白一阵，他自知此事极欠考虑，重视度不够，在这抗日的大形势下，说自己为政不作为还算是轻的。他当即表示接受陈嘉庚批评教导，虚心接受，一定要着手进行此事，尽快修缮好李纲祠，以鼓舞民众抗敌之气。

陈嘉庚的脸色稍有缓和，他言辞严峻地道："今年2月，汪精卫叛国投敌的消息已在国际上公开，而由于国民党中央对消息的严密封锁，国内一般老百姓还不知道。但这么重大的政治事件是无法封锁的，犹如纸包不住火。"讲到这里，陈嘉庚十分激动地说，"我主张对民族败类汪精卫大张旗鼓地口诛笔伐，使之和南宋的秦桧一样遗臭万年。我们应当借古鉴令，教育后代子子孙孙，以伸张民族正气。"

尔后，陈嘉庚先生又到熙春山、沧浪阁及诗话楼等处游览，对邵武的风景名胜十分欢赏，尤其是对诗画楼赞赏不已，说此处溪水日夜东流，风景幽静有加，真是一个好地方。陈嘉庚先生记忆力非常好，他吟大文人张葆森的诗道：

我慕沧浪严夫子，论诗以禅标宗旨。

今幸来登诗话楼，仿佛华严现弹指。

楼头鸟语声啁啾，导引天机与天游。

乃知大雅扶轮手，别有智慧开千秋。

但陈嘉庚先生也看到有许多历史古迹像李纲祠一样，破损不堪，甚至几近倒塌，心疼不已，便再三交代张灿要尽力设法重修这些古迹，以免有倒塌之虞。这一路走来，张灿好是难堪，心里也是沮丧不已，但表面上还得做出十分虚心地接受，对陈嘉庚的批评唯诺称是。

陈嘉庚到邵武的消息轰动邵武，轰动了八闽，但其中还有一个鲜为人知的小插曲不为人所知。由于早晨陈嘉庚喝的是很稀的稀饭，当他行到东关行春门时，感到有些内急，但附近却没有公厕。张灿知之，便亲自带着他到就近处的民宅中方便，正巧进的是城门口朱半仙的家中。朱半仙得知是张县长光临，自是礼貌有加。当他看见跟在后面的陈嘉庚时，上下一打量，不禁暗暗点了点头。为啥？朱半仙虽然只有一只眼看得见，但目光却极是尖锐。他见张县长带来的这个人举止大方、相貌不凡，是一个有德有智、不怒自威之人。当时他还不知道是陈嘉庚，但心中顿时起敬。所以拿眼仔细观察看去，见此人行走停下后，出步时均是先出左脚，张灿在后面喊他时，也是朝左后扭身。这个特征在相书上是主贵之人。张灿曾找过朱半仙相事，也算熟悉，当下把陈嘉庚先生向朱半仙做了介绍，朱半仙这才知道来人是大名鼎鼎的陈嘉庚，当即礼拜三通，表示久闻大名，随后一直很注意观察陈嘉庚先生的言行举止。张灿见了便对陈嘉庚言道："朱先生是我们邵武东关的一宝，他的算命玄学在闽北十县可是首屈一指。"

等陈嘉庚小解出来，张灿要朱半仙替陈嘉庚相个面。陈嘉庚听了也饶有兴趣地道："是吗？那你给我看看是什么命？"

朱半仙原先并无此意，见陈嘉庚为人随和亲切，张县长又发了话，便微笑着说道："陈先生是主贵之人，言行举止之中已尽显现与众不同，根本无须我多言。"

陈嘉庚伸出左手笑着道："我知道看相是男左女右，但请先生略看一二，我是君子问祸不问福，朱先生尽管但说无妨。"

朱半仙见陈嘉庚为人随和风趣，言语坦诚相见，便也不多言，抱拳说了声："见笑了！若有冒犯之处还请多多包涵。"可当他捧起陈嘉庚的双手，聚起左眼灼光细细看去，心里不禁又是暗暗赞赏。看来这个陈嘉庚确实不凡，绝不等同于一般之人。因为陈嘉庚的左手与右手都是相同的纹路展现。按照相书上所说，这人是大有造化，而且他的左手拇指上有"佛眼"的纹路，这可并不是每个人都有的。手上拥有"佛眼"的人，直觉很准，感知能力特别强，很多时候凭着第六感就可以得到很多好运。"佛眼"的纹路与"佛眼纹""佛眼线""佛心纹"的念力会相互呼应，常常能靠着这个敏锐的特殊直觉，能趋吉避凶，消灾于无形。拥有"佛眼"的人，不仅有很强的感知能力，在记忆力方面也相当的出色，就如同拥有着超能力一般。陈嘉庚不知"佛眼"有何说法，当下便请教朱半仙。

朱半仙直言不讳，把这"佛眼"的说法演绎了一通。末了，他笑眯眯地对陈嘉庚道："如若你肯钻研相法玄学，定然是一个大师之尊也。"

陈嘉庚亦笑道："不敢当！这是你高看我了。"说着转脸对张灿言道："这是朱先生抬看之言，你可不要乱传，让世人笑话于我了。"

张灿知陈嘉庚所想，点头应允。朱半仙亦点头赞赏，不再多说什么。

两日后，陈嘉庚从邵武启程前往建阳。临行前，张灿集合县府全体职工及保甲长们人等，在县府大堂聆听陈嘉庚讲话。原本安排一个小时的讲话，但陈嘉庚快人快语，更不愿多占用大家的时间，只作了不到十分钟的简练发言。

福建协和大学校长林景润见时间宽裕有余，便请陈嘉庚先生到福建协和大学给师生讲话，陈嘉庚想了想欣然同意。校长林景润是胆小怕事的人，从来不问政治。但让他没想到的是，耿直敢言的陈嘉庚在学生们面前，对国民党执政能力进行了抨击。他说："实实在在地告之大家，这次来到福建，让我很失望，是对国民党的执政能力很是失望。一路走来，向我告状诉苦的人很多。尤其是福建省政府主席陈仪主闽政事 5 年，好事没做几件，坏事却做了不少。他不接受任何人的建议和批评，唯已为大，一意孤行。对日妥协求和，不图抵抗，却一味从福州、厦门撤退，迁省会于永安。这有失抗日决心，有失民心，这是执政者苟且偷安的表现。在经济方面他亦是胡来，根本是一揽大权，为少数人谋私利。"

对此，陈嘉庚举例道："他设立什么福建省银行统制，全省金融财政发行辅币券；设立运输公司及水陆交通管理驿运站，操纵把持垄断全省水陆交通运输；又开设贸易公司，内设粮食部、土产部、百货布匹部，完全是囤积垄断物资。种种苛政，使农民经济破产，商业萧条，工厂倒闭，致使 1300 万福建人民处于饥寒交迫，流离失所之中，发生福州饥民跳大桥而死的惨剧……"

陈嘉庚最后毫不留情地告诉大家："我到达重庆后，还会召开新闻记者会，发表对陈仪主闽的看法，以引起当局的注意。"

陈嘉庚的讲话博得台下听众一阵阵热烈的掌声，大家对他的刚直不阿、直言不讳十分佩服。陈嘉庚在邵武虽然只待了几天，但所言所行给人们留下了深刻印象。他在协和大学的演讲很快地从学校传到东关民众耳中，紧接着又传遍了邵武，传到重庆国民党高层。

临别时，协和大学校长林景润对陈嘉庚先生说："邵武一下子来了这么多学校和学生，缺少大量的纸张。如果这些学校在邵武长时间待下去，纸是一个问题，能否请你想想办法？"

陈嘉庚先生听了沉吟一下道："对了！我听说丁超五在你们这要办厂，他也是你们邵武人，我可以请他解决这个问题。"

陈嘉庚所说的丁超五，字立夫，福建邵武人。前清秀才，1910 年毕业于福州格致书院，毕业后他回原籍邵武县任中学教员。民国成立以后，他当选为国会众议院议员。1926 年 1 月，在国民党第二次全国代表大会上，丁超五当选为候补中央委员。1928 年，丁超五任福建省政府委员兼建设厅厅长。1933 年，他受命于立法院，1934 年主持江西国民党省党部，1935 年为江苏区监察使。1936 年初，薛廷模校长为了发展格致小学部，修建小学教学楼，在丁超五校友倡议并带头向各地校友捐募建筑资金支持下，年

第十三章

底一座二层十间教室，一间礼堂的新大楼建成了（后来命名为"超五楼"）。

1941年7月，格致中学从永泰再迁回邵武，在这困难时刻，丁超五一面亲自出面向邵武地方各部门游说，一面请邵武籍校友出面募集建校经费，从而解决了校舍、师资和经济三大困难，新的学期终于开学了。1947年学校董事会改组，丁超五接任董事长。

曾任中央赈济会委员长的许世英，拨款十万元，委托国民党中央委员丁超五先生筹办赈济会第十四工厂。鉴于邵武造纸业在国内颇有声誉，又因为陈嘉庚的出面，丁超五决定将十四工厂办成一家造纸厂。丁超五素以发展地方工业为己任，返乡以生产连史纸为主。邵武生产的连史纸，其色泽洁白光润，韧性强，价格便宜，用途广泛，可以书写，可以描红，可以刊印，可以糊墙壁，畅销于东南数省以至京、津、沪、杭等大城市。年高峰时连史纸产量达4万担，产值48万银圆。特别是在东关的协和大学、之江大学以及格致、文山等中学，经常需要大量纸张供印书、翻译、编辑讲义报刊之用。

03　一场演讲

秋天。东关福州会馆。

东关因为有一个接纳五湖四海的码头，所以对众多的外来文化十分包容与接纳。当然这也是有前提条件的，只要你对东关的本土文化、民俗文化、乡土文化没有恶意与贬损，民众们也不排斥你、反对你，反而是十分大气地包容，与你理解同行。他们在对先进的文化理念接受的同时，对中华民族传统的文化、对祖宗留下的东西也不会轻易地放弃。譬如东关人对科学有着敬意之心，同时对神灵学说亦是敬畏不弃。绝大多数人相信世间因果报应之说，当然，有一些人在信与不信之间，更多的人则是抱着信则灵、不信则不灵的态度。

对此，福西华在东关待久了后，深感东关虽然地处闽北大山深处，但并没有因为大山的阻隔，文明与时尚的步伐在此停下了步伐。他应美国一家知名的研究刊物之约，要在东关基督教堂举行一场别开生面的三人演讲活动，主题为"科学与神灵，文明与信仰"。为此他特别邀请甘草爷与朱半仙一同参加这次演讲。两人听了沉吟良久，不知福西华搞的什么东西。

后来听福西华说明演讲的初衷后，甘草爷与朱半仙都感到很有意思，觉得这场演讲对东关民众有启迪的作用，便都点头同意。

为了体现公平公正，地点定在福州会馆举行。不管怎么说，大家都是提倡博爱、善良、文明、科学，为了真善美这个目的。只是心里没有数，不知道有多少人会感兴趣。这可是一件从来没有过的新鲜事，消息一经发布后，在整个邵武城都引起了轰动。首先响应的是协和大学、之江大学、格致中学、女中等学校，大家都表示出强烈的兴趣；后来是东关民众、码头的三教九流、各个帮派的人都觉得稀罕。东关民众说："以我们的理解，这就是一场争论有没有神灵、有没有报应、有没有鬼魂的演绎对话。"这个说法引来了足足300多人。福州会馆最多能坐200多人，根本就容纳不下前来听稀罕的民众。

主持活动的主角是福西华，他也没想到来了这么多人，完全出乎自己的意料。他上得台来行了个西方礼，挥了挥手，连开场白都免了，直接进入主题。他用熟练的中国话说："感谢诸位的到来，世上到底有没有神、有没有灵魂、有没有因果报应？我可以明确地告诉大家，有！前不久，英国一个国际权威机构发布了一个消息，他们用了两年多的时间，调查了世界上100位最著名的科学家，问他们是否相信神？其中除18位因无法查明其信仰而不计以外，在82位科学家中，信神者有75人，占90%以上；不信神者仅有7人，占总数的10%都不到。最著名的科学家爱因斯坦在谈到对神是否存在的看法时，耸了耸肩，指着桌上的糖果、饼干、咖啡对调查的记者反问，'记者先生，您知道是谁将咖啡等物安放在此处的？'记者听了这答非所问的话，回答说当然是阁下了，若你不动手安排，物件自己不会待在那里。爱因斯坦说，小到咖啡杯等物，尚且需要一种力量来安排，那么请想想，宇宙拥有多少星球，而每一星球按照某一轨道运行无间，此种安排运行的力量是谁？那就是神！爱迪生是发明大王，一生拥有2000多种发明，但当记者问他最大的发现是什么时？他回答说，我发现耶稣是人类的救世主。爱迪生还在自己的实验室里，立了一块石碑，其上刻着，'我深信有一位全智、全能、充满万有至高至尊的神存在。'"

甘草爷点点头，接过话题道："我是民间医生，但也知道第一位诺贝尔物理学奖获得者、德国科学家伦琴在发现射线后，并没有以自己的名字去命名，而是根据《圣经》的内容，取希腊文基督的第一个字母'X'为名，称为'X射线'，或称为'X光'，即'基督耶稣之光'。他不断言这个人间有神灵存在，至少这些大科学家们的信仰和见证，让迷茫中的我们对这个未知的世界多了一种敬畏，让我们真正思考我们是从哪里来的、将到哪里去。我也看过一家科学刊物说，当人心怀善念、积极思考时，人体内会分泌出令细胞健康的神经传导物质，免疫细胞也变得活跃，人就不容易生病。正念常存，人的免疫系统就强健，所以善良正直的人往往更加健康长寿。"

福西华言道："对！我也是医生。我们人类的恶念，能引起生理上的化学物质变化。美国耶鲁大学抽取了100人进行了长达6年的跟踪调查，发现乐于助人且与他人相处融洽者，其健康状况和预期寿命明显优于常怀恶意、心胸狭隘、损人利己的人。后者的死亡率比正常人高出1.5到2倍，这证明行善能延长人的寿命。因为纯净、慈善、正面的思想状态能令生命健康喜悦，而恶念会让机体组织失衡与病变。这与你们中国孔子的正气存内，邪不可干的说法是一致的。"

朱半仙许久未发言，这时他慢悠悠地起身言道："人做了坏事、恶事，如果这辈子没能现世现报，那很可能就延续到下一辈子来偿还。这叫作善有善报，恶有恶报；不是不报，时候未到；时候一到，什么都报。中国人从来相信老天有眼，三尺头上有神明。善者得好报，坏人获恶报。生命轮回，因缘果报。当然，有人会问，为什么有人做了坏事不见报应呢？别急！这叫作行善不见善，前世有缺欠。作恶不见恶，前世有余德。"

福西华接过话题言道："善良的行为，比如赞美、宽恕、勇气、尊重、同情、忠诚等等，这些行为的付出显示，付出与回报之间存在着神奇的能量转换秘密，你在付出的同时，回报的能量正通过各种形式向你返还，只是你们自己浑然不知而已。先人相信善恶有报，并不是思想的封闭和愚见，而是对待生命的根本看法。也正如你们中国医学古籍中讲的，正气存内，邪不可干。如此，生命自然健康、自然福寿。"

协和大学的一位学生举手问道："请问福西华先生，上帝为什么不奖励好人呢？上帝真的是公平的吗？为什么常看到一些做好事的好人常被上帝遗忘了呢？"

福西华笑了笑说："上帝让你成为好人，就是对你的最高奖赏。让恶人成为恶人，就是上帝对他们的惩罚。"

朱半仙举例补充道："唐宪宗元和年间，惠州有一头耕牛被雷电劈死，人们不服，说世上那么多不忠不孝、男盗女娼不去打？却打死一头耕牛，上天实在不公！话音刚落，天空中又是一个霹雳，雷声过后，牛身上出现了一行文字——此是唐朝林李甫，三世为娼七世牛。"

底下有人大声说："这只是一个故事而已，谁也没看到。"

朱半仙说："史书有载，不会妄言。那我就再举一个现实的例子，真人真事。咱们东关有一个人，他叫孙邵英，我一说名字，你们很多人就都知道他的经历。他为人正直、工作勤恳，得到了省税务局稽查官职位。因为发现局内有人操控偷税漏税之事，他向一位上司汇报，没想到被革职回到东关老家。他想自己过去的这些年，自认为谨言慎行，从未有作奸犯科的事，但如今却落到这地步，真好人不见好报，哪里还有什么天理？但一年后，他的上司东窗事发，在调查中知道了他的正义之举，不仅恢复了工作，而且接手了那位上司的职位，连升了三级。所以说好的结果是幸运，坏的报应又何尝不是一种因果的安排。"朱半仙所说的这个人，就住在东关行春门旁边。一听这个例子，知道的人都纷纷点头表示认可。

甘草爷言道："行善不见好报，有多种可能，一种是你虽然没有见到好报，但恶报已经远离你了，这也是好报；行善，福未至，祸已远离；作恶，祸未至，福已远离。有些事情你避不开，有些事情你不用躲。失去的东西，上天正在用另一种方式还给你。"

朱半仙道："经常会有人问我，有没有风水这回事？算命、风水到底管不管用？我的回答是，风水的重点是在德行上，一命、二运、三风水、四积德、五读书。风水本身并不是迷信，只是有些看风水的人将之变得神秘。风水其实是一种文化知识、一门学说，但是被一些不专业的风水先生歪曲利用，把风水神秘化和全能化而已。真正的风水是让大家更好地与自然沟通，与之和谐，共处世间万物。不论是善事善念，还是恶念恶行，因果循环，迟早会到。恶是犁头，善是泥，善人常被恶人欺，铁打犁头年年坏，未见田中换烂泥。人这一生，春夏秋冬有轮回，黑夜白天有变换，有因就有果。播种善意，得到善意相待；播种恶意，得到恶意回馈。这一切都别急，你们去寺庙里，看到的观音菩萨，她总是低眉的，露出淡淡笑容。那笑容是对着尘世，是对着这世间一草一芥，满怀着宽恕与忍耐。世间这么多人要求她，天天求，日日求菩萨保佑。你们在说这句话时，却不知道菩萨有多难。该求的事求，不应该求的事情也求。她只是你想象的一个神，她亦有她的难处。所以菩萨除了不忍看，才低眉的。她管理了一夜雨疏风骤，雨打残荷，管得了这杏花春雨空明，却管不了太多尘世的难事，管不了那一波未平，一波又起。菩萨低眉一定也有自己的不得已，有断然你想不到的忧伤与难过，而她的面带微笑只是情愿这世间的安好。"

朱半仙的这番讲话，底下响起了一片掌声。福西华最后做总结道："我知道在你们东关人经常会念叨，什么叫做人？这非常好！我们西方也一样会念叨怎么做人？那就是友爱、博爱，人间有大爱。有一则寓言，有一个人被邀请去天堂和地狱参观，他先到了地狱，备受折磨的人们围着一张摆满食物的桌子，却饥肠辘辘。每个人都有一个勺子，却因过长，无法把食物送进自己的嘴里。但在天堂里他惊奇地发现，人人温饱满足，每个人都有和前者一模一样的长勺子，但他们却吃得从容有味，因为他们在互相喂食。天堂中的互相友好，彼此尊重，没有欺骗和算计，只有坦荡和真意……"

这场演讲轰动了东关，也传遍了邵武，传到了外省外地，上了协和大学的专刊，还传到了美国的权威杂志上。

04　无奈的抗日军人

东关中山路。

在长沙会战中，国军第十军警卫连长凌云海身负累累枪伤，死里逃生。在战地医院经抢救，他虽然保住了性命，但被截去了左手。伤略愈后，军长有心关照他，欲带他去香港。但他因母亲还在湖南，不愿随军长去香港，就奉命带领百余名伤兵，从南昌、丰城、黎川一路来到邵武东关，在军政部收容第三战区伤兵的第十六临时教养院（即荣誉军人医院）继续疗伤，无事时常在中山路东关城门口一带闲逛。

伤兵教养院在中国由来已久。在民国以前，官府对待受伤的军人多以"养"为主。如清朝的伤兵，有子弟在营食粮的，每月给米三斗，无子弟在营食粮的，以离营之日起给守粮一份，以养终身。国民党的伤兵教养院，1937年全国只有4所，荣誉军人不过数千人。教养院收养的是一等伤残，临时教养院收养的是二、三等伤残和有轻重机障的伤兵。抗日战争时期，通货膨胀，致使伤残军人的抚恤金迅速贬值，导致他们及家属的生存和健康得不到保障。当时一方面有限的抚恤金难以保障伤残军人的正常生活，另一方面国家又难以承受巨额的抚恤经费为理由借口，临时成立了许多荣誉军人教养院。国人对于这些为民族解放而负伤的抗日将士从心底充满钦慕，对他们也十分尊敬，认为应称之为"荣誉军人"。为此，国民党军事委员会政治部特函请军政部代电全国各军政机关，将"残废"字样一律废除，一律改称为"荣誉军人"。这种抚恤方式因其有相对的保障性，得到在全国范围内广泛推广。抗战间，国民党军队官兵负伤合计有近200万人之多。全国设有教养院8处、临时教养院20处、临时教养所2所，以及校官教养所、盲残院等，分驻于湖南、四川、陕西、福建、江西、广西、甘肃、贵州、江苏、安徽等各省之地。

受伤的军人在教养院内按伤残程度和部位被编入盲残组、缺手组、缺脚组、混合组等，委任队长管理。各教养院还培训荣誉军人中之优秀者，政治训练、基本课程、专习课程、工作之实习等内容，再由技术人员进行技工班训练，时间最短不得少于6个月。当荣军学员技能熟练后，鼓励他们自愿到社会上就业，凡荣军出院服务，在服务机关照一般员工领取薪饷外，按其残等，发给6成至8成。

第十六临时教养院由国民党军少将何陞三任首任院长，配备总务股、政工室、工艺股、管教股、诊疗股。教养院自办了小学，还组织了血花剧团。正好第三战区200后方医院也搬迁在邵武，荣誉军人遇有重病可送往医院治疗。在荣军生活待遇方面，国民政府制定了荣军每月薪饷及生活补助费标准，"将官200元、校官100元、尉官60元、士兵20元，后来提升加了6元"。主食和副食也都有标准，1941年起每人每月增为大米22市斤或面粉26市斤，副食每人每月支给12元。

临时教养院以东关江西会馆为院址，收容伤兵2000多人，分驻在邵武境内东关、故县、拿口、谢坊屯垦区及胡书、下王塘六处，加上在光泽杭川一处，编为 7 个队。

何陛三是精打细算的人，他认为荣军中不少人具备劳动能力，可以从事些垦荒工作。根据他的想法，固然荣誉军人中有许多负伤较重的，但也有许多伤势较轻的，或其受伤部分与耕作没有影响的。比如有的人一只脚受伤，步履不便，或一只手受伤，动作较难，或五官受伤，失去某一个方面觉能之类的。如果让这些荣誉军人从事垦荒，应该对付有余。所以，何陛三在富屯溪沿岸的东关、故县、下王塘、拿口、谢坊设立了伤兵屯垦队。屯垦对于大部分官兵来说是轻车熟路，因为大部分荣军本来就是田间的农民，加之邵武东关外公荒私荒地比比皆是，可供荣誉军人之大量普遍垦殖。

同年，国民党军政部直辖第十三补训处在邵武成立，辖 6 个补充兵员团。这是应福建华侨的要求，成立的一支全部是八闽子弟的部队。从 1938年到抗战胜利，十三补训处历任处长有叶成、李良荣、严泽元等人，十三补训处负责招考和组织归国华侨学生在邵武训练。

这里面有一个东关的抗日英雄值得一书，他是地地道道的东关人，叫宋志杰，是东关鱼鹰队长宋大龙的远房堂兄弟。他 11 岁时父母双亡，成了一个无家的苦孩子，替东关基督教办的奶牛场放牛，17 岁那年他当了兵。

在李良荣当十三补训处主任时，日本鬼子向福州进攻，驻防在福州的是第一百军和八十师。但两下里一交锋，国民党全军溃败，日军长驱直逼福州城下。李良荣在邵武发紧急电文，向省长陈仪主动请缨，愿率十三补训处士兵赴前线参战，其第一装备团三营长宋志杰率队由古田进军福州。宋志杰是李良荣的老部下，1939 年随李良荣从航空特务旅调到第十三补充兵训练处负责训练工作。其间受命招兵任务。因"坚壁清野"，交通不便，宋志杰征集抗日兵员数百人，一路步行回到补训处。让他高兴的是正好回到阔别了 11 年的家乡。归队后，学员大队改为第十三补训处第一装备团，拥有 2850 人枪，为主力战斗部队。团长为肖长庚，宋志杰被任命为副团长。

5 月 25 日，日寇晋町部队 4000 余人，兵分两路，形成钳形攻势，旨在歼灭国民党第一百军的主力部队，直捣南平，意图北上与沪杭铁道连通，以配合东南亚方面的军事行动。第一百军高层估计日寇将在该晚集结于大湖，决定集中兵力聚而歼之。当即派遣宋志杰率领便衣敢死队20余人，先行前往侦察大湖附近的地形、通道和敌情，以便作出围歼的决策。

宋志杰虽然年轻，但经历过多次战斗，很有军事作战谋略。他根据战地老百姓的汇报，获悉通往大湖的道路必须经过寨上关。此关处在道路的险要山腰上，务必先行抢占寨上关，才有利于进攻大湖。他思索后当机立断，亲自率领一支只有20余人的敢死队突击，迅速占领了隘关，使得装备团主力顺利通过险隘。随之，他又发现在大湖与寨上之间的道旁有座高山叫"双髻山"，山下有大量的敌人活动，立即又率领这支20多人的敢死队向双髻山搜索挺进。可是当宋志杰接近双髻山山脚时，却被埋伏在该地的日寇发现，一阵密集的重机关枪子弹向他猛烈扫射而来。宋志杰当时避之不及，身中数弹，血洒沙场，为国捐躯！敢死队士兵目睹队长被敌杀害，群情激昂，大喊"为副团长报仇"，个个奋不顾身，勇猛地冲向日军阵地，全歼日寇。由于宋志杰的亲率突击，为军部提供决策的可靠军情，促成大湖战役的重大胜利。

在悼念宋志杰时，国民党军政部下令，追授他为陆军上校。装备团把宋志杰遗体运回邵武，安葬在邵武熙春山灵泉边，惠应祠南面山麓。宋志杰是东关的抗日英雄，东关民众为他自豪。宋志杰是从小就是孤儿，没有家人亲戚，但每年清明，都有东关民众前往扫墓。

1941年底，设在江西省弋阳县国民党第二分所奉军政部指令，亦迁到了邵武。同迁的还有200后方医院、红十字高级医疗大队，这3个单位在医疗和教学方面都有相互联系。由于迁来邵武的机构较多，城内房子又紧，该所所部只好设在南门外张家祠堂内，课堂临时搭建，医疗大队部及学员宿舍，则设在东门边上的赞化宫和对面的宝严寺内。

国民党第二分所设教务处、政工处、卫勤处、军需处和大队部。所长是一名少将级别的军医刘经邦。教务处长、政工处长、军需处长、卫勤处处长等均上校级别的军官。第二卫训所经过一年筹备于1943年开学，设军医速成班和学员班两类。军医速成班学制为一年，招收具有初中以上文化程度的社会青年，其中有来自邵武、崇安、建阳等县的，也有从沦陷区流亡来的青年，进行统一的文化考核，择优录取。每期都有邵武人入学，教职人员中也有邵武人。

第二卫训所分成军医训练班、尉级班、校级班这 3 个不同级别的班。军医训练班，学员主要来自东南几省的大学毕业生，是军政部直接从学校征招来的，学习内容是军事常识、战场急救、野战外科和军队卫生。3 个月结业后分配到各部队担任上尉军。

尉级班学员主要是少尉、中尉、上尉军医和个别的准尉级、看护长、司药等，在当时国民党医务军衔是属于军医佐级别的。学员多是由各部队推荐而来，主要是学习一些医学理论，结业后仍各自回原部队。

校级班的学员来自各部队的少校至上校军医，也有野战医院的院长和医疗队队长，主要学习内容是医院管理、野战外科及一部分战略战术，结业后各回原单位。国民党军政部第二卫训所在邵武东关待了 4 年时间，一直到 1946 年初才迁回江西弋阳原址，在邵武培养不少卫生人员，对于当时的第三战区卫生医疗工作起了很大的作用。

国民党陆军 200 后方医院原设在江西省弋阳县，属于国民党军队第三战区的主要后方医院，有军医 10 人，全院有 60 多名工作人员，其中包括警卫队人员。院内设有内、外两个主要科室，并配备 X 光、检验两个附属科室。该院主要任务是接收前线送下来的重伤员，经治疗痊愈者送往前线，伤残者转送给当时在邵武的第十六临时教养院。

最晚到达邵武东关的军事单位是第三战区东南广播电台，先期是在福山的翠微阁设立，后来搬到了东关一带。紧随其后，陆陆续续有八九个后勤单位迁到邵武，加上原来迁邵的其他军事单位，街面常有军人生事，产生了一些社会问题。

国民党军政部荣誉军人第十六临时教养院，直属军政部管辖，任务是收容经医院治好了，但无法重返前线的伤残军人。伤员大多来自三战区各医院。第十六临时教养院院本部驻在东关的江西会馆，下设政治处、管理处、总务处、医务处、工艺处等。政治处主任是上校军官卢斌生，黄埔军校三期毕业生；管理处主任是上校孙卓，东北讲武堂出身；总务处是中校主任韩兴之；工艺处是少校主任罗小兰；医务处是少校主任李学华。

教养院第一任院长是何碧珊，级别很高，是少将军衔；第二任上校韩文琦；第三任为少将孙鼎元。收容的伤残军人共有2000多人，分为7队。第一队为伤官队，收容营以下伤官，大多数是连排级，约400多人，驻东关外，有家属的分住于民房，队长为国民党军队上校王觉。这一队由于是当官的，平时就作威作福惯了，所以纪律最坏，住民房不付房租，还与房东争吵打人，经常欺压百姓，甚至奸淫良家妇女；有的还与青帮勾结，坑蒙拐骗，为害尤烈。群众对他们是咬牙切齿，敢怒不敢言。而政府知道了也是无可奈何，睁一只眼，闭一只眼，任其胡作非为。其余的6队皆为伤兵队，纪律有好有坏，不一而足。

国民党设在东关的另一个单位是荣誉大队，属三战区荣誉军人管理处管辖，原称"荣誉团"。因编制过大，到了1940年缩编为6个连，改称"荣誉大队"。该队大队长由上校孙治鑫担任，大队副二人，由王鸣皋、奚金才两名也是上校级别的军官担任，他们都是黄埔军校出身，资格很老。荣誉大队下设政训室、副官室、军需室、医务室、收发室、中山室、传达班、警卫排和6个连队，各连收容的人数不限额。连、排、班长，以及炊事员、号兵、看护兵均属在编官兵，一般不外调。该队的任务是接收第三战区各伤兵医院治愈出院的伤兵。

由于1941年军队单位来邵武的很多，人满为患。浙赣路沿线各部队的后勤单位迁来邵武的除了第十六教养院、荣誉大队，还有第三战区第三卫生训练所高级医疗队、第200后方医院、中国红十字会药品仓库、四十四兵站医院、十一兵站医院、十七兵站医院等等。这些单位的伤官伤兵及工作人员，平时大多无事可做，整日游手好闲，满街闯荡，招惹是非，百姓不敢开门仰视。兼之当时邵武街道狭小，又无公共厕所，一时猛增这么多人，致使街头巷尾，粪便横流，臭气熏天，民众极为反感，社会秩序十分混乱。后来虽有三战区调来一个中校参谋刘大鸣带领宪兵一队，配合邵武警察局组织联合稽查处置，仍无济于事，反而与伤兵大动干戈。警察被打得头破血流，宪兵也被围攻，双方枪弹相见。最后没有办法，才由战区荣誉军人管理处派秘书郭世奎前来邵武，经过与荣誉大队等单位磋商，召集各伤兵医院和十六临时教养院共同讨论研究，决定由各医院和临教院各抽调军官一名、伤兵数名，配合荣誉大队一同成立军人纠察队，队长由荣誉大队大队长孙治鑫兼任。采取了伤兵管伤兵的办法，分组巡逻，见问题当场处理。如此一段时间后，伤兵的气焰才始有所收敛，社会秩序也稍见好转。

　　凌云海这时在邵武养伤，自然也在伤兵之列，看到伤兵们的胡作非为，很是气愤但又无可奈何。刚开始，东关的民众对伤兵们还是十分尊敬的，尤其是对凌云海这些黄埔军校的受伤军官特别尊敬。只是后来谁跟谁，哪个跟哪个也分不清楚了。反正在老百姓眼里，凡是伤兵都好不到哪里去。这对凌云海这些黄埔军校毕业的军人来说，是一种耻辱，也是一种无奈。

　　凌云海在邵武治疗养伤的时候，看到伤兵们的种种劣行，再看看自己，真是无可奈何，痛定思痛，几乎天天发脾气，他宁愿战死在战场上，也不愿意看到自己现在这个样子。直到冷静下来后，又整晚整晚地睡不着，他首先想到的一件事，便是把湖南醴陵的母亲接到邵武东关住下，自己好尽孝道。

第十四章

01　东关九朵花

东关中山路，1106 号民宅。

这户人家主人叫胡有福，女主妇叫李玉娘。他们家有 9 个女儿，人称东关 9 朵花。每一朵都长得娇艳漂亮，方圆百里都有名。爱卖弄诗词文句的东关土秀才刘子星作打油诗道：

赵家有女花满溪，九朵鲜花压枝低。

踢破门槛求婚事，可惜花女恰恰啼。

这诗赞的便是胡家女儿美貌如花，个个出众，有不少人上门求婚，但就是门槛太高难求凤，一般人看不上眼。让人羡慕的同时亦无可奈何，就如俗话说："画水无风空作浪，绣花虽好不生香。"只能是望天兴叹，馋归馋，但拿不来吃。

胡有福是江西人氏，家住丰城北门。1940 年冬天，日本人打到了江西丰城。胡有福一家躲避日本鬼子的侵扰，举家逃难来到了福建邵武，于东关安顿住下后，在城门口附近开了一家小药店，同时兼经营一些百货食杂品。胡有福在江西丰城时略有财产家业，靠祖上留下一家日杂货店生计，日子过得还算是马马虎虎，比一般人强，这叫作：人家骑马我骑驴，看看后面还有拉车人。比上不足，比下还行。总之不缺衣少食，日子不用看人脸色。胡有福长相平平，形象很是一般。但他命中有艳福，娶了个漂亮的老婆叫李玉娘。胡有福有点文化，也像刘子星一样爱卖弄文句，每每听到人家夸他的老婆女儿漂亮，便不无洋洋得意地道："这叫桑养蚕，蚕结茧，碧从天上得，红自日边来。"

但有人吃不到葡萄说葡萄酸，挑剔说："胡有福老婆就是臀太肥、胸太大、腿太粗。"

王胖大婶听了却大不高兴，说："你真是懂个屁！那叫丰姨（腴）哩，胖的女人会旺夫，不信你们问甘草爷？他见多识广，比我们有见地。"

甘草爷听了不由笑了笑，说怎么扯到我老汉了？他虽然没有完全认同王胖大婶的说法，但也说："王胖大婶所说的胖，应该是丰腴。有一点是肯定的，丰腴的女人，大多都是性格开朗、热情的人，很容易赢得别人的好感，愿意与她们相处。这样的女性温柔敦厚，而且都比较顾家，算是标准的贤妻良母，而且她们的心胸比较宽阔，有容人之量，不会为小事斤斤计较。而丰满有肉的臀部代表人的财运好，会赚钱又会存钱。女子纤细修长的腿虽然悦目，但相学认为腿长脚瘦的人，容易奔波劳碌，辛苦命。而男性也一样，如果腿太细，感觉就像麻秆似的，生活很难稳定下来。不论男女，腿都不能太细，以免劳碌终生。但也只是这么一说，闲聊而已，闲聊而已。"说着，甘草爷又呵呵一笑道，"至于娶什么样的马娘？这是萝卜白菜各有所爱，杯子都配好了盖。关键的还是那句话，娶妻是娶贤不娶色，这才是最重要的。"

肉肉的女人李玉娘两年生一个娃，连续生了9个女儿，但可惜都不是男娃。胡有福想得通透，倒是一点也不会重男轻女，说他没儿子一点也不生气，他倒还就是喜欢女儿。你们说有9件小棉花穿在身上，该有多贴心、多暖和，这是随了他的名有福哩。说来也是，这9个女儿个个如花似玉、貌美如花。尤其是大女儿胡淑芬与第五个女儿胡淑芳有些相像，长得最为出众。胡淑芳个子中等，皮肤白皙，有着一副清纯的脸庞，五官极是精致，就如同一个手艺高超的艺术大师雕琢出来的，安排得稳稳妥妥，恰到好处。高挺的鼻梁，清澈的眼睛，右脸颊有一个不深也不浅的甜酒窝，她的身材比她娘苗条许多，模样让人羡慕不已。可以说她全身上下是恰恰好，没有一丝多余的肉、松一点的皮，犹如浑然天成一般。虽然是土布衣服穿在身上，但挡不住她前凸后翘的俊俏模样儿。

胡淑芳除了引以为傲的脸蛋与身材，最让人喜欢的还是她的酒窝与浅浅的微笑。她笑起来极好看，让人有一种沐浴在春风里的感觉，什么烦恼都丢到九霄云外。而那个甜酒窝用土秀才刘子星的话说："我要是能淹死在那酒窝中也心甘情愿哩。"

胡家的 9 个女儿,都相隔 2 岁。大的 26 岁,最小的才 10 岁。前面的 3 个女儿已出嫁,留在了江西丰城老家。大女儿胡淑芬也是美娇娘,但找了一个长相平平姓孙的小商人当丈夫,日子过得比较寒碜。这是她自己看中的人,也没得埋怨谁。李玉娘在大女儿看中这男人时就不是很满意,说他是"连眉梢"男人,这种眉毛在民间说法里又称为"连心眉",左右两边的眉毛连在了一起,也就是大家平时所说的"一字眉"。民间有一句叫"嫁汉不嫁连眉梢",说的就是这种人的长相。算命看相也说:"眉毛的样式或形态,体现出一个人的命运。从面相学角度来看,连眉梢的男人一般都气量狭小,抑或是心智不全、思维混乱,做事情总是鲁莽糊涂、状态不稳。这种男人终生都难成气候。"母亲告诉女儿:"男怕投错行,女怕嫁错郎。嫁汉嫁汉,穿衣吃饭。找老公要慎重考虑,莫要到时候后悔莫及。"

可大女儿有自己的主见,还是找了这个连心眉的男子,而且结婚七八年了,孩子都生了两个,也没见什么不吉利。

二女儿胡淑姣嫁给了一个做香菇笋的生意人,婚后生了一个女儿,小两口倒是恩恩爱爱,生活无风也无浪,十分平静。三女儿胡淑芝嫁给了丰城一个学校的语文老师,心灵手巧的胡淑芝有特长,一把剪刀,几张红纸,一双巧手握着利剪迂回旋绕,红纸上便雕镂出了惟妙惟肖的图画,为此老公很喜欢她。

胡有福移家带口到邵武东关的是后面没有出嫁的老四、老五、老六、老七、老八、老九这 6 个女儿。街坊邻居们对胡家这 6 个漂亮女孩很是喜爱。和平镇一个姓李的人家与胡有福是朋友,再三请求,要胡家夫妻给一个女儿认养。胡家见这家人无儿无女,为人也不错,便把最小的老九送给了这户李姓人家。后面的老七、老八两个姑娘,老七嫁给东关的一个国民党军统人员,而最小的老八姑娘则在邵武刚解放时,嫁给了共产党的土改工作队人员。胡家的故事若要说起来,可以写一部厚厚的书了。

且说今天上午天气晴好,正是夏季时分,微雨过,小荷翻,榴花开欲然。凌云海闲来无事,想外出走走解闷,便与另外两名部下张业功与李阳明溜出了医院,一路优哉游哉地来到中山路城门口地段。这时街上人来人往,熙熙攘攘的,好不热闹。

凌云海三人一边走,一边聊着,迎面走过来八九个西门的地痞流氓,横冲直撞，旁若无人，所经之处鸡飞狗跳，行人避之不及。

李阳明看到这帮人狐假虎威的德性，心中来气，便有意与他们交面直行。双方擦肩而过时，谁也没有躲避相让，便硬生生地猛撞了一下。李阳明有一米八的大块头，虽然左眼有伤，视觉较弱，但浑身的肌肉硬邦邦的像铁块。他硬是把对方活生生地给撞疼了，对方咧着个嘴直吸冷气。顿时火气上升，朝李阳明破口大骂道："你这个傻大兵，怎么眼瞎了？走路也不看一看，径直往爷身上撞？"

李阳明嘲讽道："你才瞎了眼哩！撞到爷身上。你也不看看爷是谁？爷是瞎了一只眼，将军有剑，不斩苍蝇。老子这是打日本鬼子受的伤。你没瞎吧，那你怎么不看一看呢？撞到爷身上了，还敢强词夺理？"

这帮流氓本就是捧着热锅找豆子炒的主，闻声都停住了脚步，蠢蠢欲动便要生事，其中一个大块头说道："哟呵，这位当兵的比我们还横，天无二日，人无二理。看来咱们是要说道说道了。"

另一个长得矮壮敦实，双手戴着一粒粒铜疙瘩护腕的流氓，看上去是有武功之人，他横着一个螃蟹步，上前一把拦住了李阳明，恶狠狠地呵斥道："嘿！你这位当大兵的，把我们的人撞了，快点赔礼道歉才是，要不然跟你没完。"

李阳明冷冷地道："理不短，嘴不软。好人争理，坏人争嘴。我被你们撞了，不与你争对错，你却还振振有词。怎么没见你道个歉，赔个礼？你横行霸道个什么东西！"

这个流氓神气道："霸道怎么了？这东关是谁的地盘？这里地盘我们做主，谁要跟我们过不去？就把他打成三脚猫。"

李阳明一听哈哈大笑道："东关是你们的地盘？这真是充大头了，假作真时真亦假，真作假时假也真。告诉你，三寸舌为诛命剑，一张口为葬身坑。别逗嘴能，有本事你就来呀。"

对方见李阳明口才好，说不过他。当下不由恼羞成怒，口里发了一声口哨，这帮流氓中立马有几个人一拥而上，同李阳明扭打了起来。张业功许久不吭一声，此刻一见立时上前帮忙。双方你来我往，动起了拳脚来……

凌云海见状，猛地大喝一声："都给我住手！"

这帮地痞流氓哪里会听，见凌云海缺眼睛少胳膊的样子，理也不理睬，根本就没有停手的念头，反而趁张业功住手的时候扑上来殴打李阳明。

凌云海怒喝道："我们的人都停手了，你们怎么还在打！是不是见我们伤兵好欺负啊？"

一个地痞流氓道："就是欺负你们伤兵又怎样！"

张业功发怒道："老子在战场上连日本鬼子都不怕，难道还会怕你们几个小混混不成？"

说实话，这些地痞流氓平时也有些忌讳伤兵们，但此时仗着自己是邵武地头蛇，人又多过对方，所以根本没把凌云海3个人放在眼里，嘴里嗷嗷地叫着，挥舞拳头要冲上来。

凌云海这下无明火上升，不由发起威来，口中喊道："看来要开打了？兄弟们上，给我狠狠地打，把这帮混账给打服了再说。"

凌云海3个当即摆开了架势，就地开张擂台，拳打脚踢，以一当十发起了攻势。凌云海伸开右手，铁掌向一个扑着他来的流氓打去，这一掌打的流氓当即倒地不起。另外一边的张业功与李阳明也各自打趴了一个。3个人打得兴起，左一拳，右一脚，只打得这帮地痞流氓招架不住，一个个全都败下阵来……

常言道：恶的怕硬的，硬的怕愣的，愣的怕不要命的。一个流氓倒是拉尿看风向的货，知道些进退的道理。当下他见状不妙，知道今天可是碰到了硬茬子，更没想到这几个伤兵都是有武之人。便服软告饶道："兵爷爷，你们不要再打了，我们服了，请高抬贵手放兄弟一马吧！"

凌云海言道："行！那举双手投降！就放你们一马。"

流氓头目却是心中不服，不肯讨饶认输，摆出了一副要你死我活的气势。只是由于刚才干架时大概是使岔了劲，他的右脚在不停地抽筋，连站都站不稳，痛得龇牙咧嘴，冷汗直冒，神情十分地狼狈。但在嘴上却还硬道："等一会儿，老子这是脚抽筋哩……"

甘草爷此时正好从上山采药回来，看到了这一出戏。他放下手中的药筐子，在人群中笑着对流氓头目大声言道："你呀！看你是伤了脚吧？是右脚吧？赶紧把左手高高举起来吧……"

流氓头听了这话，怒目横眉瞪眼要骂，但他一看是甘草爷在发声，脏字没敢吐出口。他平时早有耳闻"东关四杰"之一的甘草爷，知道他有一身好武功，不敢贸然犯忌……

甘草爷正色道："你不是脚抽筋吗？我好意在给你治呢！"

流氓头听了甘草爷这话，有些半信半疑，但还是听话地高高举起了左手。说也奇怪，左手一往上伸直高举，右脚立马就不抽筋了。他高兴得喜出望外，忙不迭声地向甘草爷道谢："爷！爷！你真是个神医！"

甘草爷不动声色，一语双关地教他道："左脚抽筋，就举起右手；右脚抽筋，举起左手，马上可以缓解。举手投降有时是一种救命的手段哩。"

凌云海对着这帮流氓骂道："你们这帮无赖，到处滋事惹非，在大街上横冲直撞的，欺负百姓，你们以为没人管教了你们吗？今天只是给你们一个小小的下马威，下次再让我看见你们在这一带横行霸道的，小心我打折你们的狗腿。"

流氓们听了装着没听见，只管低着脑袋灰溜溜地赶快走人为上。

这群人走后，凌云海还没行多远，又遇到了一出戏。他听得从前方传来一阵阵的锣鼓声与叫好声，循声望去，原来在东关城门口街边的临时戏台上，协和大学的学生戏社正在演抗日小剧。但见一个花颜月貌的女演员上得台来，引来一片叫好声，同时把人群中一个绰号叫"啸天熊"的人给镇住了，他也正是西门人。他见到这个女演员，先是目瞪口呆、惊艳不已，后来是神魂颠倒、口干舌燥。

一出戏毕，这名女演员下台卸妆，被候在一边的啸天熊一把拦住了，涎着脸皮上前搭话套近乎。这个女演员不是别人，正是胡家的老五胡淑芳，平时她是协和大学戏社的一名业余演员，时常参加戏剧社的活动。这时她见这个长相俗气的男人莫名其妙地拦住去路，不禁皱了皱眉，但她不想招惹是非，欲侧身避开往另一边行去。不曾想啸天熊伸手一把拉着她的胳膊，嬉皮笑脸地言道："好妹妹急个啥？莫走嘛，哥哥我正要与你说悄悄话呢。"说着趁势摸了一把胡淑芳白嫩的手臂。

胡淑芳顿时满脸通红，怒斥道："你这人怎如此厚颜无耻！"

啸天熊见胡淑芳柳眉倒竖、粉嫩脸红，模样儿却是更加不同的好看。他堆起了一脸的横肉，涎笑道："妹妹发起怒来，更加与众不同，我真真的喜欢死了！"一边说着，一把又摸了一下她的细腰。胡淑芳见这人竟然如此放肆，敢在光天化日、众目睽睽之下行流氓之径，当即惊恐地直往后退。众人认得是西门的大无赖啸天熊，都不敢惹他，只是纷纷立起，怒目而对。

不想凌云海等人又正好看到了这一幕，顿时怒火中烧，拔刀相助。凌云海大喝一声："哪来的畜生在此放肆！"

啸天熊闻声吃了一惊，当下转眼看去，原来是一个少了一只左胳膊的年轻伤兵，长得浓眉大眼、英气逼人。这时凌云海对他又厉声呵斥道："你今日若不向这位女子赔礼道歉，就莫想走出这个地方！"

听了凌云海的话，啸天熊冷笑道："谁的裤裆破了露出你这小子来？你算哪根葱？敢来管老子的闲事！"

凌云海亦是一声冷笑道："你欺善欺弱、为非作歹，谁都可以管！"

啸天熊是邵武的一个地头蛇，又自恃有些武功在身，便毫不把凌云海放在眼里，骂道："少与我啰唆！看来今天你要讨些苦头尝尝！"说着气势汹汹地摆开架势，挥舞着双拳就朝凌云海恶狠狠地扑来。

凌云海见状不慌不忙，一个偏身，便轻盈地避开了对方的攻击，接着顺势用手轻轻一拨，啸天熊猛地扑了个空，立马有些收力不住，打了个趔趄，差点一个"狗啃屎"摔倒在地。

凌云海嘲笑他道："你也敢叫啸天熊之名？看你这副吃饭的身板，个子虽然壮实，却实在是笨拙的很，真是冬瓜大不过是一碗菜而已。"

啸天熊吃了一亏，心中窝火不已，色厉内荏地怒道："你少与老子废话！今天我非得好好教训你一下不可！"但他摸不清来人的武功到底有多高，心里还是有些虚虚毛毛的，于是一边说着，一边看了看四周，瞧到一边道具架上的那支长矛枪，便倏地就抓起在手中，挥舞着那杆长矛就向凌云海挥去。随着"呼呼"的声响，凌云海连退了几步。他见对方突然间发飙，恶狠狠地向他攻来。当即一个弯腰矮身，低头躲过了横扫而来的长矛枪。随即一个直腰而起，以迅雷不及掩耳之势，挥出一记迎面直击的铁拳，结结实实地砸向了对方的左脸面上。只听得啸天熊哀叫一声，左眼已是一圈紫黑。紧接着凌云海又是一拳击向对方的右脸，啸天熊端的是防不胜防，左右都挨了一记击打，一双黑紫色的熊猫眼，眼前一阵金星迸溅，失去了东西南北方向。啸天熊心底不由怒火中烧，野兽般地"嗷嗷"叫着，半睁半闭了左眼与右眼，盲目地举起长矛向对方一阵胡乱扫去，但皆被凌云海轻松闪身避过，大声喝道："你这混蛋真不知进退，看来不好好教训你一下不行！"说着展开了手脚，一阵风泼般的几记拳脚，均结结实实地打在了啸天熊的身上。一旁围观的众人看得十分解气，皆拼命鼓掌，发出了一片叫好声！

啸天熊瞬间被凌云海打得鼻青面肿、污血满脸、狼狈不堪，这才知自己根本不是这年轻独臂伤兵的对手。他一边走，一边转脸丢下话道："好小子！你就在这里等着，回头定要找你算账！"说着一把拨开人群，急急狼狈逃窜而去。

围观看热闹的群众纷纷叫好！这可是东关人第一次为伤兵叫好！胡淑芳先是躲在一旁吓得浑身是汗，这时也发出从心底的叫好声。这一切发生得如此突然，她顿时对凌云海心生好感。胡淑芳是直性子，且很重感情，凡事干脆爽直，不喜欢转弯抹角。虽然她不习惯主动和别人套近乎，但对人很坦诚。尤其是别人对自己的好，会铭记于心，有恩必报。平常爱看书的她，记得有句话："衡量一个人的真正品格，是看他在知道没有秩序的时候做些什么。有秩序时，每个人都进行着精彩的表演，但在不被约束时，卸下了伪装的才是真实的人。只要你留意一个人生活的细节，就一定会发现这个人品行的最低处，就能看清这个人。"

待人走尽后，胡淑芳出现在凌云海面前，红着脸道："好汉留步，谢谢你今天的出手相救！"

凌云海挥了挥手说："如果恶行不被谴责，那么善良将无处藏身。如果作恶不被严惩，那么恐慌将无处不在。"

胡淑芳没想到这个当兵的打架是高手，说话也有水平，当即对凌云海的好感又增加了几分。也斟酌着话句说："对！你是一个有锋芒、有棱角的人，胡淑芳当要敬你三分！"

凌云海被她一夸，反又有些不好意思起来："别那么说，男人嘛，这是本分的事。以后再遇上这种事，你是低眉菩萨，我是怒目金刚。"

站在一旁许久的张业功见状，笑了笑，暗中扯了一把李阳明，对凌云海道："肚子饿了，我们上前面扁食店去。"说着二人便一溜烟地跑了。

02　金花胡淑芳

初秋。东关行春门。

夏的炎热悄然远去，转眼已是九月的碧云天、黄叶地。东关人闲来无事，总喜欢在流淌着绿茶清香与桂花芬芳的行春门城墙下闲暇，于古朴的街巷口中沏上一壶碎铜茶细品慢饮，聊天聊地聊人世，十分地自得其乐。

喝茶闲聊中免不了张家长李家短，自然会说到东关最漂亮的女子胡淑芳。都说这么一个玉体圆姿、面色秀丽的俏女子，方圆百里之地也难寻。众多的富家置办重礼，托了能言善道的媒人，前来胡家做媒，一心要想娶胡家的金花胡淑芳为儿媳。但前来说亲的人几乎要踏破了门槛，却是没有一个能被胡淑芳看中。

出乎意料的是，胡淑芳却爱上了国民党伤兵凌云海。这真是让许多人想不到，也想不通的，尤其是那些家境富足优越，一直想把胡淑芳娶到手的年轻人百思不得其解，胡淑芳怎么就会看上国民党伤兵，一个没有了左手的残疾军人。那凌云海虽然长相俊朗，一表人才，但总归是伤残人，尤其是一个名声不好的国民党伤兵。这让诸多的东关民众也是不解，摇头叹息，可真是像俗话说的："一朵鲜花插在牛粪上了。"

胡淑芳是一个与众不同的、有见地的女子，她自是有她的想法与选夫的标准。常言说得好："英雄爱美女，美女爱英雄。"胡淑芳从小喜读三侠五义，敬慕的是江湖豪杰、绿林好汉。凌云海在她的心目中是抗日英雄，这么一个有民族感、责任感的男人必然是一个靠得住的男人。凌云海是打日本鬼子负的伤，这让她发自内心的敬仰。那天在东关闹市上痛打地痞流氓头子啸天熊，让她亲眼看到了凌云海的侠义之举，愈发对凌云海有了好感。母亲就曾对自己说，凡是优秀的、有本事的男人都有着与众不同的特征，他们有优点也有缺点。但优点是大的方面，缺点是微不足道的。

这些日子以来，通过细心的观察与接触，她感到凌云海不仅乐观大气，做人豪迈不羁，而且对人可心体贴，善解人意。虽然说凌云海性子有些急躁，有时还爱生气，说话不拘礼节，但他凡事重义气、重感情，优点大大胜过了缺点。胡淑芳初中毕业，是有文化的女性，无论是知识面还是情商，自是不同于一般的女孩子。尤其是这两年在协和大学剧社演出，与大学生们相处久了，亦学到了不少有关男女青年交往的知识与心得，这点是其他女性青年不可相提并论的。

由于胡淑芳性子耿直，又知父母宠着她，所以动不动就把凌云海往家里带。通过几次接触后，父母亲也喜欢上了凌云海这个年轻人。初时，两个大人因为凌云海断了一只手，加之是国民党伤兵，名声不佳，是不同意女儿嫁给他的。母亲教训女儿道："世上只有藤缠树，从来没有树缠藤？你倒好！一个姑娘家不含蓄内涵些，反而主动粘上去。真的是只见说撑船就岸，几曾有撑岸就船的？"但与凌云海接触过几次后，胡淑芳的母亲觉得凌云海长得相貌堂堂，豪情大气，配得上抗日英雄的样子。女儿嫁给这样的人应该是不会受委屈。而且胡淑芳的母亲会观相，都说邪正看眼鼻，真假看嘴唇。男看鼻子，女看嘴。凌云海的鼻子挺立，英气勃勃，就像他的鼻梁一样，撑得起整张五官的好坏。看他的相貌，将来担得起一家之长的责任。同时，胡淑芳的母亲还发现凌云海有一个难得的优点，那就是爱做饭菜，有一门下厨的好手艺。以她的人生经验看，一个爱做饭菜给别人吃的人，绝对是不自私的人。你想一粥一饭，耗时又繁杂，从洗菜、择菜、切菜，到烹炒炖煮，短则一两小时，长则大半晌。如果不是一个有善良有爱心的男人，是不屑为他人去操劳这些生活琐事的。世事苍茫，唯有这烟火气中的小事情，最能温暖人的心。与爱做饭菜的人相处，能被温柔相待，交付的皆是真心。爱做饭菜的人，能在一蔬一饭间燃起对生活的热情，找到平凡生活的快乐。与爱做饭菜的人在一起，生活不会乏味。因为他们把对生活的挚爱和对周围人的爱意，都倾注在了食物之中。因而，李玉娘对女儿胡淑芳说："看来你是喜欢上这个凌云海了？"

胡淑芳毫不隐瞒地说："什么也逃不过娘的一双眼睛，女儿确实是喜欢上他了。但不知道母亲是怎么想的，你会嫌他是国民党伤兵吗？"

母亲说："我可没这么说哈。但一个女人在选择丈夫的时候，最重要的是看他对你好不好，要看他心地善良不善良，有没有持家爱老婆的责任感，能不能够承担起家庭的重任。那些油腔滑调、满嘴献殷勤的人，平时哄哄女人还可以，但一到关键的时候就靠不住了，甚至抛妻弃子，嫁给这样的算是倒了八辈子的大霉。"

胡淑芳一听急了，以为母亲不喜凌云海，连忙道："我看他可不是这样的人。"

母亲笑了笑道："你急什么？我也没说他是这样的人。但我有话说在先，人是你自己挑的，若看走了眼，到时别埋怨做母亲的没告诉你。不过我无心中听到他几次跟你说，他母亲一个人在湖南，要把母亲接到邵武来侍奉。从这点看，他是一个孝子无疑，将来对女儿你也自是不会差，对你肯定也有情有义。我看啊，他就是你前世的锁，你是他今生的钥匙，你用今生的钥匙，去开前世的锁。"

胡淑芳见母亲如此说道，知道大人赞同了自己对夫婿的挑选，心里暗暗高兴不已，便撒娇地言道："娘佬哩！你就放心吧，你女儿也是一个见过世面的人，若是看走了眼，女儿认命谁也不怨。"

得知这个消息，凌云海高兴不已，对未来的丈人与丈母娘言道："两位大人在上，我凌云海前世修来的福分，与你们胡家有缘，与你们女儿淑芳有缘，得到你们的另眼相看。我啥也不说了，只是我一个外地人，在东关无家无业无亲人，我就上门做个倒插门的女婿，你们就把我当儿子使唤便是。"

那胡有福听了笑呵呵的，心里自是十分高兴。凌云海这小子不错，平日里常陪他喝小酒谈天，说话也对路。此时听了凌云海的一番表白，他哪还有会不同意。他这一辈子生了九朵花，就是没有一个男娃。凌云海倒插门当儿子，这正是自己心中所巴望不得的事。于是从来不敢在老婆面前抢前表态的他言道："你看你，说什么倒插门这种话，我早就把你当儿子看待了，你与淑芳结了婚就更名正言顺了。"

李玉娘亦是十分爽快的女人，当下言道："什么也不说了，没那么多讲究。不过咱们胡家在这东关也是有脸面的人，淑芳的婚事不能草率从事，得好好热闹一番才行。"

凌云海拍着胸脯说："请两位大人放心，这些年来我手头多少还有一些积蓄，我全部交给淑芳安排便是。只是我姐姐在我当兵之前已嫁到湘西大山之中，家中只有母亲一人孤独难过，我想把她老人家接到邵武东关你们家中来住，不知……"

未等凌云海把话说完，李玉娘便打断他的话道："这是正理，你这几天就回老家一趟，只要她愿意来便是。"随即又言道："对了！也不能太委屈了你。我看结婚这事，咱们既不按你们湖南的风俗习惯，也不按我们江西老家的礼数操办，就按东关的风俗来操办如何？"

凌云海说："一切听从丈母娘的安排，只要热闹开心就好。"

邵武东关把结婚看得极重，地方传统婚俗可是有讲究的。东关人认为结婚是人生一辈子只一次的大事，一点也不能马虎了事。得按说媒、定亲、送日子、迎送亲等四个步骤进行。这首先是说媒，东关人结亲，在正式订婚前，先由两个媒人周旋于双方家长之间，商谈聘金聘礼的数量、订婚的日期以及其他条件和具体事宜。聘金的数额大多取六、七、九这些数字，如六十、三百六、六百六十六、七百六、九百等。东关土俗有"七成八败"之说，谓"六"为"六合""六六顺"，"九"则谐音"久"，取"长久""永久"之意。聘礼包括布料、衣物、金银首饰以及订婚、结婚时男方要给女家的部分酒席所需。

第二个环节是定亲。邵武称定亲为"压帖"，也称"下帖""下订"。帖是用红纸写着年庚八字的庚帖，男方在择定的吉日，选一有福气的童男偕媒人将订婚的礼品用箩盛，邵武一种专用于婚寿喜庆送礼的盛贮具，竹制，圆形，四至六层叠放，上有盖，状若蒸笼，内漆大红，外漆红褐色，圈沿描金，以担为计数，挑送到女家。礼品包括订婚的礼金和给姑娘的订婚衣物、部分聘金、聘礼等。庚帖放在顶层箩盛内，用礼金或聘金压着，故称"压帖"。订婚这天男家请订婚酒，次日女家请订婚酒。无论男家还是女家请订婚酒，一般每家亲友只请一人。赴订婚酒宴的亲友无须送礼，但吃了订婚酒即是被告知须参加结婚酒宴，须准备送结婚礼，还须在其结婚前请新郎或新娘吃一餐饭，谓之"请新郎饭"或"请新人饭"。讲究的人家要四盘八碗请上一桌，简单的则煮一大碗有蛋有肉的面条或粉干送去，谓之"送新郎饭"。

两家定亲后，女方的父亲、兄弟、姐妹可以到男家走亲戚，而母亲则需等到女儿生孩子后才可以去男家。男方每逢春节、端午、中秋等传统的节日，都须送些猪肉、鸡鸭、鱼、酒及粽子或月饼之类的礼品到女家，直至完婚。

第三是"送日子"环节。结婚的吉期，称为"日子"，由男家请阴阳先生择定或到寺庙卜卦择定，称为"看日子"。"日子"用红纸写好，在农历七月初七日请媒人送到女家，称为"送日子"。女家如果同意男家择定的这个吉期，则收下这张红帖；如不同意，则不予收下，退还男家。男家须待来年重新择定后于七夕这天送去。选择的结婚吉期，一般都是逢六、七、九或十二这些日子，大多是在农作物收成之后的秋冬季，即九月至次年正月。未经"看日子""送日子"而完婚的例外。

第四个是"迎送亲"环节。男家娶媳谓之"归亲"，女家嫁女谓之"放亲"。婚日的前一天，男家须请一位上有公公婆婆、夫妻双全、儿女众多、有福气的至亲妇女铺好结婚的床铺。东关人嫁女，嫁妆很是讲究。新娘到男家后须当着男家众宾客的面打开箱笼让众宾客看，件数愈多愈显排场。邵武人嫁女，一般娘家都要倒贴，所以称为"赔嫁"。

结婚这天，新娘须戴凤冠、披霞帔，穿红色或紫色绣花衣裤，穿红鞋，头上插金银簪花，佩戴首饰如金耳环、银手镯或玉手镯之类，富庶者则手足皆戴制作极其精巧的银手链、银足链。新娘身上还须挂"五子"：枣子、桂圆寓意早生贵子，莲子寓意连连生子，花生寓意生儿生女花着生，荔枝因其成团结子，寓意多子；"五子"则寓意"五子登科"。

东关民俗有"新人哭，两家福"的说法，新娘临上轿前必须要哭，但无诉唱之词。新娘可以边哭边按辈分长幼顺序，逐个呼唤每个长辈和众亲友、宾客。此时长辈和亲友宾客们都必须准备一个红包给新娘，谓之"上轿包"。所有的"上轿包"都是新娘的私房钱，可以不对丈夫和公公婆婆公开。花轿从男家启程迎亲之前，先用油灯或蜡烛、镜子在轿内照三遍，或在轿内挂一面镜子，或在轿后挂一画有八卦图的篾筛，以此驱邪，然后用一把大铜锁将轿门锁上。花轿从男家启程直至返回男家，轿门锁都不能打开，但花轿的顶盖是活动的，可以掀开。新娘在伴娘的牵引下踏着草席进门。新娘进入厅堂，由童男童女抬来上面放有银币的一斗米，让新娘以手抚摸，意谓"钱粮丰裕，有吃有用"。

新婚的三天晚上闹洞房，这三天"无大小"，即可以不分大小长幼，大家尽可以对新郎新娘出难题开玩笑，称作"玩新人"。邵武的婚宴极其奢侈浪费，前后要持续七八天。婚日前三天开始，请邻里、亲友进行杀猪宰鸭等一系列准备工作，称为"起厨"；婚后三至五天才结束，称为"洗厨"。婚宴中，安排亲友的座位极有讲究，称为"安席"。以母舅为最大，坐在最上座，其次是媒人，其余的则依亲疏关系而定。"安席"须慎之又慎，错不得。偶有不妥则得罪宾客，甚至会有因"安席"不当而争吵，以致宾客掀翻酒桌拂袖而去的事情发生。

由于凌云海家不在东关，也没有亲戚，所以这四点要求步骤几乎不存在。胡淑芳母亲对凌云海说："你与淑芳是自己相识的，你家也不在邵武，那些繁缛就省了吧。不过你总要请一个有威望稳重的朋友或者上司当媒人送个帖子才是。"

凌云海听了，赶忙备了一份厚礼请荣誉大队的大队长孙治鑫出面，上胡淑芳家送帖求婚。孙治鑫是热心人，一口答应他亲自当这个媒人，向胡家提出与胡淑芳结婚。孙治鑫虽然是国民党伤兵的军官，但在东关人眼里他是一个很值得信赖尊重的人，自然是很有面子。

结婚前，凌云海回了一趟湖南老家，把母亲接到了邵武。老人家这些年想儿子想得心累，身体很差，一身都是病。才50多岁的人看上去已经风烛残年的模样，这让凌云海心痛不已。母亲看到残疾了的儿子亦是心疼，但看到儿子讨了一个又漂亮又贤惠的女子为妻，自是高兴不已，不停地嘴上念念有词，感恩老天爷的眷顾。婚后，凌云海与胡淑芳恩爱情深在此不言。

第二年冬天最寒冷的十二月，凌云海发现病弱的母亲身体一天不如一天。老人家嘴上开始碎碎念起来，和儿子说话总念叨着自己的一生和逝去的丈夫和其他亲人。凌云海在军校中学过医，多少知道一些常识，他心里很明白，母亲在回顾自己一生和往事的同时，她的潜意识里已经知道自己时日无多了。这时候自己不如就静静地听老人唠叨唠叨，别去轻易打断她的回忆。

后来母亲把凌云海的名字称呼成胡淑芳的名字，其实母亲出现这样的情况，说明大脑的运转在减缓，甚至是退化到了很严重的程度，此时她的意识也就开始变得忽有忽无。

有一天，母亲突然对凌云海说，希望他想办法捎个消息给嫁到湘西的姐姐，让她带着孩子们回来看一下自己。

凌云海心里咯噔一下，对母亲说："你好好的，让她们来看你干什么，那么远的路途，来一次很不容易的。"

母亲听完沉默了。第二天的时候，母亲又说了同样的话，凌云海依然没答应。到了第三天，母亲便很生气地对儿子第一次发了脾气，非要他把姐姐一家子叫来。

看母亲态度如此坚决，凌云海觉得不对劲，便派人赶往湘西大山农村，要姐姐立马往家里赶。可惜的是人还没到，母亲就已经撒手人寰了。

03 伤兵事件

秋天。东关行春门。

行春门城头上一轮明月高挂，东关一地清辉如许。秋天来了，天气说变就变。这两天降温了许多，早晚出行的人都加了一件外套，日子里开始有了寒意。尤其是在这天凉好个秋的夜里，轻薄的微寒中有风游弋在其中，它拂动路边的枝影，在收获的季节里随意泼洒靓丽的色彩，桂花黄，枫叶红，芦花白。在以往这萧寂的秋光里，东关人可以寻找着自己秋日的喜欢。然而，大批国民党伤兵的到来，给东关人的日子带来了烦恼，这些伤兵们坑偷拐骗、打砸烧抢、无所不为。

东关是抗战时期国民党军队后方医院的重要所在地之一，所以伤兵人数众多，有4000多号人。这些伤兵本来就纪律松弛，不服约束。尤其是他们后来加入了邵武的青帮，更是有恃无恐，胆大妄为。首被其祸害的是邵武以及周边县的一些小商小贩，他们小摊小店一旦被他们光顾上了，往往血本都收不回。若有不服稍与他们争论几句，不是人被打得头破血流，就是商品被掀得满地狼藉，损失更大。至于那些挑粮食、担山货入城出售的农民，也是他们抢掠的对象。所以，当时只要远远见伤兵们走来，人们就会胆战心惊，不知会面临什么大祸。

就在几天前，东关有个叫何金书的渔民，上街卖鱼时被几个伤兵碰上了。他们上前拦住挑走了两条最大的好鱼，说了声"赊账"便大咧咧地拎了就走。何金书已经是不止一次遇到这种烂事了，这次他心疼那鱼又没了，便忍不住上前拦住请求道："你们行行好吧，我就靠卖了这些鱼还要买粮食回家哩，你们多少就给点钱吧？"

伤兵笑嘻嘻地边走边回说："行！但今天不凑巧身上没带钱，明天一定给你。"言完便头也不回地走了。

何金书无可奈何，只能自认倒霉。第二天他在街上卖鱼时，这几个伤兵果然又来了，但并非来还昨天的鱼钱，而是说昨天买的鱼不新鲜有毒，害得他们几个人吃了都拉肚子了，接着把他毒打一顿，还将他篮子里的鱼全部拿走，说是用以抵偿应赔的医药费。何金书见了气得不行，但敢怒而不敢言，只能又一次认倒霉。

这几个伤兵行至东门外横街，见有一个在家门口摆猪肉摊的卖点停下。像大买家一样，装模作样地挑肥拣瘦，一家伙割了有近20斤的后腿猪肉，不付钱就要走人。卖肉的屠宰户叫阮大杰，长得人高马大，浑身力道十足，平时是一个不怕惹事的主。他哪里肯吃这个亏，当即与这班伤兵大声争论了起来。他妻子在家里闻声外面吵架，赶忙从屋里跑出来劝阻，一看是恶狠狠的几个伤兵正卷袖子要打人。她见情形不对，怕是丈夫要吃大亏，便一边赶忙压制住丈夫，一边向伤兵们赔情说好话，说猪肉就当是孝敬他们的，别与他一般计较。这班伤兵听了还算好，说看在你老婆份上不计较。果然没有再动手打人，只是朝这个颇有姿色的女人狠狠地望了几眼，拎了猪肉扬长而去。

夜黑风高，两天后的一个深夜。这些伤兵悄无声息来到阮大杰家，尔后突然破门而入，砸开了房门，把阮大杰从被子里拖了出来，捆在房外厅子上殴打。

左邻右舍听见动静很大，一看就知道是伤兵闹事，都怕惹祸上身，谁也不敢出来过问一下。这几个伤兵打完人后，就当着阮大杰的面，入房奸污了他的妻子……

阮大杰当时被五花大绑捆住，无法动弹，破口大骂又被布团堵住了嘴，气得是两眼充血。事后。他觉得没脸做人，不如来个鱼死网破，磨了一把尖利的杀猪刀悄悄藏在身上报仇。但等了十几天也没遇到那几个伤兵。虽然有俗话说："只有上不去的天，没有过不去的山。忍得一时气，免得百日忧。"但妻子被污这种事谁能过得去？阮大杰想想这口恶气实在是吞咽不下，于是只身一人要去伤兵医院寻这几个伤兵。所幸被众人知晓后怕他吃大亏，竭力把他劝住。

诸如此类的事在东关经常发生，民众们恨得咬牙切齿，但又无处诉状，连县里官府也对伤兵们无可奈何。本来这些伤兵应该说是抗击日本鬼子受的伤，是光荣的，值得人们尊重敬佩的。民众最初也是抱着如此想法。但为何会变成这样？这里面说来有众多的原因。其中最重要的一点是国民党当局对这些伤兵有亏欠，无论是治疗方面还是生活方面，条件都非常差，有的甚至连饭都吃不饱，所以引起伤兵的怨恨转向了社会面。当然，人的品性是千差万别的，有的伤兵仍然保持原先的本性，有着和善、宽厚的一面，不愿去伤害别人。因为说到底这些人大多数是被抓丁入伍的穷人，农民忠厚的本性也还未泯灭。由于国民党政府对他们没有给予应有的尊重与关照，使得他们产生了怨恨。再加上一些伤兵加入了青帮后，也就变了自己的本性。

后来，国民党荣誉大队看到伤兵们闹得太过分，一者为了维持地方的安定，二者迫于社会舆论压力，组织了纠察队上街维持秩序。然而，青帮已渗透到政府各方面，包括纠察队本身也不正，源难清。所以纠察队也是形同虚设，一切罪恶照样在光天化日之下发生。伤兵们的为非作歹不但没有得到遏制，反而日渐猖獗。这终于引发了愤怒的民众，出现了自发的反击行为。

东关一带由于伤兵太多，医院安排不下。有一部分伤势转轻，包括已基本伤愈的伤兵便分散住入了民宅。初时东关民众不同意，常言道：人家屋里各有内外，家里有个内外之分，外人不该去的地方就不能去。在别人家里不能过于随便，这是东关人的基本礼仪。但是想到这些伤兵是打日本鬼子负的伤，也就没了二话。一些有空闲房间的民众也就同意接纳伤兵到家里住，一者是对抗击日本鬼子有敬，二来也可增加一点房租收入。

谁知请神容易送神难，这下子可乱了套了。有些伤兵不交房租且不说，不守规矩的伤兵有的干脆就用木板一架，睡在房东的厅堂上，有的甚至在房东女眷睡房的门口搭铺，因而趁机调戏、奸污房东妻女的事时有发生。

东关孤老巷有一户人家，男主人叫袁守正。一天外出干活深夜回家，恰遇上住在他家的兵痞正在奸污他妻子。这个兵痞是一个排长，还是一个青帮小头目，在东关很有些势力。

袁守正是一个胆小怕事的软弱之人，连树叶掉到头上也怕砸了头。当时见到这个情形，气得青筋直暴，血往上涌，但却不敢直冲进去理论则个。等兵痞完事出来后，才进房责骂自己妻子。妻子当然是羞辱难言，只知一味地痛哭，欲要去寻死一了百了。

袁守正又气又恨地骂道："真丢人现眼，以后再给我碰到，决不会要你在家！"

岂料兵痞的住房与他们房间只一板之隔，听到这话，他便大声插嘴说："妈格巴子，你不要我要！"

袁守正一个软巴软蛋的人，听了这欺负人的话也不敢吭气。此后，那兵痞更加放肆，毫无忌惮。袁守正只要对妻子有一点粗言恶语，就会遭到这个兵痞的辱骂殴打。

如此几次以后，袁守正这个老实人终于忍无可忍，知道当地民众也有不少人受过类似的凌辱，便暗中串联各户青壮年集中起来，准备和伤兵们拼个死活，说出了事由他一个承担。没想到通知发出后，不仅是青壮年来了，连上了年纪的老年人都来了，有拿猎铳和梭镖的，也有带木棍、扁担或柴刀的，一下子居然聚集了几十号人。在袁守正的带领下冲进了袁家，要出这口积蓄了许久的恶气。

其实，这个兵痞排长也知道了民众的一些风声，暗中叫了几个兵痞青帮防备。这天晚上，几个人正聚在房中打牌。在愤怒的东关民众面前，那几个伤兵青帮分子失去了往日的威风，吓得面无人色，到处躲藏逃匿。常言道：纷纷世事无穷尽，天数茫茫不可逃。那个作恶多端的兵痞排长惊慌失措，向外逃跑时被追捕的人一梭镖刺去，从后背直透前胸，当场毙命。

国民党伤兵的胡作非为致使东关民众群情激愤，出手痛击，混乱之中打死了一个伤兵排长。这下可不得了，一个伤兵在国民党眼里不当回事，但被老百姓打死，那性质就又不同了。这绝非是一件小事，弄不好会株连一大批人。大家愤怒过后又有些后怕起来，不由人心惶惶，一个个都没了主意。最后有人提议向胡有福求救，因为她家两个女儿都是荣誉大队的伤兵军官的老婆，若肯她们肯出面讲情，对方多少能给一些面子。

胡有福听了乡邻们的诉说后，犹豫道："她们哪有这么大能耐？恐怕很难哩。"倒是胡淑芳这女子豪气，她说不试试怎么知道不行？当即找到凌云海把事情的前因后果说了一遍，要他出面摆平这件公案。

凌云海听了后沉默不语许久，他已经知道了这件事。虽然说事出有因，这个伤兵作恶多端，死有余辜！但不管怎么说，人命关天，非同小可。而且国有国法，该如何处置惩罚这个伤兵？当由国民党军队的人来决定才是。可是事已至此，总要解决这个大麻烦。但怎么解决、如何解决？很是让人感到棘手。凌云海在为难的同时又想道，此事不管有多麻烦？自己都难以推脱不管，这也不是自己的性格。有一句话说得有道理："处事有何定凭？但求此心过得么。"世上的许多事情也没有道理可讲，只能是做事凭理，做人凭良心，再也没有比自己的良心更重要的事了。不管怎么说，东关民众打死伤兵一事，行为过激是过猛了点，但事出有因，所为可恕。凌云海考虑再三，最后答应去国民党军队荣誉大队向大队长孙治鑫求情。他觉得这个人还是很有正义感，有可能会同情东关民众。

凌云海准备了一份重礼，前去找荣誉大队的大队长孙治鑫求情。再三恳请他出面调停，能把伤兵之死这个祸灾大事化小，小事化了。

说到这孙治鑫不是一般人等，他原名叫孙明九，不同于国民党军队的一般军官，为人正直，很有同情心。而且孙治鑫此人来历不凡，其身世令人起敬。

20多年前，民国初期的一个寒冬，东北讲武堂到天津招学员。一心赴国忧的热血青年孙明九异常激动，山河破碎风飘絮，河山无定据。天下兴亡，匹夫有责。堂堂七尺男儿，必须要有决心为国立功！

孙明九在家中是独子，父亲的希望当然是要他了承父业，待在自己身边。他得知儿子已入选东北讲武堂，一向善谈的父亲沉默不说话，整天蹲在家门口抽着闷烟。他深知日寇侵害中国，致使烽火满天，生灵涂炭。儿子的报国之心无可言说，好男儿当自强，哪怕是牺牲在战场上也是光荣。于是没有阻拦与劝止，只是吩咐儿子打完仗早日归来。

黎明时分，孙明九悄悄出门，朝着父亲的房间三鞠躬后，生恐节外生枝，一路小跑来到天津火车站。

孙明九有着一米八三的魁梧身材，没费什么波折便考入了讲武堂。明事理、善思考的他在讲武堂学习成绩均在优秀，受到了上级的另眼看待，把他列入重点培养目标。

1936年12月的一个夜晚，接到临时紧急密令，身着单薄军装的孙明九匆匆与同学来到华清池，他们的任务就是"看管"蒋委员长。软禁中的蒋介石不失领袖身份，他看着门口站着帅气威武的孙明九，一身戎装，两把盒子枪斜叉腰上，很是欣赏地拍拍他的肩膀说道："小伙子，好好干！你大有前途呀！"

孙明九的悟性极高，凡事一点就透。他知道蒋介石话中有话，这是要他表示忠心。孙明九已经知道事变缘由，此时也不好说什么。但蒋介石毕竟是总司令，是军队的最高长官。他略为思索一下后，当场向蒋介石表示："不敢有负总司令的希望，军人以服从命令为天职，坚决听从上级的指挥。"

蒋介石听了这模棱两可的回答，表面上不动声色，可心里面很不高兴。点了点头不吭一声，便转身进了屋内。孙明九亦很清楚这次特别任务后，等待他的命运不知是祸还是福。寒风中他头皮难免有些发麻发紧，为了避免蒋介石秋后算账，他悄悄把自己的名字改为了孙治鑫。

西安事件后，孙治鑫分配到炮兵部队任中尉排长。由于他战功赫赫，屡屡受嘉奖，三个月后就晋升为上尉连长。后来孙治鑫南下加入第一纵队司令李良荣负责闽江的左岸防守队伍中。

有一次日寇开着三艘用商船做幌子的战船，向孙治鑫的战船不动声色地悄然靠近。警惕性很高的孙治鑫察觉这几只商船的猫腻，也悄悄地下令手下准备战斗。果然日寇的商船在突然间先行朝孙治鑫的战船开炮。所幸孙治鑫准备在先，一炮手迅速打开炮壳，二炮手立即把炮弹推进去，其他炮手们也在瞬间即位，集中火力朝三艘日寇伪商船齐心开战。猛烈的火力加之精准的角度，把日寇的三艘伪商船打得落荒而逃。战斗结束后全军通报表彰孙治鑫的显赫战功，孙治鑫作为典型特别战体，不久便连升两级，成为一名左岸防守队的上校团长。

在一次防守战争中，孙治鑫不幸被敌军的弹片炸伤腹部。由于伤势过重，留下后遗症，他再也无法重返前线杀敌。伤好后他担任邵武的第十六教养院荣誉大队的大队长，他不愿意住在教养院国民党分配给他的大住宅，而是在东关中山路选择了一处有棵老樟树的民宅老房子住下。随身陪伴的勤务员、保姆不愿离他而去，一直都默默地跟随着他。

当下，孙治鑫听完凌云海的请求，皱着眉把重礼一把推却，并且把凌云海骂了一通，说小看了他孙治鑫。在此之前，孙治鑫看到国民党伤残军人住民房不付房租，还与房东无理取闹，甚至与青帮勾结，欺压百姓、奸淫妇女，也是十分气恼。他与军校出生的王鸣皋等人采取了伤兵管理伤兵的办法，分组巡逻，见问题当场处理。比如，随便大小便的伤兵回到稽查处打屁股10至20板子，随手打人的伤兵就到稽查处去禁闭。在孙治鑫大队长的整治下，伤兵气焰才收敛，社会秩序也逐渐好转，当地居民纷纷拍手称赞。

邵武社会秩序好了，孙治鑫不问政治，便开始傍桑阴学种瓜，春日梨花院落溶溶月，夏季柳絮池塘淡淡风，秋季里后院的橘园被他打理得硕果垂满枝、橘香溢四方，寒风中还依然能悠悠闲对富屯溪。他喜欢上邵武这片热土风吹梅蕊闹、雨细杏花香。但没想到刚好了一阵子，就发生了打死伤兵的事件，而且死的还是一个伤兵军官。

孙治鑫沉思道："风不来，树不动，船不摇，水不浑。此事有前因后果，没有无缘无故的爱，也没有无缘无故的恨。伤兵致死，是他自招，怪不得民众。我当要为此护周全才是。"当下二人商量了一个应对策略，上报了这国民党伤兵排长的死因，说他因夜来酒醉过量，不小心失足跌落鱼塘致死。

其实上面也风闻了这件事，知道这个伤兵排长真正的死因底细。但当局怕激起民变，便装模作样地派人了解了一通，认可了邵武方面的汇报材料，最后这件伤兵事件不了了之。

第十五章

01　日军特攻队

冬季正浓，凛冽的寒风让人有一种沁入骨髓的寒冷。

抗战中期，大半个中国都失陷了，唯独除厦门之外的福建没有沦陷于日本人的魔爪下。这盖因福建长期以来，偏处东南沿海一隅，多山少地，交通不便，山川地理、人文风貌都独树一帜，与众不同，再加上历史上一直远离中原王权，颇有几分"遗世独立"的感觉。因此，福建是幸运的，闽北是幸运的，邵武是幸运的。

历史上每逢战乱，相较其他沿海省份，福建更容易割据一方。从汉闽越国到五代闽国，再到近代史上的"福建事变"，皆是如此。一是因为福建历来是兵家不争之地，地狭人稠，交通不便，易守难攻；二是福建的地形是以山地为主，向来是战争年代易守难攻、善于打游击的地方。加上福建人生性民风彪悍，英勇善战，但凡谁要攻打福建，历史上都是得不偿失的高风险。

飞鸟出林，惊蛇入草。闽北虽易守难攻，但战火还是涉及邵武与建瓯。早在1933年夏天，驻扎闽北的国民革命军刘和鼎五十六师奉令在建瓯西大洲修建了一个小型机场，机场跑道长1000米、宽300米，占地面积约400亩。

全面抗战爆发后，该机场进行了扩建扩修，加设了一个中型油库。西大洲机场属国民党空军十三总站管辖，担负着军政人员往来、战争物质运转，特别是为盟军战机提供中转续航加油服务等任务。机场虽不具大规模，但起降的飞机多，甚为繁忙。当时在陆路受阻的情况下，该机场担负着中国东南片区军政人员往来、战争物质转运等重要任务，其中还包括美国第十航空队第二十三战斗机大队（即飞虎队）的起降、中转任务。为此招来日军的极大重视，机场常遭日机轰炸，跑道也常被炸得弹坑连连。日军为了摧毁该基地，对建瓯机场发动了170多次空袭，人员死伤和毁坏房屋不计其数。后经国军补充兵团从金华调来一支高炮连保卫机场，日军飞机才有所忌惮，不敢轻易越雷池一步。

建瓯西大洲机场最重要的功能便是飞虎队的起降。说到这支飞虎队，可是一支不同凡响的飞行部队。在中国抗日战争最艰苦、最胶着、最惨烈的1941年，为了改变中国在空军力量上的劣势、夺回被日寇夺取的制空权、更加有效地打击日寇，美国一批志愿者组成中国空军志愿队。志愿队后改编为美国驻中国航空特遣队，正式编号为美国第十航空队第二十三战斗机大队；后又扩编为美国第十四航空队，并以"飞虎队"之名著称于世，司令员为美国著名空军少将陈纳德。

飞虎队从1941年12月昆明空战首次亮相，到1942年被编入第十四航空队，虽然存在的时间并不长，可当时正是中国抗战最艰苦、最困难、最看不到黑暗尽头的时刻。而这支美国空军部队的出现，在中国的抗日战场上起到了重要的作用。

在西大洲飞机场起降的战斗机，除了美国的飞虎大队，还有英国、法国等盟军的飞机。人员大都为机组人员、情报人员、高级军官和一些政要。所以机场配套有一处空军招待所和一家小型空军战地医院。为了保证机场的安全运转，避免机场与物资同时遭到敌人的破坏，国民党在离建瓯100千米的邵武东关至猴子山一带，秘密设立了分散型的多处军事物资屯集地。

1941年初夏。日军第二十三混成旅团司令部。

是蛇一身冷，是狼一身腥。日本始终不会忘记西大洲机场，如鲠在喉，想要拔掉这根刺。这天，日军第二十三混成旅团召开军事会议。身材板实、目光犀利的旅团长松本长岭向参会的人员睨了一圈，声音低沉地道："从去年以来，我军的南方基地屡屡遭到空袭，损失惨重。经我方特情人员探明，发起空袭的是地处闽北建瓯西大洲机场的国民党军飞机，其中还有美国的飞虎大队。而邵武则是机场的一个物资供应基地，任务是为建瓯飞机场提供军事物资保证。为此，军部命令，趁这次我军占领福州的机会，由我部派出一支秘密特攻队深入到闽北腹地，任务是彻底摧毁机场，同时摧毁在邵武的军事物资基地，要让这两个地方一两年之内无法重新启动。"松本长岭说完，随即狠辣的目光转向右边首座军官，对江岸一介大佐命令道："军部决定，此次行动江岸君亲自指挥，一定要取得成功。"

江岸一介立身应道："请松本长官放心，属下一定完成任务！"

松本言道："此次作战，没有任何后续支援，一切都要靠你们自己。据情报员侦探的情况，闽北不仅山高路陡、地势险峻，而且民风强悍，难以对付，任务有不可预测的艰巨。为此，军部决定，参战人员由你从各大队抽调组成，要挑选能够单兵作战的精兵勇士。"

江岸一介精神一振，请示道："此次行动多少人参战为好？"

松本沉吟道："此次行动是便装秘密行动，人不宜太多。我看以 200 人左右为妥。"说到这里，松本想了一下，特意交代道："此次远离后勤，一定要带上充足的火力弹药。同时带上一些细菌弹，必要时可以用上。"

豺狼出窝，不动声色。两天后的傍晚，雾起时分。日军第二十三混成旅组成一支 231 人的特攻队，包括两名精通汉话的翻译与中国向导，从福州闽侯向闽北大山深地出发。这支特攻队人员都有着丰富的单兵作战经验，是从各日军部队与特务机关精选出来的。同时，松本听说闽北民间的抗日力量中有不少武林人士，为防备这些民间高手，他从其他部队抽调了 20 名武士道战士与 10 名武术高强的忍者一同参加这次偷袭。

日军特攻队此次配备的武器也非同一般，一律不用日本的三八大盖，而是全部配备德式 MP40 冲锋枪。这种冲锋枪是当时战场上最先进的步兵作战武器，结构简单，稳定性出色，不仅枪身短，而且重量轻，空枪仅重 4 千克，便于藏身携带。日军特攻队每个人除了 MP40 冲锋枪，还配备了一支勃朗宁手枪与本国武士道使用的蜻蜓刀。这种刀非同一般，据说因为蜻蜓停在上面，会被锋利的刃口切成两段而得名。这种刀在杀人之时，血会随着刀刃散如雨水，而杀人之后，血不会黏在刀上，影响下一步的出刀速度。

江岸一介是有丰富作战经验的指挥官，十分狡猾，工于心计。他将这支 231 人的特遣队分为了两队，131 人化装成国民党第十军的一个战斗连队，另 100 人则化装成老百姓。出发前，江岸一介与情报部门经过精心分析，决定了行动的线路图：特攻队从闽侯出发，由古田直接插入到南平，经顺昌到达邵武东关城外的猴子山；计划先捣毁东关的战备基地，尔后马不停蹄，以极快的速度转兵到建瓯，炸毁西大洲机场。

临出发前，松本旅团长亲自前来送行。他在阵前发令道："此战必胜！如若任务失败，哪怕全部战死或自杀报效天皇，一个都不能当俘虏。"毫无疑问，日军特攻队是一支可怕的、把生死置之度外的魔鬼部队。这正是：毒蛇狼蝎要出洞，风雨欲来起狂飙。灭绝人性的危险在一步步向闽北逼近，向机场、向东关军用基地扑来。可惜的是，庞大的、无孔不入的国民党的情报机关对日军的这场突袭计划却一无所知。

02 猴子山之战

傍晚。东关猴子山。

闷头狗，暗下口。日军特攻队行动诡秘而快速，傍晚从闽侯出发，在向导的引路下，晓行夜宿，马不停蹄。三天后就到达了闽北邵武境内，依照袭击方案首先是邵武东关一带的秘密军事物资基地。国民党谍报机关对此一无所知，邵武的军事物资基地更是不知危险正向它悄悄逼近。

邵武这个地方看上去文脉浓厚、小家碧玉，实际上却是铁骨铮铮、傲然挺立。尤其是邵武东关一带，民风淳朴而又彪悍，江湖义士聚集，从来不怕事。所以才会有人说，东关啊，看上去黑瓦木板墙，无藏无掖，一览无余，其实是藏龙卧虎、神秘莫测。若是要硬，硬不过邵武，若是要钢，钢不过东关。

由此，凡是进犯邵武的土匪流寇不得不承认，邵武铁城果然不虚，名副其实。而且贼寇认为四关之中，东关最是难犯的一个关。刺探军情的土匪明明探得东关守军人数不多，而且城墙不如北门建得坚固高大，但一旦交战起来，被打得最惨，死伤的最多。盖因他们不知东关藏龙卧虎、江湖奇士甚多，乃轻敌所致。

夕阳西下。东关外猴子山。

树欲静而风不止，人欲安但鬼魅行。日军大佐江岸一介带领秘密日军特攻队突袭闽北，攻击的第一站是邵武东关。从他们出发后第四天的暮色时分，化装为国民党军与老百姓的两支人马先后到达了邵武东关外的猴子山下。

猴子山算不上邵武的大山，若与邵武境内海拔 1600 多米的撒网山、道峰山等巍峨的大山相比，自然是逊色了许多。但它名气很大，算得上是邵武的一座风水山。天气晴朗之时登上猴子山山顶，放眼四望，可见远处山峰绵亘、草木葱茏，北面牛郎山宝塔巍巍，山下的大溪之水像白练似的飘动，田野雾气氤氲，气象万千，令人心旷神怡。

猴子山有两处景物颇有来历，一是凤尾泉，二是何公庵。凤尾泉在猴子山的山脚南面，又名为"奉仪泉"，老百姓亦唤它为"凤尾泉"。传说有一只凤凰的羽毛落到石头坑，变成了一个清水泉，清澈甘甜，水质纯净。不论干旱下雨，泉水四季不断，终年保持一样的水量。泉的不远有一条路，过往行人常在这里歇脚，喝上几口甘甜的凤尾泉泉水，使人顿觉神清气爽，口中生津，人也不觉累了。

另一个景观是何公庵神祇，它坐落于猴子山山腰的小盆地之中，三面临峰，万木蓊郁，其间有佛殿两座、禅房三栋。大殿正中供奉的便是何公。何公的名字叫何谷子，是宋代邵武二都村何家岭人。何谷子家境贫寒，家徒四壁。父母早亡，无钱置棺，何谷子借钱埋葬了父母。为了还债，他在猴子山对面的故县村打工，替人家砍柴、种地、放牛。尽管他起早贪黑、勤勤恳恳做事，但到了 30 多岁还没有还清欠债，依旧是孑然一身。

东关有一位民间郎中看他忠厚老实，收他为徒，并将所学医术毫无保留地传授给他。学成之后，他铭记老郎中悬壶济世的教诲，为远近乡民看病。他看病从不刻意图钱，任由病人随意给便是，没钱的病人他也照样给予医治。穷苦人家请他到家里替病人诊治，若留他吃饭，他就说自己吃素，煮几个简单的青菜就可以了。何谷子在猴子山的盆地中搭了一个茅庐，结识四方高人、八方朋友，同时接待医治外来的病人。有一年的端午节，他的好友一大早来到草庐，邀他去看龙舟赛。好友推门进去一看，却不料昨天晚上还谈笑风生的何谷子，此时却面含微笑，直挺挺地盘坐在那里，已经驾鹤西去。药案上留下了一纸劝世人的"九不求"，只见上面写道：

一不求，无病灾，要以病苦为良药。

二不求，事无难，磨难更使道心坚。

三不求，心无障，心无障碍易自狂。

四不求，利于我，愿替众生受病苦。

五不求，不招魔，德高自能降众魔。

六不求，事易成，人处顺境难修行。

七不求，名和利，甘作默默无闻人。

八不求，人报答，望人报答路偏差。

九不求，人帮我，无所求后得自由。

东关民众见之感慨不已，念起他生前的好，在茅庐所在的位置上盖起了庙宇，塑起了他的金身与那一纸"九不求"木刻成匾，一起供奉。但只是不知，何公明明是男性之人，为何却在后面加上了个"庵"字？

且不言何公事，却说日军特攻队江岸一介狡诈有心计，他到了何公庵停下歇息一会儿后，将特攻队的 2 支队伍又分为 6 支小队伍。装扮国民党军队的这部分人亦脱去军装，全部便衣打扮。每队 40 人左右，各自分散行动，保持互相之间的紧密联系。江岸一介自己带领其中一个小队留守在猴子山何公庵设点，一是作为指挥部，二是作为机动兵力，一有情况可立即响应支援。

但江岸一介没想到是，没多久来了十几位甚不起眼的山里挑夫，在何公庵歇脚打坐。他更没想到的是手下一名特攻队员麻痹大意，在不小心间露出了腰间一小截枪支来，被一个眼尖的挑夫看在眼里。日军反应极快，一看不妙，制压住了这些挑夫，命令他们全部抱头蹲在地上。

这群挑夫怒目而视，不肯屈服。当下双方剑拔弩张，气氛紧张。江岸一介见状，不敢有丝毫的麻痹大意，连忙朝手下使了眼色，嘴里叽里咕噜冒出了一句日本话，命令日军特攻队欲要朝这些挑夫大开杀戒……

殊不知，这些挑夫也不是一般人，却正是东关鱼鹰队的宋大龙等人。

他们今天上山砍木头，准备修缮鱼鹰队的张公庙，不曾想与江岸一介带领的日军特攻队遭遇上。

初时鱼鹰队的人见了枪支，不由大吃一惊，老百姓怎么会有枪藏在身上？但他们又不知这群人是干什么的，心里正犯着嘀咕，他们怎么也不会朝日本鬼子这方面去想。但他们听江岸一介叽里咕噜的，说了一句听不懂的话，不免怀疑起来。好在宋大龙平时与地下党人有接触，了解一些日本人的情况，反应灵敏的他断定这是一句日本话。看这伙人来历不明，而且要置他们于死地的模样，心知来者不善。在此之下，他不管三七二十一，必须先下手为强。他当即朝同伴们打了个呼哨，随即一个旱地拔地之势，便腾空而起，如同一条飞龙出海、一只猛虎下山，将手中的铁环扁棍舞将起来，向特攻队人群中横扫而去，击伤了其中的一个鬼子。日寇见这群中国老百姓竟然先行出手反击，便一个个赤手空拳，凶狠狠地向挑夫们围了上来。

日军特攻队人数众多，但鱼鹰队的好汉们艺高人胆大，见状不慌不乱，纷起应战，手中的扁担、绳索等普通物件顿时变成了夺命的武器。只听得"啪、啪、啪"一阵脆响后，又有几名日寇中了招。日寇在惊愕之中知道今天是遇上了冤家对头。但是为了不暴露自己的身份，还是没有动用枪。再说这些日寇都是擒拿格斗的高手，相信对付眼前的中国人还是绰绰有余。当下日寇拔出了刀，恶狠狠地向鱼鹰队的好汉们劈去。日军这个小队有近40人，不仅人数占优，而且武艺亦强，十几个回合下来，鱼鹰队渐渐不敌。宋大龙见状不好，打了个闪人的呼哨，众人弃货而去。日军见状欲追击，被江岸一介挥刀制止。他命人立即召回了其他几支特攻小队，江岸一介心里很清楚，与东关这伙民众遭遇，毫无疑问，特攻队的身份已经暴露。但是中国军方眼下应该暂时还不知道自己的真实情况。于是他下令特攻队转移到了离猴子山3里外处隐蔽，准备在傍晚暮色时分发起行动，一举摧毁东关的军事物资基地。

宋大龙闪人后回到东关，感到今天事情绝对不简单。这批来历不明的日本人，不仅怀有枪支弹药，而且一个个身手了得，肯定有什么重大阴谋，他立即向东关的共产党组织汇报。与此同时，国民党情报人员也获取到情报，日军派遣出一支精锐队伍深入，欲摧毁建瓯西大洲机场以及邵武东关的军用物资基地。

情况明了后，邵武的国共两党联合召集会议，商讨后一致认为：敌人虽然暴露了身份，但肯定不会逃窜而去。是蛇必钻草，是鼠必钻洞。必须做好准备，严阵以待，粉碎日军特攻队的秘密行动。国共双方领导人经过分析，都认为此时敌人已经不在猴子山了，但有可能在附近潜伏，不可不防。

东关的民众闻听要打日本鬼子，群情激奋，嚷道："宁做蚂蚁腿，不学麻雀嘴。"一个个磨刀亮剑，准备要大干一场。甘草爷、宋大龙、敖东拉以及福州会馆等帮主闻讯也都赶到城门行春门，聚集在一起商讨对策，更多的东关民众手持各种各样的家伙，准备大干。土秀才刘子星站立在行春门城墙上，亮起了嗓音大声唱起了戏文："传营号，东关儿郎听根苗：头通鼓，战饭造；二通鼓，紧战袍；三通鼓，刀出鞘；四通鼓，把兵交。上前个个俱有赏，退后难免吃一刀。众将与爷归营号，到明天午时三刻成功劳……"

邵武当时驻扎的部队只有国民党一个营的正规军，营长姓黎，他立即集合部队前往东关严守待命。其中他自己带领两个连守卫在三公桥，一个连在张副营长的带领下前往猴子山下寻找敌人。黎营长在三公桥勘察地形时，发现部队现有的由国民党军绘制下发的地图与实地不符，公路两侧并不是图中所绘制的山沟，而是地势大大低于路面，而且宽度有100多米，没有任何的遮蔽物，这样的地形实在不利于隐蔽，不适合伏击敌人。黎营长曾经在长沙与日军交过战，还是很有些胆略与经验，果断地道："没关系！地形是死的，人是活的。日本鬼子人生地不熟，这个地方就是他们的葬身之地。"

再说那日军特攻队白天与宋大龙鱼鹰队遭遇后，便撤退隐藏了起来。江岸一介以为神不知鬼不觉，中国军队绝对想不到他会杀个回马枪。在天渐黑时，他对特攻队下达了出发的命令。特攻队分为三路出了密林，沿这条从东往北前进，但他没想到的是正好进入黎营长三面设伏的伏击圈。

黎营长见敌人果然如我方所预料正进入伏击圈，不由心中暗喜。他当下命令发出信号弹，召回张副营长在猴子山的一个连。自己两个连的伏击部队从东、西、北三面向日军发起了攻击。立时枪声大作，硝烟弥漫，我军与日军展开了激烈的战斗。

让黎营长想不到的是，敌人的火力十分猛烈，交战不过几分钟，自己两个连的兵力一下子就垮了下来，形势十分危险。所幸张副营长在猴子山的一个连离此不远，很快赶到增援，尔后另一支县守卫队与警察局的百余人也赶到参加战斗，这才堵住了敌人的猛烈进攻。

这时，从双方的兵力相比，我方有近千人，日军特攻队200余人。从人数上看中国方面占绝对的优势，但从武器火力装备上以及作战能力上远远不如这支日军特攻队。经过半个多小时激战，日军还是占了优势。为此双方有些相持不下，如若时间一久，中国军队有可能会败。

江岸一介心里很清楚，中国的增援部队很快就会赶到，随时会对自己形成重重的包围圈，只有速战速决，抽身炸毁协和大学与福州会馆这两个地方的军用物资仓库，立即撤退才是。于是他圆睁双目，高举指挥刀，下令集中优势火力，消灭眼下的中国军队。

日军特攻队的火力实在猛烈，那200多支MP40冲锋枪就如同200多挺歪把子机枪，纷纷吐出了火舌。然而，江岸一介万万没想到的是，这时四下里突然火光冲天、浓烟滚滚，上千束的松油火把与篾片火把燃烧而起，映红了东关一片，伴随着激烈而密集的枪声（实际上是鞭炮声），在火光中漫天遍野杀来，似乎是千军万马杀到……

你道这些好汉们是谁？原来是东关三杰宋大龙、甘草爷、敖东拉出阵，各自带了一队东关民众杀到。紧接着，东关的几个会馆当家人也各自带着福州帮、江西帮、广东帮、闽清帮人马纷纷赶来，还有一些平日里让人不待见的青帮也加入了围杀日军的队伍，至少有3000余人。

得益于对地形的了如指掌，双方当即拉近了距离，东关的英雄好汉纷纷出现在日军特攻队面前，近身展开了拼搏战。顿时刀光剑影，血溅四处，直杀得月晕星淡、天昏地暗。日军特攻队的武器装备虽然精良，但根本来不及换弹夹，瞬间对手已到了眼前。日军只能弃枪，亮出了蜻蜓刀应战。这蜻蜓刀也果然厉害，但见夜幕下、火光中，白光闪过血见红。而且日军特攻队中那20名的忍者与武士道也十分凶狠，一下子东关民众就被劈伤不少……

所幸夜色朦胧，火光晃眼，日寇下手时看得不精准，更加之东关民众当中有不少的武林高手，根本不让他们有过多时间施展刀法的机会。一个个棍、棒、刀、剑齐举，如同猛虎下山、神龙搅海，直杀得日军特攻队惊慌失措、鬼哭狼嚎，大概用了20多分钟便结束了这场血腥的战斗。东关百姓清理战场时发现，共歼灭了包括江岸一介在内的日军特攻队192人，只有一小部分趁夜色漏网而逃。

清理战场时，缴获德式自动冲锋枪与勃朗宁短枪200余支、蜻蜓刀近200把以及很多子弹。中国军队与百姓伤亡亦有400余人。

第二天，此事轰动全国。接下来国民党各大报纸宣传了十几天，而日军特攻队在攻击失败后，没敢再有军事行动。

在邵武东关发生的这场战斗，自然是与军用物资地、与机场有关，否则不可能会有这场扬眉吐气的战斗。1945年3月29日，邵武东关还发生过一起与飞机有关的事。那是美军在太平洋关岛出动战斗机群，轰炸日本在台湾的军事设施，日本空军迎战，战斗中一架美军B25轰炸机与机群失散，由台湾海峡向福州方向沿闽江北飞。3月29日上午11时许，飞机准备在建瓯西大洲机场降落，却飞到了邵武上空，打响了机关枪。居民以为是日机来袭，仓皇逃命。飞机后来飞到江西南城机场，盘旋了一阵，怀疑是敌占区，又调头返回邵武，因为燃油耗尽，迫降在邵武芹田村通济桥下端沙洲上。飞机完好无损，从机舱陆续钻出六个军人，其中有一军人朝天开三枪发信号。

国民党县长袁国钦得讯后，即派军事科长杨之中带领县保安一个中队百余人，飞快地赶赴芹田现场加以保护；并请协大附属高农校长曹成周以及省立邵武中学教导主任袁宏充当翻译，也赶到现场慰问；一面即以县政府名义电告驻建瓯机场盟军，速派员来邵处理善后。福州协和大学校长林景润闻讯后，也带领教职员工及学生50多人从东关前往芹田村探视和慰问。袁国钦县长亲自接飞行员到东关教堂暂住。

邵武民众去观看飞机的很多，路上拥挤不堪，现场虽有保安队看管，但是防不胜防，进入机舱去取机枪子弹和军用药品的人很多，协和大学的很多学生也去拿子弹。适逢县训所的负责人姚慈晖在场，他出面劝阻，双方发生口角。以后学生返城，认为受到侮辱，一些气不过的同学到离学校很近的姚慈晖家中抗议，而且要捣毁姚家的东西，还要打姚慈晖。县长袁国钦闻讯，亲自赶到姚家劝阻解围，所幸未闹出事端。

四天后建瓯机场的盟军到达邵武，立即将飞行员接去建瓯，转送昆明返回美国。飞行员逗留在此期间，到协大参观并游览市容，所到之处，都受到热情欢迎。

驻建瓯机场盟军到芹田现场察看检查后，即将机枪及重要机件拆下装运走了，飞机仍由人加以看管保护，听候处理。1945年底，邵武县政府奉上级指示将机身拆散出售，由永生堂印刷所会计张敏承标购得运往福州，发动机头则搬运至通济桥边庙里存放。当时丁超五先生在家乡，拟将该发动机用来作发电机的动力，因马力太大无法安装乃作罢。及后无人看管，机件被人拆去以废品处理。

03 朱半仙与袁国钦

夏天。东关朱半仙家。

今年夏天尤其炎热，烈日似一个大火球悬在头顶，天气高温非同寻常，其热其炎，实不可耐。犹如古人在《苦热行》一诗中所描：

祝融南来鞭火龙，火旗焰焰烧天红。

一轮当午凝不去，万国如在洪炉中。

朱半仙家中那只灵龟躲到了水缸潮湿的地方，把龟脖子缩进甲壳中。而大黑狗从早晨开始，就吭哧着伸出了长舌头。朱半仙不停地扑哧着大蒲扇，时有微凉不是风，天气热得让人感到无欲无求、无所事事。如此赤日满天地、火云成山岳的日子，东关人嘴上虽然说"好汉不赚六月钱"，但绝大多数人迫于生计，依然要东奔西跑，忙个不停。只有在午后这段时间略为歇息上一个时辰，不少人聚在朱半仙门口大樟树的树荫下乘凉避暑，天南海北地说些不着边际的闲话。

豆腐王拍马屁，不无佩服地说："朱半仙你真是铁口神算，更是看面相的高手，你看的相没人说不准。对了！你说面相就像这树上的树叶、天上的白云，每一片都不一样？"

朱半仙善解人意，体谅街坊邻居们的辛苦不易，总会叫家人泡了一大瓦罐自制的凉茶，一边让大家喝茶一边聊天。这时他听了豆腐王的恭维话，很是认真地言道："这还有假？每片树叶、每片云绝对没有重复的模样。不仅是云和树叶，我们每一个人的面相也绝对不同。面相是天生的，是人的外在表象，蕴含着人的命运玄机，面相体现着人的性情脾气。"

豆腐王歪着脑袋，说："是这么回事！面相是天生的，从娘胎里就生成了。"

朱半仙摆了摆手说："这倒不一定，而是心境决定了面相。如若你的生活简简单单，没有钩心斗角，没有烦心琐事，那你的脸上就常挂着微笑，你的面相会和你的人一样，一团和气。如果你经常发火，凡事斤斤计较的人，面相就会显得刻板狰狞，让人难以亲近。"

王胖婶子拍手说："是这样，像你豆腐王面相就不让人待见。"

豆腐王呕道："胡说八道，我的面相可是一团和气哩！不信叫朱半仙评判一下，我的面相是不是好面相？"

朱半仙看了看豆腐王胖嘟嘟的两腮，笑道："豆腐王你脸上虽然肉不多，但两腮还是很有肉的。"

王胖婶子问朱半仙："这怎么个说道，难道腮上有肉就好？你看我腮上有肉吗？"

朱半仙开心地笑道："也不是说两腮有肉就一定好，但两腮无肉肯定是不好。两腮上不长肉的人，面相上给人一种城府很深的感觉，是个有心机的人。对于脸上没有肉的人，不可以有过多交往。一般来说尖嘴猴腮的面相比较精明，处事圆滑，甚至有些心狠手辣。跟这样的人交往，很容易吃亏，一定要多加小心。根据古人的经验，这样的人大多数都是城府极深的。"

见众人听兴浓浓，朱半仙分析道："脸上有肉，但不能是横肉。为什么？你们不觉得脸上如果有很多横肉的人，看起来比较凶狠，让人不敢靠近？我们不喜欢一个人时，会用满脸横肉来形容他。面相来自一个人的心胸，待人和气、从不计较的人，面相也跟着宽和。待人刻薄的人，蛮横无理，怨天尤人，面相也跟着刁钻。一个人的面相，不是生来的样貌，而是岁月的沉淀。内心宽容的人，慈眉善目，好的面相缔结好的人脉……"

朱半仙正说着时，毒日头下来了县税务局的孙大头。他虽然是公门中人，但为人平和没架子，大家也乐于与他打交道。朱半仙停下话头问道："这大中午的你也来凑热？平时你不是都要午休的吗？"

孙大头瓢了半碗凉茶，"咕嘟嘟"一阵牛饮后，言道："我的朱仙师哩，自从搬到你们东关住下后，不知怎么回事？我每天睡不着，全身酸痛没劲。我开初认为是有一个认生的适应过程，但都快一个月了，失眠越来越严重，我怀疑是不是那刚搬进的新房子有什么问题？"

朱半仙说："胡说！你刚搬进的那房子我知道，很干净没有一点问题。人家原先的主人都住得很安宁，是不是你的床啊什么的没放好？"

孙大头："那请你去帮我看一看，找找是什么原因？"

朱半仙："行！什么时候我去看一看。"

"你老人家别什么时候，做做好事，现在就去一下，又不远，就两步路。"孙大头说着拉了朱半仙就走。朱半仙拗不过孙大头，便随着他到家里屋一看，说道："你果然是放错了床。"

孙大头问哪里错了，朱半仙说："你家卧室门对到了厕所门，还问哪里，厕所是湿气、臭气、污秽产生的地方，房门对到厕所门，难怪你睡不好。"

朱半仙又道："不仅是卧室门对到了厕所门，而且卧室里的镜子还对到了床，这会造成你的精神恍惚。你记住，卧室里除床头同一平面两边可放镜子，其他位置都不可以放。"

孙大头听了连连点头称服，诚心诚意地抱拳言道："幸好有你这高人来指点迷津，要不然我可要被折磨死了。"

朱半仙谦道："这也只是我的推断而已，也不一定是准确。"正说着，豆腐王屁颠屁颠地来找朱半仙，说是县长袁国钦亲自来找他，要他赶紧回去。朱半仙听说是袁县长这么大中午来找他，心想一定有什么要紧事，便连忙告辞孙大头回家。

说来朱半仙只不过是一个算命先生，与官场中人少有打交道才是。但他与县长袁国钦交情不浅，是有由来的。这与袁国钦的为人有很大关系。1940年初，袁国钦受命就任邵武县县长之职。当时国民党第三战区紧急命令边区剿匪指挥部，"进剿"当时迁驻扎在邵武的中共福建省委机关和游击队。那时，在邵武县政府中，担任民政科长的叶独青、公沽局长林立、教育科督学钱启明和游毓英等人均系中共地下党员，通过邵武地下党负责人林立对袁国钦做统战工作，与其建立了一定的友好关系。袁国钦这人比较开明，常将国民党"剿共"进攻的消息告诉林立，由林立转告福建省委及时转移。有一次李冰率队20余人到邵武东关活动，国民党邵武县政府军事科长兼任伪警察局长的徐锐得知这个重要情报，连忙报告了袁国钦。当时袁国钦暗中吃了一惊，但表面上不动声色，他亲自带了一个保安中队前往"围剿"。当行至半路间时，袁国钦朝天打了一枪，说是看到了什么。所幸这一枪，使得李冰听到了枪声及时转移，免受损失。又一次，徐锐率队前往高阳"围剿"游击队，已形成包围之势，在这紧急时刻，袁国钦鸣枪示警，暗示游击队转移。类此情形发生过许多次，袁国钦莫名其妙的枪声也引起了敌人对他的怀疑，但他是县长，而且他说当时看到有情况开的枪，其他人也不好说什么，只能是把怀疑藏在了心里。

不仅如此，袁国钦还想方设法为中共福建省委机关和游击队购买枪支弹药。省委机关一位领导需要一支三号左轮枪，袁国钦很快地购买到三号左轮枪和几十发子弹转交给了省委。有一次东关地下党搞到两支机枪，按原来的指定地点，放置在猴子山中的树丛中，用杂草遮盖起来。但不知何因，游击队很久没有派人来取。不料这事又被一个放牛的小孩发现，报告了国民党当局，敌人立即派兵搜山找到枪。次日，县政府抬着机枪沿街游行，吹嘘"剿共"的重大胜利。机枪事情的发生，袁国钦心中自然是有数的，他一面命令抬着机枪游行示威，表面上显示他"剿共"的决心和成绩，另一方面对这件事情未加追究。在袁国钦的秘密掩护下，中共福建省委机关工作人员可以安然无恙地进出邵武县城内活动。

省委书记李冰的爱人孙竹六，跟随省委机关驻扎水北乡的三都大山村。因山地潮湿，孙竹云生育后缺乏营养，体质很差，不久又身患丹毒病，需及时医治，后经袁国钦安排送至东关救世医院治愈。袁国钦当时对被捕的中共地下党员、工作人员也未加以严刑拷打，而是借种种理由予以释放。袁国钦的亲共行为引起了国民党特务组织的怀疑，只是抓不到确实证据，对他也无可奈何。而袁国钦这一系列行动都是通过地下党外围组织的朱半仙进行联络的，所以袁国钦与朱半仙的关系是非同一般。

朱半仙匆匆赶回家中，果然是袁国钦正坐立不安地等着他。问他有何急事，袁国钦压低声音急道："你可回来了，我那宝贝儿子可能是失魂了。"

朱半仙奇异道："你怎么知道你儿子失魂了？"

袁国钦道："他的症状就是失魂了，你不是说过，当小孩受到惊吓号啕不止的时候，这可能是被吓掉魂了。你还说必须要将走失的魂魄给叫回来，孩子才会恢复如初。"

朱半仙说："你先莫妄下断论，前去看看贵公子情形再说。"

袁国钦快40岁，由于结婚迟，生了个儿子才3岁，平日里宝贝得不行，是含在嘴里怕化了，抱在手里又怕摔了。一进屋只见袁国钦的年轻夫人正抱着小儿焦急地抹泪，孩子躺在她怀里一动不动，脸色苍白，病情果然不轻。

当下经朱半仙细诊后，断定孩子确实是受了惊吓引起生病。朱半仙宽慰袁国钦说没什么大事，看把你们吓得。叫袁国钦盛了一碗米来，高度与碗口齐平，再拿一件孩子穿过的衣服盖住米。尔后，用手在上抹平三下，用口吹气三次。在口中喃喃念道："山头山尾，溪头溪尾，桥头桥尾，田头田尾，路头路尾，厝前厝后，厅头厅尾，床头床尾，福德正神来做主，带小弟子的元神返回来附体，狗惊猪惊人没惊……"

朱半仙念完后，慢慢地把盖米的衣服翻开，只见米缺了一角（米不见了），便用三只手指头拿捏上面的米，放在了一只装水的碗中，把不够的米补足抹平后，又复用小孩穿过的衣服盖上。朱半仙说道："收惊之法已经奏效了，令公子的魂魄回来了。"

袁国钦半信半疑地自言自语道："这收惊之法管用吗？"

朱半仙睨了袁国钦一眼道："放心吧！县太爷！"

袁国钦的儿子面色好了许多，随后睁开眼睛叫母亲，并说肚子饿。夫妻俩见之，高兴不已，连忙叫佣人去煮粥。袁国钦长舒了口气，谢道："你这收惊之法果然灵验，真多亏你了。"

朱半仙道："小孩子受惊吓是常有的事，知道是受到惊吓生病就没事。收惊之法有多种，病因和症状有所不同，采取的方式也不同。一般来讲，诸如小儿突然受到惊吓，如果服用镇静的药物没有明显效果。可以由母亲在夜深人静，俯身在小儿耳朵后轻声呼唤小儿乳名，一般一个晚上就可治愈。但贵公子受惊吓比较严重，也就是说有接近失魂之程度。所以要采取刚才的方法。不过现在令公子已无大碍，三天后完好如初。"

袁国钦听了点头不止，再三感谢不及地道："我还以为是碰到了鬼，真是把我吓得腿软。"说着请朱半仙略坐一会儿，命手下人赶紧泡茶端上。

朱半仙坐下后，看到屋子里到处都是孩子的玩具，说这些都是从省城福州买来的时尚玩具吧，看来价格不菲。袁国钦说小儿就喜欢这些玩具，邵武没有，就托人从福州买的。

朱半仙摇了摇头，言道："我告诉你们，给孩子玩具可以，但不要过多浪费。"

袁国钦听了解释道："都是朋友送的玩具，他们看这孩子喜欢玩具，就多送了点。"

朱半仙笑了笑道："我没别的意思，你别多心了。我为什么说这话？是因为小孩子一生出来，你不知道他在前生有没有修行，有没有善根，有没有这种福报。假使他有福报、有修行、有善根的话，你也得给他慢慢用，不要一下子都用完了。所以最好给他一点旧的东西用，他寿命也会长了。古人提倡减衣增福、减食增寿，便是这个道理。人啊，各自消耗生命能量的速度不同，导致了他们的命运完全不同。"

袁国钦听了朱半仙的这番言语，连连点头不已，说是这个道理，今后一定会注意行之。

第十六章

01 鼠疫横行

1942 年的夏天，东关一带。

这些天有新编的民谣在东关大街小巷传开，民谣曰：

平地无有五谷种，谨防四野绝人烟。

若问瘟疫何时现？但看九冬十月间。

这民谣使人感到不祥，有些惑众，扰乱民心，也不知从何而来。有人说这民谣是朱半仙授意土秀才刘子星编的。对此，朱半仙不承认也不否认，只是轻叹了口气说道："人啊！面临的许多灾难，十之五六是一部分人带给另一部分人的。人最险恶的天敌，就是人自己。"

人们听了，不知道朱半仙为何说这话，但没过几天，让人惊悚的事发生了，这首民谣很快地显现了它的预言之准，发生的事情让人不寒而栗。

原来，丧尽人性的日本侵略者在中国使用了细菌战，造成江、浙、闽、赣一带鼠疫猖獗。地处闽北大山的邵武亦陷入了恐慌之中，发现了好几例鼠疫病人。省里得知消息，立马派来了几位医学专家赶到邵武调查。根据情况初步分析，此次鼠疫在闽北流行的途径可能有以下四种：一是 1940 年 6 月，日军侵占浙江的江山、江西的广丰，在衢州、金华、义乌、兰溪一带散发了鼠疫病菌，引发了鼠疫的暴发流行并扩散到了邵武。由于上述地方的国民党士兵、伤病员和难民涌入了相邻的浦城，而将鼠疫传播到浦城各地，并沿水陆交通传染到建阳、建瓯等县的许多乡村，又一直传染到了邵武、南平等地；第二条途径可能是 1941 年由江西传到光泽。光泽地处邵武上游，沿着大溪（富屯溪）将鼠疫传播到了邵武；第三条途径可能是 1941 年由浙江的龙泉、庆元一带的鼠疫经松溪、政和流传到邵武；

第四种则是日本秘密特遣队袭击邵武东关军事物资基地，被东关军民围歼逃走时散发了鼠疫病菌，造成了瘟疫的暴发，这是四种情况中最有可能的一种。

最早发现的一例，是东关外猴子山下一个叫朱厚霖的农民，一家三口都染上了病，两天后发烧昏迷不醒，尔后皮肤溃烂死亡。鼠疫在瞬间由朱家传到了邱家、林家等几户，随即开始向东关内蔓延。在短短的时间内连着死了好些人，有的甚至全家绝户。情况非常严重，不容乐观。鼠疫发生后，东关一带店铺紧闭，行人绝迹，街头巷尾啼哭之声不绝于耳。民众无不惊恐万状，举家奔逃者不计其数。据官方统计，从发现瘟疫的第一例起，邵武城区几天之内就有几百人发病。患者高热寒战，颈部、腋窝、腹股沟淋巴结肿大，到后来全身皮肤紫黑，一般三五天就会病死，死亡率高达 95%。

由于官方没有公布详细资料，老百姓还不知道这是日本鬼子造的孽，而是把它称为“老鼠瘟”或“黑死病”。瘟疫流行之快让人们措手不及，开始病死的人还有棺木装，到后来木工做棺材都来不及了，只好用草席就地埋葬。再后来连搞安葬的土工也因之染疫身亡，就如民间所说：“前天埋别人，今天被人葬。”整个城区行人绝迹，大街小巷里撒满了石灰，患者家门贴白纸，邵武陷入一片白色恐怖之中。更让人害怕的是，连救命的医生也被传染，自身难保。东关是一个医生聚集的地方，医生们自然是纷纷挺身而出，奋不顾身，但不幸的是医生们也中了招，好几位有名的老中医染上鼠疫，如刘子明、杨嘉仂以及天主堂教会医院的毕姆姆等，均因医治患者而染上鼠疫病死。

东关发生鼠疫后，县长袁国钦惊恐失色，紧急向省里汇报疫情，请求派医疗人员支援。省里派出了卫生处处长陆涤寰和东南鼠防所的防疫人员下来，协同邵武县卫生院、救世医院、第三战区卫训所以及国民党第 200 后方医院展开统一行动，对疫区进行消毒、检查、隔离和治疗。当时对症处理比较有效的药物是磺胺噻唑，但药品供不应求，奇货可居。每片磺胺噻唑卖到了 3 至 4 担的谷子的价，没钱的人根本就得不到治疗，只能等死。

瘟疫令人惊骇恐怖，许多人开始烂脸、烂腿，有的几乎全身都烂。刚开始时，患者只是身上起了红疹子，火辣辣的有点痒，但没几个小时的工夫，便起了好多水疱。水疱很快地变黑，肿得厉害，并开始腐烂，烂处鲜血和黑黑的毒水直往下流。据后来不完全统计，鼠疫中闽北发病人数达20112人，死亡19120人。其中邵武死亡3200多人，并且蔓延流行多年，直到1949年，还波及桂林的横坑、盖竹和坳上等边远山区小村寨。

邵武这场瘟疫从最初在东关外猴子山下发现，随即向东关外一带侵袭而来，东关成了首当其冲的第一关，也是瘟疾进入邵武城区的必经之路。仅三天时间，瘟疫已经在东关形成蔓延之势。国民党邵武县政府对此情形，除了向省里紧急呈报疫情，都慌了手脚，一时不知所措。东关民众人心惶惶，一些有钱人与外地在东关的商号老板纷纷关门，准备逃往东南海边之地避难。

但绝大多数的东关人无法逃离，他们无处可逃，也不知道要逃离到哪里去。

远水难救近火，远亲不如近邻。东关民众意识到除了自救别无选择，在甘草爷等人的召集下，民众代表聚在一起商议应对的办法。袁国钦闻讯也赶来参加，这可是从未有过的稀罕事。但大家从没有过应对瘟疫的经验，各说各话，根本拿不出一个有效的办法。商讨了好半晌，最终有两种意见是比较统一集中：一种意见是有办法的人各自前往外地投亲靠友；另一种是，只能随其发展，听天由命。但这两种意见均消极无奈。

众人在七嘴八舌中，都把目光都投向了甘草爷。在有威望的东关四杰之中，对付瘟疫最有发言权的人自然是何逸夫，但可惜他不在邵武，只听说他在共产党的红军队伍中。敖冬拉与宋大龙也无经验，相对而言甘草爷是医生，比较有发言权，所以众人希望他能出个点子，度过这一劫难。

甘草爷明白大家的意思，他拿眼巡视了众人许久，才言道："此次瘟疫来势凶猛，不可小觑。我看咱们当中绝大多数人不想背井离乡，而且也无处可去。大家先别慌张，乱了阵脚！今天便是与你们商量，自古以来，咱们祖先也有对付瘟疫的可行办法。瘟疫固然可怕，咱们不能失去战胜它的信心。依我看，东关是南来北往的必经之路，位置十分重要，为了邵武民众，我们要把瘟疫挡在东关之外，要守住这个瘟疫必经之地。这是自保，也是保护邵武的唯一办法。"

众人听了，有的不知可否地点头，有的沉默不语。甘草爷见之坦诚道："众乡邻们，听我实话告之，走的话未必能活。因为谁也不知道自己有没有感染上瘟疫，或许走到半路就不行了，哪怕没感染的人也很容易被感染，而且会把瘟疫带给更多的人。不如一边坚守在这里，一边寻找办法治疗，或许还有生的希望。"

宋大龙发话道："有你甘草爷发话，绝对没错，我们愿意试试。留在东关哪也不去，或许可以阻止瘟疫波及上游，让更多的人少一些危险。"宋大龙的话得到了大多数人的同意与赞同。

在场的袁国钦见之，不由大为欣慰，口中连连称赞东关人有担当，见义勇为，善意可敬。他当即也积极表态，对身边的秘书下令道："立刻下通知，着令县政府以及东关区公所要无条件地积极配合东关民间抗疫，县里从人力财力上给予一切必要的支持。"

这袁国钦算是有良心的国民党县长，勤政廉政，节俭力行，民众们对他还是比较认可的。当时他到任邵武不久，正值日军长驱直入中国，浙赣战事十分吃紧，过境邵武的军队有好几万人。袁国钦自己亲自下乡催收督运军粮，他穿着粗衣麻布，有的还打有补丁。只有在正式的活动场合，他才穿着一套平时舍不得穿的黑色毛哔叽学生装，这还是他在日本读书时做的。他不喝酒、吸烟、不好女色，连饮食也很是节俭，不浪费铺张。而当时国民党的官僚权贵，多半都是穷奢极欲的，像他这样的县长的确少见。

袁国钦对当地的教育事业很关心，经常到学校视察。国民党时期由于战争连年，经济发展落后，财政十分困难。教职员工的工资欠发，一拖几个月是常事。在他任内，历来最容易被拖欠的教职员工的工资，基本上也都能按月发给。所以，袁国钦在邵武的口碑很不错。

有了袁国钦的态度和支持，更加激发了东关人的热血心肠。为阻止瘟疫蔓延四处，甘草爷与东关几位德高望重的老人们商议后，上报袁国钦与县政府知晓，东关民众决定自行将东关城门隔离。民众们先把通往东南的道路封锁，留下十几个身强力壮的男子守护在东关城门口，阻止过往的行人进入，以免瘟疫扩散。

甘草爷对众人言道："大自然四时皆有疠疾，瘟疫在一年四季皆可发生。时疫，是指疠气疫毒从口鼻传入所致，有强烈传染性。此症有由感不正之气而得者，或头痛、发热，或颈肿、腮腺肿，此在天之疫也。若一人之病，染及一室；一室之病，染及一乡、一邑。袁国钦县长已明确告诉我，据省里派来的东南鼠防所的专家调查结果，此次瘟疫乃日本鬼子投放鼠疫病菌而引起。瘟疫波及我无辜民众，此疫戾气无形可求，无象可见，无声复无臭。所以防不胜防。日本鬼子不遵守天道、人道，胡乱非为，乃是瘟疫的罪魁祸首。"

村民们这下都听明白了，这瘟疫并非是老天爷发怒降灾，原来是人自己招来的，当下都怒骂这日本鬼子心肠歹毒，不得好死。

甘草爷说："日本鬼子作恶，自有天报于它，眼下咱们还是自救为要。"他根据经验，叫民众拿来许多平时家中就备有的艾草，用艾烟熏火燎瘟。他告诉民众："正气内存，邪不可干。必须壮大人体内的正气，邪气才不会轻易侵入。艾神明火一到，百煞当自要躲避消藏。"

众人自是相信甘草爷所言，纷纷拿出平时家中都备有的干艾草燃料驱邪。有些人家中平时没有备有艾草，用劲使不上便着急，甘草爷启发道："驱赶瘟神的药物很多，不止艾草一种，你们去家中寻找一下，若有诸如苍耳、巴豆、桐油、鱼腥水、石灰、白矾、硫黄、砒霜、雄黄等都可以拿出来使用。方法也是多种多样，有些浸泡或煮沸后拿来喷洒，有些是点燃来进行烟熏。"

众人一听兴奋，根据甘草爷所指点皆纷纷行动起来，顿时东关一带浓烟滚滚，四处弥漫着各种气味，平时可能还觉得不好闻，但此时此刻大家觉得这是人间最好闻的气味。

甘草爷告诫村民："从现在起，凡六畜自死的，皆视为疫死，这些肉则有毒，切切不可食之。"

到了第二日，有人报告甘草爷："码头巷有两家人都出现了发烧昏迷、皮肤溃烂的状况，是不是昨天咱们采取的诸多措施都没有用？"

甘草爷说："不是没有用，而是他们在此之前已感染了瘟疫在体内了，只是没有发作出来而已。你通知下去，无论是患疫与未发现患疫的家中，将衣服都于甑上蒸过、太阳下晒干后才能穿，则一家不染。"

甘草爷找来东关区公所的赵宁德所长，问道："你可知道，在咱们东关一共有多少口井？"

赵所长是老东关人，对此是了然于心，他说："在街巷中，东关共有9

口公用井，加上家中的水井，有 90 余口吧？"

甘草爷道："你立即派出几个得力之人，对东关的饮用水源进行巡查与保护。凡是水井，无论是街巷公用，还是私家院内的井，都要给井口加栏上盖板，以防止虫、鼠或人掉入井中，亦防不洁。同时去告诉宋大龙，让鱼鹰队去河中多捕些活鱼来，分置于所有的井中，若观察到鱼死在井中，就要警惕井水或是已经污染了。"

赵所长一听很有道理，连忙匆匆离去布置。甘草爷这一边派人开始收集几种祛邪的草药，烤干制成干草药，熬成避疫汤让大家服用。这种避疫汤组成由苍术、干葛、甘草等草药熬煎而成。其中苍术是很多避疫方中首选的药中精英，在清代医书《松峰说疫》65 首避瘟方中，苍术使用频率亦排第一，民间端午节期间常与艾草一起烧其烟来避秽。与此同时，甘草爷又让妇女们集中起来，连日制作香袋，给东关的老老少少所有人都佩戴上一只，置于胸口避瘟驱邪。

到了第四天，邵武城乡各地风闻东关百姓的义举，纷纷前来支援，送来了许多食蔬等物。大埠岗乡还派出了傩舞队，前来为抗疫助力。说起这邵武的傩舞，在闽、浙、赣、皖四省边际都很有名气，它始于宋代，迄今已传承了几百年，流行于邵武的大埠岗、和平、肖家坊、桂林、金坑一带。除了有其他地方的傩舞的共性外，还有其自身的许多独特之处。傩舞队来到张公庙祠堂前举行跳傩神仪式。舞者随着音乐的节奏腾挪跳跃，舞姿粗犷豪放，古老稚拙，还透着一丝让人肃然敬畏的诡谲其中。

东关的神算朱半仙也一刻没闲着，他每天早晚两次列案焚香，对着空中喃喃自语祈祷道："但今末世，时代浇薄，人心叵测，五情乱杂。东关百姓，牺牲小我，保护一地，平安无事，可敬可佩。望上天体恤众生，但求鬼魅早离，瘟疫早灭……"

有人问朱半仙："都说那首民谣是你让刘子星编的，你难道算出有瘟病？"

朱半仙应道："预测不假，只是当时不知罪魁祸首是谁。"

今天已经是东关封关闭守的第 12 天了，夜已深，东关的民众人困马乏，都已昏昏入睡。年长的甘草爷与朱半仙二人老当益壮，精神不减，与几个青壮年守夜。天空中几颗冷星闪存，四周寂静的没有一点声响，时值初冬，彻骨的寒意在夜里一阵阵逼来，让人感到寒怵上身，又增加了几分寒冷，人们不由得直往火堆前靠近。

一年轻人小心翼翼地问朱半仙："都道好人有善报，但为何孤老巷的善人王先生，平日里是多好的一个人，这次也遭瘟疫而亡？"

朱半仙轻叹了一口气道："你有所不知，凡事一饮一啄，前世已定。世间向有一些为善的好人确实没有好报，这亦不奇怪，有一个道理在里面。一些好人今生受难，是因为他上辈子种下的恶因，在这辈子成熟后结成恶果，所以必须承受恶报。好人这辈子虽然积德行善，由于德善不够，善果没有成熟，要等下辈子才能得报。而也有一些恶人由于上辈子种下善因，这辈子成熟结成善果。但是善恶有报定然不差，不出三生之内。"

朱半仙见大家懵懵懂懂地不甚明白，言道："打个比方说吧，一粒瓜种子和一粒桃种子，同时种在地下，瓜种当年就开花结果，桃种却要等三四年才开花结果。瓜种子是这辈子就报，桃种子则是下辈子报。但有一点是肯定的，善恶到头终有报，只争来早与来迟。作恶一时嚣张，终究会有报应。善有善报，恶有恶报，不是不报，而是时候未到，时候一到统统都报。就如此次的瘟疫，日本鬼子滥杀生灵，不久的将来上天一定会报应与它也。"

众人听了，觉得朱半仙说得很有些道理。有一人又转问甘草爷："看你每天都要饮一点酒，是有酒瘾？还是为了防疫？"

甘草爷听了笑道："你倒是观察得仔细，酒确实有一些防疫作用，喝酒能驱寒亦能避疫。咱们为什么历来在端午节饮艾叶酒，重阳节饮菊花酒？这是避瘟疫的一种习俗，以酒避疫有着无可争论的功效。药王孙思邈就将酒评价为'一人饮，全家无疫；一家饮，一里无疫。酒为百药之长是矣'。"

众人还想听甘草爷多说些典故，甘草爷说："时候不早了，大家轮替着歇息去吧。咱们抗疫的情形依然不容乐观。"

疫情自然也波及东关的众多学校，严重地影响了学生与教师的学习与生活。协和大学在1941年10月30日的周刊写道："日来，邵武城区北门一带，鼠疫猖獗，流行颇广，本校农理二学院及附属高农适位北门附近，当局为防万一起见，大学部学生由东门文学院至北门理农学院实验者暂予停止，至北门理农学院教职员及眷属则大都移住东门文学院，附属高农学生，因学生人数颇多，前日起停课两星期，作武夷山远足旅行，业以出发。"

在东关的福建协和大学、之江大学、女子中学等学校专门召开校董会，议定放假事宜。

国民党官方对付鼠疫的主要办法是改善卫生环境和断绝鼠的食源，全城进行大规模清毒，户户投放毒鼠食饵，撬地板、堵鼠洞、撒石灰、灭跳蚤。收集起来的死鼠堆积成了如山的小丘，让人看了头皮发麻。因为毒鼠，连猫狗类也死了不少。鼠疫发生时先是染疫的老鼠跑出洞外找水喝，一喝水便死亡。老鼠死后，三五天后就开始有人死亡，染病者死亡率达95% 以上，令人不寒而栗。

官方起初把发现的病人隔离在大溪上的船中，在东门至北门的大溪水面上停有近 600 艘船，后又在福山庙设立了鼠疫隔离病房。县防疫委员会发出紧急告示，其中言道："……染病者立即向防委会登记，速送福山庵隔离治疗；二是病死者向防委会报告，领取棺木购买证，无证买不到棺木；三是死者立即埋葬，不得停留，禁止办丧事和亲友吊唁；四是房屋消毒封闭，家属强送北门大溪船上，隔离两星期。"

但是一切都晚了，不到两个月，全城死亡 1000 余人。到了 11 月，鼠疫蔓延到拿口的庄上、渡头、大埠岗、和平、水北的越王、窑上等地，又死亡了 1600 多人。全县 80% 的乡村陆续感染，尤其是大溪两岸，几乎村村发生鼠疫。到后来，木工做棺材都来不及，更可怕的是参加抬棺埋葬的"八仙"也陆续染病而死，以致后来连埋葬的土工都找不到。人人谈"鼠"色变，留在家的偶尔出门，脚上要穿白色的长筒鞋，全身裹得紧紧的。

东关的刘汉辉医生参加了鼠疫防治，他在后来回忆时说："起初将病人隔离于富屯溪船中，人多了又移到福山庙内。省与县两级的医务人员虽然来了不少，但都贪生怕死，危重病区避而远之。我这个助理医师领了两套带袜的工作服，单枪匹马被派到福山上去，之后再三请求，才找来一位姓邓的女护士协助工作。到了福山庵，眼见危重病人东倒西歪，奄奄一息，如同人间地狱。"

邵武鼠疫发生时，正是抗日战争艰难时期，国民党政府财力枯竭、缺医少药、设备简陋，只能对患者发炎引起化脓的淋巴结，采取切开排脓、创腔清毒后，填塞雷夫奴耳的纱条，每天或隔天换药一次。经济条件较好的患者，向外购买德国的百浪多息（磺胺类）注射，这算是上等的好药了，但是价格昂贵，能用上的人寥寥无几。后来，由上面救济总署分配来"鼠疫片"（磺胺噻唑），据说是一种特效药，但也是少数人用得上。起初，有一些患者尚能每天领药，到了后来，僧多粥少，奇货可居，又成了敷衍之事。

在鼠疫中也发生了一些令人不可思议的事。当时住东门外进贤街有位名叫金财的人，他参与了殡葬上百次，却安然无恙。据说他是个道教信奉者，去丧户前，全身包扎不露皮肤，到其家必先念咒画符，口含烧酒喷射四处，符纸点燃上下烧过，多次洗手。一些民众以为是封建迷信，实际上是杀灭跳蚤起到了消毒作用，所以没有被感染。

冲在防疫第一线的东关医护人员值得一颂，例如一位叫毕姆姆的德国女性，毕业于匈牙利布达佩斯 OTI 医学院高等护理学校，是应邵武天主教会聘请，于 1932 年到邵武救世医院任护士。她开朗大方、热情周到，为普通百姓治病从不摆架子。东关民众说她待人和气、医德高尚。

毕姆姆当时是邵武救世医院的护士长，她和另外两位外籍护士每日 2次，从东关天主堂步行至福山寨，为患者送药、送饭，精心护理。随着疫情严重恶化，另外两位外籍护士因害怕而逃离。只有毕姆姆不顾个人安危，夜以继日坚守岗位，后来不幸染上鼠疫后发病，以身殉职。还有担任县卫生所长的名医张一士，在关键时刻接受聘任，每日穿戴自己制作的避蚤罩装，出入鼠疫流行场所和隔离病区，力施救治，不分昼夜。

大疫之后，在邵武城乡因为雨季软长，阴雨连绵，家具易潮湿生霉，成为病毒的栖息场所。甘草爷吩咐："天一开晴，要把家中的桌、凳、橱、柜、搬出来彻底洗晒。"

除了政府所指导的抗疫办法，邵武民间亦有一些自己的招数。比如用一种节骨草（学名叫"木贼"）抗疫，此草粗糙，但有防疫作用。邵武民间用这些药用制作的花饼、包糍等食物就很受民众垂青。在花饼里面放的白色花属蔷薇科，其花芳香甘平，功能润肺止咳，有一定的医疗效果。所以农村家家都要包社糍，以粳米掺入大量野外采摘来的水曲草，一起磨浆，入锅熬得半熟之后，捏成薄皮，包以菜馅，其形状近似水饺而略大。因为加入了这种小草，外皮青翠可爱，蒸熟后便可以吃。水曲草也叫"清明菜"，学名叫"鼠麴草"，甘平无毒，健胃和中，祛痰止咳，并可治疗慢性支气管炎。邵武民间还在疫情期间制作了多种防病治病的茶，广为人知的有风气茶、寒气茶、藤茶、擂茶等。这些食物与茶对抗疫都起到了一定的治疗效果。

02 新建地下联络站

1941 年 2 月，邵武东关中山路。

乌云密布，天空阴森。地处中山路的茂源粮食商行，是中共省委 101 地下联络站秘密所在地。傍晚时分，路上行人逐渐少了，但见省委机关警卫连的几名武装便衣不动声色，散布在粮食商行四周，警觉的目光注意着周围的动静。由于时间紧迫，省委不得已才启用这个地下联络站召开紧急会议。参加会议的有省委、闽北特委、闽北独立师负责人以及邵武中心县委书记与独立营营长列席。

在茂源粮食商行的一间约有 30 平方米大小密室内，四周都没有窗户，只在一面墙的上端开有一个尺余宽、两尺长的通风口。在室内建有一条秘密暗道，在紧急情况下可以通往东关的城墙下。此时室内的光线很暗，只点了一盏煤油灯照亮，不认真看几乎互相都看不清对方的五官。

昏暗的灯光下，面色冷峻的省委书记李冰对参加会议的人言道："情况紧急，利用这个绝密地点开个紧急会议，内容是传达布置省委的近期部署，会后大家各自立即投入任务之中。同志们知道，最近的形势十分严峻，国民党表面上是在进行国共合作，但实际上欲把我们置于死地。根据我们掌握的情报得知，国民党出动了第八十师和省保安团，准备重点围攻二都、高阳、龙斗等地，对中共福建省委所在地以及邵武中心县委实行封锁。为了避免内战，一致抗日，省委机关昨天已迁到了邵武的大山村。那里相对比较偏僻，不仅处于群山环抱之中，而且地形四通八达，是一个鸡鸣三省的地界，对我们行动有利。上了山可从崇安转至江西铅山，北面可达光泽，东通浙江丽水。这一特殊的地理环境使其成为中共福建省委机关的新驻地。我们目前的任务主要有以下几项，一是发动群众保卫省委，搞好省委机关的物资供应；二是省委准备在东关另外建立一个地下联络站，作为来往人员的落脚点。这点需要邵武的同志多费心。"

屋里黑暗的一角，传来邵武中心县委书记方梓祥的表态："请省委放心，我们一定能完成任务。"

李冰点点头，继而言道："还有一个情况让人焦虑，省委电台因为国民党的破坏围攻，我们与华中局的联系中断，电台只能收到新华社的公开消息，眼下我们只能凭借消息分析局势来指导革命斗争。但我想华中局一定会尽快解决这个失联问题，以往华中局与我们联系的地点都是在省委这个101地下联络站，所以这个联络站十分秘密与重要，必须尽量少使用或不使用它。省委才建立另一个地下联络站，以保护101地下联络站。这次会议后，这个101联络站今后将不再对大家使用，只专门等待华中局的联系……"

这个紧急会议内容多但开得简短紧凑，大家领取任务部署后便各自悄然离开。

果然会后不久，华中局派了经验丰富的特别人员顾风同志携带密码来闽北，寻找失联的福建省委机关。顾风接受任务后，通过组织搞到一张福建同乡会会员证，化装成一位山货商客，从上海启程，经杭州、新登到上饶，为绕开国民党严密的封锁搜查，他基本都是晚上赶路。数日后经石塘过崇安长涧源时，他所带干粮早已吃完，只得以野果充饥。为了找到福建省委机关，顾风经过一个多月的艰苦跋涉，终于在邵武东关101地下联络站与中共福建省委取得了联系。

省委根据顾风送达的呼号、密码，很快与华中局恢复了联系。但由于情况变化太快，不久呼号不通，双方的联系又告中断。直到11月省委机要员孙竹云前往上海，通过上海的地下党刘晓接上了关系，再次将华中局呼号、密码带回，省委才得以恢复与华中局的正常联系。

1941年夏天，邵武二都村。

就在一个月前，国民党第八十师的一个连与百名民团对这里进行全面"清剿"，大山深处的二都村遭到严重的损害。山高林密，峰峦高耸，几只苍鹰盘旋半空，时而发出几声令人心惊的啼啸声，使人感到这大山中充满了神秘和诡奇。傍晚时候，大山下的二都村静悄悄地，似乎不见一个人影。

此时只有村边小溪旁的水碓传来声响，杉木制成木制大转轮在靠水力缓缓地转动着，几个石臼在水碓的带动下，发出很难听的声响。以往在这个时候最热、最忙碌，全村人的大米都是从这臼出来的，黄黄的稻子经过石臼的舂捣，变成了白花花的大米。

在保卫福建省委的斗争中，二都村的省委交通员马日全、吴水喜夫妇不幸被捕。他们忍受酷刑，始终未说出省委的去向，最后，马日全被国民党军押至黄坑枪杀。妻子吴水喜虽然被保释，但因伤势过重，不久也离开了人世。而刚任命的另一名交通员沙秀玉被当地劣绅告密被捕，导致全家被杀害，房屋被烧毁。同时，地下党堡垒户肖桂英一家6口被杀4人，兰高树家7人被害3人。除此之外，国民党军还枪杀了18个与省委有关系的保甲长和革命群众。从二都村这个根据地一直到省里的这条联络线几乎全部瘫痪。

傍晚。东关码头。

秋风萧瑟，阵阵冷面。风从东关码头呜呜吹过，水气给干燥的风掺入了一些湿度，但也让人明显地感到了初冬的寒意。从福州方向逆流而上，驶来的乌篷船陆陆续续出现在眼帘，在船艄公们的吆喝中，乌篷船缓缓靠上了码头，旅客们纷纷拿着自己的行李准备下船。

在码头不远处的溪面上，一叶六根小竹排半停半行地缓慢而来。只见宋大龙头戴斗笠，身着蓑衣，慢悠悠地撑着竹篙，嘴里唱着那首刘子星编的竹篙歌："想当初，绿色青翠，生机勃勃，而如今身黄枯干，莫提起，提起泪珠洒江河……"

码头岸上，荷枪实弹的国民党敌兵在严密地注视着过往的人群。头戴礼帽、身着蓝布长衫的庄一雄下船时，敏锐的眼光机警地环视了一下码头的情况，朝身后的年轻小伙子说了句什么。小伙子轻轻地点点头，提着行李隔了几步在后紧随。岸上有几个警觉的汉子，装着接客的模样在人群里探头探脑，似乎在寻找要接的客人。

庄一雄一见心中有数，这几个人十有八九是国民党的侦探特务。他没想到一个县城的水陆码头怎么会如此戒备森严。

邵武地下党前来接头人早已等候在码头上，手中拿着一根长长的竹制品"不求人"，一边漫不经心地挠痒痒，一边留意着周围的动静。庄一雄上了码头，看到这个挠痒人，便悄悄随着他朝东关行春门走去。

城门口戒备森严，几名头戴钢盔的敌八十一师士兵及当地警备队队员正在对过往行人严加盘诘。庄一雄手神色自若地向岗哨走去。守门的一名敌兵横枪大声道："证件！"

庄一雄停下，不慌不忙从怀里掏出一种蓝本证件递过去，敌兵乜斜着双眼看了看，略显客气地将证件还给庄一雄道："例行公事！"

庄一雄礼节性地笑笑，合上证件向城中走去，行了几步停下又缓缓地转回脸，向不远处的河面上的一叶毛竹排上的宋大龙轻轻地举了举礼帽。

华灯初上之时，县城小东门的四海春酒楼灯光明亮，贵宾满座。二楼的客厅里用彩漆屏风隔起来的雅座一片喧声，烟雾腾腾，酒保们跑上跑下忙得团团转。今天是邵武县城中的地方首脑及豪绅、富户大摆宴席，犒劳国民党八十师的大小军官。

正中的首席桌上，师长李良荣正襟而坐，神情踌躇满志，身上的将官服烫得笔挺，肩上的金星闪闪发亮。这时，国民党邵武县党部书记沈衡起身，高举起酒杯，对周围酒桌的众人划了个弧圈，大声言道："诸位请安静一下，今日国军李师长、李将军率精锐之师，亲临邵武县指导反共工作，我等不胜荣幸之至！建议诸位为李师长飞黄腾达、前程似锦干杯！"

众人闻声纷纷起座，举杯庆贺，献媚迎笑，一片讨好声。

东关中山路，邵武县县长吴肃中住宅。

就在四海春酒楼划拳令此起彼伏、酒兴正浓时，庄一雄悄然出现在中山路昏暗的路灯下。他朝四下里望了望，在吴家大门前按响了门铃。一位中年女佣人闻声从里面出来，打开厚木门的小窗一侧，看了看来人并不认识。迟疑间听说要找主人，便一边关窗一边说道："对不起！吴县长已经休息了。"

庄一雄伸手挡住正要关上的小门窗，笑微微地言道："有扰了，烦你通报一下老爷，说他从老家来的亲戚到了。"

女佣人见说，审视了庄一雄一番后，点了点头，又朝左右望了望，让进了庄一雄，大门"咣铛"轻轻关上。

庄一雄跟着女佣人穿过走廊，在客厅坐下等候，同时四下里打量着周围。但见客厅布置得很别致，华而不奢，厅右角摆着几只盆景，厅左侧摆着竹沙发、竹茶几，正中的厅墙上挂着孙中山、蒋介石的大幅画像，下面是条横幅，上书"一日三省吾身"。

这时，吴肃中从内室快步而出，见了庄一雄高兴道："等了好半天了，真没想到来的是你！"

庄一雄起身笑道："哈哈！我这是老牛无力拖横耙，走投无路寻亲家，投靠县太爷您来了。"

吴肃中抱拳道："人生多少鲜衣怒马，也熬不过岁月静好。"

尽管都知道对方的身份，二人还是对上规定的接头暗号。吴肃中是中共地下党员，亦是本邵武东关人，前两个月刚到邵武接任。庄一雄与吴肃中是老熟人，有过一段不平凡的经历。吴肃中 14 岁入邵郡中学堂 (后来的福建省第六中学)。毕业后，前往福州求职，但没想到被人打劫，身无分文。这天晚上他露宿在一杆路灯下，腹中饥肠辘辘难受时，突听到有人喊了一声"吴肃中"，他转脸一看，是一名身着国民党军官服的人在喊。再认真细看之，竟然是自己的邵武同乡庄一雄。欣喜之余，二人当即找了家小酒馆坐下。庄一雄问："你怎的如此落魄？"

吴肃中："一言难尽。"当即把自己的情况一一言明。

庄一雄当时是国民党的一个团部参谋，由于有文化，很得团长杨明忠的赏识与信任。实际上这时庄一雄已经是福州的一名中共地下党员。吴肃中在庄一雄的推荐下，在杨明忠属下的一个营部当了一名文书，后来在庄一雄的引导下又加入了共产党。

"闽变"事件之后，庄一雄所在部队被解散，二人分手，各自去了不同的地方，没想到十几年之后又走到了一个地方。此时二人来不及叙旧，吴肃中递上一支烟，一边急切问道："省委情况如何？"

庄一雄点着了手中的烟，深吸了一大口，微笑道："你放心，已安全转入了大山。"

吴肃中轻舒了口气："一号首长有什么指示？"

庄一雄压低声音道："我这次来，首长指示，鉴于邵武地下党根基深厚，力量较强，决定在东关另外再建立一个地下联络站，任务一是收集敌人活动情况，二是提供游击队所急需的物资。"

正说着时，外面传来一阵由远而近的脚步声，吴肃中走至窗口从窗帘布缝中看去，街上一队巡逻的士兵匆匆走过。吴肃中放下窗帘布，沉思道："这两天，城里驻满了李良荣的八十师，加之侯天杰的侦缉队四处出动，对地下党搜索甚严，咱们的行动必须十分谨慎。"

庄一雄沉吟道："这样吧，你先想办法给我安排一个合法的公开身份，先站下脚再说。"

吴肃中沉思良久，言道："你来之前，根据省委的指示，我已有了考虑。最近敌人正着手成立粮食运销代办处，我已经在前几天，另外把一个叫高朋的同志安排进去了。"

庄一雄："行！这样可以通过粮运了解到一些敌人的活动情况，我看咱们另外干脆就开个粮行作掩护。"说着打开藤箱拿出六根金条，言道，"这是省委想办法筹集来的经费，由你负责建站及活动的一切开支。"

吴肃中接过金条，点头道："过两天我先摆几座酒席，让你也认识当地一些要紧人物。"

庄一雄笑道："一听酒席我就馋了，有什么吃的快拿来，我早饿得不行了。"

"噢，你还没吃饭？看我光顾说话了。"吴肃中道着歉，连忙向里面喊道，"刘妈，拿点吃的来，客人还未吃饭呢。"说着对庄一雄扬手挥道，"十几年未见面了，咱们来两盅如何？"

庄一雄哈哈笑道："知我者肃中也，我正有此意，你这个当县太爷的应该有好酒吧？"

03 侦缉队长

傍晚时分，东关城门外。

晚雾把乡村、山野笼罩得一片模糊不清，通往邵武县东关行春门的官道上，两位年轻的汉子一前一后朝城里急急赶去。他们头戴竹斗笠，身着暗纹粗布长衫，是一副外地香菇客的打扮。走在前面的一位三十多岁，五短结实的身材，满脸短刺络腮胡，长相有点凶狠。行在后面的一位中等匀称的身材，有二十七八岁的样子，甲字脸，高鼻梁，长得十分俊气，然而他那双一大一小的眼睛却射出阴森森的目光，使人感到有些寒噤。

长得俊气的年轻人是国民党邵武县侦缉大队长侯天杰，一个表里不一、心狠手辣的家伙。他的父亲绰号叫"侯天霸"，住在邵武东关码头巷，是不折不扣的大地主兼黑社会袍哥，家大业大，财有万贯，在邵南一带置有千余亩的良田。十年前"闹红"时，穷人抄了他家，分了他家的浮财。为此他十分仇恨红军，组织了近千人的民团，专门和红军游击队作对，杀害了不少红军战士和革命群众，后来被闽北独立师师长黄立贵亲手处决。

当时侯天杰正在上海的一个大学读书，听到他的老爹被共产党枪崩的消息，目瞪口呆，不知所措。他大哭了一场，立下了与共产党不共戴天的誓言，不久取得中统特务组织的信任与赏识，加入了上海的国民党中统特务组织。

别看侯天杰是小白脸一个，看上去似乎是十分的青涩嫩生，但实际上是不显山不露水，行起事来极是老道。比起他爹来更有心计，更阴更滑。他虽然出身豪门，但却能吃苦，而且头脑灵活、办事敏捷。在国民党方面来说，他也算是上一个青年才俊，很得当时在上海的特务组织头目的赏识。以他的自身条件与头脑本可留在上海发展，前景是不可限量。但他大学毕业后主动申请来到山区老家邵武，当然他所做的这一切都是为了要报父仇。仅凭这一点，也更得到上海中统特务组织领导的赏识。对他表态说："难得你有如此决心，组织上保留你在上海中统的身份，邵武是你的老家，也是共产党的一个重要基地，相信你在那里会有商功建业的机会。你要不负厚望，下去磨炼一番再回到上海中统组织。"

由于得到上头中统的知会关照，侯天杰一回到邵武就担任了县侦缉大队大队长，这也是历来没有过的事。所以侯天杰怀着被重用的心情，对组织上感恩戴德，表现得十分尽职尽责。

前几天，他带了三名侦缉队员化装成浙江的香菇客，在大山中四处寻踪我省委机关,辛苦了整整两天两夜,没有查找到共产党的任何踪迹。正垂头丧气间,却于昨天傍晚暮色之时,被他意外地发现了省委机关驻地。侯天杰欣喜若狂,留下两名手下监视动静。他带着另一名络腮胡队员急急赶回城里汇报。

此时天色已晚,侯天杰一路紧行快赶,终于来到东关行春门,守门的是邵武县警备大队,一位瘦猴似的队员拦住前面急匆匆而来的络腮胡,一声喝道:"站住!干什么的?"

"干什么的?你瞎了眼怎的?"络腮胡被拦,恶狠狠地骂道。

瘦猴兵不认识侦缉队的人,立马也回骂道:"嘿,你找死啊?"说着便一枪托打来,络腮胡子轻轻一反手,扼住了对方的手腕关节处,瘦猴兵顿时痛得直叫唤……

对面的一个警备大队队员扭脸一看,立马大怒道:"要闯关!真是反了!"便赶来助帮瘦猴兵。

侯天杰在后见之,皱了皱眉,一个大步上前,左右开弓,朝老兵和瘦猴兵脸上各扇了一个大耳光。瘦猴兵被打蒙了,发着火就要拉枪栓,被老兵一把拦住,低声言道:"蠢货!这是侦缉队的!"

侯天杰见对方有人认识自己,也就不再计较,朝手下络腮胡踢了一脚,骂道:"什么时候了,发什么威风?办正事要紧。"说着扔下歪牙咧嘴的手下,快步朝城关的敌八十师司令部急奔而去。

大山的夜晚,树影怪石,诡秘莫测。

在通往二都大山的公路上,师长李良荣得到侯天杰的情报,不由喜出望外,立刻指令三团团长林冀南率领一个加强团四个营的兵力,还有近千人的当地民团配合,悄悄地向省委驻扎地扑来。

此时已是半夜时分,茂密的山林,寂静无声。一缕月光透进驻地,显得十分安静,省委机关与独立师的同志们一点儿也不知道那渐渐扑来的危险。几天来大家一路疾奔,行走了几百里山路,在偌大的深山里转了几个大圈,好不容易摆脱了敌人的追击。昨天夜里才在这密林中扎下营来,准备休整两天。同志们累得不行,一挨地都怀抱着武器,靠在大树底下睡着了,全然不顾地上一片湿漉漉的。

在一棵浓荫蔽天的大树下，李冰对领导成员作了简短的指示，大家散去后，他疲惫的脸上不禁也露出了倦意，便半倚在一株大树下打盹。但他刚闭上眼，耳边突然传来一阵急促的脚步声，不由睁眼一瞧，只见放哨的战士领着一个人急步朝他奔来。借着苍白的月色定睛看去，心中一惊，来人是地下老交通员王大伯。

王大伯一脸血痕划伤，踉踉跄跄奔到跟前，上气不接下气地道："报告首长，十万火急，敌人发现了咱们的驻地。"

"啊！"李冰有些不相信，好不容易刚跳出敌人的包围圈，怎么敌人就跟上来了？但情形不容他有任何的多想，立刻命令身边的警卫连长杨振均："叫醒同志们紧急集合，立即转移！你们警卫连负责断后。"

杨振均与警卫连的战士急忙叫醒酣睡的同志们，一名小战士睡死了，杨振均接连推了他几下都醒不过来，月光轻轻拂在他那还是孩童般稚气的脸上。杨振均皱了皱眉，使劲踢了他一脚，小战士这才一惊，猛地从地上爬起……

几分钟后，队伍在王大伯的带路下，悄然无声地向另一座大山深处摸去。正在这时，突然一声清脆的枪声，打破了宁静的夜空，随之前方枪声大作。李冰一愣，命令队伍暂停前进。不一会儿，一名战士急匆匆地跑来报告："警卫连与敌人遭遇上了，不过听枪声，大概只是当地的民团。"

李冰分析，如此深更半夜，不可能仅是地方民团摸进深山，一定是部队的行踪被敌人掌握了。于是他转身命令黄立贵："敌人是有目标而来，肯定还有敌人的正规军部队。趁敌人眼下尚未形成包围圈，我们集中优势火力，从东南方向突围。"

李冰的分析是正确的，他的话音刚落，前方就传来更猛烈的枪声。从枪炮声中可以听出绝不是地方民团的武器装备，这是敌人打前卫的 个正规营配合上千的民团。黄立贵命令独立师集中了所有的机枪，朝前沿的敌人劈头盖脸一阵猛射。月光下，机关枪吐出一串串长长的火舌，子弹像飞蝗一般呼啸着，发出金属碎裂的声音，死亡在夜空中撞击着，空气中弥漫着硝烟就像地狱一般的气息。夜色朦胧中，眼看队伍就要冲过前面那片山坳里的开阔地，突然从右侧又响起敌人的猛烈机枪声，走在队伍前面的王大伯和几名战士纷纷中弹倒下。杨振均见状大惊，转身端着机枪朝敌人扫去。但敌人太多，无法阻止住对方的进攻。黄立贵一看情况十分危急，对李冰言道："此时如果被敌人阻击在这里就出不去了。"

李冰厉声道："如何打？你是指挥员由你决定。"

黄立贵闻言点头，钢牙咬得咯崩响，他毫不犹豫地坚决地一挥手，命令队伍不顾一切冒着弹雨冲过去……

与此同时，从西北方向摸来的敌八十师加强团的另外三个正规营也在靠近，听到远处传来激烈的枪声，敌军团长林冀南不由高兴道："哼！打上了，看来咱们这趟没有白跑。"

带路的侯天杰一听枪声，竖起耳朵听了一下，却跺脚道："糟了，共产党发现咱们的行动，他们开始突围了。"

正高兴的林冀南听了一愣，当即醒悟过来，连忙命令部下道："快！全速前进！"

侯天杰道："太迟了！"他此时腿上已没了劲。

这次敌人虽然没有得逞，但还是大吹大擂地说重创了中共福建省委与闽北独立师的有生力量，举行了庆功会，表彰了一批人，尤其是邵武县侦缉大队大队长侯天杰表现出色，获得了特等功勋章一枚。

而福建省委机关与闽北独立师这次也真是危险，若不是地下交通员王大伯早几分钟把情报送到，战士们在睡梦中定然猝不及防，损失不可想象。几天以后，福建省委机关安全地转移到了另一隐蔽的大山里。但在突围中牺牲了不少同志，还有一些战士负了重伤。由于药品紧缺，伤员们得不到有效的抢救，又牺牲了不少。李冰与黄立贵商量后，决定派警卫连连长杨振均和战士小刘立即到城里弄药品。临下山时，李冰一再叮嘱，要邵武地下联络站的同志们无论如何一定想办法搞到药品。

第十七章

01 智取药品

东关中山路 1026 号，樵川粮行。

天空荡荡，风儿轻轻，吹动了大溪河边的芦苇一片。今天城门口鞭炮声声，锣鼓喧天。在吴肃中的策划和努力下，樵川粮行得以正式开业了。装饰颇有特色的樵川粮行显得与众不同，大门面，木栅栏，一对石狮披红戴花，店前张灯结彩，贺客盈门。店老板庄一雄满面春风，笑迎八方。来的人大都是邵武城里有头脸的商界人物，包括一些政府官员，这些人大都是冲着吴肃中的面子而来。

侦缉大队长侯天杰也来了，他今儿脚蹬一双铮亮的黑皮鞋，身着全套的白色府绸便衣，慢悠悠地朝粮行走来，但一双鹰眼却不停地在人群中扫视。

庄一雄老远就瞅见了侯天杰，正想上前招呼，猛然间吃了一惊，他发现从街道的另一边，化装成柴夫模样的杨振均和小刘手持柴杵，紧跟在侯天杰的后面，也正朝这里走来。他心里不由咯噔了一下，对身边的高汉朋悄声低语了一句，扬手高声招呼道："哟！这不是侯天杰大队长吗？贵客光临，真是赏脸！快快请到里边上座。"

杨振均、小刘二人闻声连忙驻步，把脸转向了别处。侯天杰走到庄一雄面前，冷冷地盯着庄一雄道："老板好面生啊，你是哪路神仙？知道我的姓名？"

庄一雄笑道："鼎鼎大名的侯天杰、侯大队长谁人不知，哪个不晓？而且你我可算是有缘，我在舅舅处见过你。"

"你舅舅？"侯天杰有些诧异道，"你舅舅是谁？"

"吴肃中，吴县长啊。"

侯天杰想了想道："吴县长年纪好像比你还小几岁，怎是你舅舅？"

庄一雄笑道："哦，这不奇怪，他辈分比我大呀。"

侯天杰"哦"了一声，拱手道，"那也是。不过今日我公务在身，以后再来打扰你。"

庄一雄见侯天杰走远后，转身入店对手下人大声道："莫让让大家久等了，我看客人也到得差不多了，准备上菜，咱们按时辰开席。"

前来祝贺开张的来宾们相互谦让入席，香喷喷、热腾腾的酒菜一上，气氛顿时热闹了许多。酒过三巡后，庄一雄悄悄退席，拐进了后院的仓库，推开一间不易显见的暗门，见杨振均与小刘早已在里面等着。

庄一雄急忙问道："怎么样，山里的情况如何？"

杨振均说道："省委与部队已经转移到安全地方，只是突围时受伤了不少同志，王大伯也不幸牺牲了。"

庄一雄脸色阴了下来，问道："省委有什么指示？"

杨振均："一号首长说无论如何也得想法弄点食盐与药品进山，这关系到同志们的生命。眼下连麻醉药与食盐都用完了，重伤员们无法忍受痛苦，而战士们没盐浑身无力。"

庄一雄沉思道："食盐还好办一些，只是这药品很难！就在前几日，敌人发令严禁购药品，眼下药店的外伤西药已被侦缉队控制了。"

杨振均焦灼道："那怎么办？没有药品……"

庄一雄不等杨振均说完，打断了话语道："不过你放心吧，无论如何我们也要想办法把药品弄到手。看起来只有在一个地方打主意了。"

"什么地方？"

"东关的协和医院？"

"那可是外国人开的协和医院，能行得通吗？"

庄一雄道："正因为是外国人的医院，目前敌人还未能插手，我们才有机会。甘草爷与东关基督教的关系很好，对他们哪里的情况很熟悉，请他出面想法子，相对而言还是可以批点西药的。但是我们所需的量不小，仅靠熟悉人关系批条解决不了大问题，只有采取行动才能解决问题，不过只是有些对不住这个教会医院了。但我想他们知道了也会理解的。"

杨振均点头道："那一切就靠你们了！"

庄一雄道："我会联系邵武地下党，今晚 12 点，请他们派两名身手麻利、干事得力的人协助你们行动。"

浮云蔽目，更深人静。偶尔一两声狗吠声传向黑暗的夜空。在东关民房住宅区，只见一个黑影"嗖"地翻过一间民房的土墙，轻轻撬开窗门跳了进去，动作十分麻利。轻微的响声惊醒了床上一个半裸睡的年轻女子，她惊问道："谁！"

"是我。"来人很熟悉地开亮了房灯，女子在黯淡的灯光下见是侯天杰，惊吓转为了惊喜："鬼鬼祟祟！老是这样神叨叨的，吓死我了。"

这年轻女子是县里芳华戏班子唱小旦的，今年 22 岁，还未嫁人，人长得风骚白嫩，很有几分姿色，人都称她"小白妞"，侯天杰来到邵武后就和她相好上了。两人真情实意谈不上，侯天杰嫌她是戏子，没有娶她之意，但三天两头都要跑来与她风流快活一番。他觉得这小女子不仅长相漂亮，皮肤白净，而且年纪轻轻，竟每次都把自己搞得神魂出窍、鸾凤颠倒。

此时，小白妞从床上坐起，愠色道："冤家！怎么这么迟才来？我都困了。"

侯天杰三下五除二脱去衣服，一边上床，一边扒去小白妞身上仅剩的短衣裤，嬉笑道："怎么，你不高兴我来？"

小白妞嗲声嗲气道："看你猴急的样……"说着"叭"的一声伸手拉灭了灯，四周重归于一片黑暗。从窗外映照的月色下，两个白晃晃的肉身绞作了一团。

夜黑如墨，路灯昏迷。

就在侯天杰与小白妞如胶似漆、厮混火热的时候，两名蒙面黑衣人在浓浓的夜色掩护下，疾速来到东关协和医院的高墙边。

协和医院是一所美国人开办的教会医院，四周围墙又高又厚，全都是大石条垒砌，上面长满了阔叶藤。此时，医院内死静死静，除却值夜班的护士，所有人都在沉睡之中。蒙面人在医院东南墙下四下里凝神聚目窥视了一番后，其中一个解下身上的飞爪绳，右手一抖，绳子一头"嗖"地飞上墙头。蒙面人使劲往下拉了拉，借力纵上墙头，然后一个"仙人飘海"式，轻轻落入院内。墙外的另一蒙面人则隐向了暗处……

这两位蒙面人，一个是杨振均，另一位则是邵武地下党员贺龙槐，他的公开身份是县警备队的班长。地下联络站经过研究分析，都赞成庄一雄的计划，在协和医院动手搞药品，一者西药齐全；二者因为是外国人的医院，敌人暂时疏忽，没有对它实行监视。同时，考虑到药品出城后，沿途岗哨多，为防万一，避免麻烦，庄一雄与高汉朋前往地下党员邮差老何家中，商议好了药品出城之事。

跃入院内的贺龙槐对协和医院地形比较熟，他借着亮光摸到药房门前，掏出一把带钩的硬钢丝伸入锁孔，轻轻地拨弄了几下打开了房门。房内暗魅魅的，一股浓郁的西药味直扑而来。贺龙槐拧亮蒙了红布的手电筒，借着微光将所需的药品，手脚利索地装入一只大布袋中。正在这时忽听到有声响传来，贺龙槐急忙熄了电筒，屏住了呼吸。

两名值夜的女护士从房前走过。贺龙槐等脚步声消失后，立即闪出药房，向来处奔去。他是一个练功之人，只三纵两跳便来到东南墙下，猫腰"呱呱"两声，立时墙外也回了两声蛙叫。他便将药品布袋先送出墙，借来时的绳索出了墙头。刚落下地，贺龙槐对杨振均悄声说道："到手了！咱们快走！"

但二人却没料到，后面有个影子在悄悄地注视着他们的行踪。原来是侦缉队的麻三，这家伙才从相好的姐儿处销魂出来，行至协和医院时，猛然发现医院高墙下的黑影，浑身不由得一激灵，忙将自己隐入暗处一路跟踪。而贺龙槐与杨振均二人沿着街旁悄声疾行，一时没察觉后面有人跟踪。行至一段路后，贺龙槐到底是练过功夫的人，耳力不同于常人，他隐约听到身后似乎有落步声，仔细听去果然是有人。贺龙槐有些吃惊，压低了声音对杨振均悄悄言道："注意，后面有人。"

杨振均听了心中咯噔一跳："在哪儿？"

"别回头！等到前面拐弯处时，你先走，我对付他。"说着，二人加快步伐向前疾走。麻三正聚精会神地紧跟在后面，行至拐弯处时突觉脑后生风，急忙转身闪让，可脖子已被一只有力的胳膊扼住，一个尖硬物顶在了腰上。麻三吓出了一身冷汗，想象得出那是一把能穿透胸膛的锋利匕首。

"你是什么人？"声音低沉而恶狠狠。

"我、我是侦缉队的麻三。"

对方没有吭声，但麻三只感觉匕首已穿过衣服，刺破了皮肤。他来不及哼哈一声，已经去阴曹地府见阎罗王了。

02 大山惊魂

清晨。侦缉队宿舍。

"砰、砰、砰……"一阵急促的敲门声惊醒了侯天杰，与小白妞风流了一整晚，侯天杰在快天亮时才回到侦缉队宿舍，激情之后人困马乏，刚合眼想睡个回笼觉。此时被手下从床上大呼小叫地吵醒，他正欲发火，可是当听说麻三半夜被人莫名其妙杀死在协和医院附近时，不由大吃一惊。他立刻联想到定然是与药品有关。当下他不敢有半点耽搁，急急忙忙赶向协和医院。

果然不出侯天杰所料，协和医院西药房的药品被盗，一片狼藉。侯天杰让医院列了一张清单，即刻赶回警察局。局长钱大光闻讯，两只小眼睛瞪得滚圆，问道："都是些什么药品？"

"全都是治疗外伤的西药，而且数量比较大。局长，毫无疑问这是共产党地下人员干的。从现场来看，偷药的人对医院的情况很熟悉，是老手所为。眼下全城都在严控药品，如果是小偷，他们绝不会在这个时候顶风作案，冒着杀头的危险干这事。"

钱大光闻言点头道："在理，如果是共产党所为，这批药品自然是要送往大山里。我估计这批药品现在还未出城，你立马调集所有力量，加强出城的岗哨搜查，决不能让药品落入共产党手中！"

侯天杰应道："是！请局座放心，我这就去安排。"

清晨，东关城门口。

天刚微亮，国民党八十师特别行动队以及邵武县警察局侦缉队、警备队全部出动。敌人三步一岗、五步一哨，还增加了不少流动哨，对过往行人严加盘查，尤其是对出城的人十分警惕。一个商人身上被搜出一支药膏便被押在一旁，商人莫名其妙，极力辩解道："那、那是我治眼用的眼药膏，我有眼疾。"

警备队班长贺龙槐大声斥道："上峰有令，凡带药品出城者，连人一起扣下！"

这时，县邮政局的邮差老何肩挑着两大袋邮件走来。不远处，杨振均与小刘手持柴杆、柴刀，一前一后地在后面跟着，眼睛的余光注视着前面的情况。

一名敌兵横枪拦住老何："停下检查！"

老何大咧咧地道："怎么回事？这是邮件，免检的。"

贺龙槐转身对敌兵挥手道："邮差，让他走。"

"慢！"老何挑着邮袋刚要走去，忽被人按住担子，转脸一看，心里吃了一惊。侯天杰不知什么时候突然出现在眼前，阴沉着脸说道："今天不论是谁，都得检查，就是邮袋也不例外。"

听了这话，老何心里不由暗暗吃惊，额上沁出了冷汗，大声道："邮袋从不查检的，这是惯例。我还得赶60里山路哩！"

敌人就要动手检查邮袋，贺龙槐的心一下子提到了嗓子眼上。正在这时，一名侦缉队员和一名便衣飞奔而来，手拿着一盒药品，气喘吁吁地向侯天杰兴奋地道："侯队长，查到了，查到了……"

侯天杰接过药品盒仔细一看，果然是协和医院丢失的药品，上面贴有协和医院的标签，问道："在哪里查到的？"

侦缉便衣压低声音道："报告队长，今晨天还未亮时，我们的人看见两个人背了一大袋东西，正鬼鬼祟祟闪入一家民房，十分可疑，不想一查竟然是药品。"

侯天杰问道："其他药品呢？"

"就在城门口墙上，几个弟兄正看着呢。"便衣应道。

侯天杰对贺龙槐说道："你们守在这继续严查，不可掉以轻心！"说完带着几个侦缉队员向城门口而去。

贺龙槐应声，回头对老何使了个眼色，让他快走！但是这个细微的神情，却被不经意间回头的侯天杰看在眼里。警觉的贺龙槐心里不由咯噔了一下。

狡猾的侯天杰见邮差老何听说要查邮袋时，有瞬间细微的不安，心中便有了数。当手下的便衣说查到药品时，他多了一个心眼儿，共产党地下人员不可会有如此的疏忽，半夜三更偷袭药品，大天亮时还会出现在大街上。所以他在城门口检查时，对老何的邮袋起了怀疑。但他听手下报告查到药品时，突然灵机一动，有意放了老何一码，随后派其他人去城门口处理药品，他自己悄悄地带了便衣折回，远远跟随邮差老何出了城。

但是，侯天杰也万万没料到，草藏兔，兔生毫，高手之中有高手，他的行动已被早有警觉的贺龙槐洞察得一清二楚。事情紧急，贺龙槐向组织上汇报已来不及了，他当机立断，尾随着侯天杰亦出了城。

山间小道蜿蜒而伸，一路上坑坑洼洼。侯天杰远远地跟着老何，向鸡公山方向奔去。相隔百米之后，贺龙槐也悄悄地盯着侯天杰的身影后面小心而行。

密林深处，巨树参天，遮天蔽日。隐隐约约出现的蜿蜒小道渐渐消失，四周尽是淹过人高的枯藤荆棘。杨振均、小刘二人在一山坳口等着，杨振均打了个呼哨，老何挑着药品担子出现了，见了二人惊喜道："老天有眼，东西就在这里完好转交给你们了。"

躲在暗处的侯天杰见了这情景，狡诈的脸上露出一丝冷笑。他正在暗中得意时，忽觉后面有动静，猛一转身，见是贺龙槐出现在眼前。侯天杰不由大为吃惊，狐疑道："你来干什么？"

"跟你一样，盯梢！"贺龙槐说着向侯天杰走近。

"别动！"侯天杰用枪口对着贺龙槐。说时迟，那时快，贺龙槐已开枪打死另一个便衣，同时一把抓住侯天杰的手腕，顺势使劲一扯，侯天杰不由自主被一股大力吸住跟跄了几步，枪口插入泥中"砰"的一声，子弹打入泥里，发出一声闷响。

不远处的杨振均等人闻声吃惊停下，杨振均命令小刘："你和老何先把药品送回去，我去看看。"说完便向枪响处奔去。

侯天杰的一只手臂被贺龙槐拧到后背，疼得直吸冷气。争斗中他抽出左手肘，朝对方胸部猛击而去。贺龙槐一时防备不及，痛得不由松了手。侯天杰趁机一记右勾拳出手，贺龙槐倏地闪身避过。侯天杰迅速从腿上拔出一支匕首闪电般地插向贺龙槐右臂，贺龙槐躲之不及，右臂早挨了一刀，殷红的血立时流了出来。侯天杰欲举刀再刺向贺龙槐要害，就在这千钩一发之时，不远处杨振均的枪响了。侯天杰见状不妙，连忙转身向山外逃去。但他对地形不熟，跑了一会儿，前面陡峭的山崖挡住了去路。匆忙之中他见崖上垂着一根粗大的野藤，便攀藤而上。紧跟在后的杨振均眼见他已爬至有十几米高，举起手枪，屏住呼吸，子弹击中野藤，侯天杰从半山中摔下山崖……

杨振均不放心奔至山底，使劲踢了踢侯天杰，不见他有一点反应，便用手在他鼻子上试了试，已没了气。这时贺龙槐赶到，倒吸了口冷气道："真危险！"一边与杨振均一起从旁边捡了枯树枝与茅草遮盖住侯天杰的尸体。

杨振均见贺龙槐右臂的血还在直流，忙撕下一块布条给他包扎。贺龙槐道："为防万一，建议省委机关应立即转移营地。我还得赶回去，不然敌人会怀疑的。"言罢也不等杨振均回答，便飞身消失在一片山林之中。

夕阳西下，大山的傍晚气温降得快。一阵山风吹过，山坳里躺着的侯天杰微微地动了动，一会儿后他慢慢地醒了过来，他挣扎着爬起，踉跄了几步，歪歪扭扭地向山下走去。

华灯初上。邵武县城剧场。

一阵紧锣密鼓声中，戏台正在上演传统剧目《还魂草》中的一段。小白妞扮演的翠仙一亮相，底下拍掌叫好。戏院正中的包座里，坐着县城不少的头面人物。众人正看得入迷时，一个猴干似的便衣悄悄行至警察局长钱大光身边，附耳对他低语了几句什么。钱大光闻言脸色一变，起座与猴干便衣悄然退场。不一会，吴肃中也不动声色地起身悄悄退席，匆匆离去。

在县警察局长办公室，鼻青脸肿的侯天杰瘫坐在沙发上，有气无力地向钱大光诉说事情的全部经过。

钱大光脸色铁青，对手下道："传令下去，立即逮捕贺龙槐。"

樵川粮行内，贺龙槐疲倦不堪，脸色苍白地出现在众人面前。大家见状都大吃了一惊，不知道发生了什么情况，待听完贺龙槐的叙述，大家心里都不由松了一口气。庄一雄沉思着言道："侯天杰这小子真是刁险得很，幸亏了是你，不然后果不堪设想。你的伤势如何？"

贺龙槐道："没关系，我得走了。"说着就要起身，却见粮行的陆倩秀领着吴肃中匆匆进来。众人见吴肃中神情有异，心又提到了嗓子眼上，不知道又发生了什么情况？吴肃中见了贺龙槐，不由长吁了口气，放心道："你可算是回来了，真让人急得不行。你知道吗，侯天杰刚刚也回来了。"

"什么？"庄一雄、贺龙槐等人闻言色变，贺龙槐骇然道："侯天杰他没有死？你没弄错吧？"

"没错！我亲眼看见的。他一身是伤，情况经过我已知道了！"

贺龙槐不由顿足道："见鬼！这家伙怎么会没死？都怪我当时太粗心了，没有仔细地检验一下。"

庄一雄神情严峻，言道："粗心！麻痹大意是要出事的。"他转身对贺龙槐道："现在也没办法了，你已经暴露，必须立即离开县城！马上走还来得及。"

贺龙槐铁青着脸，长时间一言不发。略久后才言道："不，我不能走，而且也走不脱了。"

"为什么？"

"一是情况有变，敌人可能已经有所布置；二是组织上好不容易将我安置在这个位置上，万不得已我不能离开。"

吴肃中道："可是你已经暴露了，此时别考虑那许多！"

贺龙槐道："敌人并没有抓住我的有力证据，只不过是侯天杰的一面之词而已。我已想好了对策，值得一搏。"当下，贺龙槐将自己的计策打算说了一遍。

众人听了都没吭声，庄一雄认真地思虑了许久，同意道："这是一着险棋，但也值得一搏。为了以防万一，这些天大家停止一切活动，贺龙槐同志暂时断绝和联络站所有人的接触。"

贺龙槐立马起身道："那我立即同警备队向沈衡汇报，就按刚才定的计划行动。"

庄一雄道："我们也立即分头配合行动，你可千万要小心谨慎。"

贺龙槐言道："请组织上放心吧！"

邵武县党部办公室，沈衡坐在大靠椅上不吭一声，钱大光则在屋里不停地抽着烟，整个办公室烟雾弥漫。两天过去了，还未见到贺龙槐露面。

关于药品一案，上峰三番五次派人催查，钱大光心急火燎。他焦躁道："奇怪！为什么贺龙槐还未露面？莫不是他察觉到风声，已经跑了？"

沈衡说不大可能，他当时认为侯天杰死了，不知道死而复生之事。

这天傍晚时候，贺龙槐果然出现在县党部书记沈衡面前。沈衡见了大吃一惊！铁着脸道："我真是佩服你这个地下党，胆子真够大的。"

贺龙槐坦然道："地下党？沈书记，我已经听说了。但我是被小人陷害的，听我慢慢向你解释。"

县城东关。小白妞住宅。

钱大光吩咐侯天杰这几天不要出现在公众场合，以免被人知道走漏了消息。故而这两天侯天杰躲在队的宿舍里等待消息，但他躺在床上怎么也定不下心来，疑虑道："难道贺龙槐会留在山里了？不会的！难道……"他使劲地吸着手上的烟卷，陷入沉思猜测之中。晚上，侯天杰翻来覆去地睡不着，穿上便衣悄悄向外摸去。没多少工夫，他来到小白妞房外，驾轻就熟，翻身入室。

小白妞见是侯天杰，心里一阵高兴，又嗔又喜道："你呀，上哪儿去了？让姑娘我想得辛苦。"小白妞随即看到侯天杰脸上的伤痕，吃惊道："出什么事了？怎的如此模样？"

侯天杰来不及多说话，一把搂住了小白妞……

这时突然听得一阵猛烈的打门声，只见一群警备队员破门而入，几束雪亮的手电筒光亮射在侯天杰有些惊慌的脸上。待侯天杰定睛看清来人后，不由得恼羞成怒，厉声喝道："你们吃了豹子胆了，管到老子的事？"

一个警官班长不动声色地道："对不起了，侯大队长。这是例行公事，请跟我们到警备队走一趟。"

上警备队侯天杰一点也不怕，他从来不把他们放在眼里，勃然发怒道："老子是侦缉队的！你们也管得太宽了！"说着一个耳光将那个班长扇得眼冒金星、晕头转向。待定下神后班长怒吼道："你们还愣着干什么？把这共产党分子给我绑了！"

几个警备队员见状，立时一拥而上，七手八脚将侯天杰按倒，捆了个结结实实。他们平时就讨厌侦缉队高人一等，老是欺负警备队，所以暗中使劲，像捆粽子一般把侯天杰绑了个结结实实，暗中还使大力扇了他好几下。这可把侯天杰气得暴跳如雷，但无奈对方人多，不由分说就被五花大绑地拿下，径直押到了县警备大队。

警备队里灯火通明，室内分坐着沈衡和吴肃中，右侧还有一人正在看报，但遮住了脸部。侯天杰此时到了警备队倒冷静了许多，冷冷地道："沈书记，难道我个人的私事值得你们大动干戈吗？"

沈衡道："侯队长你别装糊涂了，此事非彼事，可是非同小可啊？"

这时右侧的那个人将报纸慢慢放下，露出面容，侯天杰定睛一看，吃惊地道："是你！"

贺龙槐紧接道："怎么，没想到我姓贺的命大吧？"

沈衡不动声色地注意观察着二人的神情。侯天杰是意料之外，吃惊不已。贺龙槐是咬牙切齿，怒气填膺。这愈发使得沈衡相信了前两天贺龙槐所说的情况，言道："侯队长，你装得可真像啊。"

侯天杰此时心里才明白了抓他的真正原因，与他和小白妞的事一点也无关系。他冷冷一笑，言道："哼！好一个贺龙槐，我侯天杰真佩服你的胆量。"说着把脸一放，"别演戏了！沈书记、吴县长，他是共产党！我正要抓他呢。"

"抓他？侯队长，你要抓他，怎么会是你被抓呀？"吴肃中微笑着走近侯天杰身边言道，"你说他是共产党，有何证据啊？"

侯天杰一时无法讲清那许多细节，便道："你们二位只要把钱局长请来就一切明白了，一切行动他均知情。"

吴肃中道："别急，钱局长马上就到。"

沈衡恼火道："别以为把钱大光抬出来就能救你，告诉你，这事他也做不了主，也没那个胆量！"

正说着，警察局长钱大光急匆匆地走进来，一见室内的情景愣了，不由眨巴着眼睛看来看去。

侯天杰此时十分冷静，他向钱大光冷冷说道："局座，事情弄反了！看来共产党狡诈，咱们都中了共产党的圈套了！"

钱大光警觉地盯着贺龙槐，心里大约揣摩到了事情的端倪。他走到沈

第十七章

315

衡身旁，低首在沈衡耳边嘀咕了一阵。沈衡先是呆了呆，脸上的神情有些迷惑，继而又哈哈大笑："不不不，我沈某还不至于如此糊涂，倒是你钱局长别过于轻信了。"

吴肃中附和道："是啊，现在谁说了都不可信，要由证据来说话。"

贺龙槐转身对沈衡道："沈书记，可以叫证人进来吧？"

沈衡点头挥手，从旁门进来两个人，一个是警备队队员，另一个是警备队的二中队王队长。警备队员证明道："那天，贺班长确实追踪过侯天杰的，他还叫我立刻回去向王队长报告，这个王队长可以作证。"

接着是侦缉大队的那个胖便衣，他哆哆嗦嗦地挨近房间，战战兢兢地说："侯、侯队长，那天您交代完后就出了城，第二天我才发现这些药盒全是空的。您当时还交代不论出现什么情况，也不许声张。你这个玩笑，我当兵的可开不起呀。"

侯天杰没料到对手钻了这个本不是空子的空子，而且布置得如此缜密，连针都插不进。真是黄泥巴掉进裤裆里——不是屎也是屎了。事情看来变得有些复杂起来了，平时头脑反应敏捷的他也一下子不知如何辩解，当下不由得焦躁地道："混蛋！你们都是混蛋！"

钱大光心里十分清楚，说侯天杰是共产党他是绝不会相信的。但这时的情况对侯天杰十分不利，一时难以讲清楚，更重要的是沈衡平时对自己有成见，正瞅空逮他的错。这件事可得小心谨慎，弄不好连自己也搭进去。于是钱大光掂量着字眼道："有些事我不能作保证，为了慎重起见，是不是暂时把贺龙槐和侯天杰都关起来，仔细地调查一下再说。"

沈衡不高兴地说："这是什么话，事情已经很清楚了，贺班长是有功的。来人呀，把侯天杰关起来，好好伺候一下，我不信他能有多硬？"

立时，两名大汉架起侯天杰，侯天杰气得大骂道："你这糊涂的沈老头，你如此轻易上了共产党的圈套，到时候会后悔的！"

"给我狠狠地打！"沈衡气得涨红了脸。

钱大光见此情景，也不好再说什么，可心里直骂沈衡老糊涂、老混蛋。侯天杰从他身边被拖过时，圆睁着大眼，说了句："局座，我侯天杰被冤，无话可说，是活该！但你千万可别上当呀！"

听了侯天杰这话，钱大光铁青着脸，没有任何表示，只是两道冰冷的目光射在贺龙槐脸上久久不放。

03　高汉朋

东关药品一案致使邵武地下党差点吃了大亏，所幸贺龙槐胆大心细，转危为安。那侯天杰没想到自己千算万算，到头来被对手下了个死套。心中责骂自己无能的同时，亦对贺龙槐咬牙切齿、恨之入骨，却又无可奈何。

侯天杰也算得是一条硬汉，每次被施刑时，都是破口大骂沈衡误党误国。沈衡知道侯天杰是特殊人物，关系还在上海中统组织，亦不敢对他下死手。但侯天杰冤屈倒霉，受尽了皮肉之苦。

钱大光虽然老奸巨猾，但没有证据在手，也无计可施。他知道侯天杰与共产党有着不共戴天之仇，这样的人绝对不会是地下党，所以他一面将侯天杰的事上报给上海的中统特务组织，同时嘱咐监狱中人关照侯天杰，一面派人暗中严密监视贺龙槐，一定要弄清事情的真相。

东关地下交通站樵川粮行吃一堑长一智，对此也提高了戒备心，暂时停止了一切活动。幸好贺龙槐平时从没有同交通站有过公开接触，所以敌人怎么也不会怀疑到樵川粮行上来。时间过去了一段，樵川粮行的同志们觉得风头已过，自然是松了一口气，但是没想到另一件比药品事件更为危险的阴影正向联络站逼来。

前些天庄一雄接到福建省委的一个秘密指示：江西地下党筹集了一笔款子，作为闽赣两省的活动经费，庄一雄立刻便派地下党员高汉朋秘密前往黎川接收这笔经费。

高汉朋很年轻，才 26 岁，身材修长，一张清秀的脸，五官轮廓分明，眼睛也很有神，让人看去就是一个很有气质的读书人。他加入地下组织后搞学运工作，后来暴露了身份被特务盯上了。组织上考虑到他是邵武东关人，于是去年夏天派他从省城转到闽北邵武开展地下工作。

高汉朋接到庄一雄指令后，下午动身前往江西黎川接款。说是出省界，实际上黎川与邵武相隔不到 100 公里。黎川县城不大，不如邵武繁荣热闹。时已黄昏，高汉朋经过一家饭馆时，酒菜扑鼻而来。他肚子饿得咕咕作响，便进菜馆选了一个不显眼的僻静处坐下，要了一大碗清汤面吃着。

　　这时只见一位身材苗条、风姿绰约的女子偕同一位男子进店，很是引人注目。高汉朋不经意间看去时，不由心里咯噔了一下。再定睛细看去，那女的果然是自己日思夜想、魂牵梦绕的汪丽媛。他怎么也想不到会在这里遇上她。此事说来话长，三年前，高汉朋与汪丽媛都是福建省委特训班同一期的学员，二人相互有了好感，但由于组织纪律严厉，根本没有机会表达挑明这一层关系。高汉朋只好把对汪丽媛的情感深藏在心里。

　　这时汪丽媛也发现了高汉朋，她顿时愣住了，又惊又喜，眼中惊恐的目光只闪动了那么一瞬间，便立马转移了视线。她对身边的男子道："换一家吧，这家空气浊得很。"

　　高汉朋很有地下工作经验，从汪丽媛的举动中立即意识有些到不对劲。他也连忙收回了目光，只是低着头往嘴里扒面条。然而，那名男子早将这一切看在眼里，但却装着全然不知，不动声色地对汪丽媛狡黠地笑了笑，点头道："那好，咱们换一家吧！"

　　汪丽媛为何如此惊恐？那男子又是谁？原来汪丽媛在特训班学习结束后，被派往江西黎川进行地下工作，谁知刚进城的第二天，不知是哪里出了问题，就被中统特务秘密逮捕。她经受不了敌人的严刑拷打，便供认了自己的身份。所幸她刚到黎川，还未和组织接上关系，所以知道的情况不多。地下党发现她被捕，及时做了安排防范，没有造成损失。汪丽媛叛变后，在敌人的威胁利诱之下加入了敌特组织，刚才那位男的便是中统在黎川的特务组长。

　　高汉朋走出饭馆时，警觉的他发现自己已经被人盯梢了，他改变主意，拐了个大弯，朝上级交代的联络处相反方向走去。跟在他后面一高一矮的两个便衣紧随不离，高汉朋走快，他们也快，高汉朋走慢他们也慢。由于高汉朋对黎川的地形情况不熟悉，兜了半天也没摆脱后面的尾巴。当走到一座破屋时，高汉朋行走的速度慢了下来，尔后突然疾行几步，闪入破屋一个角落处。紧跟在后的矮个便衣见失去目标，正在寻找间，高汉朋从他身后出现，高汉朋一拳猛击，将他打倒在地。紧随其后的高个便衣见之一惊，闪到了高汉朋左侧，朝他的下腹猛击。高汉朋被这突袭的一猛掌痛不可支，弯下腰捧着肚子喘不过气来。矮个便衣从地上爬起，紧接两个便衣对高汉朋按在地上，就是一阵拳打脚踢……

阴森森的审讯室里，一股刺鼻的血腥味弥漫四周。通红的炉火架旁，摆满了冷冰冰的、各式各样张牙舞爪的刑具。一位五短身材、壮实的打手光着膀子，抡起沾水的鞭子向高汉朋抽去。打得时间久了，他自己也累得直喘粗气。高汉朋鼻青脸肿、血迹斑斑，已被折磨得不成人形。打手恼怒地骂道："看你弱不禁风的样子，却还如此能扛？"

高汉朋咬紧牙关不吭一声，任由打手百般折磨。渐渐地他失去了知觉，另一名打手见状，拎起一桶冷水"哗"地朝高汉朋头顶猛泼下去。

"怎么样，招还是不招？"坐在椅子上的特工组长气急败坏地咆哮道，"再不说，继续往死里打！"

高汉朋被冷水激醒，呻吟道："你、你们抓错人了……"

特务组长朝后挥了挥手，汪丽媛从旁门走出，神情十分复杂，目光不忍地看着高汉朋，泣声道："你、你就承认了吧？别再吃苦头了，你受得了吗？"

高汉朋抬脸看了汪丽媛痛楚的目光，想说什么，但又无语。汪丽媛走到高汉朋身边跪下，哭泣道："承认了吧，我们今后什么都不是，走得远远的。"

许久，高汉朋凄然地笑了笑，对特务组长承认道："我是参加了共产党组织。"

特务组长喜形于色："这就对了嘛！那你如实一一招来。"

高汉朋摇了摇头道："1939 年上饶党组织被破坏后，我就自动脱离了组织。"

特务组长一听火了："少来这一套！"

高汉朋无力地道："我说的全是真话。"

特务组长气恼地道："你胡说！再给我用刑。"

汪丽媛求道："组长，他确实已于几年前自动脱党，我听说过此事。"

上饶的共产党组织在 1939 年由于奸细的告密而被破获，这个情况特务组长是知道的，但他不相信道："他脱离了共产党组织，你敢担保这是真的？"

汪丽媛："我愿以性命担保！我了解他，绝不会骗你们的。"

特务组长奸笑了笑："好吧。既然汪小姐愿意担保，我暂且相信你的话。请高先生将自己的简历写个书面材料。如果高先生愿意的话，可以加入我们组织。"

高汉朋心里明白，敌人是不会轻易相信自己的话，他不动声色地应道："我对政治已不感兴趣了。"

特务组长冷冷一笑："这可由不得你了。"

几天后的一个傍晚，汪丽媛、高汉朋出现在邵武县城。江西黎川方面的特务机关不相信高汉朋的供词，但同意高汉朋加入特务组织。于是派汪丽媛及两名特务陪同他回邵武，办理退职手续及一应事项。实际上敌人知道这是多此一举，不过是寻机想发现邵武地下党的踪迹而已，或许通过邵武之行能有什么收获。

走在东关街上，高汉朋的心里确实紧张，生怕遇上同志们，万一照面露出破绽就糟了。所以他临行前写了一张小纸条藏在身上。心里在想，能让自己先遇到联络站的同志，只要使个眼色，打个暗号，同志们就明白了。他这么一路盘算着，目光在极力地巡视着四周的情况。这时，他见街旁有一茶馆，便对汪丽媛道："走得太累了，咱们喝口茶歇息吧？"

汪丽媛亦感疲累，同意道："好吧，我也真乏死了。"

于是两人便进了茶馆坐下，要了壶茶水慢饮。大约有一刻钟过去了，高汉朋没有看见想见的人，心里正在暗暗说千万别碰到自己的同志，突然看到不远处小英挎了只烟篮子正朝这里走来。高汉朋心里一惊，不动声色地对汪丽媛言道，"咱们走吧，得先找个旅馆住下，天快黑了。"言罢径直头里先行。汪丽媛等人也起身相随。

小英在不远处也瞧见了高汉朋，眼尖的她一眼也看见了汪丽媛与旁人的两个可疑的人，没有贸然打招呼。高汉朋迎面走来时向她暗暗使了一个眼色，她顿时明白这其中果然有问题。于是神态自然地与高汉朋擦肩而过，然后折转身又远远地尾随而行。

高汉朋在东关城门口附近寻了一家旅馆，安排好了住宿后走到旅馆门口，对小英大声喊道："小女孩，来盒香烟。"

小英应声而至，递过一包香烟。从旅馆出来后，一阵急行回到樵川粮店，气喘吁吁地向庄一雄汇报："高汉朋回来了。"

庄一雄这些天心里正急得不行，忙问："他人呢？"

"看情形他是被特务盯住了。"小英说着从篮子的暗缝处取出一张小纸条："这是他刚才塞给我的纸条，你快看看上面写的是什么？"

庄一雄打开纸条，上写："途遭意外被捕，迫于无奈，我已自新，千万别与我接触。但请组织上相信，我决不会做出昧心的事。"

庄一雄看完纸条，脸色铁青，长时间作声不得。小英与陆倩秀也都意识到问题的危险性和严重性，但一时都不知该怎么办才好？陆倩秀推测道："我看高汉朋既能把真实情况告诉我们，就不可能出卖我们。"

小英附和道："高同志不是那样的人，他不会真心叛变的。"

庄一雄沉思道："事关地下组织的安危，我不能麻痹大意，有任何的侥幸心理。不怕一万，就怕万一。高汉朋是樵川粮行的人，这点是公开的。如果他的事被邵武的敌人知道了，粮行也必定会引起敌人的注意。"

陆倩秀点头道："那这么说，这个联络站不安全了？"

"有这可能。咱们要有这个思想准备。但这个联络站是省委花了不少心血才建起来的，不到万不得已，还是要尽可能保留住。立即告诉老吴这个情况，让他也有所准备。"

陆倩秀："那我立即去通知他。"

庄一雄同意道："一定要小心谨慎，做好任何情况发生的准备。"说着转身对小英交代说："你立即赶到山里，将这个情况向省委汇报，速去速回！在未取得一号首长指示之前，我们暂不要轻举妄动。"

次日上午。东关码头旅社。

高汉朋躺在竹沙发上，漫不经心地在看书，书上写的是什么，他根本就没有读进去。汪丽媛紧挨着高汉朋身边坐下，柔情绵绵地小声问道："说心里话，你是真心爱我？"

"这还用问，为了你，我已放弃了理想志向，难道你还不理解吗？"说着叹了口气言道，"可惜过两天我又要到太和特训班去了，真不想离开你。"

汪丽媛双手搂住高汉朋的脖子，娇声道："其实不去也可以，就看你愿意不愿意。"

"你是说逃走？"

"逃？你没有看到周围时时刻刻都有人在监视着咱们？"

"那你说有什么办法？"

汪丽媛盯着高汉朋的眼睛道："其实只要你说出邵武的地下党组织，上面就会答应我们的一切要求。"

高汉朋愠怒道："你说的是什么呀？不是告诉过你吗？我已经与组织失去了联系，难道你不相信我的话？"

"你瞒他们，难道还瞒我？我是怕你吃苦才替你掩盖的。其实他们也不相信我的话，难道你相信他们真的那么傻，会那么轻易地相信你我的话？这一切只不过是他们的圈套而已。"见高汉朋不语，又劝道，"你想想，只要我们两人能在一起，就顾不了那许多了。"

汪丽媛这时突然跪在地上，流着泪恳求道："你好好地想一想吧！他们不会放过你的。事到如此，像你这样悔过自新的人，共产党也不会相信你的……"

"你给我住嘴！"高汉朋听了这话，怒由心起，手发着抖，点着了支烟拼命地吸着，浓浓的烟雾迷糊了他面前的一切。

当天下午。邵武警备队大队部。

就在高汉朋与汪丽媛到邵武的同时，药品一案也发生了变数。贺龙槐知道敌人对他半信半疑，更知道敌人在暗中监视着他，所以他行动十分谨慎，不再和联络站的同志们有任何接触，但心里却焦急得很，不知现在的情况到底如何。这天中午他正想着这事，突然闯进十几名便衣，一拥而上，仓促之间贺龙槐还未明白怎么回事，已被敌人制服。紧接着，沈衡、钱大光及侯天杰等人走了进来，他心里立即明白是怎么回事，倒十分地镇静。

侯天杰冷笑道："姓贺的，这也是老天有眼吧！"

贺龙槐亦冷笑道："老天有眼，你这种人定不会有好下场的！"

侯天杰骂道："你还嘴硬。"说着一拳向贺龙槐腹部击去。贺龙槐痛得扭歪了脸，想要还击，可是双臂被几名大汉紧紧压住无法动弹，他破口大骂道："姓侯的小子，来吧！爷爷眨一眼都不算好汉！"

"是吗？"侯天杰狞笑着从腿上拔出一柄锋利的匕首，将刀刃架在贺龙槐的鼻梁上慢慢地使劲，血也慢慢地流了出来，可贺龙槐的眉头都未皱一下。侯天杰火了，手一使劲，贺龙槐的整个鼻头被齐刷刷地割了下来，贺龙槐疼痛难忍大叫一声。

钱大光皱了皱眉头，命令侯天杰："立即行动，一个地下党也不许漏网！"

李冰听完详细情况汇报后，严厉道："出现了这么危险的情况，你们为什么还不撤退？"

庄一雄道："我们考虑建站十分不易，再说高汉朋既然会把实情告诉我们，就不可能会……"

"不行！"李冰考虑片刻后果断地道，"你们这是存了侥幸心理！立即通知高汉朋所知道的关系全部撤退，包括你在内立即做好善后工作。"

庄一雄："是！我们立即执行。"

庄一雄刚送走李冰，正欲赶回粮行，突然看见吴肃中急匆匆出现，神色慌张地奔了进来。庄一雄问："发生了什么事？"

"情况紧急，高汉朋叛变，贺龙槐同志已被捕了。"

众人闻言大惊，霍地从座上立起。庄一雄命令道："你们快撤！我回粮行通知陆倩秀，大家必须分头出城，一小时以后在李家村见面。"

庄一雄赶回粮行，走进内室，却又大吃一惊，只见陆倩秀正和高汉朋在说着什么。庄一雄额上的太阳穴突突直跳，拔出手枪对准了高汉朋，对陆倩秀喊道："你快走，这里已经暴露了。"

陆倩秀不肯走："那你呢？"

"命令你快走，就快走！"庄一雄发怒道。这时，高汉朋苍白着脸，一步步艰难地朝庄一雄走来。

庄一雄怒喝道："站住！你这个无耻的叛徒。"

高汉朋苦笑道："对！我是叛徒，我对不起同志们，我不是人！但我是来告诉你们消息的，敌人马上就来了。"说完头一歪朝衣领处一口咬去，

第十七章

323

庄一雄见之心中大惊。

原来，高汉朋以为说出一切后，敌人会让他和汪丽媛远走高飞，谁知那特务组长早已尾随到了邵武，待高汉朋招供后，不但没答应，反讥讽了他一顿。高汉朋完全绝望了，痛悔不及，服下了之前藏在衣领中的毒药。他望着庄一雄，头上虚汗直冒，脸如死灰："我、我知道你不相信我，你开枪吧……"

"你为什么要如此？"

"我死倒不怕！但实在是受刑不住啊……"高汉朋话未说完已扑倒在地，身子抽搐了几下。就在这时，粮行的大门被撞开了，侯天杰领着一群便衣冲了进来。庄一雄明白已经走不脱了，他举起了手枪，对准了自己的太阳穴……

第十八章

01　伤兵青帮

秋天。东关上河巷保生庙。

穷径无人走，贫庙月不照。这是一间无人居守的破旧小庙，只有十平方米左右，夹存亅小巷之中。小庙宇里面供了一个只有尺余高的土地公公塑像，屋顶檐柱破旧、瓦片不全，难遮疾风暴雨，显得十分破败不堪。偶有人点些香火蜡烛，也是时有时无，十分冷清。

1911 年的一个夜晚，电闪雷鸣，风雨交加。一位步履蹒跚的外地汉子在此躲风避雨。只见他肩背破包袱，衣衫尽褴褛，浑身上下湿透，饥寒交迫，一俟坐下不久就昏睡了过去。他天亮醒来时风雨已停歇，屋顶瓦缝中漏进的晨曦照射进来，见有一位慈眉善目的老人手里端着一碗米粥汤和两个馒头，站立在一旁看着他。这位外地汉子连忙起身作揖，说昨晚一夜风雨，在此借住了。甘草爷笑微微道："此间庙小破烂，怎避风雨？东关一地善良心慈者不少，你若上门借住草房还是有的。"

外地汉子道："能在贵地土地庙中栖身已是打扰了。"

甘草爷递上米粥与馒头，汉子连声谢过后，便狼吞虎咽食之。

甘草爷问道："你是哪里人氏？"

汉子应道："我是河北邢台农村人，名叫赵冀中，因家乡旱情连连，三年颗粒无收，家徒四壁，不得已逃荒出来求生。"

甘草爷不易察觉地笑了笑道："你模样虽然狼狈，但不似一些懒惰之人。以你的身板力气，随便扛活打工也不至于如此落魄。你莫不是有什么难言之隐？可否告之老汉一二？"

赵冀中连忙道："没的事，没的事！在下实在是逃荒出来的。如若此处有力气活可谋食，请老人家能否介绍一下？"

甘草爷听了又笑了笑，也不再多问什么。说道："东关码头力气活有的是，不愁没人雇用，只要你愿意，我可帮你介绍便是。"

赵冀中一听面露喜色，感谢不已。甘草爷又道："此庙也不叫庙，乃无主的单间神祇而已，破败不堪。你若无处栖身，我与此地街坊邻居邻们说一声，让你暂住如何？"

赵冀中点头谢道："我平生与老先生一面不识，但能得到如此好心相帮，真是感恩不尽！日后有什么力气活尽管叫我便是。"

甘草爷呵呵笑道："这点小事言什么谢？帮人于困济之时，不独是我，在这东关一地是古有之风，谁都会这么做的。过两天我叫人把这里修补一下，不至于两面透风。"

从此后，外地汉子赵冀中在东关保生庙住下不走了。赵冀中平时不多与人说话打交道。而大家像对甘草爷一样，对于赵冀中的身世、来龙去脉，他自己不说，人们也从来不追究问底。

直到后来过了许久，由于偶然的一件事因，众人才知晓这位落魄的汉子乃是一位身怀绝技的江湖中人。实际上赵冀中很有来历，他是东北吉林省吉林市人称"赵铁头"的武林高手，因一次人生大变故，在家乡身负命案，杀了一名作恶多端的恶人，为逃避官府浪迹江湖，直至后来在东关住下，隐姓埋名。但是这个秘密在东关除却甘草爷与宋大龙两个人外，谁也不知晓。

最先见识到赵冀中功夫的是宋大龙，那日他随人到乡下的二都大山砍杉木，行至一个山间时，突然"呼"的一声叫啸声，随即跳出一只约200斤重的野猪来，张牙舞爪地拦住了去路。宋大龙走在最前面，手握柴刀与野猪对峙，没有轻易挪动脚步。而后面的人见了拔腿就跑，一下不见了人影。所幸，在这个危急的时候，正巧遇到赵冀中采草药路过此山，当下他见状大惊，盘稳了脚步迎上前去，与大野猪展开了一番面对面的周旋。赵冀中左闪右避，上下腾跃，让人看得真是眼花缭乱、胆战心惊。打斗中，赵冀中瞅准了大野猪的一个破绽，抓住它的鬃毛一把按倒在地，大声喝道："畜生休想伤人，此时还不快滚！"说着飞起一脚，将这只野猪踢下了山崖。

宋大龙也是一个胆大之人，险情并未让他惊慌，还说可惜把到手的野猪给踢下了山崖。当下自是对赵冀中敬佩不已，末了，他恳求赵冀中收他为徒。赵冀中早对宋大龙在东关的威望有所知晓，见他心诚，为人又豪爽，是一个汉子，便爽快地答应了宋大龙的要求。为了照顾赵冀中的一应生活起居，宋大龙要把赵冀中接到猴子山的鱼鹰队空房中居住，说那里风静林密、环境清幽，十分适合居住。但赵冀中没有答应，还是住在上河巷保生庙里。

　　到了后来，宋大龙还知道赵冀中不仅拳脚功夫了得，还有一门绝技，就是神秘的点穴功夫。这可是江湖武林中一门稀罕的绝门功夫，轻可让人瘫痪，重可致残毙命，而且发功时神不知鬼不觉，发功者不露一点痕迹。

　　赵冀中说："你们东关一带会武的人甚多，听说有数百人之众，习武成风。什么锄头功、板凳功、扁担操、田埂刀法等武功种类诸多，皆有神通。而且据为师了解，也有一两个会点穴功夫的高手藏在其中。"

　　宋大龙惊讶道："不会吧？东关会武的人确实不少，我也都认识，但从来没听说过哪一个会点穴功夫？"

　　赵冀中道："这你就有所不知了，武林中人一般不会轻易使用这点穴之功，因为略有一点误差，你要伤的人，或要他轻伤变成重伤，或要他重伤的变成毙命，点穴功夫极容易误伤到人的性命。有这门功夫的人为什么都缄口不言，因为在武林中人看来，点穴功夫不怎么光明正大，有些阴。还有一点，人体全身遍布穴位，连接的很密，有时明明点这个穴位，却不小心会误撞上别的穴位。要不然为什么有些会点穴的老拳师在抱自己的孙子时，都不敢伸手去接，有的用衣襟兜住，有的用胳膊托住，为的就是怕无意中点了小孩的穴道，所以必须小心翼翼才是。这门功夫的传人始终有一个信条，不教无良人。"

　　后来赵冀中在教宋大龙点穴功夫的第一天，便要宋大龙立下了"欺师者双目失明，滥用者断子绝孙"的重誓。

　　宋大龙听了心中怵然，遵命道："感恩师父授艺，您所说一切徒弟谨记在心，绝不敢有所违背。"

　　1945 年冬天。东关中山路。

东关码头巷口有两棵大几十年的树龄梧桐树，盘根错节、枝高叶大。进入霜降后，树叶渐黄。西风吹来，落叶飘满了街面巷阶。四处显得嘈杂无章，尘土飞扬。

抗日战争胜利后，国民党政府开展了所谓的"新生活运动"，同时为了收买人心，也做点民生工程装扮，让老百姓对政府感恩戴德，歌功颂好。从这年的秋天开始拓宽东门中山路大街的路面，将沿街店面缩进三尺，房屋都建成二层以上的高度，使东关更显整齐繁华。与此同时，另一台戏也紧锣密鼓地上演了。为了搞民主假象，国民党准备成立邵武县参议会，着手在民众当中进行所谓的民主选举。

邵武的一些士绅闻知后，兴奋异常，跃跃欲试。他们深知这个资本的重要性，为了谋取参议员席位，大闹地方派系斗争，形成了以姚慈良为首的姚派，以宁安息为首的宁派。他们竞相拉拢青帮，作为自己竞选活动的工具。常言道："得食猫儿强似虎，褪毛鸾凤不如鸡。"没料到青帮也不是那么好指使的主，他们见此趁机扩大青帮势力，发展帮会人员。一时间各种势力都纷纷亮相登台，活动异常热闹。其中有一些流落在邵武的国民党军队的游勇散兵，亦勾结青帮分子结成同盟，扰乱治安，为所欲为。初时他们是无理取闹、欺行霸市、横行街头，后来发展到目无法纪，打砸胡来，甚至公然在东关河桥边的大旅社抢劫财物，杀人不顾，致使两名外地旅客血溅异乡。此案影响十分恶劣，东关民众感到人人自危，发出强烈的不满。但由于县政府软弱无能，青帮势力强大，虽说下令立案侦办，但最后这个抢劫杀人案不了了之。

东关的伤兵青帮有三个头目，分别名叫王烂柯、邱懋堂和张子衡。王烂柯原是十三补训处的军需官，一个有名的烟鬼和赌棍；邱懋堂当过正规军营长，是十六临教院的伤兵队队长；张子衡原来是二十军的一名军械官，曾手握二十军的武器装备要权。他在一次战斗中被日寇的流弹击中受伤。离开部队后，还藏有不少枪支弹药私自出售，与伤兵们的交往甚为密切。他们三个都通过自己的关系，在伤兵和地方民众中大收门徒，扩大自己的势力。

邵武华严寺的当家和尚清泰，由于是佛门弟子，平时以善良面目示人，迷惑了不了解真实情况的人，实际上是佛门中的一个败类。此人有心计，以假面示人，故很有些人缘。东关有一些菜农受伤兵残害后向他诉苦，他表现出很气愤的神情。尔后，他故意沉吟半天后说："这样吧，如果你们也在帮会，他们就绝不敢动你半根毫毛！"不少善良的平民百姓听了这话信以为真，东凑西借，准备了红包孝敬钱，都拜到清泰的门下，以求平安无事。

02 大地飞歌

1949 年初夏，邵武东关。

春雷震耳，大地飞歌。五月正是杏子肥了的时节，初夏着一袭淡绿的薄纱而来。大地和暖日盛，万物并秀，爬藤植物也疯长起来。东关一带的城墙缝里蜗居的小动物们也都从地下爬了出来。好一片的青蛙鼓噪，知了唱和。

东关百姓把蝼蛄称为"土狗子"，蝼蛄和青蛙是一对朋友，民谚曰："土狗叫、蚯蚓出、丝瓜生。土狗地上走，蚯蚓上阶鸣。"一个是"咕咕咕"，一个是"呱呱呱"，快立夏时节，这两种小东西都一齐登场，表示春天走了，夏就要紧接着登场。

1949 年 5 月初，中国人民解放军二野部队南下福建，先后解放了闽北的崇安、建阳等县城。邵武的国民党政府官员闻风丧胆，弃城而逃。邵武县长刘守一带着家眷逃命到省城福州。邵武的一应政务由地方绅士、伪县参议长姚慈良出面招架维持，另指派余九皋为代理县长。

5 月 18 日，中国人民革命军赣粤闽边区纵队司令武全夫率部从光泽赶到邵武。武全夫是江西黎川人，1948 年参加中国国民党革命委员会（民革）。1949 年 3 月的时候，经南昌地下党员聂轰策反，又经中国国民党革命委员会主席李济深及中共湘赣工委同意，命令武全夫策反江西黎川县茶亭、横村、樟树三个保安中队起义成功。300 余人在黎川湖坊村集会，宣布成立中国人民革命军赣闽粤边区纵队，武全夫任纵队司令，彭觉治任政治部主任。起义后，由地下党员聂轰带南昌城工部负责人李健的一封密信，与中共闽赣省委接上头，纵队受命于闽赣省委领导，并赴福建邵武驻扎，在路过光泽时又策反了县保安队队长何琨 100 余人起义加入，纵队达

400 余人，于 1949 年 5 月 15 日下午进入邵武。

武全夫认识早些时候在黎川当过县长的李屏山，于是与李屏山联系策反邵武县保安队起义事宜。李屏山思索后表示同意，并与邵武县参议会议长姚慈良策划成立闽浙赣边区人民革命军，命李屏山儿子李坚为第四支队司令。李坚受命后，打着"解放邵武"的旗号，收缴了县保安团步枪 200 余支、机枪两挺及县政府无线电发报机及电话等，随即召开邵武西南地区的禾凤、儒林、金石、金湖、宝阜、沿山等 6 个乡的乡长会议，设坛拜神，组织发展 1000 余人的大刀会，密谋与人民为敌，进行反革命活动。

尔后，李坚打着"中国人民革命军赣粤闽边区纵队第四支队"旗号，集结了 2000 余人进入邵武城，收缴了一些机关单位的枪支弹药。其间李坚指使心腹特意烧毁了邵武的田粮档案，这盖因李坚曾任香风乡田粮办主任，毁灭所收粮谷贪污罪证而为。

1949 年 5 月 18 日，中国人民解放军二野五兵团某参谋长刘仲廉率一个营的兵力，晚上到达邵武分站村驻扎。于次日近午时分兵分三路，分别从东门浮桥、北门渡口、东关三公桥向邵武县城进发。武全夫率所部和地方知名人士前往迎接，在一片鞭炮声和欢呼声中迎来了邵武的解放。

1949 年 8 月 19 日，一支特殊的队伍随后来到邵武，这就是中国人民解放军长江支队。这支队伍的大多数成员由南下干部组成，队伍中有一半人是经历过大革命和土地革命战争、抗日战争考验的老红军、老八路，80% 以上是中共党员。他们虽是穿着军装，配备枪弹的武装部队，但任务却主要是从事地方接管工作。这支队伍很年轻，成立还不到一年。是在 1949 年初，中共华北局从太行、太岳两个老解放区选调了 4000 多位干部组成的一支南下干部队伍，分成 6 个地区、30 个县、199 个区的领导班子，准备接管长江以南的新区政权，建设新中国。进入福建的长江支队有 6 个大队，每个大队含 5 个中队，共有 30 个中队。每一个大队接管一个专区，每一个中队接管一个县。接管邵武的是二大队三中队，下有 6 个分队 117 人。因为临时抽调了一部分队员到上海组建南下服务团、支前等，进入邵武实际人数只有 88 人。

1949 年 8 月下旬，中共邵武县委员会成立，由长江支队二大队三中队党委书记南纪舜同志任县委书记。县委领导班子由南纪舜、郭亮如、袁士杰、王文麟、王耀华、任国信、杨兰珍等7人组成，改邵武县人民民主政府为邵武县人民政府。郭亮如任县长，任国信改任县大队大队长。邵武新政权运转力量主要由长江支队二大队三中队80多人，加上闽赣游击队数十人、原邵武的近10名干部、革命大学生10余人等组成；其中还有旧政府银行、税务留用了几十人，搭起了县区党政群团的架子；后来在剿匪、反霸镇反、土改运动中，吸收培养了一批很好的当地干部，陆续增补到县区的各个管理机构部门。

然而，树欲静而风不止，大好形势下有暗流在涌动。迎接邵武共产党新生政权的不仅是锣鼓声与鞭炮声，还有密集的枪炮声。

新中国第一任邵武县委书记南纪舜是一个典型的北方汉子，时正值年富力强，精力充沛，他办事果断、作风干练。他到邵武任上还未喘一口气，就遇到反动大刀会3000余人攻打邵武城。8月28日，南纪舜接第一军分区司令部命令："邵武县立即成立剿匪指挥部，郭亮如任总指挥，任国信、王耀华任副总指挥，南纪舜任政治委员，王列章任参谋长。"

南纪舜把剿匪指挥部任命书刚宣布完毕，侦察敌情的战士急匆匆前来汇报："南书记，情况紧急，有数千名荷枪实弹的大刀会成员进攻县城，很快就要攻到协和大学。"

地处东关的福建协和大学是县政府临时所在地，县最高政权指挥部设在一幢教学楼里。当时福建协和大学院内只有一个解放军护路连以及县大队近百号人，再加上公安队的60余人，总共不过300余人，而敌人十倍于我。南纪舜毕竟是身经百战的老红军，什么样的场面没见过？他神色自若不慌不忙，命令公安队守住学校几个重要关卡，解放军护路连与县大队准备进行反击。

进犯邵武的敌人虽然人多，但毕竟是一些乌合之众，经不住解放军与县大队的猛烈回击，一交战便丢盔弃甲而败。南纪舜带领的解放军战士们的战斗力，让邵武的民众看到了共产党新生政权的实力。

虽说打败了人多势众的大刀会，但形势依然严峻，不容乐观。因为当时为了加快解放全中国的步伐，第二野战军撤出了福建战场，转向大西南一线作战。而第三野战军尚未入闽，邵武邻县的光泽、建宁、泰宁、将乐等县城也还尚未解放，国民党闽浙赣游击司令部等武装土匪仍盘踞在邵武县周边。更令人担忧的是，一些投诚的国民党军表面上归顺了共产党，并且打出了"中国人民革命军"的旗号，但暗中却阳奉阴违，与境内的土匪勾结一气，狼狈为奸，横行乡里。原国民党邵武县长虽然归顺共产党，成了革命军的支队参谋长，但实际上与反动头目李坚暗中勾结行事，乘机把他的大刀会武装编入了革命军第四支队，使得形势十分错综复杂，敌中有我，我中有敌，防不胜防。这让县委书记南纪舜不敢有丝毫的掉以轻心。

大刀会退却后，重新集结力量，准备再次攻打邵武县城。当晚，大刀会为了替自己打气壮胆，搞了一次所谓"洁身避邪"的去污秽谒拜仪式。在东关外一块大坪地上铺了数百斤的硬木炭，炭道长约 4 米、宽约 0.5 米、厚约 10 厘米，先是在炭道倒上煤油，点燃了木炭，用风车扇得炭火熊熊，蹿起了蓝蓝烈焰，足有 20 余厘米高，形成一条叫人生畏可怕的火埂，就似一条涌动的火龙，大刀会把它称为"火焰山"。大约百余人的大刀会一律身着黑衣、黑裤、黑帽一身黑，有如鬼魅一般，摇头晃脑、装神弄鬼地过火焰山。一个年龄不满十岁、身着金色黄衣黄裤的童子伏在神案前，法师口中念念有词，手持两炷燃着的香对着童子上下画符，似睡非睡的童子身体便开始抽动起来。接着法师左手端水碗，右手食指与中指并竖，对着水碗画符，如此这般一番后，说是碗内的清泉便变成了"圣水"，法师口吸圣水喷向童子。此时童子似乎从睡梦中初醒，又似乎似醒非醒，抓着神案上的宝剑疯疯癫癫地跳起，口中含糊不清地说："俺天神众将来也，拯救受苦受难芸芸众生。"围着大刀会队伍打转转，法师跟在童子后面沾碗内圣水弹向大刀会员。大刀会全体跪地朝拜，口中不断叨念着："神灵保佑，刀枪不入；神灵保佑，刀枪不入……"

接着法师带领大刀会走到火焰山前，脱去鞋袜，赤脚踩进熊熊烈火，从高高蹿着的蓝蓝烈焰中快速走过。童子则挥舞着宝剑乱跳乱舞，跳跃着跑过火焰山。随后大刀会一律光赤着脚，列队一个接一个鱼贯而过。奇怪的是，这些过火焰山的大刀会队员脚上不烫不伤，也没起水疱，只感到脚板底有点温热而已。

大刀会净身后，开始发放朱砂（一种中药，有麻痹毒性），每人一小包，准备在攻打邵武城临战之前服食。当天夜里三更造饭，五更出发，黎明时分向东关城门口发起了攻击。服下朱砂的千余名大刀会们被朱砂麻痹得头晕晕昏昏，颠颠倒倒，手持着大刀梭镖，口中不断地吼着："神灵保佑，刀枪不入！"不顾一切地冲向城里……

守在东关城墙上的解放军看到城外一片黑色人群涌来，正要开枪扫射时，但传来上级命令："他们大都是贫苦农民，枪口朝天发射，不许伤害他们的性命。"

而大刀会还真以为是有神灵护佑，射来的子弹都朝天飞去了，便肆无忌惮地逼近了城门。解放军本想吓唬一下大刀会，让他们不敢放肆，没想到大刀会却更加猖狂。眼看就要攻下城门，在万不得已之下，解放军枪口只得向下一压"哒哒哒"射出了子弹。前面大刀会队员霎时倒下一片，后面的大刀会队员见状，这才吓清醒过来了，哪有什么刀枪不入？顾不得后面头目与法师的督战，呼地全都掉头跑了。可想而知，大刀会所谓的神灵护佑、刀枪不入，只是唬人的把戏而已，解放军的子弹不吃素，照样穿肠入肚。

但是敌人不甘心失败，在第二次攻打邵武失败后的 20 多天，国民党又一次纠集了四乡土匪、大刀会和国民党残兵计有 6000 多人，向邵武县城杀气腾腾而来。这次围攻县城达三天三夜，杀害群众，烧毁民房，抢劫邮政局、圣教医院和东关一带群众财物。一个月前，满城都还是解放军的邵武，几乎成了一座空城。由于解放军的二野部队在邵武只作短暂的停留后便离开邵武，开拔去解放广州和大西南了；解放军的三野部队，当时正在攻打福州，所以留在邵武的解放军力量不足，残留的国民党与气势汹汹的大刀会认为这是个好机会，想把新生政权从邵武挤走。

03 虎门无犬子

夏季。东关福建协和大学。
东关的年轻人秉承父辈的勇猛性格，在解放军进入邵武后表现得尤其勇敢。李永英的小儿子李耿，便是其中一位优秀的年轻人。可谓是将门虎子，父亲英雄儿好汉。

当第一支解放军部队出现在东关城门口时，民众们又惊又喜，开门推窗观察了一会儿，便纷纷走上街头夹道欢迎。他们早就听说解放军要来邵武，没想到说来就来了。看到威武雄壮、纪律严明的军人们，在好奇的同时心中升起一种敬重之情。人群中的年轻人李耿更是充满了羡慕不已，心想自己如能穿上军装，挎上枪支那多神气。

当天晚上，部队就露宿在百姓们屋檐下，任怎么劝说相邀，也不肯有扰于民。第二天清晨，满城响起嘹亮的军歌，战士们上门到老乡家借扫把和水桶，打扫马路清理卫生。战士们使用完水桶归还时，还要把老百姓家的水缸装满水。

解放军部队带有行军锅，自己捡柴煮饭，绝不相烦民众。但由于长途跋涉，部队粮食明显不够，只好请邵武县民主政府出面，向百姓借粮，但缺文印员帮忙打印借粮收据。李耿的母亲王洁葵知道了，主动带着大儿子李浩报名参加革命，帮忙刻蜡版、印表格。部队领导很是欣赏高兴，了解了李家的情况后，当场批准李浩参军入伍。

李耿见哥哥参军穿上了军装，兴奋不已，也跟在哥哥李浩后面屁颠屁颠地帮忙干活。正好那天部队改善生活，会餐包饺子。李耿心想当兵真好，有军装穿，还有饺子吃，当下拿定主意也要当一名解放军。李耿长得白白细细，脚细得像麻雀，腰几乎就跟头一样粗，皮带箍成一圈可以戴在脑袋上。他一米七的个，体重只有105斤。

正当他蹲在地上一边吃饺子，一边想着如何当兵时，解放军的营长任国信大概看出来李耿的心思，他笑嘻嘻地对李耿说："小鬼，你吃了我的水饺，莫不是还要当我的兵哟！"

"是吗！！那你们要不要我咯？"李耿一听高兴，一口吞下饺子，差点被呛住。

"别噎住了，你会什么呢？"任国信笑吟吟地问道。

"我什么都会。"李耿大声地回答道。

"口气不小呀！你会不会生孩子？"任营长开玩笑道。

"你若会生儿子，我就也会生。"脑袋瓜子机灵的李耿反应很快。

任营长对这个长得五官清秀、瘦小文弱但有胆量的小年轻很是喜欢，问道："你叫什么名字？读几年级了？"

当了解到这个叫李耿的年轻人父亲李永英是老革命，哥哥又刚参军入伍时，当即决定让李耿留在部队里。就这样 16 岁的李耿也如愿参了军。其实，多了一个心眼的李耿因担心部队不收自己，他把自己的年龄往高里多报了一岁。

由于国民党抓壮丁、抓妇女、抓劳力、抢东西，老百姓又恨又怕。部队在解放猴子山一带的村庄时，老百姓以为解放军跟国民党一样，都纷纷躲到了山上，不敢回村回家。

连长对刚入伍的李耿说："你是本地人，了解当地老百姓的情况，你能否想法子叫他们下山？"

李耿说："这东关猴子山一带的人我都认识，应该没问题。"便和另一名刚参军的女兵来到猴子山脚下，举着大喇叭用邵武话对着山上喊道："我是东关小台上李家小孩，就是李乐三的儿子。我现在是一名解放军了，老乡们，解放军就是当年的红军。你们不用怕，他们是来帮助你们过好日子的……"

老百姓中有许多人是知道李永英的，听见喊话，一看果然是李家的老二男孩李耿，当即不再犹豫，便纷纷都下了山。

李耿参加革命才不过几个月，但俨然是一个入伍的老战士了。无论是宣传发动群众，还是下乡收集情报，都干得风风火火、得心应手，都能出色完成上级交给的任务。李耿从一名战士干起，历任宣传员、军需员、教育干事和军械员。在他当军械员的时候，虚心向老军械员学习，很快就掌握了世界各国军械的知识，对缴获来的各国枪支弹药了如指掌，因此登记起来得心应手，工作效率很高。有一次，军分区司令员下来检查工作的时候，见到长相稚嫩的李耿正带领战士们清点刚缴获堆积如山的枪支，指挥得井井有条，一丝不苟，便很感兴趣地问李耿："你年纪轻轻，看样子也没当多久的军械员，怎么会对枪械种类这么熟悉呢？"

"报告首长，我会英文啊，认识枪支上的你们说的洋码字，所以自然会麻利些。"

"你是学生兵？"

"对，我一名是高二的学生。"

"你当兵多久了？"

"报告首长，我已经入伍好几个月了！"

司令员听了满意地点了点头，对周围的战士们说："你们看看，有文化就是不一样。今后你们都要加强学文化才是。"

不久，由于工作需要，李耿从军械员转为一名文化干事。1952年，建阳军分区成立干部文化轮训队，军分区各县武装部的干部分批入学，要求在两个月内学会2000个字，会看书信和报纸，还要学习加减乘除，学会的毕业，没学会的继续留下来学。李耿被调到华东军区第四文化速成中学当文化教员。1956年，李耿被保送到福建教师进修学院上大学，1958年毕业回到部队继续担任教员。部队领导一直很喜欢并且重用的李耿，军装没有穿破一套，就被提拔当了干部。他除了能完成任务外，还能跟战士们打成一片，热心地帮战士们写家书，信写得情真意切、令人难忘。战士们家乡来信都会赞扬那帮忙写信的人。李耿这位年轻的教员受到战士们的一致好评。每一期学员毕业，他们都会为李耿请功。部队缺少文化人，大家都说李耿这个小子来部队来对了，将来前途无量。

自从8月3日邵武的反动大刀会暴动，端掉了沿山、铁罗两个乡公所，并且包围了邵武城区后，驻守的解放军活动范围缩小了许多。白天只需派一些流动哨在城里巡逻，晚上则全部撤回到据点。城区实际上成了敌人的地盘，他们几乎可以为所欲为。邵武邮政局、外国人办的圣教医院等处已被他们洗劫一空，邵武跟建阳、光泽的公路也完全被敌人所控制，邵武事实上已经成了一座孤城，只能用无线电跟上级联络。

在此之下，邵武全县所有的机关干部，从公安局、税务局、农会、银行到邮政局的人员，都集中住在由县大队驻守的福建协和大学文理学院的校舍内。这两座楼四周围墙都掏了一些枪眼，各楼的窗户堆起了沙袋，分配了人员日夜把守。驻守的人员贮备了足够的粮食跟柴火，所幸的是福建协和大学内有好几口水井，至少能保证大家有水喝。

在此困境之下，南纪舜书记下命令道："如果敌人围攻，能坚守多久就守多久。一旦弹尽粮绝，就处决掉所关押的罪犯，突围出去，寻找在建阳的二野主力部队会合。"

8月18日这天早上，刚一起床，指导员张应恢同志就交给李耿一个紧急任务，印发8月17日福州解放的捷报，要求马上将它印出来。一是鼓舞民众的士气，让惶恐不安的百姓们放心，同时让"第三次世界大战爆发了，台湾新军已经登陆福州"的谣言不攻自破。

这份捷报不长，只有短短三百余字。李耿立刻策划版面，用钢板刻了两张蜡纸，而且图文并茂，准备印2000份。但由于油印机坏了，必须到东关的基督教堂去借，街上有敌人在游弋，随时有意料不到的危险发生。福州解放的消息对邵武而言，鼓舞人心、意义重大，李耿与另一个姓关的年轻人商量决定，哪怕有危险也必须去。二人出了协和大学门口，刚踏上中山路不过一会儿，就见到一群反动大刀会匪徒突然间在前方出现，五六十人黑压压的一片，与李耿与小关的距离仅仅200余米。大刀会匪徒们一个个穿着黑色的肚兜，嘴巴上衔着用朱砂画的符，狂吹着哨子，气势汹汹地一步步迎面走来。

"李耿，有敌人，快跑！"小关先看到了大刀会匪徒，急忙向行在后面几步的李耿喊了一声，连忙转身就往回跑去。两人一边跑，一边还告诉街边的店家们："大刀会来了！快关门。"

有好心的店家招手叫二人进他们的店铺躲避，但李耿怕连累他们，边跑边摆手拒绝。快跑到我军东关阵地时，机枪声响起，大刀会的匪徒们一听到密集的机枪声，立马就退了回去。

中午时分，从建阳来增援的三野长江支队、三野二十八军八十四师二五二团一营的同志们到达邵武。双方会合后，立即对敌人展开打击，以绝对的优势追着大刀会匪徒狠打，一举大获全胜，缴来的大批枪支弹药堆在协和大学操场上。

随后几天，三野二五二团一营连续又打了几战，歼灭了不少敌人。但就在支援邵武的主力部队东进时，敌人得知消息又复出骚乱。城内的原国民党县参议长姚慈良、原国民党县党部书记丁得义纠集了沿山、光泽等地反动武装和大刀会有5000余人围攻县城，割断电话线，切断邵武与地委的联系，抢劫圣教医院、邮电局和一些商店。

敌众我寡，县委南纪舜书记带领200多名留守干部战士拒敌，在福建协和大学楼上架起机枪阻击匪徒，打退了敌人的一次次进攻。建阳地委发现邵武一天一夜没有通过电话汇报情况，电话也打不通，感到邵武情况有变，果断决定：急调在百里之外的剿匪部队火速增援邵武。增援部队一到达邵武后，任国信率县大队首当其冲，与敌展开巷战。在富屯溪北岸的增援部队用迫击炮猛轰大刀会匪首和国民党特务聚集的指挥部，炸伤匪徒百余人。随后增援部队和县大队乘胜追击，缴获了被抢走的物资。这次反围攻是福建剿匪战斗中规模最大、时间最久、战斗最激烈的战斗之一。

10月中旬，剿匪部队乘胜追击，邵武县长郭亮如和宣传部部长王文麟带领二五二团一营及县大队对聚集在南区宝积、大埠岗的大刀会进行了猛烈的攻势，俘虏了一大批大刀会会徒，缴获了许多枪支弹药，匪首李坚在肖家坊坊前村杜东藩家中的瓦槽里，被我解放军捕获。

年轻的李耿在这次反围攻中得到了血与火的洗礼，一下子就成熟了不少。南纪舜书记在大会上表扬他，真是虎门无犬子。

没过几天，东关的协和大学校园内发生了一件令人震惊的大事。那是剿灭大刀会胜利后，原设置在协和大学的邵武县党政领导班子搬迁到城里。那天傍晚，天气异常闷热，正在协和大学训练的民兵营民兵们散坐在教学楼对面那棵大樟树歇息，一民兵听得一阵动静，不知何故头顶上有声音哗哗直响……大家都知道协和大学校园内有不少大樟树，这一棵是最大的，据测有1000年以上树龄，树巨枝茂、华盖如荫，要十几个人才能合抱得住它。

这民兵目光顺着响声慢慢寻去，后来定睛一看，吓得张大口，说不出话来。只见浓密的树冠之中，有一只巨大的蟒蛇昂首而立，两只大眼目光如炬。此时其他人也看到了这只巨蟒，亦吓得目瞪口呆，双腿发软。那巨蟒大概看到众人发现了它，又藏匿了起来，不见了踪影。当下众人回过神来，都骇惧不止，拔腿就跑。但有几个胆大的民兵说："如此大蟒盘踞于此，定然要害人的，要灭了它才是。"但如何灭这大蛇，大家又没了主意。这时有人提议此棵大树孤立空地，离楼房甚远，建议用大火烧。众人觉得可行，于是扛来几大桶煤油，足有百余斤，沿树环了一大圈干稻草，浇上煤油点着后，立刻浓烟滚滚，大火熊熊，众人枪弹上膛，退后几十步注意观察。眼尖的人果然看见那巨蟒探出身子，口中的信子吐出老长，众人开了几枪，不见射中。一名胆大的民兵扔了一颗手榴弹，但听轰的一声，大树皮被掀去一大块。这时只见那只巨蟒腾空而起，不知了去向……

许久，目瞪口呆的众人才醒过神来，见大树在燃烧，连忙手忙脚乱地挑水要灭火，但见天空中雷声大作，电闪雷鸣，乌云翻滚，大雨倾盆而下，当即灭了大火，尔后雷停雨止。众人上前一看，这棵千年古樟原来是一棵空心树。

事后，朱半仙知之此事跺跺脚道："可惜了！这大蟒乃龙也！它在此树藏身至少也有上百年了，你们何时见它伤害过人？东关从来就是一个藏龙卧虎之地，如今龙去矣，只剩下虎了。天注定风水只到虎为止了。"众人听了愕然，都作声不得。

这棵大古樟经过火烧后，仍浓荫蔽天，枝繁叶茂。只不过大树里面全是空心。福建协和大学迁走后这里成了东关小学，学生们经常在空心树里戏玩，可容纳五六个小孩亦不显挤。只可惜后来东关小学升格为四中，在扩建教学楼时，不知什么原因有人把这棵郁郁葱葱、生命力顽强的古樟又给砍伐了，这实在是令人可惜！

第十九章

01　姚宁之争

初夏。东关福建协和大学。

一俟小满过后，天气便逐渐地炎热了起来，雨水也开始增多，这预示着闷热潮湿的夏季即将来临。此时，大自然中阳气已经相当充实，也处于一个"小满"的状态。

在二十四节气中，小满绝对是一个充满中国人哲理的节气。小满者，满而不损也，满而不盈也。中国传统儒家中庸之道忌讳做人做事"太满"（即"大满"），有"满招损、谦受益"物极必反之说。因此在二十四节气的命名上有一个独特的现象，你看，有小暑必有大暑，有小雪必有大雪，有小寒必有大寒，唯独有小满却无大满。这便是我们的老祖宗智慧、低调、苦心，把处事的道理都寓在了节气之中。

天气热，人亦然。协和大学的教学楼会议厅里升起了烟雾缕缕，散发出浓浓的劣质烟草味。这里正在召开邵武解放后的第一次县委扩大会议，参加人员有县委员会成员、县政府成员、县大队领导以及各乡区的领导们。大家情绪高涨，兴奋不同平常。

县委书记南纪舜精神抖擞，容光焕发，言道："同志们！当前我们取得了阶段性的胜利，邵武的形势安稳，民心安稳。但我们不可有自满的态度，一切才正开始，任重而道远。当下，我们面临着三大紧迫的新任务。一是要迅速剿清乡村的数千武装土匪；二是在城乡全面开展反霸镇运动；三是着手进行土地改革。这三项任务都十分艰巨，每一项都要付出代价。我们必须以一个共产党人的钢铁意志和超人的智慧，进行这些从未做过的新工作。用你们当地的话说，咱们是猫捕鼠，犬守门，各司其职……"

在座的邵武县委、县政府领导们都深知肩上的担子有多重，他们是新中国开拓建设新邵武的第一届领导者。面对千难万险，都要以党的准则要求自己，团结一致，共同发力。

南纪舜书记特意提道："在三大任务中，必须先剿清乡村的数千武装土匪，才能保障后面两大任务的顺利进行。大家都清楚，东关这个地方是邵武的重要阵地，眼下是我们邵武的政治中心与经济中心。必须提醒大家注意的是，这里又是一个码头要地，南来北往的交通要道，人来人往，形形色色，鱼龙混杂。尤其是姚、宁两派之争的中心就在东关，我们绝不可掉以轻心。可以说只要稳了东关，就稳定住了邵武。"

南纪舜书记所说的姚、宁两派之争，大家多少都知道些情况，尤其是本地邵武的同志更清楚。邵武姚、宁两派的形成由来已久，双方为了利益，争分地方势力，利用权势统治地方。邵武姚、宁两派的形成，始于抗日战争的后期，突出表现在双方都在拉拢争取乡村势力，从基层保甲到乡，都分成了两个派别，明争暗斗，朋比为奸，矛盾四起，互相攻击，闹得地方不团结，社会没有是非。两派为了扩充实力，都在城区以安排工作为饵，拉关系，广泛发展自己的成员。

邵武的各种势力当中，都有姚、宁两派的阴影其中，包括邵武的土匪势力，也与姚宁势力相互关联，而且根深蒂固，错综复杂，深不可测。也之所以，南纪舜书记特意说到姚、宁两派的势力问题，是有的放矢的。与邵武即将开展的三大任务，有着不容小视的影响。

在当天的会议上，县委宣布成立剿匪指挥部。南纪舜为政治委员，郭亮如任总指挥，任国信、王耀华任副总指挥，王烈章任参谋长，开始领导全县剿匪、镇反工作，行动先邵东、后邵南、再邵西分三步进行。县委领导一班人，分别带领驻邵解放军和县大队，不分日夜地奋战在前线。

南纪舜神情严峻地道："邵东的匪首吴朝启和傅为璋是有一定实力的土匪，必须派一定的兵力进行剿灭，彻底消灭他们。因此，由我带领驻邵的部队前往剿灭。另一个最大、最狡猾的惯匪王生仔，据侦察员掌握的敌情，王生仔把他的土匪队伍化整为零，散布在东关至猴子山一带活动。"

南纪舜书记对县公安局李局长言道："这股土匪常在东关与城里附

近活动，危害性很大。由你亲自负责对付，务必尽快将他们剿灭。邵南、邵西的土匪由县大队负责，在最短的时间内全力剿灭他们。散会后大家各自研究出战斗计划，三日后剿匪战役在邵武全面打响。"

会后不久，剿匪部队便消灭了戴茂生、何清的两股土匪，国民党县长黄攻一率部投降。之后，解放军600多人进驻邵武，全县大部分地区趋于安定，土匪基本被肃清。俘虏、投降者的土匪中多数都是受蒙骗的无知农民，经过审查教育，年轻的愿当兵的留下当兵，愿回家的释放回家。

此举有力地打击了反革命的破坏活动，安定了社会秩序，巩固了新生人民政权，保证了镇反、土地改革运动的顺利进行。但是，只有最狡猾的一支顽匪阴魂不散，土匪头目叫王生仔，仍然在邵武、顺昌、光泽三县交界的地方活动。由于王生仔行踪诡秘，活动的范围很大，且飘忽不定，很难掌握他的规律。

说起这王生仔可不是一般的土匪，他绰号叫"王斑虎"，是一个惯匪。此人从小好吃懒做，长得五官端正、体型精干，但性子凶狠刁钻，狡诈非常。他长期横行乡里，坏事做尽。在民国末期，从邵南到邵东一带，包括在城关附近，他神出鬼没，危害四方。这个王斑虎杀人手段极为残忍，邵武人提到此人无不惊恐万状。

02　擒拿王生仔

东关。城边巷115号民房。

这是一个院落很深的旧民房，从门口一长溜到内院有20个大大小小的房间。房屋主人姓袁，是东关的一个开布庄的工商业老板，新中国成立前夕搬到福州儿子家去了，只剩下一个叫老刘头的老家人替他看房屋。整整20多间空屋，在主人搬去福州的不久，租出去了最里面的两间。租房的是一个从上海来的女人，据说是一个国民党上校军官的姨太太。上校军官所在部队撤往台湾，路过邵武东关停留驻扎了两天，但是开拔时很仓促，而且下令不准家属随行。这名上校只好遵从家属就地暂时安置的命令，在东关城边巷租了房让姨太太住下，说到了台湾会派人来接她。但都快3年了，那个国民党上校至今也没有一点儿音讯。

这个女人近 30 岁，是一个美艳的少妇，身材高挑，脸蛋保养得很好，皮肤很是白润鲜亮。由于她总是穿一身旗袍出现在人们的视野中，所以东关人都叫她"旗袍女"。

这天晚上天很黑，伸手不见五指，守房人老刘头巡查了一遍房屋后准备关上大门睡觉。突然看见一个黑影从墙外落在了院内，把老刘头给吓了大一跳。定睛一看见是王生仔，朝他轻轻地"嘘"了一声。老刘头认识王生仔，知道他是心狠手辣的土匪，见了他都害怕得要命，见了这手势心里明白，便装着什么也没看见。他若无其事地插上大门闩后，便回自己的单屋休歇去了。

王生仔悄无声息地摸进旗袍女的屋内，灯光下却不见自己相好的女人，正奇怪间，却见旗袍女从门帘缝中闪出。她正在洗澡，听到动静后吓了一跳，待见是相好的来了，便一把抱住了王生仔的后背。

瞬间，王生仔觉得一个湿漉漉的女性身体靠了上来，软软弹弹的，十分滑腻。王生仔闭上眼睛，尽情地嗅着她身上的香味。过了一小会儿，他转过身体，有种立时扑倒女人的欲望……

但相好的却陡然皱眉，娇嗔道："你好些天没洗澡了吧？身上怎么这么多汗味，赶紧脱光了衣服，我帮你洗澡，要不然晚上不让你睡我的床了。"

旗袍女与王生仔是怎么勾搭上的不得而知，只有他们自己知道。不过别看王生仔是杀人不眨眼的惯匪，但从不亏待跟他相好的女人。王生仔人也算长得端正，从外表上看也没有一点土匪相，是女人喜欢的那种坏男人味。

今年不到 40 岁的王生仔是邵武王区（沿山）人，是邵武地方势力姚派头目之一，从小就不务正业，经常敲诈民众。后来拉杆当了匪首，手下有匪众近百人。1949 年 11 月，他汇合匪首官崇山进入光泽，与伪县长蔡立芳接上了关系，任命他为反动组织"闽赣边县民众自卫军前进指挥部"特务大队大队长。

1950 年光泽解放后，王生仔伙同股匪廖荣昌、齐学善攻打江西省资溪县，杀害我军政干部 20 余人。被我军一路追剿，他便到处流窜，之后又罗网反革命越狱逃犯黄克海、黄克祥、黄丞友等潜伏在邵武、光泽、江西黎川交界处,打家劫舍,拦路抢劫,抢过往旅客,抢劫货车,抢劫农村供销社、杀害群众。1953年7月27日,王生仔匪徒在黎川境内的饶家排路上拦截来往货车8辆,抢劫现金2000多万元、手表9只。

一日早晨,太阳升起有一竿子高的时分。王生仔带着一帮匪徒在公路陡坡上伏击过路军邮车。那时,车辆是烧木炭作动力的,车驾驶室和车身连接处,安装了一个长方形圆筒的锅炉烧木炭。由于汽车动力小,上坡十分缓慢,匪徒在坡上往下射击很奏效,不费吹灰之力,当场打死副驾驶员及群众2人,抢去军邮卡突枪1支,县委、县政府、兵役局上报文件以及旅客的衣物、现金、手表等贵重包裹物品也被抢走。

当时,镇反、土改、三反已结束,社会安宁,人民正在大力发展生产,发展经济,为迎接第一个五年建设计划做准备。光泽县连续发生如此重大事件,惊动了上级领导机关。华东军区公安部首长专程到建阳地区召开剿匪会议,并成立光、黎、邵联合清剿委员会。中共光泽县委书记郭佐唐为主任委员,中共江西黎川县委书记王镜民、邵武县长张文堂为副主任委员,中共建阳地委决定由军区司令员曾阿缪同志负责领导。

为方便剿匪、调动指挥,上级将王生仔经常活动的邵武沿山区里居乡划归光泽管辖,光泽城关区、止马区的部分乡合并成为光泽第七区(即剿匪区),并由建阳公安大队、江西黎川、邵武和光泽的兵役局、公安局领导及七区区委书记组成剿匪指挥部,下设侦察组、5个追捕组,从建阳公安大队直属中队及各县中队选调100多名骨干,由公安大队军事参谋王锡珍带领进剿,邵武、光泽公安中队为后备队。

但是,人多犹如拳头砸蚂蚁,力气用不上。狡猾的王生仔乱中取胜,并且狡兔三窟,出入无常。他很有心计,且肯花钱消灾,把抢来的钱财分给通匪犯和姘妇,建立起了一个情报网。几次行动都因为走漏了风声,致使剿匪部队都扑了空。

剿匪指挥部根据实际情况,将参战人员分成若干小组,化装成小贩、小商、修鞋补伞小匠,深入各村,隐形侦察、宣传政策,做到家喻户晓,布下了天罗地网,堵死了通匪线路。

1954年春,光泽县城关区双门乡党支部书记刘高仔前往何家山,从其姐夫口中打听到了王生仔的下落,并了解到何家山的通匪、资匪、窝匪等情况。他回到大羊村后，立即写信到光泽管密部队。随后建阳公安大队直属班长孙其从知悉情报，便让刘高仔以卖香为掩护，深入何家山侦察，落实情况。

2月的一天，刘高仔挑了一担香在黄溪口村外，等到傍晚，才碰到姐夫张高松收工回来。张高松邀刘高仔去家里吃饭，到了何家山，查明王生仔潜伏在半岭双峰山。据其情况，孙其从率战士前往围剿。没料到王生仔十分警觉，得到一个通匪人员的密报后，拔腿便逃。待孙其从率战士到达时，已人去山空。但此次查明了何家山遭匪情况，严惩了何家山通匪犯，摧毁了王生仔其中一个极其隐蔽、可靠、长期往来的潜伏点。

王生仔在老巢无法生存，如丧家之犬，窜到光泽屯乡铜锣窠山上，在那里安下匪窝。一天，住在危家塘的菇农朱和顺上山摘杨梅碰见王生仔，王生仔把他押到草棚里打听山下情况。

王生仔威胁道："我是山上老虎，你是栏里的猪，我随时可以吞了你。"并逼他跪在地上发誓，保证不向政府报告，并要朱和顺经常向王生仔提供情报，代购大米等物资。

如此重大事件要不要向政府报告？朱和顺惧怕王生仔凶狠残暴，杀人不眨眼。他心里十分矛盾，举棋不定，整日里忧心忡忡，食不甘，夜不寐。

1955年春，朱和顺家粮食紧张，对农会主席黄家牛的母亲说要支部书记江中山弄点吃的米。黄母说："江中山是泥菩萨过河，自己都无粮，哪里还有米？"

朱和顺脱口而出："如果有饭给我吃饱，王生仔可以抓活的。"黄母以为他胡乱说的，当时并没认真。

一次，朱和顺和几个农民从牛岭回危家塘，在山上看见横路上有几个脚印，朱和顺脱口说："是王斑虎从这里走过。"

有个农民问他："你怎么知道？"

朱和顺感到自己失言，便沉默不语。支部书记江中山了解这些情况后，觉得朱和顺话中有话，一定有什么情况？又根据朱和顺常到深山打猎、采草药、摘杨梅、做香菇，分析他可能了解王生仔的踪迹。他便对朱和顺进行政策宣传、思想教育，登门把朱和顺当积极分子培养，希望他能觉悟过来，剿匪立功。朱和顺经过20多天深思，决定摸清情况后再向政府报告。

朱和顺获悉王生仔 7 月 13 日这天在光泽二区（止马）杀了一头牛，14 日田螺山群众又丢了一头猪，估计王生仔连续闹了几个夜晚没休息。根据他的活动规律，白天会到山岗放哨瞭望，晚上必熟睡难醒。为了进一步查实情况，朱和顺于 7 月 15 日中午带了些米去山上王生仔躲藏的茅棚去探明情况。王生仔见朱和顺送来了米粮，十分高兴，说他好够义气。朱和顺诳他说："下面部队多，风声紧，你们不要走动。"以此话稳住王生仔不动。王生仔信以为真，没有一点怀疑。

第二天，也就是 7 月 16 日一早，朱和顺到官屯公所报告，但见到江中山却欲言又止。江中山见他支支吾吾，知他见人多有所顾虑，就把他带到一个偏僻处。朱和顺就问江中山能不能找到部队。

江中山说："只要需要，部队就马上可以赶到。"

朱和顺见说放心，言道："我探明了！王匪五人有六支枪，王生仔是一人双枪。他们躲的地方我知道在哪里，不过要快！你赶紧请部队来围剿。"

江中山估计王匪会放哨，等到快天亮时，土匪会因疲劳放松警觉。最好是半夜由朱元顺带部队上山，乘黑夜埋伏在土匪草棚附近，然后再打。江中山把一座山的方位、地形、道路等画了一个简画，藏在伞里，赶到了双门乡，向城区区长郑朗藩报告。郑区长当即向剿匪指挥部作了报告。指挥部立即进行部署，100 多人于当晚把官屯、吴屯、双门、止马等靠近钢罗山的村庄、道路、隘口等层层封锁包围。

随着夜幕降临，天罗地网张开。7 月 16 日晚 8 点 30 分，公安大队排长吕华明率队从双门乡牛岭村出发，9 点半到达危家塘水口待命。江中山也把民兵武工队集中起来，负责堵截。夜里 11 点 10 分，突击队在吕华明率领下，由朱元顺带路直奔匪窝。由于天黑，加上朱元顺思想紧张，走过了头，一下子找不到匪窝了。这时，已是 17 日凌晨。在这关键时刻，吕华明让朱和顺坐下来休息，安定他的情绪。

朱和顺这时逐渐清醒过来，弄清了方向，找到了匪窝。此时已是凌晨 4 点多了，朱和顺给吕排长指明目标后，吕排长带 34 名战士前进。东方发白时，5 支冲锋枪同时射击，仅 10 分钟，王生仔等 5 名匪徒全被毙命，当场缴获卡宾枪、三号驳壳枪等 6 支以及子弹、手表、牛肉、猪肉、大米等物资。

俗话说得好："鸡大飞不过墙，灶灰筑不成墙。"狡猾的惯匪王生仔终还是难逃被剿灭的下场。1955 年 7 月 21 日，邵武、光泽、黎川三县联合召开剿匪胜利庆功大会，表彰了朱和顺、江中山、黄家牛、刘高仔、孙其从等 5 名剿匪模范及其有功人员，朱和顺领到了 300 元赏金。至此，邵武全县剿匪结束。

03 何家后代

东关。中山路 1103 号。

太阳西下，暮色悄悄从猴子山滑了下来，渐渐变成了一股浓浓的黑色墨汁，在东关的夜空中漫延开来。黑色把月亮都搞得有些昏晕了，天空显得星儿稀疏，暗淡无光。

与几年前相比，曾经繁华的东关一带冷清了不少，没有了新中国成立前那种灯红酒绿，醉生梦死，也少了许多乌烟瘴气。

何征岚回到家乡邵武已经好几个月了，发现一切并不是如同自己所期待的那样，让他有说不出来的感受。作为当年东关四杰之一，方志敏红军医院院长何逸夫的后代，东关的民众对他的出身是充满尊重的，但作为一个国民党省粮食厅厅长，众人对他投以一种异样的、不可亲近的目光。这种矛盾的表现也让他感觉到了，有了一种不受家乡人欢迎的感觉。

这天傍晚，他百无聊赖，心情阴郁，难以排遣，散步时他不知不觉来到冯德璋家。冯德璋在家也正觉寂寞，见了好友十分开心，拿出了一泡新出的嫩芽清明碎铜茶要泡。何征岚说："茶是好茶，但我这几天胃怕凉，你还是泡点武夷岩茶吧。"冯德璋便泡了一泡上等的武夷岩茶。

何征岚呷了一口茶，轻叹了一口气，言道："我没想到好不容易回到邵武，却没有了一点激情与兴奋，所见到的尽是一片混乱，有些令人窒息的失望。"

冯德璋亦有同感，不无忧心忡忡地对老朋友言道："是啊！不仅如此，我还听到一些不利于你我的消息。"

何征岚略有些吃惊："什么消息？我刚回来，就有这等事？"

冯德璋道："无风不起浪，空穴不起风。这传言自是有缘由的。你嘛，当过国民党的公职人员。我呢？也是与旧政府过往密切，情况对我们不利。"

"难道这有什么说法？"

"咱们的身份复杂，很可能不受新政权的待见。"

何征岚听了不同意这个说法："我们没有做过反对共产党、人民群众的事，而且不管怎么说，我父亲还是一名牺牲在战场上的红军医院院长，新政权怎么也不会亏待我们的。"

冯德璋摇摇头道："还是我带解放军进邵武城的呢，但共产党讲政治，做事分明。父亲是父亲，你是你，有些事情到头来怕讲不清楚。"

何征岚坦然道："天地可鉴，问心无愧。我才不担心这个问题。倒是觉得眼下这邵武没个头绪，有些杂乱无章。我想不如咱们到大城市去发展，或许能尽快地施展自己的抱负。尤其是你英语流利，到大地方可用得上。"

冯德璋言道："你见多识广，那你说去哪里好？"

何征岚说："不如咱们一起离开邵武前往广东如何？古人说山塌不后退，浪打不低头，好马崖前不低头。面对人生，敢于向前闯荡的人才能披荆斩棘。很多时候，拿出锐气和魄力，才能为自己赢得更好的生机"。

冯德璋觉得这话不无道理，沉吟了一下道："我也有这个想法，但千里迢迢，一路上又有土匪出没，怎么走？"

何征岚考虑了略久，眼睛一亮言道："怎么走？险境练胆，急处练性，难处练心。闯呗！对了，基督教堂旁有一辆汽车没人驾驶，废弃在那里有一年多了，咱们何不开着车去？"

冯德璋知道何征岚会开汽车，而且技术高超。但路途太远，不确定的因素很多，还是有些担心："那辆车多久没动了，还能动吗？"

何征岚说："这你尽可放心，那车是德国货。昨日我看过了，没多大问题。"说到这何征岚兴奋起来，声音有些大。冯德璋连忙嘘了一声道："咱们这事不宜让人知道，你小点声，小心墙外有耳，草中有人。"

何征岚笑道："对！隔墙须有耳，窗外岂无人？"

这天晚上，两位好友一直商谈到深夜，决计前往广州发展。冯德璋送何征岚回家，来到门外，但见清夜无尘，月色如银。由于住所地处东关郊外，如在山中乡野一般明晰，有云气弥漫飘浮，漫天而出，充溢着一种旷野明日、不言自明的空灵。深蓝色的夜空是那样的迷人，一切都显得那样的神秘莫测。看到这种景象，两人对自己的闯南走北的决定更坚定了信心。

三天后，何征岚与东关基督教堂商议，用30块银圆买下了那辆旧汽车，又花了几块银圆修复，与冯德璋一起启程前往广州。二人告别家人，说短则一个月，长则一年半载便回转。

一路上，他们所看到的情况与邵武差不多。慢驶了五天后，他们到达广州城里，在一位原先的大学同学家住了下来。次日二人上街了解情况，看到广州也是闹哄哄的，一切都是初始无序，尽显新旧交替共聚合的状态之中。二人觉得在广州难以驻足下来，便商议准备前往香港发展。

但在临出发前，冯德璋突然改变了主意，他经过反复权衡得失，考虑到妻儿老小，又不想走了。其实说到底冯德璋是恋家的人，重儿女情长，留恋家中的烟火气，留恋与家人在一起的情感。从邵武出来后的这些天，他眼前总是浮现出妻子在厨房忙碌的身影。他觉得柴米油盐、锅碗瓢盆组合在一起的生活，才有滋有味，才幸福美好。老话说得好，物离乡贵，人离乡贱，金窝银窝不如家里的土窝。纵使世间有再多繁华，有再好的前程，也不如家里的烟火气抚慰人心。人这一辈子，纵然没有美味佳肴，那就清粥小菜也知足常乐；纵然没有锦衣玉食，日子平平淡淡也是一种幸福。人世间最幸福的事，莫过于孩子们在旁边嬉笑玩耍，妻子相伴左右。冯德璋思想斗争了一个晚上，他决计还是不走了，他实在离不开东关的家。他也考虑到自己的出身问题，但想到邵武解放时，是自己带解放军进的城，是有功劳的，共产党不会对他怎么样。

于是，冯德璋有些不好意思地告诉何征岚："我没有好男儿志在四方的英雄本色，我实在放不下妻儿与家。"

何征岚听了默不作声，许久后言道："是啊，城南小陌又逢春，只见梅花不见人。人有身老三千疾，唯有相思不可医。我理解你，不会怪你的。再说人各有志，不能勉强。"

第二天何征岚托朋友把汽车卖掉，把所得的钱分了一半给冯德璋，言道："我把车给卖掉了，钱不多。我看你身上也没钱了，一人一半省着点用，回家吧。"

冯德璋怎么也不肯要钱，何征岚硬塞给了他。冯玉璋急了："怎么说我也在境内，离家近些会有办法。你此去千里迢迢，举目无亲，遇到困难可是叫天天不应，还是你留着用吧。"

三天后，何征岚独自买了船票去香港。相对而言，香港局势比内地稳定，但由于人生地不熟，他身上的钱很快就花完了，幸好张国辉的姐姐张友凤写信给香港教会求助，在香港教会的帮助下，何征岚在香港一家中药铺当了一名跑堂的伙计。由于聪明、帅气的他不仅勤快、肯吃苦，还说得一口流利的英文，很快得到掌柜的极大的赏识，后来还把女儿许配给他。何征岚在香港待了几年，日子过得倒也不差，但没挣到什么钱，更主要的是看不到自己的前途在哪里。

何征岚在与朋友闲谈中，得知美国是一个移民国家，是一个接纳创业者的国家，于是决定与朋友一起乘货轮绕行到美国发展。当货船在圣保罗海岸休整时，何征岚看到当地与中国昆明一样四季如春，决定不再远行美国，而是留在了巴西圣保罗创业发展。他身上所带的钱不多，先后做过进出口贸易、经营过农场、开办过小纺织工厂等。但他很有经济头脑，他将中国的刺绣、陶瓷、餐桌布等商品引入了巴西市场。可以说他是第一位从中国进口商品，打开巴西市场的先驱者。

其间，他看到当地华人业余生活十分单调，加上中巴之间的文化交流很少，于是在经营企业的同时，何征岚在圣保罗开办了一家中文书店——光明书局。无论是圣保罗还是里约的华侨，都会到这家书店买武侠小说，订阅中文版的《大公报》。渐渐地，这家书店名气越来越大，当地的华人华侨都慕名前来，书局一度成了巴西华人华侨聚集的场所，在巴西的华人社会中无人不知。

由于何征岚是大学生，不仅文化水平高，而且人也长得一表人才，相貌堂堂，更加上他有胆有识，肯助人为乐，慢慢地在巴西华侨界享有了一定声望，华侨遇到问题都爱找他帮忙。华人要查找资料、打听消息，想了解中国商贸情况，都会想到他与他的光明书局。他的血液里流淌着父亲遗传的爱国基因，在 1964 年他当选为巴西第一届华侨协会会长，成为巴西极具影响力的华人侨领。

在 20 世纪 60 年代，中国寻找打开与巴西交往的途径，派了十几名记者到巴西采访。台湾当局得知后，向巴西当局诬告说这些人是间谍。由于巴西政局比较混乱，军人执政的巴西与台湾国民党关系来往密切，在外交上简单粗暴，因此不问青红皂白就把中国的这些记者全部关押起来。此事发生后，中国高层领导考虑问题比较慎重，指示外交部最好在当地找一位有名望的华人帮忙解决。

外交部经过多方打听，找到了何征岚帮忙。何征岚得知了情况后，十分气愤，同时表示会义不容辞，想尽各种办法，充分利用自己在巴西的各种人脉进行解救工作。后来他耗费了不少财力，最终当局官员答应让这些记者安全地从香港返回大陆。

何征岚不放心，怕当局政府被台湾搅局，为了稳妥起见，他特意让三儿子何立平护送新华社记者回香港。果然三儿子何立平在返回巴西时，还被巴西政府拘捕，所幸木已成舟，巴西政府亦没有正当理由逮捕何立平，只得放人回家。

类似帮助中国政府担风险的事情，何征岚还做了许多。台湾方面知道何氏家族在帮助共产党政府做事，便千方百计给他们制造麻烦，他们进出口的货物因此常常无端被巴西海关扣留甚至没收，造成了生意上的很大损失。

但何征岚一点也不后悔，他的爱国精神得到祖国的高度赞赏与礼待。每年国庆节，何征岚都以巴西华侨协会会长的身份来到北京，受到中国外交部领导的单独接见。

1974 年，中国与巴西联邦共和国建交。何征岚继续利用自身在巴西的影响力和人脉，为中国驻巴西大使馆、领事馆的建设出力，在馆舍选址、事务协调方面，提供了许多力所能及的帮助。作为功臣，中国驻圣保罗总领事馆开馆典礼上，第一面五星红旗就是由何征岚亲手升起的。

总部设在巴西圣保罗的何氏企业公司，分别在玛瑙斯、圣保罗、哥及亚市建有 3 座工厂，并在墨西哥设有一家分公司。3 座工厂占地面积 4 万平方米，建筑面积 8 万平方米，内拥有最现代化的设备以及具高水准的仪器生产线，公司员工近 3000 人。除何氏父子为高层决策者外，中层干部和生产工人均为巴西本地人。

何征岚在创办的光明公司基础上，1997年组建成立何氏企业，短短几年间迅速发展壮大，先后以生产汽车音响、平板电视、手提电脑、手机、汽车零部件等为主，年销售额近10亿美元，是南美洲最大的华人独资企业，在巴西经济界举足轻重。

外交部领导询问何征岚在国内有什么事需要解决，何征岚亦坦诚相告，希望让他的儿子们到巴西来，继承他在巴西的家业，好为祖国献力。

外交部领导一口答应，极力促成了何征岚的愿望。其中老大何信是东关小学的一名老师，在"文革"中经常被批斗。有一天晚上，他假装被打死躺在地上。他的妻子喊来孙克武帮忙。孙克武拉来板车，把何信抬回家，并连夜送何信和妻子一起坐火车逃到上海，名义上是投奔岳父岳母，实际上是外交部的刻意安排，举家去了巴西。何征岚去世后，何信接任了巴西华侨协会会长。

老四何安比老大何信迟一年去巴西。何信去世后，何安接任巴西华侨协会会长，专门从事中国书籍、中国音像制品交易。尽管父亲已经创下了坚实的基业，但何安刚到巴西时，仍然过了一段艰苦的日子。开始是做些小生意，开小吃店。何安自始至终没有忘记自己是中国人。后来他成为巴西闽台总商会的会长、巴西华人协会的名誉会长、巴西祖国和平统一促进总会的常务副会长。

事实上，何氏企业几十年的发展历程，都与祖国保持着紧密联系，可以说与祖国风雨同舟、共同发展。几十年来，何氏家族几代人始终秉持传承何逸夫爱国爱乡的红色基因，为中巴经贸、文化交流都做出了突出贡献。

第二十章

01 鹰厦铁路

1954 年夏天,东关农贸市场。

东关行春门下,一长溜沿街的叫卖声、吆喝声不断,人来人往,热气而嘈嚷。东关农贸市场本身占地面积不算大,连沿街众多的小巷口上都摆满了摊点。这些日子以来,东关无论是做门面生意的,还是卖鸡鸭鱼肉的、卖青菜的临时摊点,还有挑山货农产品进城的乡下农民们都特别高兴,东西再多也不够卖。为啥?东关的人口多了起来呗,这人一多,生意都好做。

1954 年是一个特殊的年份,那"雄赳赳,气昂昂,跨过鸭绿江……"的歌声还在耳边响着,中国赢得了百年以来第一场对外战争的胜利。就在这个时候,中共中央高层领导把目光转到了台湾。从 1953 年底始,邵武县境内陆陆续续地来了几支铁路勘探队。根据修建鹰厦铁路的东、中、西初步选线方案,进行了现场勘探。其中中线的方案:北起为鹰潭站,向南途经江西省的贵溪县、资溪县,穿越福建省的邵武、南平等县市,终点为厦门市的线路获得绝大多数专家的赞同。最后拍板方案是:鹰厦铁路采取中线方案,铁路线经过闽北重镇邵武。而且决定邵武将是这条铁路运转的一个中心枢纽。由此,邵武迎来了新中国成立以来的一个重要的历史发展机遇。

鹰厦铁路全长约 700 千米,其中江西省境内有 72 千米,福建省境内 625 千米。1954 年冬,经铁道部批准,决定对鹰厦铁路采取"边设计、边施工、全线铺开、全线施工"的修建方针。铁道兵部队奉命向鹰潭开拔,为正式施工做好前期准备。

鹰厦铁路即将动工兴建的喜讯一传开，闽赣两省群众欢欣鼓舞，许多青年男女争先恐后向当地政府报名当民工。参加修建鹰厦铁路的民工有 12 万、铁道兵 8 万。

红旗招展、人气会聚，浩浩荡荡的队伍沿铁路修建线一路驻扎。邵武县成立了鹰厦铁路邵武筑路委员会以及支前委员会，各区成立支前小组。进入邵武的人马有 31000 人，其中民工 19000 多人、铁道兵部队 11000 多人。铁道兵肖军路师长率师部驻扎在东关天主教堂，整个东关沸腾着忙碌了起来。

修建铁路的物资供应和军民的给养任务十分繁重，大批人马的进驻，使得东关一带包括整个邵武城区的物资供不应求。原来计划富屯溪水运，整修各口岸的码头，以便停靠装卸物资。但邵武县委书记张文堂经过综合考虑后，认为水运不是好办法。修整码头需要一大笔财力和众多的人力，耗费巨大。但将来铁路一旦贯通，水运码头就很少使用了。不如沿富屯溪修筑简易公路，改水运为陆运，不但能保证水位枯期的运输，不至于耽误筑路的限期，而且今后县境内沿河有了公路，运输方便，对邵武地方的发展有利此乃一举两得。这个方案得到了大家的一致赞同，但此事关系到公路建设，投入巨大，也还包括军队的粮草供应一时难以解决等重大问题，必须得到铁道兵部队的支持。

为此，张文堂带着政协委员到铁道兵驻地东关城边巷天主教堂，向部队首长陈述修建简易公路、改水运为陆运的建议。铁道兵郭亮如副师长接见了他们。郭亮如原来是解放军某团的团长，在邵武领导过剿匪工作，对邵武情况比较熟悉。所以邵武当地提出水运滩多危险、枯水期不能保证运输任务、会延误筑路的情况后，他当即表示将意见尽快向上级请示，更改原来的水运计划。军队办事雷厉风行，这个计划很快就得到部队高层的批准。

修建公路的计划批复下来，对邵武无疑是一件大好事。时不我待，说干就干，邵武在短时间内动员了几千名民工，开始全面铺开施工。从邵阳公路的分站开始修建至铁罗、吴家塘，再经新屯渡伸展至龙潭，过千岭到拿口、卫闽、陈坊、水口寨接通到顺昌县境内。

1955 年 6 月至 8 月，由来自莆田、福州地区的民工突击修建成从铺前到卫闽长 37 千米的公路便道，解决了修筑正线时的材料机械给养运输问题。共投入 39.9 万个工，建成了贯通沿富屯溪的公路，这也是邵武乡镇公路的第一条线路。

1955 年 9 月初，鹰厦铁路邵武境内 87.87 千米的路基工程全面开工。邵武是一座历史悠久的古城，在修筑铁路沿线地带时，工人们意外发现地上地下有不少文物，这些可都是宝贝。县文化馆知道后，赶紧向张文堂汇报。县委亦立即向铁道兵郭亮如提出保护文物的意见与做法。郭亮如即下达了保护措施的通告，命令："发现重要出土文物，特别加以保护，并做好现场查点勘察记录，不得有任何破坏文物的事情发生。"由于领导和施工军民的共同重视，并得到省博物馆派员指导，沿途没有发生破坏文物古迹的事件，收集到了数以千计出土文物，许多还是珍品。

当时邵武人口近 12 万，一下增加了部队和民工几万人，日常物资供应和物价稳定是个大问题。县供销部门想方设法做好部队和民工的活猪、活鱼、新鲜蔬菜和其他食材的供应，从外地大量调入海产品、榨菜、饼干、花生等，还调入了大量的胶鞋、棉毛衫裤、棉衣、棉被等，组织会编竹器的农民做扁担、土箕。县里不仅派出民工筑路，还调集大批干部和劳动力运输材料和生活用品。

但这些临时性的供应远远不够，铁道工程兵为了保证有长期的物资来源，在邵武开垦建设了四个农场。农场的用地除了谢坊劳改农场给铁道兵一师师部作为农场外，另外三个团在铁路沿线调整出三块土地作为团部农场，即铁罗、拿口、卫闽这三个区。鹰厦铁路在邵武境内主要沿大溪（这时已改名为"富屯溪"）修建，施工中土石方量巨大，护坡很多，还有隧道，许多路段地势险要，只有羊肠小道。山里头常见坚固的花岗石，强度为普氏 15 级以上。而且隧道石缝处和沿线的石壁经常大量喷出泉水，给施工带来很大的困难。当时基本上没有施工机械，隧道施工靠风钻和炸药，其他路段也以人工为主。

到 1956 年 3 月，施工共投入 196.6 万工天，另加杂工 57.6 万工天，完成了土方 324.8 万立方米、石方 108.3 万立方米，采集道砟 1.67 万立方米，按质、按量、按时完成了境内路基任务。同年 4 月，民工陆续退场，邵武先后创办了吴家塘农场、苦竹湾农场、茅岗农场、卫闽林场等，安排铁路修建民工 4331 人，落户 3146 户。

8月，铁道工程兵铺轨到邵武车站，邵武举行了隆重的通车典礼和庆功大会，人们欢欣鼓舞，兴高采烈，穿着节日盛装，万人空巷，争先恐后奔赴水北，目睹邵武第一列火车昂首进站这一历史性的时刻。1957 年底鹰厦铁路全线竣工，1958 年 1 月 1 日交由铁道部正式营运。

鹰厦铁路的修建，推动了邵武资源的开发和工农业生产的发展。铁路修通后，为了运输木材，邵武贮木场修建了 1610 米铁路专用线。之后吴家塘油库、药村电厂、面粉厂、漠口部队、石油站仓库、物质厅仓库、沥青油库、晒口煤矿等单位自行筹建铁路专用线 11 条共 9884 米。铁路通车后仅 3 个月，外运木材达到 2.2 万多立方米、毛竹 80 万根，全部运往上海、北京等地，支援了工矿区和城市建筑的需要。邵武铁路修通才一年，商业批发、转运站就有 12 个，市场活跃了，购买力提高了，县城街市一片繁荣，市场上增加了许多新品种，经常能买到以前看都看不到的稀缺商品。尤其是东关有众多做生意的福州人，鹰厦铁路一开通，做生意的福州人运来了新鲜的黄瓜鱼、螃蟹等海鲜。

鹰厦铁路通车后，邵武成为闽西北交通枢纽。百货、纺织、食杂、医药、石油、农资等二级批发站相继布局邵武，东北的浦城、崇安、建阳，西南的泰宁、建宁以及江西黎川等邻近县城物资多由此集散，货物吞吐量日增。邵武成了福建交通领先的佼佼者。兄弟地区的泰宁、建宁，包括江西的几个县的人，都要转到邵武铁路客车站乘车；更有几万人的铁路职工与家属永久地居住在了邵武。邵武成了一个令人羡慕的地方，铁路带动了邵武地方的人口繁华与经济发展。

许多外地的民众，尤其是一些贫穷落后地区的人都往邵武谋生。在他们眼里，邵武就是一个山区里的上海滩，机遇多多。

几声蛙鸣起，晚风送清凉。1958 年夏天的一个傍晚，有一衣衫褴褛的老人踔守在东关行春门旁，他头上扎了个脏兮兮的白羊肚毛巾，肩上搭着个打补丁的破褡裢。老人家上了一定的岁数，气喘吁吁，面色蜡黄。他旁边有一个三岁左右的女娃，也是满脸菜色，皮包骨头，乱蓬蓬的头发上沾着稻草，一双恐慌失神的目光胆怯地看着周围，她一声不吭地紧紧依偎在老人的身旁。

天黑了，这一老一小都没挪动一下窝。小女孩这时说饿，老人听了颤巍巍地从褡裢里掏出了个面疙瘩，一掰两半，给了小女孩半个。自己看了看舍不得吃，把剩下的半个又藏进了褡裢里。

理发匠赵二仔见了这情景，从店里倒了碗开水给他们，王胖大婶也从家里拿了几个包子给老人，感动得老人直鞠躬。老人家有气无力地告诉赵二仔说，他们是从安徽皖西逃荒过来的，这孩子命苦，一岁时父母生大病走了。他这次带着孙女出来，是想为小孙女在南方寻一个好人家，找条活路。没想到这几天自己生病走不动了，看来也活不长了，只是希望能有哪个好心肠的人把孙女领养走。

众人听了心中不忍，看那小女娃瘦弱不堪的样子，但长得还是眉清目秀的。只是大家的日子也都不好过，王胖大婶与大家凑了点钱，从家中拿了些东西给他们，摇摇头叹气回去。

第二天一大早，众人发现女娃在老人身边哭，再仔细一看，老人家已经走了。后来是甘草爷叫人帮忙把老人埋在了东关外的猴子山下，小女娃没处去，甘草爷便收养了她。因为是在东关行春门下收养的她，甘草爷便给她取名为春花。

02 凌云小筑

1961 年 4 月。东关中山路凌云小筑。

东关中山路 1136 号，是一幢叫"凌云小筑"的房子，它在东关一带很有知名度，盖因它是东关大文人、通晓 7 国语言的才子张世辉的祖宅。它莅临富屯溪南而筑，风一更、雨一程，伴随着岁月而老，走过了百年。

这年春天，桃花开得很盛。一位风度翩翩的俊朗老人身着西服，脚踏黑皮鞋，白皙的脸庞上架着一副考究的金丝眼镜。他缓缓地朝东关行来，走到行春门时他停下脚步，把黑色皮箱靠在满目疮痍的城墙边，伸开布满了青筋的双手，尽情地抚摸着历尽岁月沧桑的城墙，泪水悄然无声地潮湿了他的眼眶。这正是："老屋老树迎归客，泪眼汪汪待故人。重回难逢儿时伴，返家已是老来身。"

老人家拿眼望了望四周，看到的是城门依旧、景物依旧，唯独人都是陌生人。一切熟悉又陌生。举目天大地大，无论是江湖还是庙堂，熙熙攘攘的人群中，连一个懂自己的人都没有。在这独自怅惘的时刻，安静得如同这世界只有他一个人。何人能诉说，又有何人能懂得？这让他有些近乡情更怯，不由自主地压低了帽檐……

这位老人就是当年东关的才俊青年张世辉，后来的留美博士、中国驻越南使馆文化参赞。56年前，在一个风沙飞扬的黄昏，他北上寻求报国之界，此时回到家乡已是白发鬓鬓老人。

1949年秋，在岭南大学教书的他与一批民主党派人士经香港到达北京，回国参加新中国开国大典。尔后，张世辉参加了华北革命大学政治研究班，一年后结业，被派往哈尔滨，任松江省人民法院审判员。

1952年秋天，张世辉在东北人民政府司法部搞宣传调查工作，继而调到福建省高级人民法院任审判员，不久任福州大学教授。1961年春，福建省侨务委员会安排他返回邵武休养，聘为邵武政协委员。张国辉一生阅历丰富，在外交、司法界以及在北京、南京等地任教时，都享有很高的威望。

此时，他靠在断壁残垣的东关城墙上，侧耳细听砖墙里封藏着50多年来家乡经历的腥风血雨。许久，他才收回双臂，轻轻擦去眼角的热泪。他拎起皮箱，沿着中山路向"凌云小筑"慢慢走去。门是大张着的，迎面出来一个年轻人，他惊喜地望着他，高兴道："您就是国辉舅舅吧？我是您的外甥亦忠啊，正要去接您呢，没想到出门迟了。"

张世辉说："你就是亦忠啊！快带我去看你母亲。"当下张国辉放下行李迫不及待地看望他唯一还健在的姐姐张友凤。在外甥的带领下，他站立在姐姐家门口，望着这个魂牵梦萦的家，眼泪水忍不住在眼眶中悄然溢出。姐姐张友凤正在房内，她此时还不知道弟弟已经到家了。

"姐。"随着一声呼唤，姐姐张友凤仔细望着来人，依然一身书生气的弟弟出现在眼前，张友凤一身颤抖，惊喜交加，紧紧攥着弟弟的手，好半天都没说出话来。

张世辉终于忍不住，泪水夺眶而出，两位老人相拥而泣。过了许久，姐弟俩心情才平复了下来。姐姐抹了抹眼泪，言道："真是少小离家老大回，这一晃就是几十年，如同做梦一般。对了，弟妹怎么没和你一起回来呀？"

"她和孩子都留在越南。"张世辉一边回答一边扶着姐姐坐下。

张世辉12岁那年离开邵武到福州格致书院学习。因为成绩不错，被录取到北京清华学堂留美预备班学习。后来就公派赴美留学7年。再后来又到美国哥伦比亚大学、耶鲁大学和芝加哥大学学习。学成归来后，他在驻美公使馆当过顾维钧的随员，在北京、武汉、上海、南京也待了很多年。

张友凤说："听说你被打为'右派'，受了不少委屈吧？"

张世辉道："在'反右'时，单位实在排不出谁是'右派'，只好开会定名单。偏巧我尿急上了趟厕所，前后不过几分钟时间，回来便傻了眼，不知道为什么这'右派'就定给了我。你说撒泡尿就成了'右派'？"说到这张世辉苦笑了下。

姐姐张友凤双手紧紧地握弟弟的手，拿衣角擦了一下眼角的眼泪，叹着气说道："你姐夫要是听到你回来，一定乐坏了。他那么聪明能干，做了不少好事，大半辈子在富屯溪讨生活，可是水性好也没能……"

"姐，别难过。我不是回来陪您了吗？"张世辉边说边轻轻地拍了拍姐姐的后背。姐弟俩促膝长谈很久很久，也没能把这么多年来的分离倾诉完……

张友凤抹着泪说："不管怎么说，回来了就好。今后啊，你什么事也不要操心，生气时就画竹，高兴时就画梅。"

眼内有尘三界窄，心头无事一床宽。回到邵武老家后，张世辉就像姐姐所说那样，清居在东关的凌云小筑。他常常追忆着往昔旧事，心里久久不能平静。春风吹绿了万物，却无法将白须染黑。曾经的自己是朝气蓬勃的青年，胸怀大志，怀着一腔热血，想要建立盖世的功勋。但几十年的时光，看来是白白浪费了，杀敌立功、马革裹尸本是人生的追求，却不管他怎么努力，梦想就是无法实现。看来人世间有太多的无奈与惆怅，无法实现的梦想，追不回的时间，再也无法相遇的人，全都是遗憾。

人到老年的张世辉才明白，曾经傲然的自己在尘世中只是最普通的一个人。他对着镜子，发现眼角已是深深的皱纹，头上是白发苍苍，皮肤松弛不堪，眼神沧桑昏黄。而且自己确实是老了。他不再喜欢热闹了，能宅在家，绝不出门；能一个人，绝不扎堆。他逐渐地习惯了孤独，但也享受着安静。他只想一个人待在家中，喝喝茶，读读报，看看书。以前熬夜是日常，只要睡一会儿就行；现在熬夜是受罪，睡再久都困。他从前听到新歌，学几遍就会，现在丢三落四，记忆减退；以前蹦蹦跳跳有活力，现在多走一步都嫌累。

张世辉亦了解到姐姐家的日子不好过，当年是福州才女的她从福州文山女校毕业后，经人撮合嫁给了东关的名门望族冯家。冯家一家人都很有才干本事，丈夫冯金奇是北伐战争时期一等军医。他们生有五子，张友凤60岁生日时，著名画家王尔画了一幅五虎图祝寿，有人说这是五个儿子五虎将，由此就叫开了。张世辉听了却不以为然，对姐姐说这不好，无论如何做人还是低调一点为是。

张世辉回到家里，几乎是足不出户，他常望着小天井外的天空发愣，喃喃自语，自我安慰道："不管是荆棘遍布，还是鸡毛蒜皮，太阳照样东升西落，一天照样这么过去。涨潮的水会退潮，泥泞的路会干涸，过去的已经过去，就不要频频回忆。"

清贫做伴，寒窗度日。张世辉整日沉浸在床空披薄被、室静书稿厚的氛围里。室内的空间，更是肆意飞扬，也有些乱，家里没有大大的书架，他的书都随意堆放在地上、桌上、架上，随拿随看。家中几乎见不到任何装饰，只有必要的家具、日用品和书籍。窗前放着一把旧椅子，椅子周围堆满了书，随手就能拿上一本，晒着阳光沉浸其中。张世辉觉得自己连食欲也差了许多，常是喝了些芹菜米汤便坐在窗前，提笔撰文不止。写累了，他便抬头看看窗外隐隐青山和迢迢富屯溪水，略做休息后，再继续伏案苦写。由于长期在国外，平日里都是书写英文，所以对自己随性潦草的中文字迹很是不满意。

这天下午，冯亦忠来看望张世辉，顺便带了些家中种的西红柿等青菜给舅舅尝鲜。张世辉见了言道："亦忠，你来得正好。你字写得工整，帮我把这些稿子抄写一遍。"

冯亦忠知道这些日子舅舅在写南宋宰相李纲的故事，花费了不少的精力，就一边抄一边拜读文稿，内心发出感叹："舅舅骨子里有文人气质，铁骨铮铮，与邵武的老乡李纲真是有那么几分相似。"

溪水潺潺，清风徐徐。每天山映斜阳时，张世辉才会下得楼来，独自到富屯溪边散步，看着河岸的渔船与浮桥发呆。他心中的许多纠结事，也许只有眼中的水波与青山知道。

风云突起，人生多变。1968年6月的大清早，一群红卫兵怒气冲冲地来到凌云小筑，不由分说地把张世辉从二楼揪了下来，押到居委会批斗。一边大声呵斥他老实坦白交代，一边用鞋带把皮鞋与写着"打倒资本主义学术权威"的木牌一起挂在胸前。参加陪斗的有好几个人，其中一个是当年的大队长孙治鑫，他见多识广，什么样的世面没见过，每次一上台，他便先深深一鞠躬，然后挺直身板，洪亮而标准的普通话响彻会场："同志们，我有罪。我孙治鑫向大家认个罪！请大家狠狠地批斗我……"

由于孙治鑫平时有人缘，台下的群众不仅不说他坏，反而是一片掌声如雷般地响起，叫好声不断。气得台上的红卫兵瞪大眼珠子怒斥道："你们，你们鼓什么掌呀？"

批斗完以后，在一群红卫兵的推搡下进行游街示众，张世辉喘着粗气，赤着脚从东关大桥游到三公桥，又从三公桥游到城区。踉跄而行，每跨出一步都十分艰难，脚下尖利的石头割破了一只脚，鲜血淋漓，街道两旁了解张世辉为人的街坊们看了，心中也在淌血。仅在游街示众的两个多小时之后，一代学者张世辉倒在了地上，再也没能醒过来……

03 间谍

1965年秋。东关中山路1145号。

起秋风了，下秋雨了，凉爽便渐浓而至。正是收获的季节，猴子山的野味山果把树枝都压弯了，一群群野鸟时不时地栖息其上。沿着中山路人家种的四季桂、八月桂也飘出了韵致，一阵阵清香从东关外一直飘到了行春门下。

秋风不冷不燥，秋雨不疾不徐，气温不骄不躁。夜里，听淅淅沥沥的秋雨而眠，真是闲适得近乎美好。每落一场雨，秋就深一层。东关民谚说："一夜秋雨一夜凉，天凉好个秋。"

李家卫此时却没有了好心情。这些天来，他六神无主，做事心不在焉。他的预感很不好，听说连中央调查部都派人下来了，看起来事情严重。中央调查部这些人神通广大，破案十分了得厉害。

说起这中央社会部，了解党内情况的人还是知其大端的。它是我们党内的情报机关，这不算是什么秘密，而对于中共中央调查部，则知者寥寥。中共中央调查部成立于1955年6月20日，以"调查"命名，由党领导下的情报工作的性质所决定的。当时，中央设置的中央调查研究局，下设有情报部等，其职能是收集国内外政治、军事、经济、文化及社会阶级关系等各方面材料。邵武的事情引起了中央调查部的重视与关注。心中有鬼的李家卫怎能不胆战心惊？

这天中午饭后，妻子刘茜找邻居女友串门去了。惶恐不安的李家卫把自己关在住房里，窗户紧闭，看不见外面的些许光亮。他闷着头一根接一根地抽着烟，整个屋内到处弥漫着烟味。他此时心中五味杂陈，后悔自己怎么就鬼使神差地上了贼船。但一切都无法挽回了，只有求老天爷保佑，大发慈悲了。李家卫心里又想，组织上并没有发现自己的所作所为，或许只是虚惊一场？就这样，他一会儿在回忆自己是否露了马脚，一会儿又自我安慰地否定了担心。但不管怎么说他后悔与担心是肯定的，他从一个意气风发的上海知识分子来到邵武，本要干一番大事业的，但怎么也想不到却陷入了不能自拔的境地。

往事如烟如梦。1949年5月，根据全国的形势发展，党中央决定提前解放福建，同时为补充接管干部之不足，计划在沪招收一大批优秀的青年学生和工人随军入闽。毫无疑问，这些人将来都是共产党的骨干力量，前途无量。中央下令：初定招收学生1500人加入南下服务团，但必须经过严格的选拔，才能进入这个队伍。

李家卫当时是南开大学物理系的高才生，思想比较进步，有着一股青春的创业激情，积极地投入如火如荼的革命斗争中。当他看到《解放日报》刊登的"上海知识青年随军南下服务团"招生通告，心中兴奋不已，毫不犹豫地就报了名。当时热血青年很多，有300多所大中专院校的学生要参加，报名人数达到了1万余人，经过层层考核审查，扩大录取了1906人，比原计划多招收了406人。李家卫有幸在录取之列。他顺利地通过政审，加入了随军南下服务团。在他报到之前，已有 300 余名中共地下党员和学生中的骨干先期报到。

前来南下服务团报到的场面十分感人，有恋人双双入伍的、兄弟姐妹联袂南下的、有家长送儿女报到的，还有冲破家庭禁闭阻挠或与父母断绝关系的。处处欢声笑语，革命歌声此起彼落，气氛十分热烈，所有人对能加入南下服务团的人感到羡慕不已。李家卫自然也是豪情满怀，为自己感到高兴。

大家看到身着军装、腰别手枪、脚穿布草鞋的军人，感到既新鲜又羡慕不已，围着军人们亲切交谈、问长问短。有的向领导表达离校离家、随军南下的决心与壮志，有的问自己这算不算参了军，是否像军队一样也会发军装和发枪？

组建随军南下服务团的消息一经《解放日报》刊登后，全国各地高校的学生蜂拥而至，远远超过了所需的人数，而且其中不乏优秀的人才，不收下实在令人可惜。最终经请示中央后又再一次扩大多收了 200 余人，连同首批已报到的人员，共计 2150 人加入了随军南下服务团。

上面传来命令，这些人从即刻起就算是正式加入了中国人民解放军队伍，并且马上发了军装。大家喜不自胜，纷纷穿上军装，上照相馆照相寄往家中。整个南下服务团平均年龄只有 20.7 岁，是一支充满活力与朝气蓬勃的年轻队伍。其中，大学和大专生占了 80% 以上，中共党员 227 人，还有一批爱国民主党派人士、归国华侨和台湾同胞。随军南下服务团隶属第三野战军第十兵团，编为 4 个大队、21 个中队、1 个附属队，除配发武器装备外，还有一个加强连负责武装保卫。团部成立临时党委，各中队成立党支部。

随军南下服务团全部改称为解放军指战员，一个个全副戎装，从上海江湾出发。火车刚驶出没多久，在莘庄遭遇两架敌机低空扫射，机车和两节车厢中弹，当场 4 人牺牲、14 人受伤。一路上南下服务团不断遭遇敌机轰炸扫射，多次进行疏散防空，还时常遇到匪特袭扰，但他们都予以消灭或击退。

从江西上饶开始，南下服务团进入全程徒步行军。大家在群山峻岭中跋涉，常常在夜间行军。经过两个月的行军，南下服务团长途跋涉了 2500

余里，于9月中旬到达福州。

当时，福建大部分地区刚刚解放，还有一些地区尚未解放。南下服务团的多数同志被分配到全省各地、各部门，并且立即投入到剿匪、反霸、土改、建政、支前、恢复经济、抗美援朝等火热的斗争中。

李家卫与另外几个大学生被分配到了闽北邵武，而且十分保密。组织上分别找他们几个单独谈话，郑重地说："组织上经过严格的再次挑选，你们几个人即将执行的是一项特殊任务，务必要严守纪律，不仅对外、对同学朋友要保密，对自己的家人也要保密，不能透露消息。"

组织上的谈话严厉认真，让大家感到了一种光荣感与使命感，亦对即将接受的任务充满了期待感。大家知道，当时蒋介石蠢蠢欲动，妄图反攻大陆，自己接下来的任务很可能与此有关。果然不出所料，为了加强对福建部队的统一指挥，实行现代化技术的运用，军委决定组建闽北指挥部，筹建一个对台湾的保密电台基地——邵武951电台，作为福州军区派驻闽北的指挥机构。但对外只称为民用电台，所有的人除却警卫排的战士外，一律不穿军装，改为地方普通百姓装扮，但工资待遇以及级别仍是享受部队建制。

李家卫这些年感到有些失落，原本想在大城市轰轰烈烈大干一场事业的，没想到在闽北县城扎下了根，最初的神圣感与神秘感慢慢地消失了。目前的一切与自己当初的凌云壮志大相径庭。而且看起来自己要在这里干一辈子了。无可奈何的他只能怪自己命该如此，用既来之则安之来安慰自己。有人说李家卫走路是外八字脚，这样的人有傲气，对自己的期望比较高，人生的目标比较大，往往在事业上是有所成就之人。确实如此，李家卫看上去是一个普通知识分子，清贫、老实，但学问非常扎实。他干得也很优秀，在邵武951电台一干就是十几年，得到组织和领导的器重，掌握了五十一电台的核心机密，成为有实力的技术骨干。他唯一不满意的便是处在山区，缺少都市味，文化氛围太差。

李家卫在朋友的介绍下，认识了邵武东关一个漂亮的姑娘刘茜。她出身书香人家，父母亲都是小学老师，人白白的，很秀气，高中毕业后进了东关针织厂工作。两人都喜欢上了对方，相处一年后，经过组织上政审，951电台批准他与刘茜结了婚，小日子过得有滋有味。刘茜一家人对李家卫非常好，小伙子年轻英俊，有文化，是单位的台柱子。虽然951电台对外称是一般的省属单位，但东关了解情况的人都知道951电台实际上是部队性质的军事单位，工资与待遇很高。

由于工作关系，李家卫经常要到省城公务。1964年在参加福州地方上安排的一次宴席上，李家卫偶遇了名叫唐明杰的人。此人身材修长，衣冠楚楚，谈吐不凡，而且为人显得十分慷慨大气。他得知李家卫的身份后，很热情地和他拉近关系。宴席结束后，两人留下了彼此的联系方式。唐明杰对他俨然相见恨晚，李家卫以为自己遇到了一位难得的知己。他绝对不会想到，唐明杰的真实身份是台湾间谍。他是东北人，留学德国，在国外的日子，他的思想发生了悄然变化，尤其是对西方生活方式十分羡慕与崇拜，自然而然地就成了台湾间谍机构眼中可利用的工具，几乎没费多大力气，就招安了。台湾人出手阔绰，包揽了唐明杰的所有消费，带他体验了各种纸醉金迷的生活，还送了他名牌手表。

见唐明杰对这种灯红酒绿的生活心生向往，待他一上了贼船，台湾特务就暴露了真面目，希望他能提供国内的机密。唐明杰在民族大义和荣华富贵中左右摇摆，最终还是选择了后者。在担任美方间谍的几年里，唐明杰向台湾情报局提供了大量的机密信息，而他则是被源源不断流入账户的钱财彻底冲昏了头脑。犹如老话所言，无奈朝来寒雨晚来风，忘记了自己的初心，忘记了上学时曾经说过的报效祖国的豪言壮志。

唐明杰在福州的身份是大学老师，他的任务就是用一切手段，刺探中国大陆的情报消息。李家卫被唐明杰牢牢地盯上了。为了让李家卫上钩，唐明杰频繁邀请李家卫出来吃吃喝喝，只要是李家卫想吃的想玩的，唐明杰从来都是大手一挥，丝毫不心疼自己的腰包。

唐明杰一开始与李家卫交谈的都是生活上的话题，充满了朋友间的关心与体贴。有时也会谈到工作，都并不是多么机密的信息，所以李家卫没什么警惕心。在每次获取信息后，唐明杰都会给李家卫一笔报酬。

等到时机成熟了，唐明杰便开始索要电台的核心机密。李家卫有所警惕，马上意识到了唐明杰的身份并不简单，但这时李家卫已经很难有回头路可以走了。更何况，他已经深深沉迷在物质享受之中。老话说："由俭

第二十章

365

入奢侈易，由奢侈入节俭难。"再让李家卫回归贫乏的生活已经难如登天。李家卫思前想后一咬牙，索性一条路走到黑。

有道是："良言难劝该死鬼，慈悲不度自绝人。"世上没有鱼和熊掌兼顾之事，在李家卫把机密出卖给唐明杰的同时，也把自己的前途与美好的生活卖给了噩梦。951电台的全部技术数据、重要图纸，都到了台湾军情机构的手里。

组织上很快掌握了敌特的活动情况，仅半年后，两个人双双被捕落入法网，都被判了重刑。唐明杰的罪名是间谍罪，李家卫的罪名是叛国罪。刘茜自然也受到牵连，东关纺织厂的干部身份被清除，考虑到她对丈夫的间谍活动完全不知情，便留厂当了一名临时的清洁工。

第二十二章

01 东关龙

红了樱桃，绿了芭蕉。随着鹰厦铁路的开通，邵武成为闽北的一个兴旺与日俱增的城市。由于东关浮桥难以承载南来北往的人流，于是在 1960 年 10 月，富屯溪邵武境内有了第一座大桥——八一大桥。

东关人喜欢把一座桥称为一条龙，这条龙为人们通畅南北两岸服务。邵武八一大桥的建成，结束了邵武从清代中晚期到新中国成立初期近 200 年间坐船过渡的历史。也从此，邵武城区的商业中心从东关的中山路逐渐转移到了五一九路。三十年河东，三十年河西，可谓是：林花谢了春红，太匆匆，东关的繁华从此不再。

其实，更早之前邵武城区的富屯溪河面上是有桥的，那是 800 年前南宋时候的事了。嘉定初年（1208）富屯溪第一次有了桥梁，桥名叫"嘉定桥"，沧浪阁所在地便是嘉定桥的桥头堡。这座桥从南宋嘉泰二年（1202）开始筹建，由于雨季中的富屯溪总是波涛汹涌，石墩桥梁经不起冲刷，所以总是建了又毁，毁了又建，时有时无。从南宋嘉定初，至清乾隆十四年（1749），历宋、元、明、清 4 朝，在 541 年之间，有记载的重建桥梁有 11 次，改名 8 次。

明成化间（1465—1487）重建，改名"济川"。这一次重建时桥上建了廊屋，有三亭三屋五十九楹；明嘉靖间（1522—1566），重建，易名"万年桥"，并建了桥头堡，因桥头堡为八角形，故俗名"八角楼"。

明万历三十七年（1609）一场大水，桥又倒了。邵武知府万尚烈听风水先生说，此桥"壅塞天门"，坏了邵武的风水，于是"尽夷其址"，把残存的桥墩都敲了。

清乾隆六年（1741），邵武富商以及民众共同集资重建。眼看桥就要建好了，又来了一场大水，转眼间没完工的桥又垮了，垮了再建。没用上两年，到清乾隆十四年（1749），桥还是被冲毁。在富屯溪上建桥太难了，此后200年间就不再建有桥梁，民国时期，从溪南到溪北全靠东关的木头浮桥连接南北。

八一大桥虽然建成，但人们对东关的浮桥情深义厚，仍然保留着它的存在，不舍不弃。因为东关浮桥承载了一个时期的历史与厚重，它曾经的岁月是东关人难忘的岁月。

在浮桥旁边的那片大石礁依然充满了活力，民众们总是把大石礁与浮桥连在一起。东关人把大石礁称为"大石前"，这是一个极有地方特色的石头群。它紧靠着东关码头的左侧，是一座光滑的群礁石。四周水面平静，波光潋滟，岸边的房屋在静水中的倒影清晰可见。东关的孩子们经常在大石前游泳，喜欢潜入水底，观察溪底形态各异、神秘莫测的礁石洞。大石前在溪南岸边呈一个长条梅花状分布，整体长约160米、宽约100米。礁石面凹凸不平，每块底部大而平，缓坡状凸起，凹陷处沉淀着沙砾等杂物。在水底的礁石群有一条弯弯曲曲的水洞，大约几十米长，窄宽不一，孩子们常潜入这水洞中，再从另一头出来。有一次东关的一个孩子在水洞中卡住出不来，所幸宋大龙正好在大石前摸鱼，将这孩子抢救了出来。当时这孩子喝了不少水，若不是宋大龙在场，肯定是没命了。

只是人们不明白，以宋大龙的块头怎么能把那小孩从窄窄的水洞中救出来。从那以后，大人们绝不允许孩子们潜入水洞里玩耍。但东关的孩子们生性胆大，总有人不听话会潜入水洞里探险，所幸都没有发生不测。

不管怎么说，人们对富屯溪充满了感恩之情。千百年来，富屯溪像一个乳汁饱满的母亲，用丰富的营养，滋润、灌溉、孕育着这片土地上生生不息的人们。

每年的六七月份都是雨水不断，东关一带由于地势低，很容易受涝。尤其是东关的大同大队、城丰大队的菜地受损最严重。汛期一来临，河水便大涨，河面也宽了一倍以上。逢此，东关木头浮桥便撤去了铁链，整个浮桥停靠在了溪南边岸上。木头桥拴在岸边的大树上、巨条石上，随波起伏，拍浪不止。这时的溪水便以排山倒海之势席卷而来，那凶猛、那速度，大有吞没一切的气势，让人望而生畏。溪边南岸川流不息着关心水情、看热闹的民众们，尽管巡河的人员把守十大严厉，不让有人靠近溪边以防不测，但看热闹的市民依然三三两两地来到河边，扯长了脖子探望着河面的水势，带着惊叹的语气，说："哎呀，河水又涨了。"

滚滚洪水从富屯溪上游汹涌而来，夹带着树枝和泥沙，还有木头、小猪等顺流而下，像一条桀骜不驯的黄龙，擦城而过，惊涛拍岸，冲向下游那黛蓝色的山脉。

即便是隔着厚厚的东关城墙，人们也感受到滔滔洪水奔腾而过时的剧烈震颤。每次特大暴雨降临，东关都会有几个地方被洪水殃及。尤其是家住在一楼的人们，每次洪水来了他们都会忧心忡忡，想方设法将东西搬到高一点的地方，心里在想着会不会停水停电、洪水何时才会退去？每年涨大水都让他们寝食不安，年年如此，次次如此。今年的大水来得邪门，相比较往年，不算是几十年一遇的洪水，更不算上百年一遇的特大洪涝，但来得很怪很凶猛。

天空一片阴沉沉地，天际间乌云压顶，电闪雷鸣，倾盆大雨下个不停。以往大雨要下几天富屯溪水才见大涨，但这次河水在一夜之间突然猛涨起来，大水咆哮而来，只一天的工夫竟似汪洋之势，涌动的波涛有数尺之高，声如狮吼雷鸣，滚滚水浪前呼后拥，直往东门城上奔涌而来。转眼之间，那水就陡涨了一米有余，东门的城墙已被淹了半截，让民众们措手不及，无法防备，被淹财物无数，房屋倒塌了二百余间。

有经验的老人们说，"见过往年涨大水的，但从没见过今年这样没来由的。"后来，东关对面的下王塘村有一左姓的老汉传出一个说法来："农历初五那天，宝塔山下富屯溪，即猴子山附近有一异物似龙状，长三尺余，苍鳞黑色，头似驴首，两颊如鱼，颜色呈碧绿，两顶有棱角，其声如牛吼，现身于东关外一家茶肆里。当时茶肆中人早晨起来拂拭床榻，突见此物蹲伏其床榻旁，其人见了大惊失色，骇然而跑。而这茶肆与一群香菇客住的相近，其中有胆大之人竟然杀了此物而食之。是夜时分，西北有赤气一道冲天，雷鸣不止。"当时左姓老者知之，便惊恐万分，顿足道："此物乃龙之种也，怎可杀了它？不日定有大祸临头！"当时有人不信，有人信，也有人半信半疑。认为今年的大水看来与此事有关。不管这左姓老者说的是真是假，也的确有些奇怪，今年的雨势比起往年也未见增大，但富屯溪的水却来得如此凶猛，这是很反常的。此次大水虽然在一日之间退去，但损失惨重，百姓死伤不少。

已年逾古稀之年的朱半仙在家中对人言道："天眼昭昭，报应不差。暗室亏心，神目如电。世间诸事发生皆有个前因后果，偶然之中有必然，苗从蒂发，藕由莲生。种麻得麻，种豆得豆是也。"

听了朱半仙的话，东关人证实了他过去所说，东关是一个藏龙卧虎的地方，这一点也不假。大家心里都有些惶惶不安，把龙给祸害了，不仅仅是坏了龙脉，坏了风水之地，今后还不知有什么报应哩？

现实中最感无奈、最感到心疼的是东门的孩子们。穷人的孩子早当家，东关的孩子是勤奋顾家的，平日里他们卖冰棒、撬树皮、挑石块、种菜等贴补家用。大水来临之前，他们辛辛苦苦采集、堆好的准备卖钱的沙石方，还有那长得绿油油的菜尽是被水淹，被冲得一干二净。大水一来，把希望冲得无影无踪。当然，连绵的雨也让夏天的果实在大水中苏醒。大水一过，新的希望也随即而来。东关大同大队、城丰大队等几个大队以及胜利巷对面越剧团的桃子都开始成熟了。

邵武第一座大桥建成的时候，也建成了第一家有规模的正式医院，而且是一个团级编制的为当地人服务的部队医院。这家部队医院本来要建在东门外的，但考虑到东关已经有了东关部队留守处，而且东关人口密集，敌人若来轰炸时不易疏散，所以才放弃了在东关的建立。

其实早在三年前，福州军区就已经开始计划在邵武组建一八六医院。但由于各方面的条件都非常艰苦，组建一八六医院的难度相当大。

军区后勤部一直在寻觅能够担此重任的领头人，正团级的常福堂进入了组织视线中。他是抗战时期的干部，人长得高大魁梧，俊朗明快，有着丰富的工作经验，之前在九二医院、九五医院有杰出的表现，组织专门派人请他到福州军区，征求他关于组建一八六医院的意见。

常福堂深知该项工作的艰难程度，但对于军人而言，不管多么艰难困苦，都不能成为前进的阻碍。组建一八六医院再苦再难，怎比得上战争时期冒着枪林弹雨抢救伤员的辛苦？关于组建医院的事，常福堂二话不说，一口就答应了下来。

福州军区为了支援一八六医院建设，划拨了100万元经费和价值30万元的器械药品让他带往邵武。除了经费和器械药品之外，人员是组建医院的核心关键，组织上非常尊重常福堂的意见，让他来决定需要的人手，并保证无论需要任何人，军区都会无条件地大力支持。

常福堂从莆田九五医院带来了20多位医护人员，再从总院抽调20多名骨干精英，从南平九二医院也调动了20多名专业人才，还从福州军区的其他医院调动人员，共计调动150多位医护人员。常福堂带领他们前往邵武，在这个"一穷二白"的小山区开始了新的奋斗。

1963年12月3日，常福堂和爱人王敏把孩子们留在了莆田，与部分同事作为先行军来到了邵武。那一天大雪纷飞，一下车，鹅毛般的大雪令这些医护人员兴奋了好一阵子，可见到恶劣的住宿条件时，他们又兴奋不起来了。

作为福建的后方，邵武的条件实在艰苦，不要说什么楼房，连像样的房子也见不到几座，更不用说什么医院了。到邵武时，连住的地方都还没安排好，头一天一大群人只能挤在农业合作社的仓库里将就一夜。第二天，常福堂带领部下，就在猪圈上建造简易房子，先是清理了猪圈卫生，然后简单拼装起木头和木板来当墙和屋顶，再用竹子和稻草搭了饭堂、厨房和卫生间，几经忙碌总算是建好了简单的住所。由于木头和木头、木板和木板之间有缝隙，十二月的寒风夹杂着雨雪从这些缝隙灌进屋内，冻得大家瑟瑟发抖。大家只能用稻草、破布、棉絮、报纸等各种材料来填补缝隙，常福堂与爱人也住在猪圈中。

累了一天的同事们挤成一团沉沉睡去，作为负责人的常福堂却夜不能寐。因为医院的选址问题是一个大问题，作为军队医院，它不能靠城区太近，太近了容易成为敌人袭击轰炸的目标；也不能太远，太远不方便为当地群众提供医疗服务。既要靠近山区便于隐蔽，又要靠近交通枢纽，以便战争爆发时输送伤员。要同时满足以上条件的地址着实难找。

常福堂带领手下勘察，一共选了八个地点，难以做出最后的决定，最后请福州军区的皮司令裁定地点。皮司令最终敲定一八六医院的地址在一处接近城市、交通方便的地方。

有人说："靠城市太近，敌人派飞机来轰炸怎么办？"

皮司令毫不犹豫地说："如果真这样的话，我派两个高炮连保护一八六医院。"

在皮司令的最终裁定下，医院地址最终尘埃落定。该院址一半是在平地，一半在山上，需要大规模地平整土地。当时机械化程度不高，全靠民工挖土。常福堂就发动附近城关公社大队的群众一起努力。众志成城的齐心协力下，整整挖了三个月，终于可以开始盖房子了！房子盖得很快，半年之后医院落成。一八六医院的建立终结了邵武地区没有正式医院的历史，同时将现代化的医院和医疗设施引进邵武，提升了该地区的医疗水平。

"文革"开始后，一些造反派就开始不断地冲击政府各个机关、学校、医院，连部队也不放过。1967年造反派对待军队的态度分歧造成了内部分裂，一部分主张向军队造反，夺取军队的武器来打击阶级敌人；较为理智的另一部分人则反对这种做法，主张拥护军队的权威。邵武反军的和拥军的人们分别成立了"革造会"和"八二九"两个对立的组织，时常闹摩擦，矛盾逐渐加深，势不两立。有一天他们在邵武市区的八一大桥两端发生了激烈的冲突，"革造会"拿着土枪攻击"八二九"的人，"八二九"则用从军队里"借来"的枪支弹药还击。这次冲突造成了数人死亡、数十人受伤。

当时邵武县委与政府早在"文革"一开始就被造反派冲击瘫痪了。为了响应毛泽东的号召，也为了缓冲造反派对相关职能部门的冲击，根据"工农卫三结合"的原则成立了邵武革命委员会常委领导班子，简称"邵武革委会"。由当时县武装部的政委林克同志担任革委会主任，邵武县委书记李东成同志任副主任。之所以成立这样的组织，目的是争取红卫兵的认同，尽可能地保障革命建设和政府的正常工作。

在邵武的驻军有好几个团级部队，县革委会要求军队里的每个团都要派一个代表参加。一八六医院院长常福堂是革委会成员之一，他对于那些冠以革命造反名义的运动没有兴趣，而是坚持医院的业务技术为首要，对这种人民内部相互撕裂、相互仇视的行为有着发自内心的厌恶。

当时，邵武县武装部部长生病在医院里休养，县委书记李东成以及宣传部部长、组织部部长等一班县领导为了躲避造反派的迫害，躲在水稻田里不敢动弹，也没有食物充饥。这个情况被常福堂得知后，立即派人前往稻田，将书记、部长们接到医院的幼儿园以及东关的部队留守处分散开来住，安排他们食宿，并派士兵将他们保护了起来。

一八六医院是正规的军队团级单位，自然配有武器。为了防止地方上造反派来抢武器，医院把枪支弹药都藏了起来。有一次一群凶神恶煞的造反派抢枪，最终搜出了12支步枪、5支手枪。

常福堂心惊不已，他知道这些枪一旦用于人民内部的武斗，后果不堪设想。他正要阻止，造反派中的一个头目给常福堂使了个眼色，让他不要轻易动怒。这个人常福堂很熟悉，是家住东关的保修厂人员。他平时很友善也很尊重常福堂，一向做事沉着冷静。常福堂相信他会处理好枪支弹药，会给他一个交代。但常福堂看着那些造反派把枪从军队里抬走，心中有说不出的担心。

所幸的是，第二天被抢走的枪果然原封不动地被送回到了医院，送回枪支的正是那天对他使眼色的人，他对常福堂说："这些枪我如果不抬走，给别人抬走了，你就找不回来了！我之所以说服他们把枪送回来，主要是不想让常院长你为难！常院长您曾经救过我妈，这辈子我都不会忘记你的恩情！"

造反派为什么敢到部队来抢枪呢？而明知这些枪支可能用于对付人民群众，军队却不能给予反击呢？这是因为当时部队曾接到命令，要求对"革命群众"要"骂不还口，打不还手"，连适度的言语、肢体上的还击都不允许，当然就更不用说开枪了，所以造反派才敢有恃无恐到部队来抢枪。

02 票证

1965年春。东关一带。

时至20世纪70年代，随着岁月流逝，繁华的东关开始披上了破败、陈旧、斑驳、沧桑的外壳。但无论如何，对于东关民众来说，东关的过去就是他们的过去，是不能忘怀的。有多少酸甜苦辣、万千感慨浸染于其中，东关民房每一块瓦下都藏着记忆，每一条砖缝都淌着乡愁。在破旧的砖木房中，让众多的民众感到失落，那许多人许多事都拂袖而去，不见了踪影？

或许让东关人感到自豪与欣慰的，还有一个坚守在东关的解放军部队留守处以及一座新兴的国企纺织厂。

东关的百姓们似乎有了更多闲杂的时间，因为没有工作单位的他们不需要无休止地忙于上班、下班，而是沉寂在各式各样多的休闲中，仿佛那才是正经事一般。毫无疑问，东关在年复一年地凋敝，无所事事。越来越多不甘沉沦的年轻人逃离东关，去寻找更精彩更时尚的世界。东关的住户只剩下了一些个体工商户、私营小单位以及离不开土地的菜农们，组成了东关日常的人间烟火。小餐馆、小诊所、理发店、裁缝店等，它们静静而无奈地分布在东关的各个角落，生意日显萧条。饱和了的生意不再需要更多的人力，于是，东关多了一大批无所事事的无业者。东关人把大把的时间消磨在打竹麻将上，在不起眼的小店门口，到处是麻将桌上的东南西北，消磨着时光，构成了东关人生活独有的一种闲散。

开着各种各样杂货商店的小老板们本就没什么生意可做，因为根本就没有东西可卖。物资极度匮乏，什么都是凭票供应。从 1955 年新中国发行第一张粮票开始，老百姓们进入了漫长的票证时代。在接下来的长时间里，人们吃喝、穿戴、生活用具，甚至不起眼的小物件都离不开票证。

快过年了，住在中山路 1312 号的郑星亮一家烦恼不已，接连被票证的事搞得窝火。过年本来是好事，特别是孩子们就盼望着过年。对孩子们来说，过年就是一个可以吃好饭、穿新衣，可以痛痛快快尽情玩几天的节日，有着平日里享受不是到的许多热闹与快乐。往往是一过了腊月，大家就开始掰着指头数日子，盼望着过年早来到。

但大人们都不喜欢过年，而且还有些惧怕过年。因为过年意味着要一大笔开支，而拮据的生活预算里往往没有这笔开支。但不管怎么说，年年难过要年年过。过年毕竟是重要的日子，还是要热闹才是。

辞旧迎新小年忙，擦窗扫地净灶膛。小年一到，家家户户就开始忙着迎新春了。和各地一样，东关民间习俗有祭灶王、扫尘土、吃糖果瓜子、剪窗花、接福纳祥，岁岁平安，这寄托了人们祈祥纳福的美好愿望。过年之前都要把家里收拾一新，大人说过年要干干净净，脸上也要高高兴兴。平时大人们为生计总是愁眉苦脸的，但这时边打扫卫生，一边哼着歌谣：

二十三，糖瓜粘。二十四，扫房子。

二十五，炸豆腐。二十六，炖猪肉。

二十七，宰公鸡。二十八，把面发。

二十九，蒸年糕……

扫尘时，小孩子们要做些力所能及的事，比如给大人递递扫把、抹布什么的。扫尘为的是除旧迎新，拔除不祥。要认真彻底地进行清扫，做到窗明几净。接下来就是糊花窗、贴年画。家里的窗花贴的一般都是狮子滚绣球、三羊（阳）开泰等吉祥如意的图案。

东关的孩子们胆子都大，一手持香，一手捏着炮尾，将引线在香上点着后迅速往远处扔，再期待地看着地上冒烟的炮。还有的站在河边，手握着"大个子"的炮仗，点着后并不着急扔，而是要等引线烧到"帽子"一半的时候才往外扔。还有胆更大的，则跑到溪边的浅水处往水里丢去，"咚"的一声，往往会有一两条翻着白肚皮的小鱼浮上了水面。能有这本事的孩子不仅胆子大，而且时间算得很准，否则就炸不到鱼。还有喜欢恶作剧的孩子则热衷了在牛屎、烂泥里引爆鞭炮，"哄"的一声，一股独特的味道四下散开，溅得过往的路人一身臭。当然，等待他们的是大人们的责骂。可是一转身，炮声依旧在那些地方此起彼伏。

前面说到今年春节郑家过得有些别扭，是因了啥事呢？那是送灶王爷的这天中午，郑星亮的母亲正在忙活，突然听得"砰"的一声巨响，母亲还以为是哪个调皮的孩子在家中放独响炮。待探身一看，原来是最调皮、最不听话的老四郑星亮与弟妹几个在家中玩地道战，不小心把热水瓶给打破了一只。闯了祸的孩子立马都吓青了脸，一声不吭。

郑星亮的母亲气得不得了，一家10口人，总共只有2个热水瓶。要知道热水瓶是要凭工业券才能买得到，夏天倒无所谓，穷人家的孩子没那么金贵，口渴了喝凉水就解决问题。可到了冬天，没热水瓶就没热开水喝。所以平日里大人们都把热水瓶放在不易碰坏的地方，保护得很好。郑星亮是肇事的直接责任者，当然受到了严厉的处罚，一顿臭骂不说，中午还被饿了一顿。全家 10 口人就凭那一个热水瓶过冬，你说大人能不生气吗？郑星亮的父亲息事宁人，对母亲说："热水没了就没了，凑点工业券再买一个吧？"

没有热水瓶还可以克服，但没有了布票就不是小事了。一年只发一次布票，春夏秋冬都包括在内。顾得了下就顾不了上，顾了夏秋就顾不了春冬。就那么点布，不够每个人做一套衣服，所以穿打补丁的衣服也就成了那个年代特有的标记。一般人家的孩子从年头到年尾都很难穿新衣裳，大人穿旧了的衣服给孩子穿，哥哥姐姐穿旧了的衣服就给弟弟妹妹穿。除此之外，再也没有其他办法，而且穿带补丁的衣服很正常。

每到过春节，孩子们就盼望大人们扯上布给自己做一套新衣服。郑家兄弟姐妹八个，是轮流坐庄，今年这四个有新衣，明年是另四个有新衣。今年快过年了，轮到后面的四个孩子做新衣，母亲到国营百货商店扯布。柜台上、货架上摆满了一卷卷各色各样的布匹，有棉布、哔叽、的确良、涤卡、涤纶等，颜色多是蓝、绿、灰、红，是那个时代的主色调，也有各种印花的，但主要用于做床单、被面以及小孩的花棉裤棉袄等。那时人们没钱买成品衣服，一般都是买布匹回家自己制作衣服或找裁缝师傅做衣服。

但郑星亮的母亲喜滋滋地去，可回来时却低垂个脸，一声不吭，眼睛红红的不说话，神情十分沮丧。孩子们见母亲两手空空，可见她这种神情又不敢问，但断定肯定是出了什么事。果然，到了晚上大家才知道，那布票不知是被小偷偷了还是弄丢了。郑星亮母亲对父亲说："什么票不丢，偏丢了布票，怎么对孩子们交代？"父亲听了说："也不是什么大不了的事，让孩子们再凑合一下吧？不是你说的，新三年，旧三年，缝缝补补又三年。"那天晚上，郑星亮的母亲是一夜辗转反侧和不停地长吁短叹。

郑星亮家的事让哥们王胜军给知道了，他立马给郑星亮送来了布票。王胜军是郑星亮的哥们，是小学里最贴心的"死党"，他们两个一起捕蜻蜓、一起捉迷藏、一起下河游泳、一起招猫逗狗玩，一个馒头包子合着吃、一根冰棍轮流舔、一把瓜子分着嗑，是不论有好事坏事，永远第一时间给你报信的人。

王胜军向母亲说了郑星亮家布票的事，母亲从大衣柜抽屉中取出布票言道："你去告诉郑星亮，我们家都穿军装，这布票用不上。"

王胜军讲义气，做人没得话说，绝对是两肋插刀。他不是东关人，是军队子弟。父亲是 1938 年参加参军的老革命，枪林弹雨中出生入死，历经无数次浴血战斗，母亲则也是 1958 年参军的军人。1962 年，台海形势紧张，邵武的后方基地建设紧锣密鼓。

1963 年春，福州军区后勤部在邵武东关国民党荣军休养院旧址筹建留守处，安置部队随军家属和部分超编干部。同年 10 月，与前面所说的常福堂在邵武寿山组建中国人民解放军第一八六医院，也都隶属于福州军区后勤部。这两个单位的到来，无疑给本就举足轻重的邵武又增加了分量，尤其是部队留守处给东关带来了热闹的同时给东关人带来了自豪感。

1964 年，王胜军的父亲由二十九军八十五师调往邵武工作，被任命为福州军区后勤留守处政委、行政十一级，属高级干部，一家人也由此来到邵武。那一年的春末夏初，乍暖还寒。原本落寞的东关又开始有些繁荣起来。像当年抗战时期文化人迁移到这个地方一样，来了不少解放军战士，准确地说是福州军区的后勤机关。所不同的是，他们没坐乌篷船、鸡公船，有了鹰厦铁路后，他们是坐火车来的。当时台海两岸硝烟弥漫，炮声隆隆，蒋介石国民党军疯狂叫嚣要反攻大陆，而人民解放军则加紧战备。形势紧迫，战斗随时随刻都可能打响。作为福州军区的首脑机关，根据战备需要做出决定，将司政后大院的家属小孩紧急疏散到闽北后方山区。作为福建前线作战部队的军人家属子女们，早已习惯了这一切。大家只带着简单的几乎相同的行李，草绿色的旅行袋装换洗衣服，红白颜色的网绳袋兜住的脸盆里装着毛巾、牙刷、牙膏、牙缸。经过一条专门通道进入站台，王小龙一家人登上了绿皮客车。

那天傍晚，火车头在车站值班员不断画圆摇晃的信号绿灯中，吐着粗气慢慢地驰出了福州火车站。经过漫漫一夜的运行，清晨，车头车尾两节火车头喘着粗气在淡淡的晨曦薄雾中，缓缓停在了邵武火车站，好多辆蒙着草绿色棚布的军用卡车早已在站外等候。

下了火车，在邵武兵站简单地洗漱和吃了点干粮，即出站上车，长长的军车队即刻开往不知所处的地方。这里的一切，对于这些刚从城里来的王胜军来说，感觉都是非常的新鲜和新奇。但凡部队大院里的孩子，天生都具有一种特殊的本领，那就是适应环境能力特别强，融入异地生活也特别快。这可能就是那种与生俱来、天生自带的军人基因。

王胜军自小就调皮好动，由于军区后勤留守处在东关，所以这个部队的子弟基本上都就近安排在东关小学念书。那时学生们爱搭群伙，部队的子弟有优越感，瞧不起当地的学生。而东关的学生也不愿搭理部队这些干部子弟，看不起他们的骄傲之气，实际上也有嫉妒的成分。所以他们形成了龙不与鱼混，而鱼也不屑与虾为伍的格局，各玩各的，有时还干仗闹不团结。部队驻防孩子说自己是虎门无犬子，东关孩子讥笑部队孩子是：尿泡虽大无斤两，东关孩子们秤砣虽小压千斤。

王胜军与众不同，显现出他的融入性很强，他没有因为自己的父亲是个当官的就摆部队干部子弟的架子，而是很快地就与本地学生玩在一起。也因此，在他的带头作用下，部队子弟与本地孩子慢慢地也少了许多生分，渐渐融为了一体。

03 英雄白跑路

在东关人眼中，东关部队留守处是一个让人极为羡慕的军队单位。他们要啥有啥，不仅有食堂、服务社、门诊部、幼儿园等，生活设施配套齐全，应有尽有。还配备了专门的干部、医生、警卫勤务等众多的人员进行管理。而且还有一个电影放映队，当时由于没有什么文化娱乐活动，看电影也就自然而然地成了唯一的最高精神享受。

留守处电影队除了在自家单位放映影片外，还经常和邵武的其他驻军部队交换电影放映。当时邵武不得了，有五个正团级的部队驻守，所以看电影还是很多机会的。但放来放去，基本上都是那些《地雷战》《地道战》《南征北战》等老片子。即使这样，大家也是看得津津有味，场场不落，很多电影经典对白都烂熟于胸。

每到当晚要放电影时，留守处的文化干事都会提前在食堂小黑板上写出放映通知。每有放电影，东关民众早已知数之。晚饭后，各自端着板凳和椅子，早早地就去留守处的操场上占位置。银幕正反两头都坐满了人，那场面如同墟场，极为热闹。

每次电影放映前，军人之间都会进行一场拉歌比赛。歌声、喊声、笑声、掌声响成一片，一波接着一波，此起彼伏。拉歌也是有学问、有套路的。指挥员与群体的喊声、掌声很有节奏感，也是一种部队文化特色。一二三！掌声：呱呱呱！喊声："快！快！快！"一二三四五！掌声：呱呱呱呱呱！喊声："我们等得很辛苦！"一二三四五六七！掌声：呱呱呱呱呱呱呱！喊声："我们等得很着急！"还有，"叫你唱，你不唱，扭扭捏捏不像样……"一套一套的。连队拉歌是一件很有趣的事，常常是一对一的较劲，谁也不愿先唱，双方喊破了嗓子逼对方先唱。可是，一旦对方先唱了，另一方则马上随后跟上，唱对方唱的同一首歌，并以洪亮的歌声盖住对方。先唱的连队总是被动，被后唱的一方赶着催着唱。这似乎成了连队拉歌见高低不成文的比赛规则。于是先唱的连队必须要唱出一首新歌，或别人不会唱的歌，叫后唱一方干瞪眼，跟不上来才行。唱完后，对方还未起唱，紧接着就会出现着一片掌声、呼喊声，以示胜利了，再逼对方唱。到最后京剧样板戏都派上用场了，可也没难倒谁。那年月是大唱京剧样板戏的高潮。

在东关孩子们中，总有几个是关注放电影这事的主，每每听到今天或明天哪儿来电影队的消息便向同伴传播。于是大伙儿都早早地高兴起来，早早地吃了晚饭，结伴而行。遇上香铺驻军放电影，有十几里路，虽远，他们也不肯放过。一得到消息后，便各显神通借自行车或两人或三人一辆，实在不够，便凑份儿向修理自行车铺租借。一个小时要五分钱，由于与老板熟悉，便按一个晚上一角钱算，次日早早便归还。那租的车大都很破旧，骑起来极吃力，咔嚓、咔嚓，叽叽歪歪，除了铃铛不响，哪儿都响。往往是看一场电影，去时一身汗，回时满身湿。但谁都没觉得得不偿失，只要能看上电影便感满足了。

然而，常常因为消息不灵或偶有人故意恶作剧，有"英雄白跑路"的情况出现。这句话是特定年代、特定环境、特定有所指的话。有时由于消息不准确或误传，大伙儿走到半路便见有人折回说没有电影，心里顿时凉了半截。但可悲的是谁也不愿相信，硬着头皮也要去，待赶到地方，果然看到静悄悄、黑乎乎的一片，心就拔凉拔凉的。但还不死心，一定要左问右问，直到确实消息后，才彻底泄了气、死了心，满腔高兴化成了乌有，别提有多失望、有多沮丧了。

次日，如果有没去的伙伴问："昨晚放什么电影？"被问的便丧气地回答："好看极了，英雄白跑路。"不知第一个说这话的是谁，当时他说这话无非是既不让人家笑话，且又带有自嘲之意。后来，这句话就成了一个看露天电影的流行语了。

第二十三章

01　公共食堂

东关是一个商贸区、居民生活区，同时也是一个菜农居住的地方。从东关城门口到上河巷，再到东关外的农民几乎都是种菜为生的菜农，他们的田地黑油油的肥力十足，但不种粮食，只种瓜果蔬菜，供应给邵武城区的单位和人群。城区人口十几万，供求量很大。所以在东关居住的人口中，菜农占了三分之一，是一个不可小觑的群体。

在这个时期，祖国大地到处都可以听到"人民公社好""人民公社万岁"的口号，男女老少们人人都在吟颂歌唱着"社会主义好""人民公社好"的诗词歌曲。农民的社会地位很高，被称为农民伯伯，而解放军则被尊敬为叔叔，工人虽然是领导阶级，也只称为工人老大哥。农民伯伯群情激奋，斗志昂扬，让集体主义思想大放光芒！在《人民公社是金桥》这首歌中唱道：

单干好比独木桥，走一步来摇三摇。

互助组像石板桥，摇摇晃晃不牢靠。

人民公社是金桥，众人拾柴火焰高。

集体主义放光芒，人民公社无限好。

农民们每个人都感觉自己就像生活在歌的海洋中，一切都在无忧无虑中劳作生息。在1958年农历八月下旬的一天，一个好消息更让东关的菜农们欢呼雀跃。在社员大会上，上级领导宣布："根据大队的统一安排，社员们从明天开始，家家户户不再开火做饭，一日三餐都在生产队里的大集体食堂打饭吃。"

开始大家不相信这是真的，后来发现果然是这样，中国开始了"吃饭不要钱，老少尽开颜；劳动更积极，幸福万万年"的好日子，大伙儿一下子奔向了共产主义。

在此之下，全国响应，纷纷办起了公共食堂。邵武全县农村办起了900余个公共食堂，90%以上的农户都在公共食堂吃饭。有关方面总结了公共食堂的八大好处："吃饭时间一致；解放了一批妇女劳力；解决了单身汉做饭、喂猪的困难；家禽家畜集体喂养，便于安排弱劳动力，减少了五保户；能够计划用粮；便于发展集体副业；有利于家庭和睦；卫生状况大改善。"

国家层面提出了一个响亮的口号："鼓足干劲生产，放开肚皮吃饭。"当时的报纸反复宣传，连篇累牍地刊登许多公共食堂的好处来：自从实行吃饭不要钱，农村风气大改变，男的浑身干劲冲破天，女的干活赶在男人前，老的不服也争先，小的勤工俭学成绩显。甚至病人的毛病也减轻了一半，懒汉也连声检讨。越想心里越是甜，共产主义快实现！人人干劲足，个个齐向前，明年定有更多的不要钱。

这些话语真是让人感慨，中国人一般对生活要求不高，无数人辛苦了一辈子，饭都吃不饱。突然有一天，政府说吃饭不要钱，男女老少哪个不激动万分？

东关大同大队的临时公共大食堂在上河巷一个大院子里，四周墙上贴上了"吃饭不花钱，努力搞生产"的宣传标语。院子中垒起了两个能坐四口大锅的大炉台，在周围地面上打了众多的圆木桩子，上面钉了几长溜木板，作为大家吃饭的桌子。但这个临时改造的食堂，显然坐不下全大队老老少少几百号人。于是大队便决定：想在这里吃的就在这里吃，想打饭回去吃的可以带回家吃。同时，行动不便的老人与娃娃就在家里等着家人打饭回家。

说到集体吃食堂，最兴奋、最好奇的还是各家各户的孩子们。过去是一家一户吃饭，最多也就是十来口人，现在可不同了，一到吃饭时间，几百号人聚在一起，要多热闹有多热闹。排队打饭的大人们聊着天，讲着荤笑话，小孩们打打闹闹捉迷藏，爱起哄的年轻人用筷子敲打着碗碟唱小调。公共食堂就好像是一个大家庭，相互间的气氛非常融洽友好。

国家号召办集体食堂，实行吃饭不要钱，劳动不计酬，这样的事情，对于农民们来说，无疑是太令人高兴了！每天人们都像过年一样兴奋。后来，一些头脑灵光的东关孩子家里是非农的，也经常混进来蹭大锅饭吃。

俗话说："两家养驴驴瘦，合伙用船船漏。"吃饭这种事怎么能实行大锅饭的形式，不倒灶才怪！刚开始的时候，大家是放开了肚皮吃，你能吃多少就吃多少。但是大家高兴得太早了，这种好日子大约也就过了那么一阵子，不到一个月后，粮食就开始紧张了，后来就吃地瓜干、稀饭，再后来，就是有一顿没一顿，再再后来，大家饿得头昏眼花、有气无力。

大同大队的菜农中有一个胆子特别大的人叫李力彪，他个大饭量大，一顿可以吃一斤半米。办公共食堂他最高兴，一个人吃得超过两个人。他饿得受不了，便偷藏了粮食回家，但很快就被抓住。这家伙平常凭力大会欺人，没有什么人缘。这下可就不得了，队里要开斗争会，大伙对他拳打脚踢，游街示众。其实也有不少人都或多或少偷藏了粮食，但却不敢生火煮饭，因为做饭要烧火，烟囱一冒烟，就会被人发现。所以，那些被发现的人，包括李力彪在内，就是忽视了这个问题。

维持了不到三个月后，队委便无可奈何地宣布："取消饭菜管饱的做法，改为按人定量打饭打菜的办法运行。"到了临近春节时，队委会再次做出决定，宣布公共食堂只负责按人定量供应主食，吃什么菜由各家自行解决。不久，公共食堂在粮食上再也维持不下去了，刚开始实行分食制时，打回去的米饭、馒头、稀饭，还能勉强让家人吃饱。到了后来馒头越变越小、稀饭越变越稀，供应给社员的饭食，只能够一个正常人饭量的一半，根本吃不饱。因此，家家户户在食堂供应的主食之外，在家里烧煮番瓜叶、白菜帮子充饥。

1959 年元月，队委发出紧急通知：取消集体食堂，把生产队剩余的粮食蔬菜，以人为单位分发给每家每户，让社员在家里起灶。大同大队的公共食堂的还没有等到过年就停办了，社员们很失望，尤其是那些混吃的非农孩子更加失望。

没有了公共食堂，东关的孩子们更失望。大同大队有个做粉干的小作坊，每天早晨会供应些水粉干给好这一口的人。经营的形式十分独特，准确一点说，它的水粉干不是卖，而是兑换。东关人把水粉干叫作"水凉粉"，就是把大米先浸泡一个晚上，然后磨成米浆，再把米浆在锅里熬成团后，置入一架特制的木头榨粉模型中，用一根粗木头制作的长杆，将米粉团榨成一条条圆形的粉条，底下则是一口火烧得旺旺的大铁锅。粉条从榨粉机中缓缓流入沸腾的开水中，尔后再捞出滤干水。这时等候在一旁的吃货们便拿出带来的大米来兑换水粉干，半斤大米换一斤水粉干，一斤大米换两斤水粉干。粉干作坊只提供水粉干与葱花，其他不管。

吃货们往往都是带了一只大瓷海碗、一双筷子，碗里早调好了猪油、酱油、辣椒粉这几样佐料，撒上葱花，与水粉干搅拌均匀，一碗热气腾腾、香味扑鼻的拌粉就成了。扒入口中的动作简直就是迫不及待，那种感觉与可口无法用语言表达，会吃的人可以吃下两斤米的粉干，也就是四斤的水粉干，把肚皮撑得滚圆溜溜。但大多数人只能换半斤米的水粉干，也就是一斤水粉干。而且一个月最多只能去几次，毕竟粮食是定量供应，那水粉干好吃但不如米饭经吃，多吃几次把口粮都吃没了，所以大家只能是偶尔过过瘾而已。

02 东关小吃

有句土话说："自家的肉不香，人家的菜有味。"但东关人从不这样认为，他们就偏爱自己一方的特色美食。关于小吃，不仅是只有水粉干一种东西好吃。邵武有顺口溜赞道："南门的马蹄，东门的蔗；北门的渡船，西门的瓜。"

马蹄是邵武方言土话，正名叫作"荸荠"，是一种水果，皮薄个大，水灵多汁，没有一点渣。北门的渡船来来往往，西门的西瓜特别甜，都是沙沙的。而东关的甘蔗长的有两三米高，甜脆多水。当然不仅仅是甘蔗，东关的地方小吃东西多了去了。

勤劳聪明能干的东关人在粮食加工上也是很有方法。常见的有各种糯糍、白果、丸子、米糕（碗糕）、粉条、锅边、门扣、米酒等等。

邵武有一种叫"包糍"的小吃，当地人也叫"拿吒糍"，东关人则习惯叫它为"包糍"。这种包糍最早是春社节气时炊制，所以也有叫"社糍"的名。包糍的外皮是选用当地产的粳米和籼米。有两种炊制法：一是臼舂法，将大米浸泡几小时后，用沸水捞过后进行蒸炊，蒸熟至八成左右，趁热放入石臼中舂杵至成形。尔后再蒸一遍，加入鼠曲草重新舂杵均匀。鼠曲草是包糍一种主要原料，它是一种菊科佛耳草植物，邵武方言叫"水曲"，又叫"清明菜"，性味甘平，具有止咳平喘、祛风湿、降血压的功效。鼠曲草加入包糍中，不仅变成青绿颜色的外皮，而且使米果皮薄不裂。第二种炊制方法是米浆法，将大米浸泡后磨浆，放入锅内加热，搅拌成团，加入鼠曲草，搓揉按压成外皮。为防止拿抓时米果粘手，可用蜂蜡或茶油、麻油抹手，使之润滑，经过巧手拿抓，包入各色内馅而成。在蒸笼上面放的松叶也是一味中药，性味苦甘温，含有挥发油，可以和胃除胀、燥湿祛风、明目安神、芳香抑菌。蒸熟后的拿抓糍香气四溢，整条街都浸泡在美味拿吒糍的气氛中。包糍的内馅因季节不同，选用不同的食物。一般多用胡萝卜、白萝卜、芋头丝、冬笋、香菇、黑木耳、香豆干、雪里蕻、熏肉干、腊肉干、豆芽、香葱等，分别洗净煎炒加工，包制时加入。蒸熟后加入些辣椒酱、香醋等调味品，其味道让人垂涎不止。

邵武从城关到许多乡村，各个地方都会做一种叫"拿吒糍"的小吃。虽然做出来的拿吒糍形状都一样，但味道却各有所长。相比之下，大家都说沿山的拿吒糍做得最好吃。但此话又不全对，应该说拿吒糍做得最好的是在东关，准确地说在中山路 1211 号的王婆婆家，她做的拿吒糍最受人们欢迎。

王婆婆家的拿吒糍食材十分讲究，首先是主料大米，一定要本地洪墩的单季稻做皮；二是食材的精选，王婆婆舍得下本钱，它的材料要用猪光骨 20 斤、杀一只刚打鸣的公鸡，合在一起用大锅熬成浓浓的汁汤，用料十分到家。先是用大火烧开骨头汤与公鸡汤 5 分钟后，再用中火熬上两个时辰。其间慢慢添加汤水防止烧干，尔后再用小火慢慢地煎熬，时间达到 10 个小时，这才熬出一小缸大约 10 斤的浓汁来，连柴火都要用去整整半个板车。可见这缸精心制作的肉汁汤成本有多高。这肉汁汤出锅后加入食盐、酱油、红酒、干椒等一系列佐料，置放一旁待用，夏天则放在一个阴凉的有冬天冰块的地窖中。三是拿吒糍的内馅十分讲究，将精选的五花肉、目鱼干、芋头、萝卜、辣椒等食材全部切成细丝，用大火快锅热炒而成。这里面的五花肉一定要用肥瘦有五层的肉，萝卜一定要用当地龙斗的萝卜，辣椒一定要用水北一都的牛角辣椒，再加上自培的细豆芽菜。最后配上一碗先前熬好的浓汁肉汤，将它倒入内馅搅拌均匀。这种方法制作出来的拿吒糍，味道简直无法形容，可以说吃起来连自家的舌尖都会吞了下去。但王家婆婆每天只做三升米，也就是四斤半米，绝不多做，每天只能做300个左右。

王家婆婆说数量多了做不出来，所以要想吃到她做的拿吒糍都要提早预约才行。当然成本也高，价格要比一般人做的拿吒糍贵上一倍。但物有所值，绝对地美味让人一点也不嫌贵。

有一天王家婆婆收摊了，却见一个10岁左右的小女孩还一直没走，她身上的衣裳很破旧，手里拿着一只碗在怔怔地发呆。王家婆婆才注意到这女孩子其实已经站在那里很长时间了，便招呼女孩子来，问道："你是来买拿吒糍的吗？"

女孩子点点头，又摇摇头，怯怯地伸出手心里的两枚五分钱币，说："我想买但钱可能不够，能买两个吗？"

王家婆婆以为这孩子嘴馋，很冷淡地道："钱够也卖完了，回家去吧。"

女孩子听了这话慢慢转身，但又回头道："婆婆，买一个可以吗？我想买给我妈吃。"

王家婆婆一听原来不是自己要吃，看来这是一个孝顺母亲的孩子。再一问，这女孩子家是南关的，她母亲病得很重，人都快不行了。女孩子很伤心，她曾听母亲说到过东门，说王家婆婆做的拿吒糍好吃，于是想买两个给母亲吃。但她寻到王家婆婆这里时，见轮不到自己便卖没了。

王家婆婆感动道："孩子啊！难得你有如此孝心，这里还有一份人家预约的拿吒糍没拿走，你先拿回去尽孝心吧。"说着把县税务局长老婆预约的20个拿吒糍包好，全给了这女孩。

女孩子说："我只有一毛钱，买一个便行了。"

王家婆婆说："好孩子，回家告诉你母亲说是我王家婆婆送的，不要钱！"说着又让女孩子把空碗拿给她，装了大半碗的浓汁汤，言道："你妈妈生病肯定没胃口，这份汁汤你带回去给她调味口，别多放哈，可以分十几次吃。"

女孩子感动得不知道说什么好，一直点头。王家婆婆催她快回家去，她这才捧着那珍贵的 20 个拿吒糍和大半碗的浓汁汤，小心翼翼地回家去。

肚子干瘪没油水的东关孩子们没口福，他们是吃不起那大同大队的干拌水粉干，也更吃不到王家婆婆做的拿吒糍，那对他们来说都是奢侈的事。

东关孩子们能去的地方是东关副食品商店，只有在那里，才能吃得到一些他们想吃的东西。比如才五分钱一斤的海蜇皮，用清水漂干净后，加点酱油、辣椒粉调料，下起饭来又脆又香。还有那才一角六分一斤的黄瓜鱼，黄瓜鱼头部圆、身子比较扁，尾部细窄，重半斤到八两，身披金黄，鱼眼白凸起如珍珠，用油煎熟后加点酱油辣椒，喷香喷香，那鱼肉呈蒜瓣状，入口鲜美，肉质嫩滑有弹性。这两种海鲜不贵，平民百姓都吃得起。

东关副食品商店坐落在码头巷隔壁，即东关邮电所的正对面。是一幢两层的楼房建筑，底层全部是连排店面，二楼是仓库。大门的墙面上长年累月地挂着一条"发展经济，保障供给"的红布横幅标语。店面倒是很宽，一长溜打开有十余米宽。后面是堆放物资的仓库，地方很大很深，屯集的商品够东关人吃上一个月都没问题。副食品店前面是一排十几个半人高的玻璃柜台，刚好超过小孩子脑袋。玻璃柜里摆满了烟、酒、糖等诱人的商品。靠最右边的两个柜台则是用水泥砖砌筑的，那是专门卖盐巴、酱油、咸菜、咸鱼的区域。

东关副食品商店货物琳琅满目、五颜六色，各式各样的商品非常吸引孩子们。尤其是商店里花花绿绿的糖果、饼干、鸡蛋糕，以及酱油、咸鱼混杂的气味，都让人闻着流口水，过上一点视觉上的瘾。在那个物资匮乏的年代，副食品商店的糖果是硬糖块，一分钱一块，花花绿绿的糖纸包裹着，但咯嘣香甜。最好吃的是橘子瓣形状，五颜六色的软糖，上面裹着一层浅浅的白砂糖，软软的不仅好吃还有韧性。

东关的孩子大都是穷人家的，平时大人们是不会给孩子零花钱的。即使过年存下的压岁钱，也尽量省着花。孩子们有时掏出两分钱买上两颗水果糖，吃完还把糖纸上粘的甜味舔了再舔，最后才小心翼翼地把花花绿绿的糖纸夹到书页里珍藏。

火柴、香烟是大人们的物品,但火柴盒和香烟盒却是东关孩子们的钟爱。他们积攒收集了各式各样的火柴盒和香烟盒,放在书里夹着用于欣赏。有多余重复的可以互相交换,这也是一种兴趣爱好。

孩子们有时候会得到一个美差,那就是受家长之命到副食品商店买油盐酱醋。有时剩下几分钱回去,若大人一高兴便给了孩子,当然大多数时候都是失望。

俗话说:"三子有一傲,三虎有一豹。"郑星亮脑袋瓜灵活,鬼点子多,平时没少去副食品商店那打酱油、虾油、红酒等。买时都是从家里带着空瓶去,售货员按购买的斤两用带长柄的竹筒从坛子里舀出,通过漏斗注入空瓶里。舀时不论他怎么小心,都不免会漏回坛内少许,郑星亮就想:副食品商店的人吃酱油、虾油、红酒肯定不要钱。为此郑星亮心里很不服气,昨天他打破了热水瓶,想立个功劳表现表现。家里叫他去买一斤红酒,郑星亮灵机一动,计上心来。那红酒一斤是一角四分钱,郑星亮分了十次买,一次买一两,虽然花费了不少时间,买了十次才凑足了一斤,但硬是省下了四分钱。因为按副食品商店的规定,四舍五入,一两就是一分钱,十两就是一角钱,所以一斤红酒只要花一角钱。副食品商店的售货员发现这小孩有点不对劲,但明白过来后,倒在心里暗暗佩服得不得了,这个小孩会算计,是个机灵鬼。当郑星亮把一斤红酒外加四分钱交给母亲时,母亲感到有些奇怪。待郑星亮不动声色地把事情一说,她不知道说什么好,但父亲听了不但没表扬他,反呵斥道:"这种不光明磊落的事今后不允许再有发生。"

郑星亮听了在心里不以为然,父亲在郑星亮眼里就没有什么让他感到骄傲的事。他甚至觉得父亲有些可怜可悲,父亲的窝囊在单位是出了名的。他不仅不善言辞,而且老实巴交,胆小怕事,谁都可以欺负他。

爆米花是孩子们常能吃到的零食,也是大人们哄孩子们的最好食品。一斤糯米,成本不大,可以爆出那么多米花,吃起来又松又脆,而且很经吃。

东关爆米花的师傅正好姓鲍,与爆米花的爆同音。鲍师傅整天挑着一个担子,在东关走街串巷,生意活还不错。他人很清巴干瘦,并不算重的担子在他身上却显得很沉。担子的一头是黑炮弹式的手摇爆米花机,另一头是风箱，风箱上面放一只小板凳、一个铁皮火炉和一只搪瓷茶缸。他常常在街巷里找个宽敞处坐下，生起炭炉，放置好爆米花机，等着周边人家把玉米粒或糯米送来。只要他的炭炉一升起，很快就会有几个孩子捧着米围拢过来。他接过其中的一个，将里面的玉米粒倒入机筒，封好盖，然后不动声色地坐下，一手拉风箱，一手摇动起架在火炉上的黑机筒。大约十分钟后，鲍师傅起身将机筒倾倒，机口套入麻袋，抬脚一踩加力杆，只听见"嘭"的一声响，一阵白烟冒起，爆好的米花全部喷入麻袋。鲍师傅提起袋子，将白花花香喷喷的爆米花倒入孩子带来的大篮子。孩子迫不及待往嘴里塞几粒，提着篮子欢天喜地回家。

03 穷人的孩子

东关的孩子们天生不安分，从来没有停下来安静的时候。他们把贫穷的日子过得有声有色、丰富多彩，每天都忙得不可开交。闲不住的他们总会找一些事情来做，或上山砍柴，或开荒种菜，或下河摸鱼虾，或挑沙垒石。总之，东关孩子会想方设法寻些能换钱的活干，来帮助他们贫穷的家。虽然做这些事很累很辛苦，但他们在卖苦力的同时感到十分快乐。比如卖沙子、卖石头，很多人靠这个建筑材料卖钱。在水北的河滩上，从贮木场一直到八一大桥下面，到处堆满了整整齐齐的沙石方。但是来买的人都喜欢买东关孩子的沙石。为啥？因为东关的孩子从不弄虚作假，无论是沙子还是石头，上下都垒得平平整整，里外都一样，货真价实绝不会搞表面光。之所以，人们只要看到平整得像刀切过一样的沙石堆，就知道是东关孩子做的活。

邵武城区的民众有个不成文的俗定，按东、南、西、北四个地域方位划分为东门人、南门人、北门人、西门人。东关的孩子便称之为"东门孩子"。这东南西北四门的孩子，平日里少有往来，各玩各的，大家互不干扰。偶有矛盾冲突发生时，各门的孩子都旗帜鲜明地站在本门一边，维护自己本门的利益。

东关的孩子王是朱半仙的侄儿朱火勇，才十六岁，嘴上已经长了嫩嫩的绒毛，个子有快一米七。精力十分充沛。他不但壮实有力，打架孔武勇猛，而且为人很是仗义，为伙伴们敢于出头露面，两肋插刀。所以东关的孩子都拥戴他为孩子王。在东关这群百来号的孩子中他年龄也最大，其他的大都是十二三岁，还有一部分十岁左右，那都是外围的一伙跟屁虫。

东关孩子喜武不喜文，平日里所玩的游戏大都是诸如"官兵抓强盗""老鹰抓小鸡""打竹筒枪"之类带武的项目。当时，有一种"滑轮战斗车"就是东关孩子发明的，它是用三个轴承滑轮与硬木做成的小车，离地面只有几厘米高，后面两个轴承滑轮是固定的轮子，前面一个是可以转向的单轮轴承滑轮，这种车很结实，冲击力很强，由于是轴承滑轮做的轮子，速度也快。很受孩子们喜欢。只是一般人搞不到那轴承滑轮，大多数孩子只有羡慕的份。那车往往也是孩子们打群架时冲在最前面的武器，一见对方坐在这车上冲过来都躲之不及。

这些带武的项目活动让东关的孩子养成了争强好胜、敢打敢冲的性格。也之所以，东门的孩子性格强悍、作风勇猛。常言道："凶的怕恶的，恶的怕愣的，愣的怕不要命的。"东关的孩子遇上动武的事，既愣也不怕死，打起架来敢玩命。后来其他西、北、南三关的一听说是东门的孩子都摇头，说东关的孩子蛮横不懂理，轻易不要去惹他们。

东门的孩子虽然贪玩善闹，好惹是生非，但又具有肯帮人的热心肠，让人不得不服。有一次，南关的一个在邵武做干海鲜生意的余姓小老板，他的父亲从没到过邵武，想坐火车从福州到邵武看儿孙。老人家没文化，不知道怎样才能顺利到达邵武。

儿子说："有快慢两趟火车，一趟是从福州到北京的快车，一趟是从福州到鹰潭的慢车。快车六个多小时到邵武，慢车要九个多小时到邵武。"

父亲问："哪一趟更便宜？"

儿子说："那当然快车贵得多。"

父亲说："坐的时间短反而贵？那坐慢车合算，不过什么时候下车我就不知道了。"

儿子告诉父亲："这不难！从福州到邵武中途一共要停21个站。这样吧，你在火柴盒子里装21根火柴棍，每停一个站你就扔一根火柴棍，待扔完21根火柴棍，邵武也就到了。而且列车员还会报停站的站名，双保险。你注意一下，别坐过站就行了。"

老人家想想也不复杂，点头说这简单。谁知道那天火车有一次临时交会，多停了一次车。而老人家精力放在火柴的加减上，没听见列车员报站名。结果老人家多扔了一根火柴，也就是提早一个站，在晒口火车站就下了车。

儿子在邵武站接站等了半天也不见父亲的影，正好碰到一个也是从福州来的老乡说："我看到你父亲在晒口下了车哩。"

儿子这才知道父亲下错了站，这下心里大急。天马上就要黑了，父亲人生地不熟，见不人接站那还不要急死了。正巧遇上了朱半仙的侄儿朱火勇，朱火勇一听这事二话不说，到东关召集了七八个小伙伴，在自行车铺租了几辆自行往晒口寻找而去。所幸那天运气不错，虽然费了一番周折，但总算找到了人，不然可急死那余姓生意人了。也由此可见东关孩子急人所急，肝胆义气。

还有一件事也让人们对东关的孩子侧目相看。那是 1969 年 6 月，中苏边境的珍宝岛战役打响。邵武人武部负责采购了大量的毛竹堆积在河边，准备等专用军列来时运往北方。据说这些毛竹是打仗时必用的，专为坦克车行山路时铺路所用。

那天的天气十分闷热，这是要下大暴雨的征兆。到了下午时分，果然下起了大暴雨。乌云压顶，风雨齐猛，平静的河面上起了波浪，不停地拍打着毛竹排。没想到在水浪的不断冲击下，一些毛竹排开始散架，时间久了，这些毛竹都会被洪水冲走……

押运的解放军战士一看急了，这可不是小事，会直接影响前线的战事，贻误了战机可不得了。闻讯赶来的县革委会主任兼人武部部长林克立马电话急令城关镇，通知东关鱼鹰队的渔民们在东关拦截散架的毛竹，一根也不能放过。

鱼鹰队闻讯立马出动，在家的五十多号人马全部上阵。但毛竹量太多，河面又宽，光靠鱼鹰队这几十号人手根本不够用。东关的孩子们闻讯后，立马自告奋勇，组织了四十几个水性好的东关孩子下河帮助拦截……

林克见了心里怦怦直跳，一边看到孩子们在风急浪大的水中搏斗，生恐出人命事故，但一边又是前线急需的军用物资，不能有一点闪失。所幸这几十个东关小孩真是好样的，不仅水性好，而且敢拼，一点也不比鱼鹰队的队员差。如若没有这些孩子帮忙，毛竹肯定会流失不少。

事后林克大为高兴，给下河拦毛竹的东关小孩每人发了三斤粮票、三斤猪肉票，并请大家饱餐了一顿。

东关一带的居住者大都是农民及手工业和体力劳动者，是生活在底层的弱势群体，从某种意义上说就是邵武的穷人区。正是因为穷，东关的孩子被人看不起，但这次却是增光添彩。

朱半仙对东关的孩子极为赞赏，他对家长们说："东关的孩子是来向你们报恩还债的，他们到人间来投胎，找你们做自己的父母，这都是你们上辈子积来的缘分。"

大人们听了表示点头同意，不管怎么说，咱东关孩子不仅孝顺，而且一个个都吃苦耐劳，十分能干。

确实如此，东关的孩子不是吹的，十一二岁便能挑上百余斤的担子，健步如飞，脸不红、气不喘，下富屯溪摸螺捉鱼，潜水一口气能憋上两分钟。

王胜军与郑星亮都不是土生土长的东关人后代，属于外来户。一个是部队首长的孩子，一个是省城邮电职员的后代。两人家里都有工资收入，相比东关一带的居民经济条件好了许多。

物以类聚，人以群分。王胜军与郑星亮性格很相似，都喜欢与东门的孩子玩在一起，成了他们当中的一员，并学会了一口地道的邵武方言。

俗话说："砍柴上山，捉鸟上树。"东关孩子靠山吃山，靠水吃水。机智勇敢、吃苦耐劳的事有许多，其中"扒树皮"一项最能说明问题。

邵武是个林业大区，木材资源十分丰富，在东关码头对面的邵武贮木场，是国有单位。场长武功魁北方汉子山西人，身板结实有劲，性格直爽干脆，亦是一个老资格的南下干部。他1938年6月参加了八路军，从抗敌决死队战士到班长、排长，连长。参加过百团大战、黄崖洞保卫战等著名战役，在战争中出生入死、立下赫赫战功，被授予"战斗英雄"光荣称号。1949年他随解放军长江支队南下福建，入闽后历任建阳军分区作战参谋，建阳县武委会副主任，政和县、崇安县公安局局长，崇安县县委副书记兼五夫公社书记，南平地区检察院科长，后任邵武贮木场场长。

贮木场占地面积很大，占地有几万平方米，在东关的河对面几乎都是贮木场的地盘。堆积了许多从各个林区运来的木头，尔后，再从这里通过专用铁道线运往全国各地。外地人大凡到了邵武，首先映入眼帘的就是那一溜溜、一垛垛堆满了上等的木材。木材均为两米长，大小不一，粗的直径足有一米多，细的也有几十厘米粗。这里有松木、杉木、硬木等各种木头品种，其中大多数是阔叶林树。这些树的树皮厚而结实，扒下来烧火煮饭，不但燃点高而且经久耐烧，一点也不亚于硬柴火。故而，当时邵武城区许多居民都到贮木场"扒树皮"。毫不夸张地说，邵武城区有一半的居民家中所烧的柴，都是贮木场扒来的树皮，家家户户都省下了不少柴薪费用。在东关人眼里，偌大的贮木场就是那青山柴山，它的树皮供养了东关千家万户的柴火灶，提供了源源不断的火源。

说起这"扒树皮"的活很有讲究，别看木头的种类很多，有各种不同的树皮。但内行人都知道，最好烧最耐烧的树皮只有两种。当然先决条件是要阔叶树，树皮厚且好扒。由于木头砍伐下来在林区放了一定的时间，经过风吹日晒，热胀冷缩，那树皮已自然脱离了木头，只要用一种长短铁棍打制的工具——铁锹，伸进树皮与木头之间一撬，那树皮一条条厚硬的树皮就哗哗往下掉。特别是有一种硬木头，树身没有一点结巴疙瘩，顺溜溜的笔直，剥下来的树皮也就十分地直。木头有两米长，那扒下来的树皮就有两米长，这种树皮东关孩子称之为"沙柴皮"。另一种则是易断脆但皮却厚的树皮，树皮内侧一面布满了毛茸茸的粉刺。这种树皮虽然不能从头到尾一条条地扒下来，但一撬也是一大片一大片地脱落，十分省工省力，东关孩子称之为"毛冬瓜树皮"。这两种树皮是所有树皮中最优质的品种，既有分量有料，而且燃烧点高，十分的耐烧。所以每每看到谁的筐中堆满了这两种树皮，大伙儿都会以嫉妒和佩服的目光看之。

这两种树皮一般人是撬不到的，只有东门孩子才能撬到这两种优质树皮。为啥？东门孩子十分团结，能抱成团，大伙儿各有分工，讲究战术。那解放牌的大卡车一开进贮木场浇水处时（浇水是因为让木头与木头之间有了润滑剂，好卸车）便瞄上了货，知道哪一车木头有好树皮，大伙儿就全跟着那辆汽车车跑。待卸车的工人一卸完车，孩子们便一拥而上，团团围住那卸下的木头堆，一部分人专职扒树皮，一部分人则当守卫，绝不让其他地方的人来沾边。由于人多力量大，再粗的木头也能叫它翻转身，扒它个精光。大凡撬树皮的人一看到是东门的孩子，也只有眼馋的份。后来南门、北门、西门包括铁路上的孩子也学着，三个一群、五个一伙组成群体。然而，每每争抢起来，终究还是斗不过强悍勇猛的东门孩子。

刚开始，他们以为能和东门的孩子争个高低强弱，然而待打了几次架，吃了亏后便俯首称臣了，只能去欺负一些散户。那情景真有点"大鱼吃小鱼，小鱼吃虾米"的味道。看东门的孩子虽然显得有些霸道和恃强凌弱，拉帮结伙欺负人，但也由此可看出东门孩子的团结与凶悍。

本来按规定是不能扒树皮的，但贮木场的场长武殿魁是老八路，心肠好，穷苦人出身的他理解穷人家的难处，所以对扒树皮的孩子睁只眼闭只眼。但是后来，由于为扒树皮常发生被木头砸伤、压伤的事故，贮木场被上面严厉批评，不得已开始全面禁止了。贮木场花了不少钱，在堆放木头的场地四周围起了铁丝网，成立了专门的看守人员轮流巡察看守。但还是有一些穷困人家的孩子因为生活所迫，为了省下一些买柴的钱，冒着危险剪开铁丝网，从破洞中爬进去扒树皮。放哨的一看见远远有巡逻的警察过来，大家立时便隐蔽了起来。有时不幸被看守的警察抓住，轻则被关几个小时，没收铁锹、踩烂筐子，重则挨巴掌吃拳脚。在这种情形下，来贮木场扒树皮的人自然少了许多。最后坚持下来的还是东门孩子，他们有组织、有战术地和看守的警察打起了游击战、躲避战，你来我就跑，你走我便来。每每都能满载而归。

贮木场看守木头堆的警察无可奈何地说："拿东关的孩子没办法，他们就像泥鳅一样滑，抓不到他们。"

第二十四章

01　无忧东门

民谚曰："山是爷，水是娘，田是农家的大肚肠。"春季与冬季这两个季节，东关的孩子都会上山挖笋讨生活。

闽北山城的竹林漫山遍野，自然有吃不尽的竹笋。竹笋生长有个规律，一年多一年少。人们把竹笋长得多的一年叫大年，竹笋长得少些叫小年，如此循环往复。但无论大年小年都不妨碍东关小孩上山挖笋。只是有一条不能违反，大毛竹长得出来的笋绝对不能挖，那是集体的财产，要挖只能挖野生毛竹长出来的毛竹笋。

农历阳春三月，春回大地迎雨天。点点滴滴润草木，山头田间一片青翠。蛰伏在泥土里的各种冬眠动物苏醒了过来。春暖花开，万物生长时，也是雨后春笋生长的黄金时节。春笋营养丰富、味道鲜美，无论是煎炒还是熬汤，都鲜嫩清香，特别是新鲜的春笋再加上猪肉煮，那味道绝对的鲜美。在这个时期，农村有明文通知，为保护竹子生产，禁止任何人进山挖笋，并且派有民兵在重要路口设卡，阻止上山乱挖竹笋。但这个规定说归说，没有那么认真，也阻挡不住东关的孩子进山，进了山还能不偷挖些竹笋回家？

在山里只要是有竹林的地方，春笋到处都是。因为春笋长得很快，只要到了适合的时节，一场春雨后，昼夜之间整片竹林就会面目全非。春笋的个头硕大，外表粗犷，黑褐色的笋壳包裹着嫩黄的身躯。春笋有顽强的生命力，不管生长的土地多坚硬，它总是不屈不挠执着地往上长。有首古诗云："石压笋斜出，崖悬花倒生。"说句毫不夸张的话，还真是这样，你进山时还未见到春笋，在你回来时它就长出来了。春笋在快出土而未出，或刚出两三厘米时最鲜嫩，如果再长高那就太老不能吃了。找到春笋后，要先把春笋旁边的土轻轻刨开，再把笋挖出，不能碰到旁边的根，挖出后应回填土，以便来年还会再长笋。有经验的老农知道哪些笋要挖，哪些笋不能挖，因为春天里的一棵笋，长大后就是一根竹。

比起春笋来，冬笋就难挖了许多。它不仅长得小，而且少而珍贵。挖冬笋要凭丰富的经验，因为只有极少数的冬笋会露出泥土。大多数的冬笋都深藏在土层之下，没有经验的人根本就发现不了它，要想挖到它绝非易事。挖冬笋是耗时耗力的活，要有耐性和耐力，但没有太多的技巧。只要找到粗壮硬朗的竹鞭，沿着竹鞭生长的方向一路挖去就行，没有捷径，只要肯卖力，就会有所收获。听有经验的老农说，弯竹生直笋，只要找土包和新鲜的裂纹，便可以找到它们，一挖一个准。

春天也是抓泥鳅摸田螺的好时节，亦是东关孩子们生活中必不可少的。俗话说："油菜开花，鱼儿用手抓。"每到春季，油菜花盛开的时候，泥鳅最为活跃，水渠、水沟、小溪处处都是它活动的场所。但泥鳅很滑很腻，想要抓住不是件容易的事，得靠动脑想办法。东关鱼鹰队的后代中有好些个都是捉泥鳅的高手，他们背上了小竹篓，手持笊篱鱼笼，穿上雨蓑衣，寻一处从农田流到小溪的急水沟边，等待泥鳅从溪流中往上蹿。他们教不懂行的王胜军、郑星亮说："电闪雷鸣的时候，是捉泥鳅的大好时机。"

在惊天动地的雷声中，泥鳅会一批一批从河里往小沟中冲向农田，黑压压的泥鳅全部挤在农田直流到溪边草坪的小水潭中。大家先在下游筑好泥石坝，在坝中掏几个小洞，把鱼篓口放置洞中填埋好，就到水沟上游蹚水驱赶或用竹竿敲击，受到惊吓的泥鳅、小鱼小虾便纷纷向下游逃去，上下游间距不宜过长，免得它们回逃。接连几次后，泥鳅、鱼虾便顺着小口流到篓中，再也无处可逃。这时便以最快的速度拿起小鱼篓，用笊篱或鱼笼在溪边堵住夹着尾巴逃跑的泥鳅。随着水慢慢流尽，那滑溜溜的泥鳅全部装进了笊篱和鱼笼中。望着那几十上百只活蹦乱跳的泥鳅，大家心中都乐开了花。

梅子青，梅子黄，菜肥麦熟养蚕忙。

到了夏季，又是有另一种捉泥鳅的办法，叫着"插泥鳅"。小满节气一到，田野中到处是浅夏轻风送稻香，挥镰割草乐趣满的景象。到了晚上时分，东关的孩子们便卷起裤腿，打着赤脚，背上一小篓松光，举着燃烧的松油柴，在伸手不见五指的夜幕中向田间的水沟边摸去。快到田沟时，大家都放慢脚步，轻悄悄拿低火笼紧挨水面照去，手里握着像锯子似的钳子插泥鳅。夜晚的泥鳅没有光线在水里不活动，只要你手中的钳子轻轻插入水中，对准泥鳅的脖子处一钳，泥鳅就乖乖进了你的鱼篓。如果运气好，一晚两小时左右，刚好一篓子的松光烧尽时，可以收获泥鳅两斤左右。有时在路上还会抓到不少一种叫"棺材鱼"的鱼，这是一种有传说的鱼，是成窝上岸的鱼。鱼鹰队的孩子是捕鱼人的后代，自然善识鱼路，他们在鱼的归途撒了草木灰，归鱼因为草木灰沾满鱼身而失去黏滑性，扭动而无法游走，游鱼终于在山上、坡上堕入渔网中。但这种叫"棺材鱼"的鱼不好吃，名字又不好听，所以没人喜欢吃这鱼。

大家在抓泥鳅的时候，往往会附带着摸田螺回家。夏天是田螺空怀的时候，腹内无小螺仔，肉质最是肥美。所以俗话说："三月田螺满肚籽，七月田螺最肥美。"邵武这个地方终年不缺水，水质清澈，多产田螺。每到八月，禾苗尚幼嫩，还未孕穗，常遭到田螺的啃食。孩子们背了竹篓去山田里捡田螺，摸到的田螺回到家后倒入木桶里，让清水贮养上几天，使田螺吐尽泥沙。要吃时把吐尽泥沙的田螺下沸水过一下，尔后用韭菜、辣椒、大蒜头爆炒。做法简单，味道却实在是好。尤其是韭菜炒田螺有不同的风味，因为韭菜有一种浓烈的辛香，把田螺的土腥味压住了，韭菜和田螺鲜味叠加在一起相得益彰。吃的时候，用食指和拇指把螺的尾部放进嘴边，把头部放入唇里用力一吸，整个螺肉便"忽溜"一声钻进了嘴里。在一吮一啜间，口齿充满了美味的噙香。

当然，在广漠的田野中不仅仅只有竹笋、泥鳅、田螺是美食，在东关孩子们的眼里，还有许多城里人想不到的食物。每当小满过后，芒种将至，熏风南来，东关的孩子们所期盼的熟麦天到了。邵武以种水稻为主，种麦子的人不多。但在离猴子山1500米的故县大队，有一大片绿油油的麦田。微风轻拂，麦浪滚动，混杂着潮润泥土的气息，麦香扑面而来。此时，东关孩子们最想做的事情，就是吃青麦搓青。大家来到地头，用手掐下几支胖鼓鼓、沉甸甸的苍青麦穗，一只手用虎口处捏住麦秆，掌心向下，与另一只手掌交合，然后用巧劲轻轻揉搓。再将麦穗撸干净，然后边两掌交替倒腾，轻轻吹去麦芒与麦皮。转眼工夫，手心里就剩下淡青色的麦粒，就像一颗颗色泽晶莹的珍珠，十分清香嫩滑。放到嘴里轻轻地咬一咬、嚼一嚼，一股清纯的麦香直入口中，这是生吃麦粒。

麦粒还有另外一种"烤青"的吃法，也就是燎烤青麦穗，方法简单易行，拣一些干柴枯草，然后点上火堆，将麦穗绑扎成捆，放在火上燎烤。只听"腾"的一声，一阵烈焰，麦芒迅即化作青烟而去，被燎焦后的麦穗发出一股带有焦煳味的麦香。接下来把燎好的麦穗放在手掌里轻轻揉搓，然后吹去皮屑，黑乎乎的手掌上就留下苍青晶莹的麦粒儿。一把将麦粒掩到嘴里，嚼起来感觉嫩香、软甜，夹杂着柴草青烟的香味儿。

除了麦粒，还有地瓜。东关民众在自家的房前屋后、山上坡下、林地溪边，都会寻缝隙种些地瓜。那时大家生活困苦，"糠菜代""瓜菜代""野菜代"，都习以为常。

番薯是邵武百姓的主粮，刨成地瓜丝晒干后储藏，可供一年四季食用，还能制作出番薯粿、番薯饼、番薯面、番薯粉等众多的花样品种。番薯乃劳苦大众温饱所系，与百姓的生息休戚相关。每到番薯收成时，东关的孩子们都会带一把轻便的小锄头，挎上一只大竹筐，跟在农民们后面，荷锄翻捡遗落在泥层中的残缺的番薯充饥。虽说都是捡到一些拇指大的番薯和一些破碎的番薯，但往往都是满载而归。

临近中秋，树叶变成了深绿，但田野里的庄稼仍然是绿油油的，到处弥漫着瓜果的香甜味。东关的孩子们平时没有水果、没有零食享用，只有吃那些山上的野果子，酸枣、野桃子、野地瓜等。酸枣是一种野果，酸枣树一般生长在野外的山坡上，属多年生木本植物。成熟的酸枣有拇指般大小，果实呈金黄色，剥开外皮，里面是一层白色的软软的果肉，紧紧附在核上，得慢慢放在嘴里细嚼，但完全把果肉咀下来并不容易，大家吃的就是那个酸甜的味道。

在东关外猴子山一带，野生的酸枣树长得到处都是。这些酸枣树没有肥料的滋养，却依然能结出最丰盛的果实。找到了几棵酸枣树，用棍子打酸枣，不多时就可以拾满满一篮。吃不完的酸枣，可以加工成酸枣糕。经过一蒸、二拌、三晒等十余道工序制成的酸枣糕，色泽透明，酸甜可口。

东关的孩子还喜欢烧豆子吃。在黄豆地里捡些收割落下的豆枝，堆在一起，从下面点着火，豆枝要是湿就用木棍挑起来，让火慢慢地烧，不然豆子熟得慢，或者不熟；豆枝要是太干，还要用木棍压着，火不能烧得太旺，太旺会把豆粒烧焦，不能吃。等差不多了，把余火弄灭，小伙伴们便围成一个圈，半爬半跪，屁股撅得老高，抢食着烧好的豆子，一个个嘴巴、脸蛋就像抹了墨，嘴巴像黑蝴蝶一样，把满嘴都吃黑了。总之，田野中有许多可玩可吃的东西，田野中有东关孩子们取之不尽的食物。

但世间万物相辅相成，也相克相敌，也不是什么都可以吃。有一次孩子们打了一只大鸟，也叫不出这鸟是啥名来，那鸟有两斤多重，长得有些怪，打死后眼睛不闭、足不伸。有人说这鸟模样怪，别吃，但把它扔了又可惜，于是有人还是煮了吃。没料到，凡食了这鸟的几个人，没过半个时辰便脸色发青、肚子绞痛、上吐下泻，幸好甘草爷知道了，经过抢救才保住了性命。

甘草爷说："这鸟肉有毒，不能吃！今后你们凡看到异样的东西千万莫乱吃，弄不好会出事的。"甘草爷还告诉大家，凡禽鸟死不伸腿、眼不闭的，俱有毒，不可食之；凡看见长有双顶双蒂的瓜，俱有毒，不能食用；还有鱼凡是长着逆腮、无腮、腮下有"丹"字或形状异常者，千万不能食用；凡是果实异常者，根下必有蛇，不可食。另者，果实能在水中浮，不浮者不能食；甲鱼（鳖）中凡是头眼不缩、独目赤目、腹不红，或生"王"字形，或有蛇纹的甲鱼，俱不可食。一切走兽肉，凡兽有畸形者、肉落地不沾尘者、煮熟了不敛水者以及煮不熟者和热血不断者、形色异常者、鸟兽自死而无伤处者，俱有大毒不可食。还有羊如果是独角者，黑头白身者俱不可食之。反正见到异常怪状的东西，莫要嘴馋，千万要忌之。甘草爷说这番话的时候神情极是认真严肃，把大家听得一愣一愣的，却都牢牢记在了心里。

02 越剧团

小东门。邵武越剧团。

若是从准确的地理位置来说，邵武越剧团不属于东关的范围。但由于它处在小东门胜利巷的正对面，与东关实际上只隔了一条马路而已。而且在邵武越剧团的隔壁，坐落着一栋邵武很有名气的古建筑，这就是宝严寺大殿。大殿初建于唐大顺元年（890），元延祐年间和明嘉靖十二年（1533），曾两度有东关人出资重建。所以，不仅仅是越剧团，包括紧邻越剧团隔壁的宝严寺，在东关人的心目中，它们从来就与东关是连在一起。

宝严寺大殿面阔、进深各五间，建筑面积400平方米，通高18米，屋顶为重檐歇山式，抬梁式结构梁架。斗拱呈莲花形，大殿全部采用拼合梁栿，柱头斗拱用真昂，外檐补间斗拱里转用上昂。金柱的4个莲花石柱础距今1000多年，部分杉木圆柱、前檐梁栿属宋代建筑原物。整体平面呈四方形，散发着宋代充满想象力的形制神韵。令人称绝的是，如此气势巍峨的建筑，竟没有使用一颗钉子，完全依靠榫卯拼合而成。整体造型结构严谨、建造工巧、气势恢宏。

大殿内部明代的斗拱硕大，做工精美，彩绘鲜明；梁栿保持宋代图案痕迹，古朴雅致。细观内部的梁架结构，4个宋代莲花柱础上的甚为粗壮的杉木托起了"五龙图"，前面则是同为正方形的"海上日出图"，左右各有两幅一样的长方形彩画——"双凤图"和"双狮戏球图"。大殿上方所绘人物、花卉、龙凤等图案，是明代邵武籍著名画家上官伯达、严宗儒的手迹，超凡脱俗，使大殿显得既庄严，又充满艺术的气息，撼人心魄。

明代时宝严寺重修，还多亏了江南四大才子之一唐伯虎出力。晚年的唐伯虎曾应宝严寺名僧云如长老的邀请云游邵武，见古刹破旧，便自告奋勇到官府化缘。时值重阳，好风雅的知府潘旦正于东关诗话楼召集东关的豪绅名流饮酒斗诗。只见唐伯虎身着袈裟，头戴僧帽，对知府潘旦言道："贤达们在此作诗，可容老衲和否？"

知府很是惊诧："你亦能赋诗？"

唐伯虎笑答："不仅能诗，且值百金。"说罢提笔一气呵成：

一上一上又一上，一上直到高山上。

举头红日白云低，五湖四海皆一望。

唐伯虎提罢把笔一抛，从怀中取出一枚印章，端端正正落了款。众人一看，一片哗然，正是江南第一风流才子"六如居士"四字。唐伯虎在众人惊讶之时，这才把来意相告。好风雅的潘知府带头捐赠，其他人见此纷纷献金。明嘉靖十二年（1533），宝严寺重修告竣，可惜这时唐伯虎已谢世十年。

邵武越剧团的前身是浙江省嵊县的一个越剧团。当时刚刚完成民主革命的邵武一派生机，社会安定，人民安居乐业，对文化生活也就有了迫切的需求。

当时邵武只有几个小业余剧团，根本无法满足广大群众的需求。县政府根据这一情况，决定创办一个专业的越剧团。邵武多亏了有一个喜欢文艺、重视戏剧的县长张文堂，他很是关心创办专业越剧团，亲自拍板决定："剧团的事，老百姓喜欢咱们就办。如果本县没有人才，条件不具备，可以到外县外省去请。"

有人提议："浙江嵊县是越剧之乡，会唱越剧的人很多，咱们可以去那里看看？"这个提议得到大家的认可，县里派人前往浙江嵊县联系。当时接洽的这个越剧团正在浙江萧山县宁浦乡演出，接到邵武的热情邀请，团长应松亭很高兴地就答应下来。第二天，全团35人在团长应松亭带领下，风尘仆仆来到邵武。

当时粮食统购统销尚未开始，城市户口和农村户口也没什么差别，而剧团在全国还是属于私营性质，没有什么上级主管部门。所以他们说来就来，双方都不需要花精力与时间去办什么手续。

这个剧团来到邵武，马上打出一个响亮的名字"新文越剧团"，表明自己是新的文艺团体，以区别于旧戏班。邵武小东门胜利巷口有个戏院叫"胜利戏院"，是1945年建成的，刚好空置在那里，便归给了新文越剧团使用。说是戏院，但是里面空空如也，连椅子也没有一张，幕布都没有一片。观众厅里是一片黑乎乎的泥巴地。由于长时间没有使用，一打开门里面有一股霉味扑鼻而来。然而，新文越剧团这些演员们十分知足，比起过去的走南闯北睡地铺的风吹雨打好了许多，现在毕竟有了自己的剧场。他们欢天喜地立马动手清扫、整理剧场，没有布景就先用纸做的；没有观众席，三两根毛竹扎在一起，横放地上照样可以坐人；没有宿舍、没有床铺都算不上什么，可以在舞台上睡通铺，男左女右，各占一边。过惯了流动生活的这些艺人，本来就不会娇嫩要待遇，这些小小的困难根本难不住他们。

新文越剧团成立以后，情况大不一样，不仅自己演，还从上海请来演员周菁芳、朱和芳、筱月芳和导演毛玉根等。她们来邵武少则几个月，多则几年，每年都有一批演员进出。人才交流促进了艺术交流。新文越剧团能及时了解外界信息，安排艺术生产，从幕表戏逐步向台词戏过渡。1953年他们排出第一本台词戏《彩虹万里》，1954年以后就逐年增加，差不多每星期就能排出一本台词戏。

1956年，社会主义改造运动在全国轰轰烈烈地展开。政府给新文越剧团派来了第一位政治指导员李东，体现了党对剧团的领导。李东的到来主要是对剧团实行体制改革，即改私营性质为集体所有制。当年的11月份，新文越剧团改名为"邵武越剧团"，全团演戏员增至47人。剧团成立了传统剧目委员会，挖掘整理了一批传统剧目，全年演出达363场，经济收入3.7万元，比1955年增加近1万元。剧团用3500元在橘子园内盖了第一幢宿舍，添置了许多灯光布景行头。同时，由于积极上山下乡以及多次深入工地慰问修建鹰厦铁路的民工，剧团被评为省一级的红旗剧团。

1957年秋，邵武越剧团也和其他单位一样，开展整风运动，演职员要求建立党团组织，健全各种制度，经济民主公开，加强对艺术生产的领导等。鸣放结束后，转入社会主义教育运动，演职员纷纷写决心书表示要以团为家，不闹工资待遇。在1958年和1959年，剧团除了每晚的正常演出外，还经常上街演出，宣讲时事和党的政策，体现文艺为政治服务。剧团1958年共演出1172场，其中街头演出452场；除了大年三十晚停演外，其余364天都有演出，有时节日或星期天还加演日场，因此每年可演400场以上，并坚持和当地群众同住同吃同劳动的"三共同"制度，每年下乡下工矿时间不低于80%以上。

剧团上山下乡演出比较艰苦，交通条件很差，除了在公路干线的几个公社能通汽车外，大部分地区都要靠两条腿走路。戏箱、服装、道具、灯光等由农民搬运，个人的行李都要自挑自背。通常是每天或两天就要换一个演出点，点与点的距离少则十几里，多则二十里以上。演员上午走路，下午排戏或参加当地生产队劳动，晚上演出。吃饭是派到各个农家，住宿则集中大队部或舞台睡通铺，常常是十几个人挤在一个房间。对于住宿条件，演职员们从不苛求，还觉得十分热闹有趣。

1963 年 3 月，邵武越剧团根据雷锋的传记材料、日记编写剧本，由本团导演梁平执笔，4 月份剧本写成，定名《雷锋》，经县委宣传部门审查通过后，组织人员排练。首场演出好评如潮，接着又巡回到建瓯、古田、尤溪、顺昌各县，还应邀为南平专区三级扩干会议演出，由此扩大了政治影响。邵武各系统单位纷纷包场，观看演出，农村的公社、大队也竞相邀请，剧团声誉为之提高，创邵武越剧团建团以来剧目演出场次的最高纪录，剧本被专区剧协推荐给全省各剧团。

1964 年秋，全省第二次戏曲现代戏汇演一结束，古装戏就被明令禁止。提倡塑造社会主义英雄，表现新中国成立以来的各种各样矛盾斗争。越剧团一向以演古装戏为主，剧种也是以表现才子佳人的悲欢离合见称，曲调亦是优美抒情软绵绵的。现在要塑造叱咤风云的英雄，这对越剧团无疑是个难题，反差太大。但剧团还是坚决执行党的方针，彻底埋葬了古装戏。在短短的时间内，排练了《江姐》《山乡风云》等戏和观众见了面。

但是经济问题随即显现，剧团的经济来源是靠演出收入，是自负盈亏性质。除了特殊情况，政府是不拨款的。经济效益全看上座率，全部演现代戏，观众的欣赏习惯一时改变不过来，觉得不好看，因此卖座率很低。原来古装戏在农村包场是每场 120 元，现在演现代戏只得 80 元。有的大队同意包场，有的则叫剧团自己卖票，有时一场只能卖三五十元。于是剧团分队下乡，每队 20 人左右，以演小戏为主。起初分 2 队，以后分 3 队，包场则从每场 60 元降到后来的 30 元、40 元。虽然分 3 队演出，工资却常常不能按时发给，只能每包一场发一人工资，谁家困难谁先发。好在大家抱成一团，同舟共济，苦渡难关，没有一个人提出离团，也没有人找关系调到其他单位去。他们相信，总有一天会改变这种困境。而且奇怪的是，越剧团的一些浙江女孩刚来时又黄又瘦，后来还一个个都变得又白又嫩。大家说这是邵武山水养人的缘故。

"文化大革命"一开始，剧团奉命被撤销，除少数人安置出去外，其余人员都在"四清"工作队领导下转入"文化大革命"，演出停止，工资只发 70%，争争吵吵闹了几年。

1968 年底邵武县毛泽东思想宣传站革命委员会成立，剧团归其领导。翌年 2 月，这个早已被撤销的剧团重新被宣布解散，演职员除少数人外，全部下放农村当了农民。邵武越剧团就这样消失了，不少民众喜欢的越剧演员也中止了演出，尤其是被誉为舞台姐妹花的陈秀英与陈秀珍也被下放，离开了越剧舞台。

出生于浙江杭州市区的陈家姐妹俩，在越剧的柔美抒情和委婉缠绵的陪伴中成长。1958 年 20 岁师从范瑞娟的姐姐，来到邵武越剧团成为主要演员。在唱腔和表演上，她博采众长，唱腔凝重大方，富有阳刚之美，是邵武越剧团的台柱子。1962 年，刚初中毕业的妹妹被姐姐从杭州接到邵武一起学习越剧表演。每天天不亮，陈秀珍就跟着大伙在富屯溪畔练习吊嗓子、压腿练功。小小身板里有用不完的劲儿。练功从不喊累喊疼。三年后，由于勤奋与天赋，陈秀珍脱颖而出，像姐姐一样，成为邵武剧团里的主要演员。

后来，邵武成立毛泽东思想宣传队，陈家俩姐妹的艺术才能被宣传媒看中录用，留在了城里。为了适应宣传队各节目的需求，姐妹俩开始表演快板、样本戏、小品和话剧。为了演好芭蕾舞剧《红色娘子军》，姐妹俩把木头放进鞋子里苦练基本功，五个脚趾头流血了就用胶布裹好再继续练，脚站不稳摔倒了爬起来再继续苦练。革委会主任看见演员们如此艰辛非常心疼，最后把芭蕾舞剧换成了其他剧目。

宣传队下乡演出是十分辛苦的差事。特别是冬天，遇到雨天全身湿透，湿冷的衣服冷漠无情，大家只得用表演的热情抗拒这寒冬里的冰冷。到道峰山的雷达部队慰问演出时，战士们艰苦的生活环境让大家沉默了。晚上战士们把床铺让出来给演员们睡，并通宵达旦地守在门外。从那以后，下乡演出再苦再练，姐妹俩从不抱怨半句。但是她们还是会想起邵武民众对越剧的喜爱之情，每天晚报剧场人挤人，场场爆满。很多没买到票和买不起票的人都等在剧门口捡剧尾巴看。那时剧团很人性化，为了安慰和满足这些戏迷，会在演出结束前提早十到十五分钟打开剧场大门，放场外观众进入剧场捡免费的戏尾巴看。这对众多无钱买票的戏迷来说，是一种难得的恩赐。

03　崔老三

1964 年秋。越剧团。

邵武越剧团恢复演出后，住在东关向阳巷 26 号的崔老三当上了团长。崔老三他爹没文化，生有五个儿子、一个女儿，取名图简单省事，老大叫崔老大，老二叫崔老二，排行老三的儿子就叫崔老三，再下去便是崔老四、崔老五，女儿就叫崔六囡。

在邵武这座小城中，崔老三也算是知名人士之一，他在小城土生土长快五十年，全县的大街小巷中少有人不知他崔老三的。一者是他当演员的缘故，二者此君会来事，很有人缘。他生性好炫耀，喜在大庭广众人多的场合抛头露面，引人注目。尤其是他当上越剧团团长的这些年，知名度比县长还大。革命现代样板戏《沙家浜》上百场演下来，全县二十万人就有大几万人认得他。由于认识人太多的缘故，与他走在大街上很是耽搁时间，他总是走走停停、点点笑笑，几乎每行几步就有人和他打招呼，或者是他和人家打招呼，有事没事几句寒暄，硬是把时间给耽搁了。你若急，说他是"锅边糊"，他也不生气，一副笑呵呵样，神情中大有"天下谁人不识君"的自豪感。

崔老三的长相也十分有特征，头圆嘴厚，肥脖大耳，油腹便便，一身肉膘。说话中气足、嗓门大，声音能过三堵墙。有时你想跟他说些秘密的悄悄话，而他老兄应你时音量却大得像扩音喇叭，让你冷不丁吓一跳。若你看过京剧样板戏《沙家浜》中的胡传魁，他就那模样、那德性。当然，崔老三可没胡司令那么草包，他貌似张飞，心细如曹操，是一个有心计的人。如果你说的悄悄话真是和他有关或是不能吭声的，那他绝对不会用大音量回答你。

"文革"开始没多久，崔老三就去派出所给自己改名为崔永革，意为永远革命，挺有志气挺好听的，但人们仍然还是叫他崔老三。新中国成立前，他家开杂货铺，做些小本钱的买卖，生活并不宽裕。父亲见兄弟姐妹几个里唯有他头脑灵活有些出息，便一家人嘴里省着供他上学堂念书，所以家里其他兄妹们眼红地都说爹偏心。可崔老三却不珍惜家里人的关照，书不好好念，不是逃学就是在学堂闹事。先生恼他不学好，常向他父母告状，于是崔老三又变法儿跟先生作对。先生上课时说，中国的汉字有形声字、象形字等等，比如月亮的月、日头的日、梨子的梨、元旦的旦之类都是象形字。没两天后交作文，先生见崔老三所做的文中有许多生造字、古怪字，很是不解，指着其中的一个"砯"字问："这叫啥字？"

崔老三头一歪说："念'砯'呗。"

先生问："何以念'砯'字？"

崔老三说石头扔进井里不是会响吗？"砯"外面是"井"，中间那一点就是一块石头。先生怒斥说谁教你这么写的，崔老三歪头说，这不是您先生昨天教的有形有声的字吗？把先生气得哭笑不得。

一日，崔老三与几位顽生逃学，在街上被父亲撞见，崔老三恐责怪挨打，便随口胡诌说今天先生染病不上课。父亲不信，崔老三立即做出悲痛样说是真的，而且先生病得很重，言罢眼睛还潮潮的。父亲见状真以为先生病得厉害。天见黑时崔父买了水果糕饼去看望先生，却见先生好端端的，先生告状说："正要寻你说话哩，你儿子老是逃学旷课，你要好好管教管教。"

崔老三父亲见儿子骗人讲假话，怒冲冲回家狠揍了儿子一顿。同时心中又想，这个逆子何以谎话说得如此自然而然，而且装得极像，说流泪就流泪，看来将来也不是什么正道上的人，最多天生一个演戏的坯子罢了。故此，他对崔老三也失去希望，念完小学就不再供他读书，随他去了。

崔老三念完了小学后就辍学在家，一直快到了17岁还在家待着没事可干，当混混儿。这年夏天，县三角戏剧团要招演员，崔老三生来就喜蹦蹦跳跳、疯疯癫癫、说说闹闹，于是着实打扮了一番去报名。当时最时髦的是白衬衣、蓝裤子、解放鞋，崔老三没有这套行头，便向朋友借了套穿上。可那时的崔老三又瘦又干，那衣服穿在身上就像跑龙套的。他理了个三七开的头发两边倒，用花生油把头发抹得贼亮贼亮。

那时考演员不算复杂，没有什么难度，只不过是问些家庭出身啦、为什么要报名、有没有决心啦之类的话，然后再来上一段革命歌曲什么的。虽说崔老三文艺细胞不多，素质也平平，但他胆子大、不怯场、放得开，加上口才好、能说会道、插科打诨，因此应对得宜。考官们觉得他是不错的本色演员，一致同意打了勾，于是崔老三被选中进了县三角剧团。后来三角剧团撤销，崔老三由于表现出色，被调入了县越剧团。

县越剧团的人一个个都是人精，能哭会笑，会死会活。说到喜欢的事，立刻满面春风；说到悲伤的事，转眼就来眼泪，就是人们所说的会演戏。剧团的人好妒忌惹是非，强的看不起弱的，弱的不服强的。而崔老三有一大优点，就是脾气特别好，说话行事从不得罪人，更不会树敌。他半路出家，17岁才学艺，无论是基本功还是唱腔、表演技巧等自是差人一等。再加上他的形象不是那么潇洒英俊，总是演配角或是次要的反面人物，观众对他的印象平平，所以在邵武一直没有什么名气。对此，崔老三表面没有二话，实际上心中不服，他暗中使劲，总想有一天能演个重要的角色。但凭他的天资与长相，很难出人头地。

崔老三有大大咧咧的毛病，常被人们当作饭后茶余的趣谈笑料。一次，他从三楼借了打气筒给自己的自行车充气，但等他还了打气筒复下楼，却见那车胎又瘪了。他以为是自行车内胎破了，正自气恼时，才发现原来是自个粗心认错了车，于是嘟哝着又登楼借打气筒。人家见他气喘吁吁，奇怪道："怎么又没气了，是胎破了？"

"打了半天打成人家的胎了。"

众人听了哄堂大笑。而他却不笑："这有啥，认错自行车是常有的事，要不老外都说最佩服咱中国人，能在众多的自行车群里认出哪辆是自己的。"

还譬如，某年夏天他出差省城住招待所后，转身到一楼服务部买烟，回到房间却见有一面生女同志竟然随便地躺在他的床上看书，他一见发愣，问："同志，您找谁？"

那女的也愣住："您找谁？"

"我？我住这。"

"你？我也住这啊……"

"你，你住这？那我怎么办？"崔老三感到好笑。

那女愠怒道："莫名其妙！你给我出去！"

当下两个人吵了起来。服务员闻声赶来，一了解，原来是崔老三走错了房，这间是三楼202，而崔老三住的是四楼202，他少走了一层。崔老三大窘，连道不是，喏喏退出，并自言自语："这能怪我吗？这招待所的房间设计得一个样。"

1968年夏天，根据革命形势的需求，停演了两年的邵武县越剧团复演，但改名为"毛泽东思想文艺宣传队"，从领导层包括演职人员在内，开始注重演员的家庭出身与思想政治。崔老三属于劳动人民家庭出身，开始受到重用，当上了邵武县越剧团副团长，担任的角色也由一般群众演员变为主要演员。他先是演现代剧《朝阳商店》的党支部书记，一个正面形象，反响一般。后来他演红色革命样板戏《沙家浜》中的胡传魁，虽然是反面人物，但这个角色对上他的本色是极讨好的，所以演起来十分顺当，效果甚佳。他的名气在邵武一下大振，得到观众们的一致认可。当下赞扬声四起，崔老三成了名人，走到哪儿都有人投去敬佩的目光，叫他胡司令来了。

崔老三心里乐得不行，踌躇满志，大屁股一颠一颠地都要踩在鼓点上。没多久，崔老三由副转正，当了剧团的一把手。团里有些人不服，看不惯他得势的样子，于是平日里总要拿他来开心，想着点子寒碜他。

在演《朝阳商店》戏中，有这么一个情节，商店的党支部书记到柜台检查工作时翻看意见簿，看到顾客写的表扬信时，要高兴地连声道"好"。那天，他像往常一样打开意见簿，正要连声称好时，却见本子上面写着："崔老三团长，我睡你老婆好不好？"他一怔，知道有人在玩他，不由得大为恼怒。可这开不得玩笑，这是上纲上线的政治问题。他只能哑巴吃黄连，连声道好。

下了台后他正欲发火，见团里的几个愣头青对着他在窃窃偷笑。崔老三到底是世故之人，知道团里有些人不服他，冷静想了想，小不忍则乱大谋，便做出一副宽宏大量、大人不计小人过的神情，批评道："你们这些小年轻，开玩笑也过分了点，幸好我这人开得起玩笑，不会认真计较，下次可不允许有此类情况发生。"

众人见他如此，开心得好一阵大笑，过后又照拿他来开心。崔老三也只好常作糊涂样。剧团大多数演员都是浙江嵊县人，讲话都带有浙江的腔调。像拉胡琴的陈师傅习惯把他称为剧团的头，这本是正常的事。但陈师傅说"头"字的普通话带有浓重的浙江口音，听来与普通话的"屌"字是一个音。后来大家发现了这个秘密，也都不叫他团长了，而是叫他头（屌）。初时崔老三还很受用，有一次邵武东关的朋友不解道："崔大团长，你手下人怎么叫你'屌'？"

崔老三一愣，认真回想一下是有些不对劲，再仔细一回味，怪不得这些人称他头的时候，把"头"字说得很重很大声，而且神情都不正常。这才知道原来众人在有意骂他。可他又发作不得，谁叫自己是剧团的头，人家这么叫也没错，不能去怪口音。

崔老三生性随和，故大伙虽然恶作剧，也并非真对他有意见。不少人私下谈起他时倒对他印象挺好，尤其是领导和客人，对崔老三反映不错。崔老三是自来熟的人，每逢上面来了客人，他明明没和人家见过面，可总是要抓耳挠腮作回忆样说："是在哪里和您见过面？怎么这么面善？"

搞得人家也极力回忆是不是和崔团长见过面，便问是不是在某次省里开创作会时见过？崔老三便鸡啄米样连连点头说好像是。于是大家关系便很随便起来，气氛也更加融洽。在请客的酒席间尽是崔老三插科打诨，谈笑风生，十分潇洒。如若客人是四川人，崔老三便说自己会说四川话；如若是上海人他就来上几句"阿拉侬"；是福州人他便也说上几句"吧吧央"，虽把福州话说成了卖花蛤的福清话，可也把大家逗得乐哈哈，都觉得这崔团长是一个极为风趣的人。

崔老三虚荣心也强，尤对男女之间的事表现得十分小气。众所周知，演戏的人往往风流多情，男男女女整天耳鬓厮磨在一起，难免风流事也多，而且演员们一点儿也不忌讳，倒引以为自豪，尤其是浅薄的男演员凑在一块。每每听到这些，崔老三心里就不是滋味，自己这辈子就只和妻子好过，虽然也常和一些女演员们笑笑骂骂、拍拍打打，可那都是隔靴搔痒不过瘾。

崔老三觉得自己是一个人物，不愿让人说他没本事。他一本正经地说："兔子不吃窝边草。老人说万恶淫为首，一个人堕落往往就是从生活腐化开始。"每次下乡演出，崔老三都特别操劳，从白日间男女演员的接触，夜里男女演员的住宿都管得很严，搞得不少年轻人都有意见。有年轻的演员问他："头（屌）！你就没有过风流事吗？如今当上了团长就假正经了。"

崔老三很严肃地批评说："饭可以乱吃，话可不能乱说。这么多年，谁见过我和哪个女的有过一点儿扯不清的关系？"

大伙心里也知道凭崔老三这副长相，根本就没有风流这档事。其实这话也不对，常言说得好："这世上只有剩饭剩菜，没有剩男剩女。萝卜白菜各有所爱，你不爱自然有人会爱。"

崔老三还是有他的长处的，但你就是借十个胆给他，他也不敢乱来。为啥？他是个十分惧内的人。妻子是县国营蔬菜公司东关门市部的负责人，长相平平却很能干，也很会理家理财。妻子在单位很忙，整天不着家，但对他却管得死死的。晚上从来不能超过九点半回家，如若是有事或开会必得先请假讲清楚，否则回到家没完没了。而崔老三只有听话，赔着笑脸的份，绝不敢有半点的怒色。

故此，崔老三对知心朋友说，别看剧团里美女扎堆，自己平日时嘻嘻哈哈，无忧无虑，活得很潇洒，其实那是表面现象，真正是活得很累很窝囊。他觉得自己无能，从来都是靠笑脸来解决矛盾的，在单位是这样，在家里也是如此，腰杆子硬不起来。

但终于有一次，崔老三真正大着胆子对妻子发了火。那是7月间，省里电影制片厂在邻县拍一部古装故事片，需要找一些群众演员和只有几个镜头的配角演员，求助到邵武越剧团帮忙。崔老三当然大力支持，他自己被选中充当影片中的皇帝角色。他高兴不已，当了一辈子的县城演员，从来没碰过拍过电影，这次可是开了洋荤。虽说只有两三分钟的戏，可排场还是挺足。崔老三演皇帝，旁边有俊俏的宫女伺候着，其中还有很亲热的戏。崔老三初时还有些难为情，但很快就适应了，过镜头时还巴不得导演不满意，这样还可反复享受几次。崔老三心里想：这次来演皇帝真享受，这日子自己哪怕过上一天也知足了。可惜这皇帝不是主角，戏份太少，不过瘾。不过还不错，他在剧组整整待了两天。

自打拍电影回来后，崔老三就有些变了，变得有些傲起来，对许多事情看不惯，回到家里也看不顺眼，烦躁了好长一段日子。崔老三生了三个女儿，都嫁人各自成了家，只有他与妻子过日子。一天下班回到家，妻子还没回来，锅里什么的都是冷冰冰的，他很恼火。按往日的习惯，妻子回没回来都是他烧饭。可今天妻子回来晚了些，却见崔老三躺在椅子上看报，还以为他人不舒服，好心问他生病了吗？崔老三把报纸一摔，板着脸责问她为何这么迟才回家。妻子愣了愣，觉得崔老三有点反常，但嘴上还是软软地说："你又不是不知道？今天上时令蔬菜，门市部忙得不可开交。"

崔老三很不耐烦地告诉她要多操劳点家中的事，女人应该把伺候丈夫作为第一要务。妻子感到奇怪，丈夫今天是发哪门疯，吃了豹子胆还是怎么回事。几十年来从来都是她当家长，他当二把手，哪轮到他训斥的份。于是妻子也变了脸说："崔老三你今天莫非存心要找碴？我迟回来点又怎么样，赶紧认个错，我就不计较了。"

崔老三越听越上火，此时的他仿佛还沉浸在前几天拍电影的情景之中，妻子就是那犯上的宫女，他不由"龙心"大怒，挥起"龙掌"便往宫女脸上盖去。随着一声脆响，妻子的脸上泛起了五个手指印，崔老三的手也打得生疼，清醒过来这才知道自己闯了人祸。妻子从没吃过这种亏，哭着叫着随手拿起桌上的菜刀就要砍。

这场战争，妻子足足发起了有近 2 小时的攻势，连捶带骂把崔老三轰得焦头烂额，轰得他清醒了过来，保证今后永不再犯此类不明智的错误。

夜深人静，崔老三唉声长叹睡不着觉。妻子又心疼不已，老着脸体贴他。崔老三很感动，说是自己这几天心情不好，领导找他谈话，说他明年已经 55 岁，到了退二线的时候了。他听了不是滋味，所以今天才发脾气，真对不起！

第二十五章

01 美玉婆婆

1967 年夏天。东关信义巷 61 号。

身材弱小的美玉婆婆住在这里几十年了，这是一个单门独户的老屋，有三间房、一个小客厅，外加一个十几平方米的厨房。美玉婆婆的丈夫因痨病，在她 30 多岁时就走了，留下她与一个不到 10 岁的女儿小玉相依为命。美玉婆婆虽然还年轻，但怕女儿委屈受气，便没有再嫁人。靠父亲留下的一点积蓄，再替人家浆洗缝补有一点收入补贴。女儿小玉高中毕业参加工作后结了婚，与丈夫在南平上班，偶尔回来看看母亲。前几年美玉婆婆从乡下小学退休回来，一个人住在这东关信义巷 61 号偌大的房子里，显得很是寂寞。

1951 年，各个乡下都办起了扫文盲的班，水北乡在陈村小学也有一个文盲班，当时从城里请来一位教师，但那老师吃不了那份清苦，也嫌工资太低，教了没半年就走了。乡里便请来了 40 多岁的美玉婆婆顶缺，美玉婆婆毕竟是城里小商人的女儿，人长得清楚，又是初中生毕业生，教文盲班自是绰绰有余。

美玉婆婆工作尽职尽责，人勤快善良，大家都很喜欢她。文盲班结束后，大家舍不得她走，学校领导留她在陈村小学当了一名代课老师，但身份是临时工。不久，学校来了一位正规的师范毕业生当老师，美玉婆婆便干起了学校的炊事员，实际上也就是替寄宿生蒸蒸饭、烧烧热水。她这一干就是十余年，每月的工资也由最初的 8 元增加到 26 元。55 岁这一年学校领导研究了好几次，让她退休，每月发 12 元的生活费。对此，美玉婆婆没有说什么，只是不愿意回城里东关住，一个人太寂寞了，要求仍住在学校里，她自愿帮学校食堂干点活。

有人告诉美玉婆婆，10年以上教龄的人退休可以拿80%的工资。美玉婆婆先是不好意思问，在同事一再动员下，她便鼓起勇气找到校长，嗫嚅了半天说明了来意。校长一听先是愣了愣，尔后笑了笑道："你是不在编的人，不享受这个待遇。难道你不知？"

美玉婆婆听了校长的话点了点头，又摇了摇头，自语道："我知道你有难处，可我不懂，我怎么会不是国家的人呢？"

见美玉婆婆不了解其中的政策，校长耐心解释了好一会儿。美玉婆婆有些急了："校长，我不是要加钱，但你们得承认我是国家的人啊！"

校长此时正要出门办事，一时半会也说不清楚，便无奈地点头表示认可。而打这以后，美玉婆婆只要知道学校有开会，她都要端把板凳静静地坐在一旁。有人劝她："美玉婆婆，这些会你就免了吧？"

美玉婆婆听了有些不悦，极认真地应道："就不兴我听听吗？校长说了我在编哩。"

大家明白她的心思，也就笑笑随她去。美玉婆婆在陈村小学干了快20年，兢兢业业，每日从鸡鸣忙到天黑，这个情景大家都看在眼里，所以很多事情也不点破。每次开饭时她还要坐在一旁静静地、笑笑地看着学生仔们。谁个吃得不香，她便问个不停；若谁吃不下饭她便心疼得紧，事后要想法儿煮个味浓的端米。而她为人也极善，从未与人红过脸。但后来美玉婆婆和女儿闲聊后，这才明白自己的身份，于是依依不舍地回到了家中，不再去学校打扰人家。

这天吃完晚饭，美玉婆婆正在洗刷碗筷，忽听得有人敲门，她开门一看原来是女儿的朋友，在邵武县工商银行工作的陈婉如。陈婉如的丈夫王剑鸣是邵武的县委副书记，在县里可不是一般人物。此时她带着3个孩子来，大的11岁，小的9岁与5岁，手中还拎包带衣，神情匆匆。当时邵武县委干部幼儿园在东关，粮食加工厂的隔壁，是原来地主的一个庄园。由于离美玉婆婆家很近，又与美玉婆婆的女儿是朋友，所以陈婉如带着孩子们常来美玉婆婆家坐坐。此时陈婉如一进门，神情与平时大不一样，只是请求美玉婆婆帮忙照看孩子一段时间，少则十几天，多则几个月再来领。美玉婆婆见此大惊，一边忙着招呼陈婉坐下，一边问她出了什么事。

陈婉如告诉美玉婆婆，她马上就要被单位遣送去农场劳动，带有点管制的性质，行动都不自由。

"怎么你也出问题了？"美玉婆婆知道陈婉如家的情况，丈夫王剑鸣是走资派，眼下也在农场劳动改造。罪状主要有两条，一条是娶了陈婉如这个大地主家的小姐；第二条是王剑鸣入党的时间说不清楚，可能是一个假党员。王剑鸣的父亲是村干部，1942 年日本鬼子扫荡根据地，被日本鬼子活活烧死。王剑鸣怀着深仇大恨当了八路军，走上了革命道路。当时参加共产党组织，不像现在有填表、考核、宣誓这些形式，只要上级告诉你已经是党员了便行，还不能告诉其他任何人，你记住入党介绍人和一个大概时间就行了，想不到"文革"中这竟成了造反派打倒他的一大罪状。

常言道：祸不单行。前几天陈婉如的小儿子与几位小孩子在银行营业厅玩时，竟然在废纸篓里看到一小捆两角一张的钱。发生这种事也真是天方夜谭，银行从来没有过这种事，而且让陈婉如 5 岁的小儿子以及其他的几个小孩碰上了。年幼无知的孩子们更不会有什么想法，把纸钱叠成纸飞机满天飞，也有的小孩把钱拿去买东西吃。这可不是小事件，银行的造反派知道后，那还了得，把国库里的钱偷出来，就是现行反革命。其中几位小孩的家长由于是红色子弟，这一盆脏水就全扣到了陈婉如的头上，造反派说是她偷了金库的钱，准备与王剑鸣潜逃。陈婉如被关进了公安局审问了一天后，由于证据不足，交还给单位处理。陈婉如还是被定性为现行反革命，父母亲都出了问题，3 个小孩便成了走资派和现行反革命的兔崽子。

在此之前，王剑鸣夫妇俩由于一心扑在工作上，便把 3 个小孩都托付给了美玉婆婆抚养。平时王剑鸣工作繁忙，难得回一次家，陈婉如也在银行上班，无暇顾及这群小孩，只是星期天和节假日去看一看。王剑鸣进了"牛棚"，工资停发了，这群小孩还有母亲一个人的工资维持。银行事件发生后，王剑鸣夫妇都失去了人身自由，一分钱工资都没有了，这群孩子面临着流浪街头的厄运。陈婉如抹着眼泪对美玉婆婆说："我已让人捎信给我建瓯老家的人，他们应该会来接这几个孩子。只是眼下无处安置孩子，先要让您受累了。"

美玉婆婆很善良，她听了陈婉如的诉说摇头叹道："咳！人倒霉起来真是喝水都塞牙。你放心，这三个孩子就住在这里，有我一口吃的，就有他们吃的。"

美玉婆婆没有让这三个小孩流落街头，她把他们看成比自己的小孩还亲。造反派抄了陈婉如的家，又冲到了美玉婆婆家，要她交出反革命的狗崽子。美玉婆婆把孩子藏在厨房的大杂柜里，怒气冲冲地拿出一块菜板和一把菜刀，一边剁菜板，一边大骂造反派是杀头鬼，欺侮小孩不得好死。

见平时老实巴交从来没有和邻居红过脸的美玉婆婆大声嚷嚷，来了许多围观的东关民众，大家用民间最传统的方式，七嘴八舌地呵斥造反派欺负人。造反派见引起了众怒，只好灰溜溜地走了。过了些日子，陈婉如的弟弟从建瓯县赶来，想看一下姐姐、姐夫，可连个面都见不到。到美玉婆婆家看到三个孤苦伶仃的外甥，他眼泪哗啦啦地往下流，他当然没有办法解救姐姐、姐夫，也无法把三个孩子带走。临走时他拿出口袋里仅有的几元钱，一下子跪在美玉婆婆面前，说："拜托您了，以后这些孩子就是您的孩子了。"

美玉婆婆道："我与你姐姐说过了，只要有我吃的，就不会饿了他们，他们就是我的孩子。我知道你也有难处，你走吧。"

美玉婆婆家本来就是穷苦人家，一下子要多养三个小孩，日子一天更比一天难。美玉婆婆告诫自己的外孙："这几个弟弟妹妹现在没爹没妈了，你在外面要像大哥哥一样保护好他们。"一旦有什么好吃的东西，美玉婆婆总是一人一份，不让自己的亲外孙多吃一点。

这三个没爹没妈的小孩居住在东关群体里，知道自己的父母亲失去了自由，也知道今后的生活要全依赖美玉婆婆的庇护，为了减轻美玉婆婆的负担，他们也与东关的孩子一样扒树皮、下地劳动，一样地讲邵武东关的方言。

过年了，没有钱买鞭炮和炮仗，陈婉如的大儿子小虎去捡别人的炮仗头时，手被炸得鲜血直流，美玉婆婆心疼得不行。她对小虎说："没有钱，我们就不要去玩炮仗，万一你有个三长两短，以后我怎么向你的爹妈交代。"

当王剑鸣夫妇重新被放出来时，做的第一件事就是把补发的工资全部交给美玉婆婆。美玉婆婆坚决不肯收，她说："王书记，这几年这些孩子跟着我一起吃苦，没有吃到什么好东西，我能把他们完完整整地交还给你们，就是菩萨在保佑他们，是我老太婆的造化了。"

王剑鸣夫妇说："从今往后你叫我们名字就是，没有你，孩子们不知道会怎么样，你就是他们的再生父母。"

王剑鸣夫妇教育自己的孩子："你们永远不能忘记你们是东关人的子女，更不能忘记美玉婆婆的恩情，在最困难的时候是她保护了你们，让你们得以渡过难关。"逢年过节，家里有了什么好吃的，王剑鸣夫妇第一时间就是交代子女送到美玉婆婆家去，让老人家尝尝。家里有什么喜事和好事，也要先告诉美玉婆婆，让老人家高兴。

后来王剑鸣的两个孩子都去当了兵，他们第一个月有 6 元津贴费，除了留下 1 元作为生活费，另外 5 元钱他们都如数寄给了美玉婆婆。另一个孩子是女儿，参加工作后第一月 18 元钱的工资，她自己只留下 5 元钱，把 13 元钱送到了美玉婆婆手中。美玉婆婆逢人都说，这几个小孩真懂事。

街坊邻居对美玉婆婆说：阿婆，你养了那么多好儿女，老了一定有福享了。儿女长大了，到了婚嫁的年龄了。王剑鸣夫妇认真地告诉儿女："相中的朋友由美玉婆婆做主，她说行就行，她说不行就不行。"

02　东关针织厂

东关虽然是一个商贾云集地，但正规的国有工厂很少，尤其是有规模的国有工厂更是凤毛麟角，其中只有针织厂算得上有一定的档次。

邵武的纺织业历史悠久，明嘉靖《邵武府志》载："邵武妇女事纺织以衣其夫，故有夜浣沙而早成布者，谓之机布，其余贸易以为利。"在明代，邵武木机手工纺织机布（即夏布，亦称"腰机布"）相当普遍。邵武夏布的主要原料为苎麻，夏布不仅用于缝制衣服，而且可制成蚊帐，还有的经染色或印花后作为被里或被面用布。夏布一部分除家庭自用外，大量用在上市交易。

家庭纺织业在东关一带尤甚，几乎家家户户都会纺织。至清代时，邵武的夏布产销活跃，年产量可达到 6 万匹（约 200 万米）以上，除了在本地及周边地区上市买卖外，大部分通过东关水路码头销往省外。民国初期，夏布受到洋布和江西土布的冲击，纺织业大量萎缩，产量下滑，户数锐减，每况愈下。尚存部分纺织专业户惨淡经营，难以为继。至邵武县解放时，全县纺织专业户仅剩下不到百户。

1952 年 7 月，邵武县店员工会组织家属成立东关织布社，社址在中山路 362 号，以入股形式集资，每股 36 户，筹集资金大约 1500 元。从私人家里购买 6 台木机，向县花纱布公司购买棉纱，从事稀布（纱布、豆腐布）织造，全部是手工操作。

1953 年 3 月，东关织布社由县供销合作社收购，增加了 4 台织布机，共计 10 台布机，搬迁至东关基督教堂生产。当时，手拉脚踩织布，肩挑手提下河洗纱，手工浆漂棉纱，生产条件相当艰苦。管理人员每月工资仅 3 元，挡车工每月工资 2 至 3 元。1956 年，社会主义工商业改造后，东关织布社成为城关镇集体企业，更名为"城关织布社"。后该社从东关基督教堂搬迁到和平巷，购买了 200 余平方米的旧屋作为厂房，生产品种增加条纹布、蚊帐布、格子布等，所有产品均送县针棉织品公司收购，企业只生产不销售。

1958 年 4 月，邵武筹办过一家纺织品工厂，名为"南平专署针棉织厂"，厂址在东关福州会馆对面，中山路 301 号。1965 年 4 月，针棉织厂更名为"地方国营邵武针织厂"。生产条件比较简陋，织布车间既无通风设施，更谈不上空调设备，飞花多，噪声大，冬寒夏热。夏天时车间高温闷热，上班的人一身汗水，浑身湿透。厂里没有澡堂，上完夜班，女工们成群结队到河边洗澡。引来了一些偷窥之人后，女工们便不再下河。到了冬天，车间四面通风，异常寒冷。挡车女工们在高分贝噪声环境中工作，不少人患了噪声病以及消化、分泌系统等疾病。所以民间有句话"男不进矿，女不进纺"，说的便是当纺织女工的辛苦。尤其是"三班倒"的女工，由于作息时间颠倒，造成生物钟的紊乱。

挡车女工们辛苦，漂染车间的男工更辛苦，条件更差，房屋破旧，设施简陋，工艺流程作业基本手工操作，劳动强度很大。工人们有一首顺口溜言道："坛坛罐罐竹棒头，土锅土池土灶头。操作就像打拳头，腰酸背痛昏了头。"

邵武针织厂的男工在沸腾的染锅里手工染纱，在高温的水里皂煮，脚穿高筒雨靴,身围皮革围裙,双手戴胶手套,打赤膊穿短裤上班。下班时,雨靴和手套里分清是水还是汗。同时,车间里充斥着化工产品气味和化学反应释放的气体,长期在这种环境里劳动,嗅觉都会失灵。

1966年2月,邵武针织厂投资6万元建起了厂房、办公楼,购买机器设备。安装了50台铁木织布机及配套设备,品种增加为6个,产量翻番,改变了落后的操作方式,进入机械化生产。1968年6月,厂革委会成立,厂领导想方设法收罗聘调"土专家",招收大中专毕业生及知识青年,攻克难题,开发了男女线呢、提花绉、格花布、劳动呢、二六元贡呢、哔叽布及灯芯绒坯布等三十余个花色品种,让福建省的同行们刮目相看。

从1967年开始受"文革"影响,邵武不少企业停产停工,只抓革命,不促生产。但针织厂职工排除干扰,坚持生产,并自发组织护厂队,白天正常上班,午夜到厂值班或巡逻。为此社会上曾经有人扬言:"非叫针织厂停产不可。"

11月一天午夜,织布车间工人下班后不久,有人从厂围墙外丢进了一枚土制手榴弹,在车间大门口爆炸。待护厂人员赶到事发地点时,破坏者早已逃匿而去,现场丢下手榴弹弹盖和拉线,并有一张威胁恐吓的纸条,上面歪歪斜斜地写着:"姓廖的(当时的厂支部书记),老实一点,当心狗头。干(敢)把老子又怎么样?"

工人们并没有畏惧,第二天照常开机生产。有个青年女工杨木兰,创连续上7个班的记录(两天两夜)。原来交接班的两个工友临时请假,没有人来交接,她就一直默默地顶班挡车。由于她平日里不声不响,这事还瞒过了车间班组长,待第三天挡车工交接班时才发现她已经连轴转了7个班。杨木兰被评为劳动模范,后来被选为第四届全国人大代表。1974年3月,第四届全国人大召开时,杨木兰还当选为大会主席团成员,在主席台上就座。当时这可是一件不得了的大事,对纺织工人来说是莫大的荣誉,也是东关人、邵武人从未有过的荣耀。

1976年底染织厂分为了两个厂,一个灯芯绒厂,一个染织厂。灯芯绒厂留在原厂,染织厂在跃进路另建新厂(即后来的福莲公司)。一个名不见经传的山区小厂,短短几年时间,成为福建省纺织工业骨干企业,每年创税利从几万元、十几万元、二十几万元、三十几万元，至1976年达四十万元。"文革"期间，工厂不停产已属不易，盈利更难得，四十万元税利对小型企业那是天文数字，创造了"文革"动荡十年邵武纺织业的奇迹，成为邵武外贸出口创汇的重点企业。

进入20世纪80年代，灯芯绒厂和染织厂生产技术骨干分别筹建设立了印染厂、第二丝绸厂、棉纺厂，纺织业成为邵武的支柱产业。随后，纺织（含洗洁巾）业迅猛发展，邵武成为中国"洗洁巾之都"。因此，人们称东关的染织老厂是"外婆厂"，为邵武纺织工业生儿育女，子孙满堂。

03　阿坤

东关向阳巷，针织厂宿舍区。

民谚道："青皮萝卜紫皮的蒜，仰脸的婆娘低头的汉。"言的是那些个相比一般人厉害的男女角色。40多岁的瘦干猴阿坤就是此类人。阿坤个子小，平时走路又总是低着头，不显山不露水，但却是一个工于心计的精明人。

针织厂宿舍区设在厂后面的孤老巷里，现在改名为向阳巷。宿舍区除却有一幢较好的民国初期二层楼房外，其他都是简易的平房，住有几十户人家。宿舍区内有一块五六十平方米的空地，中间有棵大樟树，树腰上挂了盏200瓦的路灯。都说乡下养猪种瓜，城里人养鸟栽花。针织厂工人不养猪不种瓜，也不养鸟栽花，就爱拉呱。每天吃完晚饭后，好热闹的住户们都要聚集在这空坪上树底下，或谈天，或闲扯，或打扑克牌，说说笑笑，吵吵闹闹，自有一番平民百姓、人间烟火的情趣。他们每天都要聊到夜深了，才会依依不舍地各自回家安歇。

阿坤是其中一个爱侃天说地喜热闹的人，他不但天南海北、花花哨哨的趣闻知道得多，而且善于讲古、讲骚故事，极能吸引人。他眼睛不好使，戴着一副眼镜片像瓶底的高度近视眼镜，但他不是读书读出来的近视，是遗传的近视。他个不高，只有一米六左右，精瘦精瘦，小眼小耳，背有些驼，这大概是整天弯腰拉人力车的缘故。有人在心里打问号，如此瘦弱干瘪、体重才一百斤的人如何能拉得动上千斤的板车？人们问他上坡时怎么办，他脸上闪过一丝无可奈何的神情，随即又恢复了原先自信的模样言道："你们不用担心，我用的可是巧力道，你没听过四两拨千斤吗？拉车也有学问哩。"

有时看到阿坤力不从心，累得唉声叹气的样子，众人都有些同情他。阿坤的老婆在心疼的同时，气又不打一处来，对要好的姐妹埋怨道："活该！谁叫他自作自受，好端端地丢了国家干部这份铁饭碗。"

姐妹们听了，劝阿坤老婆别提不高兴的旧事，过去的就让它过去，瞧你们家这位也怪可怜的。老话说百年修来同船渡，难得夫妻缘分一场，你要多弄点滋补的给他长长气力才是。

说来阿坤不值得人同情，他是大伙公认的精鬼，脑袋瓜儿好用得是那种跌倒了都要抓一把沙的人，谁要沾他一点儿便宜都甭想。他确实比别人鬼得多，所做出的事让人想都想不出，从来不吃亏。

谁都知道，除了粮油，猪肉是凭票供应的最紧缺货。那卖肉的是食品公司的公家人，神气得很，谁都要讨好巴结他。社会上有顺口溜说：一嘟嘟（汽车驾驶员），二杀猪（卖肉的）。别看那卖肉的穿得一身油腻，可都是让人眼红嫉妒的好职业。

阿坤的邻居周姐从老家来了人，拿出一个月都舍不得用的两斤肉票叫12岁的儿子阿达去买肉。阿达天未亮就到肉摊点排队，足等了一个多小时才买到肉回家。周姐很高兴，说今天买的肉肥瘦得当，而且不带一丁点儿骨头。反反复复地翻看着那块肉，着实把阿达夸奖了好几句，可在掂量时又犯疑说好像不够分量。一称，果然少了一两多。那时每人每月才供应二两肉，是很珍贵的当家食品，少了一两多能不心疼吗？于是母亲气愤地唠叨着，骂那卖肉的心太黑，两斤肉就敢少了快二两！要儿子复回肉摊去找那卖肉的补足分量。但阿达胆怯，怕与卖肉的吵架，不想去。这时阿坤正起床出来，听到邻居周姐家吵吵嚷嚷的，便问干什么一大早就搅乱？

周姐生气地把事情对阿坤诉说了一遍。阿坤听后慢吞吞地摘下眼镜，绿豆似的小眼珠转了转，抹了抹眼角的白眼屎说："为这事生气啊？这好办，看我阿坤替你讨回公道。"言罢，他接过周姐那块肉到厨房寻了把菜刀，"卟"地切下一块足有三两重的肉来，拉上阿达就往外走。

周姐不知道他搞的什么戏，怕他这是去吵架，想想不对，急忙要阿坤回转来。

阿坤转脸笑道："周姐你就放心吧，我这瘦骨伶仃的模样可不是去打架的。"

肉摊上排队的人仍然很多，只见阿坤拉着阿达径直挤到肉案前，把猪肉往案板上一扔，双手往胸前一叉，也不言语一声，只把小眼睛定定地看着那卖肉的。卖肉的见了阿坤这模样不由愣了愣，随即凶巴巴地问干啥？是肉不好吃还是怎的？

阿坤声音不大，很平心静气地说这两斤肉不够分量。

卖肉的一听，顿时火冒三丈，口气很硬地说："你乱讲！我大老王从来不短斤少两。"

阿坤把阿达往前推了推，言道："那小孩子也不会在半道上把肉给生吃了吧，我与他非亲非故，只是他的邻居而已。少了肉家里大人过不了关的。"

卖肉的是瞎子吃汤圆心中有数，自然心有些虚。见众人都看着，便把肉扔进称盘复称，一边说："我也从不坑人，称头从来是给得足足的，怎么会看错了？"

阿坤冷笑说："何止少了他一个人的称，要不要让前头所有买过肉的顾客都转头来复称，看看是否有错？"

卖肉的脸上闪过一丝慌张，知道今天碰上了一个麻烦的主，便大咧咧地笑了笑说："嗨呀！还真是称有些不足，没关系，补上不就得了。"说着切了一块足有三四两重的肉很大方地凑上，挥手让阿坤好走。

回到家把经过一说，周姐脸上乐开了花，佩服得五体投地，说："阿坤你真厉害！两斤肉倒变成了两斤二两了，那卖肉的平常可狠了，他怕你还是怎的？"

阿坤说自己不认识那卖肉，但管他是谁，这叫作知己知彼，百战百胜。那卖肉的心虚，怕吵开了，顾客们都学样，那他不是要去得更多？算他识相哩。阿坤说他平时遇到这种事，都是用这种以毒攻毒的法子来整那些短斤少两的人，很灵验。

周姐高兴的同时又有些不安地说："那今天咱们不是占了他的便宜吗？这不大好吧。"

阿坤大听了不以为然地说："你呀！也别不好意思了，他卖肉的平时吃咱们的还会少吗？"

周姐想想说也在理，说："没得说！今天阿坤你帮我们争了个公道回来，心里痛快，晚上请你吃饺子。"

阿坤说："那肯定，就是周姐你不请我也要来，那多出来的二两肉该我阿坤吃回来，不然，大清早不白跑一趟吗？"

周姐听了也乐道："阿坤你就是一点亏也不会吃。"

每年夏天的夜晚，灯芯绒厂的孩子们常到东关部队留守处的树林里用气枪打麻雀。那儿的麻雀可真多，几亩地大的林子里每天晚上都停息着几千只麻雀。在城市里，大多数鸟儿都会选择远离人群，到更偏远的地方去生存。极少能有飞禽走兽可以跟人类共存。但麻雀却是完全不同的，它主动进入人的地盘，晚上天一黑，麻雀都成了瞎子鸟，老老实实地缩在树枝上一动也不动。只需拧亮手电筒瞄准了它打，一枪一个准。每次孩子们只要出动一个小时左右，就能拎回一串串沉甸甸的麻雀，回来后便交给阿坤处理：褪毛、开膛破肚、烧火炖煮。孩子们则一边打扑克，一边等着吃那香喷喷的麻雀肉。个把小时后，一大盆肉就端了上来，大伙儿狼吞虎咽，麻雀鲜嫩细小，连骨头都可以嚼下了肚。

阿坤体贴孩子们，他吃得很少很慢。孩子们说："阿坤叔你干的活最多，却比我们吃得少。"

阿坤笑笑说："还是你们多吃点吧，这麻雀极有营养，小孩子吃了会长个。明天你们还去多打些来，我照旧替你们煮来吃。"

有的孩子说："其实这麻雀也没啥好吃的，清汤寡水的一点鲜味也没有，我怀疑是你阿坤叔的烹饪技术太差了。"

其实孩子们哪里知道，他们都被阿坤给耍了。原来每次炖熟麻雀时，第一道浓浓的原汁原味的汤都让他给悄悄地喝了，尔后他又掺水进去，炖了一会儿再端给孩子们吃。怪不得那麻雀肉没啥味道。后来孩子们知道了真相，都骂阿坤太鬼刁，真不够朋友。阿坤非但不觉得不好意思，反而极认真地说："你们真是不识好人心，那第一道汤太补太热，你们小孩子家吃了受不了。不信？哪天让你们喝了，准保一个个连小便都拉不出来。"

大家听了也相信阿坤这话，因为上次厂里开解放牌汽车的驾驶员就是这样，为了给他那才三岁的宝贝儿子强身体，在乡下吃狗肉，把那根狗鞭带回家炖给儿子吃，结果儿子连小便都拉不出，把大人吓得半死，后来吃了好几贴凉茶才治好。其实麻雀汤和狗鞭汤完全是两码子事，阿坤这家伙就是鬼，总是占便宜不吃亏还得理。

阿坤虽然鬼精会算计，但聪明反被聪明误，终究也还是一个吃了大亏的人。他当初原来是城关镇财政所一名吃皇粮的国家干部，工作单位好，是个有油水的肥缺。故此，阿坤很有人缘，找他办事的人很多，男的递烟递酒，女的献媚传情，当然都因为是有求于他。开头一两年，阿坤还很讲原则，但时间一长，河水湿了他的鞋，尝到了甜头的阿坤干脆脱鞋下了水，一天到晚吃吃喝喝，和那些不正经、不地道的哥们姐们厮混在一起。

那时他还刚结婚不久，妻子虽是从农村刚招进纺织厂的乡下姑娘，没什么文化，但人长得是一等一的俊俏。众人都说阿坤有艳福，找了个大美人，但是阿坤却不知足，总觉得家花不如野花香，瞒着妻子常在外面吃荤偷嘴。他自认为是情种，到处拈花惹草，色胆愈来愈大，一天他和一个有夫之妇鬼混时，让人家给堵在了窝里。事情败露后，单位把新账旧账一并查，阿坤除却道德作风败坏外，还贪污受贿人民币近千元。幸亏阿坤认罪态度好，退赔及时，才没被判大刑，只是被开除了公职。

阿坤一落千丈，自觉得没脸见人，躲在家里。一个大男人就让老婆养着，原先是阿坤老婆怕阿坤声音大，如今反过来，阿坤忍气吞声怕老婆。这也是没法子，谁叫他自己亏待了老婆对不起她，没和他闹离婚也算是不错了。

后来时间久了，阿坤也就都想开了，也无所谓什么面子不面子的，于是他买了辆旧双轮人力车，干起了人力车夫的行当。

头一个月的日子最难过，见了相识的人阿坤躲躲闪闪自觉羞愧，老是弄不来生意，有时一天也等不到一个主。他本就是个手无缚鸡之力的瘦猴干，人家拉一千二，他只能拉五百斤，还累得要叫娘，回到家里瘫在竹躺椅上连话都不想说。原先当干部时瘦虽瘦，可风吹不着雨淋不到，心情舒畅没负担，近视眼镜那么一戴，白白净净还显得有些书生气。可如今他又黑又瘦像只风干的咸板鸡，妻子见了心里又可怜他，毕竟夫妻一场，两个人还是有感情的，妻子偶尔也弄些补品给阿坤补养身子骨。

再后来阿坤也慢慢地适应了这拉板车的生计，也敢抬头在大街上拉车了，而且身子骨倒比过去强健了许多。累虽累，每日的收入不错，都能赚上五六元，运气好时，一天能赚到十来元。这可算是高收入了，所以阿坤抽的烟比一般人的高档，是"乘风""海堤"，喝的酒是"李渡高粱"，这在当时相当于公社书记级别的生活水平。

阿坤的烟瘾很大，一天至少要一包半。酒量一般般，可也是每天都得喝上一点。说是卖体力的人就得喝，又解疲劳又能去伤。他总是在吃晚饭前自个在门口摆张小方桌，一菜一汤很自足，小酒杯一端，吱溜吱溜咂得极有味道。偶尔有人作陪，他的兴致更高，就会多喝上几杯，脸红红的跟人家吹起他过去风光时的年头。他一点也不后悔，倒流露出自豪的神情，说他当年相识的那些女子如何如何，其中谁谁是那么痴情，谁谁又是那么知己，又说他这辈子能有此艳福吃点苦头也是值得的，说宁在花下死，做鬼也风流。

第二十六章

01 郑星亮

中山路 1312 号，东关邮电所。

出东关行春门往东大约 300 米左右是东关邮电所，新中国成立前是福州一家保险公司驻邵武办事处的房了，新中国成立后分给了县邮电局。这是临街一幢两层楼的砖木结构房，门面宽只有 4 米多，但纵深却有 20 多米。楼上楼下有 9 个大小不等的房间，外加一个 20 多平方米的公用大厨房，县邮电局把这里作为局职工宿舍的一部分。为了方便东关群众，附带开了一个便民邮电代办所。说是邮电所代办所，却并没开展什么业务，不能寄包裹，也不能汇款什么的，只设有一个公用电话和一个卖邮票的小柜台，亦没有专门的职工在此上班，只是由住在这里的职工家属卖 8 分钱的平信邮票而已。实际上说到底，也就是县邮电局在东关的一个职工宿舍而已。

最初东关邮电所只有郑星亮一家十口人与另外一户姓丁的退休老两口住在这里。地方足够大，宽敞有余。后来在城里的邮电宿舍紧张，又陆陆续续搬来了程姓、余姓、钟姓等三户人家。程姓一家七口人是最后搬来的，全家人挤在楼下一间 30 多平方米的大房间里住；余姓一家五口人住楼上两个不足 20 平方米的房间；钟姓一家也是五口人住两间 20 多平方米的房间。郑星亮一家十口人原本有四个房间住，后退出了两间，十口人挤在不到 50 平方米的两间里。东关邮电所 9 个房间塞满了近 30 人，一下子显得拥挤不堪。厨房也成了公用的大厨房，五家人垒起了五个灶。除却丁姓老两口用一个炉子的小灶外，其他四家都用烧柴火的老虎灶。这几座老虎灶一趴拉在那里，厨房几乎就没有空间了。每当煮饭炒菜时，只见烟气缭绕、人影晃动。尤其是程姓一家子的动静最大，他本人是邮电职工，但老婆是城丰大队的菜农，所以比光靠工资收入的邮电职工生活水平好了许多。菜农菜多粮多，在当时有粮有菜可不简单，算是物资比较充实了。他家的锅非常大，直径足有一米六，每天要煮十几斤大米，而且是捞饭。是用一个木头圆桶蒸的，那饭真是香得让人羡慕。而其他几家是享受不到这种待遇的，尤其是郑星亮家里吃的是罐子饭，兄弟姐妹多，每天与哥哥姐姐们放学回来，一放下书包，都待在楼上房间里赶紧勾缝手套。闻到楼下的米饭香味，都禁不住肚中饥饿，直往口中吞口水。

说来郑星亮的父亲郑长钧工资很高，但却要养活全家老小十口人。新中国成立前他从官方的专业学校毕业后，分配到省电信局上班，是一名译报人员，属电码翻译的高技术工种，每个月工资达到 88 块银圆。当时一元大洋可以买一担大米，很值钱，所以算是高工资了。后来 88 块大洋变成了人民币，他又从省城来到闽北县城，工资一直没加也没减。88 元钱人民币比起 88 块银圆那可是天差地别，但话说回来，也算是很高的工资了，比县邮电局局长的工资还高，所以 88 元人民币养一家十口人还不至于饿肚子。可是郑家要养活妻子和八个孩子真不容易，平均下来十个人每人每月生活费就八块八毛钱，从穿衣吃饭到全部生活费以及孩子们的读书学费都在里面。日子过得自然是捉襟见肘，十分拮据。为了能填满肚子，郑星亮的母亲托人寻得一个补贴家用的活计，那就是东关针织厂生产一种白棉纱的劳保手套，可以领回家做活。针织的白棉纱手套是用专门的机器织造的，但有两个部位无法用机器织造，必须要靠手工来完成。一个部位是手套的手指头缝，一个部位是手套腕边。勾手指缝比较简单，不论男孩女孩一学就会，所以男孩子一般都是勾手套的手指缝，女孩子则缝相对复杂、相对要细心的手套腕。郑星亮每天的任务是勾三打（一打十二双）手套，完不成便没饭吃，若超额完成有时会奖励一个小番薯。兄弟姐妹八个，除去三岁与五岁的弟妹，上面的六个兄弟姐妹每天都必须完成定量的任务，一干就是两三个小时。全家老少拼死拼活，起早摸黑地干，每日里的收入有两元多。用这些钱换来了每日里的一大堆包菜壳，煮成了包菜饭。这样似乎每餐都能吃饱，但实际上也是骗肚子而已。因为没有油水，菜多饭少，撑饱没一个小时，肚子便又饿了。而且更糟糕的是肚皮越撑越大，越大就越能吃，最后闹得连菜饭都觉得吃不饱了。日子过得艰辛难堪，但孩子们没有一句怨言。父亲说："比咱们贫穷的人多了，你们都还有书念，咱们得感恩才是。"

郑星亮的父亲长得清瘦文弱、身体单薄，是老实巴交、寡言少语的人。从未见过他对子女们有过大声呵斥，哪怕是最顽皮最不听话的郑星亮干了坏事，母亲气呼呼地向丈夫告状，说这个孩子她没办法管，要用竹条子打，都反被他夺去折断了。

但郑星亮的父亲只是自言自语地说一句："如此不听话的孩子，没有饭给他吃，让他饿一顿。"他从不朝孩子们发火，只有孩子们学习成绩不好时，他才会涨红脸，生气地责怪说："你们不好好读书，将来怎么做人呢？"

虽然父亲从不发威，但孩子们还是很敬畏他的。他烟酒不沾，没有什么业余爱好，似乎也没有一个知心的朋友来往，下班后就回到家中看书报，可以看很久很久。但更多的时候郑星亮看到的父亲，是那躲在无人处时悄悄长吁短叹的样子。每每看到这个情景，郑星亮的心里很不是滋味，觉得父亲很是辛苦、很可怜。每每这种情况之下，郑星亮便默默地挑起筐子上贮木场撬树皮，他想这是自己唯一能够给父亲些许安慰的方式方法。

其实郑星亮不知道，父亲郑长钧原先是一个命好之人，是一个让人羡慕的人。他长得细皮嫩肉、眉目清秀，从小就被祖母娇惯宠爱。他性格内向，在家是个乖乖孩，在学校很会念书，成绩都在全校前几名，故而祖母极偏爱他。在 20 世纪 30 年代，当时自行车是时尚的奢侈品，整个福州城算过去至多不过几十辆自行车。祖母是大户人家的女儿，出嫁时从娘家带了不少金银首饰陪嫁。她拿出其中的一个金手镯卖了，给儿子郑长钧买了一辆自行车。

郑长钧高中毕业后以优异成绩考入了福建电信专科学校，这是一所门槛很高的官办学校。凡考入这个学校的学生，学费、书本费、住宿费以及伙食费全免。福建电信专科学校虽说不是什么名牌学校，但却是一所很实惠、让人仰望不可及的学校。

郑长钧勤学苦读，是学校的高才生，成为一名熟练的电报译员，毕业后直接分配到省电信局当了首席译员，无论工资和待遇都十分优厚。晚上值夜班时，还有两名轿夫抬轿子到家里接送。福州解放后，郑长钧由于技术业务水平的原因，作为国民党的留用人员继续留在省电信局工作。20世纪60年代初，开始讲阶级斗争讲成分，郑长钧因为是国民党留用人员，不适合在译报员岗位上工作。他服从单位上的安排，支援鹰厦铁路建设到了邵武山区，原本说三年期满回福州原单位，但一干就是六年，也没有人通知他回去，也没人告诉他怎么回去。郑长钧也不知道要找谁、找什么部门才能回去，反正当时是没人管这事。于是在1961年，妻子辞去了在省城的工作，带着几个孩子也来到邵武陪伴丈夫，从此扎根在闽北山区，再也回不了福州老家。

对此，郑星亮的父亲没有一句怨言和不满。那个年代的人都是如此，不会也不敢向单位提出自己的要求。不过郑长钧在小县城生活算是习惯了，觉得人生就是如此，老天注定他要在邵武过下半辈子。只要安稳、平安便好。

1967年夏天的一个晚上，郑长钧回来得很迟，孩子们都睡着了，只有妻子在灯下边补衣裳边等着他。半夜时分，郑星亮被隐隐的轻微抽泣声惊醒，但见朦胧的灯光下，母亲在悄然抹着眼泪，父亲则垂着头一声不吭。郑星亮心里惶然不已，不知发生了什么事，又不敢问，就躲在被窝里竖起了耳朵。那夜郑星亮半睡半醒，一个晚上都听到父亲在床上的辗转声和那长长而沉重的叹气声。从那以后，郑星亮发现，原本话就不多的父亲开始变得更加沉默寡言，整天一副心事重重的样子。

过了好些天郑星亮才知道，那天晚上县邮电局召开批斗大会，其中挨斗的有一个就是父亲，他的"罪名"很吓人："恶毒污蔑毛泽东思想"，而且证据确凿，不容置疑。他竟然把《毛泽东选集》的红塑料书皮绞了当鞋垫，这事被一个平日里要好的同事检举揭发了。这个同事长得龟背蛇腰，平时走路都是低着头。曾有人告诫郑长钧说这个同事不可交，这个人长得就很不地道，有鹰视狼狈之相。此类人心计深沉，城府太深。确实如此，当年东关的朱半仙就有说过："走路时像一条蛇一样扭来扭去的人，往往都说不上是心地善良之辈，即便不做什么坏事，在平时也不是什么好人，能够正身直行的人，必然源于心正。心若正，则无不正。"

妻子也对郑长钧说:"那个人我看就不地道,走起路来是东张西望的,而且偶尔回头向后,这种人天性多疑,你要小心点。"

郑长钧听了有些不以为然,说不能以相貌取人,现在才知道自己错了。尽管郑长钧涨红了脸,口吃着对组织上解释说:"那只是一张破损了的塑料封皮,我觉得弃之可惜,有再利用的价值,所以才绞了当鞋垫,绝没有任何的不轨意图。"

但单位里的造反派根本不听他的,而且把郑长钧的台湾关系一联系挂钩,行为就更是有动机有目的了。自然,像郑长钧这样的人是不能再留在邮电部门的要害岗位上了,他被调离电报房安排到投递班送信报。对此郑长钧没有多言什么,不管工作有多累,生活有多艰辛,都能泰然处之。邮递员工作比电报房自是辛苦了许多。一年 365 天除去节假日,无论是刮风下雨,他都得上邮路送信报,风雨无阻。每天凌晨时分,天还未亮他就匆匆推着自行车走了,到了傍晚天近黑才回家。每每看到郑长钧回来时躺在竹椅上一动不动疲惫的样子,妻子心疼不已,但却不知说什么好。倒是郑长钧觉得身体比以前更结实,晚上也不会失眠了。他对妻子道:"你还别说,这每天骑几十千米路的自行车,还真是能锻炼身体哩。"

妻子怕郑长钧体力不支,省下不多的肉票熬了一罐猪油,有时给他悄悄调到饭里。郑长钧感激妻子的好心,嘴上却念叨:"古人说,劝君莫将油炒饭,留与儿孙夜读书。"妻子听了无言以对。

不管再苦再累,郑长钧觉得回到家就是温暖的避风港。但没过多久,单位掌权的造反派说太便宜了像郑长钧这样的人。于是他又被贬到距县城最远、最偏僻的一个小邮电所干起了乡邮员,一年到头在深山里转,难得一次回城也是匆匆而来、匆匆而去。

大概是因为被那个要好同事揭发的缘故,郑长钧变得极为孤僻,他再也不愿与任何人交往。就是难得回城一次,也从来不出门,把所有的时间都耗在了家里。

每次回到家时流露出的欣慰和离家时的依依不舍,都让妻子心里有股说不出的滋味。所以妻子会在夜深之时,趁孩子们都睡着了,便悄悄地起身煮一小碗面条或是两个荷包蛋给丈夫补补身体。但一家十口人都挤在两个大房间内,郑星亮母亲煮点心的动作虽然总是尽量地轻,也示意丈夫吃

第二十六章

面条时声音小点，但郑长钧若发现了哪个孩子没睡着，竟然会有些难为情，一定要剩下原本就不多的点心让给那没睡着的孩子吃。

那个年代粮食极为紧缺，郑长钧在乡下省了好几个月，积攒下了30斤粮票，在一个周末买了米骑着自行车回家，却不知那米袋何时破了个小洞，回到家时那米已经丢失了几近一半。妻子心疼米也心疼丈夫，望着涨红着脸的郑长钧埋怨说：“你怎就那么地愚，粮票拿到城里不照样可以买米！”听了这话，郑长钧脸涨得更红，懊悔莫及。次日一大早，没吃早饭也没吭一声，他就悄悄地走了。

农历五月初五是我国传统的端午节，端午在古人心目中是毒日、恶日。在这个时间段天气燥热，人容易生病，蛇虫繁殖也容易把人咬伤。所以人们在这个时间采很多草药治病防病，而此时草药茎叶正好成熟，药性也最好。东关民众认为此日是天医星临门。于是形成了端午采药、施药的习俗。端午这一天，人们采摘艾草，编成人形，悬挂在自家门口。孩子们唱着民谣：

粽子香，香厨房。艾叶香，香满堂。

艾叶插在大门上，出门一望端午黄。

孩子们高兴的是端午节是包粽子和吃粽子的日子，那些各式各样的粽子喷喷香，有角粽、锥粽、筒粽等。但是由于粮食紧张，包粽子太费米。一些会过日子的东关主妇便发明了一种哄孩子们的肉丸子，实际上是一种用番薯粉做成的假肉丸子，根本就没有肉，只是用当年的新鲜番薯粉调成，加入一些平时舍不得吃的猪油渣，再调入一些酱油、葱花等佐料，尔后搓成一粒粒团子，下到滚水锅里氽熟。那刚起锅的假肉丸子，热气腾腾，圆润色亮，入口滑糯香美，平时难得吃肉的小孩见了，当成真的肉丸子吃，会吃辣的人浇上一小匙辣椒蘸水，味道更好。

但是郑星亮的母亲发现家里番薯粉不够，连假肉丸子也做不了。孩子们听了好是失望，粽子没有，连假肉丸子也没有，一个个嘟起个嘴不吭一声。见此，郑星亮的母亲说：“咳！过端午节了，我看还是要改善一下伙食，咱们吃一次不带包菜壳的纯米饭好不好？而且要用猪油、酱油来拌饭。”

这让孩子们立时又高兴起来，那不带包菜壳的白米饭真是香啊，大家根本就不需要其他什么菜配饭，三下五除二就把大人分给的定量给扒进了肚子里。吃是好吃，就还是觉得吃不饱。郑星亮中午回来，由于他上贮木场扒树皮，干的是重体力活，所以消耗的能量大，饭量自然也特别大。但家里也没多给他留一些米饭。他吃完后不过瘾，转眼见三岁的小妹正笨拙地往嘴里塞饭，于是便哄她道："我背你骑家家，好吗？"

小妹最喜人背她，便高兴点头。于是郑星亮趴在地上让小妹当马骑，在房内爬一圈，小妹便给哥哥吃一口饭，一连七八个圈下来，小妹竹罐中的饭便见了底。待她发现饭没了时，又反悔不干了，哭着闹着要郑星亮赔她的饭，怎么哄都不行。为此，郑星亮被母亲狠狠地呵斥了一顿。

其实那年郑星亮也才十岁，他感到有些委屈，替家中砍柴扒树皮，这么大一家子烧的柴都是他花大力得来的，应该说在家中功劳最大，却给这么一点米饭。想到此心里便不服，嘴便犟，当即挨了母亲的一顿竹帚。那还是真打，手臂上都肿起了一条条血痕。到了下午时分，东关的小伙伴们来叫郑星亮上贮木场扒树皮，说是今天有好多汽车在卸木头，而且都是好树皮的木头。好强顾家的郑星亮一听，全然忘记了委屈，立马挑土箕上了贮木场。消息果然不假，那天下午卸木头的车真不少，而且树皮的质量又好。郑星亮整整扒了一担又长又厚的树皮回家，估计有一百斤重，把只有十岁的郑星亮背都压弯了。但回到家，母亲见了不动声色，连一句夸奖的话都没有。郑星亮心里又是一阵委屈，他实在想不明白母亲为何如此偏心？不干活的哥哥姐姐反能得到大人的好言好语，自己为什么吃力不讨好？爱看古书的他想到一句话："爹娘宠娇儿，皇帝爱奸臣。"但是这个问题可能只有郑星亮将来当了大人后才会明白，母亲为什么宁愿喜欢听话顺气的孩子，也不喜欢会干活但爱犟劲不听话的孩子。这也和皇帝喜爱拍马的臣子一样，你若不顺眼不顺气，再忠心耿耿、再卖力也没用。

家住附近的春兰知道了这事，对郑星亮道："这就是你的不对了！甘草爷爷说过，一母可养七儿，七儿难养一母。父母对孩子的爱是无私的，自己再辛苦，也没有半句怨言。儿女对父母的爱却有所保留，兄弟姊妹间总是相互攀比。"

居委会在东关邮电所隔壁，有一段时间搞了个专门蒸饭的集体食堂。

说是食堂，其实一点实质性的东西也没有。也不卖菜什么的，仅仅是雇了一个老人家替大家蒸个饭、烧个开水而已。为的是方便大家，省时间省柴火。郑星亮家和家家户户一样，每人一个竹筒做成的罐子，按定量下米，然后拿到集体食堂蒸饭。那食堂有两口直径足有快五尺的大锅，前边的一口专门蒸饭，四方形的蒸柜有七八层，每层可蒸三十几个竹筒。竹筒里的内容也十分简单，除了米饭外，大不了就是地瓜、黄豆这些。后面两口大铁锅则是烧开水，算起来那个食堂可供二三百人蒸饭打热水，很是方便。当时那么困难，粮食那么紧张，可大伙儿都很放心，谁也不会担心食堂的人会偷米。你想想，如果从两百多个罐子里抓出那么一点点米，那也是很可观的。然而，没人会去这么想，也没人会这么做，那时的人极为纯朴、正直，没有谁会去干这昧良心的事。

大家对大米饭也都格外地珍惜，平日里碗中的饭粒都要吃得干干净净，不剩一粒。大家要求不高，总认为人这一辈子只要三餐有大米饭管饱就足够了。人是铁饭是钢，一餐不吃心里慌。最香莫过大米饭，平平淡淡，实实在在。

02 一碗粉干

1965 年夏天。东关小学。

有道是：绿树阴浓夏日长，校园倒影入池塘。即将放暑假前一天，四年级 2 班的班主任很高兴地宣布："告诉同学们一个好消息，马上就要放假了，班上决定明天下午放学后煮粉干吃，请同学们来校时自带碗筷。"

这个消息让所有的孩子们欢呼雀跃，高兴不已。那时粮食紧张，大家都饿得慌，没有一餐吃得饱。第二天下午放学后，同学们闻到了学校食堂飘过来一阵比一阵浓的香味，更引起了一阵比一阵强烈的食欲，大伙儿在等待中把牙缸也敲出了一阵阵悦耳的音乐声……

终于，校工抬来了两大水桶热气腾腾的青菜煮粉干，那粉干虽说没有一片肉，也看不到什么油星，但真香啊，味道好极了。每人吃完了一大碗（按标准碗分的），每个人还可以分一碗。待准备分第二碗时，同学们都不吃了，都说自己吃饱了。老师明白大家的心思，笑了笑说："第二碗同学们可以带回家，但捧着粉干走路小心点，别把粉干给撒了，让家里人也尝尝你们的劳动果实。"

同学们分到了第二碗粉干后，都迫不及待地起身回家。正在这时，只听"乓"的一声，不知后面哪位同学不小心，碰翻了郑星亮手中的牙缸，那碗宝贵的粉干全撒在了地上。郑星亮又气又急，涨红了脸说不出话来。这碗粉干他原本要带回家给小妹吃的，那天骗了她的饭，他今天给小妹作补偿的。同学们都停住了脚步，下意识地小心地护着自己手中的牙缸。教室里静静的，谁也没说话。班主任拾起地上的牙缸，朝同学们使了使眼色，每位同学明白了老师的意思。大家从老师身边走过时都停下脚步，从自己的牙缸中拨出一小筷粉干，盛入老师手中的空牙缸中……

当老师把满满的一牙缸粉干送到郑星亮手中时，他眼睛不由自主地潮湿了……

郑星亮在兄弟姐妹当中排行老四，是最不听话的孩子。但他活干得最多，很会替家里考虑，扒树皮、种菜、摸河螺、挑沙子、垒石方，几乎什么活都干，挣了一点小钱都交给家里，多多少少也能给困难的家中有一点贴补。但是郑星亮吃力不讨好，挨打受骂最多。这除了他学习上不肯上心努力外，性格倔强，脾气也不好。但他全然不知自己脾气不好，自以为劳苦功高，一不高兴就和母亲顶嘴，和哥哥姐姐吵嘴，闹得家里不安宁。所以做得再好也没用。这当然是郑星亮自己不懂事，所以母亲被气时对郑星亮说："宁可你不要做事，我也不要你来气人！"

土秀才赵子星说公正话，对邻居们道："穷人的孩子早当家，东关的孩子们看起来资质平平，学习成绩都一般，而且做事不遵循一般规则，但很善良、很孝顺。"甘草爷点头同意道："东关这些学习不好的孩子，今后大都会留在父母身边，父母也总能吃到他们做的饭。那些天赋异禀、有出息的孩子，以后与他们的父母有可能几年都见不到面，而且心思放在事业上，不一定会顾家。"众人听了，觉得是这么个理。但他们宁愿自己孤独，也还是希望孩子会读书有出息，光宗耀祖，走出东关。

俗话说得好，龙生九子，各有不同。一般来说，兄弟姐妹之中，长大以后能够更有成就的人是那些不被偏爱的孩子，他们从小就学会懂事坚强，不会过度依赖父母，独自茁壮成长。他们身上带有天生的活力，在生活中，他们也会有自己的想法，并且坚定地相信自己可以做到。这样的人，从来不会自卑，也不会质疑自己。

卖冰棒是郑星亮挣钱最多的一个项目，绝大多数孩子是在城里卖，他敢一个人乘火车到邵武的乡镇去卖。说实在话，敢到乡下去卖东西冰棒要有胆量才行。都是傍晚时出发，要卖到晚上十一点赶到小火车站回邵武城里。当时邵武水北冷冻厂专门有批发冰棒，一根批发价是 2.5 分钱，可以卖 3 分钱一根，每根赚 5 厘钱。到乡下去卖可以卖到 5 分钱一根，但是风险也大，别说要一个人走夜路，如若碰到变天下雨，卖不掉的冰棒不能像在城里可以及时存放到冷冻厂，只能化成了糖水，导致血本无归。

说来郑星亮毕竟也才是 11 岁的孩子，有这样的胆量不简单。他用两块杉木床板做了个冰棒箱，用旧棉絮做了一层保温层，一次可装 200 根冰棒，冰棒与冰棒箱加起来有 20 多斤重，背久了便有些吃力。第一次他上拿口镇去卖，那天刚好是镇上放露天电影，人很多，冰棒很好卖。除去往返买火车票的钱以及后面十几根稍有些融化的冰棒卖了三四分钱外，那一天竟然赚了三元多钱。这让郑星亮高兴不已，连母亲也难得地在兄弟姐妹面前夸了他几句。

但是也不是天天这么幸运的，那一天他到卫闽乡去卖冰棒，依然是满满的一箱 200 根。没想到的是一到卫闽乡天就下起了大雨，上街的人不多，那雨下个不停，街上就没了一个人影。到了晚上十点回返邵武的火车到了，他才卖出了十几根冰棒。那天郑星亮也没吃晚饭，坐在火车厢的连接处，吃了 20 多根融化了的冰棒，一边吃一边看慢慢变成了水的冰棒，眼泪几乎要掉下来。

第二天上午，郑星亮坐在木地板上在数钱时，偏偏有一枚五分的硬币掉进了楼板缝中。他自是舍不得那五分钱，便拿撬树皮的铁铲撬开了楼板，没想到在厚厚的灰尘中意外收获到二十几块银圆与百余枚银毫。他当时高兴得欣喜若狂、手舞足蹈。

当时不知道银圆上哪里可以兑换成钱，郑星亮与东关的小伙伴们分成十几次把它们换成了叮叮糖吃。东关的街巷里常游走着叮叮糖的货郎担子，人们把货郎担子叫"糖郎"。当糖郎挑着担子，手里拿着一个锤子，敲着切刀，发出"叮当、叮当"的声响，孩子们一听到这声音都快速跑回家，翻箱倒柜找到可以换糖吃的东西，一些鸡鸭毛、一些晒干了的鸡胗、牙膏壳，甚至头发。把东西交给糖郎，睁大眼睛盯住他沿着一大片乳白色麦芽糖的一角，用小锤子沿刀片"叮叮当当"地敲下去，一小块一小块地分给我们。那糖甜而不腻，香而柔软，嚼着还韧性十足，咀嚼中油然而生的是一种从心底散发的喜悦满足。郑星亮原先还想存一点银圆起来，但是后来是黄鼠狼看鸡，越看越稀；老鼠守仓，守得精光。那一堆银圆与银毫全被换成了口里的叮叮糖。

这些银圆与银毫如若放到现在可以兑换不少钱，可惜当时不知价值，也没地方去换钱。后来听说那东关凌云小筑的后人，在翻修房子时就挖到了一瓦罐银圆，用这些银圆换成了钱，盖起了一幢楼房。所以有人说别看东关破破烂烂，藏在地下的金银财宝多了去了。只不过一个人藏的东西，哪怕是一万个人去找也定然是难找到。

紧挨着东关邮电所隔壁的中山路1326号，是一家由居委会代管的松散型的搬运社。有十几个人，大都是无职业、出身不好的"四类"分子的子弟，他们皆以拉板车、卖劳力为生。

凌云海就在东关这家搬运社干活，1912年出生的他已经50多岁了，又是独臂人，日子过得很是艰难。当年警卫连长那种意气风发、英俊潇洒的模样全无了踪影，额头上过早地布满了沟壑，脸上原本潇洒的酒窝也变成了一条长长的皱纹。俗话说"贫困夫妻百事哀"，当年东关的大美女胡淑芳如今也人老珠黄，风韵不存。当年她嫁给凌云海时不顾一切，根本不在乎对方的家境和经济状况，但在婚后的激情消退后爆发出各种矛盾。如果是一时的难关，胡淑芳或许可以咬牙相携度过，但她完全失望了，看不到未来的希望，只会在柴米油盐的琐事中性情大变。生活是最沉重的打击，胡淑芳作为持家之人，巧妇也难为无米之炊。时间长了，她也变成了家庭妇女，开始尖酸刻薄地挖苦丈夫没有作为，心里积着一腔怨气，觉得当初是看走了眼才会嫁给凌云海这个伤兵，一辈子都没好日子过，只有担惊受怕、受苦受累的份。岁月与生活禁不住让人无语长叹，凌云海模仿古诗写了四句《自足》来安慰自己：

终日奔忙只为饥，有了米食不得衣。

神仙与我把棋下，我问哪有上天梯？

东关人从来吃苦耐劳，活儿大都是自己干，所以搬运社的生意很清淡，时有时无。闲着之时，搬运社的年轻人坐不住，常常进行气力比拼，其中主要的项目便是举重比赛，一个个打赤膊光膀子，单手举车轮，看谁气力大，举的次数多。

其中有一皮肤白净的年轻人很是显眼，与众不同。他是最年轻的一个，有十七八岁，长得五官俊秀，唇红齿白，一表人才，不像干粗作之人。别看他书生的模样，却又有一副极好的身材，近一米八的个，虎背熊腰，高大结实，那又圆又壮的手胳膊足有碗口粗，举轮胎时一使劲，那浑身的肌肉一块块凸起，有如一只只跳动的小白兔。

这俊秀飘逸的年轻人姓周，家住在邵武铁路机务段，因为家庭成分不好的缘故，高中未毕业就待在家了。他喜欢体育锻炼，那好看的呈倒三角形的宽厚肩膀就是常年游泳的结果。这周姓帅哥在这搬运社只待了半年多，大家就再也没看到他了。

过了一段时间，邵武爆出了一条特大新闻，省公安厅派人到小城来了，因为邵武有几个反动分子下海投敌，在偷渡金门时被边防军发现，还开了枪打死了人。这事在邵武传得沸沸扬扬，谁也没想到在小小的山城会闹出这么大的事来。从县里到省里，直到中央的有关部门的领导都很恼火，说沿海地方都没出过这种事，你们一个山区却有这么反动的人，一定要追查到底！后来究竟查得如何不得而知，但最后有消息说，那几个偷渡分子中只有一个人，就是那周姓帅哥，凭借一个篮球的辅助和高超的游泳技术以及持久的耐力，成功地游到了海峡对岸。这事过了快30年后，知情人才说为了逃离大陆，这个周帅哥之前做了相当完善的准备。据说那天傍晚时分，正巧是部队演习。若发现有人下海游泳，严禁开枪射杀，即使听到枪声，也不准一探究竟。这无形之中帮周帅哥逃过一劫。那一晚，厦门全岛所有驻军纷纷出动，连夜搜查，除了岛上，他们还搜查了周边水域，可惜一无所获。周帅哥到了台湾后，国民党出于政治的需要，给了他很高的待遇，奖励了他一笔钱，并且送他到台北大学读书。

周帅哥顺风顺水，另一个却倒了霉，他就是凌云海。因为凌云海很喜欢周帅哥，两人成了忘年交，无话不谈。有人怀疑凌云海知道这件事，但审查了半天，根本是无影的事。但凌云海带着妻子与四个儿子，被下放到拿口公社竹前耕山队，接受贫下中农改造。妻子胡淑芬心生埋怨，嫁给抗日英雄的结局居然如此。而已经不是当年血气方刚的凌云海懂得，自己一年不如一年，但为了家庭自己绝不能倒下，拖着疲惫的有多处枪伤的残疾身体，拼命地坚持着。只有他自己最能体会，多少外表看着坚强的人，其实也有撑不住的时候；多少脸上带着笑容的人，其实也有说不出的苦涩。一张脸可以掩饰喜怒哀乐，可又隐藏了多少苦辣酸涩。生活的担子重与不重，生命的路上难与不难，只有他凌云海自己心里知道。

也就是周帅哥逃到台湾的这一年，郑星亮小学毕业，准备进东关的邵武四中读书。时值"文化大革命"开始，还未开学便停了课，学校里到处都是大字报，到处都是红旗飘扬，大伙儿都像打仗似的，进进出出，来来往往，印传单、刷标语，那场面令人热血沸腾、豪情万丈。老师都不知道上哪去了。大伙儿立即投入学校的运动中去，并且成立了战斗队，参加了红卫兵组织。大家盲目得很，像一大群乱窜的兔子，只知道跟着高年级的大孩子们后面，也忙了个不亦乐乎。郑星亮跟随高年级的学生参加了"红卫兵瑞金战斗队"，只有6个学生，年龄最小的是郑星亮，还不满12岁；最大的是上初二的黄东，14岁，是瑞金战斗队的队长；其他4个都只有13岁。由于没有什么实力，队部就设在原本是放杂物的一个楼梯口。但大家的热情却是极高。

不久全国开始大串联，按照上面的通知，初一以上的学生可以参加大串联活动。郑星亮人小鬼大，央求战斗队的同伴带他一起去。当时参加大串接连的人可以领到3个月的串联费36元钱，还有60斤的全国粮票，郑星亮在上报名单审批时未能通过，领不到钱粮自然去不了。于是由瑞金战斗队开出了一张借款介绍信，郑星亮持这张介绍信跑到父亲的单位财务股，要求借36元钱。当月由他父亲的工资里扣还。单位的领导看到鲜红的红卫兵战斗队公章不敢不借。

郑星亮领了钱兴高采烈，与同伴们当天就北上串联去了。走时也不告诉家里大人一声。这一个月可苦了家里人，少了36元钱可不是小数字，一家人勒紧了裤腰带还喘不过气来。郑星亮的母亲气得掉眼泪的同时又担心孩子的安全。

三个月后，全国停止了大串联。郑星亮回到了家，串联时带去的钱与粮票，不剩一两一分，但却惹了一身的虱子回来。那毛衣舍不得扔，用六六粉在烧热水的后锅中煮了足足半个小时，母亲一边洗一边忍不住骂郑星亮：“你哪是来报恩的？你这辈子简直就是来与家里做对头的！”

03　最后一次算命

1967年秋天。朱半仙住宅。

神算朱半仙这一年也83岁了，但身体还十分地硬朗，走起路来稳健扎实，挟风携雨，落地有声，一点也不显得老态。

新中国成立后，政府提倡破解迷信，反对风水理学之说。朱半仙也就不能公开替人算命了，有也是悄悄进行，偶尔会为求上门来的街坊邻居做一些指点。由于他的测算往往被事实所应验，所以东关的民众对他依然敬奉若神明。被指点过的人见朱半仙不能收钱，便送他一些油呀肉的礼品，以表心意。

城关镇街道昭阳居委会对朱半仙的行为睁一只眼闭一只眼，从来也不去管他。但不久，“破四旧，破迷信”的专项斗争开始，居委会不敢有所隐瞒，在工作汇报中提及有人悄悄找朱半仙算命的事，虽然是轻描淡写地一带而过，但是“破四旧，破迷信”这项斗争是一个上纲上线的原则性大问题。这事引起了管辖地派出所的重视，便又上报给了县公安局。这事让县公安局的一位领导大感兴趣，他是从外地刚调来的干部，对朱半仙不大了解。上面正好要这方面的典型材料，他认为东关一带封建迷信色彩很浓，朱半仙毫无疑问有搞封建迷信活动之嫌。于是下了指示，朱半仙列为重点打击对象，要抓他的现行。

一天下午，县公安局一男一女两位侦查员便衣打扮，由居委会的人带路，带了一些礼物来到朱半仙家，假装是要看运算命，请朱半仙指点迷津。只要朱半仙收下财物，便立即拘捕他归案。

可没想到的是到了朱半仙家，双方一见面，不等这出戏开场，朱半仙笑了笑，自己就先开口说道："我知道你们是来抓我的，我可以跟你们走，但是我没有做过任何犯法的事情。"

这两位侦查员都是邵武当地人，对朱半仙的大名也有所耳闻。当时的情景让他们心里犯了嘀咕，场面显得尴尬。他们只好解释说是有人举报他，不得不来，同时惊异地问："你是怎么知道我们的身份？"

朱半仙说："不仅知道这些，你们别的事情我也略知一二。"于是稍稍讲了两个人家里一些无关紧要的私密情况。这两位公安人员听了后暗暗大惊，心有余悸，不敢有所冒犯，回去后如实向分管此事的副局长汇报。副局长沉思了一会儿说："这事可能是有人泄露了消息，你们两个是当地人，他肯定是了解你们家中的一些情况。这样吧，待我抽个时间亲自去会会他再说。"

第二天，这位副局长悄然一人，便服打扮前去朱家拜访。没想到见过朱半仙，一番长谈之后，他对朱半仙的言行举止与学问之渊博暗暗佩服，一来二去，竟然悄悄和朱半仙成了知己朋友。遇到有些难解的案件，私下里还悄悄去请教朱半仙，不敢说百分之百的准确，至少有一半以上的灵验。当然这事不能光明正大摆在桌面上，只能是心照不宣，放在心里而已。好几次公安局破案陷入困境时，侦查员悄悄来找朱半仙，按照他指点的方向和地点，一抓一个准，因此公安局对朱半仙算命的事也睁一只眼闭一只眼。

一天晚上，夜已经很深了，那位公安局副局长突然带了一位长相富态的神秘中年客人来到朱半仙家。朱半仙见到他们，没有吭声便让他们进屋。坐定后未等副局长介绍，朱半仙便起身对那位客人行礼作揖说："你是我敬佩的贵人，能屈尊到此，真是让寒舍生辉啊！"

这位客人听了一愣，连忙回礼道："我就一个平常人，先生所言担当不起！"

朱半仙笑了笑，又摇了摇头言道："不不不，你可不是平常人。你虽然居官不在首位，但却是经常出入省府大院之人。"

这位客人听了不由暗惊，狐疑地转脸看了看同来的副局长，说道：

"朱先生出此言，莫不是听了我这位朋友的什么话？"

副局长听了对客人悄悄耳语道："首长！我与你一起来的，有什么话也没机会说呀？"

这位客人点了点头，对朱半仙言道："说来也是！我想和朱先生单独聊聊，不知可否？"

朱半仙点首，把客人让进一个侧房，关上门后，微微地笑了笑道："这样吧，我说完您再说。"言罢，朱半仙双眼紧闭，说出了一些事来，包括点到了一两件本是极为隐私的秘事。这真是言语一出鬼神惊，把这位神秘客人听得半张着嘴合不上来。他对朱半仙惊讶无比，连连点头言道："朱先生果然是东关神算，名不虚传。"

在接下来的交谈中，客人发现朱半仙文化水平虽然不是很高，但对天文地理、玄学五行包括历史典故等百科知识都十分地精通，而且语言分寸掌握得恰到好处。只讲一两件无关原则性的事情，尤其是对于有所忌讳的大事，只是点到为止，话语留在了天机不可泄露的方寸之间。

这位神秘的客人对朱半仙的本事佩服不已，临走时抱拳作揖道："朱老先生，您能否抽空来北京玩玩吗？如行的话，我回去后便去安排。"

朱半仙拱手道："谢谢你的抬看！北京太远了，而且我眼睛不好，几近半失明状态，行动十分不便。有什么事情你若需要，可派心腹可信之人前来便可。"

神秘的客人说："那这样吧，我明晚再来一趟。"

第二天晚上，月亮半隐半现，这位客人现身后单独与朱半仙在厢房见了面。朱半仙这次单刀直入，把这位神秘客人的家庭情况、子女婚姻等一一说来。朱半仙似乎无所不知，神秘客人简直瞠目结舌，看来真是高人在民间。

朱半仙最后说："其实这些事对你来说，已经是往事如烟，眼下都不重要了。一年之内会有个大变化，你会举家南迁。人一辈子要走很多路，但关键的往往只有几步，你一定要把握好这个机会。"

神秘客人惊讶地问："我南迁去何处？"

朱半仙说："现在还不能说，时间还未到，天机不可泄露。"

神秘客人听了朱半仙的一番话，不禁联想到自己眼下的一些事来。前不久，他得到内部可靠消息，一个升迁的机会马上就要实现，怎么可能突然间会离开北京南下呢？为此，他对朱半仙的这个预测心存疑惑，但对朱半仙的本事佩服得五体投地。

朱半仙似乎知道这位神秘客人的心中所思，便笑了笑，随即神情异样地言道："京官当然好，是多少人梦寐以求的事。但你眼下放弃未必不是好事，其中缘由你自是十分清楚，祸随福来的事并不鲜见。你与我有缘，否则我不会如此尽泄天机是也。"

神秘客人听了这番言语，心中猛地一个激灵，他又想到了一些事与人，立马清醒了过来。而且朱半仙把话都说到这份上了，自己还有什么可舍不得的，当下起身整了整衣袖，弯腰朝朱半仙行了个大礼，言道："此生幸遇朱老先生，莫逆于心，金玉良言牢记不忘。指点迷人之恩，容当后谢！"言毕悄然而去。

此事只有天知地知，他们二人知。后来不久，这位神秘客人果然放弃了京城的升迁，而是平调到福建建阳地区当了一名主要领导；三年后升迁到省里当领导，再三年后回到京城当了手握大权的官。

这次替神秘客人算命，是朱半仙一生中的最后一次算命，此后无论是谁，他都不再给算了。1970 年冬天的一天傍晚，朱半仙无疾而终，驾鹤西归，享年 86 岁。

第二十七章

01　柳水秀

夏天。东关兴化巷 39 号。

一方水土养一方人，一方文化出一方女。闽北人对当地十县女子的美貌评价：一浦（浦城）二瓯（建瓯）三邵武。但说邵武女子的外貌气质风韵在闽北排列第三，这不一定准确，若是以小区域来相比较，闽北十县中东关女子肯定是排在第一位。

由于邵武东关的文化底蕴以及地方繁荣、开放包容等诸多原因，形成了人的外貌与气质。自然而然，漂亮有姿色的女人不少，有着大家闺秀与小家碧玉互补的优点。尤其是东关女子普通话说得好，而且一个个口齿伶俐，能说会道，言行举止很有韵味。

但是东关有文化水准见过大世面的女子却不多，说家长里短、闲言碎语比较有声有色，但对国家大事，关心时政形势的话却说不到点上。少有拿得起、放得下、震得住场面的女子，所以言谈举止又有些难脱红尘俗气，总是那种厝里屋外的街巷档次。

算得上真正厉害、上得了场面的女人是住在兴化巷 39 号，一个人称"阿庆嫂"的女子。在女人当中她是拔尖出色的，就连一些男人也比不过她。阿庆嫂二十七八岁，真名叫柳水秀，老家莆田，爷爷辈在抗日期间逃难来到邵武莆明村。这是一个以莆田移民为主的村庄，相对其他村庄而言，方方面面都比较出色。

柳水秀长得水灵，聪明伶俐，讨人喜欢。只是心思不大肯放在念书上，她勉强读完初中后，便辍学在家。19 岁那年，经媒人介绍她嫁到了东关，丈夫也是莆田人，是一个做香菇、笋干买卖的生意人，家境中等。

长相姣好、身材高挑、皮肤白皙的柳水秀，平时走在东关街上就很引人注目。加之她行事风风火火，口才极好，很有魄力，不同于一般东关女子。她说话干脆利落，办事井井有条。街坊邻里都说她很像样板戏《沙家浜》中的阿庆嫂，垒起七星灶，铜壶煮三江，耳听八方，眼观六路。

柳水秀确实头脑灵活，遇事常有出人意料的鬼点子。她15岁那年，莆明村通了小水电，亮起了电灯。村里人都欢天喜地，高兴不已。只有在村头里开个小杂货店的柳水秀她爹却犯了愁，因为有了电灯，店里十几箱蜡烛变成了卖不出去的积压货。

柳水秀见爹不开心，问明原因后柳眉一皱，眼睛一亮，计上心来。笑着说道："爹，你别犯愁，说不定没几天这积压货就全卖出去了。"

她爹哭丧着脸说："你就别安慰我了，亏就亏了，也没办法。"

就在亮灯泡后没几天，村里突然停了电，晚上一片漆黑。众人听说是大队电站的设备坏了，要维修好几天呢。没了电，当天蜡烛又好卖了起来，连附近村的人都到她家杂货店来买蜡烛，十几箱积压货便脱了手，而且卖了个好价钱。可让人纳闷的是，电灯在第二天却又突然好了。

事后过了很久，柳水秀的爹才知道，是他那精灵的女儿用了两包"水仙牌"香烟买通了大队水电站的电工，让他修理水泵，故意停了一天的电。

"文化大革命"开始了，像所有大大小小的单位一样，街道居委会也大忙了起来。写大字报，上街头宣传发动，忙得不亦乐乎。但是居委会能做事的人手不多，上不了台面。主任见阿庆嫂上过初中有文化，人又精练，便请她到居委会帮忙，每个月给她6元钱补贴。阿庆嫂听了笑盈盈，二话没说便答应了。

阿庆嫂果然不负使命，风风火火，干得有板有眼。首先她建议给东关居委会改了一个好听的名字，叫"向阳居委会"。这名称好听且紧跟形势，立马得到了领导的采纳。她做事果断干脆，不拖泥带水，无论居委会、还是街道办事处的领导交代的工作有多复杂、多艰巨，她都能出色地完成。而且她能团结绝大多数人，体贴入微地关心同志。众人对她的工作很是认可，都很喜欢和她在一起。

不久，向阳居委会的主任被查出家里有历史问题，立马下了台靠边

第二十七章

443

站。阿庆嫂被提拔重用，担任了居委会的主任，还兼任居委会造反派的总指挥。这后一项任命可不得了，不仅要批斗所属街道的那些"四类分子"，还到带人到四类分子家中抄家，收缴窝藏在家中的金银等黑财归公。

东关在新中国成立前是三教九流、鱼龙混杂的码头，有不少藏龙卧虎的能人以及有一定财产的地主与资本家。新中国成立后这些人学了乌龟法，该伸头时伸头，该缩头是缩头，一个个不吭不哈，低调无声。阿庆嫂是个精明人，一切都逃不过她的慧眼。她把东关一些调皮捣蛋但反应机灵的孩子们召集发动了起来，给每个人发了一条鲜艳的红袖章，加入抄家的队伍中。这些孩子们戴上了红袖章，别提有多高兴、多神气。他们的聪明才智也充分调动了起来，干得十分出色，寻找藏物的本领比大人厉害。他们不去翻箱倒柜，而是钻床底、查阁楼，水缸边、厕所旁，专在人们不注意的地方寻找秘穴，总能有意外的惊喜与发现。

让人想不到的是在东关这片不起眼，甚至看上去有些破旧不堪的民居中还真藏着不少的金银财宝，有时搜到的东西多得让人咋舌。

郑星亮与几个孩子也参与了抄家寻宝的行动，而且一个个都是抄家寻宝藏的鬼虫子，被他们发现了不少金银财宝。有一次正巧抄到对门邻居家，东关邮电所正对面一个王姓的家中。王姓主人在新中国成立前是邵南的一个大地主，后来搬到东关居住，是一家大布庄的老板。邵武刚解放时有过几次收缴浮财的运动，但在王老板家中没有搜到什么值钱的东西。王老板对政府人员诉苦说："家中值钱的东西都被土匪以及国民党伤兵们三番五次地掠取，已经洗劫一空。"

这一次抄家，没想到被孩子们从他家的大衣柜暗格中、地板的夹缝里搜到了大量财宝，有十几根金条、一大瓮银圆，还有珍贵的字画以及一卷卷用皮筋扎起来像冥币一样的美金。

孩子们兴高采烈地捧着这些财物，交给了阿庆嫂报功，受到她的赞赏表扬。孩子们没有得物质奖励也不计较，他们偷偷打了埋伏，迫不及待地溜了。因为他们藏了几个铜疙瘩，急急地去废品收购站卖钱。他们不知道金子银圆也可以卖钱，更不知道那一卷卷的冥币是美元。在阿庆嫂的出色指挥下，不少有钱人家被抄出了浮财，不仅是四类分子，其中还有不少老字号的商业老板。

在阿庆嫂的杰出领导下，向阳居委会抄家行动取得了辉煌的战果。后来有人说抄出来的东西不老少，但登记很不规范，让人有可乘之机。阿庆嫂就私藏了不少抄家抄来的东西，没有如数登记上交。但是说这话的人没有任何实实在在的证据，仅仅只是猜测而已。

由于阿庆嫂的出色表现，她后来转为国家正式人员，被安排进邵武县委干部招待所当了一名服务员。

第二年，从外地调来一个新任的县委主要领导，携家带口搬家来到邵武，住在县委干部招待所左边一幢房的三楼，家具物件行李整整装满了一辆解放牌大卡车。

县委办主任、副主任以及大小干事全体出动，从一楼到三楼，上上下下、大喊小呼整整忙乎了一下午。帮忙的人走后，这县委主要领导很是高兴，妻子也说这个县的人不错，热情有加。夫妻二人正感慨时，忽听见楼梯口的小贮藏间有声音传来，感到诧异，一推门，见一年轻女子蹲在地上，满头大汗正用铁刷子刷地面上的黑点。县委主要领导见之大为感动，问她是县委办哪个科室的，叫什么名字。

这年轻女子正是阿庆嫂，她见领导发问，不知所措地连忙直起身，腼腆着说："我叫柳水秀，但不是县委办的人员。不过我们这干部招待所是归县委办直接领导的，自然也可以算是县委办公室的人。"

实际上这天搬家时，阿庆嫂是很迟才来的。她听说是新来的县委主要领导搬家，灵机一动便参与了进来。人家活都干完了，她却有意不走，躲进楼梯间干了起来。那么多人忙活了半下午，就阿庆嫂一人在新来的领导心中留下了深刻的印象。所以俗话说：会干的不如干得巧、干得漂亮，这叫作挠痒会挠到点子上，挠得让人舒服，这就是阿庆嫂的聪明过人之处。

新来的县委主要领导自然记住了柳水秀这个名字，当下看着柳水秀暗暗点头。柳水秀有着典型的少妇身材，苗条而又丰满，身体突出的部位十分显眼，领导不由得对柳水秀更加有了好感。

此时柳水秀扬了扬脸，轻盈地甩了一下秀发，很自然地抹了一把脸上的汗珠，姣好的面容显得十分清秀与雅丽。县委主要领导心想，像这种人

第二十七章

445

才应该放到县委办接待科发挥才能，正想着，妻子在一旁瞪了他一眼道："快让人回去休息吧，时候不早了。"县委主要领导闻声回过神来。阿庆嫂成为这位县委主要领导来到邵武上任后第一个留下深刻印象的人。

不久后的一天晚上，县电影院放映新电影，除了值班的人，大家都去看电影。招待所职工宿舍很安静，在一个灯光很暗的房间内传出声声喘息，阿庆嫂趴在床上，身后则是一个中年男子，这男人的身躯如泰山压顶一般，双手不断地在阿庆嫂丰腴的身上索取，一脸满足。这位县委主要领导平时一脸正经，这时却完全撕下了伪装。

阿庆嫂正当年，她在尽情发泄之后，满足地叫了几声。但领导此时就像泄了气的皮球，趴在阿庆嫂的身上就不动了，还大口地喘着粗气。阿庆嫂很扫兴，但还是佯作很满足的样子，温柔地抚摸着这位领导的脊背说："你已经很棒了！"领导喘了一大口气说："我就喜欢你这一点，温柔体贴。"说着来回在阿庆嫂的身上摩擦着。

其实最终促成阿庆嫂到县委办工作是前年夏天，省里一个领导到县里来视察工作。那天这位领导到邵武后突感人不舒服，连饭都不想吃，尔后还发起烧来。这可把陪同的县领导、地区领导都吓坏了，连忙叫县立医院的医生前来诊看。医生看了后说是感冒，领导服了药、打了点滴，很快就退了烧，但还是昏昏欲睡、浑身无力。于是乎大家都不敢走，在招待所守候着陪伴。

本来像阿庆嫂这样的一般服务员，是没有资格接近领导身边的，但因为她今天是招待所的接待人员，顺理成章地又是递毛巾又是送水，忙前忙后地十分勤快，也没人在意她的表现。

过了半个多时辰，省领导似乎好了一些，众人见此也都松了一口气。待到人少时，阿庆嫂还在侍候着，她鼓起勇气说："首长，您一定是中暑了，身上有痧哩。光打吊针是不够的，一定要刮痧咧，把体内的痧给逼出来才行。要不，我给您刮刮痧，保您十分钟后全身就轻松。"

一旁的县领导听了呵斥道："你又不是医生，别乱说！"

没想到省领导听了阿庆嫂的话，笑了笑道："我今天这个征兆或许真是有痧呢，你会刮痧吗？"

阿庆嫂拍了拍大腿道："首长，别的不敢说，刮痧这活我拿手。过去我常给我爹刮，保证灵验！"

在场的其他领导皱了皱眉头，阻止道："你别逞能乱来，医生都没说要刮痧，你那是民间草医土办法，难道还比医生强？"

阿庆嫂一点也不怯场："他们是西医，不讲这套。但这法子肯定灵，这种病症还真的是民间草医管用。而且我有三年的茶油，使上它刮起来一点也不疼。"

县委书记这时在一边发话道："我看不妨一试。"

省领导也同意道："小时候我曾经刮过痧。体内若是有痧还是很管用的，若没有痧也不打紧，就当是松松筋骨也行。"

此言一出，众人不好再吭声。于是阿庆嫂小跑回宿舍，找来了一把牛角梳和小半碗茶油，手脚麻利地忙活了起来。阿庆嫂的这一招还真灵，经她的一番治疗后，省领导明显感到人轻松了许多。

次日早上，省领导早餐后正要上车告别时，正好看到阿庆嫂又在大堂搞卫生，便招呼阿庆嫂上前，当着众多地区、县领导的面说："昨天谢谢你了，让我一下子就好了。看来，你不光是刮痧的水平高，而且工作也十分地勤快，值得表扬。"言毕哈哈大笑。

这位省领导走后的当天晚上，县委的那位领导把阿庆嫂悄悄叫到房间，一见面就说："你的事现在时机成熟了，过两天我就吩咐人把手续给办了。不过程序还是要走一走。"

阿庆嫂不动声色，嘴上言道："你呀！我真是服你了，做事稳得跟蛋一样，又不显山不露水。"

领导笑了笑说："这不也是你说的吗？凡事要师出有名，小心驶得万年船！"随即一把拉灭了电灯开关。

阿庆嫂很快被借用到县委办上班，一个月后，县人事局给了一个以工转干的名额，阿庆嫂由工勤人员转为国家正式干部。初入职场的阿庆嫂热情洋溢，充满斗志，对待工作非常认真负责，领导交给她的任务完成得很好。凭借着卓越的工作表现和优秀的个人素质，阿庆嫂声名渐彰。她的领导能力、组织能力、沟通能力以及协调能力得到了大家的认可和赞扬。

阿庆嫂和同事们的关系相处得十分融洽，与谁都很有人缘。半年多后，阿庆嫂被任命为县委办人秘科长。从那以后，大家不再叫她阿庆嫂了，都叫她柳科长。后来随着职务的变迁。柳科长改为了柳副主任、柳局长了，再后来柳局长被调到了省里工作，当了厅级领导。

东关的老百姓都说柳水秀是东关飞出的金凤凰，而当初说她私藏了抄家财宝的人也没得话说，只是叹了口气道："人啊，这都是命啊，该她的！"

02　大头宝女人

夏天。东关中山路 263 号。

午后的阳光很是充溢四射，将东关行春门照得通透明亮。大头宝女人端了把矮木凳子坐在城门下，歪着个脑袋饶有兴趣地望着屋后城墙上，眼睛睁得老大不小。那只粗壮的蝎子紧紧地贴在城墙的老砖上，高高卷起的尾巴竖起，像是一个进攻的弯勾镰。那根毒刺胀得满满的，随时随刻会喷出毒液来。它正对视着一只花斑大壁虎，伏着身子一动不动。壁虎和蝎子是相克的五毒虫之一，双方若是相斗不差上下，就看谁更强悍勇猛了。

瞬间，风吹动了草，壁虎以为对方发起了攻击，立时冲向蝎子张口撕咬，蝎子则弓身向壁虎猛扎了一针。壁虎被扎得浑身一抖，后退了有一尺的距离。它转身跑到城墙缝中长出的一棵小树下。这棵树也只有大拇指粗细，壁虎将被扎的尾部使劲蹭那树皮，似乎要把蝎子的毒汁蹭出体内。但突然间它在蝎子毫无警惕的情况下，"嗖"地冲向蝎子，将蝎子咬食于腹中。这场精彩的战斗让大头宝女人大开眼界，她兴奋地直挥着一双短而粗壮的手，不停地抖动着。

大头宝女人有 30 多岁，身高只有一米左右，但头却出奇的大，大约占到身材比例的四分之一。她四肢短粗笨拙，行起路来一甩一挪、一步一撒地摇晃着就像只大番鸭。"大头宝"这三个字也只是人们在背后对她的称呼，而绝不敢当面这么叫她。因为大头宝女人脾气很大很倔，哪怕谁对她多看几眼也不行，否则她会当众把你骂个狗血喷头。但凡街上有不认识她的人看到她感到有些好奇，不禁回头多看几眼，她便极为敏感地察觉了，恶狠狠地瞪着人家，那目光有些凶狠，吓得看她的人赶紧转头。其实这也可以理解，凡是有缺陷的人自尊心都极强，而大头宝女人更为典型罢了。

大头宝家是小工商业者，在自家门口开了个卖锅盖、锅刷、洗衣板之类的小杂货店，日子倒也过得去。家人怕大头宝在外面丢人受欺负，尽量让她在家待着。可大头宝生性好动又喜热闹，总是参与街坊那些女人们的活动。极聪明的她学什么都比别人快，人们都把这归结于她头大脑浆多的缘故。她没上过学，可识字不少；她没拜过师傅，可裁剪衣服却很内行。最绝的是她的算盘功夫，看起来她那双粗短的手很笨拙，可"噼噼啪啪"打起算盘来上下左右飞快，让人惊叹咋舌，佩服不已。她算盘不但打得又快又准，而且是双手同时打，无论加减乘除，左右两边的得数都一模一样，准确无误。所以后来她寻到了工作的那一年，代表单位参加全省算盘比赛得了第一名。

有一年夏天，省城福州来了一个据说是研究所的人，找到大头宝家里，悄悄告诉大头宝的父母，说是给他们5000元钱，白给！条件是等大头宝将来死后把躯体献给国家作研究用。按理说这是难寻的好事，5000元可是一笔巨款。大头宝脑袋大耳朵尖，听到了这话立时怒目横眉，高声大骂，拿起竹扫帚把来人赶出了家门。

街坊邻居知道了说她傻，反正人死了啥都不知道，有谁死了还能值这么多钱？大头宝说别蒙骗她，一个女人家决不能赤身露体让人家糟蹋。

大头宝平日里和街坊婆娘们闲侃，每每听到人家谈起男人汉子，谈起那带荤的话题，她便不动声色地竖起耳朵听。人家问她想男人吗？她便放下脸骂人家没正经，拿她来开心。说像她这样的人，世上再丑的男人也不会要她。所以大头宝很是自卑。其实说不想是假的，她除却身材粗短外，其他生理和正常人一样健全。有人说亲眼看到她把一个叫王心刚的男影星剧照藏在枕头底下，经常在没人的时候拿出来偷看。

但东关一带是没人娶她当老婆的。那年夏天，有一个浙江农村来的篾匠，快50岁了，长得又老又丑，经人介绍找到大头宝父母，说是愿意做上门女婿。大头宝父母一听这还有什么不行的，高兴都来不及，心想真是像俗话说的，只有剩饭剩菜，没有剩男剩女。破锅自有破锅盖，蛤蟆也有青蛙爱。

两人结婚的那天夜里，那丑男人佯装醉酒和衣而睡，半夜三更偷走了大头宝家的几百元积蓄溜了。大头宝终于明白了自己的模样是上不了台的，她躲在房里面哭了一整天，怨天怨地。

大头宝性格很要强，不愿意给家里添负担，一心想找份工作。于是她迈着短腿四处奔波找单位，跑居委会、跑劳动局、跑民政局，但没人搭理她。正常人找工作都难，何况像她这样的，哪有单位会要她。遇上心善的人还讲几句安慰她、哄她的话，说这事不能急，先挂个号，等有机会了就通知她。大头宝一听心存希望，在高人指点下买了几斤香菇、几瓶好酒、几条好烟，找了个门路活络的人给打通关系，后来还真找到一份工作，是在地处西门的废品收购站上班。当时靠捡破烂维持生计的人还真不少，废品收购站生意也很红火。

虽说是和破铜烂铁、臭布破袜打交道，可大头宝每天干得很是欢心。站里原来所收来的破烂从来都是乱堆乱放，杂乱无章，自打她来后整理分类堆放，收拾得整整齐齐有条有理，像个堆放材料的仓库。她还从废品中拣出了许多能用的东西设了个旧物柜台。还真是不赖，许多顾客都找上门来，常在她这儿买到商店买不到的零件。上级领导也经常表扬她，她连续四年被评为省、地、县的系统劳模，只是她从不去参加领奖活动，包括那次全省算盘比赛第一名。所有的奖都是会后人家替她捎回来的。领导也明白她的心思，从来不当面说她什么。

别看大头宝长得丑，自惭形秽，可遇上不平之事，还是有东关人的性格。那一天，几个地痞在废品站门口欺负一个姑娘，那姑娘又气又急。围观的人惧怕那伙地痞，不敢相助。眼看姑娘就要吃亏，大头宝一见肝火上脸，从废品堆里抽了根粗铁棍冲上前去，护住了那姑娘。那架势威风凛凛，硬是把那几个人高马大的地痞给镇住了。大头宝横眉怒目说："这是在你们西关，若是在东关？你们要被打个半死。"这事后来一传开，西门的百姓对大头宝多了一份敬意，夸她有见识有胆量。

大头宝说："东关的甘草爷你们应该都知道吧？这是他教的，有些时候对一些事，选择忍让是一种大度，可有些时候却不能忍让。坏人是不能纵容的，一次两次的忍让，只会纵容他们的坏习惯，在有辱尊严的事情上，绝对不能退让。"

但时间一长，大头宝也得罪了不少人。废品收购站里时常有些手脚不干净的小青年偷工厂车间的铜铁来卖，有些是好零件砸碎了卖。大头宝识货，看了心疼，把这情况向派出所汇报，而且每遇到这种情况她不把事弄清就不罢休。所以大头宝的日子不好过起来，时常有人上门找碴，指东瓜骂西瓜，说她是妖怪、是蛤蟆、是只该杀的母番鸭，骂她和废品站里的货一样，纯粹废品一个。

每每遇到这种情况，大头宝总忍着装听不见，但在气急时也会拿起铁棍就要和这些人拼命。骂她的人则笑嘻嘻地撒腿就跑，欺她腿短笨拙撵不上，待她一回店便又来气她、激她。终于有一天大头宝受不了，她离开了废品收购站。从那以后，在东关街上就很少看到大头宝。

1969 年冬天，在一个夜黑风高的深夜，大头宝被声响惊醒，她起床时已被人狠狠一个闷棍打倒在床下，一时动弹不得。原来是从外地窜逃来的三个坏人竟然在东关打劫，而且胆大妄为，抢走了她家藏在柜子里的几十块银圆，随即又到隔壁的打金店继续打劫。大头宝忍着一阵头晕，追到打金店门口却支持不住倒地。所幸东关的一群小孩从漠口部队看电影回来，听到打金店的惊叫声，目睹有人抢劫，这些才十二三岁的孩子胆大，各自寻了石块木棍围了上去。这三个劫匪被这阵势吓住了，"呼哨"一声拔腿就跑，消失在黑魆魆的夜色里。

大头宝被紧急送进医院中抢救，但因脑壳被打裂了一条大缝，失血过多，经抢救无效死亡。

03 草民众生

一年四季。东关中山路。

东关的民众背着重重的行囊，一路都在喘息，他们不曾在意身边的风光。其实，他们走过的路，一花一叶都是生命的写意，一草一木都是风景。只是因为营生的艰辛、物欲的躁动、追逐的劳累、取舍的烦忧、衣食的温饱，让他们无法超然物外。

东关中山路一带有魅力吸引人，经常让一些到此的外地人流连忘返，产生浓厚的兴趣，盖因它是一个传统手工制作业最为齐全的地方。小店铺大概有几十家，林林总总，琳琅满目，应有尽有。

钢笔修理店。在东关的钢笔修理店就有三家，这在其他地方是绝对没有的。盖因东关学校多，文化人也就多。钢笔在当时是身份和有文化的象征，那时候能拥有一支钢笔很不简单，立显出你的品位与众不同，所以钢笔算是一种珍贵的物品。在修钢笔的师傅那里，总能看到一个配件齐全的案桌，放置着各类钢笔配件，笔帽子、笔尖子、吸水管子、笔舌头等配件，无论什么型号的钢笔，他们总能配齐修好。钢笔代表着文化，修钢笔的师傅自然也有文化，别的不说，他们的字比大多数人写得好，龙飞凤舞，飘逸自然。钢笔的主人往往会请师傅在钢笔上刻字，在钢笔上刻字也成为风靡一时的时尚。

修理钟表店。东关协和大学旁边的钟表店，是一个姓钟的师傅在经营。他的技术最好，连城里政府机关的官员都要到他这来。修理钟表是个精湛细致的活儿，不仅要靠眼力、手力，还要有丰富的经验。钟师傅人长得文气安静，也有足够的细心和耐心。他常说："座钟大还好修，但手表细嫩贵重，容不得半点差错。只要一个环节有失误，整块手表都有可能报废。"所以他修复的钟表十分精准，几乎和邵武政府放的"午炮"一样准。钟师傅与其说与钟表打交道，不如说是与时间打交道，他把修好每一块钟表当成自己一生的责任。

刻印店。东关陈记刻印店开在中山路 111 号，那 111 就如同三把锋利的刻刀，门牌号码与经营的内容十分般配。刻印店的陈师傅有 50 多岁，是一个曾读过私塾、练过书法的人，毛笔字写得非常好。其实刻印本身就是一门考验书法功力的技艺，对篆刻者刀尖上的功夫要求非常高。陈师傅的书法与刻印功夫相得益彰，都属是一流的水平，刻出来的印章几乎就是艺术品，令人叫绝。所以连省上福州的一些机关单位都特意派人到邵武东关找陈师傅刻印。全省也只有陈师傅能通过阴刻阳刻相结合的形式，篆刻出章面比例自由且协调的字体来。盖出来的章不仅清晰可见，字体飘逸又稳重，独一无二，难以模仿。

绞脸店。开在行春门胜利巷口的绞脸店是邵武唯一一家有店铺的专业绞脸店。当然这是女性的专店，是一个古老的美容行当。从事绞脸的许家婆婆 60 多岁了，她干这一行 30 多年，可以说是东关最早的美容大师。她人长得清水洁净，皮肤保养得很细腻，看上去要比实际年龄年轻许多。许家婆婆仅凭一根棉细线和一双巧手，靠手和嘴巴的巧妙和谐的配合，将手中的绞脸的棉线使用得上下翻飞，有形如无形，在姑娘们脸上刮来刮去，为她们绞去脸上不完美的汗毛、污秽等。让这些姑娘们，包括有钱人家的妇女们的脸部经过许家婆婆的一双巧手纹绞，整张脸立时变得整洁白皙，容光焕发。

钉秤店。开在小东门 241 号的钉秤店，全邵武也只有一家。钉秤的帅傅姓周，个子又高又瘦，就像称竿一样。周师傅老家江西，也是抗战时期逃日本鬼子背井离乡，全家人来到小东门安家落户。钉秤人也称"制秤人"，算是很冷门的祖传手艺。要制作出一杆标准的好秤，要经历足足 30 多道非常复杂的工序才能完成。为了保证杆秤的准确性，要力求每道工序都不可有一点马虎，这也非常考验制秤人手上的功夫和力求"公平"的职业操守。钉秤是非常比较吃香的行业，但会这门手艺的人不多，所以物以稀为贵。周师傅是这方面的权威老大，周边各县，包括江西、浙江的商人为了杆秤的准确性，都特意从外地赶到邵武东关找周师傅制作。

锔盆碗。开在东关上河巷 52 号的锔盆碗，店师傅绰号叫"郭盆碗"，50 多岁左右，生意不错，但挣钱不多。别看锔盆碗不起眼，这可是一门破镜重圆的技术，也是一项登峰造极的手艺。在那个物资匮乏的年代，瓷碗瓷器类如有损坏，舍不得丢弃，都会拿到锔碗郭师傅这里修复。郭师傅会把打碎的瓷器用类似订书钉状的金属的锔子，把破损的瓷器给修复起来。虽然说外表上不能完好如初，但也是完好无缺。那一道道订书钉状的金属锔子镶瓷器上，不但不难看，反增添了一道风景。所以锔过的盆碗比新的盆碗更贵重值钱。

剃头店。剃头店在东关有好几家，屈指数去大大小小有近十家。开剃头店比较容易，工具也非常简单，只要有镜子、梳子、刮胡子刀和剪头发的剪子就可以了。手艺最好的是福州的几位师傅，他们都是当年父辈从福州逃避日本鬼子入侵来到邵武东关的。他们来到异乡，怕孤独，所以抱团合伙开店，地点在小东门口上租来的一间大店铺。租金分摊，但各剃各的头，各有各的老顾客。这些福州师傅动作熟练麻利，讲究技术活。剃头不光是修理头发，还包括脑袋上的一大堆服务，比如修面、掏耳朵和刮胡子，一番功夫下来，让客人面目一新，耳鼻清畅。

补锅店。此店开在东门外的乙街上，东关人的生活离不开修修补补，谁家的铁锅损坏漏水，就会让不知道叫什么名字的补锅师傅来修，一阵阵地敲打后，原本破旧不堪的锅被补得滴水不漏。补锅也需要很高的手艺，这样修补的地方才不容易被看出来。

弹棉花店。此店开在小东门和平巷附近，门口有一棵大樟树。弹棉花的是夫妻俩，平时不大爱说话，但生意很不错。棉花被子盖久了会起坨，久而久之就会变得不暖和了。弹棉花的师傅根据客人对长短的要求，凭借一把专门弹棉花的弓，用木榔头来回敲击弓上的弦来蘸取棉花，把棉花拼成方形，然后反复压磨修整，一整套费时的工序下来，才能完成一条整齐又暖和的被褥。旧棉花被一经弹过，比新棉花被还要暖和舒服。那弹棉花的声音很好听，店门口总有几个闲人坐在大樟树底下，听那有节奏有韵味的弹棉花声。

修鞋店。修鞋匠虽然不起眼，但他们却有一门实实在在的手艺。每个修鞋匠都有一个百宝箱，里面放满了应有尽有的修鞋工具，几把方凳，就是修鞋匠的全部。正是这些平凡而又朴实的手艺人，能化腐朽为神奇，让坏掉的鞋子又重获新生，为顾客缝补出一个个小欢喜。

铁匠铺。东关独此一家铁匠铺，开在靠近孤老巷的巷子口上。掌铺的是姓杨的师傅，还有一个长得十分壮实的年轻徒弟。杨师傅是一名技艺精湛的铁匠，毫不夸张地说，他拥有千锤百炼的心性和毅力，从小媳妇们的绣花针到老农们犁地的器具，都能在他的巧手中变幻出来。那烧红的铁块在他手中就如同柔软的橡皮泥，随着叮叮当当的敲打声变成了你所想要的物件。

竹篾店。东关中山路向阳巷632号，开竹篾店的是林姓的一对中年夫妻。相对而言，东关人都说妻子的活比丈夫做得更好。夫妻俩的活儿在邵武很有名气，一根根竹料在他们手中制作成各种生活用品，像洗菜用的竹篮竹筐、挑东西用的篓筐、夏天睡觉用的竹席等。当然他们的活儿十分细腻，慢工出细活，精致的篾制品费时也更长。

锡店铺。此店开在东关城边巷12号，不到十平方米，是一个从浙江嵊具来的王姓师傅开的。东关有不少人家的生活器具都是用锡制成的，比如茶叶罐、酒壶、酒杯等都喜欢锡做的。但是锡做的东西很软，经不起碰碰撞撞，很容易变形。于是自家的器具一旦损坏，要拿到王师傅的锡店铺重返原貌。王师傅通过化锡、剪裁、打磨、焊接、抛光等多道工序，让一件件残破的锡具在他们的手中复原生花，更加美观耐看。

白铁店。此店开在中山路1215号，由姓游的父子俩经营，他们也是抗战时期从福州逃难到邵武的手艺人。游师傅人好生意也好，那时谁家都有几个用了多年的铝锅、搪瓷脸盆，小洞修、大洞补，直到盆底不能再修补了，拿到白铁店里换个底，又能用上几年。那时不少商店用的什么加油桶、油勺、酒勺之类的生活用品都是用白铁打成的。许多东关有钱人家的老屋，天井的屋檐水槽，连着水槽的下水管道也都是用白铁皮打成的。从裁剪开工到成品，要五六道以上工序，全部由手工敲打完成。这一棒一锤说起来简单，做起来可不容易。下棒重了、锤打歪了都会影响质量。每当下大雨，哗哗的雨水从半人高的水管口涌出，孩子们往往躲在屋檐下，将一小块竹片，斜插进水管口，伸手接那哗哗流下的雨水，或拿几个小木盆接水，互相打起了水战。

……

东关众多的小作坊店，给人间烟火带来了许多诱惑与兴趣，人们都喜欢这些小店铺散发出来的声音与气息，这使得一些城区的人们特意来这里听声、听响、听稀罕，一待就是大半天还兴致未尽。

到晌午时分，所有的诱惑都被清真包子店给淹没了，空气中传来了一股浓浓的牛肉香味。包子店在小东门与五一九路交叉的十字路口，矮而胖的范老五在案子上切牛羊肉，他的哥哥老大在门口招呼座儿。他们俩身体健康、眼睛明亮。烟雾弥漫，但在这间并不宽敞、充满了香味与烟雾混合的店里，却另有一股温暖而亲切的感觉。

东关除却这些小作坊店面之外，还有不少没有店面，靠走街串巷流动工匠和行商小贩，他们多数来自农村或外地，靠自己的双手勤俭经营。他们挑着工具或货担走街串巷，勤售勤卖，随时随地都可以做生意，货价比一般商店的便宜，其优势是价格公道和购物便利，本钱不多且资金周转灵活，不必担太大风险。肩挑小贩和工匠种类很多，他们沿途叫卖和行艺，叫卖声如喊似唱，具有独特的风格。这些行当中大部分人遵循本行业的规矩，敲击、吹打着自己独特的吃饭家什，发出特有的声响，代替口头的叫卖声以招揽生意。

比较活跃的如扁食担，又称"馄饨担"，是东关独特的一种风味小吃。馄饨担子比较复杂，一头置火炉、汤锅、佐料，另一头用板柜分为几个抽屉，置放由面粉为皮，精肉、葱头切碎为馅的扁肉原料。东关有两家扁食担子，相比较而言，要数福州人林老六家的好，他的扁食皮薄肉多、润滑鲜美，口味鲜甜留于唇齿之间，备受东关民众喜欢。

豆腐脑担子。东关人也叫"豆腐花担子"，材料用精选的黄豆磨好后，放锅内煮滚后滤出豆渣，加石膏半凝固后，装入木桶挑上街售卖。豆腐子担一头为木桶，一头为柜式，柜内放置火炉，柜面上置铁锅煮老豆腐。东关卖豆腐脑的亦有好几个，卖得最好的属向阳巷的孟老汉。他做的豆腐脑选料精细，一瓢又嫩又白的豆腐脑放入瓷碗，用特制的麦油光面，滴上两滴麻油，加点葱花，要酸辣的便放上镇江老醋和特制的椒盐粉，又辣又酸又有香味，特别受欢迎。

货郎担。东关货郎担子也是一大特色，东关民众也称之"卖花担""小百货担"。卖货郎肩担一头多层的屉笼，屉子里放置针头线脑、胭脂香粉、花露水、雪花膏、头梳、篦子和镜子；另一头是连盖的笭篓，里面放置袜子、毛巾、线帽、童鞋、手绢和小玩具等日用品。担子不重，花样不少，都是民间平时不可缺少且便宜实用的物品。货郎们挑着担子走街串巷，赶集下乡，他们手摇拨浪鼓招揽顾客，人熟路也熟，有时直接进到人家宅院去。卖货郎大都聪明伶俐、能说会道，虽是小本生意，但做得有声有色。他们话语诙谐、风趣，深得主顾的欢喜，小本生意虽本小利薄，但赚少积多，有的后来开起了店。像中山路986号的百货商店，老板蔡老板曾经也是靠叮当担发家而后开店的。

修鞋补伞担。修鞋补伞担比较简单，一头箱子一头砧，箱子内放纱线、伞骨针、鞋钉、鞋掌，砧子那头放鞋楦、桐油、生柿油和染料等。雨伞一般是纸伞或油布伞，全由手工制作。修伞的工匠基本上都是制伞出身，对雨伞的结构了如指掌，能做伞也会修伞，一般的纸伞破个洞、断根伞骨，修伞匠脱下伞头重新穿线，用竹夹把伞骨夹匀后绷上纸，用柿油把新纸刷好晾干，按伞色新旧刷上染料，刷上一层桐油，晾干后，旧伞也就变成新伞了。

剃头担。东关有大小理发店十多家，但并不能满足需求。"有钱人进店，无钱人找担"，剃头担便成了普通白姓剃头的首选。城关的剃头工匠大多没有资金开店又不愿意下乡剃头，他们有较好的手艺，人缘也不错，剃头担较重，担子的一头是供顾客坐的小柜凳，比较结实，上面坐顾客，下面是柜屉，屉内装剃刀、洋剪、磨刀石、剃刀布；另一头是圆桶，放置火炉和脸盆，脸盆架上放置镜子和毛巾。出摊时，理发匠把炉火点着，铁壶灌上水后便开始磨剃刀。按剃头匠的说法是："头顶功夫，家什要利。"剃刀磨利了，剃起头来头顶生风，刷刷刷一片冰凉。顾客们一坐下来，便开始洗头剪发、修脸刮胡须，然后颈上跳刀、挖耳、洗眼，刮下眼皮，最后修边，临走时递一把热毛巾擦脸，把顾客伺候得十分舒服。剃头担招揽生意的工具是敲脸盆，他们说："铜盆三声响，顾客自然来。"

叮叮糖担。又称"鹅毛担"，经营者一般以外来的浙江人居多。他们将糯米、麦芽做成雪白的糖膏，冷却后经多次拉扯，耐心地将糖饴一圈圈盘好，装入铁盘内放入圆筐，走村串巷售卖，同时售卖的还有切成菱形的小粒姜糖、薄荷糖等。敲叮叮糖的响器是小铁锤和铁平板，按节拍：叮叮笃，叮叮笃，叮叮笃叮笃叮笃。敲击的音节清脆优美，很是悦耳。一听到响声，孩子们纷纷从家里拿出鸡毛、鸭毛或鹅毛来换糖。换糖人还兼收废铜旧锡、牙膏皮（锡制）或牛骨头、牛角，以同等价值的麦芽糖进行交换。鸡毛可制作鸡毛掸子，鸭毛、鹅毛可制作鹅绒、缝衣制被，牛骨用以熬制牛胶，牛角用于刻章或做角梳用。叮叮糖担本小利薄，但四乡八里收购的杂物数量较多，一部分人发财后也都开店当了老板。

磨剪子担。磨剪子的师傅带磨刀石、脸盆和一条小木板凳，配上一句悠长的吆喝，就有人闻声而来，把自家钝化的刀刀剪剪拿去修理。刀刃在磨刀石上反复推拉，变得坚韧锋利，最后配上师傅的招牌动作：用拇指一试就知道是不是磨锋利了。对于咬合失灵的剪刀，用钉锤敲打几下便立刻修复了。

爆米花担。这是小孩子最喜欢的担子，他们总是喜欢围观爆米花，但也最怕那一声"砰"的巨响。那是一口葫芦状的爆米花机，里面满载着玉米粒或糯米，在一团炉火的炮制下，顷刻变成了蓬松香甜的爆米花。东关爆米花的师傅姓熊，整天挑着一个担子，在东关走弄窜巷。他人很清瘦，担子很沉，一头是黑炮弹式的爆米花机，另一头是风箱，风箱上面放一只小板凳、一个铁皮火炉和一只搪瓷茶缸。他走进一条巷子，找个较宽敞处坐下，生起炭炉，放置好爆米花机，等着周边人家把玉米粒或籼米送来。很快就会有几个孩子捧着搪瓷盆围拢过来。他接过其中的一个，将里面的玉米粒倒入机筒，封好盖，然后安然坐下，一手拉风箱，一手摇动起架在火炉上的机筒。时间到了，熊师傅起身，将机筒倾倒，机口套入麻袋，抬脚一踩加力杆，"嘭"的一声响，一阵白烟冒起，爆好的玉米花全部喷入麻袋。熊师傅提起袋子，将白花花香喷喷的玉米花倒入孩子带来的篮子。孩子迫不及待地往嘴里塞几粒，提着篮子欢天喜地回家。

第二十八章

01 "狗不识"木匠

夏天。诗话楼。狗不识圆木店。

东关富屯溪边有一座名楼叫诗话楼,始建于唐朝,东关人不无自豪地道:"先有诗话楼,后有邵武城。"诗话楼原名望江楼,又名三滴水楼,位于东关城墙北端,转弯沿城而上。相距二百米的城垛上,地势雄伟,面积宽阔。楼乃石、砖、木结构,坐北朝南,三层楼阁。可瞰长川,万景毕至。其大门由东西两面开门进出,上有明朝名人朱景英的题联:"千秋大雅扶轮手,一片寒泉荐菊心。"

诗话楼第一层厅堂安设宋朝严羽先生纪念牌,周围雕龙画凤,金碧辉煌,左右两边以砖砌阶;第二层楼宇,花窗门壁,如古代宫殿;第三层楼为纪念严羽先生与戴式之论诗吟厅。

清朝顺治四年,福建按察使周亮工入闽,访严羽故居不存。遂把望江楼改名为诗话楼,全部修饰,以敬祀严羽。三层向南书有"诗话楼"三字匾额,其第一厅堂檐前设有演戏台一座,东西两边建有观戏楼,每年三月下旬聘戏班演戏数天。端午节群众登楼,参观龙舟竞赛者颇多。抗日战争时期,福建协和大学迁移邵武上课,建议将该楼修理作为图书馆,终因当局以经费缘由,未予进行。

在紧挨着诗话楼不远处的中山路561号,是一家临走街的打圆木的小店,主人是绰号叫"狗不识"的木匠。生活虽然穷困些,但比起走街串巷的手艺人强了许多,至少他有间近20平方米的家居店面。

东关人为什么叫他"狗不识",他自己也不知道,这绰号听起来自然是有些贬义。他个子不高,只有一米六左右,长得精瘦,胡子稀稀拉拉又黄又硬，上面常沾着浓鼻涕之类的脏东西。初时他知道人家瞧不起他的相貌，他也不理睬人家叫他这个外号。但叫着叫着，时间久了以后，他也就应声了。

东关人有句话"女怕口漏缝，男怕耳煽风"，说的是长相不好的男女。所谓"男怕耳煽风"是指耳朵长得靠前的男子。古人将长得靠前的耳朵称为"煽风耳"，而在东关民间又有"两耳扇风，败家祖宗"的同类说法，说这样的面相散财败家。男子最怕的就是耳朵特别小，这样的人不但没有什么大的作为，而且各方面都比较背时。还有一种就是脚跟离地走路脚跟不着地的人，他们大多是奔波劳碌的命格。这两种相貌差的特征，让狗不识木匠都摊上了，他不仅是一个煽风耳，而且走路脚跟不着地。所以他运气不大好，快四十岁了还是单身，无亲无戚，一个人吃饱全家不饿。

他住在这间临街的旧屋内，房子是土改时分的财产，父母去世后就留给了他。狗不识很窝囊，不讲卫生，他的被子大概是从未洗过，又黑又脏，只要一靠近，便有一股呛鼻的霉酸味。屋的前一半便是他做活的场所，屋的后一半是他的居室，吃喝拉撒、干活睡觉都在一间屋，能不窝囊吗！

说实在的，狗不识的木匠活不怎么样，又粗又毛糙，那套赖以生计的木匠家什简直就是一堆破铜烂铁。斧头钝得像一把铁板，劈在杉木板上尽起毛刺。那刨刀则更差劲了，推起来十分吃力，总要在板上停顿上那么好几次。所以，每遇到有人在一旁闲看他做活时，狗不识木匠就显得有些尴尬样，他憋着气暗暗使劲，偶尔那么一两下，手上的刨刀一推到底，卷出了长刨花皮卷儿来，这时的他便会流露出得意样来，并用眼角向左右的人偷睨，余光观察着人们的反映。大家见他这个样儿，便会称赞两句。可心里都暗暗感到好笑，他那推出来的刨花皮虽然没断，但却是又厚又涩。

狗不识木匠经常揽不到活，便只好挑着担子走街串巷四处转悠着寻觅活计。他吃不了苦不肯到乡下去，只是在小城几个小巷里游荡。狗不识人虽干瘦，可中气儿却十足，声音不但洪亮，音质儿竟也好，吆喝起来很是有韵味好听："打圆木哟！脸盆脚盆洗衣盆，木桶、尿桶、马子桶……"

他所吆喝的"马子桶"即百姓家用的方便桶，而尿桶则是农家们干活浇菜用的家什。说起这马子桶，当地还有一个笑话。孤老巷的杂货店周老板的老二周二仔，有点智障，家里好不容易给他娶了一个马娘，他二十好几的人连房事都做不来。结婚两年多了，媳妇还没有一点动静，周二仔的娘琢磨可能是自己儿子的问题，便忍不住悄悄问周二仔："你这个傻儿子，你晚上没和马娘睡在一起？"

儿子说："有啊！我们天天晚上都睡在一起。"

周二仔他娘说："那这么久了，马娘肚子怎么还不大？"

儿子说："她肚子不大，我怎么知道？"

周二仔他娘："你们是不是睡一头？"

儿子点头说："是睡一头哩。"

周二仔他娘听了无语，想了想忍不住又问："那你有没有把你、你小便的东西放、放在你马娘的小、小便里？"

儿子歪着脑袋说："那倒没有。我知道了，今天晚上就放。"到了晚上周二仔悄悄地把自己的尿壶放在了马娘的马桶里。

对于狗不识木匠的嗓音，县剧团的团长崔老三很是赏识说："别看狗不识瘦不拉肌的，肺活量却惊人，他吆喝的头一句就是高八度，音量大且运气长，极像京剧里花脸那字正腔圆的唱法，后面的那几个桶儿盆这几个字则叫得极为押韵顺耳，让人听起来觉得是一首好听的号子或民歌。"

剧团的演员们都很惊诧，狗不识这瘦巴巴邋里邋遢的汉子嘴里竟能吆喝出这般动听的声音来。于是有人学他，可谁也没有他吆喝得那么好听。有人叹惜说自己若有他这么一副好嗓子，定是能唱红的角儿。

街坊邻居们也爱听狗不识木匠的吆喝声，但却不爱把活儿给他做，因为都知道他做木匠的手艺差。所以狗不识木匠常常是一天也寻不到一件活儿，一副垂头丧气没劲儿的样子。有人看他可怜，有时叫他做粪坑盖之类的活儿。在老百姓眼中，粪便可是个宝，一担粪便可以卖到两角钱。为了防备那些偷粪的主儿，人们大都要在粪池上加盖上锁。自然，那粪坑盖嘛无须讲究什么好看不好看，只需用几块厚一点的旧木板拼拼是个盖就行。

初时，狗不识木匠还不大肯干这种活计，觉得有些委屈，说再怎么样，自己也是个名正言顺的圆木匠。人家听了笑笑说："那也罢，做不做由你，不勉强。"

狗不识木匠嘴上是这么说，但还是接下了做粪盖之类的活，他言道：

"反正闲也是闲，不如干干好事，权当我不计较罢了。"人家心里偷笑，但给他面子，也不讥笑他，反倒称赞他不摆架子。其实大家都很关心狗不识木匠的身世，但还是遵循东关的老规矩，他自己不说，大家就不会刨根问底。

狗不识木匠从不存钱，有多少花多少。他尤好杯中物，一有钱时便要打上几两地瓜烧，配上那么一小碟花生米，临街独饮，细品慢嚼。他喝酒的姿势也特别，一条长木凳上他拉屎似的蹲着，两条干柴棍似的腿又细又黑。夏天，裤裆里那见不得阳光的物件耷拉着，常从宽大的短裤里漏了出来，似风吹干了的荔枝，让人看了直腻味。而狗不识木匠自己则全然不晓，还不知大伙笑他什么。这时候的他是最愉快、最惬意的，酒一点儿一点儿地吱溜着，花生米一粒一粒地扔进嘴里，如此这般可以喝上两三个时辰。

待酒喝完了，夜也深了，他便乘着酒兴拉起了二胡，嘴里轻轻地哼着，也不知是什么曲调，但却是古老的、慢板的，大家似曾听过的调。胡琴声里掺杂着淡淡的悲酸、哀愁、无奈。拉着拉着，他干涩的眼角好像有些潮湿。那如泣如诉的琴声在夜里显得有些凄凉，让人听了很不好受。大人们听了不由叹气道："这狗不识的胡琴还挺撩人伤感的。"

狗不识木匠从不去讨好巴结谁，倒是跟一些孩子玩得挺合群。他很会晚上在门口讲古，所说的故事大都是鬼呀怪的，有时说到神秘恐怖处，吓得孩子们毛孔竖起，都不敢单独回家。可是第二天吃完晚饭，又偷偷溜出家门听狗不识木匠的故事，而且要愈吓人愈好。有一天狗不识木匠说了个很吓人很恐怖的故事。而且说这是发生在东关的真实故事。他很神秘地说道："你们知道大傻姐是怎么死的吗？"只这开头一句就把孩子们吓得赶紧朝狗不识木匠身边靠拢过去，把头都缩进了肩膀里。

狗不识木匠说的大傻姐，孩子们都认识，就是街坊郑七婆的女儿。郑七婆是东关的一个稳婆，以替产妇接生为业的人。郑七婆有本事，但女儿却傻乎乎的。她三十几岁，长得和城门口的大头宝很相似，头大脸大嘴巴大，矮墩墩的个子，全身的肉又黄又肿，模样儿有些阴森，人们都不待见于她，说她那模样像泡在水里很久的人。

大傻姐平时不大说话，见了人，只是把手指放在嘴里歪着头朝人"嘿嘿"地直笑，很是吓人。大人们都说她是长年得水肿病，好不了。就在前几天她死了，七婆家里人说她是个讨债鬼、短命鬼，只悄悄地把大傻姐装进一口薄薄的白皮棺木抬进野地里埋了。这事大家都是知道的，但她怎么死的却不甚明白。

狗不识木匠压低了嗓儿悄悄地说道："大傻姐要死的事呀，七婆事先就知道了。在前一天晚上，郑七婆就觉得有什么事，心里烦，睡不好觉。天还未亮，就起床到河边去倒马桶，刚出门没走几步，就听见有人在后面呜呜地哭泣，而且边哭边喊着郑七婆的名字。郑七婆觉得有些奇怪，这一大早天还未亮，街上连个人影也没有，是谁呀？她以为是错觉，可过了一会又有哭喊她的声音，郑七婆心里有些毛了，连忙转身要回家，却见一个矮胖矮胖、披头散发的女人跪在面前，这个女人竟是女儿大傻姐！郑七婆吓得连马桶都撒了手，分明自己出门时大傻姐还在床上睡着呢……"

那天晚上，孩子们听完故事谁也不敢独自回家，都怕夜里又见到大傻姐，最后还是等到各家的大人们寻来了才敢回家。

次日，有好几个大人寻到了狗不识木匠门口，把他骂了一通，说他不该胡编瞎造，吓得孩子们一个晚上做噩梦大喊大叫，说他存心不良。狗不识木匠说他是不该说给孩子们听，可他没有瞎编，你们不也听说了这事吗？大人们一听这话便不再吭声，只是回到家里叮嘱各自的孩子以后不准再到狗不识木匠那里去。孩子们慑于大人的威严，都不敢去了，放学回来从他那里路过也只好匆匆地避开。为此，狗不识木匠心里很难过，蹲在门口可怜兮兮地像只孤独的老狗。

"文化大革命"开始后没多久，狗不识木匠受了居委会的管制，当了黑七类分子，罪名是对现实不满，拉黄色胡琴，说封建有毒的迷信故事，可没几天就又放了他。

狗不识木匠依旧只是干修理盆桶的活计勉强糊口，后来实在混不下去了，因为没多久塑料盆桶问世，逐渐取代了木头的，找他的人也没了。狗不识木匠背也驼了许多，走起路来一副蹒跚的老人样子。

02　橹子裁缝

小东门。橹子裁缝店。

橹子不能算真正的东关人，他小时候是在东关长大的，父母亲去世后到城里跟人学过几年裁缝手艺，但学艺不精，后来另立门户，租了间连住带店的临街房子，开在五一九路的电影院旁边。

櫓子近30岁，独身，小儿麻痹症坏了他一条右腿，细得像根麻秆。走起路来总是左手搭在左大腿上先迈出一步，紧接着上身向前一扑，腰一弯，屁股一撅，半拖着右腿从外向里画了个大弧圈，连串起来就像大猩猩的动作。一些不懂事的顽童觉得他样儿古怪滑稽，常隔着一段距离跟在他后面学。櫓子对此很是恼怒，便回过头放下脸凶那些顽童。可孩子们知他腿疾追不上，也都不怕他。櫓子无可奈何，只能让顽童们耻笑。时间长了櫓子也就习惯了，装着没看到罢了。一些大人们看不过，帮着櫓子呵斥那些不懂事的顽童们。

櫓子从小就是孤儿，在东关孤老巷长大，也没有什么亲戚。他的裁缝店不大，才十一二平方米，房子是简陋陈旧的低矮木板房。店当中用塑料布一隔，里面的一半做了住房。吃、喝、拉、做生意都在一块，这倒也适合了櫓子生理上的不便。只是早开店、晚打烊时甚是辛苦，那店门板在一般人来说不是难事，但对櫓子这样一个残疾人就很是费劲。撅着屁股一拱一颠极是吃力，街坊邻居碰上了，手头若有空闲都会去帮他一把。櫓子很是感激，总是点头哈腰对帮忙的人说谢谢。

櫓子的裁缝店虽说开在相对热闹的五一九路，但生意很一般，只能接些缝缝补补、修修改改的活。偶尔也能接上那么一两件小孩子或老年人的衣裤活，那算得是很不错的事了。

櫓子闲得无聊，总是坐在他的那架蝴蝶牌缝纫机旁，面对大街支起个下巴，呆呆地看着过往的行人，尤其是喜欢盯着水灵灵的姑娘家看。盛夏季节，女人露出那馋人的白胳膊、白大腿，让櫓子心里难受，嘴里就会不由自主地哼着小曲："我家的门板缺半边，我家的床儿空半边……"这歌他是跟那些下乡知青学的，唱不全，只会反复唱着这么两句，唱着唱着鼻根处涌出一种酸酸的味来。

街坊邻居的一些婆娘怜悯人，见櫓子那孤独的样儿可怜，常在闲时带着线团儿、鞋底儿到店里和櫓子谈天。櫓子就爱和婆娘说起一些婆婆妈妈、媳妇大姑娘穿戴的闲事，说得还很来劲。久而久之，櫓子的裁缝店就成了左邻右舍婆娘们的一个聚集点。每当有年轻小媳妇来时，櫓子就特别来劲，拿腔捏调的故作姿态，一双色眼总滴溜溜地在人家的白脖颈上转。有时这些婆娘们咬耳朵说悄悄话，乐得嘻嘻直笑，橹子不知道她们说啥，但觉得自己也很开心，亦跟着傻笑。

橹子虽然身体残缺，但七情六欲并不比身强体壮的人差。他很注重自己的仪表，三七开的大包头梳理得一丝不乱，还要用花生油把头发抹得贼亮贼亮。他说话儿是嗲声嗲气的娘娘腔，做活时眼儿尽在街面上打瞟，摇头晃脑地自作多情。街坊的婆娘们看了都笑他道："橹子想媳妇想得难受了。"

橹子听了也不否认，叹气说："唉，嫂子们别笑话我了，有谁家女子看得上我橹子这副样儿呢？不瞒你们说，橹子想女人想得难受，有时晚上一宿都睡不着觉，翻来覆去地把木板床碾得咯咯响。"

婆娘们见橹子这副可怜样，安慰说："别愁哈！你五官长得这么清楚，啥时让嫂子婶们给你寻一个，只要你好好挣钱，做好手艺活，不愁讨不到马娘。"

街坊婆娘们还真把这事放在了心上，替他留意着，只是没有哪个姑娘家看得上橹子，也有一两次寻到了有点意思的，橹子竟然还嫌人家太丑太差，托词给回掉了。

大凡生理上有缺陷的人都很聪明，此话有些道理。在邵武插队的福州知青做衣服时与橹子交上了朋友，送了他一本服装杂志。橹子根据书上的模样替顾客设计了几件衣服，穿在街上很惹人注目。年轻人还以为是从大城市买来的，后来一听说是本地裁缝橹子做的，于是都寻找上门来。

此后，橹子的生意一天比一天好，案上的布料码得有半人高。更令他兴奋的是，顾客中有不少漂亮姑娘，她们都对他很亲热很尊敬。每每这时，橹子就格外地高兴，亲切地和她们商量着衣服的款式样儿。他总是不厌其烦地用皮尺在姑娘们的肩上、胸上、腰上反反复复地测量上许多次，有时碰到姑娘家那敏感部位，都脸儿红红的作声不得。所以后来一些思想传统的姑娘就不再到橹子店上去了。但大多数姑娘觉得很正常，人家毕竟是裁缝师傅，做衣服自然是要量身材体形才能裁剪。后来橹子愈发胆大起来，逢着那些老实的姑娘，他那极不老实的手就会很放肆地乱摸。对此，橹子很是心满意足，那种感觉总让他在晚上睡觉时回味不已。

一日，店里来了个花枝招展的年轻女子，见了橹子直打眼瞟儿，说话儿又娇滴滴嗲得不行，橹子立时火烧火燎得忘了自己是啥模样，量衣时，橹子在女子挺挺的胸脯上捏了一把，虽然隔着一层布衫，但橹子仍然很强烈地感受到诱人。那姑娘也没有生气，只是娇嗔地看了他一眼说你这人真不老实！临走时还对他笑了笑。

那年轻女子走后，整个下午橹子都没了魂儿，直到晚上打烊时分还在想着那勾人的情形。还真有些邪乎，橹子正在胡思乱想中，听得虚掩的店门"吱"的一声开了。仔细一看，进来的竟然是白天那位年轻女子。橹子的心猛地激动起来，笑嘻嘻地正要搭讪时，却见后面还紧跟着一个瘦高个的小白脸，阴沉着脸凶凶地盯着他。只见那姑娘杏眼圆睁，气气地对小白脸说，就是这死拐子今天欺负我，揩了我的油。橹子一听不由得心慌起来，他不懂这年轻女子的态度怎的和白天不一样。

"就你这副德行还想吃腥？告诉你拐子，今天这事你说是私了还是公了？"那小白脸冷冷地笑着，一边说一边不停地甩接着手中那把精致的弹簧小刀。

待橹子弄明白了来者的用意时，脸色瞬间就苍白了，那条支撑重点的健全的腿不停地颤抖着，结舌道："我、我又没干、干什么……"

"放屁！这么说你是不承认了？"小白脸冷笑着逼近他，明晃晃的刀子在他眼前直晃动："那就把你那不老实的手也废了算了。"说着，小白脸一下子捏住了橹子的右手，没想到这小白脸人瘦弱，却十分有劲道，橹子痛得咧歪了嘴，求道："别！别！你们说怎么办就怎么办。"

事是自己惹来的，只能是花钱消灾。橹子拿出了两百元钱了事，这可是他几个月的收入。事情还远不仅如此，从那以后隔三岔五，那小白脸就带着一两个小混混到店里光顾。橹子不敢作声，还得放下手中的活计，赔着笑脸小心翼翼地请他们到斜对面的清真牛肉包子店吃包子。

大概是物以类聚、臭味相投的缘故，时间久了，橹子和小白脸这些人倒成了狐朋狗友。橹子也变得更加花哨、流里流气起来，连说话的口气也和先前大不一样，原来低声下气、见人三分自卑的他也变得有些横了，但是生意反而逐渐清淡了许多。街坊的婆娘们见了，好心劝过他几回，说和这些不三不四的朋友来往将来定是要吃苦头的。

橹子听了反怪众人多管闲事，操这些心没必要。于是那些关心他的婆娘们觉得橹子变得不值得可怜关心，逐冷淡了他，也就都不到他店里家长里短地闲聊了。

但不管怎么说，橹子还是找到了老婆，是一个外乡的女人。据她自己说老家是河南商丘人，家里遭了水灾逃出来的。看上去很年轻，只有二十几岁，比橹子小近十岁，只是相貌平平，瘦弱的胸脯又扁又平，像块搓衣板。

那天这女子行乞到小裁缝店门口求食，橹子见她蓬头垢面、手脚脏兮兮的很是厌恶，捂着鼻子倒了一碗剩饭给她，那女乞丐三下两下就扒拉了个一干二净。末了，女乞丐又要了碗水喝后，便坐在店门口整理梳洗起来。橹子正欲赶她走，却见这女乞丐在摆弄破衣时，露出了白生生的肚皮，不由得心里有种异样的感觉在骚动。当下便换了个面孔和这女乞丐搭起话来，觉得这女乞丐除了脏些，各方面都很正常。于是寻了一套衣裳给这女乞丐。当天晚上这女乞丐就留在了小裁缝店，做了橹子的马娘。

自从有了这外地女子做老婆，橹子省心了许多。店门板有人装卸了，衣服有人洗，饭菜有人做。而且这女子不但勤快还老实，整天只知干活没有一句多的话，橹子说啥就啥，不会有一点违背。初时橹子对她还可以，但日子久了，就像使唤下人一样使唤她。而自己什么事也不干，生意也不好好做，一有空就溜到外面和那些不三不四的人鬼混。

橹子的心思不放在干活上，衣服做工质量愈来愈差，自个砸了自个的牌子。裁缝店的生意一天比一天清淡，小店渐渐又和从前那样，只做些缝缝补补及老人衣服的活儿。橹子把这一切都归罪于老婆，骂她是扫帚星乞丐命。那女人胆小，生来逆来顺受，亦感恩是橹子收留了她，每天只是默默无言地干活，一句话也不敢应，只想橹子不生气就好。但无论怎么做，她总是不顺他的意。一天下来若没接到一件活，或是橹子他自己在外面受了人家的奚落和欺负，就会迁怒于老婆，骂不解气就动手打人。别看橹子平时尽被人家欺负，可打起老婆来力气还是蛮大的。本来老婆脸上刚有了一点点红润色，没几天就又变得风霜残渣起来，那单薄的身子更加消瘦。这让橹子看了更加觉得不顺意，动不动就拿她出气。街坊邻居晚上常听到那女人被打，忍痛不过时的哇哇哀叫声，都骂道："这死拐子又在作孽，拿马娘出气了。"心里很是同情那外地女人，但也只能是同情而已，打老婆又是谁能管得了的事？

櫓子的生意愈来愈差，日子不好过。一天晚上，櫓子忽然改了往日里凶神恶煞的模样，和气地对老婆说有件事要商量。老婆被打怕了，见了櫓子就像老鼠见了猫，浑身发抖。此刻见他这副和善的面孔，立时诚惶诚恐起来，声音怯怯地应道："有什么事你就尽管吩咐好了，我都听你的。"

櫓子笑了笑说其实也并不是什么难事，只要你同意就好办。櫓子便凑近老婆身边，在她耳朵上轻轻地嘀咕了一阵，老婆惊恐地瞪大了眼睛，边躲边摇头说："那不行！那不行！"

櫓子放下脸，压低了声音恶狠狠地说："你行也得行，不行也得行！别忘了是我收留了你，连命都可以说是我的，别说叫你干这点事，你要是敢不答应，看我不一刀先杀了你再去坐牢。"言罢便一瘸一拐地迈到门外，招进来一个模样邋遢的汉子，对他点了点头，笑了笑，便把门反身一关，自个守在门外。

不一会儿，屋内传来"噼噼噗噗"物件的倒地声和自己老婆惊恐的喊叫声。他在外面恶狠狠地骂了几声，那噼噗声很快就没了。十几分钟后门"吱"地开了，那汉子从屋内出来边穿衣服边掏出一张拾元钱扔给櫓子便走了。这时从屋内传来櫓子老婆小声的啜泣声。

櫓子见老婆披头散发、衣衫不整地缩在床角抹眼泪，气不打一处来，呵斥道："去！上街买两个小菜来。"

老婆没有动弹，櫓子又大声凶凶地一喝，老婆身子颤了颤，穿上衣衫，理了理蓬乱的鬓发出门去了。

此后的两个月，几乎每天晚上櫓子都要带一个外地民工模样的汉子到家中来。老婆实在受不了，哭着跪在地上求櫓子饶了她，说她宁愿上街行乞来养活櫓子。櫓子一脚踢开了她。

櫓子所做的肮脏事终于被人知道了，他老婆实在是受不了折磨，告到了街道居委会，居委会又上报给了公安局派出所。櫓子立马被关进了号子，调查后证据确凿，犯了逼妻卖淫罪。

初时，櫓子还以为自己没啥大不了，他特意强调说是老婆愿意的。半年后，枪毙他的判决书下来时，橹子才傻了眼。那天有几只乌鸦在东关城墙上聒噪，枪毙他的公告贴在城墙下的拱门里，也贴到了城区四处。橹子的罪行是逼妻卖淫，手段卑鄙恶劣，民愤极大。

橹子吃枪子的这天刚好是他 34 岁生日，县公安局在南关市场举行了宣判大会，尔后游街示众。三辆从汽车保修厂借来的解放牌大卡车上，分别押解有几个被判刑的犯人。橹子的罪最重，是枪毙！但是这蠢货竟然不知害怕，刑车从街上开过时，虚荣心极强、好面子的他还会对熟悉人点头微笑打招呼，真令人不可思议。有人说橹子的刑好像判重了点，但也有人说判得好。女人们都往地上呸口水，恨恨地说判得一点也不重，像这种逼老婆卖淫的劣货还留在世上干啥？反正橹子就不是个玩意，死就死了，这种人留在世上确实无益，一切都是他自找的，活该！

橹子很快就像一片枯叶随着水漂走一样，从人们的记忆里消失了。但是"橹子"这个名词却成了邵武人的一句口头语，每每有谁做了什么不好的花花事儿，人们就会骂上一句"橹子"。再后来，又扩大到凡是谁做了件不明智没头脑的傻事、蠢事，都会被人骂上一句"橹子"。

03　李婉妙

玉容显媚，美女娇俏。大多数女子脸上都没有酒窝，连一个都没有。但李婉妙却有两个，而且那酒窝很深、很甜、很迷人，似乎有股神奇的迷魂水在酒窝里面旋转，搅得男人们口干舌燥，体内有一种蠢蠢欲动的感觉。东关的男人说，就是被那酒窝淹死也心甘情愿。东关的婆娘们听了心里不是滋味，告诫男人说，李婉妙的酒窝里面藏的是祸水，烧不死你才怪。女人们还说李婉妙的眼睛是媚眼往上飞，像狐狸精般地会勾人；那身段也太妖娆，细腰肥臀，前凸后翘，真的把男人们的心都搞乱了。

李婉妙住在东关胜利巷一个二居室的民宅内，很是安静。她的家庭出身与众不同，不好定是什么成分。她的母亲是国民党一个上校军官的姨太太，1949 年 4 月，这个国民党上校从上海逃往台湾，途中到邵武时因形势危急不让带家眷，这个上校就把姨太太暂时安顿在了东关，说等他到了台湾安稳后，再返回来接她。走时给她在东关租了这两居室的民房，留下两根金条。但国民党上校这一走就再杳无音信。

女人所幸有上校留下的两根金条支撑，十年之内衣食无忧。但是可惜在换钱时被人狠宰了一刀，两根金条只有一根金条的收入。常言道："毛毛雨，打湿衣裳；杯杯酒，吃垮家当。"她省吃俭用，但坐吃山空，撑了几年后便没了生活来源。1955年她在一个好心人的牵线下嫁给了东关一个做笋干生意的李姓外来户，东关人都叫他"李笋干"。

第三年她与李笋干生下了一个女儿，长得眉目清秀。李笋干没文化，给女儿取名叫李巧巧。女人听了不同意，给女儿取名字为李婉妙。李笋干听了不置可否，说名字又不能当饭吃，随便你。

婉妙娘在东关一带是数得着的大美人，有着城里人的那种与众不同的气质。女儿婉妙长得比她娘还要漂亮俊秀，粗茶淡饭、苦寒春秋17年，却出落成一个水灵灵的美人儿。婉妙性格开朗，无忧无虑，虽然她也听到了有关她娘与国民党上校的闲言碎语，但从不把这些放在心上。

婉妙的漂亮与她娘的风韵，让不同年龄段的男人不安分，各自有各自的想法。这自然让东关的一些婆娘们嫉妒的同时，对自己的男人有些不放心。

有人说婉妙长得肯定不像她爹的模样，李笋干那么歪瓜裂枣，怎么样也生不出如此标致的女儿。也不全像她娘，婉妙有两个酒窝，她娘一个都没有。有人说瞧婉妙的模样儿，定是当年城里戏班那唱戏的种，无论是眼睛、鼻子还是体形，都和那小白脸长得一模一样。

小白脸是小东门胜利巷对面县越剧团一个唱小生的男演员，白白净净长得极是俊秀，邵武的姑娘媳妇们看戏看得都着迷，看了一遍不过瘾，常要看上好几遍，都是冲着那小白脸去的，只是女人们心照不宣罢了。就为这看戏，婉妙娘被丈夫李笋干打了许多次。可婉妙她娘不仅高傲，而且性子倔强。自己原来经常出入上海大戏院，也是一个有故事的人，如今无奈下嫁给一个做笋干生意的土包子，已经很委屈了。所以李笋干打得再狠再凶，婉妙她娘也不怕。只要男人去乡下收笋干做生意，一有机会她必定要去看戏。后来有人看见婉妙娘竟然和那小白脸说上了话，再后来又有人说，婉妙娘和那小白脸躲在戏台后面的橘子园里亲嘴儿。再后来，李笋干听到了这些风言风语，不由大发怒火，从此再也不让婉妙娘走出家门半步。

那年秋天婉妙娘怀孕，第二年夏天生下了俊眉俏眼的婉妙。李笋干见是个赔钱货，心里很不舒畅，经常板着脸儿坐在门口吸旱烟。有一天，他突然间一个激灵，不由想起了什么事来，旱烟管在地上直磕着，在一五一十地计算着什么。算到后来，他的黑脸变成了猪肝色，急急地回到屋里，眼睛死盯着刚出生不久的女儿……

婉妙娘见丈夫的目光红红的像头野狼，吓得浑身直打冷战，怯怯地问他怎么了。

"怎么了？你给老子说清楚，这个赔钱货是谁的野种？"

听了丈夫的话，婉妙娘倒冷静了下来，表情冷冷地说你自己干的事自己心里明白。李笋干说："那些个日子老子根本不在家，明明到乡下收笋干去了，前后有一个多月的时间才回家。"男人李笋干说着，一把扯了女人的头发按在地上就打，那拳头又重又狠，全然没有一点人性。婉妙娘不躲不闪也不吭一声，只是任凭李笋干的拳打脚踢。于是李笋干愈发生气往死里整，打到后来，婉妙娘只有进的气，没有出的气。

可能是李笋干下手太重，伤到了老婆，她脸色蜡黄。半个月后，她抛下了刚满月的婉妙撒手走了。凶狠的李笋干到了此时才后悔起来，不该把女人给逼死了。过了没一年，李笋干去江西卖笋干，也不幸遭遇到车祸死了。

至于婉妙到底是不是那唱戏小白脸的种，谁也没有确凿的证据。但婉妙的五官和那小白脸长得一模一样，尤其是那一对酒窝分毫不差。在肯定了这个推测后，东关胜利巷一带的人都骂那唱戏的小白脸太没良心，婉妙娘都是让他给害死的，可惜再也没见过他的人影了。

可怜的婉妙没爹没娘，是李笋干的一个同样住在东关的妹妹带大的，姑姑对她不怎么样。后来婉妙长大了，姑父的眼睛像一只狼，不怀好意地盯着她看，她便在16岁那年回到了胜利巷一个人住。

长成大姑娘的婉妙身材纤细而丰满，瓜子面庞白皙细腻，皮肤光滑得就像那煮熟了的鸭蛋，剥了蛋壳后的那种晶莹剔透；有着精致的鼻子和性感的嘴唇，轮廓周正分明，显得小巧灵秀；柳叶眉下一对秋水泛波的眼睛，溢满了青春活力的光彩。

1973年冬天，18岁的婉妙高中毕业，她毫不犹豫地离开了东关胜利巷，随着大批知识青年上山下乡，被分配在水北公社一都大队董家桥生产队。无论如何她都是全公社、全县插队女知青中一个最夺人眼球的女青年。

水北公社一都大队离城很近，只有十千米，是比较富裕的大队，这里的农民十个工分可以分到九角钱左右。婉妙不仅出工勤且肯出力，评分时她一天的工分被评到了五个工分，与一些男知青的工分一样高。但婉妙不服输，据理好强，说妇女半边天，男女要同工同酬。说归说，要做到这一点实际上很难。在农村，衡量全劳力标准最重要的一条，那就是看你会不会用牛犁田耙地，若会使牛，才可以拿到最高工分。

婉妙说："队长，都说男女平等，我们女的是少出了力还是少干了活？为啥你们十个工分，我们女的才五个？"

队长木根是和善风趣的人，他说："妇女半边天，自然是男人的一半了。"

队长自称自己是七级干部，说："从中央到生产队分为七个级别，中央是一级，省是二级，地区是三级，县是四级，公社是五级，大队是六级，生产队是七级，我自然是七级干部了。"

木根队长是个极好说话的人，无论谁找他办什么事，只要他办得到的都不会刁难，为此，他的人缘也极好。生产队有一个下放受管制的人叫李冀，原是省城一所中学的老师，"反右"时被打成"右派"，一家人下放到陈村劳动改造。木根小时受地主压迫，最恨阶级敌人，可不知怎的对李冀却恨不起来。他觉得这李冀不但有学问，而且为人也正派老实，瞧他书呆子落魄的样，心里有些可怜他，倒常常关照他。当然这只能是暗暗地关照。到了"文革"期间，李冀实在忍受不了长期的精神折磨，想一死了之，却又担心落个"自绝于人民"的罪名，连累了妻子。李冀思前想后，竟写了份三页纸"要求自杀"的报告找到木根队长。

木根队长正忙，溜了一眼标题后，连看也不看就签上"同意"二字，提高声调道："显示你有墨水吗？不就要求自杀嘛，写这许多张纸干啥？"

"你，同意我自杀？"李冀倒吸了口凉气，见木根队长毫不犹豫地批准他自杀，连眼睛都不眨一下，看来对自己不怎么样。这人世间的东西原来都是假的，李冀心里悲哀不已，要寻死的心肠也愈发硬了。

木根队长见李冀发愣，拍了拍他的肩膀悄声道："李老师，你放心吧，

472

没事！有我担着。"

"你……"李冀欲言又止，踉跄着步子离去。

其实，这实在是木根队长粗心造成的大误会。原来，当时农村中实行生猪屠宰"一把刀"制度，一个大队一把刀。个人不能擅自宰杀喂养的生猪，有特殊情况的，可申请经大队批准后方可自宰。由于木根队长好说话，故申请自杀生猪的很多，因为自己杀猪猪血什么的可以省下来，但木根队长怎么也没往"人自杀"方面去想。当然，李冀也想不到木根队长是把他的"自杀报告"当成"猪自杀报告"。

万幸的是，李冀自杀的那根绳不结实，吊到一半时，绳断人跌。李冀又想到用电自杀，在家中装满水的大水缸自杀。但幸好是一根线在缸内，一根在缸外，人被麻得半死，却又没事。妻子发现后，那李冀口中总算还有一丝游刃之气。一对苦命的人还不敢吭声，只有相抱哭泣的份儿。事后木根队长知道了这事，吓得脸都青了，后悔得狠摔了自己几个耳光。

此时木根队长还未答话，男社员们听了却笑道："男女都一样？女的尿尿能尿上墙吗？拿男的一半工分天经地义。"

"这不公平，是欺负人！"

"不公平？母鸡能打鸣要公鸡干啥？那你们女的会使牛吗？"

"如果会使牛怎么样？同样道理，公鸡会生蛋，要母鸡下啥？"

"会使牛那就给你十个工分，你敢试吗？"木根队长笑嘻嘻地回答道。他心里想，别说婉妙这样一个年纪轻轻的女知青，就是本地强势的女社员也没有一个敢使牛。

"试就试，队长你说话算话！"婉妙头一扬，杏眼圆睁。高大爷是全大队使牛的高手，此时他抽着旱烟，始终没说行，也没说不行，只是在一旁微微地笑着不吭一声。

"是骡是马，田里见高低。"众人哄拥叫嚷着，一定要下田看婉妙的笑话。有人立马从牛栏里牵来一只大公牛。木根队长见了连忙制止，他怕婉妙掌控不了出事情，叫人换了一头个头小一点的公牛。

当下众人来到田头，婉妙一点也不怯阵，她高卷裤脚，跳下田头。众人都好奇不已，看婉妙的架势，难道她还真会使牛？只见婉妙柳眉倒竖，熟悉老道地扬起了牛鞭，仰空一声长啸："哦，呕呕、呕……"

说也怪，婉妙不知啥时候偷学的使牛，那头公牛竟会听她的使唤，随着婉妙的吆喝声，那牛听话地耕起田来。转眼间一溜线直的黑土均匀整齐地翻了身，而且是一条顺畅溜直的线路。众人都看呆了，好半天才叫出好来。

木根队长既然言出不好反悔，红了个黑脸，把婉妙的工分给提到了八个。事后众人才知道，婉妙悄悄地跟高大爷学了好几个月的耕田活。从此，众人对婉妙这个女知青另眼看待。

婉妙生性好强，但是命运多舛。在一都大队蹲点包队的公社林副书记是一个台上包公、台下骚公的货色，他祸害了不少女知青。现在他又瞄上了婉妙，尤其是喜欢婉妙的一对甜酒窝，还有那身白玉般的皮肤。林副书记家也住在东关，早就听说婉妙美貌出众，但没想到比想象中的还要漂亮。由于一都大队是他包队的点，故而常来一都指导工作。别看他只是一个公社的副书记，但权势很大。他身边有一个公家配的通讯员，自己又配了个随身秘书。通讯员是男的小年轻，秘书是福州的女知青，人也白白的，但身材却像男的那般壮实，走路也像个男的，没有一点女性的韵味。

这个女知青很会喝酒，据说有两瓶"李渡高粱"的酒量，人称她是林副书记的"酒保镖"。她为了早日上调回福州，对林副书记很是肝胆忠心，从来不怕酒伤身。有一次上头来了检查组在一都大队部请客，她喝了多少酒不知道，但肯定是醉了，蹲在地上呕吐不已。大队部那条健壮虎实的大黄狗吃了她吐出来的酒菜污物，当场也醉趴下，不省"狗事"。

她在林副书记身边不到一年，公社有了一批上调的名额，林副书记倒也说话算话，把其中一个名额给了她。虽然没能回福州，但在本县第一丝绸厂当上了工人，她也算是很满意了。

林副书记准备让婉妙当他的秘书，他很是关心婉妙，说不管怎么样我也是东关人，肯定要照顾她。婉妙聪明，知道这种好事怎会落到她身上，其中缘由她心里自然有数，便一口谢绝了。这让林副书记很不高兴，很是窝火，但又发作不起来。

显然婉妙得罪了林副书记，毫无疑问没好果子吃。六年了，上调了许多知青，但都没有她的份。理由很简单，婉妙是国民党上校军官的后代，是一个还没有教育好的子女，得继续接受贫下中农的再教育。没多久知青开始大批上调回城，仍然还是没婉妙的份。看着知青同伴一个个回了城，婉妙心里清楚自己回城的希望越来越渺茫。

林副书记使坏，暗中指使一都大队支委兼会计的饶会计把婉妙娶来给他儿子木财做马娘。饶家在一都大队亲戚多，饶会计是大队干部，也是富裕人家，很有人缘很吃得开。但他的独生儿子木财却先天不足，长得猴头猴脸、精瘦精瘦。小时候偷橘子从墙头摔下来，头上落了块杯口大的疤，秃亮秃亮，故而人们都称他"二疤痫"。他仗着老子是大队干部，家里经济又有些底子，整日好吃懒做、游手好闲。婉妙看见他就觉得恶心，没想到这二疤痫家竟然派媒人来说亲事，当场婉妙就把来人赶了出去。

对此，二疤痫他爹不计较，对婉妙赔礼道歉说，没有缘分的亲家不能做，请婉妙不要计较，但有什么事情找他一定会帮忙。

有一天大队放露天电影结束后，婉妙那天没伴，回知青点时被两个看不清脸面的人拉到田间，要强行不轨。所幸遇到饶会计，当场吓跑了歹人。婉妙因为提亲的事，对饶会计存有戒心，所以保持一定的分寸，但她是一个感恩的人，再说饶家人也没对她怎么样，终于在端午节的那天中午，婉妙经不起饶会计的再三请求，上他家吃饭。

也就在那天，婉妙才喝了那么一口红酒，便感到头晕眼花，迷糊了过去，也就在那个大白天婉妙失了身。

婉妙无亲无戚，原来插队在一起的知青都走光了，城里也没一个亲人。她孤孤单单，无人可诉。百般为难，万般无奈，她只好忍气吞声，没有声张。但饶家假惺惺地来人看她，被她骂得个狗血喷头而逃。

没有一点做女人经验的婉妙发现自己三个月没来月经了，随后意识到自己是怀孕了。她想起谁说过麝香可以打胎，但麝香很难搞。一起插队的知青曾说过，六分钱一片的麝香止痛膏也可以打胎。于是她买了一打麝香止痛膏，每天换一片贴在肚脐眼上，同时还一直猛跳。但显然这麝香止痛膏对有些人有用，对她无效。于是她下决心跑到光泽县一个乡下卫生院去想刮胎，但人家要看结婚证，还得要男方一起陪着来。到了县医院也一样行不通。这一下婉妙如遭天打雷轰，没有什么可行的办法了。她每日里以泪洗面，怨天怨地，想死又死不了。她不知道自己如何生存下去，更不知道等待她的命运是如何。

第二十九章

01　春兰

东关猴子山，甘草爷家。

苦命的春兰自 1958 年在邵武火车站，也就是三岁时被甘草爷收养后，安心在东关猴子山住下。每天东升西落，平平淡淡的日子过得很快，转眼间就是十几年过去了。

春兰这孩子自小聪慧懂事，形影不离地在甘草爷身边长大，耳闻目睹甘草爷的为人处世，深得他的言传身教，其风颇像甘草爷。刘子星夸她连说话用词造句也是半文言文的风格，简洁明朗，没有一点的繁词赘句。甘草爷与春兰相依为命，亦有了许多年以来从没有过的快乐。这几年，甘草爷逐感自己年岁大了，行动时腿脚有些不利索。所幸有孙女春兰的尽心照顾，这让甘草爷很是欣慰不已。

这天清晨起来，春兰煮好早饭后，发现甘草爷不像往常一样起早在院中散步，而平时是雷打不动非常准点的。春兰连叫了几声爷爷，也不见他应声，到屋里一看爷爷竟然还躺在床上。心想大概爷爷是昨天累了有些贪睡，但见他没有一点动静，便近前一探究竟。她轻轻摇了摇爷爷手臂，也没有一点反应，感到有些不对劲，顿时心慌起来，再认真查看，见爷爷身上还有些微暖，肢体虽然绵软如生，但已经驾鹤西归了。春兰"哇"地大哭起来，泪如泉涌……

上午时分，东关一些民众惊闻甘草爷走了，都陆续赶到猴子山下，一个个惋惜悲痛不已，从此东关再无他这个阅世人了。

甘草爷今年高寿 96 岁，谁都说依着甘草爷的硬朗身板，活过百岁没问题。他是无疾而终的，应是一个有福之人。事先他没有一点要辞世的征兆，前一天晚上他还喝了一碗稀饭，人好好的很有精气神，怎么突然说走就走了呢？众人给甘草爷穿寿衣时也都说他的手是软的，很好穿不费劲。春兰一直守在爷爷的灵柩旁掉眼泪，心里在埋怨着自己粗心。

现在细想起来，爷爷事先肯定是知道自己要走了，只不过春兰没注意到罢了。昨天吃完晚饭后，原来都是爷爷自己打水洗脚的，却破天荒地唤春兰打了满满的一脸盆热水。便开始洗了起来，洗涤得很认真很细致，至少比平常多用了一倍时间。春兰见了还开玩笑道："爷爷以后你都坐那，等我给你打水便是，你今天洗得认真，难道晚上是要去串门，还是要见客呀？"

甘草爷应道："不串门也不见客，干净一身见神仙。"

春兰没把爷爷这句话当回事，只是笑了笑。爷爷洗完后便早早地上床半躺着，把春兰叫到跟前，说道："孩子呀，这些年你照顾爷爷辛苦了，难为你了……"

春兰说："爷爷看你说什么呢？若没有你收留我，春兰还不知命在哪里哩？"

甘草爷微笑了笑，言道："这是缘分！咱们爷孙俩这辈子有缘分哪。"说着甘草爷转了话题，意味深长地道："爷爷活到这么大岁数了，到老了还有你在身边陪伴，很是值得欣慰。所以爷爷要告诉你，人生最大的希望便是'平安'二字。财富是大家所追求的，但是如果求得了财富却失去了平安，这样的人生没有希望也没有意义。人生最大的希望是平安，平安就是福啊。爷爷这辈子也没攒下什么财富，没留给你什么值钱的东西……"

春兰打断道："爷爷你又在说什么呢？你是一个大好人，是平平安安的有福之人。春兰有你就是最大的财富，春兰托爷爷的福呢！"

甘草爷点点头，又摇了摇头自语道："做好事是人的本分，但做好事不可太过。人活在世上总会遇到需要帮助的人，同时也会需要别人的帮助。施恩于人，是一种正常的行为。但是，施恩太过，有可能会带来不好的后果。"

春兰不解道："爷爷这话怎么说？"

甘草爷道："如果你在困难的时候给别人一点点帮助，那么对方会感激并对你心存感恩；但是如果你帮助他太多，会让他习惯于你的帮助，一旦你停止帮助，对方反而会恨你。所以在施恩的时候要有所节制，不要让对方觉得理所当然。"

春兰想了想觉得是这么一个道理，说："爷爷我知道了。"

甘草爷又道："天怕乌云地怕荒，人怕老弱树怕伤。生死是人生的两件大事，也是最大的忧虑。生时争名夺利，尔虞我诈；一旦无常来临，转眼成空，所以不管生时死时，能够及早看破才是。今后你会碰到难处的地方很多，都要靠自己想办法解决，人要有志气。无钱休入众，遭难莫寻亲：贫再闹市无人问，富再深山有远亲。有钱的时候，别人都来攀关系，没钱的时候去投奔别人，得到的多半是白眼和嫌弃……"

春兰觉得爷爷今天的话特别多，便打断他的话语道："爷爷是聪明人，什么都看透了。以后爷爷要多教教我才是。今天爷爷有些累了，咱们不说了，你早点歇息吧？"

爷孙两人正说话间，外面有人进来，是东关的几个姐妹来找春兰，商量明天一起去茅岗综合农场采茶的事。

甘草爷还欲说什么，见春兰有事，便欲言又止。只是不易察觉地轻叹了一口气，言道："你招呼她们去吧，爷爷是有些累了，不说了，不说了！一切都是因为有了因为，所以才有了所以。"

春兰出屋后，甘草爷想了想，从床头柜拿出笔，在一张纸条上写了几个字："留给春兰孙女纪念。"尔后又轻叹了一声，将左手中指上一枚刻有他名字的银戒指慢慢脱了下来，压在了纸条上。这张纸条与银戒指，春兰也是后来才看到，睹物思人，春兰想起爷爷的许多好来，泪水叭叭地往下掉……

春兰现在回忆起来，很是后悔不已。看来爷爷本来要与她谈一些事情的，爷爷的话里有玄机，但是没说成，这真是一辈子的憾事。

朱半仙曾对众人说过："甘草爷是人仙，不同一般。"

众人问什么是人仙？朱半仙说："仙有五个等级，鬼仙、人仙、地仙、神仙、天仙这五都是仙。鬼仙不离于鬼，人仙不离于人，地仙不离于地，神仙不离于神，天仙不离于天。"

众人说："鬼就是鬼，怎么还有鬼仙一说？"

朱半仙说："这你们就有所不知了，鬼中亦有仙，鬼仙是五仙之一，排在仙之末。它阴中超脱，神像不明，鬼关无姓，三山无名。虽不轮回，又难返蓬瀛。终无所归，止于投胎就舍而已。"

众人又问："那何为人仙呢？"

朱半仙说："所谓的人仙，排在五仙中的第四。人仙是一个修真的人，上知八古，下晓地理，八邪之疫不能为害，多安少病。像甘草爷这样的就是人仙。"

甘草爷出殡的那天，由于他老人家生前的威望与人缘，东关前来送行的民众有大几百号人，还不包括南门、西门、北门不少前来讨要长寿饭给小孩子吃的人。由于人太多、场面太大，春花与几个女人无力应对。还好有宋大龙与原先鱼鹰队的人全力以赴，诸事安排得井井有条。一切按照东关人小红白喜事的规矩来。

众人在猴子山下院子里支起了临时的九口大火柴灶、九个大铁锅蒸炒、九个大木桶捞饭，九个大蒸笼蒸鸡鸭。从早到晚灶膛火焰燃烧不断，整个院子里烟火气腾腾。光是黄豆与大米饭就蒸了一千多斤，还不能满足前来讨要长寿饭给孩童吃的人。邵武人有个习俗，长寿的人驾鹤西归是极大的福气，孩童们吃了这黄豆与大米煮的饭将来也会长寿。

春花说爷爷生前就喜欢街坊邻居们交往，该热闹时就热闹，米不够请街坊邻居先借上，事后还给大家，只要让爷爷高兴就好。宋大龙点头赞同道："借什么借？看来甘草爷没白疼你。我们都知甘草爷没多少积蓄，他在平日里都施舍给了穷人。不过没关系，开支不够有我们出，孩子你就别操这个心了。"宋大龙这边话刚了，立马来了不少街坊邻居送来鸡鸭鱼肉与大米等物。春兰欲推却，反被大家好一顿数落。

那天的酒席置了整整摆了 56 桌还坐不下，从院子里一直排到了路边一长溜，许多人捧了碗筷都站在桌子外圈夹菜。大家图的不是吃，而是感受这气氛和场面，表达对甘草爷的敬重。

众人走后，春兰捧着爷爷的灵牌又悲伤不止，泣不成声。她觉得冥冥之中自有定数。相遇离别，重逢分开，这一切，都是天意！她与爷爷因为有缘，才会穿越茫茫人海遇见。因为相欠，才会跨越千山万水相见。若无缘她不会遇见甘草爷；若不欠这么多好心人不会出现。不管是陪伴还是转身，不管是一程还是一生，能遇见就是缘分。哪怕从此一别两宽，余生再也见不到甘草爷，那也是一份珍贵的留念。她觉得甘草爷不是她一个人的甘草爷，而是整个东关人的甘草爷。

夜月一帘如幽梦，明洁的月亮在夜空中冉冉升起，天上洒下了银光如泻，大地亦笼护在了一片清辉之中。春兰泪眼哀眉，心中还是难静下来，想爷爷生前最爱听她唱歌，和着泪水清歌一曲，轻声低吟着唱给天上的爷爷听……

甘草爷驾鹤西归这年，春花刚满16岁，她又成了孤孤单单的一个人。街坊邻居们怜这孩子命苦，心里都为她叹息不已。众人感到神奇的是，从春兰所说的情景，甘草爷能自知生死时辰，而且他老人家走得那么安详、那么干净，不给生者添一点麻烦，真是让人感叹不已。甘草爷爷一生有别于常人，他的生世就是一个谜、一个传奇，可惜这个谜底没能告诉春花，成了东关传奇一个永远的谜。

甘草爷去世的第二年，春兰高中毕业，她响应号召上山下乡插队在肖家坊陈村，这是知识青年接受贫下中农再教育风起云涌的时候。早在1968年底的时候，邵武首批县内知识青年上山下乡，接受贫下中农再教育。为了消灭"三大差别"，毛泽东主席号召"知识青年到农村去，接受贫下中农的再教育，很有必要"，大量的城市知识青年大规模离开城市，到最广大的农村定居并参加劳动，即"插队落户"，以提高青年实践作用的政治运动。1968年12月，《人民日报》发表了毛主席的指示：我们也有两只手，不在城里吃闲饭。上山下乡运动由此在全国大规模展开。1968年"老三届"的初中生和高中生，全部前往农村参加劳动。全国城市居民家庭中，都有儿女上山下乡，几乎没有一家不和知青上山下乡联系在一起。上山下乡运动是人类现代历史上罕见的从城市到乡村的人口大迁徙，也是共和国历史上具有特殊意义的青春大旅行。时代的一粒灰尘，落在每一个个体生命上就是一座山。每一个人都是时代之河流上飘忽不定的一根稻草。

1968年12月29日，邵武县革委会成立上山下乡安置办公室。1969年1月26日，合作商店（组）下放职工及其家属600余人到农村落户。1969年起，全县分3批接受安置知识青年4599人，下放的城镇居民、干部、医务人员 4328 人。开始，知识青年下乡除兵团外，以分散安置为主，条件比较艰苦。上山下乡对绝大多数城市青年来说是残酷的，靠劳动分配的一些口粮，满足不了他们年轻而又饥饿的日子，吃不饱是所有上山下乡青年的生活常态。当时在邵武许多乡村，男女并没有同工同酬，女知青劳动一天只有 6 个工分，好多村 10 个工分不到 5 角钱。知青们基本上住在村民家里，山区的民房很多是黄泥土垒的墙，透过屋顶的瓦能看见天。像桂林、金坑、张厝乡等边远山区，有的村舍连土墙都没有，就是用手工锯开的杉木板当墙，根本不能挡风御寒。

1971 年 12 月 29 日，县革委成立上山下乡安置办公室。是年，全县分 3 批下放和接受安置省、专区上山下乡知识青年 4599 人、城镇居民、干部、医务人员 4328 人。到 1976 年，邵武共接收安置了上山下乡知识青年 7600 多名。全县每年知青有几十人入党，仅 1976 年就有 36 人入党，1238 人入团，114 人选进了公社、大队班子，还有 660 多人成了村民欢迎的技术人手。全县也开始重视知青点的调整建设和建房工作，调整和建立了 180 个知青点，把 70% 的下乡知识青年组建到点上。1973 到 1978 年建知识青年用房 6000 多平方米，基本上解决了知青长期住房的问题。贮木场、林业汽车保修厂、铁路大修队、县林业局等单位，认真做好厂社挂钩，协助知青点建设。

春兰插队的陈村生产队却还没建知青点，六个男女知青全部被安置在一座干打垒的土房里，墙的四周长满了足有半人高的杂草，土墙上用石灰水写的毛主席语录："知识青年到农村去，接受贫中下农的再教育，很有必要。"陈村生产队有四位知青，刚刚插队时一女三男吃一个大锅饭，随着村民准备的食物和木柴基本都用完后，开始轮值煮饭、做菜、砍柴、挑水等。

陈村生产队是一个自然大村，老老少少有 300 多号人。每到清晨，太阳从东边冉冉升起，村子里屋顶上飘着袅袅炊烟，山上的树木郁郁葱葱，漫山遍野开满了五颜六色的野花，弥散淡淡的香气。村口有一泓清溪顺着山势蜿蜒而下，群山环抱，泉水叮咚作响，春兰觉得这里的风光很美。

但春兰下乡遇上第一件难堪的事是上茅厕，农村的厕所四面通风、不遮羞不遮丑。而木桶上只搁着两条木板，一探头，大粪桶上都是蠕动的蛆，让人感到头皮发麻。

春兰是正月间到陈村生产队插队的，冬去春来夏至，转眼间到了夏收夏种时节，当地人俗称为"双抢"。看着眼前一片片金灿灿的成熟稻子，春兰心中油然有一股喜悦之情，但心中也有一丝忧虑之愁。听当地的农民说，这段时间是全年最忙、最累、最苦的农事。为了追求产量，上级强制要求种双季稻。更为了保证晚稻的正常生长，必须在规定的时间内，一般是8月初立秋的时候完成插秧，否则晚稻插秧时间太迟，在秧苗抽穗扬花时若遇上冷空气南下，就会灌浆不足而减产或颗粒无收。所谓的"双抢"就是在一个多月的时间把所有田地的稻子收割完，把所有的秧都要插完。

双抢的第一天，春兰与几个知青还在睡梦中，就被出工的叫声吵醒了。睁开眼睛出了房门，只见星星在空中眨着眼，天还是乌黑的。春兰揉着惺忪的睡眼，迷迷糊糊地拿上工具跟着农民们上田割稻。下到田里学着农民的样子，左手一把把抓住稻根，右手挥起镰刀咔嚓咔嚓地割下去，不一会儿，手脚就被像锯条似的稻禾叶划伤。春兰很小心翼翼，但左手还被镰刀划破了一道，所幸伤口不大，包扎了一下继续干活。个把钟头后收割下一大片稻子，这时要先把一捆捆的稻子抱到打谷机那儿，再由一两人留下用脚踩着踏板，让打谷机飞快转起来。

到了中午收工了，每人还要挑上至少150斤的稻谷沿着田埂回家，如果稍有不慎，人与稻谷就会一起跌下田去。

此时烈日当空，骄阳似火，汗流浃背，湿透衣服，肚里空荡荡，肩上还压着重担，其苦累无以言表。但"双抢"也有好处，就是各生产队在双抢期间自办伙食，白米饭可以放开吃，菜也加了些油，还有大片的猪肉，大家都吃得又饱又好。午饭后，稍微休息会儿，大家又重新下田，直到太阳落山，挑上所收割的稻谷回队，才告一天结束了。

这一年是春兰最苦、最难熬的一年，同在陈村生产队插队的六个知青伙伴陆陆续续走了四个，或是上大学成了工农兵学员，或被招工进了城当了工人。走的人脱离苦海般的兴高采烈，逃之不及，剩下了春兰与另一个家庭出身不好的瘦弱男知青孙文进，他家也是东关人，叔叔就是孙克武。一个国民党上校的侄儿，成分自然也不好。曾经有说有笑的知青点只剩下春兰与孙进二人，冷冷清清，显得十分空旷。春兰不知自己将来的命运如何，一切只能是听天由命。

赤日炎炎，热浪滚滚。春兰每天强打精神，木然地跟着农民们出工收工，重复着每天机械而又艰辛的日子。那天是插秧，一丘足有两亩的大田，令人望而生畏。头顶上，盛夏的毒日像火一样灼人，背上的衣服从来就没有干过，硬是晒出了一大圈白白的汗盐渍。知识青年上山下乡受教育，体会最深的莫过于"锄禾日当午，汗滴禾下土，谁知盘中餐，粒粒皆辛苦"这首唐诗了。

插到一半时，同伴孙文进感到头晕，人虚弱得心跳加速，插秧的动作也慢了下来。春兰比孙进迟下田，现在反超出他一丈开外。她停了下来等他拉近距离。待近时一看，孙文进的脸色很难看，铁青加蜡黄。如此强劳力的活竟然没有出汗，春兰言道："你莫不是闭痧了，怎么一点儿汗都没有？"

孙文进摇摇头道："不知道，不碍事。"他头晕眼花，脚下有些发软，但极力装出轻松的样子。

春兰关切地道："不行的话，就上埂吧。"见孙文进又摇头不肯上田埂，春兰想了想，抢走了孙的两行秧。孙文进七行秧只剩下了五行，春兰变成了九行。

"春兰，这不行，还给我。"

"莫犟了，你赶得上我就还给你。"春兰回过头甩了甩秀发说道，好看的杏眼闪了闪又调皮地眨了眨。

孙文进只好感激地对她笑了笑，少了两行，自然轻松了许多，可就是如此，孙文进也没能赶上春兰。

傍晚的太阳终于收起了它白日的淫威，沉到了远处大山的后面。孙文进终于抗不住，昏倒在了田里，不省人事。春兰一见吓坏了，大声嚷叫起来。生产队长在不远处闻声赶了过来，一看不妙，赶紧派人把孙文进用手扶拖拉机送到公社卫生院。

收工后，春兰支撑着发软的身子回到土房，一头扎到了床上，连动也不想动。天渐渐地全黑了，空荡的夜空中布满了只眨眼不说话的星星。四周静悄悄地，没有往日伙伴们收工回来时的笑骂声和吵闹声，整个知青点空空荡荡，冷冷清清，就像一座古墓让人喘不过气来。走了！都走了！当初一道下来的伙伴都走了。唯一同病相怜的孙文进今天住进了卫生院，暂时也回不来。就剩下她一个人孤独地守着这座土房了。此时春兰才真正明白寂寞的可怕和难熬。

春兰觉得自己人也不舒服起来，先是有些冷，紧接着冷得直打哆嗦，小腿肚的筋在萎缩。后来又觉得身子像被扔进了一个大火堆，嗓子眼干得要喷火，头痛得要炸开。春兰挣扎着爬起，摇摇晃晃向地上摸去找水喝，但茶缸是空的，热水瓶是空的，连水缸的冷水也是空的，春兰忘记自己从昨天起就没去打水了。

水！我要喝水，人呢？怎么没有人来帮我一把？爷爷呢？过去生病时甘草爷总守在身边的。可是，今天他怎么不来管我呀！春兰一边口中自言自语地念叨着，眼一黑、腿一软，跌倒在地上爬不起来。春兰只觉得四周的一切都在膨胀，自己的身体也在膨胀，在变大，变得很大很大……

第二天早上，人们发现春兰死了。上面派了公安局的医生来检查，结论是打摆（疟疾）持续高烧死的。春兰死得很可怜，她死去的脸很安详，却满面泪痕。村里人都叹息不止。这么一个漂亮的知青就走了，她死时连一句话也没留下，也许人们很快就会把她给忘了。甘草爷不在了，疼她、能记得住她的人也没了。

02　1976 年

春兰死去的这一年是 1976 年，这是极为特殊的一个年份，它是中国人心中带有伤痛色彩的一年。

这一年发生了好几件大事，每一件大事都像一个让人喘不过气的大锤，重重捶打着中国人。这一年巨星陨落，泪洒江河。毛主席、周总理和朱老总相继而去。除了这三位伟人去世以外，在中国境内还发生了四件大事，每一件也都深深刺痛着大家的心。

第一件大事是吉林陨石雨。这一年的3月8日，在吉林郊区下午时分，硕大无比的陨石从天上毫无预兆地掉了下来，这颗陨石周身带火，像极了古代传说中的萤石。临近地面时，这颗陨石直接被分裂成许多碎块。没过几秒，陨石就重重地掉落在地上，在一声巨响后，地面剧烈震动起来，周围泛起了巨大的蘑菇云。这场陨石雨过后，人们发现，最大的陨石在地面上砸出了一个直径超过2米的深坑。据科学数据表明，这场陨石雨的威力相当于一颗原子弹，同时让当地发生了17级地震。

1976年5月29日在云南省的龙陵发生了两次大地震，这两次大地震的震级都突破了7级以上，危害程度可想而知。大地震造成接近2000平方千米的受灾面积，4座水电站都被吞噬，2000多人在地震中伤亡。

福无双至，祸不单行。紧接着，在当年7月底，发生了唐山大地震。相比云南地震，唐山大地震的破坏力之大、灾难面之广，死亡人数之多，在世界现代史上都罕见，残酷的地震成了中国一代人的记忆伤痕。

这场震级为7.8级的特大地震，让整个唐山被夷为废墟，16万人受伤，24万人遇难，65万间民房倒塌。这些冰冷的数字下，藏着人民掩盖不住的痛苦和绝望。曾经宽敞明亮的房屋，瞬间成了埋葬24万人的巨型坟墓，空气中弥漫着血腥和尘埃的气味。地震波及10余省，首都北京都跟着摇晃和颤抖。

所幸的是，也就是在这一年，党中央粉碎了"四人帮"团伙，结束了"文化大革命"这场灾难，中华人民共和国的历史翻开了新的一页。

这新的一页开始有了鲜明的色彩，人民开始有了对美的追求。

最显而易见的是在1976年夏天，人们从单调的色泽向着多彩靠近，惊喜的人们发现，街头逐渐多了色彩。上街的人群当中，有人悄然穿上了一种从来没有过的衣服面料。这种面料有红有绿，有粉红、有天蓝，而是还有一个极为潇洒的名字"的确靓"，也有人叫它"的确凉"。但是穿上了"的确凉"之后并不会感觉到凉快，而且面料不吸汗不透气，但却非常好洗，干得也很快，比棉布更加结实，老百姓称赞它"易洗又易晾，一件顶三件"。这种五颜六色的面料在此之前是不被政治斗争所允许的，它肯定

第二十九章

485

要被打上资产阶级的标签，做出来的衣服会归类为奇装异服。

其实，芸芸众生无论身处何种境地，总希望能在平常的柴米油盐里寻回对生活丰富多彩的向往。20 世纪五六十年代，中国没有时尚的概念，颜色只有蓝、黑、灰三种，被人们形容成"蓝蚂蚁""灰蚂蚁"。而"的确良"的出现，也让所有人都意识到，竟然能有一种衣服不会起"死褶"，还能如此五颜六色。姑娘们穿上了碎花裙子，走起路来裙角飞扬，男人们则更加喜欢"的确良"的衬衫，不少人还将下摆扎进了裤腰里，十分潇洒。

东关自从失去了繁荣后，比城里人自然是落后了许多，还好东关有邵武第四中学，有着知识分子的骨气存在，所以一些时尚才没有被边缘化。尤其是四中的女教师们像城市人一样，毫不犹豫地穿上了"的确良"衣服，她们的时尚使得东关盛行起时尚的衣着。但"的确良"毕竟比一般布料贵了不少，也只有少部分东关人才穿得起。有的人会珍藏起来，不到逢年过节舍不得穿。

最盛行的时候，"的确良"布料非常抢手，很多商店刚刚进货，消息一旦出来，马上就会被抢购一空。为了买一块"的确良"布匹，人们往往需要排队好几个小时，有一次东关百货商店的柜台都被挤碎了。人们都觉得"的确良"做的衣服确实非常耐磨，穿到最后，也只是衣领的后面被磨破了一点点罢了，比传统的棉布衣料经久耐用。"的确良"在东关人的心目中是真正的的确良好。但是东关的王胖大婶家却因为"的确良"衣服的缘故，闹得很不愉快，不仅被街坊邻居们笑话，而且差点闹出人命来。

事情的缘由是这样的，当年的王胖大婶现今年也快 70 岁了，人们都改称她为王婆婆了。她有一个孙女李小花，今年 20 岁，眉目清秀，皮肤白皙，她初中毕业后在家待业，经人介绍谈了一个对象叫杜建平，是东关小学的语文老师。年轻人长得到又高又帅，又有文化。李小花对他一见钟情，自是十分敬慕。杜建平对李小花的长相也颇为喜欢。接触几个月后，二人各自对家人表明了心迹。

男大当婚，女大当嫁，大人们听了也感欣慰不已。今天是两家大人见面，准备商定大喜的日子。杜建平脚穿一双锃亮的三节大头皮鞋，身着白衬衫、蓝裤子，拎着大盒小包的礼品随着父母亲一同来到李小花家。坐定后，王婆婆见了未来的孙女婿也十分满意，笑微微地直唤李小花快出来敬茶。

李小花正在闺房内刻意打扮，听得奶奶叫她便连忙出屋。她今天特意穿上刚做的粉红色上衣，布料正是杜建平托人买的时尚布料"的确良"，衣物做得十分合身。真是人靠衣裳马靠鞍，一穿上这时尚的"的确良"衣服，李小花更显靓丽漂亮。杜建平的父母见了这未来的媳妇漂亮光彩，喜滋滋的。王婆婆叫李小花赶紧敬茶才是，东关人讲究礼节，小辈敬长辈茶时必须双手捧茶弯腰。没料到杜建平的母亲心中高兴，起身接茶时一不小心碰翻了茶水，全洒在了李小花的胸前。偏巧东关人敬茶不是用杯用盏，而是用碗。那么一人半碗茶水泼翻，湿了李小花胸前一大片。紧接着出现了让大家难堪的局面。李小花今天穿的是"的确良"衣服，而且糟糕的是里面没戴胸罩。这下把众人都看蒙了，本该是女孩子最隐私的部位"走光"了。李小花自己还不知道这"的确良"见水会透明的特点，还对未来的婆婆连声说没关系！没关系！但却把未来的公公看得脖颈都看拧了，未来的婆婆扭头一见更是气不打一处来，红着个脸连招呼也不打，当场气呼呼地走人回家。

李小花不知就是，这时低头才看见情形不对，脸上顿时也大红，忙不迭跑入房内。毫无疑问，杜建平的父母把李小花看成了不知检点的女子，这门婚事自然是告吹了。

这是李小花怎么也料不到的事，她自觉没脸见人，寻死觅活地要上吊。所幸杜建平了解其中的冤枉，傍晚时候独自上得李家来，宽慰了李小花许久，才平息了这场风波。

这事后来不知道怎么传了出去，东关的街坊邻居们听了感到好笑的同时，认定这"的确良"布不是什么好东西，便不让家里人去买"的确良"，更不允许家里的女人穿这种布料。

但阻拦归阻拦，时尚是止不住的，年轻人最终还是喜欢上了"的确良"这东西。只是人们不知，其实和棉布相比，"的确良"并不如全棉的布料，是由化工合成的。在平日的穿着中，"的确良"虽然不会对人体造成太大的影响，不过一旦遇到干燥炎热的天气，这种面料就会产生静电。此外，它的透气性也很差，没有棉花制成的衣服舒适。这就造成了"的确良"冬凉夏闷，不保暖也不透气排汗，穿着非常难受。到了下雨天或者炎热的夏天，这种面料的衣服又会贴在身上，不舒服也容易"走光"，这当然遭到了传统观念很强的东关人的反对。

03 尘埃未定

没有谁的一生，与阳光朗月永相随；没有谁的一生，和欢声笑语永相伴。总有一些困难、一些痛苦，需要我们去经受、去承担。人生背着重重的行囊，大家一路都在喘息。

1976年，郑星亮他爹按邮电局外勤人员的退休年龄标准计算，本还有一年多才可以退休的，但他听说今年有新政策，可以申请提早一年退休，而且儿女可以补员一名进邮电局工作。

那天郑长钧骑了20里路自行车，到了儿子插队的一都大队知青点，告诉他可以进城补员，到邮电局工作。这是个天大的好消息，知青伙伴们知道了都羡慕不已，替郑星亮高兴。谁都知道，那时候能有个像邮电这样的"铁饭碗"工作是多么的不容易。可是郑星亮怎么也高兴不起来，从心底不愿意顶父亲这个职。不是因为邮电局这个单位不好，而是因为他不愿意由于父亲的历史背景和他的老实忠厚，而被人继续侮辱和受欺。他曾亲眼看见一个小小的投递班长是如何对父亲指手画脚、恶声恶气的，他有种强烈的预感，只要进了邮电局工作，必然要落入受人歧视、被人欺侮的轮回。当时的年代是"龙生龙、凤生凤，老鼠生仔会打洞"的年代，不仅仅是客观现实，而且几近是一个颠扑不破的"真理"。

在此之前，郑星亮由于表现优秀，在插队知青中属于佼佼者。他不仅写得一手漂亮的美术字，大队的批判专栏、墙上的油漆大标语都出自他手，而且他的文笔好，所写的通讯报道文章经常见诸报端。尤其是那篇与省报记者共同采写的《下孔珠生产队户卖万斤粮》的长篇通讯上了省党报，在头版占了整整一个版面。文章见报后，立即引起了很大的反响。各地各县的人纷纷前来学习取经，后来连福州军区的司令员都特意来到邵武下孔珠生产队视察，这使得一都大队、水北公社包括邵武县的领导都高兴得不得了。郑星亮亦被大队、公社列为重点培养对象。去年八月，公社包队干部老王悄悄告诉郑星亮，他被一都大队推荐到公社、县里，保送为工农兵学员，得到一名进大学深造的名额。这让郑星亮高兴不已，接连兴奋了好几天，差点忍不住要把这消息告诉所有人。

然而没几天，大队书记把郑星亮喊了去，他一进门见蹲点包队的公社干部老王也在，他们的脸色不大好看。郑星亮心里猛然咯噔了一下，有种不祥的预感。果然，沉默了一会，大队书记看着郑星亮缓缓地说："上大学的事黄了，你的政审过不了关，出问题了！"

郑星亮听了一愣："我的政审？我有什么问题？"

大队书记说你不该隐瞒组织，你的叔叔在台湾哩！而且是三个哩！这话一出，郑星亮好半天说不出话来。急红了脸叫道："不可能的事，我有叔叔在台湾，我怎么不知道？"

谁都知道，只要一说台湾，人们马上就会联想到国民党，联想到敌人，想到特务。就是郑星亮自己也一样，台湾是一个很忌讳的词。当下郑星亮急赤白脸地大声道："肯定是他们搞错了！"

大队书记说："政审这么严肃的事，他们肯定是不会出错的，不信你回去问问家里就清楚了。"

一直在闷头抽着烟，沉默着不说话的公社干部老王长叹了一口气道："小郑啊！问不问我看都无所谓，事情已经是铁板钉钉的了。大概这个情况你不清楚罢了，年轻人你就认命了吧。"

郑星亮确实不知道自己有三个叔叔在台湾，而且有一个叔叔还是国民党军队的高端技术人员。这可是不得了的严重问题，别说是上大学深造，今后连入党、参军入伍、进重要的工厂都会被排除在外。这个消息无异于晴天霹雳，把郑星亮突然间给炸蒙了，自己怎么会有三个叔叔在台湾？当天下午郑星亮迫不及待地赶到了城里家中问明情况。

郑星亮父亲自始至终都勾着个头，默默地听儿子机关枪似的弹语发射完后，许久才抬起头，脸上充满了复杂的、内疚的神情，讷讷地道："依亮啊！父亲对不起你，台湾的叔叔对不起你，真是害了你的前程。可他们在台湾也都是老老实实的本分人啊！"

听到父亲的亲口证实，郑星亮彻底傻了。他浑身的血管在膨胀，想要大吼大叫，但看到一辈子老实本分、逆来顺受、从来不与人世争斗的父亲那痛心疾首，而又无可奈何、长吁短叹的样子，郑星亮什么话也没说，像丢了魂似的连夜又回到了一都大队。

痛定思痛，政审这件事把郑星亮给炸醒了，他犹如掉落在冰谷中，彻底寒透了。他知道不管自己表现得如何好、如何积极向上，今后的光明前途是没希望了。自此，情绪低落的他完全变了，整天没有一句话，见了人也十分自卑。从那日起，从来性格开朗、爱说爱笑的他变得沉默寡言，每日里只知干活一声不吭。所幸大队的大队书记、大队长，还有蹲点包队的公社干部老王心地善良，十分同情郑星亮的境地。大队安慰郑星亮说："年轻人，人生的路长着哩，其实这不怪你，但政策如此，也没办法。我与大队书记他们几个支委都商量好了，将来只要一有招工名额，第一个就让你回城进厂。"

郑星亮的父亲原以为听到可以回城工作的消息，儿子会高兴不已，但却见儿子低着头一声不吭，没有任何一点喜悦的表情。郑长均猜出了儿子的心思，他也不知说什么好，父子二人相对沉默了许久，最后郑长均叹了口气，讷讷地对儿子言道："如果你实在不愿意去就算了，只是你其他几个兄弟想顶职，但又不符合条件，如若放弃这个名额就没了。"

郑星亮依旧没有表态，却回答道："爸你骑了这么远的路，也到中午时间了，我去生火煮饭。"

郑长钧见儿子有意岔开话题，轻叹了口气说："我不饿，还是回家吃吧，一个小时就可以骑到家。你、你是否再考虑一下，若真不想去我也不勉强。不过可惜了，你也知道我们家的情况。"言罢，郑长钧见儿子仍没正面回答问题，便不再说什么，慢慢起身行到屋外，又慢慢地骑上自行车走了。

郑星亮默默地站在知青点的土墙边，心情十分复杂地目送父亲离去。前面不远处是一个很缓的小上坡路，但父亲却弯着腰，显得很吃力地踩着车往前蹬去，看上去几乎骑不动了。望着父亲渐渐远去的瘦弱身躯，郑星亮猛然感到父亲的确是老了，禁不住在心里涌起一阵酸楚……

夜晚，月儿爬上了远处的山顶，星星在闪烁着眼睛。郑星亮想起下乡前与父亲少有的一次长谈，父亲说："为何给你取名叫星亮而不叫阳亮？因为太阳只能有一个，平凡的星星却有无数个。咱们家是平头百姓，知道自己有几斤几两。对你们的将来，我不敢有什么不着边际的奢念和非分之想，你们只要能有些许星星的闪亮，我就十分知足了。"

当时他听了不以为然，现在他感受到父亲的话题不无道理。人这一辈子活得各不相同，有的人很成功，有的人很平凡。有的人活得惊天动地，海阔天空；有的人平淡无奇，泉水叮咚。有的人平步青云，九霄云外；有的人龙游浅滩，百般无奈。有的人绫罗绸缎，吃香喝辣；有的人简衣旧裤，粗茶淡饭。有的人轰轰烈烈，名震一方，天下谁人不识君；有的人则平平庸庸，默默无闻，身居闹市无人知。于是乎，芸芸众生，滚滚红尘，熙熙攘攘，百般辛苦，万般努力，要争那荣华富贵，出人头地，总想一鸣惊人，一夜成名。殊不知，光芒四射的太阳只有一个，皓光千里、遍洒清辉的月亮也只有一个，就是那灿灿闪烁、耀眼荧荧的明星也没几颗，数不清的倒是那无数个似明似暗、不起眼的普通小星星。

郑星亮考虑了一个晚上，终于还是进邮电局顶了父亲的职。为了已经干不动乡邮员工作的父亲，他别无选择地回到了东关那破旧的却充满了情感的老房子。

临走时，郑星亮有一件事未了，特意找林科技员辞别。他是公社驻一都大队的科技干部，一个老实巴交的人。郑星亮不好意思地对他说对不起，接着掏出五元钱给他。

林科技员奇怪道："干吗，我什么时候借给你钱了？"

郑星亮道："是鸡的钱。"

"什么鸡的钱？"林科技员听不明白郑星亮的意思，但随后醒悟过来，哈哈大笑道："哈哈！原来真是你们干的好事，想不到连你小子也有份！赔什么赔，事情过去了，你能承认我就高兴了。"

原来，林科技员精心喂养了两只大洋鸡，一公一母，是用来培育繁殖的，一只鸡足有快10斤重。他非常珍惜这两只鸡，常常自己省下些米饭喂它们。所以把这两只鸡养得肥大硕壮，羽毛油光油亮。谁知几个顽皮的知青早就打上了这鸡的主意。只是因为这两只鸡喂养在大队部，林科技员看守得紧，知青们没能如愿。终有一次，趁农技员上城里开会时知青们把鸡给偷杀了。这两只鸡，杀净后鸡肉足有两大脸盆，当时参与偷鸡的有五六个人，鸡肉吃了两天还没吃完。

几天后，林科技员回到大队，不见了他心爱的两只品种鸡，难过得直跺脚，气得饭都吃不下。郑星亮当时正好被借用到大队当文书，把这一切都看在了眼里。先时他还幸灾乐祸，后来看到林科技员长叹惋惜、垂头丧气的样子，心里又有些后悔。

后来郑星亮才知道，这两只外国种鸡当时花掉了林科技员一个月的工资，他托人好不容易从外地带来的。偷杀了这两只鸡，等于掐灭了这位科技员的科研希望。当时，大队干部们都很震怒，要组织民兵调查这件事。然而这位林科技员心地善良，人极宽厚，坚持不让大队查。其实他心里很清楚是谁干的，因为他在四处寻找鸡时，在知青点附近发现了没处理好的一堆鸡毛。他不愿深究，只是对干部们说，就当去年鸡瘟没抢救过来，算了。尽管林科技员不知道郑星亮与此事有关联，但郑星亮临走时还是说了出来，因为这样才能表达他对这位善良人的内疚。他真心地对林科技员说，那鸡还是不要繁殖为好。林科技员问为啥？郑星亮说那鸡虽大有料，但真难吃，鸡肉又柴又硬，而且没有一点鸡的香味。

回到东关，回到家中。郑星亮怎么也高兴不起来。三年了，东关和他一样，没有一点变化，大部分依然是原来的旧貌，低矮单薄、简陋腐朽的木板房群中掺杂着一些不甚起眼的砖瓦房，显得很是无奈与破败。它蹲伏在一个被遗忘的角落，只能默默地回忆着曾经有过的传奇与繁华。

夏末初秋了，微风吹动了轻飘飘的芦苇，吹动了东关码头边的富屯溪，溪水泛起了一层一层的涟漪。风中的东关浮桥轻轻地晃动着，在晚霞倒映的水面中若隐若现。傍晚时分，追风纳凉的人们摇着大蒲扇，三三两两出现在溪南边。从东关行春门城头看去，是一幅多彩而又柔美的画面。

郑星亮去建阳地区邮电局参加培训的前一天，约了几个东关的儿时伙伴相聚会餐，地点在码头巷旁边的福州会馆，现在已成了灯芯绒厂年轻职工们的宿舍。正巧好哥们王胜军从部队回来探亲，也加入了会餐的队伍。21岁的他已经是解放军一个正规军的连长。1969年冬季征兵时，他才14岁，根本还不到参军的年龄。但他得知这次是招文艺兵，年龄可以放松一些。他人小有主意，决定去参军。虽然说文艺兵年龄放宽，但也要到16岁才能参军，他担心自己年龄太小通不过，于是让在部队留守处当政委的父亲帮忙。父亲是革命老军人，从来就有军队情结。当王胜军把想法和父母一说，从心里就想让儿子去当兵的父亲正有此意，但嘴上却说："当兵是好事，我肯定支持你，但也别指望我给你说情走后门，有能耐本事自己想办法。"

没想到王胜军真有本事，那些天他与带兵的整天厮混在一起，交出了感情来。其实带兵的同志也想要这个兵，一者考虑他是部队子弟，是响当当的红二代，政治背景过硬；二者喜欢这个机灵的小家伙，部队就是喜欢这样的兵。几天后带兵的答应替他隐瞒年龄，王胜军如愿当上了小兵，那一年离他14周岁还差3个月。

入伍送兵的那一天，当上兵的欢天喜地，没当上兵的只有眼红妒忌的份。王胜军的父亲什么话也没多说，只是叮嘱一句："到了部队上要好好干，当个五好战士。"

王胜军不愧是部队子弟，在艰苦的新兵训练中无论是队列、投弹、射击、刺杀、战术、野营拉练样样优秀，一点儿也不逊色于其他年纪大的同志。由于出色的表现，入伍的第一年他就评上了五好战士。第二年，王晓军当上了班长。尔后，他要求到野战部队当兵，从班长、副排长、排长到副连长。1976年，王晓军被任命为三十一军二七一团的一个连长，而这二七一团的前身就是赫赫有名的济南二团。

参加晚上会餐的同伴有六七个人，买了一只鸡、两斤猪肉、河鱼等许多菜。郑星亮道："咱们今天借美食而相聚，借风味而共情。将来啊，咱们要苟富贵，莫相忘啊。"

原本大家在刘小芸的宿舍里煮菜，单身宿舍里自然没有灶，是用两个煤油炉炒菜。但房间太小，大家干脆搬到了外面的走廊上煮。刘小芸也是今年才入的厂，这一年，邵武要大发展，发挥自身的优势，准备把邵武建设成全省最大的纺织城。纺织基地自然选在了东关的纺织厂，厂名称也更名为了"灯芯绒厂"，一下子从知青中招了近200名青年女工。一都大队的福州插队女知青刘小芸、李莉等也都招进了灯芯绒厂。虽然不能回福州，但能脱离"面朝黄土，背朝天"的农村艰苦生活，她们同样感到命运之神开始关照自己了，所以一个个笑容满面，高兴不已。

刘小芸的未婚夫刚好从福州来，这下更热闹了。他是一个远洋货轮的海员，这可是让人羡慕的工作，不仅工资高，可以世界各地跑，而且每次回国还可以带四大件电器，最紧俏的电视机、冰箱、三用机等。这次他给刘小芸带了一台只有十多厘米宽、七厘米高的三用录放机，还有一台十八英寸的日立彩电。这可把大伙儿看得又稀奇又嫉妒，羡慕得不得了。那台三用机大家都是第一次看到，国内市场上根本没见过。它不仅可以当收音机听，而且可以录音播放。尤其是一个小小的，只有火柴盒大小的录音带一放进去，能播出十几首歌曲来。大家听到一个嗓音十分优美的女声从三用录放机传出来，清晰而有立体感，让人听了沉醉其中，不可自拔。

刘小芸的未婚夫告诉大家说："唱歌的是有名的歌星邓丽君。"而那台十八英寸的彩电也让众人大开眼界，不仅屏幕大，而且是彩色的。这比起九英寸的黑白电视机不知要好过多少倍，图像又清晰又有色彩。这是东关的第一台彩电，也应该是整个邵武的第一台彩电，立刻引来了住在福州会馆青年女工们的好奇心，为了满足大家的要求，刘小芸干脆把彩电搬到了一楼大厅，大家围成一群观看。当时播放的是日本电视剧《姿三四郎》，那"乒乒乓乓"的武打声也招来了住在左邻右舍的东关民众。

但狗不识木匠看了一会儿，有些不屑地道："小日本是什么狗屁功夫！"便离去了。

那天晚上众人喝了不少"光明牌"啤酒，人有些微醺，更有些依依不舍之情，都不肯散去。王胜军说："明天我们都要各奔前程了，我这次回来听说东关浮桥要撤了，没有了浮桥，也就没有东关码头了，不如我们去大石前坐坐如何？"

众人听了纷纷点首赞同，大家便行到不远处的大石前三三两两坐下。天空中星星在遥远的地方眨眼睛，大石前的礁石群显得有些朦胧。只有木头浮桥是真实的，清晰可辨。月光下，木头浮桥显得很轻、很单薄，桥墩下乏起一圈又一圈涟漪，小风似的一阵凉一阵。郑星亮忽然觉得有种惆怅涌了上来，东关浮桥就要完成它的历史使命，不知它的身躯将置于何处何方，这就像一场梦，东关人和浮桥将会互相梦着吗？

任何一个伟大的历史进程，定会在重要的时间节点留下一些意义深刻、难以忘却的印记。东关、东关码头、东关浮桥这所有的一切，都不会被东关人忘却。

夜深了，四周起露水了，有点凉意，众人才依依不舍地起身回归。穿过东关码头的码头巷，月光下的巷子显得空荡荡的。不知是谁拧亮了手电筒，在很强的光束照射下，可清晰地看到野草在石板缝间恣意生长，古巷的墙都已斑驳，青苔厚了檐口四处。

是的，东关浮桥老了，东关码头老了，码头巷也老了。它们在夜色的朦胧中默默着，似乎在等着哪一位归来的旧人，众人似乎听到了巷子里传来声声的叹息……

岁月蹉跎，时光流逝，一切都不可挽留地远去。人生就如这富屯溪的河水，左岸是无法忘却的回忆，右岸是值得回首的璀璨年华。而这些都不能忘却，春天和冬天，温暖与严寒，所有的往事都不能忘却。人类记忆如若丧失，便丧失了一切。

中华初繁，睡狮渐醒。郑星亮与伙伴们有一种预感，从 1976 年开始，将是一个烟火与激情迸发的年代，一个奔放百花争艳的年代，一个觉醒的年代。那种是龙你得给我盘着，是虎你得给我趴着的年代将要终结。朱半仙临终时说过："东关终究是一个出将入相的地方，你们扛着瞧。"

不管东关未来会不会出将军诸侯，王胜军、郑星亮他们清楚地知道，自己个人的一切成功与失败，都与国家民族的命运息息相关。

夜更深了，人更静了。但风来了，雨来了！从东关码头巷深处传来狗不识木匠的三角戏唱腔，唱的是土秀才刘子星多年前写的一首东关民谣，声音不大，但十分清晰入耳，只是唱词显得有些苍凉，有些无奈。那唱词诉道：

醉眼看东关，一步一踉跄。

醉乾坤，醒乾坤。过眼云烟刹那间。

是也罢，非也罢。是是非非皆灰尘。

有尘清风扫，无尘白云间。

百年东关，来也匆匆，去也匆匆……

第二十九章

495

创作后记

一

《东关尘》这部小说与以往所创作的形式不同，比较随性、自在、杂烩、散漫。文学评论家石华鹏先生说："马星辉写《东关尘》这部书时似乎有些心虚。"此话一言中矢，被誉为中国新锐评论家的他，文学眼光果然很"毒辣"，这让我大为忐忑不安，怀疑自己迷失了创作的方向。

所幸，石华鹏先生肯定地说：一些忠实于现实和自然的作家，就不主张过分地规整和提炼，而是采用这种随性、自在的"杂烩体"来写作，尽可能地在文字中保留生活和记忆的原生态——因为现实生活和记忆生活本来就是混沌、彼此交替的。无疑，《东关尘》在这方面做了有效探索。

此话让我松了一口气，心才始安。

二

东关平凡尘，平凡尘东关。

林语堂说："平凡者，就是平顺、安常、知足，平凡人的一生就是平安知足的一生。人生的幸福，都藏在最俗常的烟火里。平凡不容易，平凡也是圆满。"

没有什么是永恒的，哪怕宇宙有亿万斯年，也不会一成不变。小小的东关亦如此，人就更不用说了。君不见万里长城今犹在，谁人见过秦始皇。你我皆凡人，生在人世间。终日奔波苦，一刻不得闲。多少人拼尽全力，也只能平凡到尘埃里。芸芸众生，每个人都活的不容易。故此，每一个认真努力的灵魂，包括众多平凡的灵魂都应该被尊重。毛姆在《月亮与六便士》中说："我用尽了全力，过着平凡的一生。如果有一天我们都能无憾地说出这句话，又何尝不算不负此生呢？"

是的，英雄或王者从来只是极少数，平凡人有平凡人的富足。他们没有轰轰烈烈、没有豪言壮语，也从不会抬高自己，把欲望当志气。

滚滚红尘，浮生一梦。在平凡的世界里，每个人都有属于自己的故事。平凡者，就是平凡的相貌、平凡的资质、平凡的家庭、平凡的经历，在平凡的日子里做着平凡的事。没有谁的一生，阳光朗月永相随；没有谁的一生，欢声笑语永相伴。总有一些困难、一些痛苦，需要我们去经受、去承担。

三

《东关尘》中发生的事纷繁杂沓，千头万绪。或许有人说此书有些鸡零狗碎。然，文无一定、非要墨守成规。我为自己找理由说："鲁迅先生的《琐记》，一会儿衍太太，一会儿东京留学，似乎东拉西扯，很不切题。孙犁大师的文章也常常是随性、放任。在自由的状态下做出自由的文，应该是有灵魂的真性情的文，而那些十分切题的文，不过是非常像文的文字而已。如果文章太像文章，那就很假了。"

还是东关人说得实在："饿的时候有饭吃，渴的时候有水喝，困的时候有床睡，累的时候有家归。"

在东关人看来，眼里有快乐，手里有活干，心里有追求，家里有亲人，健康身无恙便好。人生就是这样，牵挂着、烦恼着、自由着、限制着；走出一段路程，回头一望，却也生动着、精彩着。有着你喜欢的事和需要你做的事，有着牵挂你的人和你牵挂着的人，这一生就算没有白活一场。人活着，得有个盼头。没有盼头，日子一天也熬不下去。

东关人在羡慕他人光芒的同时，不会责备命运赐予的太少、生活过于吝啬。他们知道每个人都有挣扎与努力，都有困惑与宿命。总有人比你强、比你弱、比你幸运、比你不幸，这就叫生活。

记住该记住的，忘记该忘记的，历史就是轮回的车轮，它滚滚向前。

四

东关的生活似流水，有时是那么平展，有时又是那么的曲折，没有人知道下一秒会发生什么。马尔克斯在《百年孤独》中说："生命中，真正重要的不是你遭遇了什么，而是你记住了哪些事，又是如何铭记的。"

只有正视人类之恶，只有认识到自我之丑，只有描写了人类不可克服的弱点和病态人格导致的悲惨命运，才可能具有拷问灵魂的深度和力度，才是真正的大悲悯。每个人物的命运都与时代分不开，即便是羊羔，也要吃青草；即便是小鸟，也要吃昆虫；即便是好人，也有恶念头。站在高一点的角度往下看，好人和坏人，都是可怜的人。小悲悯只同情好人，大悲悯不但同情好人，而且也同情恶人。

《东关尘》记录了生活的原生态，现实中芸芸众生就是如此，过得平平庸庸，没有轰轰烈烈、惊天动地。问题的本质是我们能否冷静下来，审视自己早已过惯的，而又津津乐道的平庸生活。自然，文学必须是文学的，但文学必须面向生活，不应该装腔作势、故弄玄虚。

人生如梦，岁月无情，蓦然回首，才发现人活着是一种心情，穷也好、富也好、得也好、失也好，一切都是过眼云烟。人世间，原本就是苦辣酸甜、滋味繁多。谁执着一事一味，谁就输了！

真实的生活就是如此，该有多种的滋味。长期品味一种，终究都会厌倦。当岁月在悠然的钟声里消失时，不管有味还是无味？所有的甜酸苦辣，都将幻化为空气中那份淡然的无所谓。

东关人的岁月，没有那么浪漫，没有那么诗情画意，而是很现实，很无奈，好死不如赖活着。每天早晨醒来，睁开眼就干活，张开嘴就吃饭，想起亲人、朋友感觉就温暖，看到这个世界就留恋。你我皆凡人，生在人世间。终日奔波苦，一刻不得闲。

但每一人都是独一无二的，接纳平凡不是平庸，而是智慧。一颗平常心，面对万千事，接受自己的平凡并去享受平凡的人生。在渐行渐远的时光中，大家都是来去匆匆的赶路人，为生活而感动，也为自身的经历而感慨。总有起风的清晨，总有暖和的午后，总有绚烂的黄昏，总有流星的夜晚。东关人保持着顺其自然的心境，去面对每一个昨天、今天和明天。

五

"东关"这两个字很平凡，但在我的眼中它是钢铁、是传统、是男子汉。但它又有点缠绵，有点无奈。它没有姹紫嫣红，只有五味杂陈中的那么一点酸、一点甜、一点苦、一点辣、一点咸，在蓦然回眸中体味到滚滚红尘的千回百转。在朗朗乾坤的大千世界中，东关不过是很小的一粒尘埃，它微不足道，也让人迷茫。东关是一个充满传说的地方，但英雄王者从来只是少数，它有着更多的是平凡的人和事。这些传说，这些平凡的人和事，能帮助我们解读人世间命运的玄妙。

东关尘，尘东关。东关是一粒微不足道的灰尘，其实人又何尝不是如此。人生一世，草木一秋。可人不如草木，第二年草木能够春风吹又生，可人呢？却是尘归尘，土归土，一粒微尘不知所终。

生时经历不完的酸甜苦辣，走不完的坎坷，越不过的无奈，忘不了的昨天，忙不完的今天，想不到的明天，最后不知道会消失在哪一天。若干年后，我们都将离去，对这个世界来说，我们彻底变成了虚无的尘。但这就是人生，这就是世界。大山从来不却微尘，因为伟大是积微而成，才有了生生世世，循环不息。

蔡忠明先生在为本书作序中写道："邵武东关与任何地方一样，有着数不尽的日升月落与留声过往。邵武东关堪怜、堪悲、堪笑，但亦可歌、可泣、可颂。东关这块土地，设若血能开成英雄花，那该是所有人的血，不唯是英雄所盛。"

石华鹏先生亦说得好："百年东关，历史滚滚如烟尘，人世苍茫如烟尘，你方唱罢我登场，热闹与落寂，豪气与悲情，崇高与微小，交相映照于这方水土，形成独特的东关人和东关文化……东关的尘埃落定了吗？也许。不过，每一粒尘埃总在落定—扬起—扬起—落定的命运轨迹中循环往复。一个地方、一个人、一段历史，其命运如尘，又何尝不是如此呢。"

　　之所以，当记录下东关这些布满了灰尘的岁月与往事，记下东关英雄人物的同时，亦要记录下东关平凡群体中的你、我、他。因为历史是大家共同创造的，更因为生活一半是回忆，一半是继续。

特别鸣谢

中国作协主席团委员、河北省作协主席关仁山先生题写书名。

福建省邵武市政协原党组书记、主席蔡忠明先生作序。

中国作协文学理论与批评委员会委员、福建省文艺评论家协会副主席、福建文学杂志社常务副主编石华鹏先生作序。

鸣谢

（排名不分先后）

林滨、何莉、李直、敖国和、兰美香、李友生、薛信暹、肖志平、罗群荣、黄长迎、邓东旭、丁建发、段芹莉、邱贵平、张建贤、练铁、凌长松、李主、钟智心、朱敏、熊国忠、董海金、冯一中、冯一健、孙克武、刘汉辉、赵国庆、游彩凤、陈良如、马保尔、李维胜、陈秀珍。

以上诸位对本书提供了大量的创作素材，对本书的出版热情关注与支持，特此表示鸣谢！